Fantasy

Herausgegeben von Friedel Wahren

Von **Robert N. Charrette** erschienen in der Reihe
HEYNE SCIENCE FICTION & FANTASY:

Im BATTLETECH®-ZYKLUS:

Wölfe an der Grenze · 06/4794
Ein Erbe für den Drachen · 06/4829
Wolfsrudel · 06/5058

Im SHADOWRUN™-ZYKLUS:

Laß ab von Drachen · 06/4845
Wähl deine Feinde mit Bedacht · 06/4846
Such deine eigene Wahrheit · 06/4847
Trau keinem Elfen · 06/4985
Gerade noch ein Patt · 06/5483

SCHATTENKRIEG-TRILOGIE:

1. *Prinz des Dunkels* · 06/9090
2. *König des Unheils* · 06/9091
3. *Ritter des Zwielichts* · 06/9092

DIE CHRONIKEN VON AELWYN:

1. *Der Turm der Zeit* · 06/9113 (in Vorb.)
2. *Das Schlangenauge* · 06/9114 (in Vorb.)
3. *Der magische Pakt* · 06/9115 (in Vorb.)

ROBERT N. CHARRETTE

RITTER DES ZWIELICHTS

Dritter Roman
der Schattenkrieg-Trilogie

Deutsche Erstausgabe

WILHELM HEYNE VERLAG
MÜNCHEN

HEYNE SCIENCE FICTION & FANTASY
Band 06/9092

Titel der Originalausgabe
A KNIGHT AMONG KNAVES
Übersetzung aus dem amerikanischen Englisch
von Christian Jentzsch
Das Umschlagbild malte Romas B. Kukalis/
Agentur Thomas Schlück

Umwelthinweis:
Dieses Buch wurde auf chlor- und säurefreiem Papier gedruckt

Deutsche Erstausgabe 9/2000
Redaktion: Joern Rauser

Erstveröffentlichung bei Warner Books, Inc., New York

http://www.heyne.de
Printed in Germany 2000
Umschlaggestaltung: Nele Schütz Design, München
Technische Betreuung: M. Spinola
Satz: Schaber Satz- und Datentechnik, Wels
Druck und Bindung: Ebner Ulm

ISBN 3-453-17231-0

Inhalt

*Für JG. Es ist ein anderer Trip,
aber das macht die Kameradschaft
nicht weniger wichtig.*

Was bisher geschah ...

Nach der Erweckung von Helden, die sich Jahrhunderte lang in magischem Schlaf befunden haben, und nach der Freisetzung der Zauber, die Caliburn binden, ist die Verbindung zwischen unserer Welt und der Anderswelt stärker geworden. Wo zuvor die Türen geschlossen waren, stehen sie jetzt offen. Furchtbare wie wohlmeinende Wesen können die Grenze mit immer größerer Leichtigkeit überschreiten – es gibt wieder Magie auf der Welt. Doch die Manifestationen der Anderswelt bleiben mysteriös und den meisten unbekannt. Wissenschaftler bestreiten noch immer die Existenz der Magie ebenso wie Regierungen und Megakonzerne, die unsere Welt beherrschen. Doch es gibt diejenigen, die die Wahrheit kennen: Die Welt hat sich unwiderruflich verändert.

Der Kampf um die Vorherrschaft in der neuen Welt ist bereits entbrannt. Manche wollen unsere Welt vor der wiedergekehrten Magie retten. Andere wollen die Magie ausbeuten und zu ihrem Werkzeug machen. Wieder andere wollen mit Hilfe der Magie einen nachhaltigeren, finstereren Wandel in der Ordnung des Universums herbeiführen.

Die rätselhaften Elfen der Anderswelt begrüßen die Wiedereröffnung des Weges zwischen den Welten. Die geheimniskrämerischen Zwerge, die sich seit langem unter der Erde verborgen halten, haben gegen die Vermischung der beiden Welten angekämpft. Zwischen diesen beiden Parteien stehen Menschen, oft als unwissende Schachfiguren. Jene, die sich des Konflikts bewußt sind, unternehmen je nach Überzeugung und Zugehörigkeit Anstrengungen, zu helfen oder zu stören oder auch eigene Ziele zu verfolgen. Bündnisse bilden sich und werden wieder gelöst. Der Gegner von gestern wird der Verbündete von heute – und aus Partnern werden gefährliche Gegner. Nichts ist, wie es scheint.

Prolog

»Charley Gordons Rückgrat wußte den Schock der Landung des Verries nicht besonders zu schätzen. Die Omni Dynamics MRVWC-7 Mamba war kein luxuriöses Lufttaxi, aber andererseits hätte ein Lufttaxi eine ganz gewöhnliche Straße in Providence auch nicht zu ihrem Landeplatz machen können, wie die Mamba dies tat. Klamme Nachtluft wehte ins Cockpit, als die Kuppel aufschwang.

Hagen hievte sich aus dem Pilotensitz und sprang unter Mißachtung der Aussteigehilfen direkt auf den Boden. Bei der Landung ging er in die Hocke und fing den Aufprall mit der geübten Leichtigkeit eines Fallschirmspringers ab. Er warf einen raschen Blick auf die umliegenden Straßen und Häuser, bevor er sich an Charlie wandte.

»Kommen Sie, Gordon. Sie wollen doch wohl jetzt nicht kneifen und mich im Stich lassen, oder?«

Ihn im Stich lassen? Vielleicht. Warum sollte er auch *keine* Angst haben? Er hatte gesehen, wozu der Bursche, den sie verfolgten, in der Lage war. Ihn mit einer Staffel Militärflugzeuge zu verfolgen, war beinahe noch vernünftig gewesen, aber was Hagen jetzt vorschlug, war es ganz eindeutig nicht mehr. Doch es mußte getan werden, nicht wahr? *Irgendetwas* mußte getan werden. Ein Ungeheuer wie Quetzal durfte man nicht frei herumlaufen lassen.

Der Overall, den Charley trug, bestand aus Wear-Iron, einem ballistischen Stoff, der ausschließlich bei militärischen Kleidungsstücken Verwendung fand.

Charley hatte den Geruch erkannt, als er ihn in der Kommandozentrale Mitsutomos überstreifte. Jetzt schien seine ölige Ausdünstung alle anderen Gerüche auszulöschen, die von der Mamba aufstiegen und sich mit der schmutzigen Luft von Providence vermischten. ›Behaglicher Schutz‹ lautete der Werbeslogan des Herstellers. Charley fühlte sich weder behaglich noch geschützt.

»Gordon?«

Charley konnte nicht so tun, als habe der Motorenlärm Hagens Frage übertönt. Die Triebwerke der Mamba drehten im Leerlauf und waren nicht lauter als der Motor eines Wagens. Ihre Schwestermaschine, die über ihnen schwebte, war nur wenig lauter. Die verkleideten Turbinen von Mambas waren bemerkenswert leise.

Es wurde Zeit, in die Gänge zu kommen, ob es ihm gefiel oder nicht.

»Ich habe Sie gehört«, sagte Charley, indem er seinen Fliegerhelm absetzte. Sofort vermißte er die Verstärkerschaltkreise, die die dunkle Nacht zu einem neblig-trüben Tag aufgehellt hatten. Er versuchte nicht daran zu denken, welchen Vorteil er gerade aus der Hand gegeben hatte, und kletterte aus dem Cockpit. Ein wenig verwirrt wegen der stark verminderten Sicht, hatte er etwas Mühe beim Herausklettern. Als Charley schließlich unten bei Hagen auf dem Asphalt ankam, hatte der kleine Mann bereits einen Haufen Zeug aus dem Laderaum der Mamba geholt und kroch gerade wieder hinein, um noch mehr heranzuschaffen.

Die militärischen Richtlinien verlangten, daß dort Überlebensausrüstung untergebracht war. Hagen zog eine Panzerweste aus dem Haufen und gab sie Charley. Sie war schwerer als die kugelsicheren Westen der Polizei, die Charley gewöhnt war – aber die Stoffbedeckung sah ganz ähnlich aus. Charley legte sie wortlos an. Er nahm auch den Helm in Empfang, den Hagen ihm reichte. Als er mit Erleichterung zur Kenntnis nahm, daß dieser Helm ebenfalls mit Verstärkerschaltkreisen ausgestattet war, schaltete er sie sofort ein. Die Spielzeuge in Hagens Haufen gehörten nicht zur üblichen militärischen Überlebensausrüstung, aber sie würden mehr leisten, um das Überleben der Besatzung dieses Verries zu gewährleisten als der normale Kram.

Er sah den Mann an, dem er in Kürze sein Leben anvertrauen würde. Hagen war klein – er reichte Charley kaum bis zur Schulter –, aber gebaut wie ein Panzer. Zweifellos robust – aber zuverlässig? Charley hatte keine Ahnung, und er mußte unwillkürlich darüber nachdenken. Hagen war ein Konzernmann und Charley war noch kein Konzernmann begegnet, dem mehr zuzutrauen war, als daß er sich um seinen eigenen Hintern kümmern würde.

Ja, Hagen war in der Tat ein Konzernmann, der das Logo seiner Herren und Meister auf all seinen Sachen trug. Overall, Weste und Helm trugen sämtlich das Logo von Yamabennin Security Services, einer Tochtergesellschaft von Mitsutomo Keiretsu. Die Ausrüstungsgegenstände, die Charley benutzte, gehörten ebenfalls Mitsutomo, aber Charleys Sachen waren unmarkiert. Jemand hatte nicht nur die Möglichkeit einer ernsthaften Auseinandersetzung am Boden vorhergesehen, sondern sich auch alle erdenkliche Mühe gegeben zu gewährleisten, daß Charley nichts trug, was ihn mit Yamabennin in Verbindung bringen konnte.

Charley war es nicht gewesen.

Diese ganze Sache war so schnell eskaliert – und das Tempo schien noch zuzunehmen. Er fragte sich wiederum, ob es klug gewesen war, sich in die Sache verwickeln zu lassen. Nicht besonders klug, beantwortete er sich die Frage selbst, während Hagen ihm ein Adler Arms KAR-99 Sturmgewehr gab.

Die Waffe war bei Sicherheitsfirmen und europäischen Schmugglern im Sprawl beliebt. Charley war im Rahmen seiner Ausbildung mit der Waffe vertraut gemacht worden, aber der wie ein Bajonett unter dem Lauf angebrachte Zylinder war ihm neu. Kabel verliefen von der Basis des Zylinders zum Zielfernrohr und zum Schaft. Die Anordnung sah wie ein Laserzielgerät aus.

»Aktinischer Scheinwerfer«, sagte Hagen, indem er das herunterbaumelnde Kabel nahm und den Stecker in eine Buchse in der Seite von Charleys Helm stöpselte.

Daten tauchten vor Charleys Augen in der Luft auf. Der Vorgang erschreckte ihn ein wenig. Es lag schon einige Zeit zurück, seit er zuletzt einen Helm mit integrierter Datenanzeige benutzt hatte. Die leuchtenden Linien, Balken und Zahlen fügten sich zu einem Fadenkreuz mit Entfernungsanzeige zusammen und lieferten darüber hinaus Daten über die Lichtstärke des Scheinwerfers und die Munitionsreserve der Waffe. Wie erwartet, bewegte sich das Fadenkreuz, als er den Lauf der Waffe schwenkte. Ziemlich elegant. Ziemlich raffiniert. Noch mehr Ausrüstung in Militärqualität, viel besser als die SWAT-Helme seiner Abteilung.

»Der Wählschalter reagiert auf die verbalen Befehle ›Einzelschuß‹, ›Feuerstoß‹ und ›Licht‹«, sagte Hagen. »Sie können aber auch den manuellen Umschalter am Schaft benutzen. Die üblichen Schalterstellungen. Das Licht ist eine Position weiter als die Einstellung für Feuerstoß. Die Anzeige bleibt auf Feuerstoß.«

»Meinen Sie, das reicht, um es mit dem Ding aufzunehmen?« fragte Charley.

»Mehr haben wir im Augenblick nicht«, antwortete Hagen, der ein wenig bedrückt klang. Charley konnte ihn gut verstehen. Er war selbst auch ein wenig bedrückt, aber die Sache mußte erledigt werden, und zwar bald. Bevor Quetzal wieder tötete.

Dieses ganze Unternehmen stand auf rechtlich unsicherem Boden, aber es war nicht das erste Mal, daß Charley die Paragraphen dehnte, um zu tun, was nötig war. In der Hoffnung, daß es nicht auch das *letzte* Mal sein würde, holte er das Lederetui mit seiner Dienstmarke heraus, klappte es auf und klemmte es in die Brusttasche der Weste. Im Augenblick konnte er nicht mehr tun, um offensichtlich zu machen, daß er ein Cop war.

Sie nutzten seine Autorität als Detective bei der Sonderermittlungseinheit der Polizei in der New England Kopperative aus, um die Inanspruchnahme von Mitsutomos Konzernmuskeln zur Auslöschung der Abscheulichkeit namens Quetzal zu rechtfertigen. Wesen wie Quetzal hätten eigentlich gar nicht existieren dürfen, aber es gab sie trotzdem. Jedes Mitglied der SEE wußte das. Hagen und seine Leute wußten es auch. Aber niemand gab dieses Wissen öffentlich zu. Irgendwie war es leichter, in einer Welt mit derartigen Wesen einfach weiterzuleben, wenn man ihre Existenz nicht zuzugeben brauchte. Man befaßte sich mit ihnen, wenn man mußte, und zwar nur, wenn man mußte, und dann tat man, was man konnte, um sie für immer aus der Welt zu schaffen.

So hatte Charley es bisher immer betrachtet – Wesen aus Kindheitsalbträumen hatten in der wirklichen Welt nichts zu suchen. Jedenfalls wollte Charley Wesen wie Quetzal ganz gewiß nicht in *seiner* Welt haben – und in seinen fünf Jahren bei der SEE war er immer willens und in der Lage gewesen, etwas dagegen zu tun. Jetzt marschierte er jedoch einem dunklen Loch in einer Bergflanke entgegen und war nicht mehr so zuversichtlich. Er mußte immer an das verbogene Eisengitter denken, das Quetzal am Tor zum Universitätsgelände zurückgelassen hatte. Jeder, der die Fähigkeit dazu hatte, würde in der Lage sein, furchtbare Dinge mit einem weichen menschlichen Körper anzustellen.

Jetzt war nicht der rechte Zeitpunkt, *daran* zu denken! Charley riß sich zusammen und beschleunigte seinen Schritt. Sie mußten dort hinein und tun, was zu tun sie gekommen waren.

Bei dem Loch im Berg, der einen Großteil von Providences East Side in Beschlag nahm, handelte es sich um einen stillgelegten Eisenbahntunnel. Die Karten in der Navigationskonsole der Mamba hatten nur zwei Eingänge gezeigt, die beide angeblich versiegelt waren. Zwei andere Maschinen ihrer Staffel waren weitergeflogen, um das andere Ende zu bewachen. Sie hatten gemeldet, es sei versiegelt, hielten aber dennoch ihre Stellung dort. Ihre Schwestermaschine an diesem Ende schwebte in der Luft und hatte den Scheinwerfer auf den Berghang gerichtet, der nur noch ein paar Meter entfernt lag. In der Mitte des Lichtkegels befand sich der dunkle, unregelmäßige Schatten des Lochs, durch das Quetzal in den Tunnel eingedrungen war.

In stillschweigender Übereinkunft blieben Charley und Hagen unmittelbar vor dem Lichtkegel stehen. Hagen schüttelte den Kopf. Er machte jetzt einen ebenso zögerlichen Eindruck wie Charley. Das Helmvisier des kleinen Mannes war immer noch hochgeschoben, und sein Gesicht wirkte blaß. Er sog die Lippen ein, die im Gestrüpp seines Vollbarts verschwanden, und murmelte dann: »Wir sollten da nicht ohne Rückendeckung hineingehen.«

Vor der Öffnung lag Müll, gewöhnliche Abfälle von der Sorte, wie Charley sie schon in unzähligen Gegenden des Sprawl gesehen hatte. Gebrauchte Spritzen und Chiphüllen waren ebenso häufig vertreten wie Speise- und Getränkeabfälle. Alles so gewöhnlich. Was man eben dort sah, wo die Obdachlosen sich an den Schranken der Machtstruktur vorbeigezwängt und einen Platz für sich in Beschlag genommen hatten.

Gegenwärtig befanden sich mindestens zwei Obdachlose im Tunnel. Die Schwachköpfe hatten Charleys Warnung ignoriert und waren hineingegangen. Er hatte ihnen nicht sagen können, was kurz zuvor in ihren Unterschlupf eingedrungen war – was hätte er ihnen auch sagen können, was sie geglaubt hätten? Charley war ein Greifer, das Establishment, ein Werkzeug des Systems, das ihresgleichen absonderte und ausstieß. Charley kannte das Straßenvolk gut genug, um zu wissen, daß sie ihm gar nicht zuhören würden. Und selbst wenn, hätten sie Quetzal Charley vielleicht vorgezogen. Charley war der Teufel, den sie kannten, Mr. Behördenarsch – während sie von Quetzal nur das gewußt hätten, was Charley ihnen erzählt haben würde. Für sie wäre alles nur noch mehr Propaganda des Establishments gewesen.

Doch diesmal war der böse Wolf wirklich gekommen. Im Dunkel dieses Tunnels gab es tatsächlich ein Ungeheuer – und es war höchste Zeit, etwas dagegen zu unternehmen. Das blendende Scheinwerferlicht ließ das Loch in der Stützmauer überdeutlich und ominös hervortreten. Der Verfolgte befand sich irgendwo darin in der Dunkelheit. Quetzal saß in der Falle, in die Enge getrieben wie eine Ratte. In die Enge getriebene Ratten standen in dem Ruf, sich zu wehren.

Hagen hatte recht: Sie sollten da nicht ohne Rückendeckung hineingehen. Aber konnten sie warten? Welches Unheil mochte Quetzal dort drinnen anrichten? Hatte er vielleicht eine Möglichkeit, den Tunnel zu verlassen, von der sie nichts wußten? In den Tunnel zu gehen, schien nicht sonderlich schlau, aber wenn man bedachte, was sie über Quetzal wußten, war es vielleicht noch weniger schlau, *nicht* hineinzugehen.

Es gab noch andere Gründe, das Unternehmen rasch

zu einem Abschluß zu bringen. Die Mambas hatten in den letzten Minuten einen ziemlichen Wirbel veranstaltet. Leute hatten sie bemerkt – wie auch nicht? Hätte eine Staffel Verries in Charleys Bezirk den Luftraum unsicher gemacht, hätte *er* jedenfalls seine Nase in Dinge gesteckt und wissen wollen, was los war. In den weiter oben am Berghang gelegenen Wohnhäusern gingen überall Lichter an. Zweifellos wurden gerade eine Menge Telefonate geführt. Die örtliche Polizei würde bald hier sein und nach Antworten suchen. Die Cops der Universität ebenfalls. Hinzu kamen noch Abordnungen von wahrscheinlich einem halben Dutzend privater Truppen. In dieser Gegend gab es signifikante Konzerninteressen. Da mußten die Formen und Verfahrensweisen gewahrt werden.

Und Quetzal würde entkommen, während sie Fragen beantworteten. Und das würde der Gerechtigkeit nicht dienen! Es gefiel ihm nicht, aber es schien nur eine Möglichkeit zu geben.

»Gehen wir und schnappen uns den Bastard«, sagte Charley.

Er lief zu dem Spalt in der Mauer und versuchte nicht daran zu denken, wie dämlich er sich verhielt. Den Schritten nach zu urteilen, die er hinter sich hörte, war Hagen genauso dämlich. Konnte es sein, daß Charley es hier tatsächlich mit einem Konzernmann mit einem Gewissen und dem Schneid zu tun hatte, das zu tun, was es gebot?

Charleys Schatten eilte ihm voraus und verschwand im Dunkel des Eingangs. Doch anstatt ihm in den Tunnel zu folgen, wich er zur Seite aus und drückte sich gegen die Mauer. Er richtete das Sturmgewehr auf die dunkle Öffnung. Nichts griff aus der Finsternis des Tunnels nach ihm. Kein arkanes Licht blitzte auf, um ihn zu durchbohren. Hatte er damit tatsächlich gerechnet?

Ja, hatte er.

Hagen drückte sich auf der anderen Seite der schmalen Spalte gegen die Mauer. Das Visier des Konzernmannes war jetzt geschlossen. Charley konnte seine Augen nicht mehr sehen. Hatte er so große Angst wie Charley?

Hagen machte keine Anstalten, als erster hineinzugehen. Den Finger am Abzug und den Lauf in die Finsternis gerichtet, bedeutete Charley Hagen, daß er vorgehen würde. Hagen nickte und ging in die Hocke, um Charley Feuerschutz zu geben. Der kleine Mann war kein langjähriger zuverlässiger Partner wie Manny, aber er schien in diesen Dingen ausgebildet zu sein. Gut genug ausgebildet? Charley würde es vermutlich viel zu bald erfahren. Er hoffte, die Antwort würde ihm gefallen.

Er tauchte in die Dunkelheit ein.

Die Schaltkreise des Helms machten aus der Nacht des Tunnels Tag. Einen dunstigen, trüben Tag, aber es reichte, um die Barackensiedlung aus weggeworfenen Kisten und Kästen zu erkennen. Hier mochte eine Menge Straßenvolk hausen. Gott, Charley hoffte es nicht. Er konnte niemanden sehen, aber er hatte keine Ahnung, ob das gut oder schlecht war. Er und Hagen begannen mit einer raschen Durchsuchung der improvisierten ›Hütten‹. Sie fanden niemanden.

Es stellte sich heraus, daß die Obdachlosen sich gleich hinter dem Eingang häuslich niedergelassen hatten, vielleicht zehn Meter jenseits des Spalts in der Mauer, jedenfalls so nah, daß noch Licht einfiel. Nicht weit dahinter beschrieb der Tunnel eine Biegung und verschwand in tiefer Finsternis. Dort, am Rande der Barackensiedlung, fanden sie die ersten Obdachlosen.

Als Charley die Leichen sah, war sein erster Gedanke, dies seien die beiden, die er in den Tunnel hatte gehen sehen. Ein zweiter Blick verriet ihm, daß sie es nicht waren. Einer der beiden war eine Frau gewesen. Trotz des Zustands der Leichen konnte Charley erkennen, daß es sich bei diesen beiden um Männer handelte. Die Leichen sahen zerbrechlich aus, irgendwie hohl, als sei ihnen das Mark aus den Knochen gesogen worden. Sie hatten große Ähnlichkeit mit einigen der Bilder in Charleys Modus-112-Akte. Herzinfarkt würde der Leichenbeschauer sagen, Herzversagen. Ein natürlicher Tod.

Von wegen! Dies war Quetzals Werk. Das Ungeheuer mußte aufgehalten werden.

Die anderen beiden Obdachlosen – und vielleicht noch mehr Leute – waren irgendwo hier drinnen. Er hoffte, Quetzal würde sie nicht als Geiseln benutzen. Es würde das, was getan werden mußte, erschweren – und er konnte sich von etwaigen Drohungen Quetzals an die Adresse Unschuldiger nicht aufhalten lassen. Quetzal war nicht der Typ, der Geiseln laufen ließ, wenn er sich Charleys und Hagens erst einmal entledigt hatte. Alle würden sterben, wenn Quetzal nicht zuerst starb.

Charley hatte nicht die Absicht, das zuzulassen. Das Leben gefiel ihm. Alle Obdachlosen, die ihm bei seinem Ziel, Quetzal auszuschalten, in die Quere kamen, mußten sich auf ihr Glück verlassen.

Sie ließen die erbärmlichen Behausungen der Obdachlosen hinter sich und drangen tiefer in den Tunnel vor. Das Licht vom Scheinwerfer der Mamba, die vor dem Tunneleingang schwebte, wurde von der Biegung abgeschnitten, so daß die Sichtverhältnisse sich schlagartig verschlechterten. Die Schaltkreise des Helms waren immerhin so gut, daß sie nicht durch völlige Schwärze, sondern nur durch eine dunkle Nacht marschierten. Dennoch mußten sie einen ziemlich großen Abstand zwischen sich lassen, um beide Seitenwände unter Beobachtung zu halten. Die kleinen Scheinwerfer unter dem Lauf ihrer Waffen zu benutzen, hätte das Vorankommen vereinfacht, aber es hätte auch jedem, der in der Dunkelheit voraus lauern mochte, ihre Anwesenheit verkündet. Außerdem sollten die Scheinwerfer eine Waffe gegen Quetzal sein. Es hatte keinen Sinn, ihn zu warnen, daß sie solche Waffen bei sich hatten.

Ohne Vorwarnung blieb Hagen plötzlich stehen und sah sich offenbar konsterniert um. »Spüren Sie das auch…?«

Charley spürte es. Die Erde unter seinen Füßen bebte. Die Luft war plötzlich viel kälter. Ein Grollen, tief und unheilverheißend, drang an seine Ohren und bis tief in seine Knochen. Die Ostküste war angeblich eine erdbebenfreie Zone, aber es hatte den Anschein, als habe der Fels ringsumher davon noch nichts bemerkt. Lehm- und Geröllbrocken rieselten von oben herab. Standen sie kurz davor, lebendig begraben zu werden?

Der Tunneleingang schien sehr weit entfernt zu sein. Zu weit, um ihn noch zu erreichen, zu weit, um zu fliehen. Hagen blieb, wo er war. Charley ebenfalls.

Das Beben hörte auf. Und obwohl die Luft plötzlich sehr staubhaltig war, waren sie nicht verschüttet.

Hagen schaltete seinen Scheinwerfer ein. Der Strahl huschte an Charley vorbei und fiel auf eine Nische in der Tunnelwand. Kiesige Staubwolken quollen aus der verschütteten Öffnung, wallten durch den Lichtstrahl und beeinträchtigten dessen Wirkung. Charley schaltete seinen ebenfalls ein. Die Öffnung spie auch weiterhin Geröll und Felsbrocken aus, da der in Bewegung geratene Fels sich wieder zu einer festen Masse zusammenfügte. Der Lärm und die Vibrationen ließen nach und Charley gelangte langsam zu der Überzeugung, daß der Tunnel nicht über ihnen einstürzen würde.

Unter Hagens Führung näherten sie sich langsam der Felslawine. Etwas quoll träge zwischen den Felsbrocken hervor und bildete eine kleine Lache. Charley richtete seinen Scheinwerfer darauf. Das dunkle Zeug fing an zu beben und zu wogen. »Was ist das?«

»Sieht aus wie Blut«, sagte Hagen.

Blut? Die Farbe stimmte. »Aber es brodelt.«

»Nehmen Sie das Licht weg«, sagte Hagen, indem er seine Waffe wegdrehte.

Charley folgte seinem Beispiel. Für die Schaltkreise des Helms verlor die Flüssigkeit die Farbe. Als die Lichtstrahlen nicht mehr gezielt auf die Flüssigkeit gerichtet waren, hörte das Brodeln auf.

»Quetzals Blut«, sagte Hagen.

Das Ungeheuer hatte allergisch auf Licht reagiert. Aus diesem Grund waren die aktinischen Lampen auch eine Waffe gegen Quetzal. Dieses Blut brodelte im Licht. Konnte es stimmen? Konnte das Ungeheuer bei dem Einsturz ums Leben gekommen sein? Charley sah sehr viel Blut. Hatte Quetzal sich selbst ausgelöscht und Charley und Hagen die Mühe erspart? »Glauben Sie, er war dort drin?«

»Kommt mir ziemlich wahrscheinlich vor«, sagte Hagen.

»Aber Sie sind nicht sicher.«

»Sind Sie es denn?«

»Nichts Menschliches könnte einen derartigen Blutverlust überleben«, sagte Charley in dem Bemühen, sich selbst zu überzeugen.

»Sie wissen, womit wir es hier zu tun haben.«

Nein, das wußte er nicht, aber Charley verstand, worauf Hagen hinaus wollte. Quetzal war nichts Menschliches. Sie konnten nicht sicher sein, daß das Ungeheuer in der Falle gesessen hatte und bei dem Einsturz zerquetscht worden war. Es schien eine vernünftige Schlußfolgerung zu sein, aber *sicher* konnten sie eben nicht sein.

Hagen ging weiter vor, um die Geröllawine eingehender zu untersuchen. Charley begriff nicht, was sie ihm verraten sollte. Man würde eine umfassende Ausgrabung vornehmen müssen, um einen etwaigen Gang freizulegen, der in dieser Nische seinen Anfang genommen hatte. Niemand würde in nächster Zeit Quetzals Leiche finden. *Falls* sie überhaupt da war und gefunden werden konnte. Charley ließ sein Licht über die losen Gesteinsbrocken an den Ausläufern der Lawine wandern und hielt nach etwas Ausschau, das einen Hinweis darauf liefern mochte, was geschehen war.

Er sah eine Bewegung am Rande seines Lichtkegels – etwas Langes, S-förmiges, das sich zu winden schien. Mit dem Gedanken ›*Schlange*‹ wich er einen Schritt zurück und richtete den Lichtstrahl gezielt darauf, zum Schuß bereit. Es war keine Schlange. Es bewegte sich auch nicht. Tatsächlich schien es nicht einmal richtig da zu sein.

»Hagen?«

»Haben Sie was gefunden?«

»Sagen Sie's mir.«

Sie stellten fest, daß sie das Ding am besten sehen konnten, wenn das Licht nicht darauf fiel. Es schien sich um irgendeine Skulptur zu handeln, eine segmentierte Schlangengestalt. Charley hatte so etwas noch nie gesehen.

»Quetzals?«

»Höchstwahrscheinlich.« Hagen hielt Charley zurück, als er danach griff, um es aufzuheben. »Das wäre nicht sehr klug.«

»Ist das irgendein magisches Ding?«

»Ein mächtiges, glaube ich. Quetzal hätte sich nie von ihm getrennt. Er muß tot sein.«

Charley war nicht der Ansicht, daß diese Schlußfolgerung zwingend war. »Was machen wir damit?«

»Ich glaube nicht, daß das unser Problem ist. Sehen Sie.«

Charley schaute sich um, wie Hagen es tat. Ein halbes Dutzend Männer mit Taschenlampen näherten sich ihnen. Obwohl ihn der Lampenschein blendete, konnte Charley erkennen, daß sie Bundesausrüstung trugen. Charley und Hagen drehten sich zu den Neuankömmlingen um. Lichtstrahlen erfaßten sie.

»Keine Bewegung!« befahl eine verstärkte Stimme. »Legen Sie die Waffen nieder!«

Sehr langsam und vorsichtig taten Charley und Hagen, wie befohlen.

Drei Pinkel tauchten hinter dem Einsatzteam auf. Zwei von ihnen wies die minderwertige Qualität ihrer Anzüge als Regierungsbeamte aus, aber der dritte trug Kleidung, die zu schick und zu teuer war, um Regierung sein zu können. Dieser Bursche trug eine Anstecknadel, die eine Konzernzugehörigkeit auswies, aber Charlie konnte das Logo nicht erkennen. Der schick gekleidete Pinkel drängte sich am Einsatzteam vorbei, ging geradewegs zu dem Artefakt und hockte sich hin, um es zu begutachten.

Einer der Regierungspinkel trat vor. »Ich bin Inspector Fletcher und ich will Antworten. Wir fangen damit an, wer Sie sind.«

»Charley Gordon, Sonderermittlungseinheit der NEK.«

»Hagen, Yamabennin Security Services.«

Charley war froh, daß Hagen offenbar begriff, daß die Leute sich nicht mit Ausflüchten abspeisen ließen.

Der schicke Pinkel sah auf. »Gordon, wie?«

»Sie kennen ihn, Van Dieman?« fragte Fletcher den Mann.

Van Dieman zuckte die Achseln. »Ich habe den Namen schon mal gehört.« Er machte sich wieder an die Untersuchung des Artefakts. Fletcher schien die knappe Antwort nicht weiter zu stören. Er deutete auf Charleys Dienstmarke und streckte die Hand aus. Charley reichte ihm das Etui. Der Bundescop richtete seinen Computer auf die Marke und las den Code ein.

»Die Dienstmarke ist okay«, sagte Fletcher, als er sie Charley zurückgab.

Es gab keinen Grund, warum sie nicht hätte okay sein sollen.

»Ihr Captain weiß von diesem Unternehmen?« fragte Fletcher. »Die Flugzeuge draußen gehören Yamabennin Security Services.«

»Es handelt sich um eine Notlage«, sagte Hagen. »Zu Yamabennins und unser aller Konzernfamiliens Schande hat der Detective herausgefunden, daß einer unserer Klienten im Begriff war, ein Verbrechen zu begehen. Der Detective hat uns daraufhin rekrutiert, um ihm bei der Verfolgung unseres Klienten, einer bewaffneten und gefährlichen Person, zu helfen. In Übereinstimmung mit Statut 232 unserer Firmensatzung hat Yamabennin Detective Gordon zur Ausübung seiner Pflichten Hilfspersonal sowie Ausrüstung geliefert. Es ist ein Dienst an der Allgemeinheit.«

Fletcher musterte Hagen von oben herab, was angesichts ihres Größenunterschieds nicht allzu schwierig war. »Für einen Anwalt aus der Abteilung Öffentlichkeitsarbeit sind Sie ziemlich schwer bewaffnet.«

»Yamabennin bevorzugt vielseitige Angestellte, Inspector«, sagte Hagen beinahe fröhlich.

»Ja? Dann seien Sie ein guter Angestellter und sehen Sie zu, daß Sie Ihren Konzernhintern hier raus und wieder in Ihr wohlbehütetes Konzernrevier schaffen. Ich sehe keine Notwendigkeit mehr für ›Hilfspersonal‹.«

»Es ist Yamabennin immer ein Vergnügen, mit den Behörden zusammenzuarbeiten.« Hagen bedachte Fletcher mit einer Konzernverbeugung.

»Davon bin ich überzeugt«, sagte Fletcher mit genau dem Unterton von Sarkasmus, den Charley auch in seine Antwort hätte einfließen lassen, wäre er mit diesem Spruch konfrontiert worden.

»Sie können ebensogut gleich mit ihm gehen, Detective Gordon«, sagte Van Dieman. »Sie werden hier ebenfalls nicht mehr gebraucht.«

Charley sah Fletcher an. »Das hier ist keine Bundesangelegenheit.«

»Vergessen Sie Ihren Bericht nicht«, sagte Fletcher. »Wir erwarten eine Kopie von Ihnen. Wir übernehmen diese Sache jetzt.«

Teil 1

ZEIT FÜR EINE VERÄNDERUNG

Kapitel 1

»Master Jack«, pfiffen die drei Stimmen unmelodisch und schrill.

In seinem halbwachen Zustand war John nicht klar, daß sie ihn meinten. John Reddy benutzte seinen richtigen Namen nicht mehr oft. Auf den Straßen des alten Providence war er als Tall Jack, Lanky Jack, Mucho Blanco Jack oder nur Jack bekannt. Straßennamen für ein Straßenleben. Sein angepaßtes Leben lag hinter ihm, sein altes Zuhause in WoGe 3 war nur noch eine Erinnerung.

»Master Jack!«

Manche nannten ihn auch so, aber John zog ein einfaches, nicht weiter ausgeschmücktes Jack vor, obwohl er zugeben mußte, daß der Anflug des Mysteriösen, den ihm die Tatsache verlieh, daß er mehrere Namen hatte, einen gewissen Reiz besaß. Nur Faye nannte ihn noch John, aber die meisten Leute, die Faye hören konnten, waren Johns Freunde, also machte er sich deswegen keine großen Sorgen.

»Aufwachen, Master Jack!«

Jemand riß ihm die Bettdecke weg und setzte ihn damit der kühlen morgendlichen Luft aus. Von dem entwendeten Bettzeug verborgen, huschte der Dieb in die entfernte Decke des Dachbodens, der Johns Schlafzimmer war. Der hektisch umherlaufende Stoffberg hatte die richtige Größe für einen Bogie, und die Stimmen waren so schrill, daß sie ebenfalls in dieses Bild paßten. Es war ganz uncharakteristisch dreist von ihnen, ihn auf diese Art zu stören.

Schmutzige Fenster verliehen dem durch sie einfallenden Licht eine gräuliche Färbung. Nur die zerschlagenen Scheiben zeigten die tatsächliche Farbe des Tageshimmels. Immer noch Morgen? Es schien so. Er hatte nicht lange geschlafen. Wäre er wacher gewesen, wäre er noch müde von seinem langen nächtlichen Streifzug auf der Suche nach Spillway Sue gewesen. Es gab keine andere Bettdecke, aber seine Lederjacke lag in Reichweite. Die Jacke war ein armseliger Ersatz für die Bettdecke, doch ihm wurde bereits wärmer. Er war erschöpft gewesen, als er sich hingelegt hatte, vollkommen erledigt, und er hatte geschlafen wie ein Toter. Er war einfach noch nicht bereit aufzustehen.

»Geht weg«, schnauzte er seine Peiniger an und wünschte sich, sie würden sich jemand anders – wie zum Beispiel Bär – aussuchen, den sie ärgern konnten. Doch er wußte, daß sie Bär nicht auf diese Weise stören würden. Bär machte kein Geheimnis aus seiner Abneigung gegen die Faery-Bewohner, die mit John in der Fabrik lebten, und die Bogies machten einen großen Bogen um Bär.

»Aber Master Jack…« »Das ist unmöglich.« »*Er* ist hier.« Die Bogies jammerten. »Er wird sich aufregen.« »Schließlich…« »Ich sag's ihm.« »Nein, ich!« »Ich sagte, ich werde ihm…« »Nein, wirst du nicht!«

»Seid jetzt still, ihr zwei«, sagte die tiefste der Stimmen. Das mußte Kesh sein. »Master Jack, *er* ist gekommen, um Euch zu sprechen.«

John wollte keine Besucher empfangen. Er wollte nur schlafen. »Sag ihm, daß ich tot bin.«

Was laut Eintragungen in den öffentlichen Datenbanken stimmte. John Reddy war tot, bei einem ohne äußere Einwirkung entstandenen Brand im Woodman Waffenmuseum ums Leben gekommen, wo er als Wachmann gearbeitet hatte. Die Dateien stimmten insofern, als in der Nacht, da sich Johns Leben geändert hatte, tatsächlich jemand ums Leben gekommen war, aber das war auch schon so ungefähr alles, was darin in Bezug auf jene Nacht stimmte. Der Brand war keineswegs ohne äußere Einwirkung entstanden und John war nicht die Person, die im Feuer ums Leben gekommen war, obwohl jemand dies die Welt glauben machen wollte und dieser Jemand dabei so weit gegangen war, die Beschreibung der körperlichen Merkmale der Leiche in allen öffentlichen Dateien so zu verändern, daß sie John entsprach. Dieser Austausch war ein Rätsel, das John noch lösen mußte. Doch das Lösen von Rätseln war etwas für Leute, die wach waren.

»Master Jack, Ihr müßt kommen!« flehte Kesh. »*Er* wird gar nicht glücklich sein, wenn Ihr nicht kommt! Und dann läßt er es an uns aus.«

Die Hartnäckigkeit der Bogies drohte John endgültig aufzuwecken. Wenn sie doch einfach nur den Mund hielten, könnte er wieder zu seinen Träumen zurückkehren. Er tastete den Boden in der näheren Umgebung der Matratze ab, bis er auf einen kleinen Gegenstand stieß, der sich als Wurfgeschoß eignete. Er warf ihn, ungezielt und kraftlos. »*Ich* bin nicht glücklich. Geht weg!«

Das ließ sie innehalten, aber nur für einen Augenblick. Die schrillen Stimmen erhoben sich zu einem Chor, der auch Johns letzte Hoffnung zerstörte, weiterschlafen zu können. »Master Jack, Ihr müßt aufstehen.« »Der Prinz ist gekommen und will mit Euch reden. *Er* hat uns aufgetragen, Euch zu holen.« »*Er* wartet.« »*Er* wartet nicht gern.« »O nein, *er* wartet nicht gern. Den Großen gefällt es nie, wenn man sie warten läßt.« »Habt Mitleid, Master Jack. Der Prinz…«

John kannte nur einen Prinz, der einerseits den Bogies derartige Angst einjagen konnte und andererseits dennoch abwarten würde, bis sie ihre Aufgabe erfüllt hatten. Bennett. »Bennett ist hier?«

»Stimmt das?« fragte eine tiefe Stimme. Bärs Stimme.

Das wollte John auch gern wissen. Die Bogies antworteten nicht. Er öffnete ein Auge und sah sie an. Alle drei hatten Nischen gefunden, in denen Bär sie nicht sehen konnte, John hingegen schon. Alle drei nickten nachdrücklich. John sah Bär an. »Es hat den Anschein.«

»Dem Elf darf man nicht trauen«, sagte Bär aus tiefster Überzeugung.

Zwar war Bär nach seiner schweren Zeit unter dem Berg bemerkenswert schnell wieder er selbst geworden, dabei jedoch sehr wortkarg und in sich gekehrt gewesen. Seine Verwirrung nach dem mißglückten Versuch der Zwerge, ihm bei der Anpassung an das einundzwanzigste Jahrhundert zu helfen, war verschwunden. Geblieben war ein Anflug von Auszehrung, eine Folge der langen Zeit, die er untätig in den absonderlichen medizinischen Geräten der Zwerge gelegen hatte. Bär hatte sich von der Tortur erholt wie ein legendärer Held – was verständlich war, da er einer war. Bärs Widerstandsfähigkeit erleichterte John, hatte ihn aber nicht wirklich überrascht. Seit John Bär kannte, erholte dieser sich mit bemerkenswerter Leichtigkeit von den Folgen der Wunden und der Erschöpfung. »Ein Talent, das ich mir während meines Schlafs in der Anderswelt angeeignet habe«, hatte Bärs Erklärung gelautet. Es war ein Talent, das Bär als ›nützlich‹ beschrieb, und weiter würde Bär bei einem Eingeständnis der Dankbarkeit für etwas, das von Faery kam, nicht gehen.

Bär hegte eine Menge Groll und Mißtrauen gegen die Bewohner Faerys. Was war das Besondere an Bennetts Besuch, was Bär zum ersten Mal nach oben führte?

»Hast du Bennett herbestellt?« fragte Bär argwöhnisch.

Enthielt sein Tonfall Mißtrauen John gegenüber? War dies ein Zeichen dafür, daß Bärs Mißtrauen Elfen gegenüber John einschloß? Zwischen ihm und Bär waren noch eine Menge Fragen weder gestellt noch beantwortet worden. Seit ihrem Wiedersehen hatte es kaum Gelegenheit für eine private Unterhaltung gegeben. Obwohl die alte Fabrik, die John zu seinem Heim gemacht hatte, sehr groß war, bot das Gebäude dieser Tage kaum Stellen der Abgeschiedenheit – und John wollte sich um den Schatten, der auf Johns und Bärs Beziehung lag, privat kümmern. Bisher hatte Bär weder zugegeben noch erkennen lassen, daß er wußte, daß John ein Elf war. Bisher war es – für sie beide – leichter gewesen, so zu tun, als hätten die Dinge sich nicht geändert, als sei ihre Beziehung noch so wie zur Zeit ihrer Mitgliedschaft bei den Downtown Dons, als sie beide noch nichts von Johns wahrer Abstammung gewußt hatten. Ihre wenigen Unterhaltungen hatten sich um gegenwärtige Ereignisse gedreht, die sich in der Welt außerhalb der Fabrik abspielten, einer Welt, die Bär noch nicht wieder betreten hatte.

»Hast du ihn gesehen?« fragte John, obwohl er die Antwort bereits zu kennen glaubte. Bär und Bennett boten eine leicht entzündliche Mischung. Wären sie sich bereits begegnet, wäre John vom daraus resultierenden Feuerwerk geweckt worden.

»Nein.« Bärs Antwort klang barsch. »Hast du es herbestellt?«

»Ich weiß nicht, warum er hier ist«, antwortete John aufrichtig.

»Schick den Elf weg. Sag ihm, daß es hier nicht willkommen ist.«

Bär hatte recht: Bennett war hier nicht willkommen, aber nicht deshalb, weil er ein Elf war. Bärs Haß auf Bennett beruhte auf anderen, persönlicheren Dingen. Auch John hatte noch einige Rechnungen offen. Er sah zwar nicht so aus, war aber selbst ein Elf und angeblich Bennetts leiblicher Sohn, obwohl Bennett sich nicht wie ein Vater um ihn gekümmert, sondern ihn im Stich gelassen und einem Leben als Wechselbalg unter Menschen ausgesetzt hatte. Dieser Geburtsunfall stand nun zwischen John und Bär, doch jetzt war nicht der rechte Zeitpunkt, sich mit ihrer angespannten Beziehung auseinanderzusetzen.

Im Augenblick mußten sie sich um Bennett kümmern. Es war verlockend, Bärs Haltung Bennett gegenüber einzunehmen, doch John dachte über den emotionalen Aspekt hinaus. Der Elfenprinz stattete keine Höflichkeitsbesuche ab. Was hatte ihn hergeführt? Zweifellos Probleme, doch was für Probleme? Konnten sie es sich erlauben, sich von irrationalen Gefühlen abhalten lassen, es herauszufinden? Zumindest für den Augenblick mußten sie die Vergangenheit außer Acht lassen. John wußte nicht, was zwischen Bär und Bennett vorgefallen war, ging aber davon aus, daß seine eigenen Gründe, den Elf zu hassen, zumindest nicht schwächer sein konnten. Wenn John darüber hinwegsehen konnte, warum dann nicht auch Bär?

»Bennett ist nicht mehr dein Feind, Bär. Ohne ihn wärst du jetzt gar nicht hier. Ohne seine Hilfe wären wir den Zwergen niemals entkommen.«

Bär schnitt eine finstere Miene. »Ich brauchte ihnen nicht zu *entkommen*.«

Bär glaubte ganz offensichtlich noch immer, daß die Zwerge weiterhin dieselben Freunde waren wie in seinem früheren Leben. John hatte Bär zu erklären versucht, daß die Zwerge für seinen Zustand der Verwirrung verantwortlich waren. Wenn Bär sich trotz allem weigerte zu verstehen, konnte John dem keine neuen Argumente hinzufügen. »Du willst einfach nicht akzeptieren, daß sie dich getäuscht haben. Sie sind nicht unsere Freunde. Sie haben eigene Pläne.«

»Ich weiß, daß sie eigene Probleme haben. Wie wir alle. Die Zwerge sind zuverlässige Verbündete. Sie sind zu sehr wie der Fels, in dem sie leben. Die Jahre haben sie nicht verändert, wie du behauptest. Sie haben ein langes Gedächtnis und einen ausgeprägten Sinn für Ehre. Ich zweifle nicht daran, daß bei dieser Angelegenheit Täuschung eine Rolle spielt, aber nicht auf ihrer Seite. Sie waren immer Freunde der Menschen gegen die El-« Bär brach jäh ab und ließ dabei einen selten Augenblick des Unbehagens erkennen. »Gegen jene wie Bennett.«

»Wenn du Elfen *meinst*, *sag* Elfen.«

Bär sagte nichts.

John hatte gehofft, diese Bemerkung werde Bär zu einem Rückzieher veranlassen, zu einer Bestätigung, daß Bär John nicht zu den Elfen zählte, die Bär haßte. Doch sie kam nicht. John mußte verrückt gewesen sein zu glauben, Bär könne in seinem Haß eine Ausnahme machen und von John so denken wie zu der Zeit, als er von Johns Herkunft noch nichts gewußt hatte. Bär war, was er eben war, ein aufgeblasenes bigottes Fossil, ein unaufgeklärtes Produkt seines Zeitalters. Alles, was John für Bär getan hatte, schien nicht auszureichen, um diesem Mann zu beweisen, daß John nicht wie Bennett war.

»Du bist nicht wegen Bennett zu mir nach oben gekommen«, sagte John, indem er aus der Feststellung beinahe eine Anklage machte.

»Ich bin gekommen, um dir das zurückzugeben.«

Bär hielt die Kombox in die Höhe, mit deren ›Organisierung‹ John den ersten Teil seiner langen Nacht verbracht hatte, um sie dann in ihre Konsole zu integrieren, mit der sie die öffentlichen Telekommunikationsleitungen anzapften. Erst gestern hatte Bär um die Kombox als Zusatz für den Netzzugang gebeten, den John bereits eingerichtet hatte, und zwar in erster Linie für Unterhaltungskanäle, deren Sendungen über den Monitor unten im Erdgeschoß liefen – die Bogies hatten eine besondere Vorliebe für den Comedy-Nostalgiesender –, aber auch, um Bär Zugang zu Nachrichten und Dokumentarsendungen zu verschaffen, die ihn besonders interessierten.

Als John von seinem Streifzug zurückgekehrt war, hatte er sich in das System eingeloggt und gesehen, daß Bär Wilson angerufen hatte, den Zwerg, der John und Spillway Sue entführt und sich dabei als Bärs Mittelsmann ausgegeben hatte. John war nicht klar gewesen, daß Bär wußte, wie er Kontakt mit dem Zwerg aufnehmen konnte. Ach was, er wäre nie auf den Gedanken gekommen, daß der Zwerg über eine ganz gewöhnliche Telefonnummer verfügen könnte. Plötzlich ergaben Bärs Bemerkungen über die Zwerge einen Sinn.

»Gehst du zu ihnen zurück?«

»Hier gefällt es mir nicht«, erwiderte Bär.

Die Fabrik war kaum ein Palast, aber sie war besser als die meisten Orte, an denen John sich seit seiner Flucht aus Worchester aufgehalten hatte. Sie war eine Insel inmitten des urbanen Chaos' des Sprawl, eine Zuflucht geboren aus verlassenem industriellen Verfall, aber nichtsdestoweniger eine Zuflucht. Und es war friedlich dort – wenn man von der Unordnung absah, die sich aus der Anwesenheit der Bogies und Johns anderer Gäste ergab. Ein bunt zusammengewürfelter Haufen von Faery-Bewohnern war ihm nach seinem letzten Ausflug in die Anderswelt hierher gefolgt und in die Fabrik eingezogen, als sei dies die natürlichste Sache der Welt. Und wer wollte etwas anderes behaupten? Er hatte nicht viele Gründe, sich zu beklagen. Die meisten Faery-Bewohner ließen einen in Ruhe, wenn man in Ruhe gelassen werden wollte, was mehr war, als John über die menschlichen Nachbarn sagen konnte, die er im Laufe der Jahre gehabt hatte. Außerdem gab es jetzt keine Übergriffe von anderen mehr. Nicht einmal die Bestien, die größte und kriegerischste der hiesigen Gangs, hatte sie in der Fabrik behelligt.

»Ich dachte, ich bin dein *Comes*. Soll ich dir da nicht Gastfreundschaft gewähren?«

Bär wollte Johns Blick nicht begegnen, aber ob dies darauf zurückzuführen war, daß ihm unbehaglich zumute war oder er in eine längst vergessene Vergangenheit schaute, konnte John nicht sagen. Bär seufzte. »Die *Comitatus* sind eine Sache der Vergangenheit. Dies ist ein neues Zeitalter mit anderen Regeln und Gewohnheiten.«

»Soll heißen, die alten Tugenden sind es nicht wert, daran festzuhalten?«

»Ich dachte, das wüßtest du besser.«

»Was meinst du dann damit?«

Bär schwieg einen Augenblick, drehte sich jedoch langsam um und begegnete Johns Blick. Bärs Augen schauten kalt und entfernt, hart. Leise sagte er: »Ich kann hier nicht bleiben. Du solltest ebenfalls von hier weggehen. Dieser Ort ist... verdorben.«

John hatte das Gefühl, einen Tritt in den Magen bekommen zu haben. Seit Worchester kam diese alte Fabrik einem Heim noch am nächsten. Er wollte es von niemandem schlecht machen lassen, auch nicht von Bär. »Dieser Ort ist mein Zuhause. Willst du damit sagen, *ich* bin verdorben?«

Bär antwortete nicht. Er sah lediglich weg.

Geh zum Teufel! Nur weil John ein Elf war, machte ihn das noch lange nicht zu einem Bastard, auch wenn er der Bastard eines Elfs war. Warum konnte Bär das nicht verstehen? »Also sind wir fertig miteinander?«

»Kommst du mit und verläßt diesen Ort?« fragte Bär, ohne John anzusehen.

John konnte auch stur sein. »Nein.«

Bär schaute auf die vergessene Kombox in seiner Hand und hielt sie dann John noch einmal hin. John nahm sie nicht an, sondern verschränkte die Arme vor der Brust. Bär legte die Kombox auf den Boden und wandte sich ab. In der Tür blieb er lange genug stehen, um zu sagen: »Ich danke dir für alles, was du getan hast.«

Dann war er verschwunden.

Wenn Bär John nicht als das anerkennen konnte, was John war, war John ohne Bär besser daran. Was bildete Bär sich überhaupt ein zu erwarten, John werde ihm blind folgen und tun, was Bär von ihm verlangte? Schließlich war Bär nicht mehr der große König oder überhaupt irgendeine Art König. Zum Teufel, Bär war nicht einmal mehr Kriegshäuptling der Dons. Und hier hatte John das Kommando.

Vielleicht war das Bärs eigentliches Problem.

Etwas zupfte an Johns Hosenbein. Ein Bogie, Lep, der kleinste der drei. Lep sah flehentlich zu ihm auf und sagte: »Master Jack, der Große wartet.«

Ah, ja. Bennett. Noch jemand, der John für einen Bauern in seinem Schachspiel hielt. Irgendetwas würde den Elf veranlaßt haben herzukommen. Wahrscheinlich würde es John nicht gefallen, aber er wollte wissen, was es war. Oder wenigstens wollte er wissen, was Bennett behauptete, daß es war. Zwischen diesen beiden Dingen würde es einen beträchtlichen Unterschied geben und, dessen war er sicher, beide würden praktisch gleich interessant sein.

»Master Jack?« Das war Metch, der dritte Bogie. Er bebte, während er John die Jacke reichte. »*Er* wartet nicht gern.«

John nahm die Jacke und warf sie sich über die Schulter. Warten konnte Bennett nur gut tun. John beschloß, höflich zu sein und gelassen zu bleiben, da er sich dachte, daß Bennett mit Höflichkeit und Gelassenheit wenig würde anfangen können, wenn er John zu manipulieren versuchte. Bard Taliesins *The Elf at the Well* pfeifend, ging John die Treppe hinunter.

Bennett befand sich im Erdgeschoß und war in ein Gespräch mit Gorshin vertieft. John war nicht überrascht, die beiden zusammen zu sehen. Bennett hatte Gorshin aus der Anderswelt mitgebracht und hier zurückgelassen. Bennett war gut darin, Leute zurückzulassen.

Gorshin hatte sich irgendwo in der Fabrik häuslich eingerichtet und war einer der ungebetenen Bewohner, die John seine Gäste nannte. Dr. Spae sagte, Gorshin sei ein Gargyl. Das Wesen mit den Fledermausflügeln hatte keine große Ähnlichkeit mit den Gargylen, die einige der ältesten Gebäude in Providence zierten, aber dabei handelte es sich auch um moderne Skulpturen, die mit den klassischen mittelalterlichen Gargylen kaum etwas gemeinsam hatten. John mußte zugeben, daß es eine gewisse Ähnlichkeit zwischen Gorshin und einigen der reptilienhafteren Darstellungen gab, die früher einmal die Kathedralen der Alten Welt geschmückt hatten. Doch keine dieser Darstellungen wirkte auch nur halb so bedrohlich wie Gorshin. Andererseits konnte sich auch keine dieser Darstellungen bewegen. Gorshin war nicht Johns Lieblingsgast.

Aber es war der echte Gast, dem John seine Aufmerksamkeit widmete. Bennett hatte sich wieder für den Aufenthalt unter Menschen zurechtgemacht, und sein menschliches Gesicht erinnerte schwach an seine hageren elfischen Züge. Seine Kleidung war modisch und elegant, Chefetage – nicht die beste Wahl in diesem Teil des Sprawl, aber jeder Aasgeier, der versuchen würde, sich mit Bennett anzulegen, würde eine deftige, wahrscheinlich tödliche Überraschung erleben. Ungeachtet seines Aussehens war der Elf keineswegs ein reicher Konzernpinkel, den man ausnehmen konnte, sondern ein Elfenmagier mit mehr als genug Macht, jedem eine Lehre zu erteilen, der ihn belästigte. John hatte schon erlebt, wie andere Magier seiner Macht widerstanden hatten, aber ein Muskelprotz von der Straße hatte keine Chance.

Als John sich näherte, sagte Bennett: »Gorshin sagt mir, daß du in deiner Freizeit versuchst, die Frau aufzuspüren, die dir weggelaufen ist. Wie hieß sie noch gleich?«

Die ihm weggelaufen war? Sue war nicht weggelaufen. Jedenfalls nicht ihm oder vor ihm. Na ja, vielleicht doch, aber es war ein Mißverständnis, das er aufklären würde, sobald er sie fand. Es ging Bennett nichts an. Und warum war er überhaupt daran interessiert?

Als John nicht antwortete, sprang Gorshin für ihn ein. »Spiillwaaay Ssuuu.«

Warum mußte der Gargyl immer hungrig klingen, wenn er Leute beim Namen nannte?

»Kaum ein Name, der Wunder wirkt«, stellte Bennett fest.

Der spöttische Tonfall des Elfs reizte John. Straßennamen waren eben Straßennamen, mehr nicht. Sie waren nicht immer dramatisch. John hatte selbst mehrere, die ihm nicht besonders gefielen. Was ging das Bennett an? Und was fiel Gorshin ein zu tratschen? Johns Entschlossenheit, höflich zu sein, löste sich auf wie Speichel auf einem Gehsteig im Sommer. »Was willst du, Bennett?«

Bennett lächelte, da er sich von Johns streitlustigem Tonfall nicht aus der Ruhe bringen ließ. »Es sind endlich glücklichere Umstände eingetreten und ich bin gekommen, um dich zur Anderswelt zu bringen. Es ist an der Zeit für dich, die sonnenbeschienene Welt zu verlassen und deiner Abstammung gerecht zu werden.«

Glücklich für wen? war Johns erste Reaktion, aber die Erwähnung von seiner Abstammung rührte das Gefühlschaos auf, das in ihm tobte, seit er zum ersten Mal erfahren hatte, daß er ein Elf war. Seine wirkliche Welt war das zwielichtige Land der Anderswelt, aber über diese Welt wußte er kaum mehr als das, was er in Büchern gelesen und in Liedern und Geschichten gehört hatte. Wieviel von dem, was er über sie glaubte, war richtig, wieviel falsch? Er wußte, daß Legenden immer auf Tatsachen beruhten. Bär war ein Beweis dafür – gab es eine größere Legende als die von König Artus? Bär stellte die Grundlage für diese Legende dar, und er war so wirklich wie jeder andere, dem John bisher begegnet war. Es gab noch mehr in der Welt als Horatios Philosophien. Es gab Magie, und sie wurde beständig stärker. Es gab auch Magie in John und selbst die wurde stärker, wenn auch langsam. Dr. Spaes Unterricht half, aber sie war auch nicht gerade eine Expertin, was die Unterscheidung zwischen der Wirklichkeit der von der Magie berührten Welt und den Irrtümern der Tradition betraf. Bennett, als Prinz von Faery geboren und aufgewachsen, kannte sich aus. Und jetzt, so schien es, bot er John dieses Wissen an.

Was sprang dabei für Bennett heraus? Es mußte etwas geben.

Also war Bennett endlich bereit, ihn in die Anderswelt mitzunehmen. Na und? War Bennett vielleicht sogar endlich bereit, der Vater zu sein, der er von Anfang an hätte sein sollen? Auch dafür galt: na und? Die Zeit für väterliche Fürsorge war längst vorbei. »Ich komme allein dorthin.«

Bennett nickte. »Aber du kannst dein Erbe nicht allein antreten. Ein zielloses Umherirren in unserem Gefilde wird dich diesem Ziel nicht näher bringen. Ich biete dir an, was dir von Anfang an hätte gehören müssen.«

»Ich will nichts von dir.« Noch während er es sagte, wußte John, daß das nicht stimmte. Er wollte doch etwas von Bennett. Er wollte Genugtuung für die Jahre, in denen er mit einer Lüge gelebt hatte. Er wollte eine Entschädigung für den Verlust seines Heims und seiner Familie, auch wenn es in Wirklichkeit weder sein Heim noch seine Familie gewesen war. Aber in erster Linie wollte er Antworten – ehrliche Antworten – auf die Fragen, die seine elfische Abstammung aufwarf. Er wußte so wenig – und das meiste von dem, was er wußte, stammte nicht von Bennett, sondern aus anderen Quellen. Zum Teufel, dank der ›Schutzzauber‹, für die Bennett gesorgt hatte, konnte John nicht einmal sein wahres Gesicht sehen.

»Jack, ich weiß, daß unsere Beziehung nicht die beste war, aber wir mußten beide auf Umstände Rücksicht nehmen, an denen wir nichts ändern konnten. Jetzt bietet sich uns eine Gelegenheit, die Fehler wiedergutzumachen, die zu unserer Entfremdung geführt haben. Dies ist nicht der Augenblick, die Vergangenheit zu betrachten, dies ist der Augenblick, in die Zukunft zu schauen. Und vor dir liegt eine strahlende Zukunft.« Bennett beschrieb eine Geste mit der Hand, die die Umgebung einschloß. »Du hast mehr verdient als das hier.«

John wollte Bennett glauben. Aber… »Und dafür wirst du sorgen?«

»Das werde ich in der Tat. Innerhalb gewisser Grenzen. Ich kann dich als Prinz von Faery einsetzen. Der Rest hängt dann von dir ab, so, wie es schon immer war. Aber was die Gelegenheit und die Voraussetzungen betrifft, so kann ich nicht nur dafür sorgen, sondern ich muß es sogar tun. Es ist nicht richtig, daß ich dir vorenthalte, was rechtmäßig dein ist.«

»Bis jetzt ist es dir ziemlich gut gelungen, mir all das vorzuenthalten.«

Bennett stieß einen dramatischen Seufzer aus. »Wie ich schon sagte, das habe ich nicht aus freien Stücken getan.«

»Das sagst du.«

»Ich finde es zwar beleidigend, daß du mein Wort anzweifelst, aber ich kann deine Zweifel an meiner Wahrheitsliebe auch verstehen. Tatsache ist, daß du vieles nicht weißt – und daß sich das auch nicht ändern wird, solange es dir reicht, dich hier in der sonnenbeschienenen Welt aufzuhalten. Du kannst es dir nicht leisten, noch länger unwissend zu bleiben.«

»Ich habe bereits mehr von dir gelernt, als mir lieb ist.« *Zum Beispiel eine Menge über Täuschung.*

»Vielleicht. Aber wenn man überleben will, muß man mehr lernen, als einem lieb ist. Du willst doch überleben, oder nicht?«

»Ich werde überleben.«

»Du hast mächtige Feinde.«

»Ach ja? Zum Beispiel?«

»Dies ist nicht der rechte Zeitpunkt für Namen«, erwiderte Bennett.

Wohl eher nicht der Zeitpunkt, der Bennett lieb war. *Falls* er überhaupt Feinde hatte. »Tja, ich mache mir keine Sorgen. Ich habe mächtige Freunde.«

»Ach? Zum Beispiel?« fragte Bennett ebenso ungläubig wie zuvor John. Er schüttelte bedauernd den Kopf und sagte: »Wie ich sehe, bist du dir nicht über deine Lage im klaren.«

»Ich bin mir darüber im klaren, daß es keinen Grund gibt, warum ich dir vertrauen sollte.«

»Ich bin dein Vater, Jack.«

»Das sagst du.« Aber diesmal konnte John nicht viel Überzeugung in seine spöttische Antwort legen. Er war mittlerweile zu der Überzeugung gelangt, daß Bennett in diesem Punkt nicht log, aber es gefiel ihm nicht. Es gefiel ihm ganz und gar nicht.

»Beurteile mich nicht nach menschlichen Maßstäben«, warnte Bennett.

»Wie sollte ich dich sonst beurteilen?« brach es aus John hervor. »Ich bin von Menschen aufgezogen worden. Ich bin in einer menschlichen Welt aufgewachsen. Ich kenne nur Menschen. Ihre Maßstäbe sind die einzigen, die ich kenne. Und diese Maßstäbe können nicht so schlecht sein. Schließlich haben die *Menschen* mich nicht im Stich gelassen, als ich ihnen lästig war.«

»Das habe ich auch nicht getan«, sagte Bennett ernst. »Die Situation war mehr als nur lästig.«

»Das sagst du.«

»*Das* ist eine ermüdende Antwort.«

Hah! Ein Treffer. »Tut mir leid, wenn ich dich langweile.«

»Deine Reue ist wenig überzeugend, aber ich lasse das durchgehen. Die Dinge schreiten voran. Es ist zwingend erforderlich, daß du mit mir in die Anderswelt zurückkehrst.«

Zwingend erforderlich? Kamen sie jetzt zum wahren Grund für Bennetts Besuch? John wußte, daß Bennett nicht nur um Johns willen gekommen sein würde. Sollte Bennett ruhig noch etwas zappeln. »Nein, das glaube ich nicht. Ich glaube nicht, daß ich irgendwohin muß.«

Bennetts Miene verfinsterte sich. »Sei nicht halsstarrig.«

»Warum nicht? Bin ich dann meinem Vater zu ähnlich?«

Bennetts Augen verengten sich, als er sagte: »Als du meine Hilfe wolltest, um deine Freunde zu retten, gabst du mir dein Wort, daß du mir helfen würdest. Oder hast du das schon vergessen?«

Warum brachte er das jetzt zur Sprache? »Ich habe es nicht vergessen.«

»Wenn ich muß, berufe ich mich auf dieses Versprechen, um zu erreichen, daß du mich begleitest. Kommst du mit mir?«

Bennett war jetzt so ernst geworden, daß John einer neuerlichen Spitze nicht widerstehen konnte. »Vielleicht solltest du mich einfach niederschlagen und mich von Gorshin entführen lassen.«

»Das ziehe ich nicht in Erwägung. Ich frage noch einmal, kommst du mit mir?«

»Ich will nicht«, antwortete John aufrichtig.

»Du wirst mit mir in die Anderswelt kommen. Dort

gibt es eine Angelegenheit, in der ich deine Hilfe brauche«, sagte Bennett. Die Mühe, diese Worte über die Lippen zu bringen, schien Bennett beinahe Schmerzen zu bereiten.

Was John nur recht war. Bennetts Unbehagen war nur eine winzige Genugtuung. Vielleicht war noch Platz für ein wenig mehr. »Warum kann ich dir nicht von hier aus helfen? Schließlich ist dies die Welt, in der du mich ausgesetzt hast.«

»Ich habe nicht gesagt, daß diese Welt nicht in diese Angelegenheit verwickelt ist.«

»Nur fürs Protokoll möchte ich darauf hinweisen, daß du nicht das geringste über ›diese Angelegenheit‹ gesagt hast.«

»Dein Eid ist nicht mit Einschränkungen in Bezug auf die Angelegenheit verbunden, für die ich deine Hilfe brauche. Hältst du dies für den rechten Zeitpunkt, dein Wort zu brechen? Was für eine Art Ehre lehrt Artus dich eigentlich?«

Bär und ihn lehren? Bär verließ ihn. Aber wie so viele andere Angelegenheiten ging auch diese Bennett nichts an. »Laß Bär aus dem Spiel.«

»Natürlich. Aber jetzt frage ich dich zum dritten Mal: Kommst du mit mir und hilfst mir, wie du geschworen hast?«

John erinnerte sich an das Versprechen. Damals hatte er sich nicht viel dabei gedacht. Er war mit den Gedanken woanders gewesen. Bennetts verächtlichen Tonfalls ungeachtet hatte Bär John etwas über Ehre und darüber beigebracht, daß man seine Versprechen hielt, ganz gleich wem man sie gegeben hatte. Würde Bennett seine eigenen Versprechen so ernst nehmen wie Johns?

»Antworte mir«, forderte Bennett ihn auf.

»Ist es so wichtig?«

»Du wirst es bereuen, wenn du es nicht tust.«

Appelle an sein Eigeninteresse, dann an die Ehre und

jetzt Drohungen. Welche Motive Bennett auch hatte, sie schienen sehr stark zu sein. John war neugierig. Bennett hatte ihm praktisch nichts erzählt, aber John stellte fest, daß er ganz einfach wissen *mußte*, was vorging. »Wirst du meine Fragen beantworten?«

»Ich bin nicht hier, um mit dir zu feilschen.«

»Läßt du dann wenigstens den Tarnzauber entfernen?«

Bennett tat die Frage mit einer verächtlichen Handbewegung ab. »Eine Kleinigkeit. Das ist kein Problem.«

Vielleicht nicht für Bennett, aber John mißfiel es, mit einem falschen Gesicht zu leben. War es wirklich eine Kleinigkeit, in einen Spiegel schauen und sein wahres Gesicht sehen zu wollen? Bennett hatte durchblicken lassen, daß der Tarnzauber aufgehoben würde, wenn John mit ihm ging. Wenn das alles war, was John aus Bennett herausholen konnte, würde er danach mehr haben als jetzt. Wenn er also mit Bennett in die Anderswelt ging, was würde ihn das tatsächlich kosten? Er konnte selbst von einer Welt in die andere wechseln, also würde er dort nicht festsitzen. Wenn ihm nicht gefiel, was Bennett vorhatte, konnte er einfach verschwinden.

»Also schön. Ich komme mit.«

Bennett nickte ernst. »Pack zusammen, was du mitnehmen willst.«

»Nicht so eilig. Ich muß zuerst noch etwas erledigen.«

»Was?«

»Etwas Persönliches.«

Bennett zuckte die Achseln, dann lächelte er. Nun, da er Johns Zustimmung hatte, schien er freundlicher gestimmt zu sein. »Es sollte nur nicht zu lange dauern.«

Kapitel 2

Holger hörte Stimmen. Die Stimmen waren bekannt, doch nicht so vertraut, wie Holger sie in Erinnerung hatte. Er hörte so vertraute Stimmen jetzt nicht mehr so regelmäßig. Er lauschte den Stimmen, registrierte ihre Höhen und Tiefen, Pausen und Betonungen, Modulationen und Rhythmen und erkannte Gilmore den Psycho und Major Chartain. Er konzentrierte sich auf das Geräusch, und die Stimmen drangen deutlicher an seine Ohren. Sie redeten über den Test. Chartain äußerte Bedenken hinsichtlich Holgers Bereitschaft.

Holger lächelte in sich hinein. Bereit? Er war mehr als bereit. Er steckte jetzt lange genug in der Reha. Er war die weißen Wände und die emsigen Laborkittel ebenso leid wie das ständige Summen der Klimaanlage, den gottverdammten kontrollierten Speiseplan, die sinnlose körperliche Therapie, die noch sinnloseren Psychotests und die Gerüche: die tödlich sauberen, trügerischen antiseptischen Gerüche. Oh, er war bereit. Er wollte die Sonne wiedersehen. Er hatte die Sonne seit dem Unfall nicht mehr gesehen.

Der Unfall…

Er hatte keine sonderlich ausgeprägten Erinnerungen mehr an seinen Unfall. Traumatische Streßreaktion, sagten die Ärzte. In seinem Kopf schwirrten Erinnerungsfetzen herum. Er erinnerte sich an Lichter und Hitze, an Druck und Schmerzen. An Stimmen. Ein einziges Durcheinander. Eine Nadel? Alles zu verwirrt. Sie bezeichneten es als Trainingsunfall, aber er war nicht immer sicher, daß sie ihm die Wahrheit sagten. Manchmal nahm die Abteilung es mit der Wahrheit nicht so genau. Vielleicht war es gar kein Trainingsunfall. Die Abteilung...

Wenn er sich doch nur deutlich erinnern könnte. Er erinnerte sich...

Er erinnerte sich, daß er schon sehr lange bei der Abteilung M war. Dies war nicht seine erste Verwundung. Aber die Abteilung hatte ihn immer gerettet. Abteilung M hatte sich immer um ihn gekümmert, weil er zu ihr gehörte. Die Abteilung kümmerte sich immer um ihre Angehörigen. Das gefiel ihm. Er gehörte gern zur Abteilung M. Seine beste Stelle seit seinem Beitritt zum Geheimdienst.

Er lauschte wieder den Stimmen auf der anderen Seite der Tür. Chartain war unsicher. Gilmore hämmerte auf einer Tastatur herum, während er diskutierte. Das Klicken der Tasten verstummte und Gilmore verkündete, das Szenarium sei vorbereitet. Chartain blieb unsicher, was Holgers Bereitschaft betraf. Nun, Holger würde es ihm zeigen. Dieser Test war seine Fahrkarte aus dem Krankenhaus und zurück in den aktiven Dienst. Er würde es Chartain zeigen. Holger Kun war wieder bereit zum Dienst und nichts, ganz gewiß nicht Major Chartains Zweifel, würde ihn daran hindern, es zu beweisen.

Der Test, der ihm bevorstand, war eine Prüfung, bei der sich zeigen sollte, ob er wieder bereit zum aktiven Dienst war. Er würde hier beginnen, aber auch draußen in der wirklichen Welt stattfinden – einer wirklichen Welt, die wiederzusehen er kaum erwarten konnte. Draußen in der wirklichen Welt zu sein, verlieh dem Test eine Komplexität, die drinnen in einer virtuellen Umgebung einfach nicht dupliziert werden konnte. Außerdem konnte man in einer virtuellen Umgebung nicht die physischen Grenzen einer Person testen. Dennoch, die Geldgeber der Abteilung billigten ›reale‹ Tests nicht, wenngleich Holger den Verdacht hatte, daß sie von ihrer Existenz wußten und, aus welchen Gründen auch immer, die Augen davor verschlossen. Reale Tests gehörten seit den schlechten alten Zeiten zum Geheimdienst der Europäischen Gemeinschaft, als das Budget nicht groß genug gewesen war, um in kontrollierten Umgebungen trainieren zu können. Mittlerweile waren sie Tradition, fast so eine Art Mannbarkeitsritus. Holger hatte bereits einen derartigen Test nach seiner Grundausbildung und dann noch einen nach dem speziellen Weiterbildungskurs der Abteilung bestanden.

Dieser Test stellte nur eine weitere Hürde für ihn dar. Das Szenarium war einfach. Er sollte eine Information aus dem Computer der Anlage beschaffen, die Simulation eines Datendiebstahls, und die Information aus der Anlage schmuggeln. Agenten der Abteilung M und wahrscheinlich andere Angehörige des ECSS würden ihm auf den Fersen sein. Einige würden die Jäger sein, andere würden ihm Hindernisse in den Weg legen, aber alle würden versuchen, ihn daran zu hindern, sein Päckchen abzuliefern. Diese Agenten wurden ebenfalls getestet, aber nicht so streng wie Holger. Das Szenarium sah vor, daß die Jäger nicht über besondere Informationen über seinen Bestimmungsort verfügen würden, aber Holger war nicht so dumm, sich darauf zu verlassen. Am Übergabepunkt würde jemand auf ihn warten. Es würde wenigstens eine Konfrontation stattfinden.

Ein Schauder der Vorfreude überlief ihn. Er war bereit! Warum also warten? Die wirkliche Welt lag dort draußen. Er öffnete die Tür. Die Monitorschirme der Arbeitsplätze, die die Wände säumten, erloschen bei seinem Eintreten. Als Sicherheitsmaßnahme hatte man sie offenbar so geschaltet, bei Aktivierung des Türmechanismus in den Bereitschaftsmodus zu wechseln. Es machte ihm nichts aus. Er hatte genug erreicht: Dadurch, daß er sich nicht anmeldete, hatte er den beiden Testern keine Gelegenheit gegeben, sich von der Konsole zu entfernen, die sie benutzten, so daß es ihm leichter fiel, die richtige auszuwählen.

»Ah, guten Abend, Agent Kun.«

Gilmore ließ das idiotische Lächeln aufblitzen, das seinen kahlen Schädel aussehen ließ wie den eines zu groß geratenen Säuglings. Seine Henkelohren, die über dem Kragen seines weißen Laborkittels wackelten, verstärkten den Eindruck der Karikatur eines Wissenschaftlers. Ein Blick auf Gilmore hätte einen nie auf die Idee gebracht – jedenfalls nicht bei diesem idiotischen Grinsen –, daß der Mann auf seinem Gebiet zur absoluten Spitzenklasse gehörte. Doch Holger war nicht so dumm, Menschen nach ihrem äußeren Erscheinungsbild zu beurteilen.

Man nehme zum Beispiel Major Chartains Aussehen. Chartain trug zwar die Uniform der Französischen Fremdenlegion mit den Rangabzeichen der Europäischen Koordinierten Militärstreitkräfte auf dem Kragen und dem Schulterstreifen mit dem umkränzten Adler der EKMS, aber der Major war kein Soldat. Holger wußte, daß Chartain früher einmal dem Militär angehört hatte, doch nicht der Fremdenlegion. Jetzt war er genau wie Holger ein Agent des Geheimdiensts. Ein dünnes Lächeln und ein knappes Nicken war alles, was Holgers Eintreten dem Major entlockte.

»Sie sind ein wenig früh daran«, sagte Gilmore. »Wir haben erst in ein paar Minuten mit Ihnen gerechnet.«

»Ich wollte mich nicht verspäten. Können wir anfangen?«

»Nervös?« fragte Gilmore.

Holger würdigte ihn keiner Antwort.

Gilmores Lächeln erlosch. »Ja, nun, ich sehe nicht, warum wir nicht anfangen sollten. Der erste Teil erfordert, daß Sie sich eine zuvor ausgewählte Datei beschaffen. Sie erinnern sich noch an den Identifikationscode der Datei?«

Sinnlose Frage. Holger vergaß niemals die Einzelheiten einer Einsatzbesprechung. »Westwind«, sagte er.

»Gut.« Gilmore strahlte wieder. »Sollen wir fortfahren?«

Holger schob sich an den Prüfern vorbei zur Konsole und blieb davor stehen, die Hände in den Taschen seines Mantels, während er sie begutachtete. Dies war keine Allerweltskonsole. Es gab zwei Tastaturen und eine Phalanx spezialisierter Eingabegeräte. Er nahm die linke Hand aus der Tasche und fuhr damit über die Tastatur und die anderen Kontrollen. So konnte er leicht erkennen, welche Gilmore zuletzt bearbeitet hatte. Zu leicht. Gilmore hätte eine virtuelle Kontrolloberfläche benutzen sollen, anstatt zuzulassen, daß die Wärmerückstände seiner Hände seine Konsole identifizierten. Holger ersparte sich die Mühe, in den Bereich der gesicherten Dateien einzudringen, und gab lediglich einen gewöhnlichen Aufrufbefehl ein, so daß die Konsole wieder zum Leben erwachte. Mehrere Unterfenster erschienen auf dem Monitor. Kein Verzeichnis enthielt die gesuchte Datei, aber das hatte er auch nicht erwartet. Er klinkte sich in den Server der Anlage ein, rief ein Suchprogramm auf, das er vorbereitet hatte, und aktivierte es unter Benutzung von Gilmores Zugangsberechtigung.

»Ausgezeichnet«, kommentierte Gilmore. »Ich kassiere von Dagastino. Er hat mit mir gewettet, daß Sie nicht auf Infrarotsicht zurückgreifen würden, um die Konsole zu identifizieren.«

Holger war Gilmores Wette völlig egal. Jeder mit den Referenzen des Psychos hätte eigentlich wissen müssen, daß man Wärme nicht sah, sondern fühlte. Wenn Dagastino so dumm war, gegen den Psycho zu wetten, war er ebenso dumm wie Sp…

Was ging nur in seinem Kopf vor? Er hatte keine Zeit für müßige Spekulationen. Er mußte sich auf die vor ihm liegende Aufgabe konzentrieren. Ja. Vorwärts und durch. Er mußte die Anlage verlassen und wieder in die wirkliche Welt zurückkehren. Daran mußte er denken.

»Datei gefunden«, verkündete die Konsole.

Sein Programm hatte die ihm gestellte Aufgabe erfüllt und die Westwind-Datei entdeckt, seine Fahrkarte nach draußen. Er kopierte die Datei auf einen Chip und steckte ihn ein.

»Gute Zeit für den Job«, sagte Chartain.

Das brauchte man ihm nicht zu sagen.

Holger drehte sich um. Dabei nahm er die rechte Hand aus der Manteltasche. Gilmore und Chartain starrten auf die H&K Viper in seiner Hand. Die Waffe war keine richtige Viper, sah aber wie eine aus. Fühlte sich auch fast wie eine an. Das Gewicht stimmte, nur die Balance war nicht ganz so gut. Aber allem Anschein nach handelte es sich um eine ganz gewöhnliche Waffe. Fragten sie sich, ob er die Testattrappe durch eine echte Waffe ersetzt hatte? Chartains Hand glitt zu seiner Hüfte und der dort gehalfterten Pistole. Der Major würde gleich bemerkt haben, daß Holgers Waffe entsichert war.

»Kommen Ihnen gerade Zweifel, Major?« fragte Holger ihn.

Holger gab in rascher Folge zwei Schüsse ab. Je eine Kugel in den Hals. Chartain zuerst. Sie schauten überrascht drein. Was unverständlich war, insbesondere bei Gilmore. Sie hätten wissen müssen, daß er die Absicht hatte, dieses kleine Spiel zu gewinnen. Sollte er sie etwa Alarm schlagen lassen, bevor er die Anlage verlassen hatte?

Das Betäubungsmittel in den Kugeln wirkte schnell, aber nicht schnell genug. Holger hatte den beiden in den Hals geschossen, um die Verzögerung in der Reaktion auf die Droge zu minimieren. Chartain kämpfte dagegen an. Holger mußte zu ihm gehen und ihm die Pistole abnehmen. Chartain wehrte sich nicht lange. Holger legte ihn neben Gilmore auf den Boden.

Nachdem er die Tür und die Konsolen darauf programmiert hatte, sich nach seinem Verschwinden zu versiegeln beziehungsweise Aktivität zu simulieren, löste Holger Chartains Ausweis von dessen Hemdtasche und befestigte ihn vorne an seinem Mantel. Außerdem nahm er sich die Mütze des Majors vom Ständer neben der Tür. Sie paßte einigermaßen. Holger war in dieser Beziehung unsicher gewesen. Er war jetzt zufrieden. Die Sicherheitsbeamten waren weitaus weniger gründlich bei der Überprüfung von Personen, die die Anlage verließen, als bei solchen, die sie betraten. Was ihm nur recht sein konnte – wenn sich jemand das Photo zu genau ansah, würde er nicht für Chartain durchgehen. Aber niemand würde einen gründlichen Blick auf ihn werfen. Die Mütze, der Militärmantel und das bloße Vorhandensein des Ausweises waren Verkleidung genug, solange kein Alarm gegeben wurde, und er hatte dafür gesorgt, daß der Alarm verspätet ertönen würde.

Der nächste Schritt bestand darin, aus dem Philips-Sanatorium zu marschieren, als habe er jedes Recht der Welt darauf. Und hatte er das nicht? Die Welt draußen wartete.

Kapitel 3

In wochenlanger Suche hatte John immer noch nicht herausgefunden, wo Spillway Sue wohnte. Da er kein Geld hatte, das er an das Straßenvolk hätte verteilen können, hatte er auch keine Auskünfte erhalten. Er war noch so neu in der Gegend, daß die Anwohner sich ihm nicht aus Freundlichkeit öffneten oder um sich seinen guten Willen zu verdienen. Doch aus irgendeinem Grund, den er nicht verstand, hatte er das Gefühl, noch einmal versuchen zu müssen, sie zu finden, bevor er mit Bennett ging.

Er war sicher, Sue wußte, daß er sie suchte. *Sie* war eine etablierte Größe auf der Straße. Einige von den Leuten, die John gefragt hatte, waren mit Sicherheit ihre Freunde oder schuldeten ihr Gefälligkeiten, wenn auch keine Loyalität. Sie würden mit ihr geredet haben. Warum war sie also nicht aus ihrem Versteck gekommen? Sie hätte ihn jederzeit finden können. Sie wußte, wo er wohnte. Warum hatte *sie* nicht *ihn* aufgesucht?

John wollte nicht glauben, daß Sue sich vor ihm versteckte, aber das schien die unweigerliche Schlußfolgerung zu sein. Sie hatten gerade erst begonnen, sich gegenseitig zu entdecken – er wollte nicht, daß es ohne ein weiteres Wort endete. Er fürchtete, daß dies bereits geschehen war.

Er wanderte in der Gegend südlich der 195 unweit des Flusses umher. Ohne zu wissen, wo Spillway Sue sich aufhalten mochte, konnte er lediglich an Plätzen nachsehen, wo man sie gesehen hatte, und hoffen, daß sie ihm zufällig über den Weg liefe. Sein Kurs war fast so ziellos wie derjenige der Blätter, die vom kalten Herbstwind über den Asphalt geweht wurden. Die Blätter wußten ebenso wenig wie John, wohin sie ihr Weg führte. Und Johns Gedanken überschlugen sich ebenso wie die Blätter.

Sue – über die er so wenig wußte – hatte Jahre, vielleicht sogar ihr ganzes Leben auf der Straße verbracht, während er sicher und wohlbehütet im Schoß eines Megakonzerns aufgezogen worden war. Sie waren in ganz verschiedenen Welten aufgewachsen. Was hatten sie gemeinsam? Sie hatten in Gefangenschaft der Zwerge eine quälende Zeit miteinander verbracht, der Zwerge, die Bär in ihrer Gewalt gehabt hatten. Da sie sonst mit niemandem außer den Zwergen in Berührung gekommen waren, hatte sich eine sonderbare Art der Nähe zwischen John und Sue entwickelt, zwei verängstigte Kinder, die ebenso viel Angst vor den Geschehnissen ringsumher gehabt hatten wie vor ihrer gegenseitigen Anziehungskraft. John verstand diese Anziehungskraft zwar nicht, konnte sie aber auch nicht leugnen.

Außerdem konnte er sich eines Schuldgefühls nicht erwehren, wann immer er innehielt, um darüber nachzudenken.

Wie konnte er sich von Sue so angezogen fühlen? Was war mit Faye? John lebte mit Faye zusammen, wenn man das Teilen einer Wohnung mit einer unstofflichen Präsenz als ›Zusammenleben‹ bezeichnen konnte. Faye war seine Vertraute und Freundin, und zwar seit seiner Kindheit. Doch John war kein Kind mehr und hatte erst kürzlich erfahren, daß Faye niemals eines gewesen war. Sie war eine Bewohnerin Faerys, ein ätherisches Wesen aus der Anderswelt. Seit er sie bei seinem ersten Ausflug in die Anderswelt zum ersten Mal in – war Fleisch und Blut die richtige Formulierung? – gesehen hatte, hatten sich seine Gefühle für sie verändert. Sie war auf eine Weise wirklich geworden, wie er sie sich nie hätte träumen lassen. Seitdem war er sich der sexuellen Anziehung zwischen ihnen beiden nur allzu bewußt, einer Anziehung, die durch ihre Unberührbarkeit gleichermaßen frustrierend wirkte wie verstärkt wurde.

In mancherlei Hinsicht war Faye für ihn ein ebenso großes Rätsel wie Spillway Sue.

Faye hatte nicht begriffen, warum John nicht sofort mit Bennett gegangen war, dem Burschen, der einmal versucht hatte, sie zu töten. Sie hatte alle möglichen guten Gründe aufgezählt, warum John gehen sollte. In Faery konnte John etwas über seine Herkunft erfahren. In Faery konnte John das sein, wozu er geboren war. In Faery würde John bei seinesgleichen sein. Einen der besten Gründe hatte sie jedoch ausgelassen. In Faery würde Faye stofflich sein. Die wunderschöne, bezaubernde Faye würde berührbar sein.

Aber in Faery würde es keine Sue geben.

Trotz der gravierenden Unterschiede zwischen den zwei Frauen fand John sie beide ungeheuer attraktiv. Anders, aber begehrenswert. Gleichermaßen begehrenswert? John war nicht sicher. Bei rechtem Licht betrachtet, war Sue bestenfalls hübsch, auf eine irdische Weise. Sie war eine realistische, pragmatische Frau und hielt sich schon sehr lange auf der Straße auf. Faye war ganz zweifellos und nach allen Maßstäben eine Schönheit. Zugegebenermaßen hatte John sie nur im trügerischen Licht der Anderswelt gesehen, aber er war sicher, daß ihre Schönheit mehr als nur Schein war. Wäre es nur um das Aussehen gegangen, die Wahl wäre ihm leicht gefallen, aber Johns Sehnsucht nach Sue war von einer glühenden Leidenschaft durchdrungen, die seinem unterschwellig brennenden Verlangen nach Faye fehlte. In letzter Zeit sagte er sich immer wieder, er müsse Sue wiedersehen, weil ein Gespräch mit ihr seine Verwirrung beseitigen könnte.

Er fragte sich, ob Faye wußte, was er tat, wenn er unterwegs war. *Er* hatte es ihr jedenfalls nicht gesagt. Er hatte Faye immer noch nicht erzählt, was zwischen ihm und Sue vorgefallen war: daß sie sich nach ihrer Rückkehr aus der Gefangenschaft auf seinem Dachboden geliebt hatten. Danach hatten sich die Dinge überstürzt und es war keine Zeit für eine Unterhaltung gewesen. Später – tja, später schien der Zeitpunkt nie richtig gewesen zu sein. Faye hatte den Vorfall nicht erwähnt und John hatte ihn auf sich beruhen lassen, da ihm die Courage fehlte, das Thema anzusprechen. Mit Faye über die Sehnsucht zu reden, die er nach Sue hatte, kam ihm einfach falsch vor.

Und er konnte mit niemandem anders darüber reden. Selbst wenn er noch da gewesen wäre, würde Bär das Problem nicht verstanden haben. Mit Dr. Spae zu reden, stand nicht zur Debatte. Vielleicht, wenn Johns Mutter bei ihm gewesen wäre. Aber nein, auch wenn er sie finden könnte, würde er bei ihr auch keinen Rat finden. Was sie auch sagen mochte, Marianne Reddy betrachtete John immer noch als ihren kleinen Jungen – und kleine Jungen hatten derartige Probleme einfach nicht. Er konnte mit niemandem darüber reden außer mit Sue. Nur war es ihm bisher eben noch nicht gelungen, sie zu finden.

Bennett hatte ihm vierundzwanzig Stunden Zeit gegeben, um seine Angelegenheiten zu regeln. Auch ohne Bennetts Fristsetzung hatte John das Gefühl, daß ihm die Zeit davonlief. Je länger er umherwanderte, desto sicherer war er, daß die Gelegenheit, die Dinge zwischen ihnen zu regeln, vorbei sein würde, wenn es ihm heute nicht gelang, Sue zu finden. Der Wechsel der Jahreszeit stand kurz bevor, und der Wind schien ihm zuzuflüstern, daß bald alles anders sein würde. Irgendwie hatte er das Gefühl, daß der Wind recht hatte.

Die Nacht war fast vorbei und John war müde. Der Wind frischte auf, also nahm er die erste Gelegenheit wahr, die sich ihm bot, aus dem Wind zu kommen, und stellte sich in einen Hauseingang. Dankbar, daß er eine windgeschützte Stelle gefunden hatte, lehnte er sich an die Wand. Er konnte sich vor dem Wind verstecken, nicht aber vor seinen Problemen.

Warum mußten die Dinge so kompliziert sein?

Ein Blatt wurde in den Hauseingang geweht und blieb an seinem Stiefel hängen, ein weiterer Flüchtling vor dem stärker werdenden Wind. Ein weiteres Blatt flog herein, landete auf dem ersten und blieb daran kleben. Ein drittes flatterte über die ersten beiden hinweg, übersprang die Spitze von Johns Stiefel und taumelte ziellos durch den Hauseingang. John bewegte seinen Fuß. Die beiden ersten Blätter schlossen sich dem dritten an und alle drei wurden wieder auf die Straße geweht. John sah ihnen nach, wie sie davonflatterten und dabei um sich selbst und umeinander wirbelten. Sie flogen an einer Gestalt vorbei, die verstohlen über die Straße ging. Einer schmächtigen Gestalt mit einem vertrauten Schlapphut. Die Gestalt trug mehrere Schichten Kleidung, reine Obdachlosenmode, aber das Sammelsurium von Lumpen konnte die geschmeidige, lebhafte Grazie des Körpers darunter nicht ganz verbergen. Spillway Sue.

Er beobachtete, wie sie sich näherte, wartete darauf, daß sie ihn bemerkte. Sie schien sich seiner Anwesenheit in dem überschatteten Hauseingang nicht bewußt zu sein. Als ihm schließlich klar wurde, daß sie ihn nicht ansprechen würde, war sie schon fast vorbei. Er trat auf den Gehweg.

Und sie fuhr zu ihm herum und zog dabei aus den Tiefen ihrer Lumpen eine Pistole. Sie richtete die Waffe auf ihn. Reflexionen der Straßenlaternen blitzten auf den drei winzigen Chrombeschlägen in ihrer Wange und hoben die ebenmäßige Rundung des Knochens und die zierliche Nase hervor.

»Tall Jack«, sagte sie in einem Tonfall irgendwo zwischen Frage und Feststellung. Ihre Augen wirkten verengt, argwöhnisch.

Er wußte nicht, ob sie sich freute, ihn zu sehen. »Hallo, Sue.«

»Du solltest dich nicht so an mich anschleichen.«

Wenn ihre Antwort auf jemanden, der sich ihr näherte, jetzt eine Kanone war, hatte sie recht. Er hielt die Hände deutlich vom Körper entfernt und so, daß sie sie sehen konnte. Sie seufzte – und die Kanone verschwand wieder unter den Lumpen. Darüber war er froh. Kanonen waren laut und häßlich, überhaupt nicht ihr Stil. »Ich habe dich gesucht.«

»Ich weiß.«

»Warum hast du dich vor mir versteckt?«

Anstatt seine Frage zu beantworten, sah sie sich eingehend in ihrer unmittelbaren Umgebung um. »Wir sollten nicht so im Freien stehen.«

Sie führte ihn den Weg zurück, den sie gekommen war, wieder in den Schatten, aus dem sie aufgetaucht war. Die Dunkelheit war eine Gasseneinmündung. Sie bogen noch in mehrere andere Gassen zwischen den dicht beieinander stehenden Häusern ein, bevor sie ihn eine kurze Treppe runter und zu einer Tür führte. Sue schloß die Tür auf, öffnete sie und bedeutete ihm einzutreten. Er tat es.

Innen begrüßte ihn ein Sammelsurium aus Sperrmüll, das lediglich von einer kurz vor dem Ausbrennen stehenden Leuchtstoffröhre erhellt wurde. Sie führte ihn auf einem gewundenen Weg durch das Gerümpel in einen kleineren Raum, der nicht so vollgestopft, aber auch nicht sauberer war. Eine weitere, etwas gesünder aussehende Röhre beleuchtete das Zimmer. In einer Ecke lag eine Matratze. In einer anderen stand eine verdächtig neu aussehende Computerkonsole auf einem Brett, das von zwei Sägeböcken gestützt wurde. Das Gerät war durch einen improvisierten Adapter mit der Stromleitung des Hauses verbunden. Ein weiteres Kabel, eine Kommunikationsleitung, schlängelte sich durch ein kleines Loch in der Bauplastikbohle vor dem Fenster. Abgesehen von einer Kiste mit ein paar Äpfeln darin, einem Dreierpack YoHo-Schokodrink und einigen Readi-2-eat-Fertigmahlzeiten war das so ziemlich alles an Einrichtung.

»Wohnst du hier?« fragte er. Die Bude war im Grunde nicht schlechter als seine eigene, aber ihm gefiel die Vorstellung nicht, daß Sue hier lebte. Sie hatte etwas Besseres verdient.

»Es ist eine Bude. Schätze, ich muß mir 'ne neue suchen.« Sie zuckte die Achseln, wobei sie mit den Tasten der Konsole herumspielte und ihn nicht ansah. »Was willst du?«

Er wollte sie nicht wieder verlieren. Entschlossen trat er zu ihr und legte ihr die Hände auf die Schultern. Ihre Muskeln spannten sich unter seiner Berührung. Einen Augenblick lang fürchtete er, sie würde sich von ihm losreißen, doch das tat sie nicht. Langsam drehte sie sich zu ihm um. Sie sagte nichts.

Er ertrank in ihren Augen.

»Ich will nicht, daß du vor mir davonläufst«, sagte er zu ihr, als er die Stimme wiedergefunden hatte.

Sie ließ sich Zeit mit ihrer Antwort. »Es liegt nicht an dir.«

»Woran dann?«

»Es liegt an –« Sie wandte das Gesicht ab. Sie schien nach den richtigen Worten zu suchen, mit denen sie das Problem beschreiben konnte. »Es liegt an diesen komischen Sachen. Davon krieg ich Gänsehaut, Jack. Zum Beispiel dieses geflügelte Ungeheuer. Die abgedrehte Bude, in der du wohnst. Und dieser Elf, der sagt, er sei dein Vater. Ich verstehe das nicht, Jack. Alles ist wie in einem schlechten Film, nur ist es kein Film. Mir ist das alles viel zu verdreht.«

Manchmal empfand John genauso. Sanft drehte er ihr Gesicht wieder zu sich herum. »Du brauchst dich vor nichts zu fürchten.«

»Nicht? Willst du damit sagen, du hast das alles im Griff?«

Ihre Augen wirkten so bodenlos, ihre Wärme war so nah.

Im Griff? Kaum.

Seine Lippen suchten ihre. Nach einem Augenblick der Starre reagierte sie. Ihre Hände wühlten sich durch die Kleiderbarrieren, die sie trennten. Seine Hand fand ihre Kanone. Sie erhob keine Einwände, als er sie beiseite legte. Tatsächlich half sie ihm dabei. Es gab wichtige Dinge, wichtigere Bedürfnisse. Die Matratze in ihrer Bude war schmutzig und stank nach Schimmel, aber sie war weicher als der Fußboden. Er badete in ihrer Hitze und Leidenschaft, und als es vorbei war und sie in den Armen des anderen lagen, fühlte er sich erfüllt, satt und zufrieden. Sie rollte sich warm in seinen Armen zusammen und schnurrte beinahe.

Er wäre damit zufrieden gewesen, eine Ewigkeit auf diese Weise verstreichen zu lassen, aber sie war es nicht. Sie zog einen Kopfhörer unter der Matratze hervor und setzte ihn auf. Musik – oder etwas Ähnliches – rieselte aus den Ohrhörern. John hatte gedacht, sie könnten sich vielleicht unterhalten. Er tippte gegen den Kopfhörer und hob fragend eine Augenbraue.

»Crying Child«, sagte sie lächelnd und reichte den Kopfhörer an John weiter. »Das ist Willie Hunters neues Album. Ich weiß noch nicht, ob es mir gefällt. Sie hat ziemlich viel experimentiert, seit sie bei Urban Wilderness ausgestiegen ist. Gefällt's dir?«

Experimentell war eine freundliche Art, das zu beschreiben, was John hörte. Der rauhe, stampfende Rhythmus zermalmte den größten Teil des Texts, aber wenigstens gab es einen Text. In der derzeit populären

Musik wurden Worte meistens nur als eine andere Art von Geräusch eingesetzt und John hatte sich noch nie viel aus Musik gemacht, die keine Geschichte erzählte oder nicht wenigstens ein Thema hatte. Worte machten die Geschichte der Musik immer klarer für ihn. Er versuchte die Geschichte in dem Stück zu finden, das er sich anhörte. Es dauerte ein paar Augenblicke, aber schließlich schnappte er einen Teil der Geschichte hinter der Musik auf und ihm wurde zu seiner Überraschung klar, daß das Lied etwas mit der Legende von Tam Lin zu tun hatte. Willie Hunters flehentliche Stimme beklagte den ›frühen Tribut der Königin an die Hölle‹.

John wurde an das Verstreichen der Zeit erinnert.

»Ich muß für eine Weile weggehen«, sagte er.

Das Mißtrauen, das in ihren Augen stand, als sie sich auf der Straße getroffen hatten, war wieder da. Um es zu zerstreuen, sagte er: »Ich komme wieder.«

»Wann?« Ihre Stimme war sehr leise, wachsam.

»Bald.«

Das Gespräch nahm keinen sehr guten Verlauf, aber am Ende, als es Zeit für ihn wurde zu gehen, sagte sie, daß sie verstehe.

»Ich halte meine Versprechen«, gab er zurück.

Sie lächelte, küßte ihn und sagte: »Dann sehen wir uns bald.«

Kapitel 4

Holger war auf der M27 unterwegs zu Southhamptons altem Innenstadtkern, als der Alarm ausgelöst wurde. Er hatte ein kleines Hilfsprogramm im Computer der Anlage zurückgelassen, das soeben die Zeichen, nach denen es Ausschau hielt, entdeckt, den Alarm dadurch mitbekommen und ihm eine entsprechende Nachricht geschickt hatte. Als Reaktion auf Holgers Ausschaltung von Gilmore und Chartain hatte die Abteilung sich zu einem Bruch der Testregeln entschlossen. Mit dem Alarm war eine Direktive von ganz oben an alle beteiligten Agenten verbunden, im alten Stadtkern Stellung zu beziehen. Damit war der leichte Teil beendet. Es war an der Zeit aufzupassen.

Er sah auf die Uhr. Nicht schlecht. Er war nicht so weit gekommen, wie er gehofft hatte, aber… nicht schlecht.

Die Direktive überraschte ihn ein wenig. Der Opposition sein Ziel zu verraten, verstieß gegen die Regeln. Holger hatte die Spielregeln nicht *gebrochen*, sondern nur ein wenig gedehnt. Wohl kaum eine faire Reaktion, sie als Gegenmaßnahme zu brechen, aber es war eben keine faire Welt. In einer fairen Welt hätte es in dieser Nacht nicht geregnet.

Wenigstens war man ganz oben nicht so weit gegangen und hatte Holgers Bestimmungsort verraten. Jedenfalls noch nicht. Das Spiel lief noch immer. Holger hatte weiterhin eine ordentliche Chance, als Sieger daraus hervorzugehen.

Jemand überholte ihn hupend und spritzte Wasser

auf seine Windschutzscheibe. Die Wischer waren vorübergehend wirkungslos gegen die Wassermenge. Als das vorherige erbärmliche Sichtniveau wiederhergestellt war, waren die Rücklichter des Wagens, der ihn überholt hatte, bereits weit entfernt. Unter den gegebenen Fahrbahnverhältnissen gestattete sich sein Fahrer keinen sonderlich großen Spielraum für Fehler. Wer er auch war, er schien in großer Eile zu sein. Jemand, der Holger zuvorkommen und ihm den Weg abschneiden wollte?

Er wünschte, er hätte daran gedacht, das Computerprogramm darauf zu trimmen, die für seine Jäger bestimmten Nachrichten aufzufangen und an ihn zu übermitteln. Schon eine simple Zählfunktion hätte ihm die Anzahl der Agenten verraten, die gegen ihn aufgeboten wurden. Andererseits war es vielleicht ganz gut so, daß er das Programm nicht mit weiteren Funktionen versehen hatte. Zusätzliche Kapazitäten hätten es der Computersicherheit der Abteilung leichter gemacht, es zu entdecken. Nach allem, was er wußte, war das Programm entdeckt und die Nachricht, die er soeben erhalten hatte, alles, was die Abteilung ihn wissen lassen wollte. In diesem Augenblick mochte sich der Ring der Agenten bereits um ihn schließen. Der eilige Fahrer mochte gerade eine Straßensperre organisieren. Andere waren vielleicht…

Paranoia, sagte er sich. Eine nützliche Überlebenshilfe, wenn man es nicht übertrieb. Es gab keinen guten Grund zu der Annahme, sein Programm sei entdeckt worden. Er lag in dem Spiel vorne. Er schlug sich sehr gut. Er hatte sich Mühe gegeben, Probleme auszuschalten und die Schwierigkeiten zu verringern, die ihn beim Test erwarteten, und das war ihm auch gelungen. Etwas anderes anzunehmen, war einfach paranoid.

Nicht wahr?

Mit Sicherheit. Er hatte eine vernünftige Sicherheitsschaltung in das Programm eingebaut. Wäre es entdeckt worden, hätte es sich aufgelöst und einen Codefresser gestartet, um auch winzigste Fragmente zu löschen. Die einzig vernünftige Annahme war die, daß das Programm nicht kompromittiert worden war.

Er hätte sich besser gefühlt, wenn es nicht geregnet hätte.

Am Tag des Unfalls hatte es auch geregnet. Er hatte nicht mehr viele Erinnerungen an den Unfall, aber *daran* erinnerte er sich, obwohl er davon Kopfschmerzen bekam. Die Ärzte sagten, der Gedächtnisverlust und die Kopfschmerzen seien ganz normal. Eine typische traumatische Streßreaktion. Sie sagten, mit der Zeit, wenn er besser damit umgehen könne, würde er sich vielleicht wieder erinnern. Einstweilen, sagten sie, solle er sich deswegen keine Sorgen machen. Die Ärzte hatten getan, was sie konnten. Die Abteilung kümmerte sich um ihre Leute. Machen Sie sich keine Gedanken um die Vergangenheit, sagten sie. Befassen Sie sich mit der Gegenwart. Konzentrieren Sie sich auf die Gegenwart.

Ein guter Rat angesichts der Straßenverhältnisse.

Er hätte beinahe die Ausfahrt auf die A33 verpaßt, weil er sich nicht konzentrierte. Das Treffen mit seinem Kontakt in Southhampton zu verpassen, wäre gar nicht gut gewesen. Ein jäher Kopfschmerz hatte ihn praktisch geblendet. Die Ärzte hatten gesagt, das könne passieren. Die Kopfschmerzen gingen glücklicherweise rasch vorbei. Irgendein Rückkopplungsproblem, nahm er an. Ein neuerliches Auftauchen zum falschen Zeitpunkt konnte zu echten Schwierigkeiten führen. Er mußte mit den Ärzten darüber reden. *Nachdem* er den Test bestanden hatte.

Sein Programm setzte ihn davon in Kenntnis, daß ein weiterer Alarm durch das Überwachungssystem gelaufen war. Seine Prüfer schickten eine allgemeine Botschaft heraus. Fall D-23. Die Nummer sagte Holger nichts, aber der Buchstabe deutete auf einen technischen Fehler hin. Nicht *sein* Problem, wenn sie Schwierigkeiten hatten.

Der Regen hörte auf, kurz bevor er Southhamptons altes Stadttor Bar Gate – Gittertor – erreichte, das jedoch für ihn kein Gitter war. Fast da. Es herrschte praktisch kein Verkehr, während er über die High Street fuhr und sich dabei so verhielt wie ein vorsichtiger, lahmer, müder Fahrer, um sich die Möglichkeit zu geben, sich die Örtlichkeiten anzusehen. Obwohl der Regen aufgehört hatte, waren keine Menschen auf den Straßen unterwegs. Zu dieser Stunde und bei diesem Wetter würden nur diejenigen Zivilisten draußen sein, die irgendwo von dem Abendgewitter überrascht worden waren – oder jene, denen noch weniger daran gelegen war, Holger zu begegnen, als umgekehrt. Das war gut.

Der Rote Löwe befand sich ein Stück voraus auf der linken Seite. Durch die fast undurchsichtigen, altmodischen Glasscheiben fiel Licht, was anzeigte, daß der Pub noch geöffnet hatte. Doch niemand lungerte vor dem Eingang oder nicht weit entfernt auf den Gehsteigen herum. Holger konnte einfach anhalten, aussteigen und in den Pub marschieren. Die ganze Sache konnte in ein paar Minuten gelaufen sein.

Er bezweifelte, daß es so leicht sein würde.

Einen Beweis dafür, wie richtig er mit seinem Mißtrauen lag, bekam er, als er jemanden in einer Gasse auf der anderen Straßenseite sichtete. Jeder Versuch einer kühnen, simplen Annäherung würde unterbunden werden. Holger fuhr weiter. Er würde zu Fuß zurückkommen.

Er stellte den Wagen auf dem neuen Parkplatz in Southhampton Water neben Canute's Pavilion ab, einem großen Gebäude, das ein Labyrinth aus Restaurants, Geschäften und Unterhaltungseinrichtungen enthielt. Der Rest der Altstadt schien zwar zu schlafen, doch in dieser Touristenattraktion befand sich noch immer eine beträchtliche Menschenmenge. Der Pavilion jagte Lärm und Licht in die Nacht. Touristen, so schien es, legten keinen Wert darauf, den Rhythmen der Stadt zu folgen. Er überließ sie ihren sinnlosen Mätzchen, entfernte sich vom Licht und Lärm und steuerte den ruhigen Teil der Stadt an. Er strebte God's House Tower entgegen – in der Absicht, sich durch Hintergassen zur Rückseite des Roten Löwen zu schleichen. Im Mittelalter hätten ihn Wachen am Tor des God's House Tower aufgehalten. Die Stadt war über das Tor hinausgewachsen und das Tor selbst war verschwunden und der Tower in ein Museum verwandelt worden. Ein Relikt – wie er eines sein würde, wenn er den Test nicht bestand.

Die Kanonen der beiden Männer, die aus dem Schatten des God's House Tower traten, waren keine Relikte. Es handelte sich um Smith & Wesson Equalizers, eine Halbautomatik mit vierzehn 12mm-Kugeln. Durchschlagskräftig. Teuer. Angeblich sehr zielgenau, besonders dann, wenn sie mit dem TRW-Nightfighter-Zielsystem ausgerüstet waren – wie diese. Die Mündung der Waffe, die in Holgers Gesicht geschoben wurde, war sauber und zeigte kaum Abnutzungserscheinungen. Die Waffen waren neu, der matte schwarze Lack kaum angekratzt bis auf die kleinen, mit Laser eingeritzten Furchen, wo sich einmal die Seriennummer und die Zulassungsnummer des Besitzers befunden hatten. Diese letzte Einzelheit verriet ihm, daß er es nicht mit gewöhnlichen Straßenräubern zu tun hatte.

Testhindernisse? Die Waffen waren keine Standardmodelle, und die Gesichter waren ihm unbekannt. Er hatte geglaubt, alle in Frage kommenden Oppositionskandidaten zu kennen. Wer sie auch waren, sie hatten ihn überrumpelt. Seine eigene Schuld.

»Gib uns den Chip«, sagte derjenige, der Holger die Waffe vors Gesicht hielt.

Holger konnte ihnen den Chip übergeben. Da er keine echten Dateien enthielt, war der Chip nichts wert. Aber darum ging es gar nicht. Sondern darum, daß ihm der Chip anvertraut worden war und er ihn deshalb nicht hergeben durfte.

»Eine so höflich vorgetragene Bitte kann ich unmöglich abschlagen«, sagte er ganz ruhig in dem Versuch, sie zu verleiten, ein wenig in ihrer Anspannung nachzulassen.

Er öffnete ganz langsam die linke Seite seines Mantels und hob die rechte Hand, als wolle er hineingreifen und den Chip herausholen. Statt dessen zuckte seine Hand vor und packte das Handgelenk des Sprechers. Holger zog den Mann zu sich heran und pflanzte ihm die linke Faust in den Solarplexus. Die Stelle war nicht gepanzert. Oder nicht ausreichend. Die Wucht von Holgers Schlag raubte dem Mann den Atem.

Sein Partner reagierte und hob die Pistole zum Schuß. Holger drehte sich von ihm weg. Das kehlige Husten der Equalizer ertönte, eine Folge von drei schnellen Schüssen. Holger spürte, wie der Sprecher, sein Schild, von zwei Kugeln getroffen wurde. Die dritte durchschlug den Arm des Sprechers und traf Holger in die Rippen. Hart. Es tat weh!

Echte Kugeln hatten in einem Test nichts zu suchen.

Jäh aufwallende Wut legte einen roten Schleier über Holgers Gesichtsfeld. Er warf den Sprecher auf den anderen Mann. Die beiden gingen zu Boden. Holger war bei dem anderen, bevor dieser sich aufrappeln konnte, und sein Fuß traf das Kinn des Mannes. Holger spürte und hörte, wie Kieferknochen brachen. Er fiel wieder auf den Asphalt, schlug schwer auf. Weitere Knochen brachen, als sein Schädel mit dem harten Boden in Berührung kam.

Keine Bewegung. Kein Atem. Kein Puls. Nur der Gestank nach Fäkalien, Urin und Blut.

Tot.

Das galt auch für den Sprecher. Eine der Kugeln seines Partners hatte eine Schwachstelle in dessen Panzerung gefunden.

Irgendetwas stimmte nicht.

Holger durchsuchte die Leichen. Er fand keine Ausweise. Papiere, ja, aber nur beglaubigte Blanko-Kreditkarten. Nichts in ihrem Besitz lieferte einen Hinweis auf ihre Identität. Ihre Kommunikationsausrüstung war ein anderes Fabrikat als das, welches gewöhnlich vom ECSS benutzt wurde, und wie bei den Equalizern handelte es sich um teures Material.

Keine Ausweise. Keine normale Ausrüstung. Nichts, was sich mühelos zurückverfolgen ließ. All das deutete auf einen Konzern hin, was wiederum andere Fragen aufwarf. Spezialagenten eines Konzerns mochten prinzipienlose Schurken sein, aber sie fielen auch nicht einfach wahllos über Leute her.

Irgendetwas stimmte hier ganz und gar nicht.

Holger ging zurück zu Canute's Pavilion, wo er ein schwierigeres Ziel für die etwaige Rückendeckung der beiden Agenten bot. Dort angekommen, bahnte er sich einen Weg durch die dahinschlendernden Touristengruppen und Nachtausflügler, bis er eine öffentliche Computerreihe fand. Er wählte denjenigen mit dem besten Rundumblick, zog eine der Karten der toten Agenten durch das Lesegerät und gab eine Nummer ein. Er fügte einen Sicherheitscode hinzu, der ihn für die Abteilung identifizieren würde. Das Programm, das den Anruf entgegennahm, verlangte zwei weitere Identifikationsstufen, bevor es den Anruf an ein Lebewesen weiterleitete. Zu seiner Überraschung sah Kun, daß L'Hereaux, der Sicherheitsexperte der Abteilung, den Anruf beantwortete.

»Wurde auch Zeit«, sagte L'Hereaux. Seine Miene verfinsterte sich. »Warum benutzen Sie einen öffentlichen Computer?«

»Lesen Sie die Identifikation auf der Karte, die ich benutze.«

Eine kurze Pause, während L'Hereaux die Daten aufrief. »Es gibt keine Identifikation.«

Holger nickte. Damit hatte er gerechnet. »Ich habe mir die Karte von zwei Personen ausgeborgt, die ich für Hindernisse hielt. Sie waren nicht Teil des Programms, oder?«

»Wo sind Sie jetzt?«

»Wenn Sie das wirklich wissen wollen, lassen Sie den Anruf zurückverfolgen. Ich werde nicht mehr lange hier sein. Sagen Sie mir nur, ob sie zum Programm gehört haben.«

»Niemand im Programm hat solche Karten.«

»Das dachte ich mir.«

»Warten Sie«, sagte L'Hereaux. »Legen Sie noch nicht auf.«

Holger hätte es beinahe trotzdem getan, doch etwas in L'Hereauxs Stimme deutete auf mehr als eine List hin, um ihn in der Leitung zu behalten, damit Agenten zu ihm geschickt werden konnten. Das würde selbstverständlich auch geschehen, aber hier ging es um mehr. Holger war neugierig. Er würde zuhören.

»Sie haben keine Nachricht bekommen, nicht wahr?«

Nur von seinem Programm. Er hatte alle anderen Codes deaktiviert, um eine Rückverfolgung des Trägersignals auszuschließen.

»Ich verstehe«, sagte L'Hereaux. »Es gibt ein Problem. Wir haben herausgefunden, daß jemand Ihr Päckchen durch ein anderes ersetzt hat. Dieses neue Päckchen würden wir lieber nicht aus den Händen geben.«

»Wollen Sie den Test abbrechen? Soll ich zurückkommen?«

»Nein. Machen Sie die Übergabe. Wir sind hier kompromittiert. Ihr Kontaktmann sollte Sie ohnehin in eine neue Phase begleiten. Das Treffen mit Ihrem Kontaktmann ist augenblicklich Ihre beste Möglichkeit.«

»Rufen Sie die Hunde zurück?«

»Wenn die Opposition versucht, den Test für ihre eigenen Zwecke auszunutzen, würde sie das mit der Nase auf die Tatsache stoßen, daß wir Bescheid wissen.«

»Haben Sie keine Angst, daß die Opposition gerade mithört?«

»Das halte ich für nicht sehr wahrscheinlich«, sagte L'Hereaux, ohne einen Grund für seine Zuversicht zu nennen.

Nicht sehr wahrscheinlich, aber auch nicht unmöglich.

»Seien Sie vorsichtig. Wenn ihnen der Austausch gelungen ist, gehören vielleicht Spezialisten zu ihrem Team.« L'Hereaux unterbrach die Verbindung.

Wunderbar. Wenn. Vielleicht. L'Hereaux verfügte auch nicht über mehr Informationen als Holger. Und Spezialisten – bei dieser Möglichkeit bekam er ein flaues Gefühl in der Magengegend.

Ein ›Spezialist‹ war die Bezeichnung der Abteilung für einen Magier – und nicht etwa die Sorte, die in Varietés auftrat, sondern die Sorte, die echte Magie wirken konnte. Die führenden Köpfe der Abteilung befürchteten schon seit langem, daß jemand anders Spezialisten ausbildete, die denjenigen der Abteilung das Wasser reichen konnten. Insbesondere fürchteten sie sich davor, daß es sich bei diesem Jemand um einen der unmoralischen Megakonzerne handeln mochte. Die Megakonzerne waren mit ihrer weltweiten Ausbreitung von keiner Nation mehr zu kontrollieren, wahrscheinlich nicht einmal von einer Nationengruppe.

Seine beiden Angreifer hatten nichts von einem *Spe-*

zialisten an sich gehabt, aber das bedeutete nicht, daß die ganze Angelegenheit nicht mit diesem gefährlichen Makel behaftet war. Ob Magie eine Rolle spielte oder nicht, diese beiden würden eine Rückendeckung haben, die irgendwo lauerte. Er hatte keine Zeit zu verschwenden.

Holger eilte durch Queen's Park und die High Street entlang, während er über die neuen Faktoren in der Gleichung nachdachte. Die neuen Spieler meinten es ernst. Was Hilfsmittel betraf, da hatte er unglücklicherweise nicht viel, um eine entschlossene Opposition aufzuhalten, die aufs Ganze ging. Die Viper war mit Betäubungsgeschossen geladen – und er verfügte außerdem nicht einmal über Reservemunition. Er würde sich auf seine persönlichen Fertigkeiten und Talente verlassen müssen. Er wußte zwar, wie tödlich er auch ohne Hilfsmittel sein konnte, aber die Anwendung der meisten erforderte körperliche Nähe. Schläger waren eine Sache, Spezialisten eine andere. Er hatte keinerlei Bedürfnis, körperliche Nähe zu etwaigen Spezialisten herzustellen, die mit dieser neuen Opposition zusammenarbeiten mochten.

Magie war Gott sei Dank selten. Er wünschte, sie wäre noch seltener.

Die Möglichkeit der Anwesenheit von Spezialisten beunruhigte ihn auch weiterhin. Diese Leute zogen es vor, sich im Schatten zu verstecken. Sie mochten es nicht, wenn jemand von ihren unnatürlichen Fähigkeiten wußte. Solch eine Vorliebe konnte Holger zu seinem Vorteil ausnutzen. Wenn er für die Anwesenheit von Zeugen sorgen konnte, zögerte die neue Opposition vielleicht, irgendetwas *Ungewöhnliches* gegen ihn einzusetzen. Wenn sie es trotzdem versuchten, konnte er genügend Wirbel veranstalten, um sie bloßzustellen. Die Verlassenheit der Straßen schien ihm kein so glücklicher Umstand mehr zu sein. Wenn er Aufmerksamkeit brauchte, würde er welche erregen müssen. Schießereien machten viel Lärm und erregten dadurch auch viel Aufmerksamkeit. Aber die Viper war auf leisen Betrieb eingestellt. Mit etwas Zeit und Mühe konnte er das leicht ändern, aber er bezweifelte, daß er die Zeit dazu hatte.

Außerdem waren ihm selbst gewisse Grenzen gesetzt. Der Abteilung würde es nicht gefallen, wenn er magische Dinge offenlegte, auch nicht solche der Opposition. Spielte das eine Rolle? Nicht gerade jetzt. Das eigene Überleben war ihm irgendwie wichtiger als die Prioritäten der Abteilung. Lebend konnte er ihnen helfen, die Scherben aufzusammeln, vielleicht sogar dabei, etwaiges unwillkommenes Rampenlicht auf die schattenhafte Opposition zu richten. Aber eben nur lebendig.

Wenigstens war seine Panzerung real und zuverlässig.

Sie kam ihm gut zustatten, als er den Mann ausschaltete, der in der Gasse gegenüber vom Roten Löwen lauerte. Holger war gnädiger mit ihm als mit den bewaffneten Schlägern. Schnell und lautlos. Er betrachtete den reglos daliegenden Mann voller Zufriedenheit, daß er noch atmete. Es handelte sich um Linkwater, einen Agenten der Abteilung. Er war Teil des Tests und kein unbekannter feindlicher Agent. Das tröstete Holger, da es vermuten ließ, daß nicht das ganze Unternehmen kompromittiert worden war.

Es war an der Zeit, den Test zu beenden.

Er überquerte die Straße und betrat den Roten Löwen. Er hörte, wie jemand hinten in der Küche mit Geschirr hantierte. Vorne saßen nur wenige Personen. Ein Pärchen an einem Tisch in seiner ganz privaten Welt. Eine Handvoll Arbeiter an der Bar. Sie ignorierten ihn. Einen erkannte er, obwohl er schmuddliger als sonst aussah: Pankhurst, ein weiterer Agent der Abteilung.

Wie die anderen Gäste und wie der Mann hinter der Bar ignorierte Pankhurst Holgers Eintreten. Das bedeutete, daß Holger oben Ärger erwarten konnte. Der letzte Teil des Tests würde dort stattfinden.

Derart gewarnt, erklomm er die alte unebene Treppe.

Die Bodendielen über ihm knarrten unter einer schweren Last und übertönten jedes Geräusch, das Holger verursachte. Unklug von ihnen, nicht vorbereitet zu sein und ihn ganz ruhig zu erwarten. Das erste, was Holger vom ersten Stock sah, war ein Paar Füße. Sie verschwanden rasch aus seinem Blickfeld.

Er zog die Viper und ging weiter.

Ein Schatten fiel auf ihn, als er oben anlangte. Etwas Hartes traf seinen Arm und erschütterte ihn. Unwillkürlich öffnete sich seine Hand. Eine behaarte Pfote schlug ihm auf die Finger – und die Viper segelte davon.

Eine behaarte Pfote?

Holger sprang vorwärts und nach links, weg vom Angreifer am Ende der Treppe. In seiner Eile prallte er gegen die Wand. Nicht viel Platz auf dem Treppenabsatz. Er hatte seine Waffe verloren. Das bedeutete Nahkampf. Er brauchte eine Gelegenheit, sich auf die Verteidigung vorzubereiten. Die alten Bodendielen ächzten, als er zu seinem Gegner herumfuhr. Holgers Augen weiteten sich, als er sah, was ihn angegriffen hatte.

Das Ungeheuer war einen Kopf größer als Holger und stand wegen der niedrigen Decke geduckt da. Es war gewaltig, mindestens eineinhalb mal so schwer wie er selbst, und seine Silhouette wurde von merkwürdigen Auswüchsen verunstaltet. Dunkle, überschattete Schweinsäuglein funkelten ihn unter zotteligen Brauen an. Zottelige Haare standen unter seiner roten Ledermütze hervor. Ein schiefes, zahnbewehrtes Grinsen verzerrte das Gesicht.

Holger hörte sich aufkeuchen.

Ein Troll.

Keine Waffen.

Nur er selbst.

»Los, du kleines Menschending«, sagte der Troll mit einem Baßgrollen. »Gib mir den Chip, dann zermalme ich dir vielleicht nicht die Knochen.«

Hinter dem Troll lag eine Leiche auf dem Boden. Die Füße, die Holger bei seinem Aufstieg gesehen hatte, gehörten zu dieser Leiche. Keine Bewegung. Kein Atem. Kein Herzschlag. Tot. Ein Indiz dafür, wie der Troll wahrscheinlich mit Holger verführe, ob er sich fügte oder nicht. Holger mußte kämpfen, obwohl dies von vornherein zum Scheitern verurteilt war.

Holgers Atem ging flach und schnell. Seine Haut kribbelte. Alles, was er sah, schien scharf umrissen zu sein, mit digital verstärkter Klarheit. Jemand – wer? Keine Zeit, daran zu denken. *Konzentrier dich auf die Gefahr vor dir!* – hatte ihm einmal gesagt, daß man nichts ändern konnte, wenn man nichts zu ändern versuchte. Wärme breitete sich in seinen Adern aus und explodierte zu flammender Hitze. Er warf sich auf den Troll.

Holger wandte alle Kampfkünste an, die er in der Grundausbildung gelernt hatte, und dazu jeden schmutzigen Trick, den er kannte. Er trat und schlug und kratzte. Der Troll hieb auf ihn ein, aber er verdrängte die Schmerzen. Schmerzen konnten ihn nicht aufhalten. Er durfte sich nicht davon aufhalten lassen, durfte nicht einmal langsamer werden. Er kämpfte verbissener. Zerriß. Zerschmetterte. Zerfetzte. Er spürte, wie sich Muskeln und Knochen unter seinem Ansturm teilten. Er spürte, wie seine Finger vom Blut glitschig wurden.

Dann, scheinbar übergangslos, stand er still und keuchte, diesmal nicht vor Furcht, sondern vor Erschöpfung. Er schaute auf die verstümmelte, blutige Leiche des Trolls.

Irgendwie hatte er das Ungeheuer geschlagen.

Es war besiegt worden. Von ihm. Es hatte geblutet wie ein richtiges Tier, vor Schmerzen geschrien. Es war wirklich gewesen. Viel zu wirklich, aber... er hatte es geschlagen.

Er fühlte sich... müde.

Und er war beunruhigt.

Dieses Ungeheuer war ein Beweis dafür, daß eine weitere Befürchtung der Abteilung Wirklichkeit geworden war. Der Troll war ein Beweis dafür, daß ihr schattenhafter Gegner einen Handel mit der Anderswelt abgeschlossen und diesen Lakai hierher geschickt hatte, um Holger abzufangen. Wer wußte, welche anderen Kreaturen noch Gewehr bei Fuß standen? Es gab Dinge, denen physische Gewalt nichts anhaben konnte. Gefährliche, tödliche Dinge. Er kannte sich aus.

Holger hörte, wie sich hinter ihm eine Tür öffnete. Er spannte sich, da er sich auf einen weiteren Angriff vorbereitete, doch es war nur Chalmers, sein Kontaktmann. Der Mann schaute beim Anblick des Trolls ebenso überrascht drein wie Holger kurz zuvor. Chalmers hatte Glück gehabt, daß Holger nicht etwas später gekommen war. Höchstwahrscheinlich wäre er das nächste Opfer des Trolls gewesen.

Wenigstens war der Test jetzt vorbei.

Pankhurst kam die Treppe heraufgestürmt. Mit offenem Mund starrte er den Troll an, den Holger besiegt hatte. Er kniete neben der Leiche nieder und untersuchte die Verletzungen. »Gott, Kun, was haben Sie mit ihm gemacht?«

»Es ausgeschaltet.« Es war ein verdammter Troll. Was hätte er denn tun sollen? Ihn küssen?

»Es?«

»Das Ungeheuer. Den Troll.«

»Jesus.« Pankhurst zupfte an der Haut im Nacken des Trolls.

Mit einem saugenden Geräusch, als reiße Papier, gab die Haut nach. Pankhurst schälte das Gesicht des Trolls ab. Darunter kam das Gesicht eines Mannes zum Vorschein. Holger kannte das Gesicht nicht. Dorthin gehörte kein menschliches Gesicht.

»Das ist kein gottverdammter Troll«, schrie Pankhurst. »Das ist Leftenant Barkins vom MI6. Er trägt ein verdammtes Kostüm, Sie Wahnsinniger!«

Kein Troll? Aber…

Holgers Blick wanderte zur Leiche des Agenten, den der Troll getötet hatte. Er sah, was er von Anfang an hätte sehen müssen. Die Leiche war gar keine Leiche, sondern eine Attrappe. Keine Atmung und kein Herzschlag, weil es dergleichen nie gegeben hatte. Und der Troll – der kaum noch atmete und dessen Herz flatterte –, der Troll war überhaupt kein Troll.

»Haben Sie mit Linkwater dasselbe gemacht?« fragte Pankhurst wütend.

»Nein.« Holger blinzelte verwirrt. Er schüttelte den Kopf. Nein. Nicht mit einem Menschen. »Nein.«

»Wenigstens etwas.« Pankhurst faßte sich hinter dem Ohr an den Kopf, wo sein Implantat sitzen mußte. »Ein Mann verwundet. Medizinische Hilfe dringend erforderlich. Beeilt euch oder ihr könnt gleich einen Leichensack schicken.«

Pankhurst stand kopfschüttelnd auf. Er war ebenso wenig ein Arzt wie Holger. Sie konnten beide nichts für – hieß der Mann Barkins? – tun.

»Sie sehen besser nach Linkwater«, sagte Chalmers zu Pankhurst.

Pankhurst nickte und ging. Er hinterließ blutige Fußabdrücke auf der Treppe.

Chalmers stellte sich neben Holger. Der Mann vermied es, den blutigen Haufen anzusehen, der Barkins hieß. Ja, Barkins war der Name. Leftenant Barkins vom MI6. Er war überhaupt kein Troll.

»Sieht so aus, als hätten Sie Ihre Furcht vor Wesen von der anderen Seite überwunden«, sagte er. »Haben Sie den Chip noch, Kun?«

Holger nickte.

Chalmers streckte die Hand aus. Holger legte das Chipetui auf seine Handfläche. Nun, da auch der letzte Teil des Tests vorbei war, schaute Chalmers grimmig drein.

»Ich glaube, Monsieur L'Hereaux wird ein paar Worte mit Ihnen wechseln wollen.«

Kapitel 5

Ben Wiley war Präsident von Datapik, der bedeutenden Firma innerhalb des Metadynamics-Konzerns aus der Informationsbranche. Er trug die richtigen Anzüge, hatte das richtige Haus und die richtigen Freunde, bestach die richtigen Politiker und Medienschnüffler und hinterließ niemals irgendwelche Spuren, die ihn mit etwas in Verbindung bringen konnten, das sich als für die Firma oder ihn selbst als abträglich erweisen mochte. Wiley* machte seinem Namen alle Ehre, da er bei seinen Geschäften äußerst gewitzt vorging und niemals zögerte, eine Schwäche oder einen Fehler seiner Gegner auszunutzen. Jung und ambitioniert, war Wiley ein aufgehender Stern am Himmel von Metadynamics – und damit ein Rivale für Anton Van Dieman.

Van Dieman legte keinen Wert auf Rivalen.

Mehr als einmal hatte Wiley Van Dieman zu einer Änderung seiner Pläne gezwungen. Wäre Wiley im magischen Sinn mehr als ein Normalsterblicher gewesen, wäre er sogar ein *gefährlicher* Rivale gewesen. Doch Wileys Zeit lief ebenso ab wie die der mundan orientierten Welt. Van Diemans Sterne waren im Aufgehen begriffen.

Der Beweis dafür lag auf der Hand. Van Dieman hatte sich zu einem mächtigen Mann gemacht. Seine eigene Firma, Clemsen Bioforschung, war kein geringes Mitglied der Metadynamics-Familie. Er hatte gute Verbindungen innerhalb des Megakonzerns und der Regie-

* Wiley = verschlagen

rung, aber es waren seine anderen Verbindungen, die ihm im Laufe des letzten Jahres so zustatten gekommen waren, und diese Verbindungen würden seinen Aufstieg unaufhaltsam machen. Gegner von Wileys Art würden sehr bald Van Diemans Vergangenheit angehören.

Einstweilen hatte Wiley jedoch immer noch die Macht, ihm Knüppel zwischen die Beine zu werfen. Er trennte Van Dieman von der Herde, als sie die letzte Sitzung der vierteljährlich stattfindenden Koordinierungskonferenz von Metadynamics verließen.

»Wie ich höre, verlieren Sie die drei führenden Köpfe Ihrer Forschungsabteilung, Darney, Thompson und Trahn, alle auf einmal. Ein ziemlicher Schlag.« Wiley gab einen Laut von sich, der mitfühlend klingen sollte. »Schwierig, sich davon zu erholen, besonders mit der anstehenden Etatkürzung vor der Brust. Ich würde sagen, Ihnen stehen auf dem Markt ein paar harte Schläge bevor, mein Lieber.«

Woher hatte Wiley diese Information? »Diese Personalveränderungen sind noch nicht bekannt gemacht worden.«

Wiley lächelte wissend und durch und durch blasiert. »Solche Dinge sprechen sich schnell herum. Ein Jammer – für Sie, meine ich. Ich weiß, wie hart Sie gearbeitet haben, um sich diesen Stab aufzubauen. Wie ich höre, reagiert der Markt bereits. Ich habe sogar ein Gerücht darüber gehört, daß Sie sich nach fetteren Weiden umsehen würden.« Wileys Tonfall deutete an, daß er diese Vorstellung auf einer persönlichen Ebene äußerst zufriedenstellend fand.

»Kein Grund zur Beunruhigung«, erwiderte er. »Ich bleibe in der Familie. Ich habe gerade den Posten des leitenden Vizepräsidenten bei NSC angenommen.«

»Das Aufgabenfeld der Network Security Corporation schloß Unternehmungen für die meisten nordamerikanischen Firmen von Metadynamics ein, darunter auch Datapik. Van Diemans neue Stellung deckte Datapik jedoch nicht ab. Noch nicht. Das würde sich ändern.«

»Ich bin sicher, wir werden in Zukunft mehr miteinander zu tun haben«, sagte er zu Wiley. Mit einem Lächeln über die sichtliche Überraschung des Mannes ließ Van Dieman ihn einfach stehen.

Nach der Rückkehr in sein Büro wies Van Dieman sowohl seine Sekretärin als auch seinen Assistenten an, ihn vor jeglicher Störung abzuschirmen. Er setzte sich hinter seinen Schreibtisch, wobei er den Blick über das erlesene, teure Mobiliar seines Büros schweifen ließ, das Symbol seiner weltlichen Macht. Diese Macht ging mit großen Belohnungen einher, aber er wollte über eine andere Art von Macht nachdenken, über eine, die noch größere Belohnungen versprach. Er schaltete die Tönung des Fensters ein, um auch auf diese Weise nicht beobachtet werden zu können, und den Hologrammprojektor aus, der inmitten der Regale versteckt war. Das falsche Bild einer seltenen Bronzestatue von Guthrie verblaßte, so daß seine Beute sichtbar wurde. Er lächelte, als er sie sich ansah.

Der Gegenstand war eine Skulptur aus einer unbekannten Substanz und stellte eine verschlungene wurmartige Wesenheit dar. Die Zimmerbeleuchtung war so hell, daß der Gegenstand fast transparent wirkte. Er befahl eine Trübung des Lichts und lächelte, als der Gegenstand daraufhin stofflicher wirkte. Seine Augen folgten den Schlingen, während er über das Glück nachdachte, das ihm gelächelt hatte.

Es war leicht gewesen, Fletcher davon zu überzeugen, den Gegenstand seiner Obhut zu überlassen, indem er dem Leiter der Federal Security Agency gesagt hatte, er müsse untersucht werden. Und wer war dazu besser in der Lage als er selbst, der leitende technische

Berater für das streng geheime Programm Dark Glass der FSA? Niemand von den Magiern der Agentur konnte mit Van Diemans Sachverstand konkurrieren, was nicht weiter überraschend war, da die Hälfte von ihnen nichts weiter als Scharlatane waren. In ihrem Versuch, alles über die Magie zu erfahren, die sich überall erhob, und sie beherrschen zu lernen, war die Regierung nicht so wählerisch bei der Rekrutierung für Dark Glass gewesen, wie sie das vielleicht hätte sein sollen. Aber selbst unter den echten Magiern hatte niemand bessere Möglichkeiten vorzuweisen, den Geheimnissen dieses Gegenstands auf die Schliche zu kommen.

Natürlich kannte Van Dieman bereits einige dieser Geheimnisse. Doch sein Wissen beruhte nicht auf dem Studium des Gegenstands, sondern auf seiner Zugehörigkeit zu einem Kult. Dieser Kult, die Anhänger des Glitzernden Pfades, wußte, wofür dieser Gegenstand bestimmt war. Sie wußten, daß dieser Gegenstand genau das war, was sie seit über einem Jahrtausend suchten: der Schlüssel. Nicht irgendein Schlüssel, sondern *der* Schlüssel. Der Schlüssel aus den heiligen Texten, der Schlüssel zum Glitzernden Pfad. Der Schlüssel zur Macht!

Und wer hatte ein größeres Recht darauf als er? Er hatte Jahre damit verbracht, die alten Methoden zu studieren und sich vorzubereiten. Als Quetzal, der Erwartete, er, der sich früher Quetzalcoatl genannt hatte, gekommen war, war Van Dieman bereit gewesen, sich in seinem Licht zu sonnen. Van Dieman hatte die Gefiederte Schlange gepriesen und ihr die gebührende Ehre erwiesen. Quetzal hatte Van Diemans Ergebenheit gutgeheißen und seinen Wert erkannt. Hatte der Erwartete Van Dieman nicht aus eigener Hand einen Vorgeschmack auf die prächtige Macht gegeben, die die Belohnung für den wahren Anhänger war?

Quetzal hatte ihm auf die Sprünge geholfen und ihm

den Weg freigemacht. Als Van Dieman das Sakrament aus Quetzals Hand empfangen hatte, war sein Geist für Gedanken geöffnet worden, die den Schafen ringsumher zu hoch waren. Er war erwacht – und sah jetzt klarer als je zuvor. Er begriff Quetzals Rolle als Herr des Wandels. Van Diemans Leben hatte sich durch den Kontakt mit dem Erwarteten verwandelt, so wie es auch sein sollte. Jetzt kannte er seinen Platz, begriff seine Rolle bei der Öffnung des Weges. Er war Quetzals auserwählter Nachfolger. Hatte er nicht das Sakrament aus Quetzals eigener Hand empfangen? Wer konnte das sonst noch von sich behaupten?

Alles begab sich so, wie die Sterne es verkündeten. Alles wurde so, wie es sein sollte.

Vor seiner Weihe hatte Van Dieman Mühe gehabt, seine Stellung als Anhänger des sechsten Grades zu halten. Jetzt ließ sich die Macht viel leichter handhaben. Er hatte bereits die Prüfung für den fünften Grad bestanden – das, was Ryota Nakaguchi erreicht hatte – und war bereit für den vierten Grad. Magische Macht war gleichbedeutend mit politischer Macht bei den Anhängern des Glitzernden Pfades und politische Macht innerhalb dieses Geheimbunds war gleichbedeutend mit geheimem, doch machtvollem Einfluß in der mundanen Welt – Einfluß, den Van Dieman genutzt hatte, um seine Beförderung bei Metadynamics in die Wege zu leiten, wie Nakaguchi dies für sich bei Mitsutomo bewerkstelligt hatte. Van Dieman hatte nicht die Absicht, es Nakaguchi nur gleich zu tun, er wollte ihn übertreffen.

Quetzals Erweckung war Nakaguchis größter Erfolg gewesen, letzten Endes aber auch sein Untergang. Es ließ sich nicht abstreiten, daß der Erwartete nicht gerade das war, womit die Anhänger gerechnet hatten. Der Lehrer und Führer, von dem sie geträumt hatten, erwies sich als Tyrann, der die Grundfesten des Glaubens der Anhänger erschütterte. Wie Van Dieman hatte sich auch Nakaguchi über ihren neuen Anführer geärgert. Der Niedergang von Nakaguchis Macht über die Anhänger hatte diesen zum Handeln veranlaßt, und zwar in dem Versuch, der Bedrohung Herr zu werden, die Quetzal darstellte. Es war eine logische und notwendige Rebellion, aber eine, die zu früh angezettelt worden war. Die Anhänger des Glitzernden Pfades hatten Jahrhunderte damit verbracht, die Geduld zu einem ihrer wertvollsten Hilfsmittel zu entwickeln, eine Tatsache, die Nakaguchi vergessen oder übersehen hatte. Der Glanz des Pfades, der durch die graue Dämmerung dieses neuen Zeitalters der Magie leuchtete, hatte Nakaguchi mit seinem Versprechen der Macht geblendet – und er hatte übereilt gehandelt. Er hatte für seine Ungeduld bezahlt.

Aber die Anhänger hatten ebenfalls einen Preis bezahlt. Quetzal war nicht mehr bei ihnen, und damit hatten sie keine Gelegenheit mehr, vom Erwarteten zu lernen. Doch ein guter Geschäftsmann ist in der Lage, aus jedem Verlust noch einen Gewinn zu ziehen.

Durch Quetzals Tod hatten die Anhänger auch den brillianten Geist hinter den Plänen verloren, die Quetzal in Gang gesetzt hatte. In ihren Versammlungen waren sie geteilter Meinung, was als nächstes zu tun war. Doch es gab Hinweise in ihren heiligen Büchern, in dem, was Quetzal in der kurzen Zeit, die er unter ihnen weilte, angeordnet hatte, und in dem Schlüssel, den Quetzal entdeckt hatte. Ganz besonders in dem Schlüssel. Van Dieman streichelte die gewundene Skulptur mit seinen Blicken. In den raffinierten, sinusförmigen Rundungen des Schlüssels waren Geheimnisse verborgen, Geheimnisse, denen er auf den Grund gehen würde. Er wußte bereits, daß der Erwartete und der Starke aus den Texten nicht ein und dieselbe Person waren. Der Starke, der sich erheben und die Gläubigen führen würde, war noch nicht im Besitz seiner vollen Macht.

Aber er würde es bald sein.

Van Diemans Zeit kam. Sein Spezialistenteam, das Quetzals magische Resonatoren beobachtete, hatte bereits gewisse Schemata in ihrer Funktionsweise entdeckt. Die Geheimnisse erschlossen sich langsam. Die Resonatoren waren Verstärker, Linsen, die die Wirkung mundaner Vorgänge verstärkten. Eine Wirkung war an ihrem stärksten Brennpunkt bereits deutlich zu erkennen. Dort, am Fuß der Welt, nahm die Geschwindigkeit der Ozon-Zersetzung in den oberen Schichten der Atmosphäre zu. Es war ein Zeichen. Die Ausbreitung industriellen Verfalls – was der Prophet Luciferius die Menschen-Plage genannt hatte – war ein unübersehbares Anzeichen dafür, daß die Zeit der Öffnung bald gekommen sein würde. Bald würden Vorboten eintreffen, die Herolde des neuen Zeitalters, und er, Anton Van Dieman, der Starke, Quetzals Erbe, würde sie erwarten, um sie zu ehren und ihre Segnungen und Geschenke der Dankbarkeit entgegenzunehmen.

Für Van Dieman würde Nakaguchis Torheit sich als Segen erweisen.

*

Für Pamela Martinez mochte Nakaguchis Torheit sich als Segen erweisen.

Oder als Fluch.

Der Fall Quetzal hatte innerhalb des Keiretsu-Konzerns Aufsehen erregt, besonders nachdem es diesem Idioten Nakaguchi gelungen war, sich von seinem wiedererweckten Ungeheuer umbringen zu lassen. Seine Unternehmungen hatten Pamela gefährdet, indem sie ihr geheimes Charybdis-Projekt bloßstellten. Es war ihr nicht länger möglich, ihre geheimen Untersuchungen paranormaler und auf Magie beruhender Vorfälle vor ihren Vorgesetzten zu verheimlichen. Nakaguchi würde jedoch noch einen letzten Nutzen haben: Sie hatte die

Absicht, sämtliche unangemessene Geheimhaltung ihm in die Schuhe zu schieben.

In seiner kurzen Regentschaft über das Projekt hatte Nakaguchi es in einen Scherbenhaufen verwandelt und völlig pervertiert. Sie versuchte immer noch, die Scherben zusammenzusetzen und aus der Chimäre schlau zu werden, die Nakaguchi ihr hinterlassen hatte. Sheila Rearden, ihre beste Computerspezialistin, arbeitete sich noch immer durch Nakaguchis Dateien und stieß mit jeder Datei, die sie knackte, auf immer absonderlichere Informationen. Es stand bereits fest, daß Nakaguchi Verbindungen zu okkulten Kreisen gehabt hatte, die ihm Zugang zu Informationen eröffneten, die dem Projektforschungspersonal unbekannt waren. Einige dieser Informationen würden bei der Neuausrichtung des Projekts äußerst nützlich sein.

Wenn man ihr die Fortsetzung gestattete.

Die Möglichkeit bestand immer noch. Es hatte sich herausgestellt, daß Nakaguchi selbständig und ohne Wissen oder Zustimmung Mitsutomo-samas gehandelt hatte. Pamela hatte diese Tatsache so weit wie möglich ausgeschlachtet, als ihre Vorgesetzten einen vollständigen Bericht über den Fall Quetzal verlangten. Sie hatte Gelegenheit gehabt, sich von der Katastrophe zu distanzieren, und sie hatte die Absicht, größtmöglichen Nutzen daraus zu ziehen.

Der Aufsichtsrat von Mitsutomo hatte sich im Telenet versammelt, um sich ihren Bericht anzuhören. Ihre Strategie hatte darin bestanden, Nakaguchi als Schurken und unberechenbaren Amokläufer hinzustellen, der ganz allein für die Unregelmäßigkeiten innerhalb des Projekts verantwortlich war, und gleichzeitig von sich selbst das Bild eines loyalen Dieners des Konzerns zu zeichnen, der die Interessen Keiretsus zu schützen versucht hatte. Sie konnte nicht verhehlen, daß sie das Charybdis-Projekt gefördert hatte, aber Passerelli aus der Abteilung Öffentlichkeitsarbeit hatte ihr bei der Abfassung ihres Berichts geholfen und die Dinge ins bestmögliche Licht gerückt, während Rearden für glaubhafte Datenspuren gesorgt hatte, darunter auch Direktiven Nakaguchis anstelle von Pamelas eigenen Befehlen. Sie hatte dem Aufsichtsrat ihren Bericht vorgetragen, und jetzt konnte sie nur hoffen, daß sie den richtigen Ton getroffen hatte.

In ihrem Büro zu sitzen und zu warten, während der Aufsichtsrat über ihren Bericht beriet, vermittelte ihr das Gefühl, auf einer Anklagebank zu sitzen und auf das Urteil der Geschworenen zu warten. Was natürlich auch der Fall war, obwohl ihr Büro unendlich viel gemütlicher war. Dennoch fühlte sie sich unbehaglich.

Schließlich erhellte sich ihr Wandschirm, als ihr Knoten wieder in die Konferenz eingeklinkt wurde. Eine Reihe von Fenstern zeigte Kopf und Schultern jedes einzelnen Aufsichtsratsmitglieds. Alle hatten eine undurchdringliche, nichtssagende Miene aufgesetzt.

»Wir müssen die Vergangenheit ruhen lassen«, sagte Kenji Kabashima.

Zwar sprach Kabashima, aber es waren die Worte des älteren Herrn, der im Fenster links von Kabashima abgebildet war: Hiroto Mitsutomo, der Herr und Meister der Mitsutomo Corporation, des größten und mächtigsten Megakonzerns der Welt. Die Teilnahme des alten Mannes an dieser Videokonferenz war eine Ehre.

Derartige Ehren hatten schon viele Karrieren beendet. Sie wahrte ihre korrekt neutrale Miene.

»Ihr Bericht über das Charybdis-Projekt war sehr erhellend«, fuhr Kabashima fort.

Was nicht weiter überraschend war, wenn man bedachte, daß das Projekt Pamelas Geheimnis gewesen war, bevor es Nakaguchis Geheimnis wurde.

»Bei einem derart komplexen Thema wird es selbstverständlich einige Zeit dauern, das ganze Ausmaß der Konsequenzen und Implikationen zu begreifen. Für den Augenblick scheinen jedoch alle offensichtlichen Fragen beantwortet worden zu sein.«

Nicht Pamelas. Gehörte sie noch zur Mitsutomo-Familie?

Kabashima schaute nach unten auf einen Schirm, von dem Pamela wußte, daß er in der Konsole vor ihm eingelassen war. Über diesen Schirm würde er seine Anweisungen erhalten. Der private Schirm gestattete die Kommunikation zwischen Herrn und Sprachrohr ohne die peinliche Möglichkeit, von anderen Konferenzteilnehmern belauscht zu werden.

»Zu diesem Zeitpunkt«, begann er, »würde der Aufsichtsrat der Mitsutomo Corporation Ihnen, Ms. Martinez, gern seine Dankbarkeit für die tüchtige Art und Weise bezeugen, wie Sie die Interessen Mitsutomos wahrgenommen haben. Die Lage ist vielleicht nicht die allerbeste, aber manche Dinge entziehen sich nun mal der Kontrolle einer Person. Dies ist eine Tatsache des Lebens, die akzeptiert werden muß. Ihre hingebungsvolle Arbeit für die Interessen des Konzerns ist lobenswert.«

Pamela neigte den Kopf in bescheidener Entgegennahme des Kompliments. Die Verbeugung gab ihr außerdem Gelegenheit, das Grinsen der Erleichterung zu verbergen, das sich über ihr ganzes Gesicht auszubreiten drohte.

»Mitsutomos Interessen sind auch unsere Interessen«, sagte Duncan Middleton. Duncan war Pamelas persönlicher Assistent, und er besaß ihr Vertrauen. Außerdem hatte er auch so einen Prompter wie Kabashima, über den sie ihm falls nötig Anweisungen geben konnte; aber sie hatte nicht vor, ihn zu benutzen. Sie hätte es vorgezogen, für sich selbst zu sprechen, aber es gab ein Protokoll, an das man sich halten mußte, wenn man es mit Mitsutomo-sama zu tun hatte. Der alte Mann war in mancherlei Hinsicht ziemlich konservativ.

»Im Zusammenhang mit diesem Charybdis-Projekt ist viel unternommen worden, aber die Dinge, um die es dort geht, scheinen Fragen aufzuwerfen. Es besteht ganz eindeutig auch weiterhin ein Bedarf an Antworten«, sagte Kabashima. »Daten sind Macht, wie Gates-sama vielleicht sagen würde. Die Mitsutomo Corporation ist immer auf der Suche nach nützlichen Daten.«

»Das Charybdis-Projekt wird sehr wahrscheinlich viele nützliche Daten liefern, wenn es weitergeführt wird«, sagte Duncan.

»Das ist in der Tat auch die Auffassung des Aufsichtsrats. Ms. Martinez wird hiermit zum *Kansayaku* für das Charybdis-Projekt ernannt. Das Projekt wird unter der Oberaufsicht des Aufsichtsrats fortgesetzt. Sämtliche Ausgaben bedürfen der direkten Genehmigung von Mitsutomo-samas Büro.«

Pamela hätte nicht auf einen besseren Ausgang der Anhörung hoffen können.

Kabashima beugte sich ein wenig vor. »Nakaguchi-san hat seine Rolle mißverstanden. Es ist äußerst unwahrscheinlich, daß sich solch ein bedauernswerter Irrtum wiederholen wird, *neh*?«

»Äußerst unwahrscheinlich«, erwiderte Duncan.

Mit anderen Worten, Charybdis gehörte Pamela, aber Pamela gehörte Mitsutomo. Sie sah das ein. Es war eine Vereinbarung, mit der sie leben konnte.

»Dies war eine äußerst produktive Konferenz«, sagte Kabashima.

»Äußerst produktiv«, stimmte Duncan zu.

Nachdem die erforderlichen Höflichkeitsbezeugungen die Konferenz abgeschlossen hatten, öffnete Pamela die Leitung, auf der Sheila Rearden wartete.

»Rufen Sie die Aufzeichnung auf und vergrößern Sie die Reflexionen in Kabashimas Augen. Ich bezweifle, daß der alte Mann so naiv ist, seine Befehle in Klartext zu senden, aber ich will sichergehen. Wir können zumindest die Codes entschlüsseln, die er benutzt.«

»Verstanden und Roger, Boß.«

In der Tat eine äußerst produktive Konferenz.

Kapitel 6

Steve stellte seine Kaffeetasse ab und sagte: »Da hast du, Gil. Das Radar sagt, daß ein Sturm aufzieht.«

»Danke«, erwiderte Gil, indem sie die dampfende Tasse nahm. Es mochte Spätfrühling sein, aber in der Antarktis war der Frühling einfach verdammt kalt. Sie hätte sich eigentlich mittlerweile daran gewöhnt haben müssen. Wenigstens war der Kaffee heiß. Lebensspendende, heilende Wärme durchlief sie, als sie schluckte. »Ein Sturm, sagst du?«

»Die Randausläufer erreichen gerade Victoria-Land. Die Wetten stehen gut, daß er in zwei Stunden hier bei uns ankommt.«

Steve mochte dem Militär angehören, aber als Meteorologe kannte er sich aus. Gil würde nicht gegen ihn wetten. »Wir haben zwei Teams zwischen Vickie und hier. Sollen wir sie zurückrufen?«

»Bring's ihnen bei. Sharon und ihre Leute werden es mühelos hierher zurück schaffen, aber Jemals Team hat nicht die geringste Chance. Sie müssen sich einigeln, wo sie sind. Er hätte auf mich hören sollen, als ich ihm gesagt habe, daß er zu früh ausrücke. Funk ihn zuerst an. Sie brauchen alle Zeit, die sie kriegen können, um sich vorzubereiten.«

Warum mußte Gil gerade jetzt Funkdienst haben? Mit Dr. Jemal Dickinson wollte sie auch unter den besten Umständen am liebsten nichts zu tun haben. Es würde ihm nicht gefallen, aufgrund des Sturms Zeit zu verlieren. Er und sein Team hatten praktisch den ganzen Winter aufgrund von Stürmen verloren. Alighieri, Dickinsons fernsgesteuerte Robotsonde, war ein zu teures Spielzeug, um sie einfach nur herumstehen und nichts tun zu lassen, wenn sie eigentlich vulkanische Krater erforschen sollte – und die Konzern-Geldgeber sahen es nicht gern, wenn ihre Spielzeuge herumsaßen und nichts taten. Natürlich saßen auch die Wissenschaftler, die mit Alighieri arbeiteten, nicht gern herum, aber sie unterschrieben nicht die Gehaltsschecks, also zählte ihr Geschrei nicht. Genau wie im letzten Jahr.

Gil rief die Funkverbindung zu Dickinson auf. Signalmonitore erwachten am Rande ihres Bildschirms zum Leben und zeigten den Status einzelner Datenströme innerhalb der Hauptübertragung an. Die direkte Kommunikationsleitung war dunkel und würde es auch bleiben, bis jemand antwortete. Mit zunehmender Resignation drückte Gil immer wieder auf den Rufknopf. Sie beobachtete die aufblinkenden Zahlen und die verschnörkelten Linien der Datenmonitore. Als sie sah, daß Bilder von den Kameras der Sonde übertragen wurden, richtete sie ein Fenster für die Anzeige der Kamerabilder ein. Die unscharfen, nicht farbechten Bilder waren interessanter als digitale und graphische Darstellungen. Sie drückte noch ein paar Mal auf den Rufknopf und sah verwackelte Bilder von schattenhaften Felsen, bis Dickinson antwortete. Wie sie erwartet hatte, war er nicht erfreut über die Unterbrechung. Und als sie ihm von dem Sturm berichtete, hatte er einige schillernde Bemerkungen dazu zu machen, die mit der Aussage endeten: »Alighieri ist bereits unterwegs.«

Das wußte sie. »Können Sie die Sonde nicht zurückrufen?«

»Machen Sie sich nicht lächerlich. Der Himmel ist hier vollkommen klar.«

Wenn Steve recht hatte, würde er es nicht bleiben. »Ich hielt es für vernünftig, es Ihnen zu sagen.«

Er sagte ihr daraufhin, wofür *er* sie hielt, aber ein Ruf von außerhalb des Erfassungsbereichs der Kamera unterbrach ihn. »Dr. Dickinson! Ich finde, das sollten Sie sich ansehen.«

»Was ist denn nun schon wieder?« Ein wütender Unterton lag in Dickinsons Stimme.

»In Alighieris Umgebung geht irgendetwas Merkwürdiges vor.«

Ohne ein Wort an sie zu richten, verließ Dickinson den Aufnahmebereich der Videokamera. Gil empfand selbst ein wenig Wut. Sie überprüfte die Bilder, die Alighieri lieferte. Dickinsons Teammitglied hatte recht. Es sah aus, als bewege sich etwas nicht weit von der Sonde. Gil wurde nicht schlau aus den Bildern, und bevor sie ihnen auf den Grund gehen konnte, verdunkelte sich das Fenster und wurde schwarz. Sie überprüfte den eingehenden Datenstrom. Keine Videosignale mehr.

Dr. Dickinson meldete sich wieder. »McMurdo Station, habt ihr ein Videosignal?«

»Negativ. Die anderen Übertragungen sind okay. Was ist passiert?«

»Wir sind nicht sicher. Registriert ihr noch andere Veränderungen?«

»Die Temperatur bei euch fällt langsam, aber stetig. Der Luftdruck ist auch im Keller.«

»Ja, ja. Das wissen wir. Sonst noch was?«

»Macht es Ihnen was aus, mir vielleicht einen Tip zu geben, wonach ich suchen soll? Sondentelemetrie ist nicht mein Fachgebiet.«

»Warten Sie einen Augenblick.« Er war wieder weg.

Dickinson war ein *unangenehmer* Mensch. Warten worauf?

Der Datenstrom von der Alighieri-Sonde versiegte gänzlich.

Gewiß nicht *darauf*. Sie sah nach den Biomonitoren für den Mann, der für die Fernsteuerung der Sonde verantwortlich war. Diese Verbindung war ebenfalls unterbrochen. Dickinson würde ziemlich ungehalten sein, wenn Alighieri gerade wieder den Geist aufgegeben hatte.

Dickinson stürmte in den Aufnahmebereich der Videokamera. Er schwadronierte wild drauflos. Gil versuchte seinen ›Gesuchen‹ nachzukommen, eine freie Frequenz zu suchen, um die Verbindungen wiederherzustellen, aber die Interferenzen des Sturms schienen alles zu überlagern.

»Wenn es so schlimm ist, graben Sie sich besser ein«, riet sie.

Er hatte kaum zu seiner Antwort angesetzt, einer heftigen Verunglimpfung ihrer Fähigkeiten, als das Bild zu flackern anfing. Sie verlor die Videoverbindung völlig. Dickinson trug seine beleidigende Einschätzung ihrer Kompetenz nur noch akustisch vor. Sie versuchte ihn zu ignorieren, während sie sich alle Mühe gab, die Verbindung wiederherzustellen. Als das Audiosignal ebenfalls schwächer wurde, war sie fast ein wenig erleichtert.

»Der Sturm wird die Verbindung völlig unterbrechen«, versuchte sie ihm zu erklären, doch er bestand darauf, meinte sie aus seinem Geschwafel herauszuhören, daß der Himmel noch klar sei.

Von ihrer Warte aus betrachtet, waren die elektromagnetischen Bänder jedenfalls nicht klar.

Sie fuhr die Energie hoch – in der Hoffnung, die Interferenzen auf diese Weise zu durchbrechen. Sie kam auch durch, irgendwie, aber nicht zu Dickinson. Sie stellte fest, daß sie sich mühte, sich mit einem Mitglied von Dickinsons Team zu verständigen. Die Frau war hysterisch und brabbelte geradezu vor sich hin. Für Gil hörte es sich so an, als fasele sie irgendwas über ein

Tier, das aus dem Krater steige. Aber das konnte nicht stimmen. Die ständigen Aussetzer in der Verbindung halfen auch nicht gerade. Gils Ersuchen nach Klarstellung zogen nur weitere verstümmelte Antworten nach sich. Eine weitere Steigerung der Signalstärke half auch nicht. Die Interferenzen wurden schlimmer. Etwas kam durch, das sich wie ein Schrei anhörte. Es mußte sich um eine elektronische Rückkopplung handeln. Danach hörte sie nur noch Knistern und Rauschen.

Während Gil auf den toten Schirm schaute und dem statischen Rauschen lauschte, wußte sie nicht, was sie sonst noch tun konnte.

Der Sturm mußte sich schneller verlagert haben, als Steve vorhergesagt hatte, wenn er die Funkverbindung bereits unterbrochen hatte. Sie hoffte, die Störung hatte ihren Ursprung westlich der Berge zwischen McMurdo und der Forschungsanlage, denn wenn sie praktisch unmittelbar über Dickinsons Team lag, liefen sechs Personen Gefahr, sich den Hintern abzufrieren.

Konnte sie ein Rettungsverrie schicken? Vielleicht hatte Steve neue Daten über den Sturm, die es ihr verraten würden. Selbst wenn nicht, würde er wissen, was zu tun war. Er war ein Veteran der Antarktis mit einem Dutzend Sommern hier unten auf dem Buckel. Sie machte sich auf den Weg zur Wetterstube und wäre auf dem Flur beinahe mit Steve zusammengestoßen. Seine Schneebrille klemmte auf dem Schutzdeckel seiner Armbanduhr und er zog seinen Schneeanzug an.

»Wohin gehst du?«

»Ich will die Schüssel überprüfen«, sagte er. »Der Sturm ist gerade vom Schirm verschwunden.«

»Was soll das heißen: Der Sturm ist nicht mehr da? Das kann nicht sein. Er hat gerade unsere Funkverbindung mit Dr. Dickinsons Team gekappt.«

Steve zuckte die Achseln. »Er ist weg. Verschwunden. Nicht mehr da.«

»Hast du das Diagnoseprogramm laufen lassen?«

»Sicher. Ist alles in Ordnung. Ist 'ne ziemlich verrückte Geschichte. Das englische Verrie, das zur Robbenstation unterwegs ist, habe ich immer noch auf dem Schirm, aber der Sturm ist verschwunden, als hätte es ihn nie gegeben.«

»Also stimmt irgendwas mit der Schüssel nicht.« Das mußte es sein. Der Sturm war immer noch da draußen und störte die Funkverbindung.

»Muß wohl so sein.« Zwanzig Minuten später war er wieder zurück, durchgefroren und verwirrt. »Die Schüssel ist völlig in Ordnung. Kommst du immer noch nicht zu Jemal durch?«

Sie hatte es ohne Erfolg versucht. »Die Verbindung ist weiter unterbrochen. Was ist da bloß los?«

»Ich habe keinen Schimmer.«

»Irgendein Fehler am Radar?« Das mußte es sein. Ein Sturm konnte nicht die elektromagnetischen Bänder durcheinander wirbeln, wie dieser es tat, und dann nicht auf dem Radar auftauchen.

»Wenn da ein Fehler ist, kann ich ihn nicht finden. Wäre aber nicht das erste Mal, daß so was passiert.« Er schüttelte wehmütig den Kopf. »Wenn wir da draußen wirklich so einen heftigen Sturm haben, rufst du besser Sharon und ihre Leute und sagst ihnen, daß sie schleunigst hierher zurückkommen sollen. Es ist besser, auf Nummer Sicher zu gehen.« Gil stimmte ihm zu.

Drei Stunden später, lange nachdem der Sturm die McMurdo Station hätte erreichen sollen, war der Himmel immer noch klar und die Funkverbindung immer noch gestört. Sharons Truppe war heil und gesund zurückgekehrt, aber die Verbindung zu Dr. Dickinson und seinem Team war nach wie vor abgerissen.

Kapitel 7

»Ich verstehe nicht, warum wir hier sinnlos durch die Gegend fahren. Warum sind wir nicht schon längst in der Anderswelt?« fragte John.

Bennett hielt den Blick auf die Straße gerichtet, nahm jedoch eine Hand vom Lenkrad, um anmutig zu gestikulieren. »Man kann nicht überall überwechseln.«

Ach, nein? »Dr. Spae sagt etwas anderes.«

»Ah, ja, Dr. Spae. *Die* Autorität auf dem Gebiet, nicht wahr?«

John ignorierte Bennetts sarkastischen Tonfall. »Sie weiß eine Menge über Magie.«

»Für einen Menschen.«

»Was soll das jetzt wieder heißen?«

»Sie ist ziemlich talentiert. Aber eben nur für einen Menschen.«

John verstand schon, worauf Bennett hinaus wollte. »Aber verglichen mit einem Elf so wie du kann sie nicht viel, was?«

Lächelnd sagte Bennett: »Nein, kann sie nicht. Verglichen mit einem Elf wie dir oder mir.«

Trotz des darin enthaltenen Kompliments stieß John Bennetts Herabwürdigung von Dr. Spae sauer auf.

»Er hat recht, John«, sagte Faye.

John spürte, wie sein Gesicht sich vor Verlegenheit rötete – er hatte fast vergessen, daß sie mit von der Partie war. In Bennetts Gegenwart verhielt sie sich immer sehr still, und wenn eine unsichtbare Person still ist, gibt es nicht viel, was einen an ihre Anwesenheit erinnert. Seine Verlegenheit steigerte sich noch, als ihm klar wurde, daß sie ihr Schweigen nur gebrochen hatte, um ihn zu schelten und Partei für Bennett zu ergreifen. Schließlich war doch Bennett derjenige, der sie wie eine niedere Lebensform behandelte. Nun ja, vielleicht hatte Bennett tatsächlich recht, aber John mußte die Art und Weise nicht gefallen, wie Bennett sich ausdrückte.

Johns Verlegenheit schien Bennett zu amüsieren. »Es scheint so, als hätte ich keine Einwände dagegen erheben sollen, die Fee mitzunehmen.«

Doch er hatte Einwände erhoben und gesagt, für Faye sei kein Platz in Johns zukünftigem Leben. Trotz ihrer offenkundigen äußerlichen Ähnlichkeit war Faye kein Elf wie Bennett und John, sondern ein anderes Lebewesen Faerys, eine Fee. Diese Neuigkeit hatte seine Befürchtungen zerstreut, er und Faye könnten Blutsverwandte sein. Was großartig war! Natürlich hatte er sich geweigert, sie zurückzulassen. In der Anderswelt würden sie sich berühren können. Nicht, daß er Bennett über die Gründe aufgeklärt hätte, warum er sie bei sich haben wollte. Er war einfach stur geblieben und Faye hatte seine Halsstarrigkeit durch ihre eigene unterstützt, indem sie darauf bestand, sie in die Anderswelt zu begleiten – obwohl sie später, unter vier Augen, zugegeben hatte, der Ansicht zu sein, daß Bennett recht mit seiner Bemerkung habe, für sie sei kein Platz in Johns neuem Leben. Wie konnte sie daran zweifeln?

»Weißt du, Bennett, ich bin einfach nicht so gut darin wie du, Leute im Stich zu lassen«, sagte John.

»Tatsächlich nicht? Was ist denn mit dieser Spillway Sue?«

Er ließ sie nicht im Stich. Er hatte Sue gesagt, er werde bald zurückkehren, und genau das würde er auch tun. So schnell er konnte. Sobald er erledigt hatte, was auf ihn zukam.

»Oder mit Marianne Reddy? Was hast du getan, um

deine sinnlose Suche nach dieser Frau zu einem Abschluß zu bringen?«

Diese Frau hatte John aufgezogen, und er hatte sie nicht im Stich gelassen. Er war damit beschäftigt gewesen, sich die Mittel für seine Suche zu beschaffen. Nachdem er seine begrenzten Hilfsmittel aufgebraucht und alle offensichtlichen Spuren in Sackgassen geführt hatten, brauchte er neue – und wenn er aus der Anderswelt zurückkehrte, würden die Dinge anders liegen. Er würde Zugang zu der Magie haben, die ihm von Geburts wegen rechtmäßig gehörte. Er hatte Pläne für diese Magie – und der erste sah vor, seine verschollene Mutter aufzuspüren.

Er ließ niemanden im Stich. Er nahm lediglich eine Gelegenheit wahr, sich vorzubereiten, sich Zugang zu nützlichen Hilfsmitteln zu verschaffen, die ihm bisher verwehrt geblieben waren.

»Jack, du darfst dir wegen derartiger Nebensächlichkeiten keine Sorgen machen. Du bist ein Elf. Die menschliche Gattung kann nur eine vorübergehende Bedeutung für dich haben. Du wirst schon sehen. Mit der Zeit wirst du das verstehen.«

Keine Sorgen machen? John war sehr besorgt, aber es war klar, daß Bennett derjenige war, der wahre menschliche Gefühle nicht verstand. Dennoch hatte der Elf einen Funken des Zweifels entzündet. Machte John sich nur etwas vor? Veränderte ihn die Tatsache, daß er ein Elf war, *so* sehr? Was würde er schon sehen? Inwiefern würde sich im Laufe der Zeit sein Verständnis ändern? Ein Elf zu sein, schien verdammt viel mit sich zu bringen, von dem er keine Ahnung hatte.

Während John grübelte, legten sie eine weite Strecke zurück. Bennett verließ den Highway, fuhr auf eine Landstraße und schaltete die Scheinwerfer aus. Er fuhr unbesorgt weiter, offenbar zufrieden damit, sich auf seine elfische Fähigkeit zu verlassen, im Dunkeln sehen zu können. Hätte John nicht ebenso gut sehen können, wäre er über ihre Fahrtgeschwindigkeit entsetzt gewesen. Wie die Dinge lagen, beschloß er, lieber die Landschaft zu betrachten als die Straße.

Die Gegend kam ihm seltsam bekannt vor, was John Rätsel aufgab, bis Bennett in eine lange, bewaldete Einfahrt einbog und er das Haus sah, dem sie sich näherten. Es war das Versteck, wohin der ECSS-Agent Kun John gebracht hatte, nachdem er zusammen mit Bär John aus den Klauen Mitsutomos befreit hatte. Das Haus wirkte dunkel und verlassen.

»Was tun wir hier?« fragte er. »Das hier hat doch nichts mit Spionage oder Mitsutomo zu tun, oder doch?«

»Du machst dir unnötige Sorgen. Mitsutomo hat kein Interesse mehr an dir und die Besitzer dieses Hauses werden nie erfahren, daß wir hier waren.«

»Das Haus hat Alarmanlagen.« John hatte die Systeme gesehen und war von deren Gründlichkeit beeindruckt gewesen.

»Wir gehen nicht hinein.«

John sah, wohin Bennett den Wagen fuhr. Unnötige Sorgen, wie? »Wir müssen gar nicht ins Haus, um den Alarm auszulösen, wenn du noch ein Stück weiter in diese Richtung fährst.«

Bennett hielt den Wagen an und bedachte John mit einem unergründlichen Blick. »Woher weißt du das?«

»Ich war von den Konferenzen ausgeschlossen, mit denen du dich beim letzten Mal beschäftigt hast. Ich hatte nicht viel zu tun, also habe ich mich im Haus umgesehen. Ich konnte einen ziemlich eingehenden Blick auf das Sicherheitssystem werfen, bevor Agent Kun mich verscheucht hat.« Damals hatte er gedacht, es könne sich als für sein Überleben förderlich erweisen, so viel wie möglich über das Haus zu wissen.

»Und du hast das System verstanden?«

»Gut genug.«

Bennett schien mit Johns Antwort zufrieden zu sein. Er stellte den Motor ab und wandte sich an John. »Du hast gefragt, warum wir hierher gekommen sind. Denk nach. Hat dich dein Unterricht bei Dr. Spae nicht gelehrt, daß der symbolische Gehalt mancher Handlungen ebenso wichtig, wenn nicht noch wichtiger ist als die Handlungen an sich? Hier bist du zum ersten Mal in die Anderswelt zurückgekehrt. Da ist es nur angemessen, daß die Rückkehr an deinen dir zustehenden Platz ebenfalls hier beginnt.«

»Also kochst du gerade irgendein magisches Süppchen.«

»Nicht alle symbolischen Handlungen stehen in direkter Beziehung zu magischen Dingen.« Bennett kam Johns nächster Frage zuvor, indem er aus dem Wagen stieg. »Komm. Es wird höchste Zeit, uns auf den Weg zu machen.«

John öffnete seine Tür und stieg aus. »Wirst du mir je sagen, worum es hier eigentlich geht?«

»Das habe ich bereits getan, Jack. Es geht um dein Erbe.«

Es *mußte* um mehr gehen als nur um Johns Erbe. Bennett war nicht so großzügig und hatte alle Hebel in Bewegung gesetzt, um John zum Mitkommen zu bewegen. »Was springt dabei für dich heraus?«

»Ein Erbe.«

John blieb stehen, die Hand immer noch an der Wagentür. War das Bennetts Ernst? Wie meinte er das?

»Alles wird sich mit der Zeit aufklären, aber nicht hier«, sagte Bennett, während er sich auf den Weg zum Wald hinter dem Haus machte und John bedeutete, ihm zu folgen. »Deine Zukunft erwartet dich in der Anderswelt, Jack. Wir müssen gehen.«

John folgte ihm und nahm augenblicklich wahr, daß der Übergang von einer Welt in die andere begann.

Bennett kontrollierte das Überwechseln. John wußte nicht, wie, aber er spürte Bennetts mühelose Zurschaustellung von Macht, die ringsumher in der Luft zu knistern schien.

Eines Tages würde John ebenso geschickt sein. Das schwor er sich.

Einstweilen ließ er sich jedoch führen. Er versuchte sich der Magie zu öffnen, wie Dr. Spae es ihn gelehrt hatte, versuchte zuzulassen, daß die Umgebung seine Wahrnehmung entsprechend korrigierte, versuchte Verständnis entstehen zu lassen. Und das Verständnis kam auch. Er begriff plötzlich, daß irgendetwas anders war. Dieser Übergang unterschied sich irgendwie von allen anderen, die er bisher erlebt hatte.

»Stimmt irgendwas nicht?« fragte er.

»Spürst du einen Unterschied?« erwiderte Bennett.

John wollte eine Antwort, keine Gegenfrage. Nun, dieses Spiel beherrschte er auch. »Was tust du?«

»Dich in die Anderswelt bringen.«

»Mehr als das.«

»Oder weniger. Es gibt Stellen, tiefere Gefilde, wo die Zeit anders fließt.«

Wie in den Liedern und Geschichten, wo ein Mann eine Nacht auf einem Elfenhügel verbringt und danach feststellt, daß in der wirklichen Welt zwanzig Jahre vergangen sind? Würde so das Resultat seiner Begleitung Bennetts aussehen?

»Du hast ein Versprechen zu erfüllen«, erinnerte Bennett ihn.

Er hatte mehr als ein Versprechen zu erfüllen und er würde keines brechen.

Sie gingen weiter.

Während sie in die Anderswelt überwechselten, wurde Faye immer realer. Zuerst war sie nur die Andeutung von etwas, dann ein flackerndes Phantom, etwas später ein unstoffliches, aber deutlich erkennbares Gespenst und schließlich ein konkretes körperliches Wesen. Sie war groß, obwohl nicht so groß wie er, und marschierte leichtfüßig neben ihm, während ihre Mähne aus gesponnenem Silber hinter ihr im Wind flatterte. Faye. Sie war genauso wunderschön, wie er sie in Erinnerung hatte.

Wie hatte er je vergessen können, daß es sie gab?

»Fühlst du dich jetzt besser?« fragte Bennett.

»Wie bitte?« erwiderte John geistesabwesend.

»Dies ist Faery«, sagte der Elf.

»Du bist zu Hause, John«, sagte Faye.

»Oder wenigstens beinahe«, sagte Bennett. »Wir müssen noch ein Stück laufen.«

Sie verließen den Wald und begaben sich auf Wanderschaft durch eine Landschaft, in der es weder Häuser noch andere Bauwerke gab. Die Szenerie kam ihm seltsamer, lebendiger vor, als bei seinem ersten Abstecher. Die Sterne am Himmel waren ein Wunder, was ihre Anzahl und Klarheit betraf, ein Anblick, wie man ihn im Lichterschein des Sprawl nicht zu sehen bekam. John nahm an, daß er einfach nicht mehr so an Grün gewöhnt war wie früher. Die wenigen Bäume am Ufer des Flusses unweit seiner Fabrik waren kein richtiger Wald. In seiner Kindheit waren ein paar Streifzüge durch den Park das Äußerste seiner Bekanntschaft mit der freien Natur gewesen, und diese gehegten Plätze boten nichts von dem Wildwuchs ringsumher. Es gab keinen Ort in der Nähe seiner Fabrik, zu dem man gehen und kein von Menschen errichtetes Bauwerk sehen konnte – er hatte das immer für eine Schande gehalten –, aber hier gab es überhaupt keine Bauwerke. Er mußte feststellen, daß ihn ihr Fehlen ein wenig beunruhigte und ihn die Wildnis ringsumher nervös machte.

»Nervös?« Faye schob ihre Hand in seine, als sie das sagte.

»Ja. Nehme ich an. Ein wenig.« Durch Fayes Nähe

schwirrte ihm der Kopf und sein Blut raste. »Und verwirrt.«

Sehr sogar.

»Ich helfe, wenn ich kann«, sagte sie.

John stellte fest, daß er viel zu sehr an eine ganz bestimmte Art von Hilfe dachte. Er traute sich nicht, etwas zu sagen, also wanderten sie schweigend weiter. Faye nahm sein Verhalten hin, wie sie es immer tat. Sie war so entgegenkommend. Ein Jammer, daß sie nicht allein waren. Aber sie waren es nun mal nicht und John zwang sich, überallhin zu schauen, nur nicht in Fayes Richtung.

Die Schönheit ringsumher bot genügend Ablenkung. Der größte Teil der Landschaft kam ihm auf unheimliche Weise vertraut vor, so wie einem Orte im Traum vertraut vorkommen. Ein Gefühl, das John sehr wohl bekannt war. Er hatte von der Anderswelt geträumt, sowohl bevor als auch nachdem er erfahren hatte, daß er ein Elf war – aber vorher, in dieser anscheinend schon lange zurückliegenden Zeit, hatte er nicht gewußt, daß es die Orte, von denen er träumte, tatsächlich gab. Nun wußte er, daß seine Traumlandschaften real waren. Er wanderte jetzt in ihnen umher.

Er gehörte hierher.

Bennett blieb stehen und schlug eine Rast vor. John war nicht müde, aber ihm lag auch nicht an Widerspruch. Während Bennett und Faye sich setzten, marschierte er auf und ab und hielt Ausschau nach – er wußte nicht, wonach. Irgendetwas machte ihn ruhelos. Dieser Ort rief ein anderes Gefühl in ihm wach, einen Eindruck von Sympathie, der eine Saite in ihm anschlug.

»Ich war schon einmal hier«, sagte er laut, als ihm klar wurde, wo sie sich befanden. »Der magische Teich liegt gleich dort drüben im Wald.« In diesem Teich hatte John sich zum ersten Mal als Elf gesehen. Und dort hatte er auch Faye zum ersten Mal gesehen und erkannt, daß sie… attraktiv war? Begehrenswert? Sich zu erinnern und sie zu sehen, stofflich und greifbar, wie sie dasaß und gelassen in die Ferne schaute, ängstigte ihn ein wenig.

»Du hast ein gutes Ortsgedächtnis«, sagte Bennett, der Johns inneren Aufruhr anscheinend nicht zur Kenntnis nahm. »Wir haben noch Zeit. Willst du dir den Teich noch mal ansehen?«

»Ja«, sagte John. Bennett machte Anstalten, sich zu erheben, also fügte John rasch hinzu: »Allein.«

Faye blinzelte.

»Wie du willst«, sagte Bennett.

Sofort bedauerte John seine Schroffheit. Jetzt, da Bennett sich gefügt hatte, konnte Faye unmöglich widersprechen. John hatte ›allein‹ gesagt und war nun, obwohl es ihm alles andere als recht war, derart festgelegt.

Er wandte sich ab und marschierte los. Wie beim letzten Mal fand er den Teich mühelos, indem er seiner Eingebung folgte, obwohl er damals nicht verstanden hatte, was er tat, da er nicht das Geringste über Magie wußte. Er hatte sich in vielerlei Hinsicht verändert. Würde ihm der magische Teich jetzt ein anderes Bild zeigen?

Als er sich dem geschützten Teich näherte, schien er etwas aufzuscheuchen, aber John sah – abgesehen von einer leichten Bewegung des Ufergebüschs – nichts. Wenn das, was die Bewegung verursacht hatte, zu scheu war, um sich zu zeigen, brauchte er sich dadurch nicht bedroht zu fühlen.

Er trat ans Ufer, und die Wasserfläche lag vollkommen unbewegt vor ihm und glänzte im Mondlicht wie ein Spiegel. Er ging zu der kleinen Landzunge und setzte sich ein kleines Stück vom Ufer entfernt. Wenn er sich vorbeugte, würde er sein Spiegelbild im reglosen

Wasser sehen können, aber dazu war er noch nicht ganz bereit.

Zuerst wollte er sich sammeln und sich auf die Magie einstimmen, die er an diesem Ort spürte. Er zog seine Lederjacke aus, um mehr von seiner Haut der Luft auszusetzen, und ließ seinen Sinnen freien Lauf, die Umgebung aufzunehmen. Das leise Rascheln der Blätter in der leichten Brise. Die höhere Luftfeuchtigkeit über dem Teich. Der weiche, nachgiebige Boden unter sich. Der süßliche Duft von Blumen und der feuchte Geruch des Wassers. Das Glitzern der Sterne auf dem Teich. Er hatte das unbestimmte Gefühl beobachtet zu werden, aber das mochte auch nur ein Echo seines Bewußtseins sein, da er versuchte, eins mit diesem Ort zu werden. Nichts und niemand störte seine Eintracht mit diesem zeitlosen Augenblick. Als er mit sich in Einklang war, beugte er sich vor, um sich anzusehen.

Wie zuvor starrte ihn ein Elfengesicht an. Diesmal wußte er, daß der Teich ihm sein wahres Gesicht zeigte. Er musterte dieses Gesicht, das ihm fremd und doch so vertraut war. Es war ein hübsches, wenn auch längliches und hageres Gesicht, das von großen, blassen, ein wenig geschlitzten Augen beherrscht wurde. Elfisches gutes Aussehen, nahm er an. Seine Ohren liefen oben in einer zierlichen Spitze aus, die deutlich sichtbar durch silberne Haare – so fein wie Mondlicht – ragten. Dies war das Gesicht, das er tragen würde, sobald die Tarnzauber nicht mehr aktiv waren.

Sein Gesicht.

Doch nicht das Gesicht, das er sein Leben lang getragen hatte. Bedauern oder ein verwandtes Gefühl störte seinen inneren Frieden. Das Gesicht im Wasser kräuselte sich, als sei ein Stein hineingeworfen worden, doch es veränderte sich nicht. Es war sein Gesicht.

Wer *er* auch war.

Elf? Von Geburt an. Mensch? Als solcher aufgewachsen und erzogen. Was machte das aus ihm? War er das eine oder das andere oder etwas von beidem? Letzteres, nahm er an. Und was machte *das* aus ihm? Konnte er sowohl Mensch als auch Elf sein? Als Elf sollte er angeblich der Erbe des elfischen Prinzen Bennett und der Magie Faerys sein. Als Mensch war er aus der Konzerngesellschaft geflohen, ein Heimatloser im Sprawl des alten Providence und ein Gelegenheitsstudent der Thaumaturgie von Dr. Spae. Wie paßte das alles zusammen? Paßte es überhaupt zusammen? Oder mußte er das eine zugunsten des anderen aufgeben?

Er wünschte sich, es zu wissen, hoffte auf irgendein Zeichen, das ihm verriete, was er zu tun hatte.

Doch nichts veränderte sich.

Er saß allein am Ufer eines Teichs und starrte in ein Elfengesicht. Sein Gesicht. War das die Antwort? Würde er bald auch das Leben eines Elfs führen?

Er schloß die Augen und lehnte sich zurück, da er das Gesicht nicht mehr ansehen wollte. Er wurde sich einer Veränderung im Rhythmus des Ortes bewußt. Jemand anders war in der Nähe, vielleicht mehr als eine Person. Er öffnete die Augen, drehte sich um und sah Faye, die sich ihm näherte. Sie war ihm gefolgt, obwohl er laut verkündet hatte, allein sein zu wollen.

»Du wolltest nicht wirklich allein sein, oder?« fragte sie fast zaghaft.

Sie kannte ihn so gut. Es gab das ›Allein‹ persönlicher Abgeschiedenheit und das ›Allein‹ geteilter Abgeschiedenheit. Sie hatte früher gewußt als er selbst, welches er meinte.

»Ist dir Bennett gefolgt?« fragte er, um sicherzugehen.

»Er wartet noch auf dem Hügel.« Sie kicherte. »Er schenkt mir keine sonderliche Beachtung.«

Ein Fehler, den John nicht beging.

»Feen sind unter seiner Würde«, fuhr sie fort. »Ich

habe mich davongemacht, damit wir eine Weile zusammen sein können.«

Sie setzte sich neben ihn – ihr Körper war ganz nah bei ihm. Im beständigen Dämmerlicht der Anderswelt lag ihre Haut kühl auf seiner, wo sich ihre Schultern berührten. John legte den Arm um sie und sie schmiegte sich an ihn.

»Bennett sagt, du bist keine geeignete Gefährtin für einen elfischen Lord.«

»Weil ich kein Elf bin wie du.«

»Genau das sagt er.«

»Stört es dich, daß ich keine Elfe bin?«

»Nein.« Es hatte ihn gestört, als er geglaubt hatte, sie könnten vielleicht miteinander verwandt sein.

»Dann spielt es keine Rolle.« Ihr strahlendes Lächeln schmolz sein Herz und seinen letzten Rest Zurückhaltung. Ihre Finger huschten über seine Brust.

Er wußte, was sie wollte. Er wollte es auch. »Was ist, wenn Bennett nach uns sucht?«

»Dann wird er uns finden.«

»Aber wir sind hier im Freien.«

»Das ist gleichgültig.«

Andere Dinge waren das nicht. »Faye, sollen wir das wirklich tun?«

»Warum nicht?«

John hätte einige Gründe aufzählen können, aber er hatte Mühe, sich darauf zu konzentrieren, da sie seinen Nacken liebkoste. »Was ist damit, daß...«

Sie legte ihm einen Finger auf die Lippen und entkräftete damit seine Einwände. Er wußte ohnehin nicht, ob er es fertiggebracht hätte, mit ihr über Spillway Sue zu reden.

»Nur das Jetzt zählt«, sagte sie, und der Finger wich von ihren Lippen.

Das Verlangen überwältigte sie beide. Ihre Hände beschäftigten sich mit dem Verschluß seiner Hose. Er zupfte an ihrem Kleid, zog es über ihre Hüfte und dann über ihre Schultern. Der dünne Stoff war ihnen im Weg und störte sie in ihrem gegenseitigen Verlangen nach vollkommener Berührung. Sie lösten sich voneinander, um sich der hinderlichen Kleidung zu entledigen, und trafen sich dann wieder auf dem duftenden Gras und Moos.

Faye stellte sich wesentlich geschickter an als Sue. Anstatt sich zu fragen, wo und wie sie sich dieses Geschick angeeignet hatte, akzeptierte er es. Nein, er genoß es. Sogar sehr. Faye hatte recht: Nichts zählte, nur der Augenblick. Er verlor sich in ihr.

Als sie nach vollendetem Akt in den Armen des anderen lagen, flüsterte sie ihm zu: »Du wirst immer mein Prinz sein, John.«

»Liebste Faye, ich kenne niemanden wie dich.«

»Wirst du dich immer an mich erinnern?«

»Ewig.«

Sie seufzte zufrieden. Er war es auch. Während sie in gegenseitiger Umarmung dalagen, spürte John plötzlich, daß jemand in der Nähe war. Er lauschte, nicht gewillt, mehr zu tun, da er Faye nicht stören wollte, doch sie schien seinen Stimmungswechsel zu spüren.

»Was ist los?« fragte sie.

»Ich glaube, es ist nichts.« Er hatte nichts gehört, was sein Gefühl bestätigt hätte. Seine Bemerkung stellte Faye nicht zufrieden.

Sie löste sich aus seiner Umarmung und stemmte sich hoch. Ihre Augen bekamen einen Ausdruck der Wachsamkeit, da sie die Nase hob und zu wittern schien.

»John, ich glaube, wir gehen besser.«

Nun war er es, der fragte: »Was ist los?«

»Es wird Zeit, daß wir zurückkehren«, sagte sie, ohne damit seine Frage zu beantworten. Ihre Blicke huschten unruhig hin und her, während sie ihr Kleid überstreifte. John sah sich die Bäume und Büsche rings um den

Teich an, als er sich anzog. Wenn irgendjemand oder irgendetwas in der Nähe lauerte, sah er jedenfalls keine Spur davon.

Faye blieb nervös, bis sie das Gehölz verlassen hatten, in dem sich der Teich verbarg. Bennett schien sich nicht von der Stelle gerührt zu haben. Er saß noch so da, wie er ihn verlassen hatte, und wartete. Bei ihrer gemeinsamen Rückkehr lächelte er dünn, enthielt sich aber jeglichen Kommentars. Statt dessen zeigte er auf einen entfernten Hügel.

Über die Kuppe kam ein Reiter, der auf einem mit einer dunklen Schabracke geschmückten Elfenroß saß und einen Treck von drei weiteren Reittieren anführte, die alle ebenso herausgeputzt waren wie seines. Die Kavalkade näherte sich – überraschend schnell – und John glaubte, daß ihm der dunkelhaarige Elf bekannt vorkam. Als die Rösser anhielten und der Reiter abstieg, brachte John das Gesicht mit diesem Ort, den Reittieren und einer anderen Zeit in Verbindung. Dies war der Elf, der Bennett bei Johns erstem Ausflug in die Anderswelt abgeholt hatte, so daß John und die anderen sich allein in der trügerischen Landschaft der Anderswelt hatten zurechtfinden müssen. Diesmal hatte der Elf jedoch Reittiere für alle mitgebracht.

»Ich kenne Euch«, sagte John zu dem Elf.

»Das bezweifle ich«, erwiderte der Elf. »Aber wir sind uns schon begegnet.«

Bennett erhob sich und übernahm die Vorstellung. »Shahotain, das ist mein Sohn Jack.«

»Jack?« Shahotain hob hochmütig eine Augenbraue. »Euer Name in der sonnenbeschienenen Welt, nehme ich an. Werdet Ihr hier einen anderen Namen annehmen?«

»Ich bleibe bei Jack, danke.«

»Wie Ihr wollt«, sagte Shahotain.

»So wie ich Bennett bin«, sagte Bennett.

Shahotain wandte sich ihm zu und nickte nach einem Augenblick. »Der Wille des Prinzen geschehe.«

»Der Wille des Prinzen ist, daß wir aufbrechen«, sagte Bennett, indem er sein Roß bestieg.

Die anderen folgten seinem Beispiel, John ein wenig unbeholfen. Und dann waren sie unterwegs und ritten im Galopp über die Hügel einem unbekannten Ziel entgegen.

Kapitel 8

Carlos Quintero war nicht besonders gut in seinem Job, aber das mußte er auch nicht sein. Er war notwendig. Sogar in diesem Zeitalter der Information gab es noch stoffliche Waren, die befördert werden mußten, und viele davon wurden äußerst kostengünstig per Schiff befördert. Und Schiffe brauchten Matrosen, jedenfalls besagten das die Richtlinien der Gewerkschaft.

Früher hatten Matrosen ein hartes Leben gehabt, aber das war vor Carlos' Zeit und störte ihn daher überhaupt nicht. Früher waren die Schiffe auch viel kleiner gewesen als die S.S. *Wisteria*. Auf einem kleinen Schiff zu sein, also *das* hätte Carlos wirklich gestört. Er mußte sich deswegen keine Sorgen machen. Containerschiffe wie die *Wisteria* waren größer als alles, was je auf dem Wasser geschwommen war.

Die großen Schiffe waren technisch auch viel höher entwickelt. Meistens hatte es den Anschein, als sei Carlos eigentlich überflüssig, als könnten Schiffe wie die *Wisteria* eigenständig fahren. Und meistens konnten sie das auch. Das war Carlos nur recht. Dadurch hatte er viel Zeit für andere Dinge – wie zum Beispiel: im Videonetz zu surfen.

Wetter, insbesondere kaltes, war eine Begleiterscheinung des Matrosenlebens, für die Carlos nicht viel übrig hatte. Die *Wisteria* schipperte gerade im Griff der West Wind Drift dahin, ein gutes Stück innerhalb der Eisberggrenze – nicht, daß das so früh im Jahr eine Rolle gespielt hätte – und ließ die Strömung den größten Teil der Arbeit verrichten, die nötig war, sie auf dem kürzesten Weg von Neuseeland nach Südamerika zu bringen. Das Wetter war so kalt, wie es auf dieser Fahrt nur sein konnte. Carlos würde froh sein, wenn sie die chilenische Küste erreichten und nach Norden abdrehten, und noch froher, wenn sie in Kalifornien vor Anker gingen. In der Zwischenzeit blieb er in seiner Kabine oder in der Lounge, wenn er keinen Überwachungsdienst hatte, und hielt sich warm. Warum die Brücke nicht besser geheizt war, begriff er nicht. Die Lounge war genau richtig geheizt und sie war ebenso ein Mannschaftsraum wie die Brücke. Sie verfügte außerdem über einen größeren Videoschirm. Da schien es natürlich, daß er die Lounge der Brücke vorzog. Schade, daß es ihm nicht gelungen war, den Kapitän davon zu überzeugen, die Monitordaten nach hier unten zu legen. Manchmal hielt der Kapitän sich zu sehr an die Vorschriften.

Wie als Reaktion auf Carlos' Gedanken tönte plötzlich die Stimme des Kapitäns aus dem Lautsprecher.

»Alle Mann herhören, hier spricht der Kapitän.«

Carlos grinste höhnisch über die Förmlichkeit. Zu sehr nach den Vorschriften.

»Unser Wetterradar hat einen kleinen Sturm ausgemacht, der auf den Wetterkarten der Satelliten nicht zu sehen ist. Wahrscheinlich ist es nur ein Fehler im System, aber ich will, daß sich für alle Fälle alle Mann auf schweres Wetter vorbereiten.«

Ein kleiner Sturm konnte der *Wisteria* nichts anhaben. Carlos hoffte, er würde den Videoempfang nicht stören. Die nicht von Konzernen betriebenen Sender hatten oft schwache Satellitenverbindungen, und er sah sich gerade so einen Sender an. Sie brachten alle gute Sachen.

Die Sendung war genau richtig für Carlos: ein Bericht über den McKutchen-Wald. Ihm gefiel die Art, wie der

Reporter – Lauder war sein Name; den würde er sich merken – zur Sache kam. Lauder hatte den Wald als Tor zu anderen Dimensionen entlarvt. Carlos hatte sich das zusammengereimt, gleich nachdem er von dem Wald gehört hatte. Wie konnte jemand mit Verstand nicht wissen, daß etwas am Rande der Realität lauerte und versuchte hereinzukommen? Es war so offensichtlich! Manche Dinge waren bereits in die wirkliche Welt eingedrungen. Orte wie der McKutchen-Wald waren Tore für Dinge aus einer anderen Welt. Leute wie Lauder wußten das. Carlos wußte es auch.

Carlos konzentrierte sich wieder auf den Bildschirm und vergaß den Befehl des Kapitäns. Die Bilder waren einfach zu zwingend. Er wußte alles über diese Sachen, hatte aber ein unstillbares Bedürfnis danach, noch mehr zu erfahren. Dieser Lauder hatte eine gute Einstellung, eine gute Perspektive. Er war wirklich scharfsinnig. Carlos wußte, daß es unendlich viele Dinge gab, die die gewöhnliche Wissenschaft nicht erklären konnte. Viele reale Dinge. Über die Leute wie Lauder Bescheid wußten. Das Paranormale war überall.

Nicht, daß Carlos persönliche Begegnungen gehabt hätte. Aber in letzter Zeit hatte er eine Häufung von Reportagen über magische Dinge gesehen. Früher war es schwierig gewesen, solche Dinge zu finden. Jetzt nicht mehr – und die Qualität der Informationen war viel besser. Die Augenzeugen waren viel weniger offensichtlich durchgeknallte Irre, die Bilder weniger verschwommen und die faktischen Beweise – DNS, um Gottes willen! Sicher, das Establishment behauptete noch immer, alle Daten dieser Art seien gefälscht und das Ergebnis der Bemühungen von Fanatikern, Irren und Witzbolden. Aber die Regierung hatte eine Menge zu verbergen. Hatte er das nicht immer schon gewußt?

Auch auf einem Schiff so groß und ruhig wie die *Wi-*

steria gab es Geräusche. Carlos war an die meisten gewöhnt, also beachtete er das Kratzen und Scheppern zuerst nicht. Etwas später fragte er sich, ob der vom Kapitän angekündigte Sturm eingetroffen war. Er befahl dem Computer, die Bullaugen zu repolarisieren und transparent zu machen. Draußen war kein Sturm. Er verdunkelte die Bullaugen und widmete sich wieder Lauders Reportage.

Ein Geräusch, als reibe jemand mit einer Handvoll Kies über die Außenwand der Kabine, störte ihn in seiner Konzentration. Plötzlich wurde ihm klar, daß er zitterte. In dem Raum war es kälter. Zweifellos kälter, aber nicht so kalt, daß er hätte zittern müssen. Warum zitterte er also?

Etwas kratzte kurz an der Tür zum Gang. Ein leises Geräusch, kaum zu hören. Wahrscheinlich nur seine Einbildung. Die Kälte bildete er sich jedoch nicht ein.

»Computer, stimmt etwas mit der Heizung nicht?«

»System normal«, meldete die Maschine.

»Was ist mit der Temperatur?«

»Temperatur liegt innerhalb normaler Parameter.«

Wie konnte das sein? Carlos zitterte. Es war kalt. Es hatte keinen Sinn, eine Steigerung der Temperatur anzuordnen. Das konnte nur der Kapitän. Irgendetwas stimmte nicht mit der Heizung oder mit der Computerüberwachung. Letzteres war wahrscheinlicher. Computer klangen immer so selbstsicher, besonders wenn sie kaputt waren. Das war es. Der Computer mußte kaputt sein. Er würde Salmon rufen und ihn dazu bringen, einen Blick darauf zu werfen.

Etwas bewegte sich am Rande seines Blickfelds. Er wandte den Kopf und suchte danach. Nichts schien sich verändert zu haben. Aber er hatte doch etwas gesehen, oder nicht?

Ein dumpfer Krach hinter sich ließ ihn herumfahren. Eines der Bücher des Kapitäns, die auf dem Tisch gelegen hatten, lag jetzt auf dem Boden. Carlos war der einzige in dem Raum.

Oder nicht?

Ein dunkles, klebriges Ding wie eine Schlange, die aus dem Stoff der Nacht zu bestehen schien, glitt unter Carlos Stuhl hervor und wickelte sich um seinen Knöchel. Seine Haut brannte unter einer Kälte, die so intensiv war, daß die Haut Blasen warf. Er schrie auf.

Der Glaube an das Unnatürliche hatte auch seine Schattenseiten. Er wußte, daß dies kein Albtraum war – wußte es mit einer Sicherheit, bei der ihm fast das Herz stehen blieb –, und er wußte, daß keine noch so logische Erklärung dieses Ungeheuer, das gekommen war, um seine Seele zu stehlen, von der anderen Seite verjagen würde.

Er konnte sich nicht bewegen. So sehr er sich das Ding auch abreißen wollte, er konnte nicht. Seine Muskeln waren solides Eis. Er konnte nur schreien. Keine Worte, nur nacktes Entsetzen. Carlos schrie und schrie wieder, als die Nachtschlange sein Bein heraufkroch. Seine Schreie verstummten erst, als das schreckliche Ding seinen Mund aufzwang und in seinen Hals kroch und sein Bewußtsein ausgelöscht wurde.

Kapitel 9

Das Verstreichen der Zeit in der Anderswelt war schwer zu schätzen. John hatte noch keinen Tageshimmel gesehen. Die Sterne schienen ewig zu blinken. Doch er wußte, daß Zeit verstrich, weil er ab und zu Hunger verspürte und etwas öfter müde genug war, um zu schlafen. Abgesehen von den Hinweisen, die ihm sein Körper gab, und von der Tatsache, daß er mit seinem Unterricht vorankam, gab es jedoch keinerlei Anzeichen dafür, daß der Augenblick etwas anderes war als beständig. Herauszufinden, wie viel Zeit verstrich, wurde immer unwichtiger. Er hatte andere Dinge im Kopf – wie zum Beispiel Magie.

Bennett hatte sein Versprechen gehalten, daß John Magie lernen würde, und ihn in die Obhut von Shahotain und anderen gegeben. John lernte, wie er die Energien anzapfen und beherrschen konnte, die er schon seit langer Zeit spürte. Und er lernte schnell – weil er sich in der Anderswelt befand, wo die Magie stärker war? Oder weil seine elfischen Lehrer bessere Magier oder vielleicht bessere Lehrer waren als Dr. Spae? Er wußte es nicht. Eigentlich spielte es auch keine Rolle. Wichtig war, daß er immer besser wurde, was das Verständnis und die Beherrschung echter Magie betraf. Was noch wichtiger war, er begriff langsam, wie viel ein Elf zu sein mit Magie zu tun hatte. Magie, das wußte er jetzt, war ein Teil seines Erbes. Ein Loch in seinem Leben, von dessen Existenz er nichts gewußt hatte, wurde ausgefüllt. Mit jeder Lektion wurde Johns Erstaunen größer, daß er überlebt hatte, ohne in der Lage zu sein, die Magie zu berühren.

Es war ein ganz neues Leben und noch dazu ein gutes. John sah wenig von Bennett, was gut war. Er sah mehr von Faye – was noch besser war – und noch mehr von seinen Lehrern, was – angesichts der neuen Türen, die sie ihm öffneten – vielleicht am besten war.

Er begriff jetzt, daß er für die Magie geboren war. Bennett hatte in dieser Beziehung nicht gelogen. Und Bennett der Lügner hatte auch nicht gelogen, als er versprochen hatte, dafür zu sorgen, daß John Magie lernte. John wußte nicht, was er davon halten sollte, aber er wußte ganz genau, daß er das Angebot ausnutzen würde. Er hatte die Absicht, so viel wie möglich zu lernen.

Endlich bekam er, was ihm zustand!

Es gab jedoch immer noch eine Sache, die ihn störte, eine Angelegenheit, die zu regeln Shahotain sich endlich bereiterklärt hatte. Sie trafen sich an einem Ort, den John bei sich immer als Shahotains Arbeitszimmer bezeichnete, obwohl nichts daran an die Arbeitszimmer erinnerte, wie John sie aus der sonnenbeschienenen Welt kannte. Es gab keine Bücher, keinen Schreibtisch, keine bequemen Sessel, nur vier holzvertäfelte Wände, einen riesigen Blumentopf mit üppiger Bepflanzung, zwei mit kunstvollen Schnitzereien verzierte Truhen, die, falls nötig, als Sitzgelegenheiten dienten, und einen gefliesten Boden mit noch kunstvolleren und feineren Verzierungen. Der Raum schien sich mehr zur Meditation als zur Arbeit oder zum Studium zu eignen.

»Das ist verfrüht«, sagte Shahotain nicht zum ersten Mal, als John sein Arbeitszimmer betrat.

»Ihr habt bereits gesagt, daß Ihr es tun werdet«, stellte John fest. »Außerdem hat Bennet gesagt, der Zauber würde von mir genommen, wenn ich mit hierher käme.

Ich bin hier, und es ist genug Zeit verstrichen. Ihr kneift doch nicht, oder?«

»Ich schlage lediglich vor, daß Ihr es Euch noch einmal überlegt.«

John wollte es sich nicht noch einmal überlegen. Er wollte dem Zustand, mit einer Lüge herumzulaufen, ein Ende bereiten. Sein eigenes Gesicht zu tragen, würde sein erster Schritt sein, sein *Leben* selbst in die Hand zu nehmen. *Dazu* war er mehr als bereit. »Fangen wir an.«

Shahotain nickte ungerührt, und schon spürte John eine Zunahme der magischen Energien. Er spürte die Energien, die Shahotain bewegte, und wußte, daß eine Auflösung stattfand, aber die beteiligten Kräfte überstiegen noch sein Begriffsvermögen. Dennoch, er wußte, daß die Magie direkten Kontakt zu ihm hatte. Wie konnte er die Manipulation von Energien nicht begreifen, die so eng mit ihm verbunden waren? Aber das tat er nicht – zumindest nicht gänzlich –, irgendwie entgingen ihm die Einzelheiten. Er fühlte sich wieder an die Zeit erinnert, als er einem Mechaniker zugesehen hatte, der an einem Fahrstuhl in der WoGe arbeitete, in der er aufgewachsen war. Er hatte alles gesehen, was der Mechaniker getan hatte, aber die Bedeutung und der Zusammenhang all dessen war ihm entgangen. Das Ritual endete jäh und Shahotain sagte: »Ihr könnt Euch jetzt anschauen.«

John nahm das dargereichte Stück reflektierenden Glases mit Beklommenheit. Shahotain hatte auf jeden Fall etwas bewirkt. Was genau, wußte John nicht, aber er hatte keinen Schaden verspürt, als der Lehrer seine Magie gewirkt hatte. Warum widerstrebte es ihm dann so, sich im Spiegel zu betrachten?

Albernheit.

Er schaute hin und sah den eleganten Schwung seiner Wangen, die leichte Schrägstellung seiner Augen und die zierlichen Spitzen seiner Ohren. Das Glas war frei von Magie. Was er sah, war ein schlichtes Spiegelbild seines Gesichts. Seines wahren elfischen Gesichts.

»Ihr habt es geschafft«, sagte er, indem er sein Gesicht berührte, um sich auch mit dem Tastsinn von dessen Realität zu überzeugen.

Shahotain zuckte die Achseln. »Eine triviale Übung. Ihr werdet bald zu einer ähnlichen Leistung fähig sein, wenn Ihr weiter solche Fortschritte macht wie bisher.«

»Ist das die nächste Lektion?«

»Es gibt jetzt keine Lektion für Euch. Geht. Ich muß mich um andere Dinge kümmern.«

John ging, da er bereits erfahren hatte, daß Shahotains Geduld keineswegs unendlich war. Draußen wartete ein Bogie mit der Aufforderung zu einer Übungsstunde mit Loreneth der Lichtspinnerin auf ihn. Die Lichtspinnerin unterrichtete ihn in Illusionszaubereien.

Diese Übungsstunden hatte John zusammen mit fast einem Dutzend junger Elfen. Er hätte sie als Klassenkameraden oder Studienkollegen betrachtet, wären sie freundlicher zu ihm gewesen. Er war zwar einer von ihnen, aber bisher hatte er nicht wie einer von ihnen ausgesehen und das Aussehen schien in Faery eine große Rolle zu spielen. Die anderen Schüler blieben entfernt und schienen offenbar nicht gewillt zu sein, mehr Zeit als unbedingt nötig in seiner Gesellschaft zu verbringen. Also dachte John nur selten an sie. Er war es gewöhnt, ein Einzelgänger zu sein. Natürlich war er nicht wirklich allein. Er hatte Faye, die ihm Gesellschaft leistete, wenn er nicht damit beschäftigt war, die Geheimnisse der Elfenmagie eingetrichtert zu bekommen. Sollten die anderen ruhig ihren wie auch immer gearteten Vergnügungen nachgehen, er hatte Faye.

Was würde Faye zu seinem neuen Gesicht sagen?

Er würde sich jedoch noch damit gedulden müssen, es ihr zu zeigen, da er zunächst einmal der Aufforderung der Lichtspinnerin Folge leisten mußte. Sie war nicht nachsichtiger als Shahotain. John ließ sich von dem Bogie führen. Diese dienstbaren Geister waren besonders nützlich. Die elfische Feste war besonders weitläufig und anscheinend veränderlich, aber die Bogies schienen sich immer auszukennen. John nahm an, daß die Navigation in der Anderswelt eine weitere Magie Faerys war, die man ihn irgendwann lehren würde.

Johns Eintreffen verursachte einen kleineren Aufruhr unter den anderen Schülern. Es war so, als tauche er zum ersten Mal auf. Es blieb keine Zeit, auf das Interesse der anderen einzugehen, da ihnen die Lichtspinnerin keine ließ. Sie lehrte sie, optische und akustische Phantome zu gestalten. Manchmal überließ sie es ihnen, die Illusion auszuwählen, die sie schufen, und zu anderen Zeiten trug sie ihnen auf, eine ganz bestimmte Illusion zu erschaffen. Zu Johns Überraschung verdiente er sich ein Lob für sein Geschick bei der Nachahmung des beinahe unhörbaren Geräusches eines galoppierenden Elfenrosses.

Nachdem die Lichtspinnerin ihren Unterricht beendet hatte und gegangen war, kam Duwynt zu John. Duwynt war der Elf, der auf Fayes Hilfeersuchen gegen Quetzal reagiert hatte und noch rechtzeitig eingetroffen war, um John und Dr. Spae aus der Drachenhöhle kommen zu sehen. Duwynt hatte den Vorfall ausgenutzt, um John einen Spitznamen zu geben. Es war die freundlichste Geste, der John unter seinen Mitschülern bisher begegnet war.

Duwynt verbeugte sich, bevor er ihn ansprach. »Nun gut, Drachenquäler, wie es scheint, bekommst du wirklich, was dir zusteht. Es gab einige Zweifel.«

»Zweifel?« wiederholte John, der unsicher war, wie er reagieren sollte.

Duwynt lächelte nur geheimnisvoll und stellte seinerseits eine Frage. »Begleitest du uns? Fraoch hat ein neues Lied komponiert, von dem sie behauptet, es sei ihr bisher bestes.«

Die anderen Elfen beobachteten John erwartungsvoll. Fraoch, die hübscheste von den Frauen und eine Schönheit, neben der Faye unscheinbar wirkte, lächelte ihn strahlend an. Bisher hatte sie ihn keines Blickes gewürdigt. Offenbar hatte er eine Schwelle überschritten.

Die plötzliche Kameraderie der anderen Elfen erfüllte John mit einem Gefühl des Unbehagens. Ihr unvermutetes Akzeptieren seiner Person schien einzig und allein eine Folge seines Aussehens zu sein. Was hatte sich sonst noch verändert? *Er* hatte sich nicht verändert, nur sein Aussehen. Warum hatte sich dann ihre Einstellung geändert?

Er war nicht sicher, ob er den Grund tatsächlich wissen wollte. Er war sicher, daß er nicht bereit war, sich ihnen anzuschließen. »Shahotain hat mir eine Übung aufgegeben«, log er.

»Ein anderes Mal«, sagte Duwynt ohne eine Spur des Bedauerns oder der Verheißung. Er gesellte sich wieder zu den anderen. Lachend und scherzend verließen sie das Klassenzimmer. John folgte ihnen auf den Flur. Die anderen bogen um eine Ecke, und sobald der letzte von ihnen außer Sicht war, verstummten ihre Stimmen, als habe sich eine Tür hinter ihnen geschlossen. Was möglicherweise auch der Fall war. John machte sich nicht die Mühe nachzuschauen.

Er sehnte sich nach dem Trost von Fayes Armen. Sie würde dafür sorgen, daß er sich besser fühlte. Aber halt – Faye war ebenso ein Wesen von Faery wie Duwynt, Fraoch und die anderen. Würde sich ihre Einstellung ebenfalls ändern? Er wollte es nicht glauben, stellte aber fest, daß er keine Eile hatte, es herauszufinden. Plötzlich fühlte er sich in der Feste schrecklich beengt und wollte den Himmel über sich ohne Mauern ringsumher sehen, die den Blick einschränkten.

Zu seinen Privilegien gehörte auch die Benutzung eines Elfenrosses, obwohl man ihn davor gewarnt hatte, sich zu weit von der Feste zu entfernen. Bisher war er zu beschäftigt gewesen, um auszureiten. Jetzt beschloß er, von seinen Rechten Gebrauch zu machen und sich die Umgebung anzusehen. Er hatte kein konkretes Ziel, sondern wollte nur aus der Feste heraus.

Sein Roß erwartete ihn gesattelt, als habe jemand seine Laune vorausgesehen. Er verdrängte alle Gedanken an etwaige Bedeutungen. Dieses unheimliche Voraussehen seiner Wünsche war ein weiterer Grund, warum er ins Freie mußte. Er stieg auf und ritt über den Hof und an den verschiedenen Faery-Bewohnern vorbei, die dort ihren Beschäftigungen nachgingen. Niemand hielt ihn auf. Niemand nahm Notiz von ihm. Einmal durch das Tor, lag die Feste hinter ihm. Er spornte sein Roß zum Galopp an.

Nun, da er unterwegs war, überkam ihn die Versuchung, einfach weiter zu reiten und in die sonnenbeschienene Welt zu wechseln, aber er wußte, daß ihm diese Möglichkeit im Augenblick nicht offenstand. Was sollte er dort anfangen? Er sah nicht mehr wie ein Mensch aus und sein Aussehen würde Fragen aufwerfen, wohin er auch kam. Würde Sue ihn erkennen? Was war mit Marianne Reddy – würde sie den Sohn erkennen, den sie aufgezogen hatte? Er konnte nicht zurückkehren, bevor er die Geheimnisse der Tarnmagie gelernt hatte, so daß er in der sonnenbeschienenen Welt wieder so aussehen würde wie zuvor.

Aussehen.

So viel hing davon ab.

Er hatte das Theater in der Konzernwelt immer gehaßt, und vor allem die Art, wie die sogenannten Sprecher die Wahrheit stets verdrehten und eine Rechtfertigung für alles fanden, was die Pinkel je taten. Ihr Augenmerk richtete sich immer nur auf das Aussehen, auf den äußeren Schein. Lügen, wohin man schaute. Er war in dem Glauben aufgewachsen, daß Lügen falsch waren. Jetzt hatte man ihm gezeigt, daß sein ganzes Leben eine Lüge war, und die einzigen Leute, die ihm die Wahrheit aufzeigen konnten, waren Lügner und Bedienstete des größten Lügners, der ihm je begegnet war: Bennett. Das Leben war nicht fair.

Fair? Bär hätte vielleicht gesagt: *Das Leben war noch nie* fair. *Fair ist etwas, das ein Mensch sein muß.*

Bär war nicht gerade fair gewesen, aber das nahm der Bemerkung nichts von ihrem Wahrheitsgehalt. Menschen mußten sich bemühen und Menschen hatten nicht immer Erfolg. Aber schließlich war John auch kein Mensch – und er hatte das Gesicht, das es bewies.

Sein Reittier brachte ihn in die Nähe des Wäldchens, das den magischen Teich schützte. Zufall? Reagierte das Roß auf einen unbewußten Drang Johns? Was spielte es für eine Rolle? Sie waren hier. John zügelte sein Roß. Am Waldrand stieg er ab und ging zu Fuß in das Wäldchen.

Der Teich lag so ruhig und still da wie eh und je. Friedlich. Das gefiel ihm, er wollte das Gefühl aufsaugen, bis es ihn ganz ausfüllen und all seine Sorgen verdrängt haben würde. Er ging zum Ufer und schaute in den Teich. Das Spiegelbild zeigte ihm einen Elf, dem Aussehen und der Kleidung nach. Dem äußeren Schein nach.

War er das wirklich?

Er dachte längere Zeit über diese Frage nach, ohne eine zufriedenstellende Antwort zu finden. Schließlich begriff er, daß er wieder das Gefühl hatte, beobachtet zu werden. Er sah sich verstohlen um und reckte und streckte sich dabei, um sein Tun zu verbergen. Diesmal sah er etwas. Ein Mann, der fast verborgen im Schatten unter den Bäumen stand, beobachtete ihn.

John war nicht hergekommen, um sich angaffen zu lassen.

»Ich weiß, daß du da bist«, sagte er, indem er den Mann offen ansah. »Komm raus, wo ich dich besser sehen kann.«

Die Gestalt erschrak, als John sie anrief, und wandte sich ab, als wolle sie fliehen. Eine Minute lang standen sie schweigend da. Der Beobachter war zur Flucht bereit und ließ Johns Anruf unbeantwortet. John fragte sich, ob es richtig von ihm gewesen war, den Mann auf seine Anwesenheit anzusprechen. Vielleicht hatte er eine Regel der auf Faery herrschenden Etikette gebrochen. Er kam gerade zu dem Schluß, daß es an ihm war, den nächsten Schritt zu tun, als der Beobachter sich ihm einen Schritt näherte.

Der Fremde trat aus dem Schatten. John konnte ihn zum ersten Mal richtig sehen, und die äußere Erscheinung des Beobachters versetzte ihm einen Schock. Was er für einen Mann gehalten hatte, war überhaupt kein Mann, sondern eine Mischung aus einem Mann und einem Ziegenbock. Von der Hüfte aufwärts sah das Wesen mit dem behaarten Rumpf und den Armen eines Mannes sowie einem länglichen, aber männlichen Gesicht mit einem langen zottigen Bart einigermaßen menschlich aus. Doch von der Hüfte abwärts war das Wesen ein Tier. Die Beine waren behuft und die Gelenke wiesen nach hinten, so daß der Gang etwas geziert Tänzelndes hatte. John fühlte sich an etwas erinnert, das er einmal in einem Video über griechische Mythologie gesehen hatte.

»Bist du ein Satyr?« fragte er.

Das lange Gesicht wurde noch länger, da die Augen der Kreatur sich verengten und ihr Mund sich spitzte. Die Stimme trillerte. »Es gibt keinen Grund, mich zu beleidigen. Obwohl ich von einem Eurer Art nichts anderes erwarten sollte, oder?«

Das seltsame Wesen machte Anstalten, sich wieder in den Schatten zurückzuziehen. John wollte nicht, daß es ging, zumindest nicht, bevor er seine Neugier befriedigt hatte.

»Es tut mir leid«, sagte er. »Geh bitte nicht.«

Das Wesen unterbrach seinen Rückzug und sah ihn aus großen, traurigen Augen an. Es schien unsicher, aber zur Flucht bereit zu sein.

»Ich wollte dich nicht beleidigen.« John versuchte es mit einem entschuldigenden Lächeln. »Es ist nur so, daß du so aussiehst, wie ich mir immer einen Satyr vorgestellt habe. Wenn du keiner bist, was bist du dann?«

»Ich habe mich immer als ein *Wer* betrachtet, nicht als ein *Was*«, sagte das Wesen mit einem Schnaufen.

»Ich bin nicht sehr vertraut mit den verschiedenen Spezies von Faery. Ich weiß jetzt, daß du kein Satyr bist, aber was für ein Wesen *bist* du denn nun?«

»Ihr habt in Eurem ganzen Leben noch keinen Urisk gesehen?«

»Nein.«

»Es überrascht mich nicht weiter, das zu hören. Wir sind ein zurückgezogenes Volk, das nicht dazu neigt, sich in die Angelegenheiten der Großen einzumischen. Höchstwahrscheinlich ist es ein Fehler von mir, mich auch nur mit Euch zu unterhalten. Aber ich habe damit angefangen, nicht wahr?«

»So scheint es.« John war gebannt von der Mischung aus Kühnheit und Schüchternheit des Urisk.

Der Urisk nickte ernst, als sei er zu einer Entscheidung gelangt. »Nennt mich Yuri, wenn es Euch gefällt.«

»Du bist derjenige, der entscheiden sollte, ob es passend ist. Ich bin Jack.«

»Jack? Ein Großer namens Jack? Ein Witz ist das.« Yuri stieß ein meckerndes Lachen aus, um seinen Standpunkt zu untermauern.

»Was ist so witzig daran?«

Yuris Miene besagte, daß John ein Idiot war. »Jack heißen nur Menschen.«

»Ich habe mich immer für einen Menschen gehalten.«

Yuri blinzelte eulenhaft. »Ich nehme an, das habt Ihr. Wechselbälger tun das. Eine Weile lang. Mit der Zeit werdet Ihr darüber hinwegkommen. Wie alle anderen auch.«

John war nicht sicher, ob er ›darüber hinweg kommen‹ wollte, ein Mensch zu sein, insbesondere auch deshalb, weil er kaum etwas über die Alternative wußte. »Was weißt du davon?«

»Ich habe schon viele gesehen. Sie kommen hierher, ja, das tun sie. Um in den Teich zu schauen. Wie Ihr.«

»Und was sagst du zu ihnen? Daß sie genau wie alle anderen Wechselbälger aussehen?«

Yuri sah entsetzt aus. »Ich rede niemals mit ihnen.«

»Du redest aber mit mir.«

»Das tue ich, nicht wahr?« Yuri klang überrascht. »Eine Gelegenheit, die ich ergriffen habe. Ich nehme an, ich war ein wenig zu einsam. Die eigentliche Überraschung ist, daß Ihr mit mir redet.«

»Warum ist das eine Überraschung?«

»Ihr seid ein Großer«, sagte Yuri, als erkläre das alles.

Das tat es jedoch nicht, obwohl John bereits erlebt hatte, mit welcher Hochachtung das sogenannte niedere Volk den Elfen begegnete. ›Große‹ – was für eine arrogante Bezeichnung. Faye hatte sie einmal benutzt und dabei gesagt, sie sei keine. »Ich fürchte, mir ist nicht ganz klar, worin sich ein Großer von allen anderen hier unterscheidet.«

»Ihr seid wirklich neu in Faery, nicht wahr? Tja, ich sollte wohl das Privileg Eurer Gesellschaft genießen, solange ich kann. Wenn Ihr erst mal Euer Erbe angetreten habt, werdet Ihr zu bedeutend für meinesgleichen sein. Dann werdet Ihr nur noch Zeit für andere Große haben. Alles schon erlebt, nicht wahr? Das habe ich wirklich. Ich hätte im Dickicht bleiben sollen, oder? Es scheint fast so, als wäre der alte Yuri nicht so schlau, wie er gedacht hat. Enttäuschungen, nichts als Enttäuschungen, wenn man sich mit Großen abgibt.«

John nahm sich das Urteil des Urisk nicht sonderlich zu Herzen. Schließlich kannte Yuri John überhaupt nicht. »Warum hast du dir dann überhaupt die Mühe gemacht, mit mir zu reden?«

»Ich dachte, Ihr seid anders?« Yuri betrachtete John von der Seite. »Ich habe Euch mit dieser Fee gesehen. Hat mich erstaunt, nicht wahr? Nicht, daß ein Großer nicht tun könnte, was ihm gefällt – das weiß ich –, aber die Art, wie Ihr mit ihr umgegangen seid.« Yuri seufzte. »Als bedeutete sie Euch wirklich etwas.«

»Das tat sie auch. Ich meine, das tut sie.«

Yuris Blick folgte seiner langen Nase. »Wirklich?«

»Sicher.« Peinlicherweise lief Sue in diesem Augenblick nackt durch seine Gedanken. Dabei redeten sie doch über Faye. »Das tut sie wirklich. Mir etwas bedeuten, meine ich.«

Yuris Augen verengten sich, dann schüttelte er den Kopf. »Verwirrend.«

Die Gefühle, die John durchströmten, waren für ihn selbst verwirrend. Warum sollte es für den Urisk anders sein? John wollte das Thema wechseln und an andere Dinge denken.

»Du sagtest, du hättest hier schon öfter Wechselbälger gesehen. Hat Bennett sie hergebracht?«

»Bennett?« Yuri schaute für einen Augenblick nachdenklich drein. »Ah, Ihr meint den Prinz?«

»Kennst du ihn nicht als Bennett?«

»Für mich ist das ein neuer Name.«

John wußte, daß Bennett nicht immer Bennett war, aber niemand hatte den Prinz in seiner Gegenwart je anders genannt. »Wie war denn sein alter Name?«

Yuri hob eine buschige Augenbraue. »Ihr fragt mich nach seinem Namen, nicht wahr?«

»Ja.«

»Nach seinem *richtigen* Namen?«

»Sicher.«

»Ihr wollt seinen richtigen Namen wissen?«

»Ja.«

»Ich auch.« Yuri lachte meckernd, was John zu einem verärgerten Stirnrunzeln veranlaßte. Als das Gelächter des Urisk verklungen war, wurde Yuri wieder ernster. »In dieser Welt sind richtige oder wahre Namen streng gehütete Geheimnisse«, sagte er. »Der Name, unter dem man sein inneres Selbst kennt, ist ein mächtiges magisches Werkzeug, wenn es entsprechend benutzt wird. Er kann helfen und hindern, binden und befreien und in den falschen Händen sehr gefährlich sein. Selbst Rufnamen sind schon gefährlich genug.«

»Also ist Bennett nur ein Rufname?«

Yuri nickte. »Bennett ist ein ziemlich neuer Name für deinen Prinz, obwohl er ihn jetzt schon seit einiger Zeit benutzt. Davor gefiel ihm Beneyt. Gorloys ist ein Name, den er ebenfalls benutzt hat.«

Es schien angemessen zu sein, daß Bennett viele Namen benutzt hatte. Die Namen, die Yuri John genannt hatte, brachten ihn dennoch ins Grübeln. Beneyt war lediglich eine Variation – und obwohl Gorloys einen vertrauten Klang hatte, war John nicht sicher, wo er den Namen schon einmal gehört hatte. Vielleicht in einem Märchen oder einer Legende? Ja, das war es, in einer Legende. Tatsächlich war er ihm in einer Legende über König Arthur begegnet.

Nun ja, Arthur, oder richtiger Artus, war Bär – so wirklich wie John –, was vermuten ließ, daß die anderen Gestalten aus der Legende ebenso wirklich waren. Bär hatte einige davon erwähnt, obwohl John sich an die Erwähnung des Namens Gorloys nicht erinnern konnte. Er wußte, daß Bennett und Bär eine gemeinsame Vergangenheit hatten. Beide gaben es zu, obwohl keiner von ihnen John jemals irgendwelche Einzelheiten berichtet hatte. Unglücklicherweise konnte John sich an die Legenden über Gorloys nicht mehr erinnern. Er wünschte, er hätte Zugang zu einem Computer gehabt. Er hätte eine Suche starten und jede Datenbank plündern können, die sich mit der Artussage beschäftigte, bis sich etwas ergeben hätte. Natürlich würde sich die Geschichte anders zugetragen haben, als die Legenden sie darstellten. Er kannte Bär und wußte, daß die Dinge in den populären Mythen nicht ganz der Wahrheit entsprachen, aber er wußte auch, daß all diese Legenden ein Körnchen Wahrheit enthielten und sich um wirkliche Personen rankten.

Gorloys, wie? Vielleicht gelang es John, ein paar Hinweise auf das zu finden, was zwischen seinem mysteriösen Vater und Bär vorgefallen war, daß zwischen ihnen böses Blut herrschte. Darunter mochten ein paar Dinge sein, die John in seiner eigenen Auseinandersetzung mit Bennett benutzen konnte.

»Zu jung seid Ihr«, sagte Yuri. »Ihr könnt ihn nicht herausfordern.«

Herausfordern? Hatte John wirklich an etwas so... Direktes und Aggressives gedacht? »Ich wollte nicht –«

»Yuri kennt Eure Art. Euer Gesicht zeigt Eure Gedanken und darin steht der an eine Herausforderung geschrieben.«

Stimmte das? Die Vorstellung, Bennett auch einmal nach seiner Pfeife tanzen lassen zu können, war in der Tat reizvoll. John war sich unbestimmt der Tatsache bewußt, daß Yuri sich langsam vor ihm zurückzog, aber die Möglichkeiten, die ihm die Informationen des Urisk aufzeigten, waren zu faszinierend, als daß es ihn gestört hätte. Vor seinem geistigen Auge sah er, wie er Bennett hereinlegte, so daß *Bennett* derjenige war, der nicht wußte, was vorging, so daß *Bennett* derjenige war, der Fragen stellte, deren Beantwortung *John* ablehnen konnte. Das wäre eine gute Wendung gewesen, nicht wahr? Er konnte ihn also nicht herausfordern, wie? Es gab alle möglichen Herausforderungen.

»Wer sagt, daß ich ihn nicht herausfordern kann?«

»Klügere Köpfe.« Die Antwort des Urisk kam aus weiter Ferne.

John schaute auf, um zu sehen, wohin Yuri gegangen war, und stellte fest, daß der Urisk verschwunden war. John war allein am Teich.

Klügere Köpfe, ja? Vielleicht konnte er Bennett noch nicht gerade jetzt herausfordern, aber die Vorstellung, Bennett nach seiner Pfeife tanzen zu lassen, war zu schön, um sie einfach aufzugeben. John wußte, daß er noch viel lernen mußte, bevor er sie in die Tat umsetzen konnte. Er hob einen Zweig vom Boden auf und beschwor Feuer, um dessen Ende in Brand zu setzen. Der Zweig ging knisternd in Flammen auf. Das Beschwören einer Flamme war die erste Magie, die John gelernt hatte. Es war ein simpler Zauber, aber er war sein erster Schritt in die Welt der Magie gewesen. Manche Dinge lernte John schnell, sehr schnell sogar. Und wenn er erst einmal gelernt hatte, was er wissen mußte – tja, dann würde man sehen, wer wem was antun konnte.

Kapitel 10

Magnus erhob sich, als Holger eintrat. Holger fühlte sich geehrt. Er hatte schon früher mit Magnus zusammengearbeitet, wenn auch selbstverständlich nicht direkt. Angesichts der Gelegenheit, die sich ihm damit bot, überlief ihn ein Schauder der Vorfreude. Magnus war der Leiter des erfolgreichsten Teams in der Abteilung.

Magnus war außerdem ein Schläfer. Holgers Unbedenklichkeitsstatus war nicht hoch genug, um Einzelheiten abrufen zu können, aber so viel wußte er doch. Er hatte gehört, daß Magnus früher einmal ein Herrscher gewesen war, aber dieser Beruf stand gegenwärtig nicht zur Auswahl. Und selbst wenn, die Welt hatte sich geändert und Magnus' Politikverständnis hinkte etwa fünfzehnhundert Jahre hinter der Wirklichkeit her. Andererseits war es Magnus gelungen, sich anzupassen und einen Platz für sich in der modernen Welt zu finden – keine geringe Leistung. Er hatte es im Geheimdienst sehr schnell sehr weit gebracht – in mancherlei Hinsicht eine noch größere Leistung. Magnus war einer der kommenden Männer. Nicht wenige behaupteten, eines Tages könne er sogar seinen alten Job wieder bekommen. Falls das zutraf, war es keine schlechte Idee, in seiner Gunst zu bleiben.

Doch derartige Möglichkeiten waren etwas für einen anderen Tag bestimmt. Dieser Tag war anderen Dingen vorbehalten.

Magnus beendete sein Gespräch mit Sicherheitsoffizier L'Heraux und sagte zu Holger: »Wir haben einen Auftrag für Sie.«

»Ich übernehme ihn.«

Magnus legte die Akte nieder, die er in der Hand hielt. Holger konnte aus seiner Position das Deckblatt lesen. Es würde ihm Einzelheiten hinsichtlich des Auftrags verraten haben, aber sie waren unwichtig. Magnus würde ihm alles von Belang erzählen. Magnus sagte: »Ich habe noch nicht erwähnt, worum es geht, Agent Kun.«

»Ich bin bereit, Sir.«

»Eifrig, gewiß.«

Holger sagte nichts. Er *war* bereit.

»Es geht um ein Bergungsunternehmen«, sagte L'Heraux.

Holger hatte Erfahrung damit. »Sehr gut, Sir.«

Magnus und L'Heraux wechselten einen Blick. Holger hoffte, daß er seine Karten nicht falsch ausspielte. Er wollte – brauchte – diesen Auftrag.

»Es erfordert wahrscheinlich eine Reise in die Vereinigten Staaten«, sagte Magnus.

»Ich bin auf gewisse Härten vorbereitet«, stellte Holger fest. Alle lachten über den alten Witz. »Wer soll geborgen werden?«

»Das ist die Frau«, sagte L'Hereaux, während sich der Wandschirm erhellte und ein Porträt darstellte. Eine Körperansicht und verschiedene Schnappschüsse folgten und verbanden sich zu einer Montage. Ein Fenster mit den Lebensdaten öffnete sich, doch Holger ignorierte sie für einen Augenblick, um sich ganz auf die Bilder zu konzentrieren. Sie war von durchschnittlicher Größe und schlank. Sie schien triste Kleidung und wenig schmeichelhafte Frisuren zu bevorzugen. Das ungewöhnlichste Merkmal waren ihre verschiedenfarbigen Augen, eines blau, das andere grün. Selbst auf den Bildern besaßen sie eine magnetische Anziehungskraft. Die Augen beunruhigten Holger seltsam, also richtete er seine Aufmerksamkeit wieder auf den Gesamteindruck. Sie schien in den Vierzigern zu sein, vielleicht auch in den Fünfzigern, falls sie gute Gene und das nötige Kleingeld besaß, sie zu hätscheln. Was nicht zu ihrem offensichtlichen Desinteresse an Mode paßte. Also in den Vierzigern, vermutlich in der Mitte. Holger betrachtete die Schnappschüsse. Er fand nichts Eindeutiges, was auf ihren Beruf schließen ließ, aber auf den meisten Bildern machte sie einen zerstreuten Eindruck, als hätten ihre Gedanken nichts mit ihrer momentanen Tätigkeit auf dem jeweiligen Bild zu tun. Sie sah aus, als solle sie einen Laborkittel tragen. Er stellte fest, daß er sich wieder zur Großaufnahme ihres Gesichts hingezogen fühlte. Das Gesicht der Frau kam ihm seltsam bekannt vor. Eine gewisse Ähnlichkeit mit einer Tante vielleicht? Unwichtig. Erledige den Auftrag. Er prägte sich das Gesicht ein.

»Sie ist eine thaumaturgische Spezialistin«, sagte Magnus.

Das hatte er sich gedacht. Es erklärte das Laborkittel-Aussehen. Eine Spezialistin. Er mochte keine Spezialisten.

»Ist das ein Problem?« fragte L'Hereaux.

»Kein unüberwindliches«, erwiderte Holger. Er versuchte so zu klingen, als stelle er lediglich eine Tatsache fest. Er wollte nicht, daß sie ihn von dem Auftrag abzogen, nur weil er nicht gern mit Spezialisten zu tun hatte. »Wie heißt sie?«

»Elizabeth Spae.«

Der Name kam ihm bekannt vor, aber als er versuchte, den Finger auf die Erinnerung zu legen, stellte er fest, daß er plötzlich an eine andere Elizabeth dachte. *Diese* Elizabeth war es wirklich wert, sich an sie zu erinnern. Elizabeth Spae bedeutete ihm nichts. Aber sie bedeutete der Abteilung etwas – und bald würde man ihm auch sagen, warum.

»Sie ist eine Abtrünnige«, informierte ihn Magnus.

»Eine sehr gefährliche Frau«, fügte L'Hereaux hinzu.

»Sie hat sich mit dem Feind eingelassen«, sagte Magnus.

»Um etwas präziser zu sein, wir haben erfahren, daß sie für eine Tochtergesellschaft von Metadynamics gearbeitet hat, einen Konzern, an dessen Namen Sie sich erinnern werden.«

Holger erinnerte sich. Metadynamics war ein multinationaler Konzern mit vielen Tentakeln, einer der größten. Mehrere seiner Tochtergesellschaften standen im Verdacht, sich mit Dingen zu befassen, die unter die Verantwortung der Abteilung fielen. Unter den Bedingungen des Gesetzes der Vereinten Nationen über die Nachrichtendienstliche Zuständigkeit war die Federal Security Agency der Nordamerikanischen Wirtschaftsgemeinschaft die zuständige Untersuchungsbehörde. Nach allem, was Holger zuletzt gehört hatte, räumte die FSA Metadynamics auch weiterhin den Status ›unbeteiligt‹ ein. Wenn diese abtrünnige Spezialistin für Metadynamics arbeitete, war ein Mangel an Beteiligung unwahrscheinlich.

»Verweigert die FSA die Zusammenarbeit?« fragte er.

»Exakt«, antwortete L'Hereaux. »Sie bestreiten jegliche Verbindung zwischen Metadynamics und Elizabeth Spae. Sie bestreiten jeglichen Einfluß seitens irgendwelcher Konzernquellen. Da Metadynamics einen bedeutenden Einfluß auf die Regierung der NAWG hat, muß von einem Einfluß ausgegangen werden. ›Schließlich macht Metadynamics Amerika dynamisch‹.«

Holger hatte den Slogan schon gehört.

»Es gibt Anzeichen, die der Behauptung der FSA widersprechen. Hier drinnen.« Magnus nahm die Akte auf. »Sie werden sehen, daß wir keine innerstaatliche Zusammenarbeit erwarten können.«

Holger nickte, da er die Situation begriff. Angesichts der vielschichtigen Verbindungen mit Metadynamics würde die FSA einer Bergung feindselig gegenüberstehen. Dieses Einverständnis zwischen der Agentur und dem Konzern war eine Komplikation, doch keine unüberwindliche. Er hatte schon ähnliche Schwierigkeiten gemeistert. »Wer wird das Bergungsteam anführen, Sir?«

»Meine Wahl ist auf Sie gefallen, Agent Kun.«

Magnus' Vertrauen in ihn war beruhigend. »Vielen Dank, Sir.«

Wie immer hatte L'Hereaux noch etwas hinzuzufügen. »Die Agenten Linkwater und Pankhurst gehören ebenfalls zum Team. Ist das ein Problem?«

»Nicht für mich.« Wenn sie das anders sahen, würde er dafür sorgen, daß sie ihre Meinung änderten. Oder das Team wechseln.

Magnus musterte ihn mit ernster Miene. »Es gibt Stimmen, die der Ansicht sind, daß Sie noch nicht bereit für diesen Auftrag sind, Agent Kun. Die Ärzte sind nicht alle der Ansicht, daß Sie sich vollständig von Ihrem Unfall erholt haben und wieder dienstfähig sind. Dies ist eine schwierige Lage, die zügig entspannt werden muß. Ihre Akte empfiehlt Sie für diesen Einsatz. Ich sehe keine Alternative und setze darauf, daß Sie einsatzfähig sind. Mehr als das, ich setze darauf, daß Sie diesen Auftrag reibungslos und glatt erledigen werden. Diese Frau darf ihre Dienste nicht Metadynamics zur Verfügung stellen. Ich verlasse mich auf Ihre Loyalität und Ihre Dienstbarkeit, Agent Kun. Ich verlasse mich auf Sie.«

»Ich bin bereit, meine Arbeit zu tun.«

»Es kann sein, daß sie nicht geborgen werden kann. Der Verlust wäre bedauerlich, aber es darf nicht sein, daß Metadynamics von unserem Verlust profitiert.«

»Ich verstehe, Sir.«

Ein Spezialist weniger bedeutete einen Schritt hin zur Gesundung der Welt.

Kapitel 11

»Ein Memento«, sagte Bennett, indem er die weiche Seide über dem länglichen Kristall zusammenfaltete, der von silbernen, spiralig gewundenen Bändern gehalten wurde. Angeblich hatte der Talisman, den Bennett jetzt so sorgfältig einwickelte, früher einmal Johns elfischer Mutter gehört. Bennett reichte John den Gegenstand.

Brauchte man nicht eine Erinnerung, wenn einem ein Memento irgendetwas bedeuten sollte? »Was soll ich damit?«

»Es sicher aufbewahren.«

Sicher wovor? »Ist das die Hilfe, die ich dir gewähren sollte?«

»Die sichere Aufbewahrung des Steins liegt in deinem eigenen Interesse. Was dein Einverständnis betrifft, mir zu helfen, so liegt der Zeitpunkt dieses versprochenen Dienstes weiter in der Zukunft. Einstweilen mußt du hierbleiben, lernen und dich auf dein neues Leben vorbereiten.«

»Ich dachte, du hättest es eilig.«

»Die Zeit vergeht, aber nicht so rasch, daß du dich nicht anständig vorbereiten könntest. Shahotain sagt, deine Fähigkeiten entwickeln sich stetig.«

»Zu mir sagt er das nie.«

Bennett kicherte. »Nein. Das ist nicht seine Art. Trotzdem bin ich mit deinen Fortschritten zufrieden.« Er lobte John noch mehr. Als eine Fee kam, um Bennett zu holen, waren seine Abschiedsworte: »Sobald du ausreichende Kenntnisse hast, gehen wir zum

Hohen Rat, und dann wirst du einfordern, was dir gehört.«

John verabschiedete sich lediglich. Bennetts fortwährende Versprechungen eines Erbes, das er antreten würde, sobald er seine Studien beendet hatte, konnten John nicht von dessen Aufrichtigkeit überzeugen. *Sobald du ausreichende Kenntnisse hast. Wir werden. Du wirst. In der Zukunft. Aber nicht jetzt.* Der ständige Aufschub schwärte wie eine mehrere Tage alte Schnittwunde. Und wie bei so einer Schnittwunde hatte der Schmerz des ›noch nicht‹ seine Schärfe verloren. Vertieft in seine Studien achtete John weniger auf das Verstreichen der Zeit. Dieses entspannte Akzeptieren des Rhythmus' der Anderswelt war eine Veränderung in ihm und auf ihre Art ein Maßstab für das Verstreichen der Zeit. Seit er hierher gekommen war, mußte einige Zeit verstrichen sein, doch welches Maß für ihr Verstreichen zählte in einer Welt des ewigen Dämmerlichts? Und wie wichtig war Zeit überhaupt? Jeder wahre Schüler der Magie wußte, daß der Weg eine Reise ohne Ende und das Studium eines Magiers ein Abenteuer auf Lebenszeit war. Stunden und Tage waren da nur unbedeutende Zyklen innerhalb des Alles der Welt.

Zeit mochte nicht wichtig sein, aber Timing war es und Bennett war ein Meister dieser Kunst. John brauchte nur das Gewicht des Geschenks zu spüren, das Bennett ihm gemacht hatte, um zu wissen, daß Bennett wieder ein Spiel spielte. Er spürte die Härte des Geschenks unter der Seidenumwicklung, und seine Finger zeichneten die Grenze nach, wo die Rauhheit der verzierten Silberbeschläge der Glätte des Kristalls wich. Was glaubte Bennett, welchen Faden dieses Geschenk zöge?

Einstweilen war es John egal. Er würde sich von Bennett nicht auf diese Weise in Beschlag nehmen lassen. Es gab wichtigere Dinge, um die er sich kümmern mußte.

Hätte er seine Lederkleidung getragen, hätte er eine Tasche gehabt, in die er das Päckchen hätte stecken können. Das Wams und die Hose, von denen Fraoch behauptete, daß sie ihm so gut standen, boten keinen Platz zum Verstauen des Geschenks, also mußte er es in der Hand behalten. Er würde es nicht einfach wegwerfen, auch wenn es von Bennett stammte. Der Kristall hatte einen eigenen, unabhängigen Wert, und John spürte die schwachen Rückstände alter, verblaßter Magie darin. Aber damit konnte er sich später auseinandersetzen. Jetzt wurde er woanders erwartet.

Trotz seiner ursprünglichen Befürchtungen hinsichtlich seiner Mitschüler lag John zunehmend mehr an ihrer Gesellschaft, besonders an der einer ganz bestimmten Person. Die mit dem Erlernen des Wegs verbundenen Strapazen hatten ein Band zwischen ihnen geschmiedet. Die anderen Elfen ähnelten in vielerlei Hinsicht seinen Freunden aus der Universitätsfechtmannschaft, waren aber besser. Dort war ihre Gemeinsamkeit ein Interesse an ihrem Sport gewesen, aber kaum mehr. Hier hatte er mit seinen Kameraden ebenfalls eine Faszination gemeinsam: Magie, ein weitaus fesselnderes Studienfach als alles andere, dem John bisher begegnet war. Doch da gab es noch mehr als das gemeinsame Interesse für die Kunst. Hier waren seine Kameraden allesamt Elfen wie er. Sie hatten die Abstammung von Faery gemeinsam. Sicher, John wußte immer noch sehr wenig über diese Abstammung, aber ihre Verwandtschaft war etwas, das er in den Knochen spürte. Es war so ähnlich wie die Mitgliedschaft in einer Burschenschaft – jedenfalls stellte er es sich so vor – oder einer Gang. Wie das, was er in seiner Zeit mit Bär und den Downtown Dons kennengelernt hatte. Aber dies war besser. Viel besser.

Und wenn John an die Dinge dachte, die besser waren, dachte er natürlich an Fraoch. Er wußte nicht, was er getan hatte, um sich ihre Gunst zu verdienen, aber was es auch war, er war froh. Das erste Mal, als sie sich geliebt hatten, war – nun, John wußte nicht, ob er Worte hatte, es zu beschreiben, aber der bloße Gedanke daran erregte ihn. Er mußte dafür sorgen, daß sie und er bald wieder einmal ›privaten Studien‹ nachgingen.

Die Beiläufigkeit, mit der er diesen Gedanken nachhing, war erstaunlich. Nach Johns erstem Schäferstündchen mit Fraoch hatte Duwynt ihm verraten, daß Gentiano, ursprünglich der unfreundlichste aus der ganzen Bande, Fraochs Liebhaber gewesen war. John hatte schon den Beginn eifersüchtiger Rivalitäten befürchtet, doch seine Besorgnis hatte sich als unbegründet erwiesen. »Es wird Zeit, daß sich die Dinge ändern«, hatte Gentiano bei seiner nächsten Begegnung mit John gesagt und John dann tatsächlich ein paar Tips gegeben, was Fraoch besonders gern mochte. Als John die Ratschläge bei seinem nächsten Treffen mit Fraoch ausprobierte, hatte er zu seiner Überraschung festgestellt, daß Gentiano ihn nicht hereingelegt hatte. Das hatte John verblüfft. Gentiano hatte sich gewiß nicht so verhalten, wie dies ein Mitglied der Dons getan haben würde, hätte John ihm seine Liebste ausgespannt. Gentiano war trotz seiner hochmütigen Art schwer in Ordnung, wenn es um die ernsthaften Dinge des Lebens ging.

Tatsächlich war Gentiano der erste, der ihn begrüßte, als John in der Halle eintraf. Die Musik spielte bereits, eine lebhafte, zwielichtige Fassung von *700 Elfen*, die von einer bunt gemischten Truppe von Faery-Bewohnern vorgetragen wurde. Trotz der wüsten Disharmonie in ihrem Aussehen harmonierten die Musiker gut miteinander. Der Bongo-Rhythmus, mit dem die Flöten unterlegt waren, gefiel John besonders gut. Sehr tanzbar. Doch Gentiano hielt ihn davon ab, sich den Feen und Goblins anzuschließen, die sich auf dem Tanzboden amüsierten, und führte ihn um die Menge herum und durch die Bogies, die umhereilten, um die Feiernden zu bedienen, zu einer ruhigeren Ecke im hinteren Teil der Halle, wo die Elfen sich aufhielten. Fraoch und Duwynt waren bereits da und in eine Diskussion über die esoterischen Anwendungsmöglichkeiten des Ähnlichkeitsgesetzes vertieft. Sie beendeten die Diskussion und begrüßten ihm mit einem Lächeln und Fragen darüber, was ihn so lange aufgehalten hatte. Also erzählte er ihnen von seiner Begegnung mit Bennett.

»Er hat dir ein Geschenk gemacht?« fragte Duwynt, indem er auf das Päckchen zeigte, das John bei sich hatte.

»So etwas in der Art.«

»Was ist es denn?« fragte Fraoch.

»Später. Die Musik ist zu gut, um sie dadurch zu verderben.«

Da sie Freunde waren, beließen sie es dabei und redeten über andere Dinge.

Ein Bogie kam mit frischen Getränken, und Duwynt bestand darauf, daß John einen neuen Schnaps kostete, den Duwynt den Erfrischungsvorräten hinzugefügt hatte. Das Zeug hatte keinen wahrnehmbaren Geruch, aber einen erregenden, rauchigen Geschmack, der anhielt. Er gefiel ihm. Fraoch sagte, ihr gefiele der Geschmack ebenfalls, aber sie hatte gar nichts getrunken, sondern ihn nur aus zweiter Hand aus Johns Mund bekommen. Das gefiel ihm auch.

Dennoch, die Neugier war stark. Wie John von Anfang an gewußt hatte, kam das Gespräch wieder auf Bennetts Besuch zurück. John war beim dritten Glas von Duwynts Schnaps, bevor er sich von seinen Freunden überzeugen ließ, über sein Gespräch mit Bennett zu reden. Um die Hände frei zu haben, das Paket auszuwickeln, warf er das Glas in dem Wissen weg, daß ein Bogie es auffangen würde, bevor es auf dem Boden zerschellte. Die Bogies waren gut darin, Gläser aufzufangen. Ihnen gefiel nicht, was geschah, wenn sie sie nicht fingen.

»Er hat mir das hier gegeben«, sagte er, indem er den Talisman aus Silber und Kristall enthüllte. Ein Blick darauf erinnerte ihn wieder daran, wie wütend er auf Bennett war. »Er sagte, er gehörte meiner Mutter. Meiner richtigen Mutter.«

Die anderen wechselten einen Blick. In diesen Blicken lag etwas, in das John nicht eingeweiht war.

»Bist du sicher, daß er das gesagt hat?« fragte Duwynt.

Die Frage ärgerte John ein wenig. Er wickelte den Talisman wieder ein. »Meine Ohren hören ganz gut.«

»Was ist mit deinem Verstand?« sagte Fraoch. »Bist du sicher, daß er nicht nur sehen will, wie du reagierst?«

»Warum sollte ich überhaupt reagieren? Ich habe meine Mutter nie kennengelernt.« *Meine* Faery-*Mutter. Wer, zum Teufel, sie auch gewesen sein mag!* »Bennet will mir ihren Namen immer noch nicht verraten! Gebt mir nur irgendeinen Plunder, der ihr gehört hat oder auch nicht, und sagt mir, daß ich ihn sicher aufbewahren soll.«

»Sieht so aus, als bekäme er seine Reaktion«, sagte Gentiano.

»Sei nett, Gen. Jack hat es nicht leicht.« Fraoch strich John beruhigend über den Arm und legte ihm die Hand auf die Schulter. »Trotzdem, Jack, ich glaube, daß Gen recht hat. Bennett bringt die Leute gern dazu, nach seiner Pfeife zu tanzen, besonders wenn er glaubt, sie können die Musik nicht hören.«

»Also glaubst du, daß Bennett mich beschwindelt?«

»Der Gegenstand muß einen Wert haben, warum sollte er dir sonst sagen, daß du ihn sicher aufbewahren sollst?« fragte Gentiano.

»Mehr Schwindel«, bemerkte Duwynt achselzuckend.

Fraoch wirkte nicht überzeugt. »Vielleicht. Nach allem, was Jack mir erzählt hat, wäre es nicht das erste Mal, daß sein Vater ihm so etwas antut.«

»Eindeutig ein Schwindel. Darauf würde ich wetten«, sagte Duwynt.

Fraoch summte nachdenklich. »Andererseits ist es vielleicht ein aufrichtiges Geschenk – und es gibt irgendeinen Grund dafür, warum er den Talisman hüten soll. Vielleicht hat er wirklich Johns Mutter gehört.«

Duwynt musterte sie durchdringend. »Du glaubst doch nicht …«

»Warum nicht?« sagte sie.

Gentiano lachte. »Ja, in der Tat, warum nicht?«

»Warum nicht was?« John gefiel es nicht, in ihre Geheimnisse nicht eingeweiht zu werden.

Fraoch bedachte ihn mit einem umtriebigen Blick. »Namen, Jack. Namen sind es wert, gehütet zu werden.«

»Namen? Ihr habt den Talisman alle gesehen. Da steht kein Name darauf. Da steht überhaupt nichts darauf.«

»Nicht alles muß geschrieben stehen«, sagte Gentiano. »Erzähl mir nicht, daß du die Reststrahlung nicht bemerkt hast.«

»Sag's nicht, wenn es so ist«, sagte Duwynt im Scherz. »Wir müßten Shahotain sagen, daß er versagt hat. Das gefiele ihm nicht.«

»Ich habe sie gespürt«, sagte John abwehrend. John kam immer noch nicht gut damit zurecht, die Zielscheibe des Spotts seiner Freunde zu sein. »Angenommen, hinter dem Talisman verbirgt sich tatsächlich der Name meiner Mutter.« Angenommen, es war so. Der Gedanke war ein wenig beunruhigend. So lange ohne dieses Wissen gewesen zu sein und nun die Antwort in der Hand zu halten. »Warum sollte Bennett ihn mir anvertrauen?«

Fraoch schaute ein wenig überrascht drein, als entginge ihm das Offensichtliche. »Du bist Bennetts Erbe. Wer außer ihm selbst hätte ein größeres Interesse daran, den Namen deiner Mutter zu hüten?«

»Ein billiger, naiver Beschützer«, sagte Gentiano.

»Aber nur, wenn er die Geschichte glaubt«, sagte Duwynt. »Glaubst du, Bennetts Geschenk ist es wert, behütet zu werden, Jack?«

»Ich weiß es nicht.«

»Seht ihr, Bennetts Plan gelingt nicht«, sagte Duwynt.

»Jack sagte, er wisse es nicht, nicht, daß er die Geschichte nicht glaube«, sagte Fraoch.

»Er sollte sie aber nicht glauben«, beharrte Duwynt. »Bennett würde niemals etwas Wertvolles verschenken.«

»Er könnte seine Gründe haben«, wandte Fraoch ein.

»Die hat er meistens«, sagte Duwynt.

»Vielleicht will er einfach nur, daß Jack ein Memento an seine Mutter hat. Oder vielleicht will er auch, daß Jack die Sache ausknobelt, wißt ihr, wie ein *Shemiten*-Rätsel.«

Gentiano runzelte die Stirn. »Wenn es als Rätsel gedacht wäre, hätte er Jack dann nicht gesagt, daß dieses Ding ein Geheimnis enthält, ohne zu enthüllen, wie das Geheimnis lautet? Es kann kein *Shemiten* sein. Jack kennt die Belohnung bereits.«

»Was ist ein *Shemiten*-Rätsel?« fragte John.

Fraoch antwortete ihm. »Ein Rätsel für ein Elfenkind. Es ist eine Möglichkeit, etwas über die Anwendung von Magie zu lernen und sich die geistigen Mittel anzueignen, Geheimnisse aufzudecken. Ein *Shemiten* soll das Leben symbolisieren. Du weißt schon, eine Suche, bei der du nicht weißt, was du eigentlich suchst, und wo dir erst klar wird, daß du gesucht hast, wenn du die Lösung des Rätsels findest. Ein Kind bekommt immer eine Belohnung, wenn es das Rätsel löst.«

»Eine Belohnung, wie?« John hatte keine große Lust, für jemand anders durch einen Reifen zu springen, besonders nicht für Bennett.

»Fraoch, meine Liebe, ich sage es nicht gern, aber ich glaube langsam, daß du recht haben könntest«, sagte Duwynt. »Bennett liebt *Shemiten*. Wenn es sich um ein außergewöhnlich schwieriges Rätsel handelte, wäre er der Ansicht, daß es ein wunderbarer Anreiz ist, die Art der Belohnung zu verraten.«

»Dann soll die Belohnung also der Name meiner Mutter sein? Das will mir nicht so großartig erscheinen.« Oberflächlich betrachtet vielleicht nicht, doch John wußte, daß er ihm eine Menge bedeutete. Bennett würde das wissen. Also hatte John die Karotte erkannt, na und? Wahrscheinlich gab es irgendwo auch einen Stock. *Das* sah Bennett ebenfalls ähnlich. Und in der Zwischenzeit? Was sollte er nun mit Bennetts Geschenk anfangen? Wie lautete das Rätsel? Wie sollte er sich die Belohnung verdienen?

Und wenn es ihm gelang, was dann?

Gentiano nickte wissend. »Den Namen deiner Mutter zu erfahren, würde dir ein Wissen bieten, über das du vorher nicht verfügt hast.«

»Wissen nährt Macht«, sagte Duwynt.

»Und Macht nährt Magie«, sagte Fraoch.

»Und Magie regiert die Welt«, sagte Gentiano.

Fraoch kicherte. »*Nährt* die Welt, Gen.«

»Shahotain hat seine Version, ich habe meine«, erwiderte er.

Duwynt seufzte und sagte: »Ja, aber wäre es nicht nett, Bennett zur Abwechslung mal einen Schritt voraus zu sein?«

»Sehr«, stimmte Gentiano zu.

»In der Tat.« Fraochs Augen bekamen einen verträumten Ausdruck. »Wir könnten – wie sagt man in der sonnenbeschienenen Welt? – den Speer umdrehen.«

»Den Spieß«, korrigierte John geistesabwesend.

Bot sich hier eine Gelegenheit, es Bennett heimzuzahlen? John sah zunächst einmal nicht, wie die Kenntnis des Namens seiner Mutter Bennett schaden konnte. Oder ihr, was das betraf. Hatte Bennett nicht gesagt, sie sei tot? Aus welchen Gründen auch immer, Bennett enthielt John den Namen seiner Mutter vor. Wie erbärmlich und gehässig. Wem wurde dadurch geholfen, den Namen geheim zu halten? Niemandem. Wer hatte den Schaden? John. Es schien eine simple Situation zu sein. Den Namen seiner Mutter in Erfahrung zu bringen, konnte Bennett eigentlich weder so noch so betreffen, aber andererseits wollte Bennett nicht, daß er ihn in Erfahrung brachte. Teufel noch mal, das allein war schon Grund genug, hinter den Namen zu kommen.

Oder wollte Bennett, daß John ihn erfuhr? Wenn das Geschenk ein *Shemiten*-Rätsel war, wie seine Freunde glaubten…

Die Musik, die sie umgab, endete mit beinahe elektronischer Präzision. Shahotain war gekommen.

»Geht. Ihr alle«, rief er ungeduldig.

Die Party war vorbei. Feen liefen auseinander und Goblins gingen in Deckung. Kein einziger Bogie war zu sehen. Gentiano und Duwynt waren bereits auf halbem Weg zur Tür. Fraoch nahm Johns Hand und wandte sich mit ihm ab, um ihren scheidenden Kameraden zu folgen.

»Ihr nicht, Jack.« Shahotains Miene wirkte streng.

Fraoch seufzte, ließ Johns Hand jedoch sofort los. Ihre Lippen formulierten stumm: *Später*. John hoffte es. Zuerst mußte er überleben, was Shahotain in so eine Stimmung versetzt hatte. Er stand da und wappnete sich gegen das zu erwartende Gewitter.

Shahotain musterte John von oben bis unten. John war heiß, er versuchte einen Platz für seine Hände zu finden. Das Päckchen erschwerte ihm diese Aufgabe sehr. Es war schwierig, die Hände zu verschränken, wenn man etwas darin hielt, schwierig, nicht so auszusehen, als zapple man herum. John bemerkte ein kaum merkliches Aufflackern in Shahotains Augen, als dessen Blick auf das in Seide gewickelte Memento fiel, doch seine Miene änderte sich nicht. John erinnerte sich daran, wie beängstigend er seinen Lehrer gefunden hatte, als er ihn auf jenem Hügel nicht weit vom magischen Teich zum ersten Mal gesehen hatte. Damals hatte John Shahotains Aufmerksamkeit nicht lange ertragen müssen. Die Stille vertiefte sich und mit ihr Johns Beklommenheit, bis Shahotain sagte: »Ich habe etwas für Euch.«

In Shahotains Hand tauchte eine transparente Hülle auf, die eine Datendiskette enthielt. Es mochte reine Fingerfertigkeit oder echte Magie sein, Shahotain beherrschte beides. Er hielt John die Diskette hin. Als er sie mit der freien Hand nahm, sah er, daß weder die Hülle noch die Diskette selbst mit einem Etikett versehen war.

»Was ist das?«

»Das ist eine Frage, die ich von den anderen erwartet hätte, aber nicht von Euch«, sagte Shahotain mit seiner strengen Lehrerstimme.

Johns Anspannung ließ nach. Ihm war diese Stimme vertraut. Sie war viel besser als Shahotains Überlegener-Elf-Stimme. John hatte eine gute Vorstellung davon, wie sein Stand bei seinem Lehrer war. Er versuchte es noch einmal. »Ich meine, was ist darauf?«

»Informationen.«

Die karge, uninformative, elementare Antwort überraschte John. Tatsächlich verärgerte sie ihn. Er erwartete etwas Besseres von seinem Lehrer. »Das ist die Art Antwort, wie ich sie von Bennett erwarten würde, nicht von Euch.«

»Oder die Art, wie Ihr sie selbst geben würdet. Unter den richtigen Umständen.«

Möglich. »Ich habe hier noch keinen Computer gesehen. Wie soll ich die Diskette lesen?«

»Ihr sollt sie nicht hier lesen.«

»Was *soll* ich dann mit ihr anfangen?«

»Was Ihr wollt.«

John erwog, Shahotain zu erwürgen. »Warum die Spielchen?«

Shahotain bedachte ihn mit jenem kalten Lächeln, das besagte, auf *diese* Frage werde er keine Antwort bekommen. Dann überraschte Shahotain ihn. »Die Diskette enthält Informationen über eine Frau aus der sonnenbeschienenen Welt.«

Johns erster Gedanke war, daß Shahotain seine Pflegemutter meinte. Nein, das konnte nicht sein! Wegen Bennetts Geschenk hatte John nur Mütter im Kopf. Dennoch, wenn es nicht um sie ging, um wen dann? Er mußte fragen. »Was für eine Frau?«

»Marianne Reddy.«

Teufel! Er hatte diese Informationen schon so lange haben wollen und jetzt wurden sie ihm einfach so gegeben. »Warum erfahre ich das jetzt?«

»Der Zeitpunkt ist günstig.«

Mit dieser Bemerkung verließ ihn Shahotain.

Es gab Zeiten, in denen ihn die Art und Weise der Angehörigen seines Volks erzürnte. Zeiten, in denen John sich mehr als nur ein wenig fehl am Platz in Faery fühlte und ihn die Seltsamkeit der Anderswelt völlig aus der Bahn warf. Faery war eben nicht WoGe 3.

Wo Marianne Reddy ihn wie ihren eigenen Sohn großgezogen hatte.

Er hatte viele Fragen, aber daran sollte er sich mittlerweile eigentlich gewöhnt haben. Manche Fragen schienen dazu bestimmt zu sein, für immer unbeantwortet zu bleiben. Einige waren ihm hier beantwortet worden, aber diese Antworten schienen oft neue Fragen aufzuwerfen. Bei einigen Fragen, die er gern gestellt hätte, schien es unangemessen, sie seinen neuen Freunden vorzusetzen. Er wollte sich nicht vor ihnen lächerlich machen. Seine Lehrer mochten die Antworten haben, aber vor ihnen wollte er sich noch weniger lächerlich machen. Bennett kannte die Antworten auf viele von Johns Fragen, aber er war so mitteilsam wie ein Stein.

An wen konnte er sich wenden?

Wenn die Fragen zu zahlreich für ihn waren, suchte er dieser Tage in der Regel die Einsamkeit. Früher hatte er sich ganz selbstverständlich an Faye gewandt. Sie war immer da gewesen, wenn er einen anderen Standpunkt hören wollte. Jetzt wollte er einen anderen Standpunkt hören, aber Faye war nicht da. Das war seine Schuld. Fraoch. Es gab Zeiten, in denen er sich wünschte, seine körperliche Intimität mit ihr finde ihre Entsprechung in einer geistigen.

John fühlte sich sehr allein. Er mußte nachdenken, eine Vorstellung davon bekommen, was eigentlich vorging. Er würde es allein tun müssen. Wer konnte ihm schon dabei helfen?

Kapitel 12

Die Wache vor der Wohnungstür gehörte nicht zu C-Kure, der privaten Sicherheitsfirma, die bei der WoGe unter Vertrag stand. Sie trug eine Armianco-Uniform. Armianco war der Konzern, dem das Gebäude gehörte. Kein richtiger Cop in Sicht, doch der Warnmonitor, der die Wohnung zum Schauplatz eines Verbrechens erklärte, war das Standardmodell der New England Kooperative, was bedeutete, daß die hiesigen Cops zumindest hier gewesen waren. *Ah, die Freuden der Zusammenarbeit.* Charley hoffte bei Gott, daß es den Konzerncops gelungen war, wenigstens einen Teil der Spuren zu sichern.

Charley stürmte an der Wache vorbei, während er mit einer Drehung des Handgelenks kurz seine Marke aufblitzen ließ. Manny blieb stehen, um das Vorstellungsgespräch zu erledigen, was Charley nur recht war. *Besser er als ich.* Manny würde ihn später wissen lassen, ob er mehr getan hatte, als nur Zeit zu verschwenden. Charley hatte wichtigere Dinge im Kopf als Konzernetikette.

Fünfzehn Minuten, bevor sie diesen Auftrag bekamen, hatte ihm Caspar eine Mail geschickt, einen Nachtrag zu seiner Akte Modus 273. Caspar war eines von Charleys Ohren im Cyberspace, ein verdammt gutes, und es war Monate her, seit Caspar ihm zu anderen als den üblen Fällen Mails geschickt hatte, denjenigen, für die es keine logische Erklärung gab, wie die Abteilung behauptete. Caspar hatte in seiner Mail diesen Ort genannt und ihn in Zusammenhang mit Modus 273 gebracht, der bisher in keiner Polizeiakte der NEK aufgetaucht war. Charley wußte, daß ihm der Grund nicht gefallen würde, aber er mußte herausfinden, was Caspar im Gegensatz zu ihm darüber wußte, wie dieser neue Vorfall mit den unter Modus 273 zusammengefaßten Mordfällen in Zusammenhang stand.

Armianços Stamforder WoGe gehörte wie der Rest der Ortschaft mehr zu New York City als zur New England Kooperative, aber technisch gesehen war ganz Connecticut noch immer Teil der NEK, wenigstens so lange, bis der neue Verfassungszusatz durch war. Bis dahin war dieser Mist das Problem der NEK, und Cops der NEK würden einen Job ausfüllen, der zu groß für sie war. Ein Jammer, daß New York als Ausgleich für die Verbrechen, die über die Grenze schwappten, kein Geld zur Verbrechensbekämpfung schickte.

Es war ein wenig überraschend, daß Armianco den folgsamen Konzernbürger spielte und kooperierte. Sie hatten sogar die NEK-Polizei gerufen, obwohl die Verbrechen sich auf ihrem ach so heiligen Konzernterritorium ereignet hatten. Was sie nur taten, wenn es sich um eine Schweinerei handelte, die sie nicht selbst aufräumen wollten. Die ganze Sache stank, und zwar auch ohne das Omen von Caspars Moduszusammenhang.

Die Wohnung stank ebenfalls, und zwar nach kaltem, altem Tod. Auf der Herfahrt hatte Charley den Vorbericht gelesen, weil er wissen wollte, wie es möglich war, daß in einem so hochmodernen Wohnhaus wie der Armianco-WoGe Leichen so lange unentdeckt bleiben konnten. Laut Wartung hatte der Mieter, ein gewisser Anthony Marino, angerufen und gesagt, er fahre in Urlaub, woraufhin die Wartungssysteme der Wohnung heruntergefahren worden waren. Sogar die Tidibot-Drohnen waren abgeschaltet worden. Niemand von der

Wartung hätte die Wohnung im Laufe der folgenden Woche überprüft, wenn die Elektronik der WoGe nicht während des Stromausfalls den Geist aufgegeben hätte, der auf den Bombenanschlag von Eden Again auf das Agassi-Kraftwerk gefolgt war. Nachdem die Systeme wieder angelaufen waren, hatte eine fiese, übereifrige Abteilungsleiterin, eine gewisse Yvonne Browne, eine Gelegenheit gewittert, Pluspunkte zu sammeln, als sie die Urlaubsmeldung sah. Execs wie Mr. Marino machten nicht aus einer Laune heraus Urlaub. Sie mußten ihn Wochen und Monate im voraus beantragen – und Browne wußte das. Als Browne keinen derartigen Urlaubsantrag in den Akten finden konnte, hatte sie eine Etage höher Alarm geschlagen und dabei herausgefunden, daß sie nicht schnell genug gewesen war. Eine Untersuchung war bereits im Gange. Es gab Leute, denen es auffiel, wenn Execs wie Mr. Marino der Arbeit fern blieben. Ihre Meldung brachte sie auf die Wohnung, die sich die Konzerncops zu diesem Zeitpunkt noch nicht vorgenommen hatten. Für Abteilungsleiterin Browne mochte Mr. Marino ein gottgleiches Wesen sein, aber für die Leute, die Armianco leiteten – und damit auch das Kommando über die Konzerncops hatten –, war er nur ein kleiner Fisch. Zumindest war er das bis zu seinem Tod gewesen. Jetzt war er plötzlich ein wichtiger Mann und Armianco wollte wissen, was die Polizei denn nun hinsichtlich dieser Tragödie zu unternehmen gedenke.

Die Dienststelle schickte Charley und Manny, obwohl unklar war, warum. Der Vorbericht enthielt eine Menge Einzelheiten – schmutzige. Mr. Marino war in den Armen von Prostituierten gestorben, die ebenfalls tot waren. Es waren Drogen im Spiel. Nichts in dem Bericht wies auf einen Fall für die Sonderermittlung hin. Natürlich war die Todesursache noch nicht ermittelt worden, aber das war an und für sich noch nicht verdächtig. Die Untersuchungen dauerten dieser Tage sehr lange, insbesondere bei Konzernangehörigen. Keine Todesursache bedeutete nur, daß es sich bei dem Verbrechen nicht um einen offensichtlichen Mord handelte. Charley hoffte nur, daß der Bericht der Gerichtsmedizin ihre Arbeit an dem Fall beendete, aber sein Sodbrennen sagte ihm, daß dies eine alberne Hoffnung war. Caspar hatte kein Interesse an gewöhnlichen Todesfällen, auch wenn es sich dabei um Mord handelte.

Die Wohnung war riesig und verlief sich in unzählige Ecken, Winkel und Räume. Charley wußte aus dem Vorbericht, wohin er zu gehen hatte. Die Leichen befanden sich im Hauptschlafzimmer links. Die Tür stand offen und das Licht brannte. Als sein Blick auf die Leichen fiel, nahm er eine Magentablette, obwohl er damit die auf der Packungsanweisung genannte Höchstdosierung für den Tag überschritt. Er brauchte sie.

Was er sah, waren drei Leichen. Mr. Marinos Lebenslauf wies ihn als zweiunddreißig aus. Die Prostituierten waren registriert und ihr Alter mit Mitte zwanzig angegeben. Die DNS-Untersuchungen stützten die Angaben plus minus ein paar Jahre. Doch die Leichen sahen wie Greise aus. Weiße Haare. Eingefallene Muskeln. Papierdünne Haut. Die Leichen wirkten uralt, fast wie Mumien. So verwittert und ausgedörrt, um davongeweht zu werden, sollte je ein Windhauch in die geheiligten klimatisierten Hallen der WoGe eindringen.

Er begriff jetzt, warum der Vorbericht nichts enthielt, was auf einen Fall für die SEE hindeutete. Dies war einer von den üblen Fällen. Je weniger Daten darüber im System herumschwirrten, desto besser.

Das kurze Geräusch rauschenden Wassers aus dem Badezimmer erregte seine Aufmerksamkeit. Abgesehen von Cops durfte sich eigentlich niemand hier aufhalten. Cops wuschen sich jedoch an einem Tatort nicht die Hände. Wer war es also?

Das Badezimmer kam ihm größer vor als seine eigene Wohnung. In der Tür stehend, sah er eine Frau im Spiegel, die auf dem Stuhl vor dem Toilettentisch saß. Ein Armianco-Ausweis lag auf der Aktentasche mit Schulterriemen neben ihrem Ellbogen. Sie wischte mit einem Lappen über dunkle Flecken auf der Vorderseite ihres Anzugs. Charley schnappte den Hauch eines Geruchs auf, bei dem es sich nicht um Parfüm handelte, derselbe Geruch, der aus der Toilette kam. Schlimm genug, daß sie hier war, aber wenn sie Spuren verwischt hatte…

Er betrat das Badezimmer, während er sich innerlich darauf vorbereitete, sie dafür zur Schnecke zu machen, daß sie sich in eine polizeiliche Untersuchung einmischte, dann wurde ihm klar, daß er sie schon einmal gesehen hatte. Assoziationsketten feuerten in seinem Gehirn, und sein Ärger kühlte sich ab. Ein wenig. Nun, vielleicht nicht viel, aber die Neugier war stärker.

»Dr. Spae, nicht wahr?«

Sie erschrak bei seinen Worten und schaute zuerst in den Spiegel, bevor sie sich zu ihm umwandte und ihn ansah. Als sich ihre verschiedenfarbigen Augen auf ihn richteten, war in ihnen kein Zeichen des Wiedererkennens zu sehen. Ihre Stimme klang zittrig, als sie antwortete. »Kenne ich Sie?«

Charley brauchte nicht die Stimme zu hören, um sie einordnen zu können. Ihre Augen hatten das bereits erledigt. »Wir sind uns vor etwas über einem Jahr begegnet, Doktor. Im Norwood Hilton im Zuge des Poltergeist-Problems. Seitdem hatten wir nur über das Netz Kontakt miteinander.« Er sah, daß sie immer noch Probleme hatte, ihn einzuordnen. »Ich bin Charley Gordon. Sonderermittlungseinheit der NEK.«

»Gordon? Detective Gordon?« Charley nickte höflich. Sie erwiderte das Nicken und rang sich ein Lächeln ab. »Es ist wohl logisch, daß man Ihnen den Fall zugewiesen hat.«

Logisch für wen? »Ich erledige nur meine Arbeit, Doktor. Ich muß sagen, daß ich überrascht bin, *Sie* hier zu sehen. Ich kann mich nicht erinnern, Ihren Namen auf der Zeugenliste gelesen zu haben.« Nicht, daß es irgendwelche Zeugen gab, und selbst wenn es welche gegeben hätte, wären sie nicht hier am Tatort festgehalten worden. Dennoch war er der Ansicht, er sollte das Gespräch zumindest höflich beginnen.

»Ich bin kein Zeuge. Zumindest nicht für das *Ereignis* dieser Greueltat.«

Das war eine merkwürdige Formulierung. »Sie wissen etwas darüber?«

»Wissen?« Ihr Blick irrte zur Schlafzimmertür. Ihre Augen nahmen einen düsteren Ausdruck an. »Gott, ich hoffe, ich *weiß* nicht.«

»Was Sie sagen, ergibt keinen Sinn, Doktor.« *Und Sie machen mich nicht gerade glücklich.* Spaes Beiträge im Netz waren immer sehr vernünftig, wenn man ihren Annahmen folgte, und sie entlarvte den Müll immer genauso schnell wie die PR-Fachleute der Dienststelle, manchmal noch schneller. Das und die Tatsache, daß sie ihn einmal bei einem der üblen Fälle, als niemand anders mit einem Hinweis aufwarten konnte, auf die richtige Spur gebracht hatte, bewirkte, daß Charley mehr Vertrauen in ihre Antworten hatte als in diejenigen der üblichen ›Ermittler‹. »Warum fangen wir nicht ganz von vorn an? Sagen Sie mir einfach, was Sie hier tun.«

»Armianco hat meine Firma angeworben, um den Fall zu untersuchen.«

»Und diese Firma heißt?«

»Lowenstein Ryder Priestly & Partner.«

Charley kannte den Namen, fragte sich jedoch, was Spae mit dieser Firma zu tun hatte. Ihm war nicht bekannt, daß LRP Interesse an seiner Art von Fällen hatte. Die Firma war darauf spezialisiert, Dinge unter den

Tisch zu kehren und, wenn das nicht gelang, die beste Miene zu dem bösen Spiel zu machen, in das ihre Konzern-Klienten geraten waren. Das mußte der Grund für ihre Beteiligung sein. Es gefiel ihm nicht. Sicher, Armianco hatte das Recht auf eine private Untersuchung, schließlich war dies Konzernterritorium. Aber der Konzern sollte eigentlich seine Leute erst an Ort und Stelle haben, nachdem die SEE ihnen Zugangserlaubnis erteilt hatte. Er würde nicht darauf herumreiten. Jedenfalls noch nicht.

»Haben Sie irgendein Fachgebiet, von dem ich nichts weiß, Dr. Spae?« Sie sah verwirrt aus, also fügte er hinzu: »Ich meine, warum hat LRP Sie gerade auf diese spezielle Sache angesetzt?«

»Auf Anfrage von Armianco. Sie wollen wissen, ob es eine Verbindung zwischen dieser Sache und den Vorfällen an Bord der *Wisteria* gibt.«

Charley erwog kurz, noch eine Magentablette zu nehmen. »An Bord der *Wisteria*?«

»Das Schiff ohne Besatzung. Gewiß haben Sie davon gehört? Die Sache hat für ziemliches Aufsehen in den Medien gesorgt. Armianco hält bedeutende Anteile an der Reederei, für die die *Wisteria* gefahren ist.«

Ja, Charley hatte von der *Wisteria* gehört. Er hatte über dieses Schiff ohne Besatzung mehr gehört, als ihm lieb war. Zum einen hatte Caspar die Akte Modus 273 mit eben jenem Vorfall eröffnet, dieselbe Akte, der Caspar dieses Verbrechen zuordnete. Offenbar war Caspar nicht der einzige, der einen Zusammenhang sah.

Der *Wisteria*-Vorfall war schon als isoliertes Vorkommnis schlimm genug gewesen. Laut offizieller Version war das Schiff ohne Besatzung eingelaufen. Ein weiteres Geheimnis des Meeres. Nur, daß die *Wisteria* eben nicht ohne Besatzung eingelaufen war. Als der Autopilot des Schiffs die Hafenbehörde von San Francisco um Andock-Anweisungen bat, war eine Besatzung an Bord gewesen. Eine tote Besatzung. Aus Furcht vor einer unbekannten Seuche hatte die Hafenbehörde rasch den Deckel über die Sache geschlossen – und wunderbarerweise war der Deckel zur Abwechslung einmal geschlossen geblieben und die Medien hatten keinen Wind vom wahren Sachverhalt bekommen. Wenn dieser Vorfall etwas mit der *Wisteria* zu tun hatte, waren die Chancen, daß der Deckel geschlossen blieb, soeben dramatisch gesunken.

»Ich kann Armiancos Interesse durchaus richtig einschätzen«, sagte er. »*Haben* Sie eine Verbindung zwischen dem Vorfall hier und den Geschehnissen auf der *Wisteria* entdeckt?«

»Gott, ich hoffe nicht.« Sie hörte sich an, als meine sie es ernst.

»Was nahelegt, daß Sie tatsächlich irgendeine Verbindung entdeckt haben.«

»Beten Sie, daß ich mich irre. Das wäre möglich, wissen Sie. Das Gefühl ist nicht ganz dasselbe.«

»Sie machen mich gar nicht glücklich, Dr. Spae. Ich bekäme gern gehaltvollere Antworten.«

»Ich würde lieber noch etwas arbeiten, bevor ich irgendetwas sage.«

»Welche Art von Arbeit?«

Sie wollte etwas sagen, hielt jedoch inne. Nach einem Augenblick des Nachdenkens bemerkte sie: »Tests.«

»Seit Armianco uns hinzugezogen hat, haben wir in der gesamten Gerichtsmedizin Vorrang.«

»Das wird kein Problem sein, Detective.«

Von was für Tests redete sie? Es mußte sich um irgendeinen Hokuspokus handeln. Wenn er eines mehr haßte, als sich mit den üblen Fällen auseinanderzusetzen, dann sich mit Leuten zu beschäftigen, die glaubten, einen direkten Draht dorthin zu haben, woher die Verrücktheit kam. Sie verlor Punkte bei ihm. Ihm fielen ihre Andeutungen wieder ein, sie wisse etwas. Eingedenk der Spuren, die sie möglicherweise bereits zerstört oder verfälscht hatte, fragte er: »Haben Sie schon mit diesen Tests angefangen?«

Sie schüttelte den Kopf und deutete in Richtung der Toilette. »Ich hatte ein kleines Problem.«

Ein Problem haben, ein Problem machen. »Sie hätten bei der Dienststelle anfragen müssen, bevor Sie hierher gekommen sind.«

»Armianco hat für uns die Genehmigung eingeholt.«

»Aber nicht bei meiner Dienststelle.«

»Sie verlieren, Gordon«, sagte eine andere Stimme. Beryles Stimme. ›Nachrichten-aus-dem-Jenseits‹-Beryle, der verdammte Sensationsreporter, dem es besondere Freude bereitete, Charleys Magen zu veranlassen, seine Kunststückchen vorzuführen. Das Gesicht halb von einer Kamera verborgen, kam Beryle aus einem angrenzenden Zimmer ins Schlafzimmer. *Scheiße! Was macht* er *hier? Das ist immer noch ein Tatort!*

»Die Genehmigung ist aktenkundig«, sagte Beryle fröhlich. Er sah die Leichen nicht einmal an, als er an ihnen vorbei ging. Er mußte sie bereits zur Genüge aufgezeichnet haben. »Alles ordentlich und legal.«

Dreist wie eh und je ging Beryle geradewegs zu Charley. Das rote Aufzeichnungslämpchen leuchtete bösartig an seiner Kamera. Charley betrachtete es als Gnade, daß das Sendelicht dunkel war. Beryle setzte ein falsches freundliches Lächeln auf. »Ich habe die exklusiven Medienrechte an Dr. Spaes Entdeckungen, und da sie von Armianco die Genehmigung hat, hier zu sein, bin ich es auch. Die Feststellung, daß das As der Sonderermittlungseinheit mit dieser Sache zu tun hat, ist ein Plus. Eine zusätzliche Bekräftigung. Wollen Sie eine Stellungnahme für die Zuschauer abgeben?«

»Schalten Sie das verdammte Ding ab.«

»Sie wollen also damit sagen, daß die Polizei die

übernatürlichen Aspekte dieses Verbrechens vertuschen will.«

Beryles Grinsen lud zum Dreinschlagen ein, aber nicht, während er aufzeichnete. »Der Fall wird noch untersucht. Es gibt noch keine schlüssigen Erkenntnisse.«

»Aber reichlich Verdachtsmomente, wie? Sagen Sie, Detective Gordon, stimmt es, daß die Bundesregierung Ihnen befohlen hat, die Aufdeckung dieses Verbrechens zu verhindern?«

»Diese Sache ist keine Bundesangelegenheit.«

»Also bestreiten Sie, daß die Regierung an der Beschwörung dessen, was für diese Tat verantwortlich ist, beteiligt war?«

»Warum mache ich mir überhaupt die Mühe? Sie drehen mir ja doch jedes Wort im Mund um. Versuchen Sie es mal damit! Sie sind nichts weiter als sensationslüsterner Abschaum. Ist das zitierfähig genug? Schalten Sie die verdammte Kamera aus!«

»Und wenn ich es nicht tue?«

»Lasse ich Sie einbuchten.«

»Das ist Unterdrückung der Pressefreiheit«, sagte Beryle unbekümmert.

»Der Mann sagte, schalten Sie sie aus«, kündigte Manny sein Eintreffen an. Er riß Beryle die Kamera vom Kopf, und zwar nicht sonderlich sanft. Mit seiner Art des Sensationsjournalismus hatte Beryle sich keine Freunde bei der SEE gemacht.

»Das ist sehr teures Privateigentum, was Sie da in der Hand halten, Sie Affe«, sagte Beryle, indem er sich das Ohr rieb.

»Sie bekommen es zurück, wenn wir hier fertig sind.« Manny verstaute die Kamera in seiner Jackentasche.

»Jetzt reden wir wirklich über Unterdrückung. Sie werden deswegen Besuch von einem Anwalt bekommen.«

»Ich bin versichert.«

»Ihre Versicherung wird nicht reichen. Detective Salazar, nicht wahr? Ich will ganz sicher sein, daß der Name auf der Anklageschrift richtig buchstabiert ist.«

Manny buchstabierte seinen Namen für Beryle, während Charley wieder ins Schlafzimmer ging. Nichts hatte sich verändert. Mr. Marino und seine beiden Partymäuse waren noch immer so tot wie zehn Minuten zuvor. Charley rief bei der Spurensicherung an und ließ ausrichten, das Team solle die SE-Ausrüstung mitbringen. Jetzt war es offiziell. Ein Fall für die SEE. Er wollte gerade seinen nächsten Anruf tätigen, als Dr. Spae sich zu ihm gesellte. Sie vermied es, die Leichen anzusehen.

»Detective Gordon?« Ihre Miene war sehr ernst. »Ich würde in dieser Angelegenheit gern mit Ihnen zusammenarbeiten.«

»Ist das Armiancos Position?«

»Das weiß ich nicht. Es ist meine Position.«

Interessant. »Ich wäre sehr glücklich über Ihre Zusammenarbeit, Dr. Spae. Mir liegt sehr viel an Zusammenarbeit. Sind Sie bereit, Beryles Bänder aus dem Verkehr zu ziehen?«

Sie seufzte. »David kann manchmal sehr schwierig sein.«

Charley hatte Erfahrung damit.

»Ich tue, was ich kann«, sagte sie.

»Und Beryles Unterdrückungsklage?«

»Es wird keine Anklage geben, wenn ich in dieser Sache etwas zu sagen habe. Ich glaube, Sie würden das, was das hier angerichtet hat, gern ebenso rasch und mit ebenso wenig Aufhebens zur Strecke bringen wie ich.«

Tatsächlich? Sehr interessant. »Sie reden so, als hätten Sie eine Spur.«

»Es ist eher so, daß ich eine Möglichkeit sehe. Wir müssen miteinander reden.«

»Das würde mich freuen.« *Es war nicht bloß heiße Luft.* »Sobald ich diesen Anruf gemacht habe.«

Sie runzelte die Stirn. »Wohin?«

»Neue Bundesanweisung«, sagte er zu ihr. »Alles, was wir über Fälle wie diesen aktenkundig machen, wird nach oben weitergeleitet.«

Sie sah nicht besonders glücklich darüber aus. Warum auch nicht, schließlich war er auch nicht besonders glücklich darüber.

Kapitel 13

John kniete am Ufer des magischen Teichs. Die Diskette, die Shahotain ihm gegeben hatte, lag vor ihm. Mochte er sich auch noch so große Mühe geben, er konnte dem Teich kein Spiegelbild der Diskette entlocken. Er sah lediglich sein eigenes Spiegelbild, ein Elfengesicht, das keine Verbindung zu Marianne Reddy hatte.

War das seine Antwort? Schließlich, welche Verbindung konnte ein Elfenprinz schon zu einer angepaßten Konzernspensionärin haben? Nur das Band der Liebe, der Liebe zu einer Frau, die ihn wie ihren Sohn aufgezogen hatte. Nur die Schuld, sie im Stich gelassen zu haben, so rasch aufgegeben zu haben, als er herauszufinden versucht hatte, was mit ihr geschehen war. Sie hielt John für tot. Er hatte sich eingeredet, sich um ihrer Sicherheit willen von ihr fern gehalten zu haben. Anfangs war das auch sinnvoll gewesen, da Mitsutomo ein gesteigertes Interesse daran hatte, John zu finden, um Bär in die Hand zu bekommen. Doch Mitsutomo spielte jetzt keine Rolle mehr, und was hatte John getan? Sicher, er hatte ihre alte Wohnung aufgesucht und in einigen Datenbanken herumgeschnüffelt, aber er hatte nichts herausgefunden und seine Bemühungen einschlafen lassen. Bevor er mit Bennett in die Anderswelt gegangen war, hatte er mehr Zeit mit der Suche nach Spillway Sue und dem Studium der Magie bei Dr. Spae verbracht.

John fühlte sich hundeelend.

Hatte Shahotain ihm die Diskette nur gegeben, um

ihn zu quälen? Nein, Shahotain war hart, aber er war nicht unnötig grausam. Er mußte eine Absicht damit verfolgen. Er hatte oft gesagt, John habe sich dem Weg nicht verschrieben und sei immer noch zu sehr mit der sonnenbeschienenen Welt verbunden. Vielleicht war dies ein Test, ein Test, um festzustellen, ob John seine Vergangenheit loslassen und die Zukunft mit offenen Armen in Empfang nehmen konnte.

Vielleicht verfolgte Bennett mit seinem Geschenk dieselbe Absicht. Es war eine Bindung an Faery und eine weitere Möglichkeit, John an ihn zu binden. Hatte er gewußt, was Shahotain John geben würde? John traute es ihm durchaus zu. Hier sind deine Mütter, John, such dir eine aus. Such dir ein Leben aus. Du hast die freie Auswahl, ganz ohne Druck. Aber du kannst nicht beide haben, weil sie aus verschiedenen Welten stammen.

Mußte es so sein? Zwei Mütter, eine sterblich und aus seinem Leben verschwunden, die andere ein unbeschriebenes Blatt für ihn. Nun, er hatte auch zwei Väter, der eine ein Elfenprinz und der andere aus seinem Leben verschwunden, bevor er Gelegenheit gehabt hatte, ihn kennenzulernen. Bisher war ihm die merkwürdige Symmetrie dessen noch gar nicht aufgefallen: zwei Mütter und zwei Väter und jeweils einer von beiden unbekannt. Seine Elternpaare warfen ein absonderliches Bild, fast so seltsam wie das immer noch kaum vertraute Gesicht, dessen Spiegelbild er im Teich sah. Das Gesicht gehörte ihm, aber es war nicht das Gesicht, mit dem er aufgewachsen war.

War dieses Spiegelbild eine Antwort, ein Zeichen, daß der John Reddy, für den er sich gehalten hatte, verschwunden war, sich in Magie aufgelöst hatte? Er hob die Diskette in ihrer Hülle auf. Sogar in dieser Hülle spiegelte sich sein Elfengesicht wider.

»Eure Zauber wirken damit nicht, wißt Ihr das denn nicht?«

Yuri? John wandte den Kopf. Es war Yuri, der sich nicht weiter als drei Meter entfernt auf einen Stab stützte. John war zu vertieft in seine Gedanken gewesen, um die Ankunft des Urisk zu bemerken.

Indem er mit dem Stab auf die Diskette zeigte, sagte Yuri: »Tot, nicht wahr? Tot für Magie.«

»Nichts ist tot für Magie.« Das sagte Shahotain immer.

»Nicht tot?« Yuri neigte den Kopf und bedachte die Diskette mit einem langen Seitenblick. »Vielleicht nicht für die Magie eines Großen – eines wirklich Großen –, aber für niederes Volk tot genug. Ein Ding aus der sonnenbeschienenen Welt, nicht wahr? Es gehört nicht hierher.«

Die Diskette, die ihm eine Gelegenheit bot, die Verbindung mit Marianne Reddy herzustellen, gehörte nicht hierher in die Anderswelt. Vielleicht gehörte John mit seiner Sehnsucht, sie wiederzusehen, auch nicht hierher. Sein Blick irrte wieder zum Teich und zu seinem Spiegelbild. Ein Elf, kein Zweifel, weder eine Galerieratte noch ein Universitätsfechter, nicht einmal ein Ausreißer oder Gangmitglied. Auf der Wasseroberfläche glitzerten Reflexionen der Sterne rings um seinen Kopf wie eine feurige Krone. Man hatte ihm gesagt, er sei ein königlicher Prinz aus dem Elfenland. Als Kind hatte er von einem solchen Leben geträumt. Hier konnte er es führen. Würde er es führen. Zum Teil führte er es bereits. Hier wurden seine Träume wahr. Vielleicht gehörte er doch hierher.

Warum konnte er es dann nicht über sich bringen, die Diskette in den Teich zu werfen und das Thema damit ein für allemal zu beenden?

»Eine Überraschung, Euch hier zu sehen, nicht wahr, Großer Jack?«

»Ach? Und warum?«

»Es liegt in der Natur der Wechselbälger. Das Leben

unter den anderen Großen wird einem vertraut, nicht wahr? Die Lichter sind heller, die Musik ist mitreißender und pikanter, die Gesellschaft geeigneter für Eure Bedürfnisse und Euer Befinden. Ist das nicht der Lauf der Dinge?«

Das Leben in der Feste war mittlerweile tatsächlich angenehmer, als er erwartet hatte.

»Außerdem ist es eine Überraschung, daß Ihr nicht glücklich seid.«

»Ist das eine persönliche Erkenntnis oder gehört das nur zum Lauf der Dinge?«

Yuri antwortete nicht.

John löste sich von seinem Spiegelbild und sah Yuri an. Der Urisk war halb Mensch halb Ziege – wie eine DNS-geschädigte Chimäre, weder das eine noch das andere, sondern in der Mitte zwischen beiden erstarrt, ein Haufen von Einzelteilen, die nicht richtig zueinander paßten. So ähnlich wie John. Nein, das stimmte nicht, erkannte John, während er den Urisk musterte. Yuri gelang es, alles zueinander passend zu machen. Er hatte eine heitere, wenn auch verlorene Aura des Friedens an sich, die Art Trost und Sichabfinden mit dem eigenen Schicksal, wie John sie sich zu finden wünschte.

»Wie machst du das, Yuri?«

»Wie mache ich was?«

»Frieden finden?«

»Ich kenne meinen Platz – oder etwa nicht?«

Sie schwiegen eine Zeitlang, während John überlegte, was wohl sein eigener Platz sein mochte. Es war die Art geselligen Schweigens, wie John es früher mit Faye geteilt hatte. Er hatte sie eine ganze Weile nicht mehr gesehen, sie erbärmlich vernachlässigt. Er fragte sich, wo sie wohl sein mochte, und als er sich das fragte, spürte er sie. Ganz in der Nähe.

Yuri reagierte auf sein Zusammenfahren. Nickte wissend, während John die nahegelegenen Bäume absuchte. »Hierher ist sie gekommen, um in den Teich zu schauen. Ist es nicht merkwürdig, eine Fee traurig zu sehen?«

»Still, Yuri«, sagte Faye, als sie aus dem Schatten der Bäume trat, aus dem Yuri einst John beobachtet hatte. »John braucht das nicht zu hören.«

Nein, das brauchte er nicht, aber er *hatte*. Er hatte nie die Absicht gehabt, ihr weh zu tun. Es war nur – nun ja…

»Du wächst in deinen neuen Stand hinein«, sagte sie. »Deine Aura ist viel stärker. Ich freue mich für dich.«

Ihr Lächeln war strahlend, verzeihend und liebevoll und Balsam für Johns Seele – ihre Anwesenheit hatte schon immer eine beruhigende Wirkung auf ihn gehabt. Aus Gründen, die er nicht verstand, behandelte sie ihn besser, als er es verdiente. »Warum?«

Sie unterbrach den Blickkontakt zu ihm und schaute zu Boden. Sie warf einen verstohlenen Blick auf Yuri, und John glaubte, daß sie errötete. Schüchtern sah sie John wieder an. »Du bist mein Prinz.«

John wußte nicht, was er sagen sollte.

Sie ließ nicht zu, daß das Schweigen lange anhielt. »Du denkst doch nicht daran, den Hof zu verlassen und zurück in die sonnenbeschienene Welt zu gehen, um Marianne Reddy zu suchen, oder?«

Er hatte daran gedacht, aber er hatte ein wenig Angst davor, allein zu gehen. »Würdest du mit mir kommen, wenn ich es täte?«

»Natürlich. Aber es wäre falsch.«

Wer hatte ihr das gesagt? »Sagt wer?«

»Du würdest so viel verlieren.«

»Was ist mit dem, was ich gewinnen könnte?«

»Alles, was du gewinnen könntest, würdest du mit der Zeit wieder verlieren. Denk an deinen neuen Stand. Du gehörst an den Hof.«

Warum kam sie ihm mit solchen elfischen Floskeln? »Hat Bennett dir aufgetragen, mir das zu sagen?«

Faye schüttelte ernsten Blickes den Kopf.

»Derjenige, der die Wahrheit ausspricht, ist bedeutungslos verglichen mit dem, was er sagt«, sagte Yuri. »Ihr seid, was Ihr seid, Großer Jack. Ihr gehört zum Hof, nicht wahr?«

Vielleicht. »Alle tischen mir denselben Spruch auf. Nehmt es mir nicht übel, wenn ich da ein wenig mißtrauisch werde, wenn ich bedenke, daß es Bennetts Spruch ist.«

»Warum so mißtrauisch, John? Bennett gibt dir Gelegenheit, der zu sein, als der du geboren wurdest.«

»Er hat mir auch noch andere Dinge gegeben.« Er erzählte ihnen von Bennetts Geschenk und von den Überlegungen seiner Freunde in Bezug auf das Memento. Keinem der beiden schien es zu gefallen, als John den Plan erwähnte, den er und seine Freunde sich ausgedacht hatten, nämlich den Kristall mit Magie zu untersuchen.

»John, du kannst nicht ernsthaft an Bennetts Geschenk herumpfuschen wollen«, sagte Faye.

»Warum nicht?«

Sie blinzelte und zögerte ein wenig. »Na ja, es wäre nicht richtig. Bennett hat dir den Kristall anvertraut. Du solltest nicht so herumschnüffeln.«

Herumschnüffeln? Hatte er nicht das Recht, es zu wissen? »Wenn Bennett mir vertraute, würde er mir einfach *sagen*, wer meine Mutter war.«

»Er wird seine Gründe haben, John.«

»Zum Teufel mit seinen Gründen!« Fayes mitfühlender Tonfall verharmloste Bennetts Lügen und Täuschungen. »Ich will wissen, wer meine richtige Mutter ist! Wie, zum Teufel, soll ich Entscheidungen treffen, ohne alle Fakten zu kennen?«

Yuri murmelte eine Zustimmung. John durchschaute

den Plan des Urisk, ihn zu beruhigen. Es gab eigentlich keinen Grund, wütend auf diese beiden zu sein, und John sagte ihnen, daß er nicht wütend sei. Nicht auf sie.

Yuri sagte: »Glaubt Ihr also, daß die anderen recht haben? Könnte der Kristall einen Hinweis auf die Identität Eurer richtigen Mutter enthalten?«

»Das nehme ich an. Sie studieren die Magie länger als ich und scheinen an diese Möglichkeit zu glauben. Sicher, warum nicht?«

»Eine Möglichkeit, ja, es könnte eine Möglichkeit sein.«

»Freut mich, daß du das auch denkst.«

»Ich? Das habe ich nicht gesagt, aber Ihr habt recht, sie müßten es besser wissen als ich.« Yuri sah ihn traurig an. »Und sie haben Euch angeboten, Euch dabei zu helfen, es herauszufinden, nicht wahr?«

»Ja, das haben sie.«

»Das dachte ich mir, oder nicht?« sagte Yuri mit einem Nicken, als habe Johns Antwort etwas bestätigt. »Habt Ihr Euch mal überlegt, was sie für einen Nutzen daraus ziehen?«

Was brauchten sie für einen Nutzen daraus zu ziehen? »Sie sind meine Freunde. Sie wollen mir helfen.«

»Aus keinem anderen Grund?« fragte Faye.

»Sie mögen Bennett nicht.«

»Sie betrachten das als Möglichkeit, ihm zu schaden, nicht wahr?«

John nahm sich nichts von Yuris Behauptung zu Herzen. »Ihm zu schaden? Eigentlich nicht. Es ist eher so etwas wie ein Streich.«

»Namen, Großer Jack. Habt Ihr die Bedeutung von Namen so schnell vergessen?«

Natürlich hatte er das nicht. »Was kann es schaden, ihren Namen zu kennen? Sie ist tot. Bennett hat es selbst gesagt.«

Yuri hob eine buschige Augenbraue. »Namen bleiben immer noch Namen. Verbindungen können immer noch in Verlegenheit bringen. Habt Ihr die Hofpolitik bedacht?«

»Die Faery-Politik ist mir vollkommen gleichgültig.«

»John, es gibt eine Menge, was du über die hiesige Politik nicht weißt«, sagte Faye.

Nicht, daß man ihm je etwas über Faery-Politik beigebracht hätte. Es war noch gar nicht so lange her, da hatte er nicht einmal den Unterschied zwischen einer Fee und einer Elfe gekannt. Feen mochten Zeit am Hof verbringen, aber sie gehörten nicht zum Hof. Die meisten von ihnen waren nicht klug genug, um Politik zu verstehen. Was wußte Faye überhaupt darüber? Wahrscheinlich hatte sie nur Angst davor, daß John Bennett verärgern konnte. »Ich glaube nicht, daß es Grund zur Sorge gibt. Niemand wird Schaden davontragen.«

»Niemand? Wenn Ihr das Vertrauen des Prinzen enttäuscht, bringt Ihr Euren Vater in Verlegenheit, oder nicht?«

»In Verlegenheit? Bennett?« John lachte. »Sollte es dazu kommen, wäre ich erst recht dafür. Das geschähe ihm ganz recht.«

Sie diskutierten noch eine Weile mit ihm, aber John hörte nicht mehr zu. Er wußte jetzt, was er tun würde. Er würde dem Plan seiner Freunde zustimmen zu versuchen, dem Kristall seine Geheimnisse zu entreißen. Bennett wollte die Identität von Johns Mutter vielleicht geheim halten, aber John hatte ein Recht auf diese Mitteilung. Und er würde sie bekommen! Wenn die Aufdeckung dieses Geheimnisses Bennett Probleme bereitete, um so besser. Bennett würde damit leben müssen.

Kapitel 14

Benton steuerte die Wanze ein wenig höher, dann noch etwas mehr, bis er die Leichen im Blick hatte.

»Zoomen. Drei Stufen. Sofort.«

Sein Computer gab den Befehl an die Wanze weiter, und ihre Kameraaugen gehorchten. Das eingefallene Gesicht eines Opfers füllte seinen Monitor aus. Er betrachtete das Bild. Es waren Tests nötig, um es zu bestätigen – Tests, die er nicht würde anstellen können, weil die Cops diesen Tatort abgesperrt hatten. Aber er war auch so sicher. Dies war tatsächlich die Tat seines Jagdwilds, und er hatte es wieder verpaßt. Er bezweifelte langsam, daß er ihm je wieder so nah kommen würde wie letzten August.

Er steuerte die Wanze zurück zum Fensterrahmen, wo sie weniger verdächtig aussehen würde, und schaltete den Aufzeichnungsmodus ein. Zwar war es unwahrscheinlich, daß er noch etwas erfuhr, das er noch nicht wußte, aber es zahlte sich aus, wenn man nichts unversucht ließ. Er war froh, daß er nur die Cops von der SEE und ein paar Konzernermittler sah. Hätten die Behörden auch nur die geringste Ahnung gehabt, was vorging, hätte es in Armiancos Stamforder WoGe bereits von Bundesagenten gewimmelt.

So war es viel besser. Bundesagenten kamen einem nur in die Quere und erschwerten, was eigentlich einfach sein sollte. Je länger sie außen vor blieben, desto glücklicher würde er sein.

Er gab alles, was er über diesen letzten Schlag wußte, in den Computer seines Lasters ein, seine persönliche

Einschätzung der Umstände eingeschlossen. Es waren keine soliden, harten Fakten, aber seine hochentwickelten Systeme bekamen etwas, womit sie arbeiten konnten, bis er in der Lage war, ihnen etwas Besseres anzubieten. Er wollte, daß sie *jetzt* Vorhersagen trafen. Diese Opfer waren bereits seit Tagen tot. Bald würde es neue geben.

Seine Systeme, die mit seinen Daten und verschlüsselten Sachen von seinem Auftraggeber arbeiteten, hatten ihn jetzt schon mehrfach in die Nähe gebracht. So nah, daß der ›Resonator‹, den sein Auftraggeber ihm zur Verfügung gestellt hatte, die Anwesenheit seines Jagdwilds registrierte. Unglücklicherweise war der Resonator nicht sehr präzise. Früher oder später würde er Glück haben und die Systeme nannten ihm einen Ort, der so nah war, daß er rechtzeitig zum Tatort gelangen konnte, um sein Jagdwild zu fangen, während es noch mit seinen Opfern beschäftigt war. Er zog früher vor. Ihm ging der Kontinent aus, auf dem er das Ding jagen konnte.

Im Augenblick konnte er wenig tun. Zeit, seinen Auftraggeber zu kontaktieren.

Die falsche Vorderseite der Unterhaltungssuite des Lasters war bereits heruntergeklappt. Er öffnete ein Fach und entnahm ihm den Induktionshelm. Nachdem die Polster auf seinen Schläfen saßen, überprüfte er die Kontaktqualität, bevor er den Anruf tätigte. Der Datenfluß war einwandfrei. Er rief sein Telefonverzeichnis auf, wählte die Nummer seines Auftraggebers aus und tippte sie. Die Garage verschwand, und der virtuelle Konferenzraum tauchte vor seinen Augen auf.

Es gefiel ihm nicht, auf diese Weise von der Welt abgeschnitten zu sein, obwohl er angesichts der über ihn wachenden Sicherheitssysteme des Lasters eigentlich nichts zu befürchten hatte. Aber man mußte sich an die Abmachungen halten, wenn man bezahlt werden wollte, und in diesem Fall sahen die Abmachungen virtuelle Treffen vor. Die Bezahlung war gut genug, um das Risiko zu rechtfertigen.

Der Konferenzraum schien leer zu sein, doch er wußte es besser.

»Benton hier«, verkündete er. Das war eine alte Telefon-Angewohnheit. Es war nicht nötig, sich durch das gesprochene Wort zu identifizieren. Das verschlüsselte Händeschütteln, mit dem die Verbindung hergestellt worden war und das ihn in den virtuellen Konferenzraum gebracht hatte, reichte völlig aus, und zwar auch ohne das äußerst klare Bild, das das Telesystem seinem Auftraggeber zeigte.

Sein Auftraggeber erschien: eine muskulöse menschliche Gestalt aus glattem, flüssigem Gold mit Zügen, die zu vollkommen schienen, um wirklich zu sein; keine Kleidung, nicht einmal Genitalien. Benton nahm an, das nahezu merkmalslose Bild sollte Gedanken an Götter hervorrufen, aber in diesen Zeiten hochauflösender Darstellungen sah es mehr wie eine digitale Antiquität aus. Es mußte etwas mit persönlichem Stil zu tun haben. Er wußte, daß sein Auftraggeber Zugriff auf Besseres hatte, weil er wußte, wer sein Auftraggeber war. Anton Van Dieman, ein aufstrebender Pinkel, tatsächlich sogar Vizepräsident bei Network Securities, einer Tochter von Metadynamics. Benton hätte das eigentlich nicht wissen dürfen, aber er hatte gemogelt. Natürlich nur im Interesse seiner eigenen Sicherheit. Es war immer besser zu wissen, für wen man arbeitete. Nur für alle Fälle.

»Es sind einige Tage vergangen«, sagte Van Dieman. »Es hat wieder zugeschlagen.«

»Sind Sie sicher?«

»Nichts auf dem Resonator, da es ein paar Tage her ist, aber ich bin sicher, ja.«

»Sie sagen, der Resonator hat nicht reagiert, aber Sie

sind sicher, es war, was wir suchen. Wie kann das sein? Hat der Resonator richtig funktioniert?«

Er hatte zuvor funktioniert und die Diagnose-Routinen hatten auch keinen Fehler ergeben. »Ich mache mir mehr Sorgen darüber, ob die Fangvorrichtung arbeitet.« *Die* war nicht am lebenden Objekt getestet worden – aus offensichtlichen Gründen.

»Ich beginne zu glauben, daß Sie sich damit nicht belasten müssen.«

»Hey, lassen Sie mich jetzt nicht im Regen stehen. Wir kommen immer näher. Beim nächsten oder vielleicht beim übernächsten Mal. Ich kriege es.« Es gab einen erheblichen Bonus dafür, es ›zu kriegen‹.

Das goldene Bild winkte ab. »Ich zweifle nicht an Ihrer Tüchtigkeit, aber die Prioritäten haben sich geändert. Ich habe Ihren Eifer in dieser Angelegenheit beobachtet und weiß ihn durchaus zu schätzen.«

Das System unterrichtete Benton über eine finanzielle Transaktion. Van Diemans Zu-schätzen-wissen drückte sich in beachtlichen Zahlen aus. Benton lächelte über das Kompliment, während er den weiteren Worten seines Auftraggebers lauschte.

»Aber ich halte es für das Beste, wenn Sie sich einstweilen um eine andere Angelegenheit kümmern. Dieses Problem ist der Lösungsmöglichkeit, die Sie darstellen, entwachsen.«

*

Das Problem, das auf dem Wandschirm dargestellt wurde, schien der Lösung nicht näher zu sein als beim letzten Mal, als Pamela Martinez eine Überprüfung vorgenommen hatte. Bestürzend. Eine Reihe von Vorfällen, die nur durch die augenscheinliche Todesursache miteinander in Zusammenhang standen.

War dies ein neues Ungeheuer oder hatte sich das alte wieder erhoben, um die Welt heimzusuchen?

Soweit sie wußte, waren sie und ihre Leute die einzigen, die das ganze Bild sahen. Die örtlichen Medien und Polizeidienststellen hatten einige der Vorfälle zu kleinen Serien zusammengefügt. In keiner dieser Serien tauchten mehr als ein halbes Dutzend der einzelnen Elemente auf. Nur der National Illuminator hatte in seiner Schauergeschichte über ein tödliches neues Retrovirus mehrere der Serien zusammengefügt, dabei jedoch auch mehrere eindeutig nicht zur Sache gehörige Todesfälle einbezogen. Dort kannten sie den wahren Sachverhalt ebenfalls nicht.

Sie schaute wieder auf das geografische Diagramm. Die mit den Punkten auf dem Diagramm verbundenen Daten erzählten die ganze Geschichte. Vom frühesten Datum in Kalifornien bis hin zum jüngsten in Stamford ließ das Muster einen eindeutigen Trend nach Osten erkennen. Die Progression war weder direkt noch stetig bis auf jenen kurzen Zeitraum Anfang August, als fünf rasch aufeinander folgende Vorfälle in direkter Linie nach New England deuteten. Zu diesem Zeitpunkt hatte sie sich noch nichts dabei gedacht, doch nun, da der Mörder in New England zugeschlagen hatte, sah diese Linie signifikanter aus. Handelte es sich um eine Anomalie bei der Datensammlung oder war es ein bedeutsamer, wenn auch obskurer Hinweis? Es gab keine Möglichkeit, sich Gewißheit zu verschaffen, da es ihre besten Analytiker verblüfft hatte, aber sie hatte jetzt den Verdacht – eigentlich eher die Befürchtung –, daß dieser Mörder ein altes Problem darstellte, das zurückgekehrt war, um sie heimzusuchen.

Der Mörder war vor fast einem Jahr an Land gekommen, als die *Wisteria* in San Francisco eingelaufen war. Woher er damals gekommen war, diese Frage hätte nur die tote Besatzung der *Wisteria* beantworten können. Der letzte Hafen des Schiffs vor San Francisco lag in Neuseeland, aber bisher waren von dort oder von irgendwoanders in der südpazifischen Region keine Berichte über ähnliche Todesfälle eingegangen. Der Mörder mußte irgendwo unterwegs an Bord der *Wisteria* gegangen sein. Wo das gewesen war, darüber gab es keine Hinweise.

Die Serie der Todesfälle war ein lebendig gewordener Albtraum. Wo verfügbar, wiesen die medizinischen Berichte über die Toten eine viel zu große Ähnlichkeit mit anderen Berichten auf, die in den Tiefen der Daten über Projekt Charybdis verborgen waren. Die Opfer erinnerten zu sehr an Quetzals Opfer.

»Hagen, sagen Sie mir, ist es Quetzal?«

»Quetzal ist tot.«

»Dann ein Geist? Irgendeine Beschwörung, die als eine Art Sicherheit zurückgelassen wurde? Ein Rächer, der mit diesem Kult verbunden ist? Sie kennen sich mit den Manifestationen der Magie besser aus als ich. Was ist es?«

Hagen sah sie stirnrunzelnd an, zweifellos nicht zufrieden damit, aus der Diskussion gerissen zu werden, die er begonnen hatte. »Der *Wisteria*-Mörder ist eine Unbekannte, aber eine direkte Verbindung zu Quetzal ist unwahrscheinlich.«

»Woher wollen Sie das wissen?«

»Das ist die Einschätzung meiner Leute.«

Seine *Leute* waren überhaupt keine Leute, sondern Zwerge, eine andere Rasse, die sich insgeheim die Erde mit den Menschen teilte, seitdem es Menschen gab. Jetzt, da die Welt im Begriff stand, sich in einem magischen Chaos aufzulösen, hatten sie ihr Versteck verlassen. Wie Pamela wollten sie die Auswirkungen der steigenden magischen Flut eindämmen. Die Zwerge waren auch früher schon der Bedrohung durch die Magie ausgesetzt gewesen und ihrer Herr geworden – und diese Erfahrung war der Grund dafür, warum Pamela sie als Verbündete schätzte. Diese Erfahrung würde für sie von

Vorteil sein, wenn sie Mitsutomo das Überleben in der chaotischen neuen Welt ermöglichen wollte. Bedauerlicherweise waren Hagen und seine Zwerge ein geheimniskrämerischer Haufen und trotz ihrer gemeinsamen Furcht vor und Abneigung gegen Magie waren sie viel zu vorsichtig, um ihr völlig zu vertrauen. Sie verstand das. Sie vertraute ihnen auch nicht völlig.

Konnte sie ihnen in dieser Angelegenheit vertrauen?

»Ich denke nicht, daß wir dieses Problem ignorieren können«, sagte sie. »Was dieses Ding auch ist, es bringt Menschen um *und* ist hierher unterwegs.«

Hagen warf einen Blick auf die Karte und wiederholte, was er ihr schon die ganze Zeit erzählte. »Sein Weg ist unvorhersehbar.«

»Aber vielsagend. Ich glaube, Mr. Hagen, daß dies eine derjenigen Situationen ist, in denen Sie mehr wissen, als Sie mir zu sagen bereit sind. Habe ich recht?«

»Nein«, sagte er. Sie fragte sich, ob er die Streß-Monitore in seinem Stuhl vergessen hatte oder es seinen Leuten gelungen war, einen Weg zu finden, die Technologie zu schlagen. Der Stuhl registrierte Aufregung, entlarvte seine Antwort aber nicht als Lüge.

»Es ist mir egal, was Ihre Leute Ihnen sagen. Was glauben *Sie*? Glauben Sie, daß es hierher kommt?«

»Unbekannt. Um Ihres Seelenfriedens willen werden wir Vorsichtsmaßnahmen ergreifen. Aber ich glaube, Sie machen sich übermäßige Sorgen. Wenn dieses Phänomen tatsächlich etwas mit Quetzal zu tun hat – was äußerst unwahrscheinlich ist –, dann glaube ich, daß seine Aufmerksamkeit auf das Artefakt gerichtet sein wird, das am Ort, wo Quetzal den Tod gefunden hat, geborgen wurde.«

»Aber das haben wir nicht.«

»Also brauchen Sie sich auch keine Sorgen zu machen. Unsere besten Informationen deuten darauf hin, daß das Artefakt sich immer noch im Besitz der Federal

Security Agency befindet, und zwar unter Verschluß im Rahmen ihres Projekts Dark Glass. Wenn sich irgendjemand Sorgen machen muß, dann sind sie es.« Hagen räusperte sich. »Es mag sich um eine wichtige Manifestation handeln, aber einstweilen scheint sie noch unbedeutend zu sein. Es gibt andere Dinge, die unsere Aufmerksamkeit eher verdienen, damit nicht weitere Probleme wie das des *Wisteria*-Mörders entstehen.« Er hielt ihr eine Diskette hin. »Wie ich schon sagte, ich habe die Dateien über die Pend Foundation auf den neusten Stand gebracht und glaube, Sie werden ihre Vorhaben interessanter denn je finden. Besonders erhellend dürfte Dr. Gowers Einschätzung gewisser Korrelationen zwischen Quetzals Projekten und einigen Umweltschutzprogrammen der Pend Foundation sein, die einige Aspekte des von der Magie des Ungeheuers angerichteten Schadens zu lindern scheinen. Dies ist eine Situation, der, daran brauche ich Sie nicht zu erinnern, Mitsutomo Vorschub geleistet hat und für die Mitsutomo Wiedergutmachung leisten muß.«

Pamela nahm die Diskette, legte sie jedoch auf ihren Schreibtisch, anstatt sie in ihre Konsole einzulegen. »Ich habe meine Entscheidung bereits getroffen. Ich werde der Stiftung keine Gelder aus dem Charybdis-Etat zukommen lassen.«

Hagen sah bestürzt aus, war aber nicht bereit aufzugeben. »Bitte, Ms. Martinez. Lesen Sie die Berichte. Ich kann Gower kommen lassen, wenn Sie Zweifel haben. Diese Angelegenheit ist von allergrößter Bedeutung.«

»Ich bin ganz Ihrer Meinung«, sagte sie, während sie die Verwirrung genoß, die sich auf seinem Gesicht ausbreitete. »Die Pend Foundation wird bedeutende Zuschüsse von Mitsutomo NAG erhalten. Mitsutomo liegt wie immer selbstverständlich das öffentliche Wohl am Herzen. Mitsutomo-sama ist der Ansicht, daß eine so ehrenwerte Stiftung unsere Unterstützung verdient.

Der Schutz der Umwelt und die Sanierung verseuchter Gebiete sind ehrenwerte Ziele. Es gibt keinen Grund, ein Geheimnis aus unserer Unterstützung zu machen. Mitsutomo-sama hat persönlich befürwortet, die Stiftung mit den Mitteln Keiretsus zu unterstützen.« Sie lächelte Hagen an. »Meine Präsentation hat ihn äußerst beeindruckt.«

Das schleichende Chaos, das die Welt bedrohte, bedrohte auch Mitsutomo. Und was Mitsutomo bedrohte, bedrohte sie. Anpassung oder Tod besagte die alte Redensart, und sie war noch nicht bereit zu sterben.

So groß Mitsutomo auch war, der Konzern konnte die Veränderungen, die die Welt erschütterten, nicht allein überleben. Verbündete waren nötig, Agenten und Mittelspersonen, hingebungsvolle Wesenheiten, die sich auf spezifische Aspekte des Problems konzentrieren konnten. Die Pend Foundation würde eine dieser Wesenheiten sein, die einen Teil der notwendigen Arbeit leistete. Ihr zu helfen, mochte Mitsutomos Finanzen belasten, aber schließlich bekam die Stiftung nur Geld – die anderen Ressourcen Keiretsus waren weiterhin verfügbar und konnten zur Lösung anderer Probleme eingesetzt werden. Und selbst das Geld war nicht gänzlich verloren, da es sich bei der Pend Foundation um eine wohltätige Einrichtung handelte und die Steuerersparnis beträchtlich war.

Doch langfristige Pläne lösten keine aktuellen Probleme. Ihr Blick wanderte wieder zum Wandschirm. Ihr Verstand beschäftigte sich mit dem Wesen und den Zielen des *Wisteria*-Mörders.

Hagens Versicherungen reichten ihr nicht.

Sie setzte ein Hilfsprogramm darauf an, alles vertrauliche Mitsutomo-Material aus den Dateien zu entfernen und den Rest an Detective Charles Gordon von der Sonderermittlungseinheit der NEK zu senden. Wenn sie Verbündete haben wollte, mußte sie sie unterstützen, andernfalls konnten sie nicht das Bollwerk bilden, das sie gegen das Chaos der Magie brauchte.

*

Wenn man Verbündete haben wollte, mußte man sie mit Bedacht auswählen, vielleicht mit noch mehr Bedacht als seine Feinde. Die falschen Verbündeten stellten eine größere Belastung dar als die meisten Feinde. Insgesamt war Anton Van Dieman der Ansicht, daß er seine Sache recht gut machte.

Der Sturm, der draußen tobte, konnte den Wolkenkratzer nicht weiter beeindrucken. Zumindest nicht für die gewöhnliche Wahrnehmung. Er war jedoch keine gewöhnliche Person und sensibel genug, um zu spüren, wie das Gebäude schwankte. Was es in einer solchen Lage auch tun sollte – daran war nichts Unnatürliches. Eine launenhafte Veränderung in den Luftströmungen ließ eine heftige Bö gegen die Außenwand seines Büros branden, so daß die Perspexscheiben seiner Fenster klirrten. Auch daran war nichts Unnatürliches. Es war ein Sturm, nur ein Sturm. Er rief die Wettervorhersage auf seinem Computer auf, um seinen Eindruck zu bestätigen, daß der Sturm bald vorüber sein würde. Der Computer war seiner Meinung. Er lächelte. Sein Verständnis der Natur und ihrer Abläufe hatte im Laufe des vergangenen Jahres erheblich zugenommen.

Vor etwas über einem Jahr hatte er Clemsen Bio-Research verlassen und damit das Imperium hinter sich gelassen, das er sich dort aufgebaut hatte. Loszulassen war ein schwerer, aber notwendiger Schritt zur Verbesserung seiner Stellung in der Konzernwelt gewesen. Natürlich hatte er nicht vollständig. losgelassen. Die persönliche, unmittelbare Kontrolle war nicht mehr da, aber sein Einfluß blieb über das sorgfältig aufgebaute Netz von Managern und Execs erhalten, die – aufgrund gezüchteter Loyalität, Einschüchterung oder Zwang – der Ansicht waren, ihre Interessen seien eng mit seinen eigenen verknüpft. Die meisten derjenigen, die er zurückgelassen hatte, hielten sich für seine Verbündeten. Er sah nicht, wie auch nur einer von ihnen glauben konnte, sie hätten ihm auch nur ein Zehntel von dem zu bieten, was er für sie tun konnte, aber er war gewillt, diese Überzeugung auszunutzen. Es machte sie nützlicher für ihn.

Natürlich wußte er es besser. Es gab einen gewaltigen Unterschied zwischen Verbündeten und Vasallen. Ein Bündnis konnte nur auf einem gegenseitigen gleich großen Vorteil beruhen. Nicht, daß der Vasallenstatus etwas Ehrenrühriges an sich hatte. Tatsächlich war das Vermögen, jemanden als in Macht oder Einfluß überlegen anzuerkennen, ein Überlebensmerkmal, das ihm in den Reihen der Anhänger gute Dienste geleistet hatte. Doch der Vasallenstatus war nicht *seine* Bestimmung und die anderen Anhänger begriffen dies langsam. War nicht der *Telesmon* zu ihm gekommen?

Er warf einen Blick durch den Raum auf die Vitrine, in der sein Schatz lag. Der *Telesmon* leuchtete im weichen Licht und seine ebenmäßigen Kurven zogen das Auge verführerisch seine gewundene Schönheit entlang. *Welch eine Pracht!*

Der Schlüssel zum Glitzernden Pfad!

Er gehörte ihm! Das Artefakt hatte ihm bereits neue glitzernde Pfade zur Macht geöffnet und ihm magische Geheimnisse erschlossen, von denen er zuvor nicht einmal zu träumen gewagt hätte. Je mehr er mit dem *Telesmon* arbeitete, desto mehr lernte er und desto größer wurde seine Beziehung zu den Energien, die in der Welt wuchsen. Die Geheimnisse, die er dem *Telesmon* entrang, hoben ihn von der Herde und sogar von den anderen Anhängern ab. Wie die Anhänger es so lange getan hatten, arbeitete er im Geheimen oder fast im Geheimen weiter. Er hatte den anderen Anhängern einen Vorgeschmack auf seine neue Macht gegeben, und zumindest sie erkannten langsam die neue Ordnung an. Hatten sie ihn nicht in Anerkennung seiner Meisterschaft in den zweiten Kreis erhoben? Sein Status in der mundanen Welt nahm ebenfalls zu, obwohl er dort mit der Zurschaustellung seiner Macht vorsichtiger war.

Und all das war erst der Anfang.

Er sah auf die Uhr. Zehn Minuten vor Mitternacht. Kurz vor der sogenannten Geisterstunde. Selbst die Uneingeweihten wußten, daß in der Zeit Macht lag. Er brauchte Zeit, Zeit, um seine Macht zu konsolidieren, Zeit, von der seine Albträume behaupteten, daß er sie vielleicht nicht besaß.

Zuerst hatte er die Visionen nicht verstanden. Wie auch? Ein kurzes Aufblitzen von Eindrücken. Ein Bild, ein Geräusch, ein Geruch, alles ohne Zusammenhang und ohne Bedeutung – wie die verblassenden Fragmente eines chaotischen Traums. Er hatte fast zwei Monate gebraucht, um zu verstehen, daß er hellseherische Eindrücke von Tötungen empfing. Magische Tötungen. Er hatte nicht verstanden, warum er von diesen Toden Kenntnis bekam, aber der Vorgang hatte ihn bestürzt. Natürlich nicht die Tode an sich. Die waren unwichtig. Seine Besorgnis regte sich, als er feststellte, daß er sich nach jeder Episode zum *Telesmon* hingezogen fühlte. Diese Verbindung hatte ihm Rätsel aufgegeben, bis er erkannt hatte, daß der magische Mörder ebenfalls mit dem *Telesmon* verbunden war. Er begann zu argwöhnen, daß es sich bei dieser Wesenheit um etwas handelte, das die geheiligten Schriften einen Vorboten nannten, eine der Geißeln der Ungläubigen, die sich in den letzten Tagen der Menschen-Plage im Überfluß auf der Erde tummeln würden.

Während er eigene Nachforschungen anstellte, setzte er Jäger auf die Spur des mutmaßlichen Vorboten an.

Als Benton, der beste von ihnen, ihm immer näher kam, hatte Van Dieman ihm ein besonderes Hilfsmittel zur Verfügung gestellt. Mit Hilfe seiner Beziehung zum *Telesmon* hatte Van Dieman einen Resonator geschaffen, der dem Mann bei der Entdeckung der Wesenheit helfen sollte. Der Jäger hatte das Gerät mit Erfolg benutzt und zu jedem von Van Diemans hellseherischen Träumen ein Opfer ausfindig gemacht. Doch weil Benton niemals zeitig genug eingetroffen war, um die Wesenheit zu fangen – oder auch nur zu Gesicht zu bekommen –, tappte Van Dieman hinsichtlich ihrer wahren Natur weiterhin im Dunkeln, während die Wesenheit ihren Weg quer über den Kontinent fortsetzte.

Bis zur letzten Tötung in Stamford. Auf der Woge der Energie, die zu ihm übergeschwappt war, als das Ding sich seine Beute nahm, hatte Van Dieman einen Schlag verspürt, der ihn aus seinen Träumen riß und ihn mit der Gewißheit erfüllte, daß die Wesenheit nicht nur auf geheimnisvolle Weise mit dem *Telesmon* verbunden war, sondern mit ihrer Wanderschaft auch ein Ziel verfolgte.

Sie suchte den *Telesmon*.

War das ein Klopfen an der Tür? Nein, das konnte nicht sein. Ms. Emery hatte strikte Anweisung, keine Störung zuzulassen. Ms. Emery war vielleicht nicht die Kompetenteste, aber auf diesen Teil ihrer Arbeit verstand sie sich. Außerdem, wer würde ihm um diese Uhrzeit noch einen Besuch abstatten?

Er wußte, wer, oder vielmehr: was. Der Vorbote – wenn die Wesenheit das war – kam zu ihm.

Sein Büro war vollkommen schalldicht, mit den modernsten Materialien und Technologien ausgestattet, um unerwünschte Geräusche zu verschlucken, und es war jetzt still. Sehr still. Als er auf seinen Schreibtisch klopfte, schien das Geräusch aus weiter Ferne zu kommen.

Sein Blick irrte suchend durch den Raum. Er hatte

getan, was er tun konnte, um sich auf sein Kommen vorzubereiten, aber hatte er auch genug getan? War er vorbereitet? Ihm mißfiel die Beklommenheit, die er empfand. Ein derart herabwürdigendes Gefühl hätte eigentlich der Vergangenheit angehören müssen. Dennoch überlief ihn bei dem ständig stärker werdenden Gefühl, nicht mehr allein zu sein ein Schauder. Seine Blicke schossen durch den Raum auf der Suche – wonach? Er war nicht sicher, aber er hatte das Gefühl, daß sich etwas verändert hatte.

Da! Im Durchgang zum Badezimmer. War dieser Schatten auch zuvor schon da gewesen? Nichts in dem Zimmer warf einen derart langen, schmalen Schatten. Eine Windbö ließ die Fensterscheiben klirren und lenkte ihn ab. Als er wieder hinsah, war der Schatten verschwunden.

Hatte er ihn sich nur eingebildet?

Ein leises Kratzen aus dem Badezimmer. War dies das Geräusch von Krallen auf Porzellan?

Atemlos wartete er, beobachtete. Etwas bewegte sich an der Anrichte. Eine dunkle Gestalt, mehr Schatten als Substanz, schlängelte sich über den Boden und geradewegs zu dem Podest, auf dem der *Telesmon* in seiner schützenden Vitrine stand.

Er ließ den Atem entweichen, den er angehalten hatte. Die Angst, daß der Vorbote sich zuerst um ihn kümmern würde, ebbte ab. Eine neue Angst regte sich. Hatte er alles richtig verstanden? Bald würde er es wissen. Er berührte eine Funktionstaste auf seinem Schreibtisch. Während sich die Seitenteile der Vitrine öffneten, hob er die magischen Schutzvorrichtungen auf, mit denen der *Telesmon* gesichert war.

Die Wesenheit, ein S-förmiger Schatten, floß die Säule empor und wickelte sich Schlinge für Schlinge um den *Telesmon*. Das Wesen besaß eine unstoffliche Qualität, die der Transparenz unter dem Licht des *Telesmon*, einer

Manifestation seiner Macht entsprach. Einen Augenblick lang schienen Wesenheit und Artefakt miteinander zu verschmelzen. Es war an der Zeit.

Er löste seine Falle aus, indem sein Finger auf den Knopf drückte, der den Käfig aus Silberdraht rings um den *Telesmon* herabfallen ließ. Das Metall klirrte, als es auf den Sockel des Podests schlug. Die in den Käfigdraht und in Vertiefungen im Podest eingelassenen Magnetklammern hielten die beiden Teile fest zusammen und verhinderten jeglichen Rückprall. So schnell er konnte, sprach er den letzten Teil der Formel, um die in das verschlungene Drahtgeflecht verwobenen Zauber zu aktivieren.

Die Wesenheit brandete gegen die Barriere aus Silber und Magie. Durch das Medium seiner Zauber spürte er die kühle Berührung des Dings und erfuhr die Kraft, die es ausstrahlte.

Was konnte er mit einer solchen Macht alles anfangen!

»Sei gegrüßt, Vorbote.«

Er spürte, wie sich die Aufmerksamkeit der Wesenheit auf ihn richtete. Jenes kalte augenlose Starren drohte, das Blut in seinen Adern gefrieren zu lassen. Er wollte schreiend aus dem Zimmer laufen, aber er hatte den Verdacht, daß dies die schlechteste aller Möglichkeiten war, die ihm offenstanden. Er stellte sich der Wesenheit. Was hatte er schon zu befürchten? War er nicht der Auserwählte Quetzals? War nicht der Schlüssel sein? Er behauptete sich.

Knapp.

Hüter, sagte die Wesenheit mit lautloser Stimme. Das Wort schien ebenso Feststellung wie Frage zu sein, aber die anschließende Aussage war unzweideutig. Ein Befehl: *Entbinde mich.*

»Noch nicht gleich, glaube ich.« Bei diesen Dingen galt es, eine gewisse Reihenfolge einzuhalten.

Die Wesenheit testete seine Zauber. Obwohl er es keiner anderen Seele gegenüber je zugegeben hätte, war er überrascht, daß sie standhielten.

Ich erinnere mich, sagte die Wesenheit. *An andere Zeiten. In denen ich nicht so schwach war. An andere Zeiten.*

Schwach? Er konnte sie kaum halten. Er durfte sie das nicht wissen lassen.

Entbinde mich. Ich werde dich belohnen.

»Was bietest du mir an, Vorbote?«

Ich kann deine Feinde verzehren.

»Meine Feinde – meine überlebenden Feinde – sind nicht sehr zahlreich.«

Es gibt viele Feinde. Sie verstecken sich. Sie lauern im Hinterhalt. Kennst du sie alle? Ich habe ein großes Wissen. Ich sehe auf Arten, die dir verschlossen sind.

»Ich sehe auch auf viele Arten. Ich weiß Dinge, die du nicht weißt. Deine Art war lange nicht auf dieser Welt und es ist nicht alles so, wie es einmal war.«

Das habe ich gesehen.

War das ein Zittern der Unruhe in der Stimme des Dings? Er hatte darauf gewartet, daß es ihm eine Ansatzmöglichkeit eröffnete. Er glaubte jetzt eine zu sehen.

»Diese Welt ist *meine* Welt und ich kenne ihren Lauf. Es gibt Gefahren für dich, die du noch nicht verstehen kannst. Ich kann dich führen, dir die Gefahren zeigen. Ich stelle deine Macht nicht in Abrede, aber Macht ist nicht alles. Dies ist ein Zeitalter der Information – und Wissen ist das mächtigste aller Werkzeuge.«

Wie es das immer war.

»Du kennst die Wege des Schattens.«

Ja. Ich kann sie lehren.

»Und du kannst von mir Dinge lernen, die du wissen mußt.«

Der Vorbote rührte sich und strahlte dabei einen inneren Aufruhr aus, den Van Dieman nicht begreifen konnte. *Ja*, sagte er.

Er hatte nicht damit gerechnet, daß die Verhandlung sich als so einfach erweisen würde. »Ich bin froh, daß du verstehst, daß hier ein gegenseitiger Vorteil liegt.«

Ich verstehe Loyalität, sagte er.

Loyalität, das wußte Van Dieman, mußte verdient werden. Oder gekauft. Er drückte auf den Rufknopf der Gegensprechanlage. »Ms. Emery, würden Sie wohl kurz zu mir kommen?«

Er hatte sich ihre Unfähigkeit jetzt fast eine Woche lang bieten lassen. Es wurde Zeit, sich den Lohn für seine Geduld abzuholen. Er musterte sie beim Eintreten, würdigte dabei die Jugend und Energie, die in ihrem Gang lag. Sie hatte eine komplizierte Prozedur der Abschirmung über sich ergehen lassen müssen. Sie glaubte, der Grund für das erhöhte Maß an Abschirmung sei die heikle Natur ihrer Aufgabe. Und dem war auch so, aber nicht in dem Sinne, wie sie glaubte. Ihre Aufgabe – ihre wahre Aufgabe – bestand darin, heute nacht zu dienen.

Er zeigte auf den Käfig. Der Vorbote war für sie nicht zu sehen. Jedenfalls noch nicht. »Würden Sie mir das bitte bringen?«

Ein kurzes Flackern der Verärgerung huschte über ihr Gesicht. Niedrige Arbeiten gehörten angeblich nicht zu ihrem Aufgabenbereich. Er sah, wie sie seine Anordnung einzuschätzen versuchte. Er stellte sich vor, was ihr wohl durch den Kopf gehen mochte. Sie war zu neu, und dies war die erste unbotmäßige Arbeit, die er von ihr verlangte. Diesmal würde sie es durchgehen lassen. Sie ging zum Podest.

Er ließ die Zauber in sich zusammenfallen und löste die magnetischen Klammern. Der Käfig bewegte sich, und der Vorbote sprang. Emerys Verblüffung, als der Käfig sich bewegte, ging rasch in Entsetzen über, als sie die S-förmige Gestalt der Wesenheit wahrnahm. Ihr blieb keine Zeit zu fliehen. Der Vorbote wickelte sich um sie und hüllte sie in Schatten. Sie schrie auf, ein schrilles Heulen des Entsetzens und der Verzweiflung.

Er lächelte. Sein Büro war vollkommen schalldicht, mit den modernsten Materialien und Technologien ausgestattet, um unerwünschte Geräusche zu verschlukken.

Emery wand sich in dem Rauch, der der Vorbote war. Er sah, wie sie verschrumpelte, als die Wesenheit sie leersog.

Ich belohne Loyalität.

Eine geisterhafte Ranke schwebte ihm entgegen. Er sagte sich, daß er keine Furcht zeigen dürfe, die Wesenheit nicht wissen lassen dürfe, daß er nicht sicher war, ob er ihr vertrauen konnte. Das Pseudopodium glitt über den Schreibtisch und erhob sich wie eine Schlange kurz vor dem Zustoßen.

Er sagte sich, daß er sich nicht bewegen dürfe, obwohl er wußte, daß er sich selbst belog. Er konnte sich gar nicht bewegen. Er war viel zu verängstigt.

Es berührte seine Stirn, und sein Verstand explodierte unter einer Woge anbrandender Macht. Die Erinnerung an Quetzals Geschenk blitzte vorübergehend auf. Das Herz. Der heiße, berauschende Geschmack der Lebensessenz der Hure. Diese Frau schmeckte anders. Besser. Was der Vorbote mit ihm teilte, war kein Rest aus zweiter Hand, sondern der volle, wunderbare Geschmack ausgeweideter Seele. Er erfüllte ihn, dehnte ihn aus. Er stellte fest, daß er sich bisher nur eingebildet hatte zu wissen, wie sich Macht anfühlte.

Wenn ich stark bin, bist du stark.

O ja. Ja!

Der Vorbote wickelte sich enger um seine Mahlzeit und nahm den Rest für sich selbst. Van Dieman saß auf seinem Stuhl und spürte die nasse Klebrigkeit in seiner

Hose, während er zusah, wie Enemy zu einer mumienhaften leeren Hülle verfiel. Hier lag ganz eindeutig ein gegenseitiger und gleich großer Vorteil. Er erkannte eine gute Sache, wenn er sie spürte.

Natürlich, sobald er gelernt hatte, was der Vorbote ihn lehren konnte, sobald er sich die Macht angeeignet hatte, die er ihm anbot, würde er keine weitere Verwendung mehr für ihn haben.

Die Angst, die er in ihm hervorgerufen hatte, hatte ihm gar nicht gefallen. Im Augenblick hatte er einen Nutzen für ihn, aber das würde sich ändern. Bis dahin freute er sich auf die nächste Fütterung.

Kapitel 15

Johns Faszination für die Mutter, die er nie gekannt hatte, verwirrte ihn. Er wußte wirklich nichts über sie. Er hatte nur die wenigen Hinweise, die Bennett fallen ließ, und die waren noch unbestimmter als Bennetts übliche Kommentare. Es schien so, als sei sie nicht mehr am Leben, aber offensichtlich mußte sie es einmal gewesen sein, und es gab keine Anzeichen dafür, daß sie bei seiner Geburt gestorben war, also schien es so, als habe sie sich seiner Aussetzung ebenso schuldig gemacht wie Bennett. Warum empfand er dann aber für sie nicht genauso? Warum haßte er sie nicht?

Vielleicht lag es daran, daß er sie in gewisser Weise mit William Reddy gleichsetzte, dem irdischen Vater, der gestorben war, bevor John Erinnerungen an ihn hatte bilden können. Es war nicht William Reddys Schuld, daß er nicht mehr da war. Vielleicht war es auch nicht ihre Schuld. Er wollte das glauben. Er wollte nicht glauben, daß alle elfischen Elternteile so kaltherzig wie Bennett waren. Aber er *wußte* ganz einfach nichts über sie, und hier gab es keine öffentlichen Datenbanken, die er hätte durchsuchen können. Über William Reddy kannte John wenigstens die formalen offiziellen Fakten.

Er hatte Fragen über seine Elfenmutter gestellt – ohne Ergebnis. Seine Lehrer weigerten sich, mit ihm über dieses Thema zu reden, und sagten ihm, es gebe wichtigere Dinge, mit denen er sich zu beschäftigen habe. Seine Freunde wußten nichts über sie und drängten ihn, dem

Kristall ihren Namen zu entreißen. Die anderen Bewohner der Feste – jene, die nicht gleich feststellten, daß sie anderswo wichtige Dinge zu erledigen hatten – machten völliges Unwissen in Bezug auf das Treiben der Großen geltend. Dergestalt lahmgelegt, war er zu dem Schluß gekommen, daß der Kristall seine einzige Verbindung zu ihr war.

Und das hatte ihn in den höchsten Turm der Feste geführt.

»Es ist die einzige Möglichkeit für dich, irgendwas zu erfahren, Jack«, sagte Fraoch, indem sie hinter ihn glitt und ihm die Arme um die Taille legte.

»Mir ist immer noch nicht klar, warum wir es hier tun müssen. Die Rituale haben nichts an sich, was das erforderlich macht.«

»Aber auch nichts, was es verbietet. Hier sind wir abgeschottet und vor den neugierigen Augen von Bennetts Spionen geschützt. Er wird nicht rechtzeitig gewarnt werden, um dich daran hindern zu können.«

»Glaubst du, das würde er tun?«

»Du bist doch derjenige, der glaubt, wenn er wollte, daß du den Namen deiner Mutter kennst, hätte er ihn dir längst genannt. Wenn er will, daß der Name ein Geheimnis bleibt, glaubst du dann nicht, daß er alles tun wird, was in seinen Kräften steht, um dich daran zu hindern, ihn in Erfahrung zu bringen?«

»Das nehme ich an.«

»Das weißt du.« Sie drehte ihn zu sich herum und küßte ihn. »Wie du auch weißt, daß dies der beste Ort und die beste Zeit dafür ist zu tun, was du tun mußt. Warum denkst du nicht noch etwas darüber nach, während ich Gentiano und Duwynt dabei helfe, den Kreis vorzubereiten?«

Er drehte sich um und schaute durch das Turmfenster auf die Dächer und Zinnen der Feste, die geradezu aus dem Märchen zu stammen schienen. Die Plattform, auf der er stand, lag so weit über der nächsthöheren, daß er den Eindruck hatte, über ihr zu fliegen, anstatt von einem mit Zinnen geschmückten Brustwehr herabzuschauen. Der Himmel über ihm war voller Sterne, die in all ihrer Pracht leuchteten und ihm von ihrem ewigen Platz am Firmament Versprechungen von Magie, Liebe und Hoffnung zuflüsterten. Es waren eine Million Augen, die beobachteten und durch einen klaren Himmel nach unten starrten, der irgendwie dem Nebel trotzte, der die Landschaft rings um die Feste einhüllte. In der Anderswelt hatte man niemals einen freien Blick in irgendeine Richtung außer nach oben. Das Land rings um die Feste war in die Nebel Faerys gehüllt, die aus den Zinnen der Feste Inseln der Wirklichkeit in einem Meer der Träume machten. Dort draußen waren Hügel, Bäume und Flüsse versteckt, das wußte er. Er war über das Land marschiert und geritten, hatte die Bäume gerochen und die kühlen, belebenden Fluten des Wassers gespürt. Und doch schien es so, als seien die Türme das einzig Stoffliche inmitten einer Fata Morgana. Eine Frage der Wahrnehmung? Vielleicht. Vielleicht war ganz Faery eine Frage der Wahrnehmung, ein Ort erfüllter Träume und Wünsche.

Sein dringlichster Wunsch war jetzt, seine Mutter kennenzulernen, und die Erfüllung dieses Wunsches begann damit, ihren Namen in Erfahrung zu bringen. Er wandte sich zum Ritualkreis um.

Duwynt nahm seinen Platz im Norden ein. Fraoch stand im Osten, Gentiano ihr gegenüber. Sobald John seinen Platz eingenommen hatte, würde jeder von ihnen einen Kardinalpunkt besetzen, der wiederum entsprechend der Persönlichkeit, der körperlichen Merkmale und der Übereinstimmung zugeordnet war. Um die Energien besser fokussieren zu können.

»Die Zeit mag hier langsam vergehen«, sagte Gentiano, »aber wir *haben* nicht *ewig*.«

Gentiano hatte recht. Seine Freunde waren hier, um ihm zu helfen. Eine weitere Verzögerung wäre sowohl sinnlos als auch unhöflich gewesen. Was er zu gewinnen hoffte, ließ sich nur durch die Vervollständigung des Rituals gewinnen.

John betrat den äußeren Rand des Kreises und schloß ihn hinter sich, bevor er in die Mitte ging. Der Kristall befand sich bereits dort. Er lag in einer kleinen Kohlenpfanne, die aus Silberstäben in der Gestalt von Ranken geschmiedet war. Unter jedem der drei Beine der Kohlenpfanne lagen kleine Erdhaufen. Er hob den Kristall auf und über den Kopf, um ihn den Sternen zum Anblick darzubieten. Er legte ihn wieder hin, zog das gereinigte Messer aus seiner Gürtelscheide und stach sich mit der Spitze in den Finger. Blut quoll hervor. Er ließ einen Tropfen auf den Kristall fallen. Nur einer war nötig, um John mit dem Kristall zu verbinden. Er sprach die Worte, um die Verbindung zu energetisieren, und zog sich dann auf seinen Platz im Süden zurück.

John blieb einen Augenblick lang reglos stehen und sammelte seine Kräfte und seinen Willen. Dies war eine komplizierte Zauberei, und er wollte keinen Fehler machen. Fehler waren gefährlich und als Ritualmeister würde er bei einem Rückprall der Energien das meiste abbekommen.

Er begann langsam, wie seine Lehrer es ihm beigebracht hatten, indem er die Energie sammelte und kanalisierte, um sie dann dazu zu benutzen, mit seiner Wahrnehmung vom gewöhnlichen Gefilde Faerys in die übernatürlichen Felder zu wechseln, wo die Magie floß. Ringsumher schien der Turm sich zu erheben und sie zu den Sternen zu tragen, bis sich der größte Teil der Feste unten im Nebel verlor und es den Anschein hatte, als existiere der Rest des Universums vielleicht gar nicht.

Er betrachtete den Gegenstand ihrer Bemühungen.

Der Kristall sah jetzt anders aus, blaß und schlicht. Die Facetten, die die Feinheiten des Lichts eingefangen und gehalten hatten, waren verschwunden. Verschwunden waren auch die zierlichen Formen der silbernen Fassung, die einem matten, unattraktiven Ring gewichen waren. Er verspürte plötzlich das Bedürfnis, den Blick abzuwenden, um anderswo etwas Interessanteres zu finden, doch die Energie des Rituals war stark und ihm war klar, daß er die Wirkung eines Illusionszaubers erlebte. Er unterdrückte das Bedürfnis, doch das uninteressante Äußere des Kristalls blieb. Mochte er sich noch so bemühen, er konnte keinen Fehler in diesem vollkommenen Bild finden.

»Er ist gut geschützt«, sagte er zu seinen Freunden.

»Gäbe es kein Geheimnis, gäbe es auch keinen Grund, ihn zu schützen.« Fraoch klang aufgeregt. »Streng dich an, Jack.«

Das tat er, doch ohne Erfolg. Wo er auch ansetzte oder sondierte, er wurde zurückgewiesen. »Ich brauche mehr Kraft.«

»Wir sind hier, um dir zu helfen, Jack«, erinnerte ihn Fraoch und streckte die Hand aus.

Er nahm ihre Hand und auch Gentianos. Die beiden nahmen Duwynts Hände. Die vier verbanden sich und bündelten ihre Energie unter Johns Führung gegen den Zauber, der den Kristall umgab.

Es reichte immer noch nicht, um den Schutzwall rings um den Kristall zu durchbrechen.

Teufel! Es mußte einen Weg geben, die Mauer aus Leere zu durchdringen. Die Unauffälligkeit des arkanen Bilds vom Kristall war eine Lüge. Der Kristall konnte unmöglich so schlicht sein. Er hatte ihn gesehen, ihn berührt und eine ausgeprägtere Struktur gespürt. Er wußte, was Bennett ihm gegeben hatte, und dieses Geschenk entsprach nicht dem, was er in der Kohlenpfanne liegen sah. Er wußte…

Er sah eine Antwort. Es *gab* eine Möglichkeit, die Leere zu durchbrechen. Er hatte eine Schwachstelle in dem Zauber gefunden, und diese Schwachstelle lag in der Natur des Kristalls und seiner Beziehung zu John. Bennett hatte ihm den Kristall gegeben. *Ihm gegeben.* Diese Tatsache war der Schlüssel dafür, die Zauber zu umgehen, die die Geheimnisse des Kristalls schützten. Nicht alle Handlungen haben eine magische Bedeutung, hatte Bennett einmal zu ihm gesagt. Doch viele Handlungen, wahrscheinlich die meisten, konnten dazu gebracht werden, solch eine Bedeutung zu erhalten. Da ihm der Gegenstand gegeben worden war – freiwillig –, waren ihm auch die Geheimnisse gegeben worden, die der Gegenstand enthielt. Das eine war das andere. Der Kristall gehörte jetzt ihm. *Ihm!*

Das blasse arkane Bild des Kristalls ging in das leuchtende, scharfkantige Bild über, an das er sich erinnerte. Das Netz der silbernen Einfassung leuchtete im Feuer der Sterne.

Doch keine Schrift erschien. Keine Antworten kamen ihm in den Sinn. Kein Name – nirgendwo ein Name.

Es konnte kein Betrug sein! Unmöglich!

Doch halt! Da *war* etwas – schwach, aber vorhanden. Das Gefühl der Anwesenheit einer Person. Keine, die er kannte, aber eine, die irgendwie mit ihm verbunden war.

Seine Mutter?

»Hast du es, Jack?«

Fraochs Stimme riß John aus der schwachen Wahrnehmung heraus. Sein Blick wechselte vom Übernatürlichen zum Gewöhnlichen. Was er hinter Fraoch sah, gehörte nicht zu dem von ihnen beabsichtigten Ritual.

Shahotain hockte auf einer Brustwehr. Kaltes Sternenlicht funkelte auf den silbernen Beschlägen seiner Kleidung und in seinen schillernden Augen. Seine bleichen Haare wehten im Wind und sahen wie ein Flammenhalo um seinen Kopf aus. Er hätte der in Leder gekleidete Rachegeist des Motorradfahrers aus *Interstate 666* sein können. Aber das war er nicht – er war Shahotain und sah ebenso grimmig und beängstigend aus wie bei Johns erster Begegnung mit ihm.

Er sprang auf den Holzboden des Turms und schritt in den Ritualkreis. Seine Anwesenheit, die weder geplant noch vorhergesehen war, ließ den Zauber bersten. Energie knisterte rings um die Grenzen des Kreises und zuckte nackt und unkontrolliert nach oben. Als Ritualmeister war es Johns Aufgabe, diese Energien im Zaum zu halten. Er versuchte sie in der Form zu bewahren, die er in Gedanken aufgebaut hatte. Gentianos Hand verließ seine, dann spürte er, wie Fraochs Hand sich aus seiner löste.

Nein!

Der Rückprall umtoste ihn, blendete ihn für alles außer dem gleißenden Schein der Energien, die sich befreien wollten. Er rang mit ihnen, versuchte sie in die Erdung des Kreises abzuleiten. Ihre Hitze brannte auf seiner Haut. Feuer kreiste durch seine Adern und drohte ihn zu verzehren. Durch den Verlust des Kontakts mit seinen Freunden hatte er wenigstens die Hände frei, um die Gesten beschreiben zu können, die es ihm ermöglichten, seine geistigen Kräfte zu bündeln, und ihm so halfen, die Energien einzudämmen. Als er die Gesten beschrieb, um die Kräfte zu formen, zuckten seine Hände. Zitterten. Er verlor die Kontrolle! Sein Rücken verkrampfte sich! Sein Kopf wurde nach hinten gerissen. Er konnte die Energien nicht mehr halten! Er –

Flog.

War…

Schlug gegen die Brustwehr. Er schrie auf, als das Gestein sich in seinen Rücken bohrte und scharfe Kanten auf der Suche nach Knochen – und in dem Bestreben, ihn zu zerteilen – durch Kleidung und Haut schnitten. Einen Augenblick lang hing er über der Brüstung, durchgeschüttelt von der tobenden Gewalt des Rückschlags der Energien, bis sich seine rudernde Hand an einer Zinne festklammerte. Er zog sich wieder auf den Boden des Turms, nur um dort auf die Knie gerissen zu werden. Ihm drehte sich alles, und in seiner Verzweiflung gab er den aussichtslosen Versuch auf, die Energien zu halten, um mit seiner verbliebenen Willenskraft auf sie einzuschlagen. Irgendwie gelang es ihm, die wildgewordenen Energien in eine Form zu hämmern, die er begreifen konnte. Langsam und unter Schmerzen zwang er sie unter seine Kontrolle zurück und leitete sie in die arkanen Senkgruben ab, in denen der Kreis verankert war.

Erschöpft fiel er nach vorn. Sein Gesicht schlug auf den Holzboden, doch er spürte die Splitter kaum, die sich in seine Wange bohrten. Er wollte schlafen, mußte aber wissen, ob seine Freunde wohlauf waren. Er stellte fest, daß er dazu die Augen öffnen mußte. Das war schwierig. Er wollte vor den Vorschlaghämmern davonlaufen, die auf seinen Schädel einschlugen. Es wäre so viel leichter gewesen zu schlafen. Aber jetzt noch nicht – er mußte wissen, was passiert war. Er zwang sich hoch auf die Ellbogen, aber es bedurfte dennoch seiner ganzen Willenskraft, seine Augenlider dazu zu bewegen, sich zu heben.

Er sah Shahotain in der Mitte des Kreises stehen und den Kristall in der Hand halten.

»Morgana.« Shahotains Tonfall drückte Wehmut, Überraschung und Gehässigkeit zugleich aus. Er sah John an. Lächelte. »Ihr verliert. Kein Wunder, daß er sich solche Mühe gegeben hat, die Wahrheit zu verbergen. Diese kleine Information ist Euch zwar teuer zu stehen gekommen, aber ihn wird sie auch teuer zu stehen kommen. Tröstet Euch damit.«

John fühlte sich nicht im geringsten getröstet. Doch

noch war nicht alles verloren. Fraoch stand neben Shahotain, nah genug, um ihm den Kristall zu entreißen. »Fraoch«, flehte John. »Der Kristall.«

»Hat uns mehr verraten, als wir gehofft hatten«, sagte sie. Sie lachte ihn aus. Lachte und schmiegte sich an Gentiano.

»Zeit, daß die Dinge sich ändern«, sagte Gentiano.

John dröhnte der Kopf, ihm wurde schwarz vor Augen. Es konnte nicht sein. Es konnte nicht sein! Seine Freunde... Er hatte eine Gehirnerschütterung, das war es! Er bildete sich Dinge ein, hatte Halluzinationen. Er blinzelte, um die falschen Bilder zu vertreiben, und die Schmerzen ließen ihn beinahe in Ohnmacht fallen. Als er die Augen wieder öffnete, sah er immer noch dasselbe wie zuvor. Fraoch hing an Gentianos Arm und lachte ihn aus. Gentiano lachte ebenfalls.

Er kam sich vor wie ein Idiot.

»Kommt«, sagte Shahotain zu den anderen Elfen. »Wir haben einiges zu tun.«

John war nicht sicher, ob es auf Magie zurückzuführen war oder auf seine schwindenden Sinne, aber Shahotain, Fraoch und Gentiano schienen einfach zu verschwinden. Duwynt blieb und starrte ihn an.

»Wieder eine überraschende Wendung für den armen, ausgenutzten Wechselbalg.« Er schüttelte den Kopf. »Morgana. Ich wäre nie darauf gekommen. Ich dachte wirklich, du wärst sein Erbe. Jetzt wirst du gar nichts erben. Mit ihr als Mutter ist kein Platz für dich am Hof, und das kann selbst Bennett mit all seinen schönen Worten nicht ändern. Welche Pläne er auch mit dir gehabt hat, jetzt liegen sie in Trümmern, aber schließlich gilt dasselbe für deine Zukunft. War es das wert?«

Dann war er ebenfalls verschwunden.

John wälzte sich herum und schaute zu den verräterischen, verlogenen Sternen Faerys hinauf. Er schloß die Augen. Er wollte sie nicht mehr sehen.

Er kam sich so *dumm* vor!

Außerdem war ihm schlecht. Er wälzte sich gerade noch rechtzeitig auf den Bauch, bevor er sich übergab. Danach blieb er lange Zeit so liegen, da er befürchtete, es noch einmal zu tun. Als er einigermaßen sicher war, daß dem nicht so war, kam er zittrig auf die Beine. Er warf einen Blick auf die geschwärzten Linien des Ritualkreises und die verbogenen, halb verkohlten Überreste der Kohlenpfanne. *Es gibt ganz sicher keinen Grund mehr, hier oben zu sein.* Er taumelte die Treppe hinunter.

Alles war ruhig. Er traf niemanden auf dem ersten Absatz, sah niemanden im Korridor. dasselbe auf dem nächsten Absatz und demjenigen danach. Wo waren alle?

Nicht, daß er jemanden sehen wollte.

Sein Rücken schalt ihn Lügner und sagte ihm, daß er in der Tat jemanden sehen mußte: einen Arzt. Einer der Bogies konnte ihm einen Arzt holen. Wenn er einen der Bogies finden konnte. Sogar in der großen Halle war niemand. Die Feste war leer, hohl. So hohl, wie John sich fühlte. Das war ihm nur recht. Aber die Feste war ohnehin kein Ort mehr für ihn. Er mußte raus aus der Feste, er mußte weg.

Er ging zu den Ställen, bereit, überallhin zu reiten, wohin sein Roß ihn bringen würde, doch sein Roß war ebenfalls verschwunden. Keiner der Ställe war belegt, was ihn nicht überraschte.

Er war allein gelassen, von allen verlassen worden.

Jetzt wirst du gar nichts erben. Bennetts Versprechungen waren nur noch Abfall. *Kein Platz für dich.* Johns Leben war ihm wieder geraubt worden.

Er mußte anderswohin, irgendwohin.

Er schleppte sich über den Hof und ging dann schwankend durch das offene Tor. Bei jedem Schritt hatte er das Gefühl, er reiße sich den Rücken auf, aber es war ihm gleich. Ihm war nur wichtig, aus der Feste zu kommen.

Der Weg führte hügelabwärts. Ihm gefiel, daß er dadurch schneller vorankam. Er wollte noch schneller gehen, aber zu mehr als einem zügigen Marschtempo reichte es nicht. Es war ihm egal, daß er nicht wußte, wohin er ging. Der Nebel Faerys schloß sich um ihn, aber er bemerkte es kaum. Sein Blickfeld war grau, seine Gedanken waren selbst umnebelt. Schneller. Weiter. *Das* war wichtig. Er mußte weg.

Weg.

Weit weg.

Sein Fuß blieb an etwas hängen. Er sah nicht, was es war, weil er eigentlich gar nichts sah. Verdammt, er war in ziemlich schlechter Verfassung. Er stolperte und fiel.

Er fiel lange Zeit.

Kapitel 16

Holger ließ einen Emulator auf das System los und loggte sich dann aus. Er hatte, was er suchte, und seine Suche hatte an mehr als genug Stellen Alarm ausgelöst, um das Peilsignal des Geräts zu aktivieren. Der Emulator würde es noch weitere zehn Minuten so aussehen lassen, als sondiere er das System. Wenn die Federal Security Agency ihrem Ruf gerecht wurde – und er hatte keinen Grund, etwas anderes anzunehmen –, würde ihr Einsatzteam bald eintreffen. Er hatte nicht die Absicht, dann noch anwesend zu sein.

Er überprüfte Puls, Atmung und Temperatur des FSA-Agenten, den sie überfallen hatten. Alle Werte lagen für einen Mann seiner Größe und seines Gewichts im Toleranzbereich. Holger schätzte, daß es noch fünfzehn bis zwanzig Minuten dauern würde, bis die Wirkung der Droge nachließ. Ausgezeichnetes Timing. Linkwater beherrschte sein Fachgebiet.

Der Agent würde sich einer ganzen Menge Fragen ausgesetzt sehen, aber wenn Holgers Team alles richtig gemacht hatte – und er hatte keinen Grund, etwas anderes anzunehmen –, würde der Agent keine gehaltvollen Antworten anzubieten haben. Die Agentur würde wissen, daß ein Anschlag gegen sie über die Bühne gegangen war, aber das Was und Warum würden offen bleiben. Dies würde so viel Verwirrung stiften, daß Holgers Team ausreichend Zeit bliebe, den Auftrag auszuführen. Danach würde die Agentur das Ziel des Teams kennen, aber bis dahin war die Sache längst entschieden.

Linkwater war beim Wagen, aber Pankhurst wartete draußen und hielt Wache. Er schien überrascht zu sein, Holger zu sehen.

»Sind Sie rausgeflogen?« fragte er.

»Nein.« Pankhurst unterschätzte Holger auch weiterhin. Wenn der Mann Feinde ebenso fehlerhaft einschätzte, war Pankhurst eine Schwachstelle im Team.

»Sie können unmöglich fertig sein.«

»Wie vermutet hatten sie eine aktive Datei über Sie.« Holger tippte sich an die Seite seines Kopfes, wo die Speicherchips saßen. »Ich habe die Datei kopiert. Es wird eine Weile dauern, die Verschlüsslung zu knacken, aber wir haben ihre Daten.« Er gab Linkwater das Zeichen, den Wagen zu ihnen zu bringen. »Ich habe noch etwas anderes, das Magnus interessieren wird. Dark Glass ist weiter fortgeschritten, als unser Nachrichtendienst glaubt. Die Amerikaner verfügen über Spezialisten, eine ganze Menge. Ich bin außerdem auf Anzeichen dafür gestoßen, daß sie auch Schläfer haben. Es scheint fast so, als hätten wir unser Monopol verloren.«

»Das ändert nichts an diesem Unternehmen.«

»Nein, es ändert nichts.«

Sie zogen sich in den Unterschlupf zurück, der ihnen als Basis für dieses Unternehmen diente, um es fortzusetzen. Während sie daran arbeiteten, die Verschlüsslung der FSA zu knacken und deren Verbindungen zu ihrer Zielperson aufzudecken, stellte Holger zu seiner Überraschung fest, daß er viel schneller war als Pankhurst. Er kannte die Bewertung des Mannes. Sie entsprach seiner eigenen. Er hatte nicht damit gerechnet, daß das Enzephalo-Chip-Interface tatsächlich einen so großen Unterschied machte, wie die Ärzte behaupteten, aber so war es. Holger war gern im Vorteil. Das hielt einen am Leben.

Sie brauchten Tage, aber sie knackten die Verschlüsslung und waren schließlich in der Lage, sich die FSA-

Akte über ihre Zielperson anzusehen. Die Datenmenge war minimal – in Übereinstimmung mit den offiziellen Antworten der FSA auf die Anfragen der Abteilung –, aber sie bestätigten Aufenthaltsort und Verbindungen. Ihr gegenwärtiges Domizil befand sich in Providence und sie arbeitete für Lowenstein Ryder Priestly & Partner, einer Tochtergesellschaft von Metadynamics.

Metadynamics. Es gab Leute, darunter auch Linkwater, die sagten, der Megakonzern sei praktisch identisch mit der Regierung dieses Landes. Holger glaubte das nicht, aber er war sich der Tatsache bewußt, daß die Bande zwischen Metadynamics und der Regierung in der Tat sehr stark waren. Und bei seinem kürzlichen Streifzug durch die Datenbank der FSA waren ihm die verräterischen Verbindungen zwischen Metadynamics und Projekt Dark Glass auch nicht entgangen. Was ihn verwirrte, war die Tatsache, daß sie keine eindeutigen Verbindungen zwischen der Zielperson und Dark Glass fanden. Es war sonderbar, daß die FSA, die so eifrig bemüht war, sich ihr eigenes Spezialistenteam aufzubauen, nicht zu wissen schien, wen ihre Verbündeten beschäftigten. Pankhurst kam zu dem Schluß, daß es sich bei den geborgenen Dateien um ein Täuschungsmanöver handelte und sie von jedem gefunden werden sollten, dem es gelang, die Sicherheit der FSA zu durchdringen, während die echten Dateien so tief vergraben seien, daß Holger sie nicht habe finden können. Holger war im System gewesen und wußte es besser. So merkwürdig es auch erschien, sie arbeiteten mit authentischen Dateien. Die FSA kannte den Wert ihrer Zielperson ganz einfach nicht.

Aber Holger und sein Team kannten ihn. Nun, da die Verbindung zu Metadynamics aufgedeckt war, hatten sie bestätigt, daß sie eine Sicherheitsgefährdung darstellte. Sie stritten sich über das Ausmaß dieser Gefährdung, aber in einem Punkt waren sie sich einig: Sie mußte der Einflußsphäre von Metadynamics entzogen werden. Falls die Zielperson auch nur den geringsten Widerstand leistete, würden sie den Bergungsversuch sofort einstellen und auf Sanktion wechseln. Spezialisten waren zu unberechenbar, zu gefährlich. Die Eliminierung war der sicherste Weg, doch sie waren dazu verpflichtet, mindestens einen Bergungsversuch zu unternehmen.

Zwei Wochen der Überwachung und Überprüfung ausgewählter Datenbanken boten ihnen eine Gelegenheit. Die Zielperson war mittlerweile Stammkunde bei V. Price, Antiquarische Buchhandlung. Holger war überrascht, daß tatsächlich jemand seinen Lebensunterhalt damit verdienen konnte, richtige Bücher aus Papier zu verkaufen und sonst nichts, aber Pankhursts Überprüfung förderte keine zusätzlichen Einkommensquellen zu Tage. Diese Überprüfungen ergaben außerdem, daß die Zielperson regelmäßig Bücher bestellte und grundsätzlich persönlich abholte. Gegenwärtig hatte sie mehrere Bücher bestellt. Nachdem sie den Standort von V. Price überprüft und festgestellt hatten, daß er ihren Bedürfnissen entsprach, zapften sie V. Prices Datenleitung an, um unterrichtet zu sein, wenn die nächste Bestellung der Zielperson eintraf. Holger machte seinen Plan aktenkundig und bekam die Genehmigung von Magnus persönlich.

Sie warteten.

Der Tag kam. Ihre Zielperson ging die Westminster Street entlang durch die kühlen Schatten des Spätnachmittags. Sie trug einen Geschäftsanzug, der um diese Uhrzeit auf den Straßen nicht fehl am Platz wirkte, obwohl sich das bald ändern würde. Sie hätte irgendein Pinkel sein können, der kurz vor Büroschluß noch einen Botengang erledigte, wäre ihr Gehstock nicht gewesen. Der Gehstock war eine sonderbare Note, die Holger an eine andere Zeit erinnerte.

Wanderausflüge in den Hügellandschaften Englands. Bewölkter Himmel, kühler Wind.

In dieser Situation gewiß nichts, worüber er sich den Kopf zerbrechen sollte. Sie hatten etwas zu erledigen. Die Zielperson war gesichtet worden und es schien an der Zeit, das Unternehmen zu beginnen. Er und Pankhurst gingen über die Orange Street zum zweiten Eingang des Gebäudes, in dem V. Price, Antiquarischer Buchhändler untergebracht war. Linkwater befand sich bereits im Gebäude und auf Holgers Signal betrat er V. Price, offenbar um zu schmökern.

Während er die Treppe erklomm, die vom Gehsteig empor führte, fiel Holgers Blick wiederum auf die Bronzetafel, die besagte, daß es sich bei diesem Gebäude um die älteste überdachte Einkaufsgalerie des Landes handelte. Das mochte schon sein, aber es hatte kaum Ähnlichkeit mit dem, was er eine Galerie nennen würde, da es sich um ein schmales Gebäude handelte, das sich nur über einen einzigen Block erstreckte. Die Zeiten hatten sich für das Wirtschaftsleben geändert und bald würden sie sich auch für ihre Zielperson ändern.

Wie brave Bürger nickten er und Pankhurst, als der Mann vom privaten Sicherheitsdienst sie darüber informierte, daß das Tor in fünfzehn Minuten geschlossen werde. Der Wachmann hatte bereits den Aufbewahrungszylinder für das zusammengefaltene Secure-M-Maschengitter geöffnet, mit dem er den Eingang versiegeln würde. Die Geschäftsleitung gestattete kein Straßenvolk in der Galerie, und das Wachpersonal machte jeden Abend einen Kontrollgang, um Straßenbewohner nach draußen zu scheuchen, bevor die Galerie geschlossen wurde.

Bevor das geschah, würde das Team seinen Auftrag erledigt haben.

Pankhurst trennte sich noch im Eingang von ihm und trat ins Treppenhaus. In dem Gebäude gab es Fahrstühle, Meisterwerke veralteter Technik, aber sie waren nur an Feiertagen und bei besonderen Anlässen in Betrieb. Holger ging durch den Hauptflügel und täuschte dabei hier und da Interesse an den Auslagen in den Schaufenstern vor. Er warf keinen einzigen Blick auf V. Price, da er sich alle wichtigen Einzelheiten eingeprägt hatte.

Es gab drei öffentlich zugängliche Etagen, das Erdgeschoß, sowie zwei Ebenen darüber, jede im Vergleich zu der darunter etwas nach hinten versetzt. Nur im Erdgeschoß und in der ersten Etage gab es Geschäfte. Die anderen Einrichtungen waren Büros und hatten bereits geschlossen. Die oberen Ebenen waren keine richtigen Etagen wie das Erdgeschoß, sondern bessere Balkone, kaum breiter als die Gehsteige draußen, die von schäbigen Metallgeländern mit abblätternder Farbe begrenzt wurden. An jedem Ende gab es eine Möglichkeit, die Seite zu wechseln, und einen Zugang zum Treppenhaus. Er erklomm die Treppe auf der anderen Seite des Eingangs, den Pankhurst und er benutzt hatten, diejenige, die auch die Zielperson genommen haben würde.

Er blieb eine Stufe vor dem Absatz im Schutz der Düsternis des Treppenhauses stehen. Nicht, daß die offenen Bereiche gut beleuchtet waren. Ursprünglich hatte Licht durch eine Reihe von Oberlichtern im Dach des Atriums einfallen sollen, aber die uralten Milchglasscheiben waren durch Leuchtstoffplatten ersetzt worden. Mittlerweile waren die Platten alt und es mangelte ihnen an der Helligkeit, die von lebensfähigen Einkaufszentren vorgezogen wurde. Atmosphärisch, behaupteten die Werbestrategen der Galerie, aber ihre fröhlichen Sprüche trugen wenig dazu bei, die Galerie lebensfähig zu erhalten. V. Price war einer der wenigen Läden, die noch versuchten, auch über den Nachmittag hinaus und nach dem Abzug der die Mittagspause ausnutzenden Berufstätigen geöffnet zu haben.

Alles sehr günstig für das, was ihm vorschwebte.

Er wartete. Pankhurst wartete ebenfalls, auf der gegenüberliegenden Treppe. Es gab keine Einkaufsbummler, die sie störten. Sehr günstig.

Ein Summen hinter Holgers Ohr verriet ihm, daß ihre Zielperson dabei war, den Laden zu verlassen. Linkwater leitete den nächsten Schritt ihres Unternehmens ein. In den Geschäften, die noch geöffnet hatten, klingelte jetzt das Telefon. Die Computerprogramme, die diese Anrufe tätigten, waren nicht besonders schlau, aber doch hoch genug entwickelt, um den jeweiligen Empfänger des Anrufs ein paar Minuten lang zu beschäftigen und die Aufmerksamkeit der Ladenbesitzer auf das Innere ihrer Geschäfte zu konzentrieren. Linkwater selbst würde das Personal des Buchladens ablenken. Das Timing war gut. Die einzige Person in Sichtweite war eine Spätheimkehrerin, die zum Treppenhauszugang in der oberen Etage auf der gegenüberliegenden Seite des Gebäudes unterwegs war. In wenigen Sekunden würde sie außer Sicht sein.

Die Tür des Buchladens öffnete sich und die Zielperson kam mit einem in braunes Papier eingewickelten Päckchen unter dem Arm nach draußen. Sie hatten nicht vorhersehen können, auf welchem Weg sie die Galerie verlassen würde, also waren sowohl er als auch Pankhurst darauf vorbereitet, den Kontakt herzustellen. Er streifte seinen Handschuh über und betätigte den Mechanismus, der die kleinen Nadeln ausfuhr. Die Nadeln enthielten ein Schlafmittel, nicht genug, um die Zielperson auszuschalten, aber eine ausreichende Menge, um sie gefügig zu machen.

Die Zielperson drehte sich um und ging Pankhurst entgegen, der sich bereits zu ihr in Bewegung gesetzt hatte. Holger, jetzt in der unterstützenden Rolle, rückte vor, um seinen Job zu erledigen. Pankhurst blieb drei Meter vor der Zielperson stehen und sprach sie an.

»Guten Abend, Dr. Spae.«

Die Tatsache, daß ein Fremder sie mit ihrem Namen anredete, erzielte die vorhersehbare Wirkung. Sie blieb stehen, zögerte.

Die Tatsache, daß ihr Name laut ausgesprochen wurde, hatte auch auf Holger eine Wirkung. Irgendwas stimmte nicht. Er blieb stehen. Spae. Ihr Name. Der Name eines Menschen. Sie stand vor ihm, ein richtiger Mensch. Die Vorstellung wirbelte seine Gedanken durcheinander. Sie war wirklich. Die sichere Bezeichnung ›Zielperson‹ traf nicht mehr zu.

»Ich bin von der Abteilung, Doktor«, sagte Pankhurst. »Wir wollen Sie zurück.«

Spae wich einen Schritt zurück. Ihr Kopf fuhr herum. Sie würde sich überzeugen wollen, wie tief sie in der Falle saß. Sie bemerkte ihn und schaute an ihm vorbei. Auf die Treppe. Er stand zwischen ihr und der nächsten Treppe. Sie wandte sich wieder an Pankhurst. »Angenommen, ich will nicht mitkommen.«

»Ihre Wünsche sind in dieser Angelegenheit irrelevant. Die Rückkehr ist Ihnen nicht freigestellt.«

»Soll heißen?«

Pankhurst lächelte – kein sehr beruhigendes Lächeln. »Soll heißen, es wäre besser für Sie zu kooperieren.«

»Oder was? Sie schlagen mich mit einer Keule nieder und schleifen mich an den Haaren zurück. Diese Steinzeitmethoden sind der Grund, warum ich gegangen bin.«

Sie schwang ihren Gehstock aufwärts, Pankhursts Schritt entgegen. Er tänzelte rasch zurück und außer Reichweite. Spae fuhr herum und lief Holger entgegen. Die Zielperson versuchte zu fliehen. Er setzte sich in Bewegung, um ihr den Weg zu versperren. Seine Handlungsweise war vorhergesehen worden. Blaues Feuer züngelte ihren Gehstock empor.

Holger blieb wie angewurzelt stehen. Sein Gedächtnis flackerte wie eine Kerze. Er hatte so etwas wie diesen in blaues Feuer gehüllten Gehstock schon einmal gesehen. Züngelnde Flammen tanzten vor seinen Augen. Zuckten vor. Flammen, die nach einem –

Feind!

Ja, die nach einem Feind griffen, daran erinnerte er sich.

Sie ist der Feind!

Er sah arkanes Feuer ausgreifen. Verbrennen. Verbrennen…

Ihn! Sie würde ihn töten!

Nein! Ein Ding verbrennen, das ihn quälte, das ihn töten wollte.

Sein Kopf war zum Bersten angefüllt mit einander widersprechenden Bildern.

Schieß! Hasse den Feind, der Feind haßt dich. Nein, sie half ihm. *Ziel. Feind. Spae.* Sie half ihm.

Er taumelte unter dem Ansturm.

Das Geländer traf ihn schwer in den Magen. Er krümmte sich darüber. Der Boden schien sehr nah zu sein, die Fliesen drehten sich vor seinen Augen. Er hatte das Gefühl zu fallen, aber er spürte noch immer das harte Geländer an seinem Bauch. Er schloß die Augen und versuchte den Schwindelanfall zu unterdrücken. Ihm schwirrte der Kopf. Mit einem Gefühl der Hilflosigkeit hielt er sich am Geländer fest. In seinem Kopf jagten sich Visionen von blauen, sengenden Flammen.

Warum hatte sie ihn nicht verbrannt?

»Kun?«

Ihre Stimme. Besorgt. Das ergab keinen Sinn.

Sie ist der Feind! Spae ist das Ziel!

Er zwang sich, den Kopf zu drehen und sie anzusehen. Sie schüttelte den Kopf, und auf ihrem Gesicht spiegelten sich Unglaube, Besorgnis und andere, weniger leicht erkennbare Gefühle wider.

»Sie sind es tatsächlich.« Sie starrte ihn an, durchdringend, sondierend. Er fühlte sich nackt unter ihrem Blick. »Mein Gott, Kun. Was hat man Ihnen angetan?«

Verwirrt.

Sie ist der Feind!

Sie hatte ihm geholfen, ihn gerettet.

Pankhurst war hinter ihr. Er hatte seine Waffe gezogen. Nein, es war nicht *seine* Waffe. Pankhurst trug eine ganz gewöhnliche Glock. Die Waffe, die er im Anschlag hatte, war eine Arisaka Enforcer. Holger hatte nicht gewußt, daß Pankhurst so eine bei sich trug.

Irgendwas stimmte nicht. Verdammt, er wünschte, er hätte klarer denken können. Irgendwie, irgendwo hatte diese Frau Holger gerettet. Die Erinnerungen waren nicht klar, aber sie waren wirklich. Er konnte nicht zulassen, daß sie hinterrücks erschossen wurde.

Sein Arm zuckte hoch und fegte Spae aus dem Weg. *Beweg dich!* Feuer erleuchtete den Lauf der Arisaka. In Holgers Schulter explodierte der Schmerz.

Pankhurst fluchte. »Ich habe ihnen gesagt, man hätte Sie als Fehlschlag auf den Müll werfen sollen.«

Der Schieber von Pankhursts Waffe beförderte die nächste Patrone in die Kammer. Holger jagte über den Gehweg. Die Mündung der Enforcer folgte ihm, und Pankhursts Abzugsfinger krümmte sich. Der zweite Schuß ging daneben.

Holger erkannte einen Feind, wenn einer auf ihn schoß.

Er hechtete zur Wand. Er zog seine Glock und betätigte dabei den Wählhebel. Pankhurst schoß erneut und verfehlte ihn wiederum. Holger bewegte sich zu schnell für ihn. Holger zielte tief, auf eine Stelle unterhalb des Saums von Pankhursts kugelsicherem Mantel, und drückte ab. Er leerte das Magazin in einem breit gefächerten Feuerstoß. Pankhurst schrie auf, als er von mindestens einer Kugel ins Bein getroffen wurde. Er ging zu Boden.

Aber er war noch nicht erledigt.

Holger war auf den Beinen und bei Pankhurst, bevor der Mann seine Waffe wieder auf ihn richten konnte. Holgers linke Hand schloß sich um den Lauf. Er war heiß. Mit einer einzigen Drehung seines Oberkörpers entriß er Pankhurst die Waffe und rammte ihm die steifen Fingerspitzen seiner anderen Hand gegen die Brust. Pankhursts Finger und Brustbein brachen praktisch im gleichen Augenblick.

Bedrohung neutralisiert.

Holger atmete schwer, keuchte beinahe. Nicht vor Anstrengung. Wenn Pankhurst sich gegen ihn gewandt hatte, dann...

Linkwater erschien mit der Waffe in der Hand in der Tür von V. Price.

Holger ließ ihm keine Zeit, sich auf die Lage einzustellen. Er riß Pankhursts Pistole hoch und schoß auf Linkwater. Drei Schüsse, keine Experimente. Linkwater glitt am Türrahmen herab und verschmierte ihn mit Blut und Hirnmasse.

Bedrohung neutralisiert.

Holger atmete immer noch schwer. Spae war gestürzt, als er sie aus Pankhursts Schußrichtung gestoßen hatte. Sie lag noch da und starrte ihn an. Er konnte Angst in ihren Augen erkennen. Und Unsicherheit. Sie war nicht sicher, was er als nächstes tun würde. Er selbst war auch nicht sicher.

Er wußte, daß er soeben einen Mann und höchstwahrscheinlich noch einen zweiten getötet hatte, um sie – oder vielleicht sich selbst? – zu retten, und dennoch dachte er jedesmal, wenn er sie ansah: *Feind*. Und er wußte mit absoluter Sicherheit, daß diese Gedanken falsch waren. Männer mit Laserskalpellen zerschnitten sein Gehirn in winzige Fasern.

»Verschwinden Sie von hier«, sagte er. Ob um ihretwillen oder um seinetwillen, wußte er nicht. »Sofort!«

»Was ist mit Ihnen?«

»Ich komme schon zurecht.« Ja, sicher. Die Stimme in seinem Kopf schrie immer weiter, daß sie ein Feind war. »Gehen Sie. Die Behörden werden bald kommen. Sie wollen ganz gewiß nicht mehr hier sein, wenn sie eintreffen.«

Oder wenn ich anfange, auf die Stimme zu hören.

»Kommen Sie mit mir«, sagte sie.

»Das wäre nicht ratsam.«

Feind!

Nein! Kein Feind! Nein!

»Sie können jetzt nicht mehr zu ihnen zurück«, sagte sie zu ihm.

Zurück zur Abteilung? Nein, damit war er fertig, ganz gleich, was er als nächstes tat.

Dr. Spae machte keine Anstalten zu verschwinden.

Alternative Lösung.

Eliminiere Bedrohung.

Nein!

Er sprang über das Geländer. Der Fall war nicht so tief. Er landete, rollte sich ab und war kaum wieder auf den Beinen, als er auch schon losrannte. Geradewegs – hinaus in die hereinbrechende Nacht.

Teil 2

ÜBERGANG

Kapitel 17

John brauchte nicht die Augen zu öffnen, um zu wissen, daß er sich wieder in der sonnenbeschienenen Welt befand. Er konnte es riechen und hören. Die absonderliche Mischung aus altem Urin, Müll, Autoabgasen, Chemie und anderem giftigen Zeug war ein Gestank, den es in der Anderswelt nicht gab. Die Geräusche waren ebenfalls charakteristisch: Sirenen, entfernter Verkehrslärm, die Töne von einem Dutzend nicht zueinander passender Unterhaltungsmelodien, das Summen und Knistern einer gestörten Straßenlaterne. Alles sehr vertraut.

Er erinnerte sich, mit dem brennenden Verlangen, anderswo, irgendwo zu sein – aus der Feste gelaufen zu sein. Er konnte sich denken, was geschehen war. Dieses Verlangen hatte sich um ihn gelegt und ihn unbewußt – oder vielleicht auch nicht – über die Grenze zwischen den Welten gebracht. Das Überwechseln von seiner Welt zur anderen war nicht leicht und hatte ihn all seiner ihm noch verbliebenen Energie beraubt. Er mußte zusammengebrochen sein, kaum daß er in der sonnenbeschienenen Welt angekommen war. Er war immer noch nicht wieder ganz bei sich.

Er lag auf dem Rücken, der höllisch weh tat, und das nicht nur infolge der scharfkantigen Unebenheit, auf der er lag. Dem Druck nach zu urteilen, der auf ihm lastete, war er halb in stinkendem Müll begraben. Selbst nur weggeworfener Abfall.

Aber er war nicht allein. Jemand zog an seinem Bein. Finger fummelten an den Verschlüssen seiner Stiefel herum.

»Komm schon, du stinkende Leiche, die kannst du doch nicht mehr brauchen. Gib her!«

Er wurde herumgewälzt. Das gefiel John nicht. Es gefiel ihm überhaupt nicht. Er zog das andere Bein an und trat zu, wobei er auf die Stelle zielte, wo er das Gesicht des Quälgeists vermutete. Er traf. Wuchtig. Ein Schmerzensschrei erscholl, und die Hände ließen ihn los.

John schlug die Abfälle weg, die ihn bedeckten, und rappelte sich auf. Er hörte, wie der Plünderer dasselbe tat. John war schneller. Kurz darauf ragte er über der Sprawlratte auf und betrachtete den Mann, der ebenso dreckig aussah, wie er roch. Die Miene des Mannes drückte ein Gefühl irgendwo zwischen Überraschung und Furcht aus, aber seine Augen funkelten wie die einer in die Enge getriebenen Ratte.

»Du bist einer von diesen Freaks von der Anständigen Ordnung.« Er keuchte, da die Angst eindeutig die Oberhand gewann.

»Ich weiß nicht, wovon du redest«, sagte John wahrheitsgemäß.

»Na, mich kriegst du nicht.« Der Mann knurrte und zeigte dabei gelblich verfaulte Zähne. Er stützte seine Aussage dadurch, daß er ein Messer unter seinem Mantel hervorholte. Er wedelte damit herum, so daß die Klinge im Licht aufblitzte. Sie wirkte sehr lang, spitz und scharf.

Der Anblick des Messers schüchterte John nicht ein, wie es augenscheinlich beabsichtigt war. Er erzürnte ihn. Für wen, zum Teufel, hielt dieser Penner sich? John gab ihm den Stiefel, hinter dem er hergewesen war, und zwar direkt unter das Kinn. Die Sprawlratte kippte hintenüber, das Messer flog in hohem Bogen davon. Diesmal blieb der Bursche am Boden.

John wäre ebenfalls beinahe zu Boden gegangen. Sein Rücken schien in Brand zu stehen. Der Tritt hatte seine Rückenverletzung belastet. Der Zusammenprall mit der

Brustwehr der Feste hatte seinen Rücken übel zugerichtet. Fetzen seines Wamses klebten in der Wunde. Es gelang ihm, das Wams auszuziehen, ohne die Verletzung zu sehr zu verschlimmern. Die Rückseite des Kleidungsstücks hing in Fetzen. Das Wams war ein Geschenk von Fraoch – und jetzt ruiniert.

Wie so vieles.

Er würde der Beziehung mit dem elfischen Miststück noch etwas Positives abgewinnen. Er riß die Überreste des Wamses in Streifen und wünschte sich dabei, es wäre Fraoch, die er in Stücke riß. Sie hatte ihn ausgenutzt, zum Vergnügen ihres Herrn und Meisters Shahotain mit ihm gespielt. Und Shahotain…

Gott, was für ein blinder Idiot John gewesen war.

Wenigstens befand er sich nicht mehr in der Anderswelt.

Obwohl er nicht wußte, *wo genau* er eigentlich war. Er stand mitten auf einem Platz von der Größe eines Häuserblocks, der voller Bauschutt lag. Er konnte einen Zaun aus Brettern und Pfosten erkennen, der das Gebiet eingrenzte und den leeren Platz von der Umgebung trennte. Kleine Berge von Müll, Schrott, Schutt und Drogenabfällen – eine Menge Drogenabfälle – belegten, daß dieses Gebiet als Müllhalde benutzt worden war. Und dem Zustand eines Teils des Mülls und den Halden anonymer dunkler Plastiksäcke nach zu urteilen, die am Zaun lehnten, immer noch als solche benutzt wurde. In einer Ecke des Platzes stand eine Fertigbaracke, wie sie auf Bauplätzen üblich waren.

Jenseits des Zauns konnte er Häuser erkennen, von denen die meisten dunkel schienen, doch hier und da zeigte ein Licht, daß zumindest einige davon trotz des verfallenen Aussehens noch bewohnt waren. Einige von den übrigen mit ihren vernagelten Fenstern, durch die der unregelmäßige Schein von Lampen fiel, die von illegal abgezweigtem Strom versorgt wurden, sahen aus, als seien sie von Obdachlosen in Beschlag genommen worden. Das schrille, gackernde Lachen von jemandem auf Bubble hallte durch die Nacht. Er konnte sich denken, daß dies keine der freundlicheren Gegenden im Nordost-Sprawl war.

Er wußte nicht genau, wo er sich befand, was angesichts der Größe des Sprawls keine Überraschung war, aber ihm fiel doch etwas an der Gegend auf. Er konnte überall ringsumher das Spiel der Magie spüren. Sein Aufenthalt in der Anderswelt hatte ihn für diese Dinge empfänglicher und offener für das gemacht, was seine Lehrer *Shai* genannt hatten, das Gefühl der Bewußtheit. Wo er auch war, er war sich *bewußt*, daß es sich um einen Ort handelte, wo die Mauern zwischen den Welten dünner waren.

Zum Glück.

Was er getan hatte, war dumm gewesen. Der blinde, stümperhaft erzwungene Übergang hätte ihn in große Schwierigkeiten bringen können. Lorenoth hatte ihm einmal von einem Elf erzählt, der den Übergang nicht geschafft hatte. John hätte es ebenso ergehen können, gestrandet in der trostlosen Düsternis zwischen den Welten, bis er den Verstand verloren hätte und zu einem grauen Gespenst geworden wäre, das die Randgebiete der Welten heimsuchte, ohne je in der Lage zu sein, etwas Reales zu berühren.

Der Bubbleträumer lachte wieder. *Genau so,* dachte John. So hätte er enden können, ohne etwas, das ihn in der wirklichen Welt verankerte – in einer der beiden Welten. Die Vorstellung ängstigte ihn und weckte in ihm das Verlangen, woanders zu sein.

Er gab den Versuch, seinen Rücken zu verbinden, als hoffnungslos auf. Die Fetzen seines Wamses wären ohnehin ein armseliger Verband gewesen. Vielleicht war es besser, die Wunden nicht zu bedecken.

Der Wind frischte auf, suchte in den Müllhaufen nach

Dingen, die leicht genug waren, um weggetragen zu werden. Seine Berührung auf der Haut war nicht unangenehm – ein weiterer Vorteil des *Shai*. Er spürte die Kälte nicht mehr so wie früher – aber sie erinnerte ihn daran, daß er nicht für die Straße gekleidet war. Daß er so offensichtlich verwundet war, machte ihn zu einer Zielscheibe für menschliche Raubtiere, und in dieser Nacht hatte er bereits genug mitgemacht.

Die Sprawlratte, die ihn hatte ausplündern wollen, trug einen Mantel, eine Art Duster, der dem Burschen ein paar Nummern zu groß, an den Säumen ausgefranst und vom Schleifen über den Boden dreckig war. Es war einmal ein ordentlicher Mantel gewesen. Er hatte harte Zeiten erlebt, aber für John würde er reichen. Während er ihn der Sprawlratte auszog, sagte John: »Du wolltest mich bestehlen. Als ich etwas dagegen hatte, wolltest du mich umbringen. Ich glaube, ich habe eine Entschädigung verdient, findest du nicht auch?«

Die Sprawlratte antwortete nicht. Hätte es wahrscheinlich selbst dann nicht gekonnt, wenn der Bursche bei Bewußtsein gewesen wäre, der Schwellung seines Kiefers nach zu urteilen. Nun, er hatte bekommen, was er verdiente.

John durchsuchte die Taschen des Mantels, fand jedoch nichts Interessantes, abgesehen von der Scheide, die unbeholfen in das Futter eingenäht worden war, dort, wo die Sprawlratte das Messer aufbewahrt hatte. Vorsichtig, um seinen Rücken zu schonen, zog John den Mantel an. Er saß nicht schlecht. Die Ärmel waren ein wenig zu kurz, aber nicht viel. Die meisten Knöpfe waren abgerissen, aber selbst offen würde der Mantel seinen Zweck erfüllen. Er zog die Hülle mit der Diskette darin aus seinem Hosenbund und ließ sie in eine der Manteltaschen gleiten. Es war gut, wieder Taschen zu haben. Er suchte das Messer der Sprawlratte, fand es und schob es in die Futterscheide.

Es schien keinen Grund zu geben, noch länger zu bleiben.

Er trat zu der Baubaracke. Das wenige Licht, das von draußen durch den Zaun fiel, verriet ihm, daß es in dieser Ecke des Platzes vermutlich ein Tor gab. Das verdammte Ding war bestimmt abgeschlossen, aber der Zaun schien dort tiefer, falls er über ihn hinwegklettern mußte.

Über den mit Schutt bedeckten Platz zu gehen, war kein Spaß. Jeder Schritt erinnerte ihn daran, daß er kein graues Gespenst war. Kein Geist hatte je einen Rücken besessen, der so schmerzte. Er brauchte tatsächlich jemanden, der einen Blick darauf warf. Über den Zaun zu klettern, schien mehr und mehr eine schlechte Idee zu sein.

Natürlich war das Tor abgeschlossen.

John starrte finster auf die Kette und das Vorhängeschloß, mit denen das Tor gesichert war. Er brauchte nicht lange, bis er eine Eisenstange fand. Bei seiner Suche fiel ihm ein Schild auf, das an der Baracke lehnte. Große Druckbuchstaben verkündeten SANIERUNGSGEBIET. Das Bild zeigte einen Park mit Bäumen und Büschen und Grasflächen. Es gab sogar einen kleinen Teich, auf dem Enten schwammen. Die Hälfte des Schilds gehörte einer Liste der Konzernsponsoren. John begriff es nicht. Was glaubten die Pinkel, wie lange sich so ein Projekt in einer Gegend wie dieser halten würde? Kopfschüttelnd schob er die Eisenstange durch den Bügel des Vorhängeschlosses und brach es auf. Er ließ das Tor hinter sich weit offen stehen.

Als er am Zaun entlangging, sah er, daß er von außen bereits so von Graffiti verunstaltet war, daß er die inspiratorischen SANIERUNGSGEBIET-Plakate kaum noch von denen unterscheiden konnte, die von Konzernen unterstützte öffentliche Dienste anpriesen. Eines, das weniger übermalt war als die anderen, fiel ihm ins Auge. Es warb für eine von der Pend Foundation unterhaltenen offenen Klinik. John hatte den Namen dieses Konzerns auf dem Schild an der Baracke gesehen, aber abgesehen davon war er ihm neu. Das Plakat behauptete: ›Keine Fragen, keine Ablehnungen‹.

Genau das brauchte er.

Das Plakat wies sogar den Ausschnitt eines Stadtplans mit einer Ihr-Standort-Markierung auf, und es war noch so viel davon erhalten, daß John glaubte, die Klinik finden zu können. Ein Fußmarsch von einigen Minuten zeigte, daß er recht hatte. Er gratulierte sich gerade zu seinem Glück, die Klinik erreicht zu haben, ohne auf Schwierigkeiten zu stoßen, als er sein Spiegelbild auf der blanken Oberfläche der TransShield-Türen sah.

Er starrte es an. Es war John der Elf mit spitzen Ohren und allem, der dabei war, die Klinik zu betreten. John mochte Faery verlassen haben, aber Faery hatte ihn nicht verlassen.

Mit seinem Aussehen konnte er unmöglich in die Klinik gehen. Die auf dem Plakat angepriesene Politik, keine Fragen zu stellen, war für die Ausgestoßenen des Sprawls, für Drogensüchtige und Obdachlose – Leute, die aus Angst eine reguläre Behandlung mieden, in jemandes Computer aufzutauchen –, aber nicht für Elfen. Wie hätte es auch anders sein können? Elfen gehörten nicht in diese Welt. Ein lebendiger, atmender Elf, der in eine Klinik marschierte, um sich behandeln zu lassen, würde riesige Schlagzeilen machen, sowohl wissenschaftsorientierte als auch sensationsorientierte. Es würde kein Entkommen vor den Medien geben.

Vielleicht war sein Rücken doch nicht so übel zugerichtet. Er würde wieder in Ordnung kommen. Er hatte schon immer gutes Heilfleisch gehabt. Er wandte sich ab und ging in der Hoffnung weiter, sich nicht selbst etwas vorzumachen.

Er war so froh gewesen, daß der Tarnzauber endlich von ihm genommen und sein wahres Gesicht enthüllt war – und jetzt stand er da und wünschte, er könne es wieder verstecken. Die Dunkelheit trug ihr Teil dazu bei, und er schlug den Kragen des Mantels hoch, um ihre Wirkung zu unterstützen, aber es würde nicht ewig dunkel bleiben. Er mußte einen Ort finden, wo er sich verstecken konnte. Er wollte wirklich nicht als Attraktion in irgendeinem Kuriositätenkabinett enden.

Es gab einen Ort, wo es niemanden überraschen würde, daß er ein Elf war – seine alte Fabrik in Providence. Wenn er dorthin gelangen konnte, war er in Sicherheit. Dann konnte er sich mit Dr. Spae in Verbindung setzen. Sie besaß medizinische Grundkenntnisse – und sie hatte Bär geholfen. Sie würde auch ihm helfen. Er brauchte nur nach Providence zu kommen, ohne auf Schwierigkeiten zu stoßen, dann würde sich alles fügen.

Er machte sich doch wirklich nichts vor, oder?

Kapitel 18

Sie hatten ihm etwas vorgemacht.

Was diese eine Sache betraf, war Holger ganz sicher. Tolle Sache, das. Sie verriet einem nicht alles. Nicht, was wirklich vorging. Nicht, warum es vorging. Nichts. Das einzige, was sie bewirkte, war Unsicherheit.

Er war loyal gegenüber der Abteilung!

Ja. Ja, das war er. Oder zumindest – war er das einmal gewesen.

Loyalität ist die größte Tugend.

Loyalität war in der Tat wichtig. Eine sehr große Tugend. Aber die größte? Was war zum Beispiel mit Ehre?

Loyalität. Loyalität gegenüber der Abteilung. Die Abteilung war sein Leben.

Pankhurst, der mit dem Polizeimodell einer Arisaka Enforcer auf ihn zielte. Eine nicht registrierte Waffe. Eingeschmuggelt. Das Bild vor seinem geistigen Auge verschwamm. Keine Straße, sondern ein Schießstand. Sichvertrautmachen mit alternativen Waffenmodellen. Jeder hatte eine Arisaka – und Pankhurst schoß. Holger war verwirrt. Es war auf dem Schießstand passiert.

Nein, in der Galerie.

Er hatte auf ihn geschossen.

Die Abteilung war sein Leben.

Wenn Pankhurst ein Indikator war, dann *wollte* die Abteilung sein Leben.

Loyalität gegenüber der Abteilung verlangt manchmal Opfer. Manchmal das größte Opfer von allen. Er war loyal gegenüber der Abteilung! Loyal! Er würde sich selbst opfern, falls erforderlich.

Aber was war erforderlich?

Er hatte keine Antwort darauf. Er wußte nicht einmal, welche Fragen er stellen sollte. Tat er das Richtige? Hatte er das Richtige getan? Was *hatte* er überhaupt getan? Die Bilder in seinem Verstand waren verstümmelt, und die Stimmen hatten keine Antwort für ihn. Leute, die Stimmen hörten, wurden als geistig nicht ganz gesund betrachtet. Wie lautete das Urteil über Leute, die mit diesen Stimmen stritten?

Die Leute ringsumher auf der Straße gaben ihr Urteil ab. Sie starrten ihn an – unauffällig natürlich –, machten einen großen Bogen um ihn, wichen ihm aus, machten ihn zu einem Ausgestoßenen. Sie brandmarkten ihn, wie sie es auch tun sollten. Wie es vernünftig war. Er war ein gebrandmarkter Mann. Schließlich war er ein Mörder.

Er ging mitten durch sie hindurch – und immer tat sich eine Gasse für ihn auf.

Er war wegen Elizabeth Spae in diese Stadt gekommen.

Elizabeth Spae ist eine Abtrünnige. Elizabeth Spae ist deine Zielperson.

Sie war eine Spezialistin. Das wußte er. Spezialisten waren unheimlich, nicht vertrauenswürdig. Er hatte nicht viel Erfahrung mit ihnen, aber andererseits hatte er mehr als genug. Er hatte Erfahrung mit Spae.

Ein klares Bild. Magnus, der ihm Anweisungen für seinen Einsatz gab. L'Hereaux war auch da. Sie gaben ihm Gelegenheit, in den aktiven Dienst der Abteilung zurückzukehren, und erteilten ihm einen Auftrag: eine abtrünnige Spezialistin namens Spae. Der Name sagte ihm nichts.

Nichts? Aber er kannte Spae von früher.

Elizabeth Spae ist deine Zielperson.

Das hatten sie ihm gesagt. Aber Spae war nicht das, was sie von ihr behauptet hatten. Er hatte Erinnerungen.

Andererseits war sie vielleicht doch, was sie von ihr behauptet hatten. Er sah sie mit Mannheim vor sich, seinem Mentor. Nein, das konnte nicht sein. Mannheim war tot. Seit Jahren schon. Er war durch Magie getötet worden. Warum glaubte Holger, daß Spae etwas damit zu tun hatte? Er hatte sie erst nach Mannheims Tod kennengelernt. Oder glaubte er das jetzt nur? Konnte sie sein Gedächtnis verändert haben? Das mußte es sein. Sie war eine Abtrünnige. Magnus hatte es ihm gesagt. Sie hatte ihn verraten und – sie hatte die Abteilung verraten.

Abtrünnige Agenten sind illoyal.

Aber das war er nicht.

Was war mit Linkwater? Ein Unfall wie bei dem anderen. Wie bei Leftenant Barkins. Mehr nicht, nur ein Unfall. Holger war kein Abtrünniger. Spae war die Abtrünnige.

Abtrünnige müssen geborgen oder eliminiert werden.

Abteilungsrichtlinien. Es waren harte Richtlinien, aber sie waren fair. Man konnte nicht wegen eines Schwächlings alles aufs Spiel setzen. Man mußte etwas gegen Abtrünnige unternehmen. Man mußte handeln, sobald man wußte, wer sie waren.

Elizabeth Spae ist eine Abtrünnige.

Ja, das war korrekt. *Sie* war die Abtrünnige, nicht er. Die Glock unter seiner Achselhöhle war die Antwort für *sie*.

Genehmigte Sanktionen sind korrekt.

Seines Wissens gab es keine Magie, die ein Spezialist einsetzen konnte, um eine Kugel aufzuhalten. Spezialisten waren unheimlich, aber sie waren nicht unantastbar. Nicht wie diese Dinger, diese albtraumhaften Dinger von jenem anderen Ort. Kugeln konnten ihnen nichts anhaben. Er konnte nichts gegen sie unternehmen. Aber er konnte doch etwas gegen sie unternehmen. Mußte es. Spae war verantwortlich für das, was mit ihm geschah.

Elizabeth Spae ist deine Zielperson.

Zielperson! Er war schnell, sehr schnell. Sie würde gar nicht sehen, wie die Glock das Halfter verließ, sie gar nicht bemerken, bis sie auf ihr Gesicht zeigte. Dann würde es zu spät für sie sein. Sie würde schreien. Er konnte sie schreien hören und wußte, sie konnte nichts mehr tun, um ihn durcheinander zu bringen.

Aber das Gesicht gehörte nicht ihr. Es war ein fremdes Gesicht. Nicht das der Zielperson. Er hielt Ausschau nach seiner Zielperson. Sie war dort draußen. Er wußte es! Sie war in der Menge und versteckte sich. Er war bereit, bereit für sie. Sie würde ihn nicht mehr in die Irre führen. Ein Schuß, ein sauberer Schuß, und danach würde er sie sich aus dem Kopf schlagen.

Aus dem Kopf schlagen.

Was, zum Teufel, tat er?

Er stand mitten auf einer bevölkerten Straße. Leute rannten davon. Manche standen einfach da und starrten ihn an wie stumpfsinnige Tiere. Die meisten duckten sich oder gingen in Deckung, während er mit seiner Pistole herumwedelte. Was, zum Teufel, dachte er sich dabei, seine Waffe auf unschuldige Leute zu richten?

Er steckte die Waffe wieder ins Halfter und lief in die erste Seitenstraße, auf die er stieß, weg von der Menge, weg von dem, was er vielleicht getan hatte. Er war bereit gewesen zu schießen, das wußte er. Er hatte das Gesicht des Feindes auf den Gesichtern all dieser Unschuldigen gesehen.

Gott, was war nur los mit ihm?

Niemand verfolgte ihn. Es gab keine Helden in den Menge, wofür er dankbar war. Nach dem ersten Block hörte er auf zu rennen und ging nur noch schnell. Diese Straße war nicht so stark bevölkert und niemand hier wußte, was er getan hatte. Er war ein wenig überrascht, als er feststellte, daß er zu dem Parkplatz unterwegs war, auf dem sie den Wagen abgestellt hatten.

Instinktiv, nahm er an. Unterwegs zu seiner Fluchtmöglichkeit.

Keine schlechte Idee.

Der Wagen war noch dort, wo sie ihn geparkt hatten. Er schloß die Tür auf und stieg ein, dankbar dafür, sitzen zu können, dankbar für die Ruhe. Er brauchte Zeit zum Nachdenken. Er aktivierte die Sicherheitssysteme, verdunkelte alle Fenster und schuf sich eine Insel der Abgeschiedenheit inmitten der Stadt.

Doch es war nur eine vorübergehende Zuflucht. Er wußte, daß der Wagen anhand der Toten aufgespürt werden konnte, und früher oder später würden sie danach suchen. Er bezweifelte, daß es eine gute Idee war, sich darin finden zu lassen.

Was war nur passiert?

Zeitweilige Unzurechnungsfähigkeit? Natürlich oder künstlich hervorgerufen? Und wenn hervorgerufen, von wem?

Spae war der offensichtliche Kandidat. Spae war der Dreh- und Angelpunkt in dieser Sache. Aber welche Rolle spielte sie wirklich? Er kannte nur die Abteilungsversion der Geschichte. Vielleicht war es an der Zeit, sich die Version der anderen Seite anzuhören. Er sah auf die Uhr. Sie würde noch nicht in ihrer Wohnung angekommen sein. Er konnte sie unterwegs abfangen.

Er setzte seinen Plan in die Tat um und entdeckte sie, als sie sich dem Haus näherte. Sie war wachsamer als zuvor, aber der Wagen hatte nichts Verdächtiges an sich. Dennoch drehte sie sich um und betrachtete ihn, als er langsamer wurde und an den Randstein fuhr. Sie lief nicht davon, nicht einmal, als er die Tür öffnete und sie begrüßte.

»Ich habe mich schon gefragt, ob ich Sie wiedersehen würde«, sagte sie.

»Ich hoffe, wir können uns unterhalten.«

»Das war keine Unterhaltung, vorhin in der Galerie.«

»Ich… weiß, aber ich meine, es könnte wichtig sein, daß Sie und ich uns unterhalten. Diese Straße ist jedoch nicht der richtige Ort dafür.«

»Ich lade Sie nicht in meine Wohnung ein.«

Das hatte er auch nicht erwartet. »Dieser Wagen ist neutraler Boden, Doktor.«

Sie schüttelte den Kopf. »Sie haben mich schon mal in einem Wagen eingesperrt, Kun.«

Hatte er das? Er erinnerte sich nicht. »Also schön.« Er glitt auf den Beifahrersitz. »Dann übernehmen Sie die Kontrollen.«

»Damit der Autopilot uns dorthin fahren kann, wohin Sie mich bringen wollen?«

»Das Spatzenhirn ist tot«, sagte er, indem er auf die verwüstete Elektronik unter der Lenksäule wies. Er wollte nicht mehr als sie, daß der Wagen an einen zuvor festgelegten Ort fuhr.

Sie blieb mißtrauisch. »Warum sollte ich Ihnen trauen?«

»Ich weiß es nicht.«

Sie blinzelte, da sie seine Antwort überraschte. »Keine vorbereitete Schwachsinnsgeschichte?«

»Ich könnte Sie dasselbe fragen.«

»Touché.« Sie stieg mit dem Gehstock voraus ein und schloß die Tür. Sie ließ den Stock zwischen ihnen. »Ist das ein Wagen der Abteilung?«

»Ja.« Holgers Blick klebte förmlich an ihrem Gehstock. Er erinnerte sich, wie ein seltsamer Blitz über seine Oberfläche gehuscht und dann weggezuckt war, weggezuckt auf – auf etwas, an das zu erinnern er sich weigerte. Unter Aufbietung all seiner Willenskraft blieb er mit seinen Gedanken im Wagen. »Seine Systeme bieten uns Abgeschiedenheit.«

»Abgesehen von seinen Aufzeichnungen natürlich.«

»Die Vorrichtung ist genauso tot wie das Spatzenhirn.«

»Wirklich? Ich nehme nicht an, daß Sie das beweisen können?«

Er schüttelte den Kopf. Entweder sie glaubte ihm oder nicht. Es gab keine Möglichkeit, den Beweis dafür anzutreten.

»Wahrscheinlich spielt es überhaupt keine Rolle«, sagte sie. »Sie wollten sich unterhalten. Lassen Sie uns damit anfangen, was Sie eigentlich hier tun.«

Was tat er hier? Er wünschte, er wüßte es. Wenn sie damit meinte, was ihn nach Providence geführt hatte, *die* Frage konnte er beantworten. »Sie haben mich geschickt, um Sie zurückzuholen. Sie haben mir gesagt, Sie wären eine Abtrünnige, daß Sie aus der Abteilung desertiert sind.«

»Ich habe gekündigt. Wenn Sie das Desertion nennen, sind Sie ziemlich weltfremd. Und wenn Sie alles glauben, was man Ihnen sagt, ist Ihre Verbindung mit der Realität auch ziemlich locker.«

Holger hatte eine gute Vorstellung davon, wie locker diese Verbindung tatsächlich war. *Niemals dem Feind gegenüber eine Schwäche zeigen*, hatte Mannheim ihm geraten. Spae mochte der Feind sein oder auch nicht, aber der Rat war dennoch vernünftig. »Ich bin kein blauäugiger Rekrut, der glaubt, daß seine Vorgesetzten über jeden Tadel erhaben sind.«

»Aber Sie glauben, was man Ihnen gesagt hat?«

»Sie geben zu, daß Sie sich nicht mehr an die Abteilung gebunden fühlen. Sie geben außerdem zu, daß Sie für Lowenstein Ryder Priestly & Partner arbeiten?«

»Das macht mich nicht zu einer Kriminellen.«

»Sind Sie sich der Tatsache bewußt, daß LRP eine Tochtergesellschaft von Metadynamics ist?«

»Die Hälfte aller Firmen in diesem Land hat Verbindungen zu Metadynamics. Worauf wollen Sie hinaus?«

»Wollen Sie damit sagen, Sie haben es nicht gewußt?«

»Ich habe mir die Besitzverhältnisse der Firma nicht angesehen. Diese Sachen sind bedeutungslos für mich. Ich arbeite für eine legale Firma. Ich bin in der Forschung tätig, und zwar auf einem Gebiet, das die Abteilung in ihrer unendlichen Weisheit unterdrückt. *Das* ist mir wichtig. Ich gehöre nicht der Abteilung. Und ich habe ihr nie gehört. Magnus und seine Leute haben ein kleines Problem, diese Dinge zu verstehen.«

»Was ist mit Ihrem Eid?«

»Was soll damit sein?« schnauzte sie. »Dieser Eid war ein Vertrag. Ich habe meinen Teil erfüllt. Ich bin mit mehr praktischem Wissen über die Funktionsweise der Magie aus der Anderswelt zurückgekehrt, als ich mir in zehn Jahren bei der Abteilung angeeignet habe. Ich wollte mir darüber klar werden, was ich eigentlich gelernt hatte. So etwas braucht seine Zeit. Habe ich Laborunterstützung, überhaupt Unterstützung oder auch nur ein gottverdammtes Schulterklopfen bekommen? Nein! Statt dessen begegnete man mir mit Mißtrauen und Anspielungen und unterzog mich ausgedehnten Verhören. Sie haben mich behandelt wie einen Verräter. Ach, verdammt, sie haben mir sogar damit gedroht, mich unter Drogen zu setzen, um den Wahrheitsgehalt meiner Aussagen zu überprüfen. Es sieht so aus, als sei ich glimpflich davongekommen. *Sie* hat man wie eine Laborratte behandelt und auch zu einer gemacht.«

»Laborratte? Sie wissen von dem Experiment?«

»So haben sie es bezeichnet? Als Experiment? Haben sie ihm nicht mal einen ausgefallenen Codenamen gegeben? Unternehmen Cyborg vielleicht? Oder Maschinenmensch? Wie wär's mit Implantatsagent? Was, zum Teufel, hat man Ihnen nur erzählt, um Sie dazu zu bringen, bei all dem mitzuspielen wie ein braver kleiner Soldat?«

»Woher wissen Sie, was sie getan haben?« Er wußte selbst nicht einmal alles.

»Ihre Aura hat Schaden genommen«, sagte sie, als erkläre das alles.

Aura war Spezialistenjargon. Verdrehter Mist. Wenn

sie solche Antworten gab, wollte er nicht darüber reden.
»Vergessen wir mich mal für den Augenblick. Ich muß es wissen, Doktor. Betrachten Sie Ihre Kündigung bei der Abteilung als irreversibel?«

»Teufel, ja.«

»Und arbeiten Sie bei Metadynamics?«

»Ich führe meine eigenen Forschungen durch und bekomme dabei Unterstützung von LRP. Wenn dieses Geld letzten Endes von Metadynamics kommt, weiß ich nichts davon. Wenn die Abteilung ein Problem damit hätte, was ich tue, hätte sie jemanden schicken können, der mit mir redet. Aber vernünftige Gespräche und logisches Denken sind nicht ihr Stil. Sie sind der Beweis dafür.«

»Ich rede mit Ihnen, Doktor.« Vernünftig, hoffte er.

»Hören Sie, ich habe nichts getan, was den Interessen der Abteilung zuwider läuft. Ich habe keine vertraulichen Informationen weitergegeben, und ich habe ihnen nichts über die Programme, Fähigkeiten und Ziele der Abteilung verraten. Soweit es mich betrifft, existiert die Abteilung nicht. Ich bin mein eigener Herr. Daran ist nichts Illegales und nichts, worüber die Abteilung legal eine Kontrolle beanspruchen könnte. Die Abteilung ist lediglich eine Episode aus meiner Vergangenheit, die ich am liebsten vergäße. Verstanden?«

»Ich höre Ihnen zu, Doktor.«

»Wenn ich das, was vorhin passiert ist, richtig verstanden habe, sind Sie ebenfalls dabei, sich von Ihrer Vergangenheit zu lösen. Wenn das stimmt, wüßte ich vielleicht einen Ort für Sie.«

»Wollen Sie mich anwerben, Doktor?«

»Hören Sie, Kun. Ich habe Gründe, Ihnen dankbar zu sein, und nicht nur für heute. Ich bezahle meine Schulden, wenn ich kann.«

Zahl die Schulden, die du bezahlen kannst. Das tut ein ehrenhafter Mann. Mach dir um den Rest keine Sorgen. Das tut ein praktischer Mann. Du mußt den Unterschied zwischen diesen beiden Arten von Schulden kennen. Ein kluger Mann kennt ihn. Mannheims Rat.

»Ich bin gerade nicht auf Arbeitssuche, Doktor.«

»Nun gut. Vergessen Sie nur eines nicht, und das können Sie jedem sagen, von dem Sie glauben, daß er vielleicht ein Interesse daran hat: Ich kann mich nicht mit Leuten anfreunden, die mir Schläger auf den Hals hetzen, um mich umzubringen, nur weil ich meine Forschungen nicht in ihren Labors durchführe. Fangen Sie keinen Krieg an, den auszufechten Sie nicht bereit sind.«

Damit verließ sie den Wagen.

Holger glitt auf den Fahrersitz und zog die Tür zu. Der Kopf schwirrte ihm zu sehr, wenn sie offenstand. Während er beobachtete, wie sie sich entfernte, kam er zu dem Schluß, daß seine Vorsicht berechtigt gewesen war. Spae war nur eine Frau, wenn auch eine Spezialistin. Sie konnte es nicht allein mit der Abteilung aufnehmen. Aber ihre Kriegsdrohung implizierte Verbündete, was darauf schließen ließ, daß sie vielleicht nicht ganz bei der Wahrheit geblieben war, was ihre Beziehungen zu Metadynamics betraf. Sie hatten die Mittel für einen Krieg mit der Abteilung, und die Abteilung wußte das und fürchtete sich davor. Oder bezog sie sich auf dunklere, finsterere Verbündete aus der Anderswelt? Obwohl es nicht seine Absicht gewesen war, hatte er mit der Abteilung gebrochen. Obwohl er nun selbst Verbündete brauchte, würde er sich nicht in diese Richtung wenden.

Er mochte es nicht, sich treiben zu lassen. Was Spae ihm erzählt hatte, ließ vermuten, daß die Abteilung ihn in mehr als einer Beziehung getäuscht hatte. Sie machte einen legalen Abschied geltend und reagierte auf das fortdauernde Interesse der Abteilung mit ehrlicher, freimütiger Empörung. Er hatte den Eindruck, daß sie aufrichtig zu ihm gewesen war.

Vorausgesetzt, er konnte seinem Urteil trauen.

Und was war mit ihm? Die Abteilung hatte etwas mit ihm angestellt, sie hatte mehr getan, als nur die einfachen Verbesserungen vorzunehmen, von denen die Ärzte ihm erzählt hatten. Aber wie viel mehr? Und hatten sie Magie angewandt? Bei dem Gedanken an diese Möglichkeit schauderte ihm. Doch was sie auch benutzt, was sie auch getan hatten, wer hatte ihnen das Recht dazu gegeben? Er hatte die Verbesserungen akzeptiert, weil er loyal war. Er hatte gedacht, sie würden ihn in seinem Job weiterbringen. Und nach seinem Unfall waren ohnehin chirurgische Eingriffe erforderlich gewesen. Jedenfalls hatten sie ihm das gesagt.

Er konnte sich an keinen Unfall erinnern. Sie hatten gesagt, das sei ein traumatischer Gedächtnisverlust, aber jetzt zweifelte er an dieser Erklärung. Hatte man ihm die Wahrheit gesagt? Spae hatte recht: Eide waren Verträge, die von der einen Seite ebenso erfüllt werden mußten wie von der anderen. Was tat der loyale Mann, wenn seine Loyalität als Waffe gegen ihn eingesetzt wurde?

Ihm gefielen die dunklen Wasser nicht, in denen er manövrierte.

Ihm gefielen auch die dunklen Straßen nicht. Zeit war vergangen und die Nacht war gänzlich hereingebrochen, während er ziellos herumgefahren war und über seine Notlage nachgedacht hatte. Ihm fehlten noch Einzelteile und sein Verständnis der ganzen Sache war lückenhaft, aber eines war ihm völlig klar: Er konnte den Wagen nicht beliebig lange benutzen. Er ließ sich zu leicht aufspüren. Er haßte es, den Frieden aufzugeben, den seine Sicherheitssysteme ihm boten, aber Frieden war keine Sicherheit. Er nahm alles aus dem Wagen mit, wovon er glaubte, daß es ihm nützen könne – und sicher war –, und ließ ihn dann stehen.

Er war noch keine zehn Meter weit gekommen, als

die Stimmen wieder einsetzten. Ein Flüstern in seinem Verstand, das ihn warnte, das andeutete, er tue nicht das Richtige, das ihm riet, vorsichtig zu sein und in Erwägung zu ziehen, Dr. Gilmore aufzusuchen. Gilmore könne ihm helfen.

Konnte Gilmore die Stimmen zum Verstummen bringen?

Melde dich.

Wenn er sich bei Gilmore meldete, würde es Chartain erfahren, und Chartain würde nicht glücklich darüber sein, was mit Pankhurst und Linkwater passiert war.

Die Schweine hatten bekommen, was sie verdienten.

Pankhurst ist loyal. Linkwater ist loyal.

Pankhurst hatte seine Kanone gezogen! Pankhurst hatte zuerst geschossen.

Pankhurst ist loyal.

Pankhurst hatte sich gegen ihn gewandt.

Melde dich!

Vielleicht sollte er das wirklich tun. Wäre das nicht der leichteste Kurs? Sie würden alles regeln. Er konnte sagen, daß er verwirrt gewesen war. Was stimmte. Daß es nicht seine Absicht gewesen war, Linkwater zu töten und Pankhurst zu erschießen. Ein Fehler. Vielleicht sogar eine Fehlfunktion der Implantate. So etwas war möglich. Hatte er nicht demonstriert, daß ihn reflexhafte Reaktionen zu extremer Gewalt motivieren konnten? Das hatte in dem Bericht gestanden. Reflexhafte Reaktionen. Er hatte reflexhaft reagiert, nicht wahr? Das tat er, wenn er unerwartet provoziert wurde. Der Vorfall mit Barkins hatte das bewiesen.

Bar…

Der Troll. Er erinnerte sich an sein behaartes, widerliches Gesicht. Er erinnerte sich, daß es sich nicht um eines der schrecklicheren Wesen, einen der Unberührbaren gehandelt hatte. Er erinnerte sich, wie gut es getan hatte zu beweisen, daß es keiner der Unberührbaren war. Er…

Er weinte.

Warum, zum Teufel, weinte er?

Gott helfe ihm, er stand wirklich kurz vor dem Ausflippen. Kurz davor? Wahrscheinlich war er längst ausgeflippt.

Melde dich!

Nein, es bestand kein Grund, sich zu melden. Er war fertig mit der Abteilung. Nachdem er zwei Agenten der Abteilung getötet hatte, war er mehr ein Abtrünniger als Spae. Wie lange noch, bis sie sich an seine Fersen hefteten? Sie würden es tun, dessen war er sicher. Sie konnten es sich nicht leisten, ihn frei herumlaufen zu lassen, wo Gott weiß welche Geheimnisse in ihn implantiert waren und er so viel über ihre Unternehmungen wußte. Sie hatten bereits bewiesen, wie weit sie ihm trauten. Sie würden nicht glauben, daß er diese Geheimnisse nicht verkaufte.

Sie hatten kein Vertrauen.

Wo blieb die Loyalität, wenn kein Vertrauen herrschte?

Er war der Abteilung gegenüber loyal.

Aber war die Abteilung auch loyal ihm gegenüber?

Loyalität ist die größte Tugend.

Er kam sich nicht sehr tugendhaft vor.

Loyalität der Abteilung gegenüber erfordert manchmal Opfer. Er würde sich falls nötig selbst opfern.

Das hatte er geglaubt. Mannheim hatte ihn das gelehrt.

Aber sein Opfer war nicht aus freien Stücken erfolgt. Pankhurst hatte beschlossen, ihn zu opfern. Davon stand nichts im Vertrag. Der Vertrag war gebrochen worden, aber die Stimmen wollten das einfach nicht zugeben. Sie bedrängten ihn immer noch, als sei nichts geschehen. Vielleicht lag es an ihm. Vielleicht war tatsächlich nichts geschehen. Manchmal hatte er schlimme Träume, sehr schlimme Träume, die ihm sehr wirklich vorkamen. Vielleicht war dies einer dieser Träume.

Pankhursts Auge hinter dem Lauf der Arisaka war sehr klar. Sein Gesicht spiegelte Ruhe wider, Entschlossenheit.

Pankhurst. Training an der Waffe. Auf einem Schießstand.

Nein! Das war kein Bild, wie Holger es auf einem Schießstand gesehen hätte.

Außer vielleicht in einem Traum.

Er war verwirrt.

Auf dem Schießstand.

Nein, kein Traum, keine falsche Erinnerung. Sie war echt. Er war ganz sicher.

Oder nicht?

Melde dich!

Er mußte irgendwohin gehen.

Die Stimmen sagten ihm etwas anderes. Konnte er ihnen vertrauen? Er begriff plötzlich, daß er sie nur hier in Providence so deutlich und klar hörte. Gehörten sie zu diesem Ort, waren sie irgendeine magische Perversion der Stadt, eine arkane Verschmutzung, die Auswirkungen auf seinen Verstand hatte? Er wußte, daß die Kreaturen der Anderswelt seinem Verstand scheußliche Streiche spielen konnten. An einem anderen Ort hatten sie das getan. An einem anderen Ort…

An einem anderen Ort – irgendwo anders – würde er klarer denken können. Das brauchte er. Er mußte klarer denken. Er mußte weg von hier. Bald.

Zu Fuß würde er nicht weit kommen, jedenfalls nicht in kurzer Zeit. Er hatte den Wagen abgestellt. Die Taxis, die darauf warteten, daß die Geschäftsleute die Innenstadt verließen, waren längst nicht mehr da. Aber es gab einen Zug, und der Zug fuhr auch zum Flughafen. Das war die Lösung! Vom Flughafen aus konnte er überallhin, irgendwohin, wo ihm der Gestank der Magie nicht das Gehirn verkleisterte.

Der Bahnhof war verlassen. Das war ihm nur recht. Er konnte niemanden brauchen, der seine Abfahrt beobachtete. Der dritte Fahrkartenautomat, den er ausprobierte, funktionierte, und er rief den Fahrplan für die Nahverkehrszüge auf. Zwanzig Minuten, bis der nächste Zug mit Zwischenstation am Flughafen ging. Zwanzig Minuten konnte er sich leisten. Er ging auf den Bahnsteig und setzte sich auf eine der Bänke. Von dort hatte er gute Sicht sowohl auf die beiden Zugänge zum Bahnsteig als auch auf das Gleis in die Richtung, aus der der Zug kommen würde.

Der Zug kam mit Verspätung, aber das war ihm egal. Niemand hatte ihm Schwierigkeiten gemacht. Seine Reisepläne hatten nach wie vor Bestand.

Der Zug wurde kreischend langsamer und seufzte dann wie eine müde Bestie, als er anhielt. Im Begriff aufzustehen, sah er, daß sein Plan durchkreuzt worden war. Die Zuversicht, die er empfunden hatte, war ein schlechter Witz. Seine Reisepläne waren eindeutig kompromittiert worden.

Ein Elf in einem langen Mantel stieg aus einem der Waggons. Er wußte sofort, womit er es zu tun hatte. Er hatte andere seiner Art gesehen. Ein sardonisches Elfengesicht blitzte in seinem Gedächtnis auf. Er fühlte sich ebenso gelähmt wie damals. Ebenso hilflos. Der Elf ging an ihm vorbei über den Bahnsteig. Holger bewegte sich nicht, da er sicher war, es nicht zu können, obwohl er sich nicht an den Grund dafür erinnerte. Keine anderen Passagiere stiegen aus, nur der Elf.

Der Vorfall hatte Folgen.

Holger wollte nicht die Aufmerksamkeit des Elfs erregen. Er versuchte so zu tun, als sei er sich dessen Anwesenheit gar nicht bewußt, da er hoffte, der Elf werde ihn ignorieren. Er wurde belohnt. Der Elf ging weiter und verließ den Bahnsteig über die Leiter, die hinunter zu den Schienen führte.

Dann war er verschwunden, und Holger konnte sich wieder bewegen.

Der Zug war längst abgefahren, längst verschwunden. Das war auch am besten so. So verseucht mit Kreaturen von der anderen Seite, wie der Zug es war, konnte er die Stadt auf diesem Weg nicht verlassen.

Er mußte sich etwas anderes einfallen lassen.

Melde dich!

Nein, nein. Was er auch als nächstes tat, sich bei der Abteilung zu melden, das wäre es nicht.

Kapitel 19

Benton verließ das Bett, ohne die Hure zu stören. Sie würde sich gegen diese Bezeichnung wehren, wenn er sie je laut aussprach, aber er wußte genau, was sie war. Er wußte auch, wie man einen Vertrag einhielt, und ein Teil des Vertrages zwischen ihnen beiden bestand darin, die wahre Natur ihrer Transaktion nicht zu erwähnen. In die andere Richtung zu schauen und so zu tun, als seien die Dinge nicht so, wie man wußte, daß sie waren, gehörte zu Bentons Geschäft. Nach seiner Erfahrung ließen Geheimnisse sich am besten bewahren, wenn man das Geheimnis kannte und wußte, für wen es ein Geheimnis bleiben mußte – wobei der letzte Punkt der wichtigste und mit Sicherheit auch der lukrativste war. Er war gut darin, und deshalb bekam er das große Geld. Genug, um Frauen wie diejenige zu bezahlen, die jetzt auch ohne ihn weiterschlief.

Er tappte auf nackten, leisen Sohlen aus dem Schlafzimmer, durch das Wohnzimmer und in das zweite Schlafzimmer der Suite. Der Computer auf dem Tisch neben dem Bett war ein abgespecktes Modell, lediglich mit den grundlegendsten Fähigkeiten. Das war ihm nur recht. Er wollte bloß das Grundlegende vom Grundlegenden, die Kabelverbindung. Er mißtraute Funkverbindungen. Er koppelte den Computer mit dem tragbaren Gerät, das er aus dem Laster mitgebracht hatte, und führte eine Reihe von bedeutungslosen Gesprächen, während er ein Diagnoseprogramm laufen ließ. Es gab ein Flattern in der Leitung, aber weit unterhalb der

Schwelle, die auf ein Anzapfen hindeutete. Zufriedenstellend.

Er hatte dieses Hotel ausgewählt, weil es mit einer Vorrichtung zum Wiederaufladen elektrisch betriebener Fahrzeuge aufwarten konnte. Sein Laster hatte keinen Elektromotor, aber die Vorrichtung war mit einem Ersatzsystem für die Elektronik ausgerüstet, das seine Systeme mittlerweile im Griff haben sollten. So ein System bot nämlich Leuten wie ihm, die das nötige Wissen und auch die Ausrüstung besaßen, um es auszunutzen, einen weiteren Vorteil. Er schickte ein codiertes Signal – über Funk, es gab keine andere Möglichkeit – an den Bordcomputer seines Lasters. Unter der Führung eines hingebungsvollen Programms drang der Computer in die Monitorverbindung der Wiederaufladevorrichtung ein und folgte ihr bis zu dem Computer, der die Stromabgabe regelte. Von dort wechselte das Programm in das Hauptsystem des Hotels, verband sich mit dem Telefonnetz und stellte eine Verbindung zu seinem tragbaren Gerät her. Der Laster und sein tragbares Gerät redeten miteinander, und als sie sich davon überzeugt hatten, daß alle Begrüßungsprotokolle stimmten, erhellte sich der Schirm des Geräts.

»Guten Morgen, Sir«, sagte der Computer. »Was wünschen Sie?«

»Liste Angebote sortiert nach Datum auf. Sofort.«

»Es gibt keine neuen Angebote. Sie haben jedoch noch sieben offene Verträge. Wollen Sie eine Liste dieser sieben Verträge sehen?«

Sieben? Er erinnerte sich nur an sechs. »Ja. Nach Datum sortiert. Sofort.«

Er sah die Liste durch und bemerkte die Anomalie sofort: Fall 71822. Das war die Jagd nach dem *Wisteria*-Mörder.

»Frage: Warum ist 71822 noch offen?«

»Klient hat Zahlung der Spesenrechnung verweigert.«

Höchstwahrscheinlich ein Systemfehler. Wenn man wie er vermeintliche Bettelbriefe von nicht existierenden Wohltätigkeitsorganisationen als Tarnung für Zahlungen benutzte, mußte man sich manchmal mit den kategorischen Ablehnungen der Konzernbuchhaltungen herumschlagen. »Rechnung neu stellen. Sofort. Eventualität: Falls Zahlung verweigert wird, Kassiererprogramm drei aktivieren.«

»Bestätigt.«

Andererseits steckte vielleicht mehr dahinter. »Rufe Akte über Vertrag 71822 auf. Durchsuche öffentliche Datenbanken nach ähnlichen Todesfällen. Übereinstimmung in drei Punkten erforderlich. Beschränke Suche auf das geografische Gebiet der New England Kooperative. Sofort.«

»Bestätigt.«

Er wußte, daß er würde warten müssen. »Verbindung sichern.«

»Bestätigt.«

Er nahm eine Dusche. Als er damit fertig war, arbeitete der Computer immer noch, hatte aber zumindest ein potentielles Opfer des *Wisteria*-Mörders gefunden. Es handelte sich um einen Todesfall, der sich erst gestern in New Hampshire ereignet hatte.

»Frage: Lebt Klient Anton Van Dieman noch?«

»Positiv.«

Interessant. »Frage: Wo hat er sich gestern aufgehalten?«

»Die einzigen verfügbaren öffentlichen Informationen melden ihn als bei einer Konferenz in Nashua, New Hampshire, anwesend. Wünschen Sie eine ausgedehntere Suche?«

»Nein.« Also am selben Ort wie der Mörder. Sehr interessant. »Bezugnahme auf die Neustellung der Spesenrechnung für Vertrag 71822. Änderung der Eventualität. Neue Eventualität: Bei Antwort verständigen.«

»Bestätigt.«

Er würde weitere Beweise sammeln müssen, um ganz sicher zu sein, aber was er hatte, war vielsagend. Er war mißtrauisch gewesen, als Van Dieman den Vertrag mit ihm beendet hatte. Dieser Zug legte die Vermutung nahe, daß der Klient noch ein anderes Spiel am Laufen hatte. Er hegte schon seit langem den Verdacht, daß Van Dieman mehr über den Mörder wußte, als er Benton verriet. Hatte er ihm nicht diesen Wie-hieß-er-noch-gleich – Resonator, so hieß das Ding – zur Verfügung gestellt, der die Bestie orten konnte?

Viele Möglichkeiten, wenig Daten. Zu wenig für halbwegs sinnvolle Spekulationen. Er mußte die Sache im Auge behalten. Er hatte gesehen, wozu der *Wisteria*-Mörder in der Lage war, und ihm gefiel die Vorstellung keineswegs, nicht als Jäger mit ihm Bekanntschaft zu machen, sondern als Gejagter. Seine gewöhnliche Vorsichtsmaßnahme, Van Diemans Resonator zu behalten, bis alle Rechnungen beglichen waren, schien eine weitsichtige Entscheidung gewesen zu sein. Sich mit derart außergewöhnlichen Situationen auseinanderzusetzen, war noch relativ neu für ihn – und jeder Vorteil, auch wenn er ihn nicht richtig begriff, war willkommen, solange er funktionierte.

Le pragmatisme, toujours le pragmatisme.

Und aus pragmatischer Sicht brauchte er Arbeit. Er begutachtete die anderen sechs offenen Verträge. Einer drängte sich förmlich auf, nicht nur deshalb, weil es sich um das am längsten offenstehende Unternehmen handelte, sondern weil der Klient ebenfalls Van Dieman war. Natürlich nicht direkt, aber Benton hatte seine Hausaufgaben gemacht. Er wußte, von wem die Anweisung kam, die Obdachlosen im Pickman Building unter Druck zu setzen.

Die Arbeit an einem anderen Auftrag von Van Dieman mochte Benton Gelegenheit geben zu erfahren, ob er sich vorsehen mußte.

Er las die Akte. Das Unternehmen war unbedeutend gewesen, wobei Benton nur als Vermittler für seinen Konzernklient tätig geworden war. Tatsächlich hatte es sich um einen Test gehandelt, eine Möglichkeit für ihn, seine Zuverlässigkeit zu beweisen und zu demonstrieren, wie er Dinge regelte. Nun, es war ihm gelungen, seine Brauchbarkeit in ausreichendem Maße zu dokumentieren, obwohl der eigentliche Auftrag nicht vollständig ausgeführt worden war. Der Vertrag wurde in seinen Akten als noch offen geführt, weil er niemals eine Abschlußzahlung erhalten hatte, die davon abhing, ob der betreffende Konzern sich das Grundstück aneignen konnte oder nicht.

Entweder hatte der Konzern das Grundstück tatsächlich nicht übernommen oder man hatte es ihm verschwiegen. Er beauftragte den Computer damit, die Grundbücher einzusehen und nach Änderungen der Eigentumsverhältnisse für das Pickman Building zu suchen, und bekam als Resultat: »Letzter Eintrag einer Änderung der Besitzverhältnisse im Jahre 1999.« Also hatten es Van Dieman und seine Leute nicht übernommen.

Daß die Übernahme fehlgeschlagen war, lag nicht an ihm. Die Talente, die er für den Job verpflichtet hatte, waren verschwunden, nachdem sie dem Bau einen Besuch abgestattet hatten, aber er war am nächsten Tag dort vorbeigegangen und hatte ihn leer vorgefunden. Er hatte ein paar Anzeichen für Gewalt gesehen, aber keine Leichen. Das Ergebnis hatte gereicht, um den Klienten zufriedenzustellen. Benton war bezahlt worden, aber die örtlichen Talente waren niemals aufgetaucht, um ihren Anteil zu kassieren. Nicht sein Problem.

Jetzt fragte Benton sich, ob ihr Verschwinden nicht vielleicht einen anderen Grund hatte, einen außergewöhnlichen. Damals war ihm nichts daran ungewöhnlich vorgekommen, und tatsächlich war vielleicht nichts an der Sache dran. Leute von der Straße waren notorisch unzuverlässig, was sie entbehrlich machte, und das – unter Berücksichtigung der Tatsache, daß er nicht sicher gewesen war, ob der Konzern nicht ein falsches Spiel mit ihm trieb – war auch der Grund, warum er es vorgezogen hatte, ein örtliches Talent vorzuschieben. War das Mädchen verschwunden – wenn ja, wie und warum – oder war sie einfach untergetaucht?

Oder vielleicht waren Van Dieman und sein Konzern ja auch gar nicht hinter dem Gebäude her gewesen, sondern hinter seinem Bewohner. Bentons anfängliche Ermittlungen hatten ergeben, daß dort nur ein Penner hauste. Damals hatte er keinen Gedanken an die Identität des Burschen verschwendet. Hatte er einen Fehler gemacht? Nein, das war ein wenig zu paranoid gedacht. Hätten sie den Burschen wirklich haben wollen, so hätten sie es einfach gesagt. Sie wußten, daß er auch solche Aufträge übernahm. Es sei denn, sie hatten den Burschen lediglich aus seinem Versteck scheuchen wollen.

Zu viel Spekulation, zu wenig Daten.

Er brauchte einen Ansatzpunkt – und er konnte sich keinen besseren vorstellen als den vorläufigen Endpunkt dieses Unternehmens.

»Computer, durchsuche die folgenden Datenbanken von Providence: Polizei, Wohlfahrt, medizinische Versorgung; überprüfe außerdem Privatdatei: Schieberangebote. Kopiere alle Einträge mit Bezug auf Spillway Sue. Kopiere außerdem alle Einträge mit Bezug auf Unregistrierte, deren Beschreibung mit derjenigen besagter Spillway Sue übereinstimmt. Sofort.«

»Bestätigt.«

Er brauchte nicht viel, um eine Jagd zu beginnen.

Kapitel 20

Der Bahnsteig für die Nahverkehrszüge nach Süden war bis auf eine Handvoll Nachtschichtler fast leer, die alle sorgfältig darauf bedacht waren, ihre Mitpassagiere in spe nicht zur Kenntnis zu nehmen, falls es sich bei einem von ihnen um einen Verbrecher handelte, der die Absicht hatte, den Zug auszurauben. Diese Einstellung würde sich zu Johns Vorteil auswirken, wenn er erst einmal dort oben war. Früher, wenn er kein Geld hatte und die öffentlichen Verkehrsmittel benutzen mußte, hatte er sich im Schutz großer Menschenmengen in den Zug geschlichen. Große Menschenmengen boten immer eine gute Deckung für illegale Aktivitäten. Um diese Uhrzeit gab es keine Menschenmengen, in denen er untertauchen konnte, aber die späte Stunde bot andere Vorteile. Der Wachmann im Schalter sah müde und nicht sehr wachsam aus, wenn man davon absah, wie er den Fernsehschirm anstarrte, der einen grellen Widerschein auf sein Gesicht warf. Eine kleine Illusion – eine scheinbare Empfangsstörung –, um seine Aufmerksamkeit abzulenken, und schon war John an der Sperre vorbei und auf dem Weg die Treppe hinauf zum Bahnsteig.

Die Illusion war ein Trick, den er vor seiner Schulung durch Shahotain und Loreneth nicht hätte anwenden können. Er war dankbar für die Fähigkeit, aber als er daran dachte, wem er dafür danken mußte, stieg der Ärger in ihm hoch. Alles wäre viel einfacher gewesen, wenn er den Unsichtbarkeitstrick, den Faye ihm gezeigt hatte, auch dann hätte benutzen können, wenn er sich bewegte, aber das funktionierte nicht. Er brauchte andere Tricks, um ›unsichtbar‹ zu bleiben.

Noch ein paar Nachtschichtler kamen die Treppe herauf, aber keine Wachmänner. Johns List war erfolgreich gewesen. Er stieg gemeinsam mit den legalen Fahrgästen in den Zug, wobei er eine weggeworfene Zeitung vom Boden aufhob. Er suchte sich den Waggon mit den wenigsten Fahrgästen aus und baute mit der Zeitung eine Wand zwischen sich und den anderen Passagieren auf. Die Waggons waren besser beleuchtet als der Bahnsteig, so daß er allzu deutlich zu sehen war. In der Zeitung stand nicht viel von Interesse, wer auch immer für die Zusammenstellung der Artikel verantwortlich war, hatte einen äußerst gewöhnlichen Geschmack, aber John las sie dennoch. Es war lange her, seit er zuletzt etwas gelesen hatte.

Er stieg am Bahnhof State House aus. Der Bahnsteig war bis auf einen alten Penner oder Betrunkenen leer, der auf einer der Bänke saß und Selbstgespräche führte. John ignorierte ihn. Wer würde schließlich zuhören, wenn so ein Mann eine Geschichte über einen Elf erzählte, der aus einem Zug gestiegen war. John sah dem Zug nach, wie er ratternd und funkensprühend abfuhr. Er ging zum Ende des Bahnsteigs, fand eine Wartungsleiter, stieg zu den Gleisen herab und folgte den Schienen, weil dies der kürzeste und sicherste Weg in seine alte Wohngegend war.

Während er sich auf diesem Weg seiner Straße näherte, hatte er das merkwürdige Gefühl, daß sich etwas in der Gegend verändert hatte. Das verwirrte ihn. Die Skyline sah noch genauso aus, keines der Gebäude war abgerissen worden oder abgebrannt – und es wurde auch kein neues Haus in der Nähe gebaut. Die Straßen wirkten genauso verkommen wie immer, und er sah auch keine neuen Symbole unter den Graffitis an den Mauern, aber er spürte dennoch, daß sich etwas verändert hatte. Dann fielen ihm an mehreren Gebäuden die Schilder mit der Aufschrift VERKAUFT auf. Die meisten waren mit mehreren Schichten Graffiti bedeckt, konnten also nicht neu sein. Er erinnerte sich nicht, sie bei seinem letzten Gang über diese Straße gesehen zu haben.

Auf seinem Weg durch die Acorn Street beklagte sich sein Rücken immer stärker über die ständige Belastung. Bald würde er sich ausruhen.

Schließlich sah er die alte Fabrik. Die verwitterten Mauern aus Beton und Ziegeln wirkten unverändert. Als das Gebäude schließlich vor ihm aufragte, wußte er, daß er sich dringend ausruhen mußte. Nur noch ein kleines Stück.

Er sah kein VERKAUFT-Schild vor der Fabrik stehen. Er hatte schon befürchtet, sie könne ebenfalls den Besitzer gewechselt haben.

Als er durch die Tür ging, wußte er, daß er zu Hause war, und er *wußte* sogar noch mehr. Gefühle, die er bei seinem Einzug nicht begriffen hatte, ergaben jetzt einen Sinn für ihn. Er begriff, was ihn hier angezogen hatte. Dieser Ort gehörte zu denjenigen, die der Anderswelt nah waren. Die Magie strahlte hier heller. Das gefiel ihm. Es bewirkte, daß er sich sicherer fühlte.

Er war noch keine drei Schritte weit in das Gebäude eingedrungen, als Kesh, Metch und Lep aus den Schatten gesprungen kamen. Sie umtanzten ihn und plapperten dabei aufgeregte und unzusammenhängende Begrüßungsworte wie treue Hunde bei der Rückkehr ihres Herrchens.

»Es ist nicht so, als sei ich von den Toten auferstanden«, sagte er. »So lange war ich gar nicht weg.«

»Zu lange für uns«, sagte Kesh.

»Und wie lange ist das?« fragte John.

Die Bogies wechselten leere Blicke. Wie ein Mann wandten sie sich ihm zu und zuckten die Achseln.

»Wir sind einfach froh, daß Ihr wieder zurück seid, Großer Jack«, sagte Kesh.

»Das sind wir wirklich«, bekräftigte Metch. »Sehr froh.«

»Wir haben das Haus für Euch gehütet, ja, das haben wir«, fügte Lep hinzu. »Gehütet, jawohl, gehütet.«

»Als hättest du etwas damit zu tun, Faulpelz«, wies Kesh ihn zurecht.

Sie fingen an zu streiten, welchen Anteil jeder von ihnen daran hatte, was sie in krasser Übertreibung die Verteidigung der Domäne nannten. John hörte ihnen geduldig zu – genauer gesagt, erschöpft. Er hatte nicht die Kraft, ihr Geplapper zu beenden. Ihnen würde bald die Puste ausgehen. Er döste ein und schrak wieder hoch, als die drei Bogies jäh verstummten. Gorshin hockte auf einem Stapel Kisten, während sich seine Flügel langsam entfalteten und wieder zusammenfalteten.

»Riieche Bluut an diir«, sagte der Gargyl.

»Tja, dir auch ein Hallo.« John gefiel die Begeisterung nicht, mit der Gorshin ihn beobachtete. »Willst du mich nicht willkommen heißen?«

Der Gargyl ignorierte Johns Frage. »Verletzt?«

»Ja.«

Die Bogies reagierten auf Johns Antwort mit einem Durcheinander aus Besorgnis, Schock und Entschuldigungen dafür, daß sie sich nicht prompt um seine Bedürfnisse gekümmert hatten. Sie bestanden darauf, daß er sich in sein Bett zurückzog, wo sie seine Wunden versorgen wollten. John hielt das für eine gute Idee, also ging er mit ihnen. Gorshin blieb zurück. Unterwegs sah John mehrere der schüchterneren Faery-Bewohner, die sich in seiner Fabrik eingenistet hatten. Er hatte so wenig von ihnen gesehen, daß er nicht sagen konnte, wie sie seine Rückkehr aufnahmen. Er versuchte innezuhalten und mit dem Shellycoat zu reden, der sein Quartier unter der Treppe aufgeschlagen hatte, aber die Bogies zerrten ihn förmlich die Treppe herauf. Sich gegen sie zu wehren, tat seinem Rücken weh, also ging er mit. Er konnte später noch mit dem Shellycoat sprechen.

Nachdem sie ihn in sein Zimmer gebracht hatten, verschwanden die Bogies. John schlüpfte aus seinem Mantel. Er stand kurz vor dem Zusammenbruch, doch bevor es so weit kam, kehrten die Bogies zurück, jeder mit einer Notapotheke unter dem Arm. An Keshs Kasten hing noch der Putz an den Aufhängungen, die er einfach aus der Wand gerissen hatte. Trotz der chaotischen Natur ihrer Debatte darüber, wer am besten wußte, wie man Johns Wunden behandelte, schienen sie sich mit der Anwendung von medizinischen Hilfsmitteln auszukennen. Metch demonstrierte eine überraschende Sanftheit, als er Johns verschorften Rücken säuberte. John ließ sich von den Bogies behandeln, und ihre ehrerbietige Aufmerksamkeit erinnerte an einige der besseren Aspekte seines Aufenthalts in der Anderswelt. Er hatte sich mittlerweile an derartige Aufmerksamkeiten gewöhnt. Irgendwann, noch während ihn die Bogies behandelten, döste er ein.

Als er erwachte, war es noch dunkel, obwohl es das nicht mehr lange sein würde. Er war noch immer todmüde, also konnte er keinen ganzen Tag lang geschlafen haben. Trotzdem war er nicht bereit weiterzuschlafen. Das würde er erst tun, wenn er einigermaßen wußte, wie die Dinge standen.

Er grub die Diskette aus der Manteltasche aus. Der erste Punkt auf seiner Liste war der festzustellen, ob die Diskette ebenso falsch wie derjenige war, der sie ihm gegeben hatte. Er stand auf, ging zu seinem Computer und schaltete ihn ein. Nichts geschah. Ein Blick aus dem Fenster zeigte ihm, daß die Gegend nicht von einem Stromausfall betroffen war. Der Grund für den Ausfall lag im Haus. Er versuchte es mit dem Lichtschalter. Nichts. Also lag es nicht am Computer, der Strom war im ganzen Haus unterbrochen. Er ging nach draußen zu den Leitungen, um es nachzuprüfen. Seine Überbrückungen, mit denen er das Versorgungsnetz angezapft hatte, waren durchtrennt, und tote Drähte baumelten nutzlos hin und her.

Ohne Strom war sein Computer nur ein Haufen Schrott. Er mußte die Überbrückungen erneuern, bevor er ihn wieder benutzen konnte. Um sich diese Arbeit zu ersparen, hätte er normalerweise die Überbrückungen entfernt, bevor die Proles von der NEUCO auf ihren Wartungsgängen vorbeikämen, aber anscheinend war er so lange in der Anderswelt gewesen, daß er einen verpaßt hatte. Bei seinem Aufbruch war der nächste in drei Monaten fällig gewesen.

Er ging wieder in sein Schlafzimmer, wobei er sich beunruhigt fragte, wie viel Zeit wohl vergangen war. Offensichtlich mindestens drei Monate. Bennett hatte gesagt, die Zeit verstreiche anders in der Anderswelt. John hatte lange Zeit bei diesen verräterischen Vipern verbracht, so lange, daß sie ihn dazu gebracht hatten zu glauben, sie seien seine Freunde. Doch wie lange war das? Teufel, sein Zeitgefühl hing völlig daneben. Konnten hier tatsächlich drei Monate vergangen sein?

Nein, das paßte nicht zum Wetter. Es war Herbst. Das *wußte* er. Seine Mutter hätte gesagt, er spüre es in den Knochen. Seine elfischen Lehrer hätten das Wissen auf *Shai* zurückgeführt. Wären drei Monate vergangen, hätte in Providence Winter sein müssen.

Vielleicht hatte NEUCO seine Politik geändert. Vielleicht hatten sie einen außerplanmäßigen Wartungsgang eingeschoben. Andere Dinge hatten sich in der Gegend verändert, warum nicht auch das? Solange er hier ohne Verbindung zum Netz in seiner Bude hockte, hatte er keine Möglichkeit, es herauszufinden. Es war zu früh am Tag und er war zu müde und zu wund, um jetzt neue Überbrückungen anzubringen, aber er hatte eine Idee.

»Kesh, wann habt ihr Dr. Spae zuletzt gesehen?«

Der Bogie zuckte die Achseln. »Nachdem Ihr gegangen seid, ist sie nur ein paar Mal vorbeigekommen. Gorshin sieht hier niemanden gern, wenn Ihr nicht da seid.«

»Wir auch nicht«, sagte Metch.

»Aber Dr. Spae ist nett«, sagte Lep.

»Du magst sie nur, weil sie dumm genug ist, mit dir zu reden«, sagte Metch.

Lep plusterte sich auf, was den kurz bevorstehenden Ausbruch eines Disputs ankündigte. John erstickte ihn im Keim. »Kesh, ich will, daß du Dr. Spae eine Nachricht überbringst.«

Kesh bedachte John mit einem Blick, der besagte, »Warum ich?«

»Ich mache es«, meldete Lep sich freiwillig.

»Lep ist besser im Herumschleichen«, sagte Kesh in einem seltenen Anfall von Ehrlichkeit.

John durchschaute motiviertes Eigeninteresse, wenn er damit konfrontiert wurde, auch wenn er die Motivation nicht verstand. »In Ordnung, Lep. Du kannst gehen. Gib mir eine Minute, um die Nachricht zu schreiben, dann kannst du gehen. Ich will, daß sie umgehend abgeliefert wird, ohne Umwege.«

Lep nickte ernst.

John sah sich nach einem Schreibgerät um. Metch hatte ein Blatt Papier für ihn, als er schließlich einen Stift fand. John schrieb seine Nachricht und reichte sie Lep. »Wenn du ihr die Nachricht nicht direkt übergeben kannst, hinterlasse sie dort, wo sie sie bald finden wird.«

Lep machte sich davon. John sah nichts, was er im Augenblick noch unternehmen konnte. Es war beinahe Morgen – und mit seinem Aussehen konnte er nicht einfach nach draußen gehen. Er erwog, einen von den anderen Bogies mit einer Nachricht zu Spillway Sue zu schicken, aber er wußte, daß die Faery-Bewohner sie nervös machten. Außerdem wußte er nicht, ob sie lesen konnte. Er würde sie bald aufsuchen, sobald er herausgefunden hatte, was die Diskette enthielt. Wenn er eine Zeitlang weg gewesen war, konnten ein paar Stunden mehr nicht schaden. Er fühlte sich müde, krank und mehr als nur ein wenig deprimiert, als er schließlich wieder ins Bett ging.

Es war später Nachmittag, als Metch ihm ins Ohr flüsterte, daß Dr. Spae kam. Er quälte sich aus dem Bett, wobei er die Bogies wegscheuchte, die seinen Verband wechseln wollten. Sein Rücken fühlte sich schon viel besser an. Er fand ein T-Shirt, zog es an und trat zum Fenster. Dr. Spae war seinem Wunsch gefolgt und allein gekommen. Er ging nach unten, um sie zu begrüßen, machte sich jedoch nicht die Mühe, zur Tür zu gehen. Sie kannte den Weg hinein.

Weil er wußte, daß sie bereits mit Elfen zu tun gehabt hatte, kam er zu dem Schluß, daß etwas Vorsicht nicht schaden konnte. Sie wußte zwar, daß er Bennetts Sohn war, aber sie hatte sein Elfengesicht noch niemals gesehen. Er wollte ihr die Möglichkeit geben, für sich selbst zu entscheiden, daß er kein Hochstapler war. Er wartete im Schatten auf sie, wobei er sich mit demselben Zauber unsichtbar machte, den Faye einmal benutzt hatte, um ihn vor Attentätern zu verstecken. Sie marschierte direkt an ihm vorbei.

»Danke, daß Sie gekommen sind, Doktor«, sagte er, was sie innehalten ließ. »Ich weiß Ihre Promptheit zu schätzen.«

»Ich hatte schon gedacht, Sie kämen nicht mehr zurück«, sagte sie, indem sie sich seiner Stimme zuwandte. Ein Ausdruck der Verwirrung huschte über ihr Gesicht, als sie ihn nicht sah. »John?«

»Sagte ich nicht, daß ich zurückkommen würde?«

»Ja, das sagten Sie«, erwiderte sie zurückhaltend. Sie suchte in der Dunkelheit nach ihm. Offenbar war ihre magische Sicht seinem Zauber unterlegen. »John, stimmt irgendwas nicht?«

Ja, aber das hat nichts mit Ihnen zu tun. »Es geht mir gut.«

»Warum verstecken Sie sich?«

»Ich wollte Ihnen eine Möglichkeit geben, sich zu vergewissern, daß ich es wirklich bin.«

Er hob den Zauber auf und trat aus dem Schatten. Sie stieß einen Laut der Überraschung aus, als sie ihn sah, fing sich jedoch rasch.

»Wie ich sehe, ist der Tarnzauber aufgehoben worden.« Sie nickte, die Augen weit aufgerissen. »Die Ähnlichkeit mit Bennett ist verblüffend.«

Sie brauchte ihn nicht zu beleidigen. »Hat man einen Elf gesehen, hat man alle gesehen, was? Haben Sie einen Computer mitgebracht?«

Ihr Mund zuckte ein wenig. Verärgerung? Sie tätschelte ihre Schultertasche. »Ich habe meinen alten Romer bei mir. Ich benutze ihn nicht mehr oft. Er ist ein wenig veraltet. Sie müssen mir zeigen, wie Sie sich vor der magischen Sicht verbergen.«

»Ich habe in letzter Zeit eine ganze Menge gelernt, Doktor. Einiges davon werde ich mit Freuden an Sie weitergeben, aber im Augenblick bin ich an Magie nicht interessiert. Wenn die Batterie des Computers in Ordnung ist, wird er für meine Zwecke völlig ausreichen.« Die Diskettenhülle war auch ein wenig veraltet. Ein Sonymac Romer würde genau richtig sein. Er streckte die Hand aus. »Ich würde gern anfangen.«

»Wie ich sehe, standen Manieren nicht auf Ihrem Lehrplan«, sagte sie schroff, gab ihm aber das Gerät.

Marianne Reddy hatte ihn nicht zur Unhöflichkeit erzogen. »Es tut mir leid, Doktor. In letzter Zeit ist eine

Menge auf mich eingestürzt und ich habe nicht viel Schlaf bekommen. Ich bin ziemlich müde.«

»Da sind Sie nicht der einzige. Sie haben Glück, daß ich kommen konnte. Ich hatte zuerst gedacht, Ihre Nachricht auf meinem Schreibtisch sei eine Finte. Hätte ich Lep nicht gesehen… Nun ja, spielt keine Rolle. Ich will ehrlich zu Ihnen sein, John, ich bin nicht in der Stimmung für ein neues Rätsel. Ich hatte in letzter Zeit genug davon. Ich würde mich sehr viel besser fühlen, wenn Sie mir einfach sagten, worum es eigentlich geht.«

Warum nicht? Sie hatte ihm vertraut. »Man hat mir eine Diskette gegeben. Angeblich enthält sie Informationen über meine Mutter.«

»Ihre echte Mutter oder Ihre Pflegemutter?«

Echt? Echt war das Aufziehen und die Fürsorge gewesen, nicht das Verstoßen und Deponieren vor der Türschwelle eines anderen. »Marianne Reddy.«

»Haben Sie nicht gesagt, Bennett wollte Sie davon abhalten herauszufinden, was mit ihr geschehen ist?«

»Ich habe diese Diskette nicht von Bennett bekommen.«

»Sie versuchen ein Geheimnis daraus zu machen.«

»Tut mir leid.« Es war ihm unangenehm, darüber zu reden. Dr. Spae war sein Lehrer gewesen, nicht sein Freund. Über manche Dinge redete man nicht mit seinen Lehrern. »Vielleicht sollten wir einfach nachsehen, was sich auf der Diskette befindet.«

Das schien sie zufriedenzustellen. Mit ihrer Hilfe brauchte John keine Zeit damit zu verschwenden, die Protokolle des Romer zu durchschauen. Als es an der Zeit war, die Diskette einzulegen, zögerte John. Würde sich dies als ein neuer Scherz erweisen? Es gab nur eine Möglichkeit, das herauszufinden. Er legte die Diskette ein. Icons erschienen auf dem Bildschirm. Die Diskette war nicht leer, wie er schon befürchtet hatte. Es gab

Überwachungsberichte von Mitsutomo und Dateien, die bis zum Zeitpunkt seines Verschwindens und angeblichen Todes zurückreichten. Es gab eine Anordnung für einen Umzug, ebenfalls von Mitsutomo, Überwachungsdateien jüngeren Datums und sogar medizinische Unterlagen, die auswiesen, daß Marianne Reddy sich bester Gesundheit erfreute. Am interessantesten für John war der Befehl, die Überwachung einzustellen. Es hatte den Anschein, als habe Mitsutomo das Interesse an Marianne Reddy verloren. Es gab noch anderes Material. Eine ganze Menge, zu viel, um es auf die Schnelle durchzusehen. Der Wert der Daten blieb abzuwarten.

Er mußte noch etwas wissen. Er ließ sich vom Computer die Erstellungsdaten der Dateien anzeigen. Die jüngste Datei war sechs Monate nach seinem Überwechseln in die Anderswelt erstellt worden. Im Frühling. Ihm gefiel nicht, was er dachte.

»Doktor, ich frage mich, ob Sie mir wohl sagen können, wie lange ich fort war.«

»Wissen Sie das nicht?«

»In der Anderswelt gibt es nicht so viele Uhren und Kalender.«

»Nein, wohl nicht.« Sie musterte ihn eindringlich. Wahrscheinlich versuchte sie in seinen elfischen Zügen einen Hinweis zu entdecken, wie sie die Sache angehen sollte. Sie biß sich auf die Lippe, dann sagte sie zaghaft: »Ungefähr ein Jahr.«

Er schloß die Augen und spürte, wie er die Schultern hängen ließ. Bär hatte ihm geraten, niemals einem Elf zu vertrauen. *Die Zeit verstreicht anders.* Er hätte es besser wissen müssen. »Ein Jahr und einen Tag vielleicht?«

Dr. Spae lächelte, besorgt und mitfühlend. »Ich fürchte, ich kann mich nicht mehr an das genaue Datum Ihrer Abreise erinnern.«

»Das Datum spielt eigentlich keine Rolle«, versicherte

er ihr. Er war wieder hereingelegt und mit Versprechungen abgespeist worden, die sich nicht erfüllt hatten. Was hatte er Bennett nur angetan, um von ihm so an der Nase herumgeführt zu werden?

»Während Ihrer Abwesenheit ist viel geschehen, John.«

Er hätte dasselbe sagen können. Er hatte noch Fraochs Lachen im Ohr. Ja, es war viel geschehen, aber er würde nicht darüber reden.

Dr. Spae hatte jedoch etwas, worüber sie mit ihm reden wollte. Sie erzählte ihm von einem mörderischen ›Ding‹, das New England heimzusuchen schien. Aus Gründen, die ihm nicht ganz klar waren, glaubte sie, daß dieses Ding etwas mit Quetzal zu tun hatte, doch der Hinweis eines Zusammenhangs reichte aus, um ihm einen kalten Schauder über den Rücken zu jagen. Es gab keine klare Verbindung zwischen diesem *Wisteria*-Mörder und Quetzal, auf die sie den Finger hätte legen können, weil, wie sie sagte, sie bei ihren Ermittlungen ständig gestört wurde. »Sie lassen mich unzählige alberne kleine Manifestationen aus der Anderswelt untersuchen«, sagte sie. »Jedesmal, wenn ich mich auf diese Sache konzentrieren will, gibt es irgendein anderes merkwürdiges Vorkommnis, und dann schicken sie mich dorthin, um es zu untersuchen, und zwar mit der durchaus vernünftigen Begründung, daß es vielleicht nur diese eine Gelegenheit gebe, dieses besondere Vorkommnis zu untersuchen. Ich scheine ihnen nicht verständlich machen zu können, wie wichtig diese Bedrohung sein könnte.«

»Was habe *ich* damit zu tun, Doktor? Ich weiß nicht einmal, wovon Sie reden.«

Sie sah ihn an, als sei sie nicht sicher, was sie eigentlich von ihm wollte. Nach einer kurzen Pause sagte sie: »John, ich könnte Ihre Hilfe brauchen.«

»Ich habe kein Interesse, Ihnen bei der Jagd auf irgendwelche Ungeheuer zu helfen. Das haben wir schon einmal versucht, und dabei wären wir beinahe getötet worden. Ich bin selbst auf einer Jagd, und zwar auf einer, die ich viel zu lange aufgeschoben habe.«

»Dazu sind Sie noch nicht bereit. Sie haben die Daten noch nicht verifiziert.« Sie hielt einen Augenblick inne, bevor sie ihm einen Köder vorsetzte. »In der Firma haben wir guten Computerzugang. Sie könnten alle möglichen Querverbindungen überprüfen.«

Er spürte, daß ihr Angebot einen Haken hatte. »Ich muß mein ganzes Leben neu aufbauen. Ich weiß, daß es nicht so schön ist wie Ihres, aber es ist alles, was ich habe.«

Sie war nicht bereit aufzugeben. »Ich könnte Sie als Assistent verpflichten und Ihnen ein Honorar zahlen. Geld würde bei Ihrer Suche helfen.«

Sicher, Geld würde helfen, aber die Firma würde alles aktenkundig machen wollen, und das bedeutete, daß John wieder im Datennetz auftauchte, wo ihn jeder aufspüren konnte. Ob er ein Alias benutzte oder nicht, er würde Spuren hinterlassen, die jemanden zu ihm führen konnten. Er bezweifelte, daß Dr. Spaes Firma die Mittel oder auch nur das Bedürfnis hatte, alles, was mit ihm zusammenhing, geheimzuhalten. Mit Sicherheit konnte sie ihn nicht vor einem Megakonzern wie Mitsutomo verbergen. Zwar deutete alles darauf hin, daß Mitsutomos Interesse an ihm erloschen war, aber er wollte ganz sicher sein, bevor er aus seinem Versteck kroch.

»Ich weiß Ihr Angebot zu schätzen, aber ich glaube nicht, daß ich es annehmen kann.« Um sie nicht zu verärgern, fügte er hinzu: »Jedenfalls noch nicht.«

»Denken Sie an Ihre Zukunft, John. Sie könnten etwas bewirken.«

»Es gibt ein paar Dinge, die ich gern regeln würde, bevor ich an die Zukunft denken will.«

Sie seufzte und schüttelte resigniert den Kopf. »Sie

haben jetzt den Romer. Das Kommunikationspaket ist direkt mit meinem System verbunden. Benutzen Sie es, wenn Sie schlauer geworden sind.«

Er war beeindruckt, daß sie von keinem der Hebel Gebrauch machte, die sie bei ihrem Wissen gegen ihn hätte ansetzen können. »Ich bleibe in Verbindung, Doktor.«

»Verbrennen Sie sich nicht die Finger«, sagte sie, als sie ging.

Er würde sich alle Mühe geben. Er hatte sich schon zu oft die Finger verbrannt.

Kapitel 21

Holger ließ die Stadt hinter sich, nicht indem er die Stadt verließ, sondern indem er sich selbst hinter sich ließ. Diese Lösung, sobald sie ihm einmal einfiel, war so simpel, so elegant, daß er sie sofort in die Tat umsetzte. Holger Kun, Agent der Abteilung M, legte alles ab, was ihn auswies. Alles, was er aus dem Wagen der Abteilung mitgenommen hatte, alles, was er bei jenem verhängnisvollen Rendezvous mit einer gewissen Spezialistin bei sich gehabt hatte, deponierte er in einem leerstehenden Lagerhaus auf der West Side. Er entledigte sich sogar seiner Kleidung und ersetzte sie durch solche, die er in einem Secondhand-Laden in der Wickenden Street gekauft hatte. Er ließ alles hinter sich – bis auf das, was sie ihm eingepflanzt hatten. Diese Dinge konnte er nicht zurücklassen – nicht, daß er es nicht getan hätte, wenn er gekonnt hätte, aber manche Dinge überstiegen seine Macht.

Anpassung oder Tod, hatte Mannheim gesagt. Diese Art Spruch sah Mannheim normalerweise gar nicht ähnlich. Holger hatte ihn immer für ein Zitat gehalten. Jetzt traf es zu.

Seine Welt hatte sich verändert. Wieder einmal. So verändert, daß er nicht mehr dazugehörte, nicht auf eine Weise, die er begriff. Und all das wegen einer Spezialistin, einer Person, die Zugang zu Magie besaß. Er haßte Magie. Die Magie, die in die Welt einsickerte, war das Grundübel. Wieder einmal. Magie hatte die alte Welt getötet und einen chaotischen Unsinn an ihre

Stelle gesetzt. Solange es Magie gab, würde die Welt unsinnig bleiben. Magie hielt ihn in dieser Stadt fest und würde ihn töten, wenn er es zuließ.

Anpassung. Oder Tod.

Der Gedanke, einmal sterben zu müssen, hatte ihm noch nie viel ausgemacht.

Er würde sich selbst opfern, wenn nötig.

Früher einmal, ja. Jetzt nicht mehr. Denn wer legte fest, wann es nötig war?

Er wußte ganz genau, was nötig war. Nötig war, daß die Stimmen in seinem Kopf verstummten. Sie gehörten dort nicht hin, aber sie waren trotzdem da, ein Teil von ihm und doch losgelöst von ihm. Eine Lösung mußte gefunden werden.

Er lernte bereits, mit ihnen auszukommen. Er hatte bereits gelernt, sich von dem Ort fernzuhalten, wo *sie* arbeitete. Ebenso wie er gelernt hatte, daß es besser war, nicht an *ihren* Namen zu denken. Die Stimmen waren ruhiger, wenn er gewisse Gedanken vermied. Indem er nicht an *ihren* Namen dachte, ersparte er sich ihren Sermon und brauchte nicht zu ihren Schlußfolgerungen zu gelangen.

Doch dieses Verfahren hatte seine Grenzen.

»Wach auf! Wir können der Verantwortung nicht ewig ausweichen«, sagte das Plakat, an dem er vorbeiging.

Er ging weiter und entfernte sich aus seinem Sensorbereich. Beim ersten Mal, als das Plakat auf ihn ansprach und seine Botschaft abspielte, hatte er sie sich ganz angehört, da ihn die tiefe, gebieterische Stimme fasziniert hatte. Die Botschaft gefiel ihm ebenfalls. Die grüne, wachsende Welt auf dem Bild war wunderbar. Er war ebenfalls der Ansicht, daß die Welt dringend der Pflege bedurfte. Der Menschheit war die Welt vertrauensvoll überantwortet worden und sie hatte dieses Vertrauen mißbraucht. Die Menschheit mußte sich ihrer

Verantwortung stellen, um der Herausforderung gewachsen zu sein, die Welt zu retten, um etwas zu tun, obwohl das Plakat sehr unbestimmt blieb, was konkrete Einzelheiten betraf. Eine aufwühlende Botschaft. Die Pend Foundation hatte sich ihren Sprecher gut ausgewählt. Dessen Stimme bewirkte, daß Holger zuhören wollte, aber letzten Endes wußte er, daß die Botschaft nicht für ihn bestimmt war. Wie konnte er die Welt retten, wenn er nicht einmal sich selbst zu retten vermochte?

Die Zeit verging und das war gut so. Jeder Tag war ein neuer Tag, ein Tag, an dem ihn niemand fand. Nicht die Jäger der Abteilung, von denen er wußte, daß sie irgendwo dort draußen waren, nicht die Wesen aus der Anderswelt, die überall lauerten und jagten, was ihnen in die Quere kam, nicht die Polizei, nicht einmal *sie*. Sie suchten ihn, suchten den alten Holger, wie er genau wußte. Der neue Holger war getarnt, unsichtbar, ein Teil der Stadt, nicht von ihr abgesondert. Ein Tag, an dem er keine Aufmerksamkeit auf sich lenkte, war der beste aller Tage.

Anpassung, Tag für Tag.

Seine Erinnerungen waren durcheinander und es hatte den Anschein, je mehr er sie durchsuchte, nach der Wahrheit Ausschau hielt, desto verwirrter wurde er, was Wahrheit war und was nicht. Wenn er es nicht mehr ertragen konnte, machte er sich auf und wanderte durch die East Side. Er hatte den Hügel zu seinem Heimatrevier auserkoren, weil ihm dessen Lebendigkeit gefiel und weil er sich nicht vorstellen konnte, daß der Wahnsinn auch nur in die Nähe der großen Universität kam, die die East Side beherrschte.

Er bevorzugte eine Gegend im Norden des alten Gerichts nicht weit von der Designschule. Es war eine Gegend, die nicht wußte, ob sie auf dem Weg nach oben oder unten war, und sie hatte zwei Leben, eines am Tag und eines in der Nacht. Das paßte zu ihm, da sein Leben ebenfalls zwei Seiten hatte. Bei Tag wanderte er durch die Straßen, ein anonymes Gesicht in der Menge der anderen Fußgänger. Manchmal bettelte er – aus Gründen der Tarnung; er war noch nicht darauf angewiesen, um seine Grundbedürfnisse zu befriedigen –, aber die meiste Zeit beobachtete er nur die Leute und das bunte Treiben, da er die Nähe zum gewöhnlichen, alltäglichen Leben ringsumher genoß. Bei Nacht lagen die Dinge anders. Nach Einbruch der Dunkelheit schälte sich eine andere Art von Leben heraus, ein rauheres, weniger freundliches, aber nicht weniger gewöhnliches Leben. Manchmal registrierte er jedoch Spuren des Außergewöhnlichen – und wenn das geschah, zog er sich zurück. Bei diesen Gelegenheiten kletterte er getrieben von irgendeinem atavistischen Instinkt auf das Gerüst des großen Gebäudes, das am Rande seines erwählten Heimatreviers errichtet wurde.

Dieses Gebäude würde riesig sein, wenn es einmal fertig war. Seine Stahlträger berührten bereits den Himmel und sein Fundament umspannte mehrere Blocks. Manche nahmen den Bau nicht sehr wohlwollend auf. An den meisten Tagen protestierten längst geschlagene Umweltschützer gegen den Bau und wehrten sich mit Plakaten und Aufklebern, die sie an den Bauzaun klebten. Dieser Zaun umgab den Bauplatz wie der Schutzwall eine Burg. Das gefiel ihm. Bei Nacht war dieses unvollendete Bauwerk seine Zuflucht, sein Schloßturm, der einzig gute Ort.

Natürlich hätte er eigentlich nicht dort sein dürfen, aber dadurch ließ er sich nicht stören. Das Wachpersonal, das CaranelliCo eingestellt hatte, um das Bauvorhaben zu schützen, schien nicht das beste zu sein – Holger konnte ihm leicht ausweichen. Die zusätzlichen Sicherheitssysteme ließen sich fast ebenso leicht umgehen. Er hatte die Stellen gefunden, die weder von elektronischen noch von organischen Augen beobachtet wurden, und dorthin flüchtete er sich.

In seinen unbewachten Zufluchtsorten in den Tiefen des Bauskeletts konnte er Wache halten. Eines Tages würde dieses Gebäude die Skyline der East Side beherrschen und sich höher in den Himmel recken als der Hügel, an den es sich lehnte. Von den höchsten Punkten des Baus konnte er den größten Teil der Stadt überblicken. Alles lag vor ihm wie auf einem Stadtplan. Und er studierte diesen Plan und hielt nach dem Hinweis Ausschau, der ihm verriete, welche Fluchtmöglichkeit es für ihn gab. Und er beobachtete die Stadt, da er nicht einschlief, während er sie beobachtete.

Doch der Schlaf kam unvermeidlich und Schlaf war gleichbedeutend mit Träumen. Ihm gefielen seine Träume nicht besonders. Sie waren reißende Wasserfälle, in denen sich die Realität vor seinen Augen veränderte und er nur hilflos zusehen konnte, ohne eingreifen zu können. In Träumen eine durchaus übliche Lage, aber diese Veränderungen waren anders, tiefgreifender, realer und gründlicher. Er haßte es, hilflos zu sein.

Er versuchte, möglichst wenig zu schlafen.

Auf dem Bauzaun klebte auch eines der sprechenden Plakate der Pend Foundation. Manchmal, wenn er spät nachts die Stadt beobachtete, ließ irgendjemand oder irgendetwas das Plakat ansprechen. Dann hörte er dessen Botschaft in der Stille der Nacht, und sie erfüllte ihn mit Erinnerungen an bessere Zeiten und an ein besseres Leben.

Doch wie viel davon war Erinnerung und wie viel ein Traum?

Das schien das Grundproblem zu sein, mit dem er sich auseinanderzusetzen hatte. Er mußte das eine vom anderen und beides von den Lügen trennen. Doch mit jedem Tag, der verstrich, kamen ihm die Unterscheidungen weniger klar vor. Er hatte keinen Maßstab, keine Vorgabe, nichts, woran er sich orientieren und festhalten konnte. Er beneidete Mr. Pend Foundations Stimme um die Überzeugung, die er aus ihr heraushörte. Früher hatte er diese Überzeugung auch gehabt, in den alten Zeiten, als Erinnerungen noch keine Verräter gewesen waren.

Das Plakat redete wieder. Die Luft war klar und übermittelte die Ansprache perfekt – als werde sie für ihn gehalten, so schien es. *Mißtraue dem Zufall*, hatte Mannheim gesagt. Oder nicht? Wenn nicht, hätte er es jedenfalls sagen sollen. War das sein Hinweis? Holger lauschte, nahm die Botschaft mit offenen Ohren auf. Sie lautete nicht anders als zuvor, aber heute nacht rührte sie ihn. Er hoffte, wenn er schließlich einschliefe, von einem grünen und angenehmen Land zu träumen, aber ihm fehlte der Glaube. Also saß er nur da und weinte und lauschte jener aufrichtigen Stimme, bis er schließlich einschlief.

Kapitel 22

»Sie wollten uns sprechen, Captain«, sagte Manny. »Setzen Sie sich«, sagte Captain Hancock zu ihnen.

Charley Gordon schloß die Tür zum Büro des Captains hinter sich. Die Aufforderung, sich zu setzen, war das Zeichen, daß etwas Unerfreuliches geschehen würde. Nachdem die Tür dem gleichförmigen Lärm des Bereitschaftsraums Einhalt geboten hatte, wurde es in dem Büro so still wie in einer Leichenhalle. Hancock begann, kaum daß Charley Platz genommen hatte.

»Ich habe einen neuen Fall für Sie. Die Sensationspresse nennt ihn die Holyoke-Heimsuchung. Falerio und Vuong haben die Voruntersuchung durchgeführt, aber sie sind überlastet, also geht der Fall an Sie beide.«

»Als wären wir nicht auch überlastet«, beschwerte sich Manny.

Hancock ignorierte ihn. »Ich will, daß Sie gleich hinfahren und sich die Augenzeugen persönlich vorknöpfen, insbesondere diesen Thomas Rudge. Er ist für groben Unfug bekannt. Ich denke, daß wir diese Geschichte begraben können, wenn Sie tief genug buddeln.«

Dies war nichts, was hinter verschlossenen Türen besprochen werden mußte. Was war im Busch? »Hören Sie auf, Captain, wir haben genügend ernsthafte Fälle, um die wir uns kümmern müssen. Falerios und Vuongs Müll wegzuräumen, hat uns gerade noch gefehlt. Ich bin eben auf eine Spur in der Sandowski-Mordsache gestoßen, die…«

»Die Sie weitergeben können«, beendete Hancock den Satz für ihn. »In der Sandowski-Mordsache ermitteln Sie nicht mehr.«

Was? Ein langsamer Quirl wühlte Charleys Magensäure auf. »Was ist mit dem Marino-Fall?«

»Ist nicht mehr Ihrer.«

Scheiße! Er hatte Hancock erst letzte Woche von der Verbindung zwischen den beiden Mordfällen berichtet. »Es betrifft alle Fälle, nicht wahr?«

»Die Liste der neu vergebenen Fälle wartet bereits in Ihrer Mailbox«, sagte Hancock zu ihnen.

»Warum?« Manny klang beleidigt.

»Das können Sie nicht machen«, sagte Charley, wobei er sich wünschte, es wäre so.

Hancock lehnte sich zurück und funkelte sie an. »Ich habe keine Lust, mir irgendwelchen Schwachsinn von Ihnen anzuhören. Ihnen sind andere Fälle zugeteilt worden. Die werden Sie bearbeiten. Sie werden diese Holyoke-Sache bearbeiten. Sie werden jeden gottverdammten Fall bearbeiten, den zu bearbeiten ich Ihnen befehle. Aufsässige Cops werden suspendiert.«

Wer würde das Ungeheuer suspendieren? Das Ding, das mit der *Wisteria* gekommen war, hielt sich irgendwo in New England auf. Woher es auch stammte, jetzt war es *hier* – und das machte es zu einem Problem für die Sonderermittlungseinheit. Die SEE hatte es zu Charleys Problem gemacht. Zu einem Problem, das Charley noch nicht gelöst hatte, und zu einem Problem, das immer noch frei herumlief und weiter tötete.

»Das können Sie nicht tun«, wiederholte Charley. »Captain, da draußen läuft ein Mörder frei herum.«

»Und es gibt genügend fähige Leute, um ihn zur Strecke zu bringen«, erwiderte Hancock. »Sie können die Welt nicht ganz allein retten, Gordon.«

Verdammt noch mal, er versuchte gar nicht, *die Welt*

zu retten. »Sie kennen nicht die Hintergründe dieses Falls.«

»Sie werden sie kennen, wenn Sie denen Ihre Akten übergeben. Was Sie tun werden.«

Charley gefiel das nicht, es gefiel ihm ganz und gar nicht. Irgendwas war nicht koscher. »Das ist nicht auf Ihrem Mist gewachsen. Warum tun Sie das?«

»Befehl von oben«, sagte Hancock mit versteinerter Miene.

»Das ist alles?« fragte Manny mit angemessen spöttischem Unterton.

Hancock nickte. »Das ist alles, was ich Ihnen zu sagen habe. Beenden Sie Ihre Ermittlungen und speichern Sie alle Daten.«

»Und was passiert mit diesen Daten?« wollte Charley wissen. Manche stammten aus vertraulichen Quellen. Er würde sämtliche Brücken zu diesen Quellen abbrechen, wenn er die Informationen einfach so weitergab.

»Das geht Sie nichts an.«

»Es sind die Bundesbullen«, sagte Manny und überließ es Charley hinzuzufügen: »Es ist Fletcher, der sich einmischt, habe ich recht?«

»Es ist nicht mehr Ihr Fall. Also hören Sie auf, sich Gedanken deswegen zu machen. Tatsächlich wären Sie gut beraten, ihn ganz zu vergessen.«

»Ich kann nicht vergessen, daß wir einen Mörder in unserem Hinterhof sitzen haben, der darauf aus ist, Leute auszusaugen«, sagte Charley.

»Glauben Sie, mir gefällt das?« Hancock wirkte nicht glücklich, aber er sah auch nicht so aus, als würde er einen Rückzieher machen. »Hören Sie, Gordon. Sie haben letztes Jahr mit Ihrer Verrie-Nummer über Providence einen Haufen Leute verärgert. Mit einer Staffel Konzern-Mambas über der Stadt herumzuschwirren! Wir haben kein Interesse, daß Sie noch mehr verrückte Sachen wie diese anstellen, kapiert? Ein Haufen Leute ist noch immer nicht gut auf Sie zu sprechen. Verstehen Sie? Wenn Sie jetzt Wellen schlagen, sind Sie erledigt. Und Sie reißen Salazar mit. Wollen Sie das? Es ist nur ein beschissener Fall! Und nicht mal Ihr einziger! Vergessen Sie Ihren Mörder! Das ist ein guter Rat, Gordon. Gut für Ihre Gesundheit. Nehmen Sie ihn an.«

»Die Sache stinkt zum Himmel, Captain.«

»Nur die Ruhe, Charley«, sagte Manny, indem er ihm eine Hand auf den Arm legte.

Als müsse er zurückgehalten werden. Als sei er kurz davor, Hancock zu erwürgen.

»Hören Sie auf Ihren Partner, Gordon. Die Sache ist nicht Ihren Job wert.«

Vielleicht nicht. Jedenfalls hatte es keinen Wert, in Hancocks Büro zu bleiben und mit ihm zu streiten.

Wieder in ihrer Büronische, vergewisserte Manny sich, daß niemand sie beachtete, und als er davon überzeugt war, daß sie so viel Abgeschiedenheit für sich hatten, wie dies in einem Bereitschaftsraum möglich war, fragte er Charley leise: »Wirst du es tun?«

Machst du dir Sorgen um deinen Job, Manny? »Ja. Ich kann nicht gewinnen. Sie holen sich die Daten aus unseren Maschinen, wenn ich sie ihnen nicht freiwillig gebe.«

Manny nickte zufrieden. »Weißt du, Hancock hat ja recht. Wir sollten die Geschichte einfach vergessen.«

»Ja.« Hancock konnte ihn mal. Charley würde die Geschichte auf gar keinen Fall vergessen.

Also würde er sie nicht vergessen. Aber was konnte er *tun*? Nicht besonders viel. Die Ermittlungen führten im Grunde nirgendwohin. Trotz der Fülle von Daten, die Pamela Martinez ihm hatte zukommen lassen, war es ihm bisher nicht gelungen, ein Schema in den Morden zu entdecken und herauszufinden, was den Mörder antrieb. Die Opfer waren zu verschieden, die Tatorte zu unterschiedlich. Die einzigen Konstanten waren der Zustand der Opfer und die Tatsache, daß alle Morde während der Nacht stattfanden, aber diese spezielle Einzelheit war bei einer SEE-Untersuchung nichts Besonderes. Bisher war es ihm lediglich gelungen, die Spur des Mörders in San Francisco aufzunehmen, wo er die *Wisteria* verlassen hatte, und sie dann bis nach New England zu verfolgen, wo er zu dem Schluß gekommen zu sein schien, daß ihm das Klima dort gefiel.

Zeit mit fruchtloser Arbeit zu vergeuden, half niemandem und mehr hatte er nicht getan. Vielleicht hatte derjenige, der seine Akten in die Finger bekam, mehr Glück. Er bezweifelte es. Er machte sich daran, die Sachen aus der Akte zu entfernen, die er von Martinez bekommen hatte und nicht durch andere Quellen verifizieren konnte. Dann widmete er sich Caspars Beiträgen.

Als er an Caspar dachte, kam Charley der Gedanke, ihn von der jüngsten Entwicklung in Kenntnis zu setzen, bevor Charleys kybernetisches Ohr etwas Neues zur Modus-Akte des *Wisteria*-Mörders beisteuerte. Die Woche war fast zu Ende und die Adresse, die Charley für das Ohr hatte, galt vielleicht nicht mehr, aber Charley hatte das Gefühl, es wenigstens versuchen zu müssen. Er schickte eine E-mail ab, in der er erklärte, soeben von Modus 273 abgezogen worden zu sein, und daß es keinen Sinn mehr habe, ihm noch weitere Nachrichten zu schicken.

Caspar hätte online auf ihn gewartet haben können, so schnell landete seine Antwort in Charleys Mailbox.

Vermute Zusammenhang zwischen diesem Abbruch und anderen abgebrochenen Untersuchungen, war das Fleisch von Caspars Botschaft, aber die Knochen befanden sich in der angehängten Auflistung von Fällen. Einige davon kannte Charley, andere waren ihm unbekannt. Die meisten waren nicht einmal Fälle aus der NEK. Außerhalb von Charleys Zuständigkeit, aber eindeutig nicht außerhalb von Caspars Interessensphäre.

Charley war interessiert, aber wer hatte so viel Zeit? Er mußte ein halbes Dutzend Untersuchungen einstellen, die entsprechenden Akten heraussuchen und alles in Geschenkpapier verpacken, und zwar für – wen? Er hatte angenommen, für Fletcher und seine Leute, aber Hancock hatte das weder bestätigt noch bestritten. Eigentlich gab es keinen Grund, eine Einmischung der Bundesbehörden zu verheimlichen. Der *Wisteria*-Mörder hatte Leichen in ein paar Dutzend Staaten hinterlassen. Ohne Zweifel ein grenzübergreifendes Verbrechen. Warum schwieg Hancock also? Wer hatte hier wirklich die Fäden in der Hand?

Es gab Zeiten, in denen Charley sich wünschte, wieder auf Streife gehen zu können.

Kapitel 23

John wußte nicht, ob Spillway Sue die Wohnung gewechselt hatte, aber die Tür am Ende der Treppe war abgeschlossen. Jemand wohnte dort. Da er sich noch sehr gut daran erinnern konnte, welche Schwierigkeiten er gehabt hatte, sie beim letzten Mal aufzuspüren, beschloß er zu warten, bis der Wohnungsinhaber nach Hause kam.

Die Gasse war breit genug für Fahrzeuge, aber irgendwann hatte jemand beschlossen, ihnen die Durchfahrt zu verwehren, und eine Mauer aus Betonklötzen errichtet. Jemand anders hatte diese Idee nicht gefallen und dieser Jemand hatte ein Loch in die Konstruktion gesprengt. Er konnte noch die Brandflecken auf den Überresten der Barriere und die Spuren umherfliegender Trümmer an den Wänden der umstehenden Gebäude erkennen. Vor Sues Haus waren noch genug Betonklötze übrig, um ihm eine Sitzgelegenheit zu bieten, also setzte sich John. So brauchte er nicht mit dem nassen Asphalt vorlieb zu nehmen, blieb aber nahe genug bei ihrer Tür, um jeden Ankömmling zu sehen, ohne jedoch so nah zu sein, daß sie seine Anwesenheit bei ihrer Rückkehr als unmittelbare Bedrohung auffassen würde.

Er ließ die Beine herunterbaumeln und trat mit den Füßen müßig gegen den Beton, wobei er sich seine schönen grünen Elfenstiefel zerkratzte. Es waren gute Stiefel, ohne jeden Zweifel das bestpassendste Paar Stiefel, das er je besessen hatte, und sie verdienten eine bessere Behandlung, aber sie waren elfisch und an Dingen elfischer Herkunft lag ihm gegenwärtig nicht viel.

Während er wartete, sah er zu, wie die dichten Wolken über den Nachthimmel zogen. Sie versprachen mehr von dem Regen, der am Nachmittag die Straßen glitschig gemacht und für den ersten Schub Herbstlaub gesorgt hatte, das er zu einer durchweichten braunen Masse verklebte. Nicht, daß es viele Bäume in dieser Gegend gegeben hätte. Es war eine reine Betonwüste. Durch eine Lücke zwischen zwei Häusern konnte er das Südende des Hügels sehen. Dort gab es Bäume, von denen die meisten wegen des Regens schon auf dem besten Weg zur winterlichen Kahlheit waren. Anders als die urbane Kahlheit würde die der Natur im Frühling neuem Leben weichen. Die Vernichtung des Grüns durch die Menschheit ging immer weiter.

Düstere Gedanken für eine düstere Nacht.

Er brauchte nicht hier zu sein. Er hätte auch zu Hause sein und seine automatisierten Bemühungen beaufsichtigen können, die Informationen auf der Diskette zu verifizieren. Doch was hätte das für einen Sinn gehabt? Er hatte sich für die bestmögliche Vorgehensweise entschieden, indem er einen Kuckuck improvisiert und ein halbes Dutzend Programme auf die Datensuche angesetzt hatte. Die Suche würde eine ganze Weile dauern – hatte bereits Stunden in Anspruch genommen. Er konnte nicht viel tun, um sie zu beschleunigen, und das Wenige, was er tun konnte, schien nicht ganz ungefährlich. Der Kuckuck war seine Sicherung, um sich vor Spürprogrammen zu schützen, die ihn nur zu leicht aufspüren konnten, wenn er seine Suche live durchführte. Der minimale Kontakt, den er mit seinen Programmen haben würde, wenn er sich deren Resultate abholte, barg ebenfalls das Risiko, sich ein Spürprogramm einzuhandeln, aber nur ein minimales: Minimales Risiko war der Schlüssel für sicheres Hacken.

Also war er hier und hoffte, Sue zu finden. Nicht zum ersten Mal fragte er sich, ob er das Richtige tat, und – nicht zum ersten Mal – fand er die Antwort. Die Zeit, die er für die Urteilsfindung brauchte, wurde mit jedem Mal kürzer. Sue war das Beste, was seit seiner Flucht aus Worchester in sein Leben getreten war. Wie hätte er dies *nicht* tun können? Er mußte sie sehen und sie wissen lassen, daß er wieder zurück war. Sie würde es verstehen. Ihre Beziehung hatte kaum richtig begonnen, aber sie hatte ein Herz und eine Seele. Sie *würde* es verstehen.

Stimmen auf der Straße verrieten ihm, daß seine Warterei ein Ende hatte. Eine der Stimmen gehörte Sue. Vier Personen tauchten in der Gasseneinmündung auf. Sie war mit drei Männern zusammen. John lauschte ihrer flapsigen Unterhaltung. Das Gespräch war freundlich, lockeres Straßengerede – Sachen wie: war ein netter Abend, wir sehen uns morgen –, und John machte sich Sorgen, daß einer dieser drei nicht weitergehen, sondern Sue begleiten mochte.

Sue trug einen Schlapphut, so einen, wie sie ihn zu Beginn ihrer Bekanntschaft getragen hatte. Er hatte ihn damals an ihr gemocht und er mochte ihn jetzt. Der Hut verlieh ihr auf eine fesche, altmodische Art das Aussehen eines Abenteurers aus uralter Zeit. Ihre Kleidung war eine so eklektische Mischung wie eh und je, vielleicht sogar noch extremer, da sie zum Schutz vor der Kälte mehrere Schichten trug. Doch ihr Aussehen schien nur ein äußerlicher Ausdruck ihres inneren Selbst zu sein. Es war die Person, die in der Kleidung steckte, die John begehrte. Sie hatte nicht Fraochs ätherische Schönheit und würde sie auch nie bekommen, aber sie strahlte Lebendigkeit und Wärme aus. Ihm wurde heiß dabei, sie nur dastehen zu sehen.

Seine Furcht, sie mochte jemanden gefunden haben, der seinen Platz einnahm, schien unbegründet. Die drei Burschen zogen ab, und sie bog allein in die Gasse ein. Er hatte sich überlegt, nach derselben Routine vorzugehen wie bei Dr. Spae, um Sue Gelegenheit zu geben, sich zu vergewissern, daß er es war, bevor er ihr sein elfisches Gesicht zeigte. Doch er war viel zu vertieft darin, sie zu beobachten, um an Zauber zu denken. Sich unauffällig zu verhalten, war kein Problem. Sie bemerkte ihn erst auf halbem Weg zu ihrer Tür.

Als sie ihn auf den Betonklötzen sitzen sah, wich sie nicht zurück oder rief ihre Freunde – und sie griff auch nicht nach ihrer Waffe. Sie blieb ruhig und gefaßt und blinzelte ein wenig, weil sie ihn in der Dunkelheit nicht besonders gut erkennen konnte. Sue schlug ihre lange Weste zurück und stemmte die Hände in die Hüften, während sie ihn täuschend beiläufig musterte. John ließ sich nicht täuschen. Sie war bereit, zu kämpfen oder zu fliehen, je nachdem, was ihr am sinnvollsten erschien. Sue kannte sich auf der Straße aus.

Er sah etwas Schwarzes hinter ihrer Hand vorlugen, das wie ein Pistolenkolben geformt war. Wann hatte sie damit angefangen, so offen eine Waffe zu tragen?

Was hatte sich sonst noch geändert?

Sie ergriff die Initiative und bewies damit, daß manche Dinge gleich geblieben waren.

»Du sitzt in meinem Revier, mein Freund«, sagte sie weder freundlich noch feindselig. »Bist du geschäftlich hier oder ist das ein Freundschaftsbesuch?«

»Es ist schön, dich wiederzusehen, Sue.«

Sie antwortete nicht sofort und als sie sagte: »Tall Jack«, klang sie nicht so, als glaube sie, seine Stimme korrekt identifiziert zu haben.

»So hat mich schon lange niemand mehr genannt, aber ich bin es.«

Er sprang von der Mauer aus Betonklötzen und landete – glücklicherweise – elegant. Als er sich ihr näherte, nahm er die Uniformmütze ab, die die Bogies für ihn aufgetrieben hatten, um seine Ohren zu verbergen. Es war an der Zeit, das Versteckspiel zu beenden.

Ihre Augen verengten sich und ihr Gesicht bekam einen harten Ausdruck, als sie ihn besser erkennen konnte. Der jähe Stimmungsumschwung hin zur Feindseligkeit traf ihn hart. Was sie sagte, traf ihn noch härter.

»Kein schöner Trick, Bennett. Was willst du von mir?«

Die Wirkung ihrer Worte wurde durch das Element der Überraschung verstärkt, als verpasse ihm ein Kleinkind einen soliden Faustschlag in den Magen. »Ich bin nicht Bennett«, war alles, was John dazu einfiel.

»Du brauchst deine Stimme nicht zu verstellen, okay? Ich durchschaue dich.«

Ihre Falschidentifikation ärgerte ihn. Er hielt die Hand in Brusthöhe vor sich und beschwor eine Flamme darin. Sie zuckte zusammen, als die flackernde Flamme erschien. Er wußte, daß sie magische Dinge nicht mochte, aber er wollte, daß sie ihn richtig ansehen konnte.

»Sieh mich gut an. Ich bin nicht er. Bin es nie gewesen und werde es nie sein.«

Sie gehorchte und musterte sein Gesicht. Sie schwieg lange Zeit und ihre Stirn runzelte sich in zunehmender Verwirrung. Ihr Mund öffnete sich ein wenig. Sie schüttelte kaum merklich den Kopf. »Wenn du deine Stimme verändern kannst, kannst du auch dein Gesicht verändern.«

»Wenn ich Bennett wäre, warum sollte ich es dann nicht richtig machen? Hör schon auf, du weißt, daß ich es bin. Dies ist mein wahres Gesicht. Du hast mich mal gefragt, warum ich nicht wie Bennett aussehe. Tja, jetzt siehst du, daß ich es doch tue. Zumindest dann, wenn mich keine Magie tarnt.«

»An Magie glauben doch nur Schulkinder.«

»Du solltest es besser wissen. Du hast sie gesehen. Du warst sogar in der Anderswelt.«

»Ich war schon an vielen Orten, aber nicht alle waren wirklich.«

»Ich bin wirklich, Sue. Dieses Gesicht ist wirklich. Berühre es und überzeuge dich selbst.«

Einen Augenblick lang sah sie so aus, als wolle sie ihn beim Wort nehmen. Dann gewann ihr Mißtrauen wieder die Oberhand. »Angenommen du bist es tatsächlich. Was soll ich deiner Ansicht nach tun?«

»Hallo sagen? Mich zu dir herein bitten?«

»Hallo.«

Das war das eine. »Und?«

»Ich passe.«

»Warum?«

Sie warf die Hände in die Luft und stapfte zur Mauer. Sie fuhr herum, bevor sie sie erreichte. »Was soll das heißen: *warum*? Du hast mich sitzenlassen, Tall Jack!«

»Das war nicht meine Absicht.«

Ihr Gesicht hatte sich zu einer finsteren Miene verzogen. »Für mich sieht es so aus, als wärst du aus freien Stücken gegangen.«

»Ich bin zurückgekommen, sobald ich konnte.«

Sie lachte. Ein bitteres, spöttisches Lachen. »Sobald du konntest? Erzähl mir keine Märchen.«

Ihre Einstellung kränkte ihn, aber ihre hartnäckige Ungläubigkeit kam ihm bekannt vor. Sehr bekannt sogar. Hatte Bennett nicht auch behauptet, nicht in der Lage gewesen zu sein, John in seiner Kindheit zu besuchen? John hatte ihm nicht geglaubt. Und jetzt sagte John die Wahrheit und *er* war derjenige, dem nicht geglaubt wurde.

Vielleicht hatte Bennett auch nicht gelogen.

John gefiel es nicht, Gegenstand eines derartigen Mißtrauens zu sein. Es war nicht seine Absicht gewesen, so lange fortzubleiben. Er hatte ihren Spott nicht verdient. Und er wollte ihn sich gewiß nicht anhören. Er wollte, daß alles wieder so wurde, wie es gewesen war.

»Aber es stimmt«, sagte er zu ihr. »Wo ich war, na ja, die Zeit läuft dort anders ab.«

»Du kannst dir den treuen Hundeblick schenken. Und erzähl mir nicht diesen magischen Schwachsinn. Den kaufe ich dir nicht ab.«

»Wenn du mich nicht die Wahrheit sagen läßt, wie soll ich dir dann alles erklären?«

»Die Wahrheit? Ich bin kein Konzernproll, der nicht weiß, wie man sich den Hintern abwischt, bis die Pinkel Anweisungen über Video geben. Ich bin mehr als nur 'ne Möse mit 'nem Paar Titten. Dir liegt was an der Wahrheit? Wie wär's damit? Spar dir deine Geschichten für die naiven Jungfrauen aus den WoGes auf. Ich weiß, warum du zurückgekommen bist. Du bist zurückgekommen, weil du dich langweilst. Hast dir gedacht, daß mal wieder 'ne Nummer mit der dämlichen Sue fällig ist. Sie wird schon nichts dagegen haben, hast du dir gesagt. Ich geh einfach mal vorbei, rasple 'n bißchen Süßholz, bleibe für 'n paar Quickies und verschwinde dann wieder. Kein Streß, keine Verpflichtungen. Zum Abschied ein ›Wir sehen uns, Sue, ich komme wieder‹, und dann schnell wieder zurück ins gemachte Nest. Du stehst auf leere Versprechungen, garniert mit einem Haufen schöner Worte und schmachtender Blicke? Tja, da bist du der einzige, Kumpel. Ich würd's für 'ne gute Idee halten, wenn du dein tolles Gesicht nimmst und dich verziehst, bevor ich dir deinen verlogenen Schwachsinn hinten rein schiebe. Du *kannst* dich doch einfach so mir nichts dir nichts verziehen, wo du doch ein Elf bist und alles? Na los, zeig's mir.«

»Sue…«

»Na los, magischer Mann, verzieh dich.«

Was konnte John sagen? Sue glaubte, daß er ihr etwas vormachte. Wie konnte er ihr beweisen, daß es sich nicht so verhielt? Er hatte ihr nur Worte anzubieten. Aus ihrer Sicht war sie im Recht. Woher sollte sie von der Merkwürdigkeit der Zeit in Faery wissen? Wie sollte sie sie verstehen, wenn John, der dort gewesen war, sie nicht verstand?

»So ist es nicht, Sue.«

»Verzieh dich!«

Mit einer Windbö, die Sue den Hut vom Kopf riß, traf der versprochene Regen ein. Sue lief dem Hut nicht hinterher. John ebenfalls nicht. Sie starrten einander an und wurden dabei naß.

Schließlich sagte sie: »Keine Magie?«

»Diese Art Magie kann ich nicht wirken.«

»Ich bin nicht so dämlich, wie du glaubst.« Sie kehrte ihm den Rücken und ging die Treppe zu ihrer Tür herunter. Mit steifen Schultern drehte sie den Schlüssel im Schloß. Sie öffnete die Tür und drehte sich dann noch einmal zu ihm um. »Wenn du mir folgst, knall ich dich ab und verkaufe deine Körperteile. Wahrscheinlich kriege ich auch einen guten Preis für deine Augen.«

Sie ging hinein und schloß die Tür hinter sich. Er hörte, wie der Riegel vorgelegt wurde. Dann folgten weitere Riegel und Sicherheitsschlösser.

John stand im Regen, die Welt ringsumher war grau und naß. Er blieb lange Zeit dort stehen, doch Sue kam nicht wieder heraus. Sie würde es nicht tun und daran konnte keine noch so große Hoffnung etwas ändern. Auf dem Weg zur Hauptstraße hob er ihren Hut auf. Er war bereits völlig durchnäßt und würde bis zum Morgen ein wertloses Stück Abfall sein, wenn er noch länger dem Regen ausgesetzt blieb. Während er die Straße entlangging, drehte er den Hut in den Händen herum und seine elfischen Stiefel patschten durch Pfützen mit verdrecktem Wasser. Seine Füße blieben in den Stiefeln trocken, da sie durch irgendeine elfische Magie vor der Nässe geschützt waren. Sein Gesicht war jedoch nicht trocken. Dafür gab es keine elfische Magie.

Kapitel 24

Holger erkannte die Stimme, die aus der Reihe von Monitoren in dem Schaufenster kam. Sie zog ihn an wie ein Magnet, da sie ihn an die Gedanken erinnerte, die zu seiner ersten erträglichen Nacht seit dem Zwischenfall in der alten Einkaufsgalerie geführt hatten. Die Worte waren nicht wichtig, wie sie mitten im Satz begannen und genauso wieder verklangen. Es war die Stimme.

Er überquerte die Straße und blieb vor dem Geschäft stehen. Das Schaufenster war voller Videomonitore, die über- und nebeneinander gestapelt waren, so daß Dutzende von Bildschirmen ihr Licht auf den Gehsteig und in Holgers Augen strahlten. Die Bildschirme in der Mitte blieben bei einem Sender, während diejenigen am Rand die Sender wechselten und immer neue Bilder fanden, die sie präsentieren konnten. Ein Selektor – vorprogrammiert oder zufällig, er wußte nicht, was – sprang von Schirm zu Schirm, bis er einen auswählte, dessen Bilder dann von den Mittelschirmen übernommen wurden. Der Ton dieses ausgewählten Teils des Medienbombardements wurde zu Lautsprechern übertragen, die ihn auf den Gehsteig hinausposaunten, so daß er an Holgers Ohren drang. Den unbeständigen, sich verändernden Außenschirmen blieb die Würde des Tons versagt. Während Holger die Quelle dieser Stimme suchte, die seine Aufmerksamkeit erregt hatte, wetteiferte jeder dieser Bildschirme um die Gnade der Betrachtung, versuchte sein Augenmerk zu stehlen. Augen waren so viel fähiger als Ohren, das Chaos der Welt aufzunehmen, und ließen sich dadurch auch nicht so sehr verwirren.

Holgers Augen waren nicht verwirrt. In der Bilderwand entdeckte er ein Gesicht, das die merkwürdigste Kombination von Erinnerungen in ihm wachrief: Erinnerungen an finstere Orte, denen man mutig begegnete, verschwommene Erinnerungen daran, Seite an Seite Gefahren zu trotzen – Erinnerungen, die Holger unmöglich mit diesem Gesicht verbinden konnte, weil es Erlebnisse aus seiner Kindheit, aus seinen Träumen und aus seiner Einbildung und Phantasie waren. Zwar war die Stimme jetzt dem Ton eines anderen Senders gewichen, aber er war sicher, daß sie zu diesem Gesicht gehörte.

Er kannte das Gesicht. Das Haar war kürzer geschnitten, der Bart war modischer gestutzt, die Kleidung hätte geradezu aus *Gent* stammen können. Aber das Gesicht schien ihm vertraut. Er kannte diese Augen. Es waren Augen von der Art, die man nie vergaß.

Er wollte die Stimme wieder hören, wollte die Botschaft erfahren, die dieser Mann ihm überbrachte. Er wartete geduldig, während die Welt an ihm vorbei flutete. Manche verwünschten ihn, manche rempelten ihn an, manche ignorierten ihn. Ihre Reaktionen waren unwichtig. Er wollte den Mann sprechen hören. Er hatte den Mann als jemanden in Erinnerung, dem man vertrauen konnte.

Eine wahre Erinnerung oder eine falsche? Oder nur eine Gestalt gewordene Hoffnung?

Holger studierte das Gesicht. Er kannte diesen Mann tatsächlich. Es war ein Mann mit vielen Namen, wie Holger einer gewesen war. In seiner Erinnerung war es ein verwirrter Mann, ein Mann, der sich nicht in seiner heimischen Umgebung befand, wie Holger auch. Auf dem Bildschirm sah der Mann anders aus. Er hatte sich verändert, war eindeutig ein Mann geworden, der einen Platz hatte, ein Mann mit Antworten. Holger hatte nur Fragen.

Tonfetzen für Tonfetzen erfuhr Holger, daß der Mann in einer Infoshow für die Pend Foundation sprach und dabei die Entschlossenheit dieser Organisation propagierte, die natürliche und richtige Ordnung der Welt wiederherzustellen. Sehr grün. Sehr idealistisch. Holger spürte ein starkes und aufrichtiges Bekenntnis zu den propagierten Zielen, eine Integrität, nach der er sich mit der Gier eines Soldaten nach dem Ende der Schlacht sehnte. Holger mußte diesen Mann sehen, persönlich, mit ihm reden, von ihm das Geheimnis des Friedens erfahren, den er gefunden hatte. Aber wie konnte er mit ihm in Verbindung treten?

Bei Infoshows liefen gewöhnlich ununterbrochen Werbe- und Kontaktinformationen über einen Streifen am unteren Bildrand, aber der Laden hatte einen anderen Sender hinzugewählt, der die Ladenwerbung über den Streifen flimmern ließ. Holger wollte nicht kaufen, was das Geschäft anbot, er wollte die Information, die er ihm vorenthielt. Er mußte fünfzehn Zyklen abwarten, bis die Tonfetzen mit einem Teil der Infoshow zusammenfielen, in denen Kontaktinformationen gegeben wurden. Holger machte das Warten nichts aus. In vielerlei Hinsicht war das Warten jetzt vorbei.

Wenn.

Wenn der Mann jener war, für den Holger ihn hielt, und nicht nur eine fehlerhafte Erinnerung.

Kapitel 25

Die physische Tötung und der Energieschub infolge der anschließenden Fütterung erinnerte an – und verstärkte die Erregung der – Konzerntötung, was die Übernahme Nashuas um so befriedigender machte. Die heutige Beute war lecker und überraschend voll im Geschmack. Für den Augenblick war Anton Van Dieman satt. Sein Bündnis mit dem Vorboten hatte äußerst zufriedenstellende, äußerst verheißungsvolle Wege eröffnet.

Abgesehen von dem rohen Geschmack der Macht brachte sein Verbündeter die großen Geschenke des Wissens und des Verständnisses ein. Der Vorbote war sein Lehrer in Bezug auf das Begreifen und die Handhabung aller arkanen Dinge geworden. Van Dieman war ein eifriger und aufmerksamer Schüler, weitaus eifriger und aufmerksamer, als er es bei jedem menschlichen Lehrer gewesen wäre. Er hatte die am weitesten fortgeschrittenen Anhänger bereits weit hinter sich gelassen und war in allem bis auf den Namen ihr Anführer geworden. Manche nannten ihn den neuen Quetzal, obwohl sie nicht glaubten, daß er dies wußte. Das gefiel ihm.

Ihm standen so viele Möglichkeiten offen, daß es ihm ein wenig schwer fiel, aus ihnen auszuwählen. Es gab so viel zu gewinnen, so viele Rechnungen zu begleichen, so viel zu erreichen. Die Welt lag ihm zu Füßen, erschlossen vermittels der Geheimnisse, die der Vorbote ihm des Nachts zuflüsterte. Diese Einsichten hatten ihm bereits Vorteile in der Geschäftswelt verschafft, und die Ausdehnung seiner Macht und die Verbesserung seiner Stellung war fast ebenso auf die Anwendung seines neuen Wissens wie auf die unmittelbare Anwendung seiner verbesserten arkanen Fähigkeiten zurückzuführen. Network Security Corporation, ein bedeutender Konzern – und in Kürze *der* bedeutende Konzern – in der Metadynamics-Familie, gehörte jetzt ihm. Und wenn er erst einmal die gesamte Familie leitete, würde es nicht lange dauern, bis Metadynamics der unumstrittene Anführer der wirtschaftlichen Welt und damit ganz offensichtlich auch der gesamten übrigen Welt sein würde.

Bedauerlicherweise hatte sein Verbündeter und Lehrer einen aktiven unstillbaren Hunger, der eine potentielle Gefahrenquelle darstellte. Er verstand den Hunger sehr gut. Wer konnte die Köstlichkeit des Mahls bestreiten? Aber dieser Appetit war nichtsdestoweniger gefährlich. Im Gedenken daran, wie Quetzal sich seine Mahlzeiten ausgewählt hatte, steuerte Van Dieman die Jagden des Vorboten und führte ihn in die Niederungen der Gesellschaft zu ihrem Bodensatz, weg von allen, die man vermissen würde. Die Zeit der Offenbarung war noch nicht gekommen.

Die Entdeckung ihrer Jagden würde im besten Falle lästig sein, und die Anstrengungen, die unternommen werden mußten, um sich mit Störenfrieden zu befassen, würden mit Sicherheit ihrer Arbeit schaden. Die Arbeit, den Weg zu öffnen, duldete keine Unterbrechung. Er würde sich nicht aufhalten lassen. Seine weltliche Macht, groß, wiewohl wachsend, würde ins Unermeßliche steigen, wenn der Weg einmal geöffnet war. Er hatte nicht die Absicht, die Gelegenheit verstreichen zu lassen, sich derart viel Macht anzueignen.

Unglücklicherweise war das heutige Opfer mehr als der Obdachlose, der er zu sein schien. Er hatte sich gegen die unerbittlichen Schlingen des Vorboten gewehrt. Die vergebliche Gegenwehr hätte dem, was der Vorbote mit Van Dieman geteilt hatte, zusätzliche Würze verleihen und nicht einen hartnäckigen Nachgeschmack des Makels hinterlassen sollen. Dieser Mann hatte etwas Ungehöriges an sich gehabt. Die Lebensenergie eines Menschen abzusaugen, war eine sonderbar unpersönliche Sache. Nichts von der eigentlichen Person kam durch. Daher gab es nichts, das Van Dieman verraten konnte, und wodurch dieser Mann sich von den anderen Opfern unterschied, doch er war sicher, daß es einen Unterschied gab. Als der Vorbote mit ihm fertig war, untersuchte Van Dieman die leblose Hülle.

Hinter dem rechten Ohr fand er eine winzige Ausbuchtung: Unter der Haut befand sich etwas Anorganisches. Van Dieman bündelte einen geringen Bruchteil der frischen Energie, die ihn noch erfüllte, und schlitzte die Haut mit chirurgischer Präzision auf. Der Gegenstand, den er entfernte, ein subkutaner Prozessor mit Kommunikationseinheit, lag blutig glänzend auf seiner Handfläche. Winzige, jetzt zerrissene Fasern hingen aus der Einheit heraus. Sein eigener Konzern, Network Securities Corporation, vertrieb die Chips, die das Kernstück derartiger Geräte darstellten.

So viele Möglichkeiten.

Er konzentrierte sich auf die Einheit, versuchte ihren Ursprung vermittels Psychometrie zu finden. Wie bei so vielen modernen Geräten waren die Ursprungsbilder divers, diffus und weitestgehend wertlos. Doch er spürte Entschlossenheit, sowohl seitens des Mannes, der jetzt als leblose, verfallene Leiche zu seinen Füßen lag, als auch seitens einer größeren Entität, einer Organisation, in deren Dienst sich der Mann gestellt hatte: der Federal Security Agency.

Van Dieman war nicht über ein FSA-Unternehmen in diesem Gebiet informiert worden. Beobachtete die

Agentur ihn oder waren er und sein Verbündeter zufällig über eine nicht mit ihm zusammenhängende Operation gestolpert? Er hatte gelernt, Zufällen zu mißtrauen. Angesichts der Machtfülle, die sich im Vorboten bündelte, konnte man nicht davon ausgehen, daß dieser Agent, der ihren Weg gekreuzt hatte, zufällig da war – was bedeutete, daß die Agentur diesen Mann auf ihn angesetzt hatte.

Nicht unklug aus ihrer Warte, nahm er an – er hätte dasselbe an ihrer Stelle getan –, aber dumm, sich dabei erwischen zu lassen. Was steckte dahinter? Waren sie sich seines Programms bewußt, alle Aufzeichnungen in Bezug auf die Aktivitäten des Vorboten zu unterdrücken? Hatten seine Vertuschungen irgendwo Mißtrauen erweckt? Er wußte, daß seine intime Verbindung zum Vorboten keiner offiziellen Stelle bekannt war – dafür hatte er gesorgt. Als ihr Hauptratgeber in arkanen Dingen war es leicht gewesen, ihnen zu sagen, was wichtig war und was nicht – leicht, sie mit Lügen zu füttern, die geglaubt wurden. Jetzt erkannte er, daß die Leichtigkeit eine Illusion gewesen sein mochte und seine Bemühungen vielleicht nicht so erfolgreich gewesen waren, wie er geglaubt hatte. Offenbar vertrauten sie ihm nicht völlig. Die Anwesenheit dieses Agenten ließ vermuten, daß unkontrollierte und daher gefährliche Elemente zwischen den Streitkräften lauern mochten, die er gesammelt hatte. Wie viel wußten sie? Wie viel vermuteten sie? Einstweilen konnte er nicht mehr tun, als sich diese Fragen zu stellen.

Er wappnete seine Finger mit arkaner Kraft und zermalmte das Gerät zu Staub. Hätte er sich der Leiche des Agenten doch nur ebenso leicht entledigen können. Sie konnten sie nicht einfach liegen lassen. Sie mußten sich ihrer auf eine Weise entledigen, die die Vorgesetzten dieses Agenten im Unklaren über dessen Schicksal ließe.

Der Vorbote blieb ruhig und unbeeindruckt von Van

Diemans Sorgen. Zweifellos begriff sein Verbündeter die Gefahr nicht. Merkwürdigerweise beruhigte ihn das, denn es bewies wieder einmal, daß der Vorbote ihn trotz seiner großen Macht brauchte. Die moderne Welt war anders als die Welt, die der Vorbote kannte, und das war immer noch Van Diemans größter Trumpf. Mit diesem Wissen legte er ihm Zügel an und mit diesen Zügeln beherrschte und lenkte er ihn – doch die Lage veränderte sich. Mit jedem neuen Opfer, das sie verzehrten, nahm Van Diemans Macht zu und wurden die geheimen Ketten der Herrschaft, die er schmiedete, stärker.

Als sei er sich der Tatsache bewußt, daß Van Diemans Gedanken bei ihm waren, rührte sich sein Verbündeter. Er berührte die schattenhaften Windungen, um ihn die Beruhigung seiner Anwesenheit und Ergebenheit spüren zu lassen, und spürte selbst, daß der Vorbote nicht so ruhig war, wie er gedacht hatte. Eine seltsame Ruhelosigkeit erfüllte den Vorboten.

»Was ist los?«

Ah, hör doch. Sie singen.

Er hörte nichts. Durch ihre Verbindung spürte er, daß die Aufmerksamkeit des Vorboten auf den Himmel gerichtet war. Er schaute auf, sah jedoch nur ein paar Sterne, die den künstlichen Schein des Sprawls überstrahlten. Er wußte, daß es mehr Sterne gab, viel mehr, und mit seinem arkanen Sehvermögen konnte er sie in all ihrer Pracht sehen.

Sie rufen.

»Die Sterne?«

Die anderen. Ich muß gehen.

Gehen? Van Dieman war noch nicht bereit, seinen Zugang zur Macht aufzugeben. »Unsere Arbeit ist noch nicht getan.«

Noch nicht getan, stimmte der Vorbote zu. *Die anderen wollen sich zu uns gesellen.*

Die anderen? Wie viel mächtiger würde er erst sein, wenn er noch andere seiner Art beherrschte! »Es gibt noch mehr Vorboten, die darauf warten, hierher zu kommen?«

Mehr. Sie rufen in der Dunkelheit und suchen den Weg.

»Und wir können ihnen dabei helfen, ihn zu finden?«

Wir können den Weg öffnen. Nicht hier.

Ein Bild des *Telesmon* erschien vor seinem geistigen Auge. Der Schlüssel. »Wo?«

Im Süden, antwortete er. *An dem Ort, wo die Zeit erbebt, an dem Fenster, wo der Schutzschirm des Lebens am schwächsten ist.*

»Natürlich.« Er würde ihn bringen, wohin er wollte. Doch zuerst: »Wir müssen uns dieser Hülle entledigen.«

Unwichtig.

»Dieser Mann hier ist nicht wie die anderen. Dieser könnte die Kräfte der Opposition mobilisieren, wenn sein Tod bekannt wird.«

Ja. Nun gut. Überlaß ihn dem Feuer.

Überall ringsumher entzündete sich Feuer, das die Gasse mit Hitze und grellem Licht erfüllte. Eingehüllt in reine Macht, empfand er keinerlei Unbehagen. Das Feuer würde seinen Zweck erfüllen. Feuer war eine reinigende Kraft, die in der Lage war, Dinge so auszulöschen, daß auch die moderne Wissenschaft sie nicht mehr rekonstruieren konnte. Es gab immer noch einige Helfer, auf die man sich verlassen konnte.

*

Pamela Martinez konnte sich auf unzählige Helfer verlassen, aber mittlerweile bezweifelte sie, daß Hagen einer von ihnen war. Hendrik Hagen war bei der Umstrukturierung des Charybdis-Projekts ihre rechte Hand und darauf erpicht gewesen zu helfen. Doch er bekämpfte – und bekämpfte auch weiterhin – ihren Aufbau von

Thaumatechnics, dem Nachfolger des Projekts, der nutzbar machen würde, was sie gelernt hatten. Er beklagte sich, der neue Konzern würde mehr zur Ermunterung des Arkanen als zu seiner Unterdrückung tun. Pamela zog die Auffassung vor, daß Thaumatechnics und seine Programme ein ernsthafter Versuch waren, die Magie zu beherrschen und Vorbereitungen für ihre unvermeidliche Ausbreitung zu treffen. Eine frühzeitige Positionierung am Markt war ganz entscheidend für eine letztendliche Vorherrschaft.

Hagens Verzögerungstaktik war nur eines der Hindernisse, mit denen Pamela sich in ihrem Bemühen konfrontiert sah, Mitsutomos zukünftige Rolle zu definieren. Wagemutige Unternehmer und kleinere Firmen entwickelten bereits übernatürliche Hilfsmittel. Einstweilen befaßten sich die neuen Firmen nur mit Randerscheinungen und bedienten ganz spezielle Interessen, aber sie wußte besser als die meisten, daß diese Firmen nur der Anfang waren. Die meisten der bedeutenderen Partner Keiretsus waren früher einmal hungrige Emporkömmlinge gewesen, die alle auf der Welle eines einzelnen speziellen Produkts, einer solchen Technologie oder einer entsprechenden Dienstleistung geritten waren. Sie wußte, was es hieß, auf den fahrenden Zug aufzuspringen. Sie hatte nicht die Absicht, zurückgelassen zu werden.

Eine mindestens ebenso große Bedrohung stellte die Möglichkeit dar, daß ein Rivale mit Mitteln, die sich mit denen Mitsutomos messen konnten, zu denselben Einsichten gelangt sein mochte, die sie im Rahmen des Charybdis-Projekts so mühevoll gesammelt hatte. Die Beweise häuften sich, daß ihre Befürchtungen möglicherweise berechtigt waren. Zum Beispiel hatte Metadynamics kürzlich einige Immobilien von fragwürdigem Wert erworben – fragwürdig, wenn man sich der Tatsache nicht bewußt war, daß die neu erworbenen

Grundstücke Schauplätze übernatürlicher Aktivitäten zu sein schienen. Und wenn man sich dessen bewußt war, stieß man rasch auf weitere Fragen, die sich stellen ließen. Wie viel wußte Metadynamics über den Nutzen von Magie? Über welche Quellen verfügten sie? Welche Pläne verfolgten sie, um Nutzen aus der sich verändernden Welt zu ziehen?

Einige von Metadynamics' jüngsten Aktionen hatten Hagen so sehr bestürzt, daß er zu ihr gekommen war, obwohl er laut eigenem Eingeständnis keine Ahnung hatte, welche Ziele ihr Rivale verfolgte.

»Was macht Sie so sicher, daß Metadynamics darin verwickelt ist?« fragte sie ihn.

»Im Augenblick sind es zugegebenermaßen nur Indizien, die darauf hindeuten, aber ich erwarte die Bestätigung binnen achtundvierzig Stunden. Wenn man jedoch berücksichtigt, wie gut Metadynamics sich auf weniger – äh – esoterischen Gebieten geschlagen hat, können wir es uns nicht leisten, es darauf ankommen zu lassen.«

Sie ließ es nicht gern darauf ankommen, und das wußte er. »Wir können es uns aber auch nicht leisten, unnötige Feindseligkeit zu provozieren.«

»Zugegeben, aber eine prompte Reaktion könnte unumgänglich sein. Ein kürzlich erstellter Bericht läßt darauf schließen, daß Metadynamics dabei ist, seine Programme auszuweiten. Mehrere unserer Straßenkontakte bestätigen, daß einer von Metadynamics' regulären freischaffenden Agenten – ein Mann namens Benton – wieder im Gebiet Providence aufgetaucht ist. Sie erinnern sich vielleicht, daß er im letzten Jahr eine zentrale Rolle bei Metadynamics' Versuch gespielt hat, sich eine gewisse Immobilie in dieser Gegend anzueignen.«

»Das Pickman-Grundstück.«

»Genau.«

Sie erinnerte sich an den Fall, weil er ihr erster Hinweis darauf gewesen war, daß sich bei Metadynamics jemand der Veränderungen bewußt war. Bei dem Grundstück handelte es sich um eine alte, vollkommen überholte Fabrik, die einer kaum noch existierenden Verlagsfirma gehörte, die sich in Familienbesitz befand. Sie hatte keinen offensichtlichen Wert für ein Konglomerat von Metadynamics' Größe und Interessen erkennen können – es sei denn, sie ging davon aus, daß der Konzern festgestellt hatte, was auch Mitsutomos Agenten festgestellt hatten: daß das Grundstück ein Brennpunkt andersweltlicher Aktivitäten war. Metadynamics' Versuch, das Grundstück einfach zu kaufen, war gescheitert. Pickman Publishing hatte Metadynamics' großzügiges Angebot rundheraus abgelehnt, und damit schien das Interesse des Megakonzerns an dem Grundstück erloschen zu sein.

Doch jetzt hatte es den Anschein, als habe Metadynamics sich davon nicht entmutigen lassen. Hagen war einem systematischen Aufkauf angrenzender Immobilien auf die Schliche gekommen. Die an das Pickman Building angrenzenden Grundstücke wurden Stück für Stück von Holdinggesellschaften aufgekauft. Hagen verfügte über elektronische Aufzeichnungen, die belegten, daß mehrere dieser Holdinggesellschaften von Mitgliedern der Metadynamics-Familie kontrolliert wurden, und er sagte, er werde schon bald in der Lage sein zu beweisen, daß alle Verbindungen zu Metadynamics hätten.

»Also versuchen sie jetzt alle Nachbargrundstücke aufzukaufen?« Keines von Hagens Dokumenten ließ einen Grund dafür erahnen. »Zu welchem Zweck?«

»Beobachtung? Isolierung vielleicht?« Hagen zuckte unbehaglich die Achseln. »Wir haben unzureichende Daten.«

»Dann müssen wir Daten beschaffen.«

»Versuche in dieser Richtung werden unternommen, aber ich glaube nicht, daß wir Resultate innerhalb eines angemessenen Zeitrahmens erhalten werden.«

Woher sollte sie wissen, was ein angemessener Zeitrahmen war, wenn sie nicht wußte, was vorging? »Vielleicht gibt es eine andere Möglichkeit zu vereiteln, was unsere Freunde von Metadynamics planen. Ich lasse Duncan ein Kaufangebot für das Pickman-Grundstück vorbereiten.«

»Jedes Angebot wird abgelehnt«, sagte Hagen mit Bestimmtheit.

Warum war er so sicher? »Gibt es etwas, das Sie mir verschweigen, Mr. Hagen?«

»Ich bin nicht bereit, die Angelegenheit zu diesem Zeitpunkt weiter zu erörtern, aber seien Sie versichert, daß das Grundstück nicht verkauft wird.«

Noch mehr Zwergengeheimnisse? Es gefiel ihr nicht, zum Handeln angestachelt zu werden, während man ihr – möglicherweise bedeutsame – Informationen vorenthielt. Bisher hatte Hagen sie immer in eine Richtung gelenkt, die einen signifikanten Gewinn versprach oder mögliche Fallstricke vermied, doch irgendetwas in der Haltung des Zwergs deutete darauf hin, daß die Interessen Mitsutomos und die von Hagens geheimen Vorgesetzten in diesem Fall möglicherweise nicht dekkungsgleich waren. Am besten, sie ließ von Duncan eine unabhängige Verifikation der Situation vornehmen. In der Zwischenzeit…

»Wir machen das Angebot trotzdem.« Hagen irrte sich vielleicht und wenn das der Fall war, würde es ihr großen Spaß machen, ihm dies unter die Nase zu reiben. »Doch für den Fall, daß Sie recht haben, werden wir alle angrenzenden Grundstücke kaufen, die Metadynamics noch nicht erworben hat.«

»Eine vernünftige Vorgehensweise.«

Das hoffte sie. Sie mischte sich mit Mitsutomo in erster Linie ein, um Hagens Interessen zu befriedigen, obwohl sie natürlich gerne jede Gelegenheit wahrnahm, einem Konkurrenten wie Metadynamics Knüppel zwischen die Beine zu werfen. Ein derartiges Vorgehen konnte Keiretsu eigentlich nicht schaden, aber sie sah auch keinen Gewinn darin. Sobald sie erfahren hatte, welche Ziele Metadynamics verfolgte, würde sie dafür sorgen, daß ihr Vorgehen für Keiretsu und für sie selbst Gewinn abwarf.

Hagen erhob sich von seinem Stuhl. »Wenn das alles ist?«

»Haben wir damit begonnen, vielleicht ungewollt gegeneinander zu arbeiten, Mr. Hagen?«

Ihre Frage traf ihn ohne Zweifel unvorbereitet. Er hielt seine Miene im Zaum und musterte sie ein paar Sekunden ausdruckslos, bevor er ihr antwortete. »Ich arbeite so engagiert wie eh und je, Ms. Martinez.«

Engagiert für welche Ziele? Für ihre und Mitsutomos oder für diejenigen seiner zwergischen Mitverschwörer? Sie hatte niemals an seiner Hingabe gezweifelt, nur an seiner Zugehörigkeit.

»Ich habe kürzlich eine Nachricht von Detective Gordon erhalten«, sagte sie, indem sie eine Kopie und die dazugehörige Akte aufrief und auf den Wandschirm legte. »Es hat den Anschein, als habe man ihm befohlen, seine Untersuchungen im Falle des *Wisteria*-Mörders einzustellen. Ich hätte gern eine Erklärung, welche Rolle Sie in dieser Angelegenheit spielen.«

Hagen las Gordons Botschaft. Er machte sich nicht die Mühe, die Begleitakte zu öffnen und zu lesen. »Ich habe damit nichts zu tun.«

»Sie wollten, daß die Untersuchung gestoppt wird.«

»Ich habe versucht, *Ihr* Interesse an der Sache so gering wie möglich zu halten, ja, aber ich habe mich nicht in die Polizeiuntersuchungen eingemischt. Die Angelegenheit fällt korrekterweise in deren Zuständigkeitsbereich. Soll sich die Polizei mit diesem Greuel befassen, den uns die Anderswelt aufgebürdet hat.«

»Dieses spezielle Greuel wird aber ignoriert.« Was sich nicht als so großes Problem erwies, wie sie befürchtet hatte. Der Bestimmungsort des Mörders war nicht Brookfield oder die Anlage, in der Quetzal festgehalten worden war, und keiner der jüngsten Zwischenfälle hatte Mitsutomo oder einen Angehörigen Mitsutomos berührt. Der Mörder war ein Problem, das nicht an ihre Tür geklopft hatte. Da sie sich anscheinend in Bezug auf die Verbindung des Mörders zu Quetzal geirrt hatte, irrte sie sich vielleicht auch, was ihren Argwohn in Bezug auf Hagens Motive betraf. »Also hatten Sie nichts damit zu tun, daß die Untersuchung eingestellt wurde?«

»Nichts. Gordon geht von einer Bundeseinmischung aus, was die FSA und Dark Glass impliziert. Das wäre in der Tat ein Grund zur Besorgnis. Ich werde dieser Angelegenheit auf den Grund gehen.«

Ihre Quelle, ein Kongreßabgeordneter im FSA-Überwachungsausschuß, hatte ihr mitgeteilt, daß die Untersuchung offiziell als Sackgasse betrachtet und als Ente bezeichnet wurde – und daß hinter dieser Einschätzung Dark Glass stecke. Diese Information enthielt sie Hagen vor, da sie sehen wollte, ob sein ›Auf-den-Grund-gehen‹ diese Information ebenfalls zu Tage fördern würde. Sie hatte ihm eine Chance gegeben. Was er ihr berichtete, würde ihr einiges darüber verraten, wo er stand.

Kapitel 26

Nichts an der Fassade des Bürogebäudes wies darauf hin, daß Holgers Ziel darin untergebracht war. Das Fehlen eines identifizierenden Logos erfüllte ihn einen Augenblick lang mit Zweifel, aber nur einen Augenblick. Die Hausnummer an der Mauer bestätigte, daß er das richtige Gebäude gefunden hatte. Was hatte er erwartet?

Was erwartete er wirklich?

Er hatte in dieser Beziehung keine genaueren Vorstellungen als darüber, warum er überhaupt gekommen war.

Doch gekommen war er. Er war hier. Er zog an der Außentür und sie schwang in gut geölten Angeln auf. Das angeblich lautlose Kreischen des Sicherheitssystems bohrte sich beim Eintreten in seinen Kopf. Er verschwendete keine Zeit im Eingang und riß die Innentür auf, um den Weg in die Lobby freizumachen. In der Lobby traf er auf Leute, die ihn ob seines stürmischen Eintretens anstarrten, aber das war ihm gleichgültig. Das Schließen der Innentür ließ das lästige Jaulen verstummen. Er entkrampfte seine Gesichtsmuskeln, blinzelte ein paar Mal und sah sich um. Die Leute waren verschwunden und hatten ihn in der Lobby allein gelassen.

Die Lobby war ein T-förmiger Raum. Er stand vor dem Eingang, an einem Ende des Querstrichs. Eine anonyme Tür befand sich gegenüber am anderen Ende des Querstrichs. Zu seiner Linken, die Senkrechte des Ts entlang, zwei Paar Aufzüge. Zu seiner Rechten gab eine verglaste Wand den Blick auf einen Empfangsbereich mit einem unbesetzten Empfangspult frei. Die Buchstaben an der Tür verkündeten, daß es sich um die Anwaltskanzlei Cohen Masters & Norton handelte.

Nicht die Firma, die er suchte.

In die Marmorwand, die die Fahrstuhltüren einrahmte, waren die üblichen Knöpfe sowie eine Reihe von Bronzeplaketten eingelassen, auf denen die Namen der Mieter des Gebäudes aufgelistet waren, und zwar für jede Etage alphabetisch geordnet. Alle Namen waren in zurückhaltender Serifeschrift dargestellt, eine Plakette pro Organisation. Es gab elf Namen, dreizehn, wenn er Cohen Masters und Norton separat zählte. Die Plaketten waren von unterschiedlicher Größe: klein, wo sich mehrere Organisationen eine Etage teilten, größer, wo eine Organisation eine ganze Etage für sich hatte. Die größte, die die obersten drei Etagen belegte, war auch die jüngste. Das Messing der Schrauben, mit denen die Plakette befestigt war, glänzte noch und war nicht mit chemischen Mitteln auf alt getrimmt wie die eigentliche Namensplakette. Keine künstliche Würde für sie. Die Buchstaben auf der Plakette waren nicht größer als die auf den anderen. Sie schienen sich in der bronzenen Masse fast zu verlieren. Holger nickte, als er den Namen las: Pend Foundation.

Er drückte auf den Rufknopf – und sofort öffneten sich die Türen einer wartenden Fahrstuhlkabine. Er wurde nicht gefragt, in welche Etage er wollte, also widmete er sich den Bedienknöpfen. Die beiden obersten waren von einer Leiste abgedeckt und konnten nicht gedrückt werden. Für die Pend Foundation gab es nur einen Eingang. Er drückte auf den Knopf und starrte mit leerem Blick durch die geöffneten Türen auf die gegenüberliegende Wand, bis die Türen sich schlossen, dann mit ebenso leerem Blick auf die Türen seiner Kabine. Die Fahrt verlief ruckfrei und wurde durch keinerlei Halt unterbrochen. Er war zufrieden.

Die Türen öffneten sich in einen Empfangsbereich, der in Grün, Gold und Braun eingerichtet war. Es wimmelte von grünen Pflanzen, die Beleuchtung war weich und indirekt. Er hätte sich auf einer Waldlichtung befinden können oder auch in einem Werbespot für das Wiederbegrünungsprogramm der Pend Foundation oder – *Nein!* An diese Möglichkeit wollte er nicht denken, auch wenn er sie mit dem Mann assoziierte. Dem Mann hatte es nicht gefallen, *dort* zu sein. Um sich alle Gedanken an diesen Ort aus dem Kopf zu schlagen, konzentrierte Holger sich auf die gewöhnlichen Dinge aus dem einundzwanzigsten Jahrhundert, von denen er umgeben war: den auf Holz getrimmten Schalenstuhl von Cavendell, den Tisch, der wie eine Steinplatte auf einem Baumstumpf aussah, mit den Videolesegeräten und fadenscheinigen Magazinen darauf, das Glazz-Empfangspult mit dem Escritoire-System von Sonymac. Hinter dem Pult saß eine Sekretärin mit einem Lesegerät in Universitätsausführung vor sich. Sie war mit ihrer Rüschenbluse mit hohem Kragen und dem langen Rock, der bei radikalen weiblichen Grünen ihrer Altersgruppe angesagt war, ziemlich altmodisch gekleidet. Sie trug sogar eine Brille. Vor seinem geistigen Auge blitzten Nahaufnahmen ähnlich gekleideter Frauen auf. Verhärtete, schroffe Frauen, die sich einem gefährlichen Programm der Reformen durch terroristische Drohungen verschrieben hatten. Er hatte ihr Gesicht noch nie zuvor gesehen, aber fehlendes Make-up, lange Haare und diese Kleidung war ihr Look. Idealistische modische Imitation oder ideologische Uniform? Die Antwort auf diese Frage würde ihm viel über die Praktiken der Stiftung verraten, sowohl in Bezug auf ihre Einstellungspolitik als auch in anderer Hinsicht.

Die verstohlenen Blicke, die sie ihm zuwarf, während

er dastand und sich den Empfangsbereich ansah, waren diejenigen eines nervösen jungen Mädchens, das nicht darauf vorbereitet war, sich mit jemandem seines Aussehens auseinanderzusetzen. Ihr Unbehagen bei seiner Annäherung war offenkundig. Ihm war das gleich. Er war nicht hier, um sie zu sprechen. Er blieb vor dem Pult stehen, bis er ihr Vorgeben leid war, so in ihr Lesegerät vertieft zu sein, daß sie seine Anwesenheit noch nicht zur Kenntnis genommen hatte.

»Ich will mit ihm reden.«

Da schaute sie auf, begegnete jedoch immer noch nicht seinem Blick. Weil sie sich davor fürchtete, nahm er an. Gefährlicher Abschaum von der Straße. Er wollte lächeln. Wahrscheinlich war er das mittlerweile sogar. Sie schien es zu glauben, aber ihre Stimme blieb höflich, als sie ihm antwortete. Dafür gab er ihr ein paar Pluspunkte.

»Wen meinen Sie, Sir?« fragte sie.

Welchen Namen sollte er nennen? Er wußte es nicht. Ohne eine bewußte Entscheidung zu treffen, antwortete er: »Bär.«

»Wir haben keinen Mr. Bär in unserem Stab, Sir.«

Etwas blinkte auf ihrer Konsole. Holger sah die Reflexion in ihren Brillengläsern. Die Sekretärin entschuldigte sich und nahm einen Hörer ab. Was ihr gesagt wurde, war nicht für seine Ohren bestimmt, aber er hörte es dennoch. Die Sekretärin sollte ruhig und gelassen bleiben und ihn in Büro C bringen. Ob sie verstanden habe?

»Ja, Sir«, sagte sie in den Hörer.

Holger kannte die Stimme des Mannes nicht, der gesprochen hatte, aber er ging mit. Sie führte ihn zu einer Tür, die mit dem Buchstaben C gekennzeichnet war. Als die Tür geöffnet wurde, schaltete sich das Licht in dem Raum an. Sie bedeutete ihm einzutreten und trat beiseite, so daß er ihr dabei nicht zu nah kommen konnte.

Das Büro wurde von einem weiteren Schreibtisch der Marke Glazz beherrscht, einem Luxusmodell, das aufgrund seiner starken Tönung beinahe undurchsichtig war. Hinter dem Schreibtisch befand sich eine weitere Tür, geschlossen und nicht gekennzeichnet. Die Holzvertäfelung ließ den Raum dunkel erscheinen, die getönten Fenster machten ihn noch dunkler.

»Bitte nehmen Sie Platz«, sagte sie. Es gab nur zwei Stühle in dem Raum, einen vor und einen hinter dem Schreibtisch. Keine Frage, welcher davon für ihn gedacht war. »Es wird gleich jemand kommen, der mit Ihnen redet.«

Sie schloß die Tür. Er hörte ein Schloß klicken, da er in dem Raum eingesperrt wurde. Sonderbarerweise fühlte er sich jedoch besser, kaum daß die Tür sich geschlossen hatte. Sein Verstand kam ihm klarer vor, weniger verwirrt, als er dies seit – wie lange – gewesen war? Zu lange. Er setzte sich auf den Stuhl, lauschte dem Summen von Ultraschallvorrichtungen in den Wänden und wartete.

Sein Stuhl stand in der Mitte des Raumes. Höchstwahrscheinlich eine genau kalkulierte Position. Sie führte dazu, daß er sich auf den Schreibtisch und die Tür dahinter konzentrierte. Eine psychologische Machtgeschichte oder eine finsterere Absicht?

Ihm blieb keine Zeit, es sich genauer zu überlegen. Die Tür hinter dem Schreibtisch öffnete sich und ein untersetzter bärtiger Mann trat ein und setzte sich auf den freien Stuhl. Dem äußeren Anschein nach war dies der Mann, den Holger auf den Monitorschirmen des Ladens gesehen hatte. Aber dies war kein Mensch. Ihm fehlte die Körperwärme. Er hätte aus Träumen bestehen können, aus Luft und Gedanken und Erinnerungen und Sehnsüchten.

»Sie sind nicht real«, sagte Holger zu ihm.

Der Blick des falschen Mannes glitt eine Idee zur

Seite wie bei einem verwirrten Nachrichtensprecher, der nicht glauben konnte, was sein Teleprompter ihm vorsagte. Als der Blick sich wieder auf Holger richtete, sagte er: »Sie sprechen mit einer holografischen Projektion.«

»Ich will nicht mit einer holografischen Projektion sprechen. Ich will mit dem echten Mann reden. Warum tun Sie das?«

»Eine Vorsichtsmaßnahme. Ich bin sicher, Sie können es verstehen. Wen wollen Sie denn sprechen?«

»Sie.«

»Sie klingen nicht sehr sicher.«

Das war er auch nicht. War es ein Fehler gewesen, hierher zu kommen? »Der Mann, den ich kannte, würde sich nicht hinter einer Attrappe verstecken.«

»Sind Sie sich dessen sicher, Mr. Kun?«

Sie wußten, wer er war. Hatte er tatsächlich einen Fehler gemacht? Die Projektion sah aus wie der Mann, den er suchte, aber Projektionen wurden künstlich erzeugt. Was digitalisiert werden konnte, ließ sich auch manipulieren. Wer kontrollierte dieses Bild tatsächlich? »Der Mann, den ich kannte, hatte keine Angst davor, einem anderen ins Auge zu schauen.«

»Der Mann, den Sie kannten, hat das Jahrhundert nicht begriffen, in dem er sich wiederfand.«

Das Bild verschwand. Die Tür öffnete sich erneut und der Mann betrat das Büro ein zweites Mal. Dem äußeren Anschein nach war er identisch mit dem ersten – doch in diesem brannte das Feuer des Lebens. Das war der echte Mann.

Ein anderer Mann folgte ihm, kleiner, untersetzter und bärtiger. Holger tastete unwillkürlich nach der Waffe, die er nicht trug. Er brach die sinnlose Bewegung ab. Alte Reflexe, noch dazu, bei näherem Ansehen, irrtümlich angesprochen. Er hatte diesen Mann noch nie zuvor gesehen.

»Sehr schreckhaft«, sagte der kleinere Mann. »Arbeiten Sie noch immer für die Abteilung M, Mr. Kun?«

Vielleicht war seine Reaktion doch kein Irrtum gewesen.

»Ich glaube, er hat Sie für jemanden anders gehalten, Wilson. Für jemanden, den sofort zu erschießen ich auch erwogen hätte.« Bär richtete seine Aufmerksamkeit auf Holger. »Was führt Sie her, Mr. Kun?«

Holger sah die Antwort an. »Sie.«

Bär verschränkte die Arme und legte damit den erlesenen Stoff seines Anzugs in Falten. »Als Sie mich das letzte Mal aufgesucht haben, waren Sie höflicher.«

»Die Dinge haben sich geändert.« Sehr sogar. Er war in der Hoffnung hierher gekommen, daß sie sich noch stärker verändern ließen.

»Sie sehen mit Sicherheit verändert aus«, stellte Bär fest. »Und die Umstände sind anders. Wir haben es nicht mit Kommandoeinheiten zu tun, die überall herumschleichen und nur Zerstörung im Sinn haben.«

Holger erinnerte sich nicht gern an jenen Ort, jenen seltsamen Elfenort, der ebenso Museum wie Palast war, aber er erinnerte sich an die Kommandoeinheiten, die diesen Ort angegriffen und sie zu töten versucht hatten. Er erinnerte sich, gegen die Männer in Schwarz gekämpft zu haben. Bär hatte ebenfalls gegen sie gekämpft. Sie hatten gewonnen, dann war der Elf zurückgekommen und hatte ihnen den Sieg beinahe gestohlen. Daran erinnerte Holger sich nicht gern. Bär hatte sie gerettet. Mit dem Schwert. Der Elf hatte nicht mehr gegen Bär kämpfen wollen, als dieser das Schwert geführt hatte. Holger lächelte über die Erinnerung.

»Wer sagt, daß er nicht Zerstörung im Sinn hat?« fragte Wilson. Er deutete auf Holger. »Für mich sieht es so aus, als wäre das eine gute Tarnung für einen Jäger in der Stadt.«

»Tarnung für den Gejagten«, sagte Holger. Er wollte, daß Bär verstand.

»Gejagt?« Wilson klang nicht so, als glaube er ihm. »Von wem?«

Er brachte es kaum über die Lippen. »Von der Abteilung.«

»Sie wollen uns erzählen, daß Sie aus der Abteilung ausgeschieden sind? Schwer zu glauben, daß man Sie hat gehen lassen, wenn man bedenkt, wie viel man dort ganz offensichtlich in Sie investierte.« Wilson kratzte seinen Bart. »Artus, wahrscheinlich ist er ein Trojanisches Pferd – wenn nicht sogar der Jäger. Sie suchen immer noch nach Ihnen.«

Holger sah Bär an. »Sie glauben nicht an Sie. Nur Spae hat an Sie geglaubt – und sie ist auch nicht mehr bei der Abteilung. Die wollen sie auch haben, noch mehr als Sie. Sie glauben nicht, daß Sie sind, wer Sie sind, aber ich glaube es. Ich habe Sie mit dem Schwert gesehen. Ich erinnere mich.«

»Er redet Unsinn«, sagte Wilson.

»Sie haben irgendwas mit mir angestellt. Ich weiß nicht, was. Ich habe nicht darum gebeten. Sie haben den Vertrag gebrochen. Sie haben mich auf Spae angesetzt. Sie haben mir gesagt, Spae wäre ein Verräter, aber die wahren Verräter sind sie. Sie haben den Vertrag gebrochen.« Er wußte, daß er noch mehr sagte, daß er ihnen von dem Anschlag auf Spae, von seiner Flucht und von den Stimmen erzählte. Er wußte, daß er sie gegen sich einnahm, weil er sich für sie wie ein Wahnsinniger anhören mußte.

»Ich finde, daß ein Beruhigungsmittel angebracht ist«, flüsterte Wilson Bär zu.

»Keine Nadeln!«

Holger trat den Stuhl weg, da er aufsprang.

Wilson baute sich schützend vor Bär auf und duckte sich. Bär selbst zuckte nicht mit der Wimper. Er beobachtete Holger lediglich, der Blick wirkte gelassen und selbstsicher. Holger sah die Kraft dort, Kraft, die er brauchte, Selbstsicherheit, die er brauchte.

»Niemand hier wird Ihnen weh tun, Mr. Kun«, sagte Bär.

Holger zweifelte nicht einen Augenblick an der Aufrichtigkeit dieses Versprechens.

»Legen Sie Ihre Waffe nieder«, sagte Bär.

Waffe? Holger hielt tatsächlich etwas in der Hand. Er schaute nach unten. Er konnte sich nicht erinnern, eine Armlehne vom Stuhl abgerissen zu haben. Er ließ sie fallen.

»Wissen Sie, Mr. Kun, ich glaube, ich habe eine Vorstellung davon, was Sie gerade durchmachen.« Holger sah in Bärs Augen, daß dieser begriff: Mitgefühl ohne Mitleid. »Wir Krieger müssen uns umeinander kümmern.«

»Ich habe Ihnen gezeigt, wie man mit einer H&K Viper umgeht«, sagte Holger.

»Kurze Feuerstöße«, sagte Bär mit einem Lächeln. »Ich habe es ständig vergessen. Dennoch, was Sie mich lehrten, hat mir das Leben gerettet. Ich hatte bisher noch nicht die Ehre, mich dafür zu revanchieren.«

»Das Schwert«, sagte Holger, um ihn zu erinnern. »Ich habe gesehen, wie Sie es benutzten. Ich erinnere mich.«

»Ich habe nicht für Sie gekämpft.«

Holger erinnerte sich. »Sie kämpfen für uns alle.«

»Verwechseln Sie nicht die Legende mit dem Menschen. Es hat nie einen König Arthur von Camelot gegeben, auch keine Tafelrunde von edlen Rittern in glänzender Rüstung. Das sind alles nur Legenden, Geschichten und Lügen.«

Keine Lügen, nicht wenn im Kern Wahrheit steckte. »Nicht alles. Sie sind wirklich.«

»Wirklich, ja, aber kein Märchenheld.«

»Helden sind etwas für Kinder.« Und für Verzweifelte.

»Wenn ich glaubte, daß Sie das glauben...« Bär schüttelte den Kopf. »Ich bin ein Mensch, Mr. Kun, kein Held. Ein Mensch, genau wie Sie. Schütteln Sie nicht den Kopf. Sie mögen es jetzt nicht glauben, aber das werden Sie noch.«

»Sie sind besser als ich.«

»Wir sind beide Menschen. Menschen sind fehlbar und machen Fehler, aber richtige Menschen stehen dazu und korrigieren ihre Fehler. Manche sterben bei dem Versuch. Welche Fehler versuchen Sie zu korrigieren, Mr. Kun?«

»Ich...« Er hatte darauf keine klare Antwort. »Sie...«

»Ich kann nicht Ihre Fehler für Sie korrigieren, aber ich kann Ihnen eine Chance geben, sie zu finden und sie selbst zu korrigieren. Eine Chance, Mr. Kun. Mehr wollen Sie eigentlich gar nicht, oder?«

Holgers Knie fühlten sich schwach an. Er gab ihrem Zug nach und knickte ein. Der Teppich war weich und dick, wo er kniete. Er schaute zu dem Mann auf, der sein Herz so gut kannte. »Ich bin Ihr Mann, mein Leben und mein Arm gehört Ihnen...«

»Den Lehenseid gab es erst nach meiner Zeit.«

Holger blinzelte verwirrt. »Sie akzeptieren meinen Eid nicht?«

»Das habe ich nicht gesagt.« Bärs Lächeln strahlte die Wärme der Absolution aus. »Aber noch nicht sofort. Es sind noch ein paar Einzelheiten zu klären. Wilson, helfen Sie Mr. Kun dabei, sich zu säubern. Ich glaube, daß er sich unserem Kampf anschließt.«

Kapitel 27

John war nicht überrascht, als er feststellte, daß die WoGe, in der Marianne Reddy angeblich wohnte, einem Mitglied von Mitsutomo Keiretsu gehörte. Früher hätte es ihn gefreut zu sehen, wie gut der Konzern sich um seine Angehörigen kümmerte. Doch ›früher‹ gehörte zusammen mit anderen kindischen Dingen aus dem Märchen wie ›wenn sie nicht gestorben sind, dann leben sie noch heute‹ seiner Vergangenheit an.

Die Dupree-WoGe befand sich im ländlichen Massachusetts inmitten eines Dreiecks aus drei verschlafenen Kleinstädten abseits der Hauptautobahnen. Das öffentliche Transportmittel vom nächsten Bahnhof war der Zubringerbus der Einkaufsgalerie der WoGe, und dabei handelte es sich nur um einen Zwölfsitzer.

John unternahm einen Spaziergang über das Gelände, um es auszukundschaften. Die Dupree-WoGe war wesentlich kleiner als jede der WoGes des Benjamin-Harrison-Siedlungsprojekts, und die Sicherheit war längst nicht so umfassend. Die Eingänge zur Einkaufsgalerie waren geöffnet. Schutzmaßnahmen waren Sache der einzelnen Geschäfte, was Aufklebelogos von einem Dutzend verschiedener privater Sicherheitsfirmen belegten. Gesicherte Zugangsstellen sah John nur an den Eingängen zum Wohnbereich, die Schutzmaßnahmen waren eher spärlich – Türen mit Sicherheitsschlössern, und die Hälfte davon war geöffnet. Er sah weder Kameras noch Wachpersonal. Sogar das Haupteingangsfoyer schien unbewacht. Wenn Mitsutomo das Gebäude überwachte, ging man sehr subtil vor. Derartige Subtilität hätte John geschmeichelt, hätte er daran geglaubt. Die WoGe auf die geringe Wahrscheinlichkeit hin zu beobachten, daß er vielleicht auftauchte, konnte nicht so hoch auf der Prioritätenliste stehen, um einen derartigen Aufwand zu rechtfertigen.

Also stand es ihm frei zu tun, weswegen er hergekommen war.

Er ging noch einmal durch die Galerie, wobei er sich sagte, er vergewissere sich nur, daß er nicht auf unerwartete Probleme stieß – obwohl er wußte, daß er tatsächlich nur sein Vorhaben aufschob. Er hatte weniger Angst gehabt, als Dr. Spae und er Quetzal gejagt hatten. Damals hatte er keine Zeit gehabt, darüber nachzudenken, was er tat.

Es war kurz vor Halloween, der Zeit des Jahres, in der die Geisterwelt nah war und die Toten sich erhoben, um wieder auf der Erde zu wandeln, und die Geschäfte in der Galerie waren darauf vorbereitet, wenn nicht bereits Weihnachtsdekorationen auslagen. Skelette, Geister, Grabsteine und Vampire waren in bunter, kommerzieller Fröhlichkeit im Überfluß vorhanden. Es schien so, als grinsten ihn von überall riesige Kürbisse mit ihrem schiefen Lächeln an. Es war ein hohles, ignorantes Lächeln. Nur grelle Reklame ohne Inhalt, da dieser längst vergessen war. Hinter diesen Symbolen steckte eine grimmige, bittere Wahrheit, eine Wahrheit, die irgendwann aus den Augen verloren worden war, als die Anderswelt noch weiter weg gewesen war als dieser Tage. *Die Lichter brennen darin, Mr. Jack O'Lantern, aber ist jemand zu Hause? Kennst du deine Pflicht noch, o Großer Orangefarbener Hüter des Zuhauses?*

Zuhause.

Er wollte schon – wie lange? – nach Hause gehen. Und jetzt stand er hier auf der Schwelle und zögerte. Sie würde nicht nach draußen kommen und ihn suchen.

Er mußte zu ihr gehen. Niemand anders würde ihr sagen, daß einer ihrer Toten nach Hause kam.

Der Wohnbereich schien still und verlassen. Er ging in der ständigen Erwartung durch die Flure, jemandem zu begegnen, aber das geschah nicht. Schließlich stand er vor der Tür – und das Namensschild bestätigte, was Shahotains Diskette ihm verraten hatte. Marianne Reddy wohnte hier. Er drückte auf die Klingel.

Die Frau, die an die Tür kam, war seine Mutter. Sie sah älter und mitgenommener aus, aber er erkannte sie mühelos. Sie öffnete die Tür ganz weit und mit der Zuversicht des Wohlbehüteten. Da er wußte, wie mühelos er sich Zugang verschafft hatte, fühlte John sich angesichts ihres Mangels an Vorsicht ein wenig unbehaglich, aber er lächelte. Sie blinzelte ihn neugierig an und sprach zuerst.

»Kenne ich Sie?«

»Ja.« Ihr leerer Blick verriet ihm, daß sie ihn nicht erkannte. *Ist schon okay. Ist es wirklich. Keine große Überraschung.* Er hatte gewußt, daß ein sofortiges Wiedererkennen unwahrscheinlich war. Er setzte die Wollmütze ab, die seine Haare und Ohren verbarg. »Es ist eine Weile her. Ich habe mich ziemlich verändert.«

»Ich kenne Ihre Stimme.« Jetzt sah sie verwirrt und ein wenig bestürzt aus. »Aber Ihr Gesicht ist mir völlig unbekannt. Haben Sie sich aus irgendeinem Grund verkleidet? Natürlich, bald ist Halloween, nicht wahr? Falls Sie etwas zu verkaufen haben, muß ich Ihnen sagen, daß ich nur online kaufe.«

»Immer noch treue Zuschauerin bei *Happy Lifestyles*?«

Sie blinzelte verwirrt. »Du meine Güte, ja. Woher wissen Sie das? Kommen Sie vom Sender? Machen Sie eine Umfrage?«

»Nein, keine Umfrage. Ich bin John.«

»So hat mein Sohn geheißen.«

»So heißt er noch immer.«

Ihre Freundlichkeit war wie weggeblasen. Sie sah ihn mißtrauisch an und sagte ernst: »Mein Sohn ist tot.«

»Nein, ist er nicht.« *Bin ich nicht.*

»Ich glaube nicht, daß ich mit Ihnen reden will.«

Sie machte Anstalten, die Tür zu schließen. Er stemmte die Hand dagegen und hielt sie fest. Sie mühte sich einen Augenblick, die Tür zuzudrücken. Sie hatte ihm nichts entgegenzusetzen. Nach kurzer Zeit war ihre Kraft offenbar erschöpft und sie entfernte sich schwankend von der Tür, die daraufhin weit aufflog. John trat ein.

»Warten Sie, ich will Ihnen nichts tun«, sagte er in einem – wie er hoffte – beruhigenden Tonfall. Er war überrascht, wie sehr ihn die förmliche Anrede schmerzte, aber es schien notwendig zu sein. Er mußte einen Schritt nach dem anderen machen. Um seine Worte zu unterstreichen, blieb er an der Tür stehen, da er befürchtete, daß es sie nur noch mehr beunruhigen würde, wenn er weiter in ihre Wohnung eindrang. Es war an der Zeit für die alternative Vorgehensweise, von der er gehofft hatte, sie nicht zu brauchen. Er hätte es besser wissen müssen. Bei Dr. Spae und Sue hatte er es leicht gehabt, da sie beide bereits wußten, daß John in Wirklichkeit ein elfischer Wechselbalg war. »Ich habe hier einige Papiere, die Sie sich ansehen müssen.«

Sie wich hinter einen Tisch zurück.

»Wirklich, Mrs. Reddy.« John zückte einen Ausdruck. »Dies ist die Kopie eines offiziellen Berichts über den Vorfall im Waffenmuseum. Er enthält auch eine Beschreibung von John Reddy. Lesen Sie sich den Bericht durch. Insbesondere die Beschreibung. Der Mann, der im Museum starb, war über einen halben Kopf kleiner als Ihr Sohn.«

Sie wollte den Bericht nicht annehmen. Er legte ihn auf den Tisch und schob ihn zu ihr hin. Sie starrte das Papier an, als sei es gefährlich.

»Ich weiß nicht, was darin steht«, sagte sie, »aber es ist falsch. Es muß sich um einen Schreibfehler handeln. Ja, so muß es sein. Johnny ist bei dem Brand umgekommen.«

»Dann sehen Sie sich das hier an.« Er hielt ihr einen anderen Bericht und einen Ausweis hin. Den Bericht hatte er aus einer öffentlichen Datenbank. Die Ausweiskarte hatte er bei der ersten Suche nach seiner Mutter aus seinem alten Zimmer mitgenommen. »Diese öffentliche Datenbank verfügt über dieselben Informationen wie dieser Bericht hier, aber beide sind falsch. Sehen Sie sich an, welche Größe auf dem Ausweis angegeben ist. Sie wissen, daß diese Karte John gehört. Sie wissen, wie groß er war.«

Sie starrte auf die Karte, nicht auf die Daten, sondern auf das Bild. Ihre Miene wurde weicher. Er fing an zu reden und erinnerte sie an Vorfälle, erzählte Dinge, die sie gemeinsam unternommen hatten, und beschrieb ihre alte Wohnung. Sie mußte wissen, daß alles stimmte. Sie mußte wissen, daß nur er davon wissen konnte. Sie starrte das Bild an, während er sprach. Schließlich gingen ihm die Worte aus und sie hob langsam, ganz langsam, den Blick, bis sie ihm ins Gesicht schaute. Ihre Lippe zitterte.

»Wer sind Sie? Woher wissen Sie diese Dinge?«

»Ich bin John, Mom.«

»Nein.« Sie schüttelte den Kopf. »Nein. Johnny ist tot.«

»Ich lebe, Mom. Ich bin so lebendig wie eh und je, nur verändert. Es ist schwer zu erklären.«

Ihr Kopf bewegte sich jetzt stetig von rechts nach links und wieder von links nach rechts. »Ich will nicht mehr mit Ihnen reden. Sie sind… nicht richtig.«

Aufgebracht schnauzte John: »Nicht richtig ist, daß du mir keine Chance gibst, dir alles zu erklären.«

Sie schrak zusammen, da er die Stimme erhoben

hatte. »Das ist sehr grausam, was Sie hier tun. Gehen Sie. Wenn Sie nicht sofort gehen, rufe ich die Sicherheit.«

»Wir sind hier nicht in WoGe 3, Mom. Es gibt keine Sicherheit, die du rufen könntest.«

Sie tastete sich langsam zu dem Ende des Tisches vor, das am weitesten von ihm entfernt war. »Ich schreie. Ganz bestimmt, das tue ich!«

Was für ein grausamer Scherz. Endlich hatte er seine Mutter wiedergefunden und sie würde schreien und die Cops rufen, um den Verrückten aus ihrem Leben entfernen zu lassen. Verdammt noch mal, das hatte er nicht gewollt. Er sah die verängstigte Frau vor sich an. Sie sah aus, als könne sie jeden Augenblick einen Herzanfall erleiden. Oder hysterisch schreien. Dafür war er nicht hergekommen.

Es schien keinen Sinn zu haben hierzubleiben, und es gab ein Dutzend gute Gründe zu gehen. Er verließ die Wohnung.

Im Flur stand ein Mann, ein großer, hart aussehender Bursche, der John nur anstarrte. Das Licht im Flur war hell und John hatte seine Mütze nicht wieder aufgesetzt. Er stand als das vor dem Mann, was er war, aber der schien nicht überrascht zu sein. Er sprach in kategorischem Tonfall.

»Das ist keine Maske, nicht wahr?«

»Nein, es ist keine.« Elf, Mensch, was spielte es noch für eine Rolle? John hatte jetzt nirgendwo mehr ein Heim oder eine Familie. »Aus welchem Grund sollte Sie das etwas angehen?«

»Aus einem Profitgrund.«

Als John die Kanone hochkommen sah, sprang er in die Wohnung seiner Mutter zurück. Etwas pfiff durch den Korridor, durch die Stelle, wo er gerade noch gestanden hatte. Was es auch war, es drehte sich und wuchs im Flug, bis es mit einem klebrigen Klatschen die Wand an der nächsten Flurabzweigung traf. Er hatte eine gute Vorstellung davon, worum es sich handelte. Er hatte Videoaufnahmen von den Pariser Unruhen im Jahre 03 gesehen. Die Polizei hatte Waffen eingesetzt, die die lähmende Masse eines klebrigen Schaums verschossen.

Der Mann im Flur fluchte. Marianne Reddy fing an zu schreien.

»Auf den Boden!« schrie John sie an. »Versteck dich!«

Sie rührte sich nicht, sondern stand nur schreiend und zitternd da. John lief auf sie zu, um sie aus der Schußlinie zu schaffen. Als er den Tisch erreichte, wurde ihm klar, daß er vergessen hatte, die Tür zu schließen. Der Schütze stand in der Tür. Er hatte jetzt eine andere Waffe in der Hand, keine Fesselpistole.

»Keine Bewegung. Wag es nicht einmal zu atmen«, sagte er. »Außer wenn ich es dir sage.« John erstarrte. Er wagte nicht, sich anders zu verhalten.

»Sehr gut«, sagte der Mann mit der Waffe. »Jetzt komm weg von der Frau.«

»Sie werden nicht schießen. Sie wollen mich lebendig«, sagte John in der Hoffnung, daß er recht hatte.

»Diese Möglichkeit wäre mir am liebsten, aber es ist nicht meine einzige.«

John würde das Leben seiner Mutter nicht darauf verwetten, daß dieser Fremde *nicht* schösse. Er entfernte sich langsam von ihr.

»Sie können jetzt aufhören zu schreien, Ma'am«, sagte der Mann mit der Kanone zu ihr. »Ich bin von der Polizei. Jetzt ist alles in Ordnung.«

Marianne Reddy beachtete seine Worte so wenig, wie sie Johns beachtet hatte. Der Mann mit der Kanone sah nicht sehr glücklich aus. Er hielt die Waffe auf John gerichtet und nickte mit dem Kopf in Richtung Tür.

»Los, vorwärts. Wir gehen.«

John zögerte.

»Ich könnte sie erschießen, um ihr das Maul zu stopfen«, sagte der Mann.

Er klang so, als sei er tatsächlich dazu fähig. John drückte sich an ihm vorbei und ging auf den Flur. Der Mann folgte ihm und schloß die Tür hinter sich. Marianne Reddys Schreie wurden abgeschnitten. Die Kanone verschwand in der Jackentasche des Mannes.

»Komm ja nicht auf dumme Gedanken«, sagte er. »Es macht mir nichts aus, ein Loch in die Jacke zu blasen. Und jetzt setz deine Mütze auf.«

»Sie sind kein Cop«, sagte John, während er tat, wie ihm geheißen.

Der Mann gluckste. »Es ist eine private Firma.«

»Mitsutomo.«

»Gut geraten.«

John kam sich wie ein Idiot vor. »Ich hätte wissen müssen, daß sie nicht locker lassen.«

»Ich sagte, gut geraten, nicht richtig geraten. Los, vorwärts. Wir haben einiges zu erledigen.«

Der Mann mit der Kanone dirigierte John zum Treppenhaus. Die Flure in der WoGe, die John als angenehm leer empfunden hatte, kamen ihm jetzt schrecklich verlassen vor. Im Treppenhaus begegneten sie ebenfalls niemandem. Sie gingen an der Etage mit dem Hauptausgang vorbei und ein Stockwerk tiefer, wo sie durch einen Korridor zu einem Hintereingang und dann nach draußen gingen.

»Gehen wir zu Fuß?«

»Wir fahren mit dem Laster am Ende der Reihe.«

John sah den Laster. Der Weg dorthin war lang und bot nicht die geringste Deckung, die es erst jenseits des Lasters gab, wo die rückwärtigen Mauern mehrerer Gebäude an den Parkplatz grenzten. Zwischen ihnen beiden und dem Laster war reichlich Platz, um gesehen zu werden – nur daß dieses Ende des Parkplatzes so verlassen schien wie die Flure der WoGe.

John mußte sich etwas einfallen lassen, sonst würde dieser Bursche ihn Gott weiß wohin schleppen. Entweder brauchte er die Kavallerie oder einen magischen Trick, der – Magie? John kannte keine Magie, die eine Kugel aufhielt oder ihn schnell genug machte, um vor einer davonlaufen zu können. Doch es gab andere Arten von Magie und er hatte eine Idee, mit der er es versuchen konnte.

Als sie sich dem Laster näherten, stolperte John und ließ sich kurz vor dem Heck des Lasters auf ein Knie nieder. Der Mann mit der Pistole versteifte sich, und die Mündung seiner Waffe zeichnete sich deutlich unter dem Jackenstoff ab. John hatte kurz davor gestanden, erschossen zu werden. Er zog an seinem Schnürsenkel. »Mein Schuh ist auf.«

»Dann binde ihn wieder zu. Ich hätte dich beinahe erschossen. Beim nächsten Mal hast du vielleicht nicht so viel Glück.«

»Der Gedanke ist mir auch schon gekommen.«

Mit gesenktem Kopf verknotete John den Schnürsenkel. Währenddessen beobachtete er seinen Häscher und versuchte einzuschätzen, wie leichtgläubig der Mann sein mochte. Wenn John erst einmal in dem Laster saß, würde er keine Gelegenheit zur Flucht mehr haben. Es war an der Zeit, etwas zu riskieren.

Indem er seine eigene Furcht anzapfte, wirkte John eine akustische Illusion hinter dem Mann. Ein Schrei ertönte. Der Kopf des Mannes fuhr herum, um nachzusehen, was da los war. Kaum hatte er John aus den Augen gelassen, als John eine Rolle rückwärts machte. Er bog um die Ecke des Lasters, um ihn zwischen sich und den Mann mit der Pistole zu bringen. Er beschwor eine weitere Illusion, das Geräusch rennender Füße, die zu den Gebäuden eilten, um die Geräusche zu überdecken, die er verursachte, während er sich in Richtung der abgewandten Seite des Lasters schlich. Der Mann tauchte mit gezogener Pistole an der Stoßstange des Lasters auf, doch zu Johns Erleichterung schaute er John nicht an. Seine Aufmerksamkeit war auf Johns Illusion gerichtet. Die Mündung der Waffe folgte seinem Blick, der die Schatten nach dem entflohenen Gefangenen absuchte. Dicht hinter dem Mann verhielt John sich ganz still und fand die Schatten, in denen er nicht gesehen werden konnte.

Nach sehr langer Zeit schüttelte der Mann verwirrt den Kopf. »Wie, zum Teufel, verbirgt er seine Körperwärme?« Er starrte wiederum lange Zeit in die Dunkelheit, bevor er die Pistole wegsteckte. »Nächstes Mal«, murmelte er, als er sich abwandte.

John spürte, wie er in den Laster einstieg. War jetzt der Augenblick gekommen, um wirklich zu fliehen? Er dachte an die Rückspiegel des Wagens. Nein, die Magie hatte bisher funktioniert. Er würde ihr noch etwas länger vertrauen.

Der Laster sprang fast lautlos an, was darauf hinwies, daß – wie bei seinem Fahrer – mehr hinter ihm steckte, als sein ramponiertes Äußeres erkennen ließ. John wartete, bis der Laster den Parkplatz verlassen hatte, bevor er sich erhob. Er sah ihm nach, bis er die Auffahrt zum Highway nahm und kurz darauf verschwand. Er war in Sicherheit.

Aber wie würde es beim nächsten Mal sein?

Wer der Mann auch war, er hatte John zu Marianne Reddys Wohnung verfolgt. Es gab eine Zeit, da hatte John sich davor gefürchtet, Gefahr mit nach Hause zu bringen – aber er hatte gedacht, diese wilden Zeiten seien vorbei. Offenbar würden sie nie enden. Wenn er noch einmal versuchte, Marianne Reddy davon zu überzeugen, daß er ihr Sohn war, lockte er damit den Mann oder andere wie ihn an. Diese Männer begnügten sich vielleicht nicht damit, eine alte Frau aus ihren Angelegenheiten herauszuhalten, besonders dann nicht, wenn sie hinter die Verbindung zwischen Jack dem Elf und Marianne Reddy kamen. Das konnte er ihr nicht antun. Sie hatte ihn vielleicht vergessen, doch er konnte sie nicht vergessen.

Er schrak zusammen, als hinter ihm eine Stimme ertönte.

»Netter Einsatz von Illusionen, Jack. Loreneth hat dir viel beigebracht.«

Bennett.

John fuhr herum und funkelte ihn an. »Toller Moment, um einfach mal so aufzutauchen.«

»Ich wußte, du würdest früher oder später hierher kommen.«

»Ich hoffe, es war eine lange, kalte Warterei.«

»Nicht lang, jedenfalls nicht, wenn man einen vernünftigen Zeitmaßstab zugrunde legt. Was die Kälte betrifft, so weißt du es besser. Dieses Wetter ist viel zu mild, um Auswirkungen auf Elfen wie uns zu haben.«

»Ich bin kein Elf wie du.«

Bennett lächelte und hob eine Augenbraue. »Du willst deine Herkunft doch jetzt nicht wieder wegen Shahotains kleinem Spiel abstreiten, oder?«

»*Spiel*? Was meinst du mit Spiel?«

»Komplott. Intrige. Ränke. Machenschaften. Nenn es, wie du willst. Der Gewinn, den er daraus zieht, ist flüchtiger Natur. Er wird bereuen, was er dir angetan hat.«

War das Zorn auf Bennetts Gesicht? John konnte es nicht glauben. »Willst du mir hier den rächenden Vater vorspielen?«

»Würde das deine Gefühle für mich ändern?«

»Nein. Ich wüßte genau, daß du es nur wegen der Probleme tätest, die er *dir* bereitet hat.« Obwohl John nichts dagegen hatte, daß Shahotain bekam, was er verdiente. »Warum sollte ich wollen, daß Shahotain etwas zustößt? Er hat in der kurzen Zeit in der Feste mehr für mich getan als *du* in meinem ganzen Leben.«

»Soll heißen, er hat dir die Diskette gegeben, die dich herführte? Was glaubst du, woher er die Diskette hat?«

»Nicht von dir.«

»Nicht direkt. Ich hätte dir diese Information jederzeit zukommen lassen können. Er hat gestohlenes Wissen benutzt, um seinen Zwecken zu dienen.«

Und du tust das natürlich nie. »Wenn du wußtest, wo meine Mutter sich aufhält, warum hast du es mir nicht gesagt, als ich danach fragte?«

Bennett starrte in den Himmel. Er seufzte. »Und wie ist es dort drinnen gelaufen? Nein, du brauchst es mir nicht zu sagen, die Antwort kann ich deiner Miene entnehmen. Aber es hätte noch schlimmer kommen können. Du bist lebendig und frei und weißt jetzt, daß Wechselbälger nicht wieder zu ihrem alten Leben zurückkehren können.«

»Das wußte ich ohnehin«, log John. »Ich weiß, daß ich nicht mehr zurück kann. Ich wollte sie nur wissen lassen, daß ich nicht tot bin. Daß ich noch – Was hat es überhaupt für einen Sinn, dir das zu erklären?«

»Du willst es erklären. Ist das nicht Grund genug? Red es dir von der Seele. Es ist Zeit, sich der Tatsache zu stellen, daß Marianne Reddy keinen Anteil am Leben von Jack dem Elf hat. Es ist schwer, das weiß ich…«

John schlug die Hand weg, die Bennett nach ihm ausstreckte. »Was, zum Teufel, weißt du schon davon?«

»Ich verstehe es besser, als du glaubst«, sagte Bennett, wobei er wieder in den Himmel starrte. Als er John danach ansah, glänzten seine Augen, obwohl es nicht seine Elfenaugen sondern menschliche Augen waren.

»Ich wollte dir diesen Schmerz ersparen. Der Schritt zur Erkenntnis ist immer schwer.«

John brauchte das falsche Mitgefühl des Bastards nicht. »Laß mich einfach nur in Ruhe!«

»Wie du willst.« Bennett trat einen Schritt zurück in den Schatten jenseits des Lichtkegels der Straßenlaterne und war einen Augenblick später verschwunden.

Teil 3

DUNKELHEIT LEGTE SICH UM IHN

Kapitel 28

Ungeachtet der köstlichen Mahlzeiten, die er mit dem Vorboten zusammen einnahm, hatte Van Dieman noch eine Vorliebe für gutes Essen, wie es zum Beispiel bei Loch-Olber zubereitet wurde. Gambino, der Küchenchef, war sehr einfallsreich, was seine Saucenkreationen zu Hummer betraf. In Anbetracht der Reise, die er und sein Verbündeter unternehmen würden, hatte er beschlossen, noch einmal zu schwelgen, und Loch-Olber's war der Inbegriff für raffinierte Schwelgereien.

Der Vorbote, der sich an ihn geschmiegt hatte, wikkelte ihn in Schlingen ein, die für die ignorante Herde der Normalsterblichen unsichtbar waren. Er bewegte sich leicht, rührte sich wie ein Hund, der im Schlaf eine vertraute Witterung aufnimmt. Er roch ebenfalls etwas: eine gewisse Note in der Luft, ein Geruch nach Magie oder, genauer gesagt, die Ausdünstung eines Magiers. Da seine Verbindung zum Vorboten seine diesbezüglichen Sinne geschärft hatte, war es ein Leichtes, die Quelle dieser Ausdünstung auszumachen. Ein unbekannter Mann saß in einer Nische auf der anderen Seite des Restaurants. Zwar war er ein Fremder für Van Dieman, doch das galt nicht für seine Begleiterin. Dutzende von Partys, politischen Versammlungen und Geschäftstreffen hatten Van Dieman mit Pamela Martinez bekannt gemacht.

Aus den für die Anhänger bestimmten Berichten seines Vorgängers Nakaguchi wußte er, daß Martinez eine Zeitlang heimlich die wachsenden Energien und

Realitäten des neuen Zeitalters untersucht hatte. Die Dark-Glass-Akte über sie ließ vermuten, daß sie ihre vergebliche Arbeit fortsetzte, die aufblühende Magie einzudämmen. Diese Information hatte im Zusammenwirken mit seinen eigenen Untersuchungen ihren Anteil an der Erweckung und anschließenden Vernichtung Quetzals enthüllt. Van Dieman nahm an, daß er als guter Anhänger des Glitzernden Pfades an Rache denken sollte, aber das tat er nicht. Wäre der Gefiederte noch bei ihnen, wäre Van Diemans Stellung nicht halb so dominierend gewesen. In einem gewissen Licht betrachtet, hatte er seine gegenwärtige Bedeutung Martinez und ihrem geheimen Netz von Magiehassern zu verdanken.

Alles, was er über Martinez wußte, ließ darauf schließen, daß sie gegen Magie anarbeiten würde, und doch saß sie mit einem Magier an einem Tisch. Wußte sie, was ihr Gegenüber war? Welch eine Ironie, wenn nicht. Aber sie mochte sich der Natur des Mannes durchaus bewußt sein – und ihre Anwesenheit hier war vielleicht kein Zufall. Konnte sie von Van Diemans Aktivitäten erfahren haben? War sie darauf aus, ihn wie Quetzal zu vernichten? War der Magier in ihrer Begleitung ein Rekrut – als Teil einer Strategie, Feuer mit Feuer zu bekämpfen? Wenn ja, machte sie einen Fehler. Die Aura ihres Begleiters war schwach, schwächer als Van Diemans vor seiner Begegnung mit dem Vorboten. Wenn sie die Absicht hatte, den Mann gegen ihn einzusetzen, würde sie verlieren.

Er beschloß, seine Mahlzeit zu beenden und sie dabei zu beobachten. Ihm fiel eine gewisse Feierstimmung auf. Eine Affäre war die offensichtliche Schlußfolgerung, aber mit einem Magier? Martinez war für ihre starken Überzeugungen bekannt und eine davon war das Mißtrauen allen magischen Dingen gegenüber. Konnte sie das beiseite stellen und sich mit einem Magier einlassen? Es kam ihm unwahrscheinlich vor, es sei denn, sie hatte tiefere Gründe. Doch je länger er zusah, desto stärker wurde seine Überzeugung, daß die beiden lediglich eine Geschäftsbeziehung verband. Was auch immer, irgendetwas war sehr gut für die beiden gelaufen.

Wenn Martinez und ein Magier zusammen feierten, mußte das einen interessanten Grund haben. Welcher konnte das sein? Er konnte die üblichen Hebel in Bewegung setzen, um den Grund herauszufinden, und er konnte versuchen, es selbst mit Hilfe einer Kristallkugel wahrzusagen, aber in keinem Fall würde er eine schnelle Antwort bekommen. Er war hier – und sie waren hier. Er würde es mit der simplen, direkten Annäherung versuchen. Wenn er damit keine Resultate erzielte, würden alle erlangten Informationen als Sprungbrett für die alternative Methode dienen.

Der Magier bemerkte Van Dieman, als dieser durch das Restaurant ging. Er konnte es daran erkennen, wie der Mann sich auf seinem Stuhl versteifte. Martinez bemerkte die Reaktion ihres Begleiters und schaute in dem Augenblick auf, als er an ihrem Tisch eintraf.

»Guten Abend, Ms. Martinez. Nein, nein, bleiben Sie ruhig sitzen. Ich habe nur einen Augenblick Zeit. Ich war bereits auf dem Weg hinaus, als ich Sie sah, und ich dachte mir, ich sollte kurz zu Ihnen kommen und mich vergewissern, daß es keine Ressentiments wegen des letzten Verteidigungshaushalts gibt?«

»Senator Hidoshi scheint es immer noch vorzuziehen, Haushaltsgelder nicht nach sachbezogenen Gesichtspunkten zu vergeben, sondern nach Gesichtspunkten des persönlichen politischen Nutzens«, sagte sie und deutete damit an, daß es in der Tat Ressentiments gab, was ihn nicht überraschte. Tatsächlich freute es ihn, weil es bedeutete, daß sie Mitsutomo Schaden zugefügt hatten.

»Ja, nun, ein Mann in Hidoshis Position muß an seine Wählerschaft denken. Vielleicht hat Mitsutomo beim nächsten Mal mehr Glück.« Zeit, den Magier in das Gespräch einzubeziehen. »Ich glaube, ich kenne Ihren neuen Geschäftsfreund nicht, Ms. Martinez?«

»Abraham Gower.« Der Mann funkelte Martinez an, als habe sie ihn soeben verraten. Sie ignorierte seine Reaktion. »Abraham, das ist Anton Van Dieman, Präsident der Network Securities Corporation. Übrigens, meinen Glückwunsch zu Ihrer Beförderung.« Er tat ihr Kompliment mit einer Handbewegung ab, da er wußte, daß es sich um eine reine Formalität handelte, während sie hinzufügte: »Schade um Slaton.«

»Ja, ziemlich bedauerlich.« Für Slaton.

»Ein Herzproblem, habe ich gehört.«

Tatsächlich zu Tode geängstigt, das Werk des Vorboten. »Er hat nicht auf seine Gesundheit geachtet. Das ist keineswegs ungewöhnlich bei hochrangigen Execs. Aber Sie und ich wissen es besser, nicht wahr?«

»Wollen Sie damit irgendetwas andeuten, Mr. Van Dieman?«

»Nur das Offensichtliche. Slaton war ein träger alter Mann. Sein Schicksal kann niemanden überraschen. Das Alte muß Platz machen für das Neue. Das ist der Gang der Dinge. Würden Sie mir da nicht zustimmen, Mr. Gower?«

Gower erbleichte unter Van Diemans Blick und hatte Mühe, Worte zu finden. Dieser Gower war kein Anhänger, sonst hätte Van Dieman seinen Namen gekannt. Gower hatte seine Magie von einer anderen Tradition gelernt, obwohl das winzige Pentagramm, das er als Krawattennadel trug, darauf hindeutete, daß es eine verwandte Tradition war. Die Sensibilität des Mannes reichte aus, um Van Dieman als Magier zu identifizieren, und seiner Nervosität nach zu urteilen war ihm auch klar, daß Van Dieman ihm in der Großen

Kunst überlegen war. Van Dieman genoß das Unbehagen des Mannes. Martinez mischte sich ein.

»Die meisten Dinge geschehen, wenn ihre Zeit gekommen ist, aber gewisse Dinge scheinen zu geschehen, wenn es, sagen wir, *praktisch* ist.«

Er lächelte über die Gehässigkeit in ihrem Tonfall. »Praktisch ist ein interessantes Wort. Ich würde meinen, daß der Zeitpunkt von Slatons Tod in mancherlei Hinsicht nicht praktischer war als der des Ablebens von *Kansayaki* Nakaguchi.«

Gower sah Martinez nervös an, aber sie bewahrte eine bewundernswert ausdruckslose Miene. Dennoch, sein Hinweis, daß sie für Nakaguchi dasselbe getan hatte wie er für Slaton, hatte sie zum Schweigen gebracht. War sie an dieser Front verletzlich? Van Dieman wußte, daß sie nichts mit Nakaguchis Tod zu tun hatte – dafür war Quetzal verantwortlich –, aber Martinez hatte die Umstände seines Todes vertuscht und Kapital daraus geschlagen. Hätte sie gehandelt, wenn Quetzal ihr nicht zuvorgekommen wäre? Ihre Augen verrieten ihm, daß sie dazu fähig war. Zumindest hatte sie sich des Wunsches schuldig gemacht.

»Aber genug davon«, sagte er. »Glückliche Fügungen sind ein Grund zum Feiern, nicht wahr? Was führt Sie und Mr. Gower in die Stadt, wenn ich fragen darf?«

»Mr. Gower hat Anteil an einem neuen Unternehmen«, erwiderte sie zurückhaltend.

»Ein neues Unternehmen. Ein weiterer Grund zum Feiern. Ich erschließe im Augenblick ebenfalls neue Wege.«

»Wollen wir dann Geheimnisse austauschen?«

»Ich glaube nicht, daß dies meinen Geschäftspartnern recht wäre.«

Sie hatte nichts anderes erwartet. »Das gilt auch für meine.«

Er konnte hier nichts mehr in Erfahrung bringen. Was

spielten ihre unbedeutenden Geheimnisse auch für eine Rolle? Wenn sie nicht mehr ins Feld führen konnte als Gower, stellten sie und ihre Partner keine Bedrohung dar. Ihre unverschämten Einmischungen gehörten zu den Ärgernissen, mit denen er sich noch herumplagen mußte, um den Schein zu wahren. »Bei meiner Rückkehr werden sich die Dinge verändert haben.«

»Ach, Sie machen eine Reise?« fragte sie mit falscher Arglosigkeit und echtem Interesse.

Zu den kalten Bergen im Herzen des Eises, sagte schläfrig der Vorbote in Van Diemans Verstand. Die Sehnsucht und das Verlangen, die durch seine Träume wallten, erregten ihn. Einstweilen mußte er diese Erregung verbergen.

»Ja«, antwortete er Martinez lediglich. Er verabschiedete sich höflich. Martinez reagierte darauf ebenso höflich und mit ebenso leerer Freundlichkeit. Er ließ sie allein. Sie waren die Vergangenheit, die von der Zukunft träumte – von einer Zukunft, die sie in ihrer Unkenntnis des Glitzernden Pfades nicht als falschen Traum erkennen konnten. Die Schlingen des Vorboten streichelten ihn. Anton Van Dieman war nicht in Unkenntnis der Dinge, die da kommen würden. Er gab sich keinen falschen Träumen hin. Er hatte den Willen und die Mittel – und die Zukunft würde ihm gehören!

*

Pamela war der Ansicht, daß sie eine gute Vorstellung von der Zukunft und von dem Weg hatte, den sie dorthin beschreiten mußte. Es gefiel ihr nicht, wenn sie unerwartet von Konkurrenten bedrängt und diese Zukunft bedroht wurde. Van Diemans kürzliche Beförderung innerhalb des Konkurrenten Metadynamics ging mit einer Verschiebung des wirtschaftlichen Machtgefüges einher. Sie war noch mit der Beurteilung der Konsequenzen dieser Verschiebung und ihrer Bedeutung für Pamelas Konzern und für ihre Pläne beschäftigt. Sie wußte zu wenig über Van Dieman und *seine* Pläne, weil sie den normalen Geschäftsangelegenheiten nur unzureichende Aufmerksamkeit gewidmet hatte, während sie mit der Einrichtung von Thaumatechnics beschäftigt war. Hatte ihre Unaufmerksamkeit Keiretsu geschadet? Der Mann verfolgte eindeutig Pläne und hatte versucht, sie mit versteckten Andeutungen darüber aus der Ruhe zu bringen. Unglücklicherweise war ihm das gelungen. *Bei meiner Rückkehr werden sich die Dinge verändert haben.* Was hatte das zu bedeuten?

Gower stellte eine andere Frage.

»Wer war das?«

»Das sagte ich Ihnen bereits«, antwortete sie ein wenig verärgert. »Anton Van Dieman.«

Er starrte immer noch auf die Tür, durch die Van Dieman das Restaurant verlassen hatte. »Ich weiß, daß Sie mir seinen Namen genannt haben, aber wissen Sie auch, was er ist?«

Auch *das* hatte sie ihm gesagt. Wenn er sich weiterhin so idiotisch verhielt, würde sie ihre Entscheidung, ihn zum Präsidenten von Thaumatechnics zu ernennen, noch einmal überdenken. »Wovon reden Sie überhaupt?«

»Er ist von Dunkelheit umgeben.«

»Abraham«, sagte sie aufgebracht, »ich würde es zu schätzen wissen, wenn Sie sich verständlich ausdrückten. Ich bin nicht in der Stimmung für mystisches Geplapper.«

Gower schien wieder zu sich zu kommen. »Es tut mir leid, Ms. Martinez. Ich, äh, habe mich von ihm irgendwie überrumpeln lassen. Er hat eine sehr starke Aura, die stärkste, die ich gesehen habe seit…«

»Seit? Hören Sie nicht einfach auf.«

»Seit Quetzal.«

Jetzt fühlte Pamela sich überrumpelt. »Wollen Sie damit sagen, daß er ein Schläfer ist?«

»Diese Möglichkeit habe ich noch gar nicht in Betracht gezogen.« Er dachte eine Weile darüber nach. Sie ließ ihn. Seine einzigartige Perspektive gehörte zu den Dingen, die ihn so wertvoll machten. Schließlich sagte er: »Nein, ich glaube nicht, daß er ein Schläfer ist. Aber er ist ein Magier, so viel steht fest. Und zwar einer mit bedeutender Macht. Aber er hat noch etwas anderes an sich, etwas Absonderliches, wie ich es noch nie zuvor gesehen habe, etwas Finsteres und Ekelhaftes.«

»Hagen sagt, daß es verschiedene Arten von Schläfern gäbe.«

»Das habe ich berücksichtigt. Aber die Schläfer sind menschlich, nicht wahr?«

Wer wußte das schon? Zu viele Dinge, die mit diesem Chaos zu tun hatten, waren eben *nicht* menschlich. »Hagen hat nichts Gegenteiliges gesagt.«

»Genau. Was wissen Sie über Mr. Van Dieman?«

»Er ist der neue Chef von Network Securities, dem größten und mächtigsten Mitglied der Konzernfamilie von Metadynamics – was ihn in der Tat zu einem äußerst mächtigen Mann macht, wenn man bedenkt, daß Metadynamics einer von Keiretsus größten Konkurrenten ist. Sein Aufstieg hat sich sehr schnell vollzogen. Er ist erst vor kurzem zu Macht gelangt. Angeblich geht er rücksichtslos gegen Gegner vor und erweist sich Befürwortern gegenüber als großzügig. Nach allem, was man so hört, ist er sehr ehrgeizig.« Sie ließ sich noch einmal durch den Kopf gehen, was sie gerade gesagt hatte. Ein Konkurrent, der sie beschreiben sollte, würde sich praktisch derselben Worte bedienen. Sie kannte nur wenige Einzelheiten in Bezug auf Van Dieman – und die wahre Geschichte konnte natürlich nur die Einzelheiten erzählen. Bis jetzt hatte sie lediglich am Rande mit Van Dieman zu tun gehabt und nicht über

Einzelheiten informiert zu sein brauchen. Doch in Mitsutomos Datenbank würden sehr viele Einzelheiten gespeichert sein – und was sich in der Datenbank befand, ließ sich abrufen. Bis morgen würde sie mehr über ihn wissen.

»Nichts Ungewöhnliches, was seine psychologische Beurteilung betrifft?« fragte Gower.

»Das ist eine merkwürdige Frage.«

»Ich habe keinen Zweifel, daß er ein gefährlicher Mann ist. Ihre Bemerkung, daß Mr. Slatons Tod sehr praktisch war, hat ihn berührt.«

»Wollen Sie damit andeuten, daß er tatsächlich etwas mit dem Tod des Mannes zu tun gehabt hat?« Trotz ihrer Ambitionen hatte sie noch nie jemanden umgebracht, um einen Stuhl für sich frei zu machen. Wenn Van Dieman genau das getan hatte, lieferte er damit möglicherweise einen Ansatzpunkt, um ihn aus dem Spiel zu nehmen, Magier hin oder her. »Sie sagen, meine Bemerkung hat ihn berührt? War er schuldbewußt deswegen? Vielleicht zufrieden?«

Gower schien sich unbehaglich zu fühlen. »Ich würde nicht wagen, meinen Eindruck derart zu präzisieren. Ich weiß, daß Ihre Bemerkung ihn berührt hat. Ihn erwärmt hat, muß ich zu meinem Bedauern sagen. Darüber hinaus fehlt mir die Gewißheit. An seiner Aura war so vieles merkwürdig.«

»Abnorm?«

Gower schien es plötzlich zu widerstreben, noch mehr zu sagen. Sie mußte nachhaken.

»Ich kann Ihnen nicht mit klinischer Gewißheit dienen«, sagte er schließlich.

»Sagen Sie mir, was Sie *glauben*. Sie wären nicht, wo Sie sind, wenn ich Ihre Meinung nicht schätzte, Abraham.«

»Als Sie ihn nach seiner Reise gefragt haben, war da – ich weiß nicht, wie ich es erklären soll – hat es da eine andere Stimme gegeben, die keine Stimme war, seine und doch nicht seine. Es war äußerst bestürzend.«

»Eine andere Stimme?« Wahnsinnige hörten Stimmen – und manchmal befahlen diese Stimmen ihnen zu töten. »Ist er verrückt?«

Gower lachte nervös und spielte mit seiner Krawattennadel. »Ich fürchte, daß die Kunst und ihre Manifestationen nicht einmal so präzise Aussagen erlauben wie die Psychologie. Die Daten, die ein Magier braucht, um eine Beurteilung zu erstellen, die voller Wahrscheinlichkeiten ist, werden immer noch zusammengetragen. Wir arbeiten auf einem noch jungen Gebiet. Bedenken Sie, wie lange es gedauert hat, bis aus der persönlichen Meinung die Psychologie hervorgegangen ist.«

Sie brauchte keine psychologische Beurteilung, um zu wissen, daß er sich vor etwas Unangenehmem drückte. »Und welche persönliche Meinung haben Sie zu Mr. Anton Van Dieman?«

»Wahnsinn beruht auf Disharmonie«, sagte er. »Dieser Mann trägt Konflikte in sich, aber da ist auch eine fundamentale Harmonie, die es meines Erachtens nicht gäbe, wenn er wahnsinnig wäre. Um ehrlich zu sein, Ms. Martinez, ich fürchte, er ist *nicht* wahnsinnig.«

Es gab eine andere Erklärung für die Stimmen im Kopf einer Person, eine ältere Erklärung. Sie haßte den Gedanken, es könne eine realistische Erklärung sein, aber so vieles, was sie früher für unrealistisch gehalten hatte, gehörte mittlerweile zum alltäglichen Leben. »Sie wollen doch nicht etwa andeuten, daß er von einem Dämon besessen ist?«

»Ich glaube nicht, daß ich je einem Dämon begegnet bin.« Gowers Blick irrte zur Tür. Seine Finger streichelten das Amulett auf seiner Krawatte.

»Abraham, sehen Sie mich an. Würden Sie einen Dämon erkennen, wenn Sie einem begegneten?«

»Das hoffe ich, Ms. Martinez.« Sein Blick wirkte freudlos, verängstigt. »Bei Gott, das hoffe ich.«

Sie würde sich von seiner Furcht nicht anstecken lassen. Es mußte eine bessere Erklärung geben als Dämonen. Eine vernünftigere. Oder nicht? Dämonen waren nur Erfindungen, um Kindern und unbußfertigen Sündern Angst einzujagen. In Wirklichkeit gab es keine Dämonen. Nicht wahr? Hagen würde es wissen. Und wenn nicht, gab es anderswo Antworten. Sie würde sie finden. Das würde sie.

»Ich glaube, es müssen mehr Nachforschungen betrieben werden«, sagte sie, während sie dem Kellner bedeutete, die Rechnung zu bringen. Sie trank ihren Espresso aus. Sie würde aus dem Wagen anrufen, damit mehr Espresso bereit stand, wenn sie in ihrem Büro ankam. Heute nacht würde sie nicht viel Schlaf bekommen.

Kapitel 29

Holger hörte Stimmen, aber nicht die Stimmen, an die er sich gewöhnt hatte. Es waren tiefe, rauhe Stimmen. Sie sprachen über ihn, stellten Vermutungen über seinen Zustand an, erwogen abstruse technische Details, die irgendwie auf ihn zutrafen. Diese Stimmen sagten ihm nicht, woran er glauben sollte, sie schlugen ihm keine Handlungsweisen vor und sie plapperten nicht einmal am Rande der Zusammenhanglosigkeit. Die Stimmen, die all diese Dinge getan hatten, waren stumm, so stumm, wie sie es im Wagen und in Bärs Büro gewesen waren. Sie waren nicht da.

Er war sicher, daß sie wiederkehren würden.

Doch er war zufrieden mit der Atempause – mit Ausnahme des Geruchs. Schon wieder *dieser* Geruch. Nach verchromtem Stahl, Ozon, Kacheln, Desinfektionsmitteln und Latex. Es war der Klinikgeruch, der Krankheitsgeruch. Auch wenn er wußte, daß er krank war, er haßte ihn.

Zaghaft testete er, ob er festgeschnallt war. Er war es nicht. Die Halteriemen gehörten einer anderen Zeit an, nicht wahr? In letzter Zeit war er sich seines Platzes in der Zeit unsicher geworden.

Er roch den Gestank und lauschte den murmelnden Stimmen. Er schmeckte etwas Metallisches und Rauhes auf der Zunge, und auf der Haut spürte er den Luftstrom eines Gebläses irgendwo über und hinter sich. Vier seiner fünf Sinne verrieten ihm, daß er die Träume hinter sich gelassen hatte. Er öffnete die Augen, um sich zu bestätigen, daß er wach war, und befürchtete augenblicklich, daß seine Sinne ihn belogen hatten.

Kabel hingen aus Polstern, die auf seiner Haut klebten, aus Polstern, die er nicht spüren konnte. Die Kabel führten zu Maschinen, die von kleinen, untersetzten Männern in weißen Kitteln überwacht wurden. Bärs Freunde, so hatte man ihm gesagt.

Er schloß die Augen, aber die Männer in den weißen Kitteln gingen nicht weg. Hinter seinen Augenlidern trugen sie schwarze Overalls, die mit Taschen und Ausrüstungsgegenständen übersät waren. Runde schwarze Helme bedeckten die Köpfe und verbargen die breiten Gesichter und buschigen Bärte. Sie waren hinter ihm her! Schüsse! Die Zwerge stürmten vorwärts und griffen an.

»Modulieren Sie die Alpha-Rhythmen«, sagte eine weit entfernte Stimme.

Ärzte trugen keine Kanonen. Irgendetwas stimmte nicht.

»Beruhigen Sie sich, Mr. Kun. Beruhigen Sie sich. Sie sind unter Freunden. Niemand wird Ihnen etwas tun.«

Freunde? Mit Kanonen? Nein, mit Laborkitteln. Ärzte, die ihm zu helfen versuchten. Das wußte er. Ein Freund hatte es ihm gesagt. Freunde waren genau das, was er brauchte. Eine Stimme, die sich nicht an ihn richtete, flüsterte etwas.

»Ich glaube, es hilft, wenn Sie mit ihm reden.«

»In Ordnung.« Bär sprach so leise wie der Fremde, dann hob er die Stimme und wandte sich an Holger. »Es wird alles gut, Mr. Kun. Entspannen Sie sich. Sie sind in guten Händen.«

Er wollte glauben, daß alles in Ordnung war. Bär klang so sicher, so glaubwürdig. Er öffnete die Augen, aber er konnte Bär erst sehen, als er – entgegen dem geflüsterten Rat eines Fremden – vor das Fußende des Bettes trat.

»Sie haben eine ganze Weile geschlafen«, sagte Bär, indem er Holger beruhigend auf die Schulter klopfte. »Sie sind hier in Sicherheit. Gut bewacht.«

Er wollte glauben, daß er in Sicherheit war, wollte glauben, daß er diesem Mann vertrauen konnte. Holger erinnerte sich, daß er Bär bereits vertraut hatte. Bär hatte ihn zu seinen Freunden gebracht und Holger davon überzeugt, daß es besser sei, sich von ihnen untersuchen zu lassen. Holger hatte der Untersuchung und auch der Betäubung zugestimmt, von der Bärs Freunde behauptet hatten, daß sie notwendig sei. Holger hatte Bär vertraut, hatte sein Leben in Bärs Hände gelegt.

»Was jetzt?« fragte er.

Bär sah einen der Ärzte an, der soeben in Holgers Blickfeld getreten war. Holger war ihm bereits begegnet – er war derjenige, der bei der Pend Foundation Bär begleitet hatte. Wilson war sein Name.

»Jetzt erörtern wir unsere Möglichkeiten«, sagte Wilson. »Nach allem, was Sie uns vor der Untersuchung erzählt haben, würde ich sagen, daß Sie keine Ahnung haben, wie umfassend die Systeme Ihres Körpers modifiziert wurden.«

Er hatte Bärs Freunden von den Modifikationen berichtet, von denen er wußte, wenngleich er ihnen nicht alles verraten hatte, was die Ärzte der Abteilung ihm über die Fähigkeiten der Implantate erzählt hatten. Aber dieser Mann sprach von *umfassenden* Modifikationen. Wie umfassend? Vielleicht hatten ihm die Ärzte der Abteilung verschwiegen, was sie alles mit ihm angestellt hatten. Und was *hatten* sie mit ihm angestellt? »Von welchen Modifikationen reden Sie?«

»Zunächst einmal hat sich der Verdacht bestätigt, daß Sie mit einem Peilsender verwanzt waren. Ein simples subkutanes Implantat. Daran ist nichts Besonderes. Wir haben den Sender bereits entfernt und auf eine Reise geschickt, die ihn in weite Ferne führen wird.«

Das konnte Holger nur recht sein.

Wilson warf einen Blick auf den Bildschirm des Kontrollgeräts in seiner Hand. Er nickte zufrieden. »Ihre Reaktion auf das Schicksal des Senders ist ermutigend, Mr. Kun. Diese Aufzeichnung wird eine Menge dazu beitragen, einige Leute von ihrer Aufrichtigkeit zu überzeugen.«

Holger war das egal. »Was noch?«

»Der Brustwarzenempfänger, den Sie erwähnten, ist kein Standardmodell. Wir glauben, daß er die Ursache einiger Ihrer ›Stimmen‹ ist. Wenn Sie keinen Kontakt mit dem ECSS-Netz haben, so wie jetzt, nimmt die Aktivität der Stimmen ab – aber es verschwinden nicht alle Stimmen, nicht wahr? Das dachte ich mir. Wenn Sie es wollen, sind wir unserer Ansicht nach dazu in der Lage, den Empfänger zu neutralisieren, ohne Sie einer Gefahr auszusetzen.«

Auch das konnte ihm nur recht sein, besonders dann, wenn es die Stimmen zum Schweigen brachte. Dafür würde er sich sogar ›einer Gefahr‹ aussetzen. Aber Wilsons Antwort war unvollständig. »Sie sagten, *nicht alle* Stimmen.«

»Das ist korrekt. Wir glauben, auf einem Systemmonitor eine weitere Ursache identifiziert zu haben, die auf spezifische Stimuli zu reagieren scheint, indem sie konträre Stimuli auslöst. Wenn der auslösende Stimulus ein ganz bestimmter ist, dann ist die Reaktion ebenfalls eine ganz bestimmte, anscheinend in der Gestalt von Erinnerungen. Wir glauben, daß ein Teil der stimulierten Gedanken auf echten Erinnerungen beruht, während andere geändert worden – oder vollständig erfundene Erlebnisse – sein könnten. Bei weniger spezifischen Stimuli reagiert das System weniger spezifisch, indem es neurochemische Signale sendet, um Ihre ehrliche Reaktion mit simulierten Bedürfnissen oder emotionalen Zuständen zu überdecken. Wir glauben, daß die

Übertragung der Signale des Systems in erkennbare Bilder wahrscheinlich ebenfalls für einige der Stimmen verantwortlich ist.«

Die Ärzte der Abteilung hatten ihn mit falschen Erinnerungen gefüttert. Sie hatten versucht, ihm seine Vergangenheit zu stehlen. Er hatte früher schon einmal einen ›Unfall‹ gehabt. Falls *diese* Erinnerung echt war. Wie viel hatten sie ihm gestohlen und durch ihre Lügen ersetzt? »Wie kann ich unterscheiden, welche Erinnerungen echt sind?«

»Das wird nicht leicht sein. Mit der Zeit und bei sorgfältiger Beobachtung sind wir vielleicht in der Lage, Ihnen dabei zu helfen, die falschen Erinnerungen auszusortieren. Aber wir können nichts versprechen.«

Immer nur *Vielleichts* und *Irgendwanns*. Niemals Versprechungen. Nun gut, er konnte mit dem Blatt spielen, das ihm zugeteilt worden war. Er würde in der Gegenwart leben und die Vergangenheit Vergangenheit sein lassen müssen, wie sie auch aussehen mochte. Wenn er auf eine verdächtige Erinnerung stieß, würde er ganz einfach mißtrauisch sein müssen. Es gefiel ihm nicht, ständig mißtrauisch sein zu müssen, aber er hatte auch früher schon derart paranoide Zeiten überlebt. *Das* war eine Erinnerung, derer er sicher war.

»Erzählen Sie ihm den Rest«, sagte Bär.

Den Rest wovon?

»Also gut«, sagte Wilson widerstrebend. »Mr. Kun, parallel zu einem großen Teil Ihres neuralen Netzes existiert ein ausgedehntes Netz aus Mikrofasern. An mehreren Stellen gibt es Ballungen dieser Fasern von hoher Dichte, was auf Subprozessoreinheiten an diesen Stellen schließen läßt. Bei einigen davon haben wir in unmittelbarer Nähe implantierte Gegenstände mit chemischen Zusammensetzungen festgestellt, die denen von Nanocomputern entsprechen. Wir glauben, daß es sich dabei um Einheiten handelt, die große Ähnlichkeit mit normalen medizinischen Einheiten zur Kontrolle und Übersetzung von Signalen haben, wie sie bei der Behandlung von sensorischen und motorischen Störungen Verwendung finden. Diese Interpretation wird gestützt durch die Anwesenheit mehrerer gekoppelter Nanocomputer in den Großhirnhälften und im Kleinhirn. Außerdem haben wir mehrere Spender an Stellen entdeckt, die vermuten lassen, daß sie Neurochemikalien wie Stimulantia, Depressiva und merkwürdigerweise auch Erinnerungsverstärker enthalten.

Die biotechnischen und kybernetischen Implantate sind sehr hochentwickelt. Wir sind beeindruckt. Doch wie hochentwickelt die Hardware auch sein mag, es ist die Software, die Ihre Implantate steuert, und es wird erheblich länger dauern, sich ein Bild über die Fähigkeiten dieser Software zu machen.«

Holger verstand zwar nicht die biologischen Details, aber dafür verstand er um so besser, daß er ausgenutzt worden war. »Wozu dient das alles?«

»Wie ich schon sagte, die Software ist der Schlüssel, ihr Wesen ist uns jedoch noch unbekannt. Aber angesichts der Plazierung und Natur der Hardware würde ich meinen, daß die implantierten Systeme mehr bewirken sollen, als Ihre körperliche Leistungsfähigkeit zu verbessern. Ich habe den Verdacht, daß ihre Entwickler damit die Absicht verfolgt haben, auch auf einige Ihrer höheren kognitiven Funktionen Einfluß zu nehmen.«

Das klang nicht gut. »Auf welche höheren kognitiven Funktionen?«

»Das kann ich nicht mit Bestimmtheit sagen. Wieder die Software-Frage. Aber ich glaube, daß man damit die Absicht verfolgt hat, Sie zu kontrollieren, Mr. Kun, Geist und Körper vollständig zu beherrschen.«

»Sie haben eine Gehirnwäsche vorgenommen?«

»Eine plumpe Formulierung, aber möglicherweise zutreffend«, sagte Wilson.

»Das Zeug, das sie mir eingesetzt haben, um mich zu kontrollieren, können Sie das entfernen?«

Wilson runzelte die Stirn. »Das wäre äußerst riskant für Sie, wenn man bedenkt, wie tief einige der Fasern in Ihrem Nervensystem sitzen.«

»Wie riskant?«

»Im Augenblick würde ich die Wahrscheinlichkeit, daß Sie eine entsprechende Operation mit intaktem Verstand überstehen, mit unter zehn Prozent beziffern. Die Chancen, daß Sie die Operation überhaupt überleben, stehen vielleicht fünfzig zu fünfzig.«

»Lausige Chancen.«

»Ich würde mich nur höchst ungern darauf einlassen«, räumte Wilson ein. »Aber mit etwas mehr Zeit, um unsere Daten zu analysieren und weitere Tests anzustellen, können wir die Chancen vermutlich verbessern. Sollen wir es versuchen, Mr. Kun?«

Ihm gefiel die Vorstellung nicht, daß die Abteilung sein Leben kontrollierte. Sie hatten genommen, was er ihnen gegeben hatte – und mehr verlangt. Er hatte nicht einmal Gelegenheit bekommen abzulehnen. Sie hatten es sich einfach genommen.

»Was habe ich zu verlieren?« Seinen Verstand. Sein Leben. Nichts Wichtiges.

Diese Bastarde! Diese verlogenen Bastarde hatten ihm sein Leben gestohlen! Sie hatten ihn auseinandergenommen und nach ihren Vorstellungen wieder zusammengesetzt. Was er war, war nicht gut genug für sie gewesen. Was er gab, hatte nicht gereicht. Wer hatte ihnen das Recht gegeben zu tun, was sie ihm angetan hatten?

»Wir haben nicht *nur* schlechte Nachrichten, Mr. Kun«, sagte Wilson mit aufreizender Fröhlichkeit. »Ihre Seh- und Hörfähigkeiten sind verbessert. Einige der anderen Modifikationen gestatten Ihnen Leistungen, die die Fähigkeiten eines normalen Mannes Ihrer Größe und Kraft bei weitem übersteigen, indem sie Ihr Gehirn zur Produktion von Streßchemikalien wie Adrenalin und Epinephrin anregen. Und die Spender könnten durchaus noch stärkere Chemikalien ausschütten. Wir sind sicher, daß Sie zu dem fähig sind, was umgangssprachlich hysterische Kraft genannt wird, und daß Sie in der Lage sind, ernsthafte Wunden zu ignorieren, soweit diese keine Körperfunktionen lahmlegen. Außerdem dürfte Ihre Reaktionszeit extrem niedrig sein. Kurzum, Sie sind stärker, zäher und schneller als jeder nicht modifizierte Mensch. Wir können noch nicht sagen, um wie viel Prozent. Vielleicht nach Absolvierung der Testreihe, die mir vorschwebt…«

»Sie haben einstweilen genug Tests durchgeführt«, sagte Bär. »Und Sie haben jetzt lange genug auf ihn eingeredet. Er braucht Ruhe und Frieden.«

»Aber wir sind noch nicht fer…«

»Doch, Sie sind fertig. Jedenfalls für heute.« Zu Holger sagte Bär: »Sie reden ewig, wenn man sie läßt. Dabei ist ihnen sogar egal, ob Sie alles verstehen.«

»Ich will mich aufsetzen«, sagte Holger. Er wollte mehr von seiner Umgebung sehen. Bär half ihm auf und half ihm auch dabei, die Sensorpolster abzustreifen. Die Ärzte, von denen keiner größer war als Wilson, sammelten ihre Computerpolster und Kaffeetassen ein und gingen. Als sie nur noch von den Geräten beobachtet wurden, fragte Holger: »Was sind das für Leute?«

Bär sah ihn fragend an.

»Die Ärzte. Wilson und die anderen. Sie sind keine…«

»Es sind Zwerge.«

Das konnte nicht stimmen – oder doch? Bär hatte nicht so geklungen, als mache er einen Witz. »Wie im Märchen?«

»Sie sind so wirklich wie Sie und ich. Sie sind jetzt meine Verbündeten, wie sie es vor langer Zeit schon einmal waren.«

»Können Sie ihnen trauen?«

Bär nickte. »Sie haben mir sehr geholfen. Sie könnten schwerwiegendere Fehler begehen, als ihnen zu trauen. Spielen Sie fair mit ihnen, dann spielen sie auch fair mit Ihnen, betrügen Sie sie, dann ziehen Sie sich ihre Feindschaft zu. Es ist ein langlebiges Volk, Mr. Kun, und ihr Gedächtnis, was Feindschaften anbelangt, überlebt sie mühelos.«

»Aber…« Zwerge in schwarzen Overalls stürmten vorwärts und schossen dabei. »Sie haben versucht, Sie umzubringen. Uns umzubringen.«

»Sie haben sich gegen die Rückkehr der Magie in die Welt gewandt, und zwar auf eine Weise, die sie für wirkungsvoll hielten. Wir… kamen ihnen in die Quere. Es war nichts Persönliches.«

Holger nahm es immer sehr persönlich, wenn auf ihn geschossen wurde.

»Sie sehen beunruhigt aus, Mr. Kun.«

Er *war* beunruhigt. Jedesmal, wenn er an die Zwerge dachte, wurde er daran erinnert, daß er derartige Dinge der Abteilung melden sollte. Der Gedanke bestürzte ihn, weil er zu wissen glaubte, daß er ihm von den Judasdrähten in seinem Kopf eingegeben wurde. Aber er war auch noch auf einer tieferen Ebene bestürzt. Eine ältere Erinnerung flößte ihm Mißtrauen und Unruhe ein. Die Einzelheiten waren unklar, aber die Folgerungen unangenehm. *Die Gegenwart,* mahnte er sich. *Bleib in der Gegenwart.*

»Haben Sie jemals den Oberbefehl in einer Schlacht gehabt, Mr. Kun?«

»Nein.«

»Ich schon. Manchmal muß man Männer, gute Männer und Freunde, in den Tod schicken. Man weiß es, wenn man den Befehl gibt, aber man gibt den Befehl trotzdem und betet, daß das Resultat ihren Tod wert sein wird. Sie beten, daß mit ihrem Leben erkauft werden kann, was erkauft werden muß. Falls man recht hatte, hat man später Gelegenheit, für ihre Seelen und auch für die eigene zu beten, aber sollte es sich im Krieg als nötig erweisen, tut man, was man tun muß. Die Zwerge waren im Krieg. Sie taten, was ihrer Ansicht nach getan werden mußte.«

Holger verstand das Prinzip. Vielleicht hatte er noch nie das Kommando in einem heißen Krieg gehabt, aber er hatte den Oberbefehl bei Unternehmen gehabt – und der Begriff der Entbehrlichkeit war ihm nicht fremd. Doch er wußte auch, daß Freunde Freunde waren und Feinde Feinde. Beides durcheinander zu bringen, war gefährlich und letzten Endes tödlich. »Sie hatten kein Recht dazu. Es war nicht unser Krieg«, protestierte er. »Wir waren nicht ihre Soldaten, die sie opfern konnten.«

»Sie irren sich. Es *war* unser Krieg. Es *ist* unser Krieg – und ich bin ein Soldat darin.«

Holger entging irgendetwas. »Aber Sie haben gegen sie gekämpft. Sie haben sogar einige von ihnen getötet.«

»Ja, das habe ich. Damals wußte ich nicht, wer sie waren. Aber selbst wenn ich es gewußt hätte, ich hätte um mein Leben gekämpft. Denn wir kämpfen zwar in demselben Krieg auf derselben Seite, aber wir sind uns nicht immer über die Strategie einig. Die Zwerge und ich, wir waren schon früher verbündet, wie wir es jetzt sind, aber Verbündete sind sich nicht immer über die Strategie einig. Sie haben einen Kurs festgelegt, ohne mich zu Rate zu ziehen, einen Kurs, der von ihrer Warte aus durchaus logisch war. Vielleicht hätte ich sogar zugestimmt, hätte ich ihren Plan gekannt und wäre ich mit ihrem Ziel einverstanden gewesen. Aber ich bin nicht gefragt worden, als sie einen Plan faßten, der meinen Tod einkalkulierte, damit das Ziel erreicht werden konnte. Ich habe nichts für Strategien übrig, die von mir verlangen, mich zu opfern. Ich schmeichle mir gern mit der Ansicht, bessere Lösungen finden zu können. Sie sind in dieser Hinsicht etwas temperamentvoller.«

»Wie können Sie mit Leuten zusammenarbeiten, die versucht haben, Sie umzubringen? Woher wissen Sie, daß die es nicht noch einmal versuchen?«

»Sie haben kein Motiv mehr. Caliburn wurde gezogen und die Magie, die es gebunden hat, wurde losgelassen. Weder sie noch sonst jemand kann daran jetzt noch etwas ändern. Das ist ihnen auch klar.«

»Aber wir haben ihren Plan durchkreuzt. Sagten Sie nicht, sie hätten ein sehr langes Gedächtnis?«

Bär nickte. »Sie sind stolz auf ihr praktisches Wesen. Der General, der die Strategie ersonnen hatte, ist ebenso tot wie eine ganze Reihe guter Männer, die alle im Dienst eines gescheiterten Plans gestorben sind. Es hat keinen Sinn, einen Groll gegen mich zu hegen – oder gegen Sie, falls Ihnen das Sorgen bereitet. Ich bin jetzt wertvoll für sie. Wie ich schon sagte, wir kämpfen in demselben Krieg auf derselben Seite.«

»Wenn die Zwerge nicht der Feind sind, wer ist es dann?«

»Die Schlangenfreunde, die der Dunkelheit verfallen sind und uns alle mit in den Abgrund reißen wollen. Sie sind für einen Großteil des Übels der Welt verantwortlich – und es sind die gefährlichsten Feinde, mit denen wir es zu tun haben.«

»Was sind das für Leute?«

»Es sind Idioten und Narren, machthungrige Egoisten. Sie haben alles hinter sich gelassen, was gut ist, und sich mit den Kreaturen der Dunkelheit vermählt, den Hassern des Lebens und den Verzehrern der Seelen. Die Wesen, die sie anbeten, sind die Feinde aller Lebewesen, sie selbst eingeschlossen, aber sie sind blind für diese Wahrheit. Wir müssen die Schlangenfreunde jetzt bekämpfen, wie gute Männer sie und ihre Lügen schon immer bekämpft haben. Es wird kein leichter Kampf, denn sie sind ein raffinierter, verschlagener und beharrlicher Feind.«

»Und die Zwerge kämpfen auf unserer Seite?«

»Ja. Sie wissen, daß die Konvergenz der Welten es den Schlangenfreunden ermöglichte, ihre unnatürlichen Herren und Meister zu rufen. Diese Möglichkeit wollten sie ihnen dadurch nehmen, daß sie die Freisetzung der Magie verhinderten.«

»Und Ihr Tod hätte die Freisetzung der Magie verhindert, die Sie in der Anderswelt festgehalten hat.«

»Dafür war es bereits zu spät. Aber die Magie, die Caliburn einhüllte, war noch größer. Diese Magie wollten sie im Zaum halten.«

Also hatten die Zwerge geglaubt, einen guten Grund dafür zu haben, Bär zu töten. Holger war dennoch weiterhin von Unruhe und Mißtrauen erfüllt. »Hören sie mit?«

»Dies ist einer ihrer Orte. Haben sie nicht das Recht dazu?« Bär zuckte die Achseln. »Was ist mit Ihrer Abteilung M, hört *sie* mit?«

»Ich arbeite nicht mehr für sie.« Er betastete seinen Kopf, die harte Stelle hinter dem Ohr. »Ich weiß nicht, ob sie mithört. Es wäre möglich.«

Bär lächelte. »Ich mag ehrliche Antworten.«

»Ich bin nicht zu Ihnen gekommen, um Sie zu belügen.«

»Schön, warum *sind* Sie also zu mir gekommen?«

»Ich bin nicht sicher.«

Auch diese Antwort schien Bär zu befriedigen. »Vielleicht fühlen Sie sich besser, wenn ich Ihnen verrate, daß Wilson mir gesagt hat, daß die Zwerge Ihre Kommunikationseinheit stören. Die technischen Einzelheiten verstehe ich nicht, aber sie sagen, daß sie Ihre ehemaligen Vorgesetzten daran hindern können mitzuhören. Ich glaube ihnen.«

»Dann glaube ich ihnen auch. Aber ich begreife nicht, warum sie mir helfen wollen.«

»Sie helfen Ihnen nicht etwa, weil sie altruistisch sind«, sagte Bär. »Sie mißtrauen Ihnen – und sie mißtrauen Ihren ehemaligen Vorgesetzten sogar noch mehr. Einige meiner Freunde glauben gar, Sie könnten ein Spion sein.«

»Das kann ich verstehen, aber ich bin keiner. Wenigstens nicht wissentlich.« Gott, er wollte nicht, daß ihre Befürchtungen berechtigt waren. In diesem Fall war er weniger sein eigener Herr, als er ertragen konnte. »Wenn sie so mißtrauisch sind, warum machen sie sich dann überhaupt die Mühe?«

»Sie machen sich die Mühe, weil ich sie darum gebeten habe.«

»Warum machen *Sie* sich die Mühe?«

»Weil Sie zu mir gekommen sind, Mr. Kun.«

»Mißtrauen Sie mir denn nicht?«

»In früheren Zeiten hing mein Leben von meiner Fähigkeit ab, einen Mann rasch einschätzen zu können. Ich mußte in der Lage sein, in das Herz eines Mannes zu schauen und seine Kraft richtig zu beurteilen. Ich bin ziemlich gut darin geworden.«

»Was ist mit…«

Bär ließ ihn nicht ausreden. »Nicht perfekt, Mr. Kun. Perfektion ist nichts für diese Welt. Glauben Sie, daß ich mich in Ihnen täusche?«

»Ich hoffe nicht.«

»Und ich glaube es nicht. Wir haben schon früher zusammengearbeitet, wissen Sie noch? Ihre gegenwärtige Unsicherheit und Verwirrung wird vergehen, wenn Sie erkennen, was Sie suchen. Ich glaube, ganz tief in Ihrem Innersten wissen Sie es bereits.«

Wußte er es? Was er wußte, war, daß er gewisse Sehnsüchte empfand. Seine eigenen. Er glaubte schon. »Ich will helfen.«

»Ich wäre hocherfreut, Ihre Hilfe zu bekommen. Wenn Sie sich dem gewachsen fühlen – ich könnte eine Auffrischung in Bezug auf moderne Schußwaffen brauchen. Ich fürchte, über die viele Arbeit, die Stiftung ins Rollen zu bringen, habe ich mein Waffentraining vernachlässigt. Wenn Sie helfen wollen, können Sie damit anfangen, mir dabei zu helfen.«

»Waffentraining? Rechnen Sie mit Ärger?«

»Von der schlimmsten Sorte.«

Kapitel 30

Sich auf diesem Weg zurecht zu finden, war leichter gewesen, als Bennett vorangegangen war, aber John gelang es einigermaßen. Anders als beim letzten Mal spürte er die Unebenheiten des Übergangs, als der Hügel der Anderswelt verblaßte und der erhöht liegende Garten des Nikko Hartford Gestalt annahm. Die Erbauer hatten den Hügel in der sonnenbeschienenen Welt abgetragen, um ihr Gebäude mit mehreren Wohntürmen besser unterbringen zu können. War es nur Glück, daß die Deckungsgleichheit zwischen dem Hügel in Faery und einem kleinen, zwei Etagen über dem normalen Straßenniveau angelegten Park erhalten geblieben war, oder hatte der Architekt geträumt, wie das Land zu sein hatte, und den Park als eine Art Entschuldigung für sein übriges Werk eingefügt? Aus welchem Grund es diese Übereinstimmung auch geben mochte, letztes Jahr hatte sie Bennetts Zwecken gedient – und jetzt diente sie Johns.

Sein Ausflug in die Anderswelt war kurz gewesen – so kurz wie möglich – und wenn ihm eine bessere Möglichkeit eingefallen wäre, wie er es vermeiden konnte, durch die Hotellobby zu gehen, hätte er sie wahrgenommen. Zumindest war er nicht gesehen worden.

Vor dem Eingang zum Fahrstuhlschacht schaute er an dem Wohnturm mit der Luxussuite empor, in der Dr. Spae abgestiegen war, als sie außerhalb ihres Büros in Hartford gearbeitet hatte. Nach allem, was ihre digitale Sekretärin John mitgeteilt hatte, hielt sie sich derzeit ebenfalls dort auf. Er nahm den Fahrstuhl nach oben, wobei er den Sicherheitscode benutzte, den er auch schon vor einem Jahr verwendet hatte. Die Tür drehte sich auf und gab den Blick auf einen dunklen Empfangsbereich frei – und erst da begriff John, wie spät es war. Er ging trotzdem hinein. Er konnte warten, bis Dr. Spae am Morgen aufstand, aber er würde die Zeit bis dahin nicht stehend im Fahrstuhl verbringen.

Die Suite war noch genauso luxuriös, wie er sie in Erinnerung hatte, aber sie wirkte jetzt wohnlicher. Der Konzern mußte einen langfristigen Mietvertrag für Dr. Spae abgeschlossen haben. Hier und da sah er Kleidung, die nicht ihr gehören konnte, sondern Beryles sein mußte. Also traf sie sich immer noch mit ihm. Beryle war ein Journalist, der sich auf das Phantastische spezialisiert hatte, und John hatte seinen Namen als Verfasserangabe in letzter Zeit viel häufiger gesehen als zuvor, doch John hatte sich noch nie viel aus dem Burschen gemacht, auch wenn Dr. Spae ihn mochte. Was sie in ihm sah, konnte John nur vermuten. Zumindest sah John Beryles tragbare Kamera nicht, was vermutlich bedeutete, daß er gerade nicht da war. Wahrscheinlich beruflich unterwegs.

In den Wandregalen am Kamin standen sehr viel mehr Bücher als vor einem Jahr. John hatte gerade begonnen, sich die Titel anzuschauen, als er plötzlich das Gefühl hatte, beobachtet zu werden, und zwar von jemandem, der ihm nicht umbedingt freundlich gesonnen war. Er versuchte seine magischen Abwehrvorrichtungen bereit zu machen, als er sich umdrehte.

Dr. Spae, die mit einem von Beryles T-Shirts bekleidet war, stand in der Tür zu ihrem Schlafzimmer – und blaues Feuer flackerte an den Enden des Stabs in ihrer Hand. Die Flammen erloschen, und sie senkte den Stab.

»Jesus, zuerst habe ich Sie für Bennett gehalten«, sagte sie.

»Das scheint ein weit verbreiteter Irrtum zu sein.«

»Sie sehen ihm sehr ähnlich.«

»Wie der Vater so der Sohn, was? Ich habe nicht viel von meiner Mutter, nicht wahr? Von keiner von beiden.« John wußte, daß er verbittert klang.

»Sie haben versucht, mit Marianne Reddy Verbindung aufzunehmen, nicht wahr?«

Wenn sie den Finger so rasch auf den Grund für seinen Kummer legen konnte, mußte sie seine Probleme eifriger verfolgt haben, als er gedacht hatte. Er erzählte ihr von seinem katastrophalen Wiedervereinigungsversuch und der beinahe noch größeren Katastrophe, die ihn beendet hatte. Sie schüttelte den Kopf über seine Torheit im ersten Fall und nickte dann beifällig über seine Handhabung des zweiten, wobei sie mit ihm übereinstimmte, daß es am besten sei, wenn er nicht noch einmal dorthin ging. Bennetts verspätetes und wenig hilfreiches Auftauchen erwähnte er nicht. Dennoch war es ein gutes Gefühl, einen mitfühlenden Zuhörer zu haben. Es war eine richtige Entscheidung gewesen, zu ihr zu gehen.

»Ich könnte ein wenig Hilfe gebrauchen, Doktor.« Er zeigte auf sein Gesicht. »Nicht gerade das Aussehen eines Mannes von der Straße. Nicht das Gesicht, das ich tragen sollte, solange jemand hinter mir her ist.«

»Sie haben nicht gelernt, wie Sie Ihr Aussehen verändern können?« Sie klang überrascht. »Ich hätte gedacht, daß man Ihnen das beibringt. Bennett ist sehr gut darin.«

»Ich hatte nie wirklich Gelegenheit, den Trick zu lernen. Außerdem besteht *dort* keine sonderlich große Notwendigkeit dafür vorzugeben, daß man ein Mensch ist.«

»Nein, vermutlich nicht.« Sie saß eine Zeitlang stumm da und dachte nach. »Ich nehme an, wir können eine Variation von einer der Illusionen ausarbeiten, die Sie bereits kennen. Es müßte uns auf jeden Fall gelingen, diesen vermenschlichenden Effekt hinzubekommen, den Bennett immer benutzt.«

»Es spielt keine große Rolle, wie ich aussehe, solange ich nicht wie ein Elf erscheine.«

»Aber Sie sind ein Elf, John.«

»Das muß mir aber nicht gefallen.«

»Sie müssen akzeptieren, was Sie sind.«

»Warum? Niemand anders tut es.«

Sie musterte ihn streng. »Niemand? Sehr melodramatisch, aber wohl kaum zutreffend. Dieses verschwommene gefühlsduselige Denken wird Ihrer Magie nicht gerade helfen.«

»Magie lebt mehr von Gefühlen, als Sie wahr haben wollen, Doktor.«

»Weisheiten aus der Anderswelt?«

»Wenn Sie es so nennen wollen, nur zu. Ich würde es empirisches Wissen nennen. Ich bin nicht ganz so dämlich, wissen Sie. Ich finde auch selbst Dinge heraus.« Nicht *alles*, was er im letzten Jahr gelernt hatte, verdankte er den Elfen.

»Vielleicht sollten wir einfach versuchen, ein wenig zu arbeiten«, sagte sie zögernd und angespannt.

Der Tonfall seiner letzten Bemerkungen hatte ihr ohne Zweifel nicht gefallen. Er war ein Idiot. Doktor Spae gegen sich aufzubringen, war keine Art, sie dazu zu bringen, ihm zu helfen. Er murmelte eine Entschuldigung, die sie barsch akzeptierte, und dann machten sie sich daran, Johns Wissen in Bezug auf Illusionen und ihre Konstruktion zu prüfen. Bei der Arbeit mit der Magie fanden sie mit überraschender Leichtigkeit wieder zu ihrem alten Arbeitsschema zurück. John stellte fest, daß er das Wechselspiel zwischen Schüler und Lehrer vermißt hatte, genau wie die Erregung, die daraus entstand, daß er Magie manipulierte, nur um zu sehen, wozu er fähig war. Sie zeigte ihm, was er die ganze Zeit hätte erkennen müssen, und er kam sich ein wenig dumm vor, weil er es nicht selbst gesehen hatte. So, wie man – wenigstens teilweise – das Wesen dessen verstehen mußte, was man bei einer Illusion zu duplizieren versuchte, so mußte man auch etwas von dem begreifen, was man verbergen wollte, wenn man seine Sache gut machen wollte. Um sich also selbst zu verbergen – einen Elf –, mußte er begreifen, daß er ein Elf *war*. Ohne diese Grundlage würde jede Illusion bestenfalls transparent sein. Also schön, er war ein Elf. Was blieb ihm noch?

»Das ist es!« rief Dr. Spae. »Sie haben es geschafft! Sie sehen wie der alte John Reddy aus.«

Die Ironie der ganzen Sache ließ ihn laut auflachen.

Nun, er hatte bekommen, wofür er gekommen war. »Vielen Dank, Doktor. Ich gehe jetzt.«

Sie sah ihn an, als er aufstand. »Und wohin? Sollten Sie in Erwägung ziehen, in Ihre Fabrik zurückzukehren, überlegen Sie es sich noch mal. Wenn dieser Jäger Ihnen gefolgt ist, kennt er die Fabrik höchstwahrscheinlich. Er beobachtet Sie vermutlich und wartet nur darauf, daß Sie dorthin zurückkehren.«

»Soll er es tun. Er wird nichts sehen. Ich kenne einen Weg hinein, den er nicht beobachten kann.« Ein Jäger aus der sonnenbeschienenen Welt konnte sich nicht in der Anderswelt auf die Lauer legen.

»Vielleicht, aber Sie können sich dort nicht für den Rest Ihres Lebens verbarrikadieren.«

»Das habe ich auch nicht vor.« Er wußte zwar nicht, was er statt dessen vorhatte, aber er würde sich schon etwas ausdenken.

»Ich habe immer noch einen Job für Sie«, sagte sie. »Die Firma kann Sie gebrauchen.«

Den Elf ausbeuten, was? Er erinnerte sich noch an ihr Bestreben, Bennett zu bewegen, mit ihr zusammenzuarbeiten. Ihr ganzes Gerede darüber, die Geheimnisse der Anderswelt zu lernen und insbesondere, wie ein Elfenprinz Magie wirkte. »Als Forschungsgegenstand?«

»John, Sie sind absichtlich beleidigend.«

»Ist das nicht besser, als es unabsichtlich zu sein?«

»Es wäre besser, wenn Sie es überhaupt nicht wären. Sie haben sich Bennetts Eigenart angewöhnt, den Leuten ihre eigenen Bemerkungen vorzuhalten.«

Hatte er? »Vielleicht kann ich es nicht ändern. Vielleicht ist man so, wenn man ein Elf ist. Sie haben selbst gesagt, daß ich es akzeptieren soll, ein Elf zu sein.«

Dr. Spae schien nicht sehr glücklich darüber zu bekommen, was sie von ihm verlangt hatte. »Sie wollen ein Elf sein? Okay, versuchen Sie's mal damit. Ich habe mich mit Elfensagen beschäftigt. Wir haben uns gemeinsam mit Magie beschäftigt, Sie und ich, und das hat ein Band zwischen uns geschaffen. Ich habe Ihnen geholfen, jetzt müssen Sie mir helfen, und da wir keine spezielle Abmachung getroffen haben, kann *ich* bestimmen, wie Sie mir helfen, und *Sie*, Mr. Elf, müssen sich fügen.«

»Ich kenne diese Sagen auch, Doktor. Verbrennt der Mensch sich am Ende nicht immer die Finger, wenn er den Elf zwingt, etwas zu tun, das er nicht tun will?«

»Ich lasse es darauf ankommen.«

»Wie traditionsbewußt.«

»Die Achtung vor Traditionen ist in Magiern sehr stark ausgeprägt. In Elfen übrigens auch.«

Er hatte das Gefühl, als solle er sich fügen. »Angenommen, ich kaufe Ihnen das ab. Was soll ich für Sie tun?«

»Ich will, daß Sie mir bei einer Untersuchung helfen.«

»Ist das die Sache, an der Sie gearbeitet haben und die mit Quetzal zu tun hat?«

»Genau das ist sie.«

Mußte er überrascht sein, weil er nicht mehr die Angst verspürte, die er vor noch gar nicht so langer Zeit empfunden hatte? Schließlich gab es nichts mehr zu fürchten. Quetzal war längst tot und begraben. Also warum nicht? Er hatte ohnehin nichts Besseres zu tun. »Okay. Sicher. Wieso nicht?«

»Großartig. Ich habe Wochen gebraucht, um mir die Zeit zu verschaffen, die ich brauche, um einen eingehenden Blick auf diese Angelegenheit zu werfen. Vielleicht sollte ich Ihre Ankunft als Omen betrachten.«

Vielleicht sollte er doch lieber gehen.

Dr. Spae ging in ihr Schlafzimmer. Er hörte, wie sie Türen und Schubladen öffnete. Sie redete weiter, während sie sich anzog.

»Als erstes überprüfen wir den Tatort.«

»Den Eisenbahntunnel?« Quetzal mochte tot sein, aber in der Unterweltausgabe des Tunnels lebte ein Drache. Die Auseinandersetzung mit einem Drachen würde jeden Rahmen sprengen und kam nicht in Frage.

»Nein«, erwiderte Dr. Spae. »Die Universität. Insbesondere das Gebäude, in dem Quetzal den *Telesmon* fand.«

»Doktor, das ist über ein Jahr her. Falls es dort etwas von Interesse gegeben haben sollte, ist es längst von der Polizei oder von neugierigen Studenten mitgenommen worden.«

»Vielleicht nicht. Ich habe mich bei einem Bekannten von der Polizei erkundigt. Das Gebäude ist damals nur oberflächlich durchsucht worden – und das auch nur, weil die Tür offen war. Man hat dort nichts Ungewöhnliches entdeckt, aber dazu muß man wissen, daß selbst die SEE nicht gewußt haben kann, wonach sie hätten suchen sollen.«

»Aber Sie wissen es?«

»Ich habe eine ganz gute Vorstellung.«

Von dieser Vorstellung erzählte sie ihm während der Fahrt nach Providence. Nach ihrer astralen Erkundung in der Nacht, in der sie Quetzal bekämpft hatten, wußte sie, welchen Raum Quetzal in dem Gebäude aufgesucht hatte. Dieser Raum war ein Büro, eines der Vorrechte, die mit einem gewissen Lehrstuhl verbunden waren. Der gegenwärtige Inhaber dieses Lehrstuhls benutzte das Büro jedoch nicht, da er ein moderneres, geräumigeres im Hauptgebäude der geologischen Fakultät auf der Nordseite des Campus bevorzugte. Das Zimmer stand im wesentlichen leer, da es nicht einmal von den studentischen Hilfskräften benutzt wurde, die jedes andere Büro in dem Gebäude in Beschlag genommen hatten.

»Woher wissen Sie das alles?« fragte er.

»Nachforschungen, John. Wie ich Ihnen schon immer gesagt habe, Nachforschungen zahlen sich aus.«

Was sie Nachforschungen nannte, nannte John Besessenheit. Er war jedoch nicht so dumm, ihr zu widersprechen.

Sie fanden keinen Parkplatz in der Nähe ihres Bestimmungsortes, also mußten sie einen Spaziergang den Hügel hinauf machen. Unterwegs erinnerte John sich an seinen letzten Besuch hier. Selbst das Tageslicht konnte die finsteren und angsteinflößenden Erinnerungen nicht vertreiben.

»Tot und begraben«, sagte er – offenbar laut, weil Dr. Spae ihn fragte, was er meine. »Quetzal.«

»Tot, ja. Was das ›begraben‹ betrifft, bin ich nicht so sicher.«

Die Tore zum Hauptcampus waren geöffnet. Sie gingen hindurch, als gehörten sie zu den Scharen der Studenten, die zwischen den Vorlesungen und Seminaren über den Campus hasteten.

»Versuchen Sie so auszusehen, als gehörten Sie hierher«, riet ihm Dr. Spae. »Das ist die beste Tarnung.«

Vor langer, langer Zeit *hatte* John einmal hierher gehört. Er erinnerte sich, wie man sich als Student verhielt. Sie gingen Seite an Seite, Schüler und Lehrer, die so taten, als seien sie Schüler und Lehrer. Der komische Aspekt der Situation beflügelte ihn, bis sie das Gebäude betraten. Nach der Wärme der strahlenden Herbstsonne war es kalt darin, dunkel und freudlos. Dr. Spae führte ihn eine schmale Treppe hinunter. Dort unten war es noch dunkler. Der ohnehin schmale Korridor war noch schmaler, weil überall Kistenstapel und große, merkwürdig geformte geologische Proben herumstanden, die alle mit den staubigen Ablagerungen der Vernachlässigung bedeckt waren. Dr. Spae zeigte auf eine Tür.

»Da ist es.«

»Sind Sie sicher, daß wir hinein können?«

»Der Wagen ist nicht das einzige, was ich mir von David geborgt habe.« Sie zeigte ihm eine Magnetkarte. »Damit sollte es uns gelingen, das Schloß zu öffnen.«

Die Tür hatte kein Magnetschloß, sondern nur ein altmodisches mechanisches.

»Ich schätze, die Karte ist wertlos«, sagte Dr. Spae, während sie Anstalten machte, sie wieder einzustecken.

John schnappte sie ihr aus der Hand. »Vielleicht nicht.«

Er schob die Karte in den Schlitz zwischen Tür und Rahmen und schob sie hoch, bis sie gegen den Riegel stieß. Wenn das Schloß zur richtigen Sorte gehörte…

Als er spürte, wie der Riegel nachgab, lächelte er. Er hielt den Riegel mit der Karte, während er den Türknopf drehte. Er hatte es geschafft – Mülltonnen Harry wäre stolz auf ihn gewesen. John öffnete die Tür und gab Spae die Karte mit einer verschnörkelten Geste zurück.

»Ein Mann mit verborgenen Talenten«, bemerkte Dr. Spae. »Sind Sie sicher, daß Sie keinen Job wollen?«

»Ich bin Ihr gebundener Diener«, erinnerte er sie – um dann mit einem anzüglichen Grinsen hinzuzufügen: »einstweilen.«

»Nun gut. Eins nach dem anderen.«

Sie ging voran. Der Raum war klein und bot kaum genug Platz für einen klobigen alten Stahlschreibtisch mit dem dazu passenden Stuhl, einen schmalen Tisch an einer Wand und ein paar Bücherregale. Alles war so staubbedeckt wie der vernachlässigte Müll draußen im Flur.

»Sind Sie sicher, daß im Laufe des letzten Jahrhunderts jemand hier drinnen war?« fragte John.

»Sehen Sie sich den Staub auf dem Boden an«, sagte Dr. Spae.

Im Staub gab es Furchen, schwache Fußabdrücke und ein paar andere Spuren. Mehr als ein Jemand: es gab Fußabdrücke in unterscheidlichen Größen. »Der Stuhl war ziemlich beliebt.« Sitzfläche und Rückenlehne schienen fast staubfrei.

Dr. Spae fing an herumzustöbern. John lehnte sich an die Bücherregale und sah ihr dabei zu. Da sie das Spiel ›bindende Abmachung mit einem Elf‹ spielte, würde er sich fügen und nur das tun, wozu sie ihn ausdrücklich aufforderte, und da sie ihm nicht gesagt hatte, was sie suchte, wußte er nicht, was gesucht wurde, und konnte daher nicht mitsuchen und so viel Staub aufwirbeln wie sie. Vielleicht hatte es doch ein paar Vorteile, ein Elf zu sein.

Ihm wurde rasch langweilig, daher sah er sich die gegenüberliegende Wand genauer an. Diese Wand hatte etwas an sich. Er wußte nicht genau, was es war, aber irgendetwas stimmte damit nicht. Er versuchte es mit dem Seitenblick, den Loreneth ihm für das Durchschauen von Illusionen gezeigt hatte, aber der bekräftigte nur seinen Eindruck, daß die Wand nicht war, was sie zu sein schien – was, wie er zugeben mußte, auch eine Erkenntnis war.

»Doktor, sehen Sie sich die Wand an.«

Sie warf einen Blick darauf, dann schaute sie auf den

Boden. »Sehen Sie sich die Furchen an, die die Beine im Staub hinterlassen haben. Es wirkt so, als sei der Schreibtisch von der Wand ab und dann wieder heran gerückt worden.«

Dr. Spae baute sich vor der Wand auf und murmelte etwas vor sich hin. Dann stemmte sie beide Handflächen gegen die Wand und sagte: »*Occultus sese ostendunt.*«

Ein schwaches ockerfarbenes Leuchten hob einen türförmigen Abschnitt der Wand hervor. Sie brauchten nicht lange, um den Riegel zu finden, der die Geheimkammer öffnete. Hinter dem falschen Wandpaneel verbarg sich ein Wandschrank voller Regale. Auf den Regalen stand eine Menge staubiges Zeug.

»Was haben wir denn da?« rief Dr. Spae, während sie sich die Gegenstände auf den Regalen genauer ansah. Bei den meisten davon schien es sich um Gegenstände aus bemaltem Holz, Stein oder Knochen zu handeln. Einige waren mit Federn geschmückt und sahen aus wie vorindustrielle Partygeschenke. Die meisten Gegenstände schienen abstrakte Schnitzereien und verstaubte, ausgetrocknete Lederbeutel zu sein. Es gab zwei oder drei andere Gegenstände, sie gab ihm einen davon.

»Sehen Sie mal nach, was darin ist.«

Der Gegenstand war in sprödes, bröseliges Papier gewickelt. Das vergilbte Zeug zerfiel bei seiner Berührung. Darunter kamen weniger vergilbte Schichten zum Vorschein, die darüber hinaus bedruckt waren. John wickelte den Gegenstand aus, sah, daß es sich um ein weiteres Partygeschenk handelte, und legte es auf den Schreibtisch. Das Einwickelpapier schien viel interessanter. Er hatte noch nie zuvor eine richtige Zeitung in den Händen gehalten.

»Was ist das, John?«

»Das *Providence Journal Bulletin* vom 10. April 1937.

Ich glaube nicht, daß jemand dieses Ding seitdem angefaßt hat.«

»Vergessen Sie das Einwickelpapier. Wissen Sie, was das für Dinger sind, John?« Sie hielt ein Messer und einen kleinen Stab hoch, die sie dem größten Lederbeutel entnommen hatte.

»Rituelle Werkzeuge.«

»Stimmt genau. Und diese?« fragte sie, indem sie auf eine Sammlung merkwürdiger Gegenstände zeigte.

»Kunstgegenstände?«

»Das sind Fetische und Amulette von einem Dutzend verschiedener primitiver Kulturen. Wer in diesem Büro gesessen hat, war an mehr interessiert als nur Geologie.«

Fetische und Amulette? Nicht einer dieser Gegenstände enthielt tatsächliche magische Macht. »Also hat er Andenken gesammelt.«

»Man versteckt keine Andenken hinter einer falschen Wand. Das sind magische Artefakte.«

»Vielleicht würden *Sie* diese Sachen nicht verstecken, aber dieser Bursche – wer weiß? Offensichtlich hat er sich nicht richtig reingehängt. Nicht eines dieser Dinge hat auch nur eine Spur von Magie in sich. Sie sind alle tot.«

Sie sah ihn an, als habe er eine fremde Sprache gesprochen. Sie sah sich die Sammlung wieder an und nach einer Weile nickte sie nachdenklich. »Sie *sind* tot. Natürlich stammen sie aus einer Zeit, in der es die Energie nicht gegeben hat, aber die Formen und Symbole sind gut. Oder vielleicht haben sie ihre Energie auch einfach nicht über die Jahre hinweg halten können.« Sie sah sich die Gegenstände noch genauer an. »Was ist das?« Sie holte etwas aus der hintersten Ecke eines der Regale. »Also *das hier*, das ist nicht tot.«

John sah sich das Ding an. Es war eine Tonscherbe mit einigen Markierungen darauf. Die Scherbe hatte früher einmal Macht enthalten, aber die Zerstörung ihrer physischen Unversehrtheit hatte auch die Bande der Magie gelöst. Er konnte die ausgelaugten, zerschmetterten und erloschenen Zauber darauf spüren. »Was ist das?«

»Teil einer Bindung, glaube ich. Die Symbole haben Ähnlichkeit mit welchen, die ich einmal auf der angeblichen Flasche eines Dschinns gesehen habe.«

»Salomons Siegel?«

Sie schüttelte den Kopf, nicht im mindesten beeindruckt von Johns Zurschaustellung von Bildung. »Nicht Salomons. Ein anderes. Ich weiß nicht, was ihm zugeschrieben wird, obwohl ich einige der Symbole – das hier zum Beispiel – schon auf anderen okkulten Gegenständen gesehen habe.«

Das Symbol, auf das sie zeigte, war ein winziger sechszackiger Stern mit einem kleineren Symbol in der Mitte. John mußte blinzeln, um erkennen zu können, daß es sich dabei anscheinend um ein stilisiertes Auge handelte.

»Das Auge des Hüters«, sagte Dr. Spae. »Zumindest hat Rabbi Guildermann es so genannt. Ich glaube, dies könnte Teil der Magie sein, die den *Telesmon* verborgen hat, den Quetzal sich hier holte.«

»Aber die Scherbe lag in einer Ecke. Wo ist der Rest des Siegels? Schließlich war nach Quetzal niemand hier und hat sauber gemacht.«

Dr. Spaes Gesicht bekam einen merkwürdigen Ausdruck, als habe sie festgestellt, daß die Medizin, die sie gerade nahm, tatsächlich einen sehr angenehmen Beigeschmack besaß. »Ach, nein? Wissen Sie noch, wie ich Ihnen sagte, daß dieses Büro Teil einer Schenkung sei? Nun, es hat einmal dem Mann gehört, der die Schenkung machte. Und wissen Sie was, dieser Mann wird auf den Professorenlisten der Universität immer noch als Professor Emeritus geführt.«

»Das müßte dann der Bursche sein, der den Fetisch versiegelt hat?« Dr. Spaes Nicken bestätigte die Vermutung. »Aber wenn das hier sein Büro war und er den Fetisch versiegelt hat, dann müßte er jetzt über hundert Jahre alt sein.«

»Ja, ich hätte es früher sehen müssen. Mein Bekannter sagte, die Polizei hätte hier nichts Ungewöhnliches entdeckt. Es war keine Rede von einer falschen Wand.«

John sah, worauf sie hinaus wollte. »Und Quetzal hatte keinen Grund, sie wieder zu schließen.«

»Er hatte bekommen, was er wollte. Was interessierte ihn da der Rest von diesem Kram?«

»Aber jemand anderem muß daran gelegen gewesen sein, dieses Zeug wieder zu verstecken.«

»Jemand, der die falsche Wand eingebaut hat«, sagte Dr. Spae. »Jemand mit Geheimnissen, die es zu wahren galt.«

Kapitel 31

Der leichte Regen, der in der Bucht niederging, machte Benton abhängiger von Infrarotbildern, als ihm lieb war. Er brauchte die Verstärkung, um durch die Bereiche des Flughafens zu navigieren, die den verschiedenen Konzernen vorbehalten waren, aber das brennende Wrack, das sich über die Start- und Landebahnen verteilt hatte, störte sein Sehvermögen jedesmal, wenn er in die entsprechende Richtung schaute. Aus dieser Richtung kam auch eine Menge Lärm – und sie war Schauplatz hektischer Aktivität. Feuerwehrwagen waren immer noch mit jaulenden Sirenen zu den Brandherden unterwegs, während die Flammen auf das Luftfrachtterminal überzugreifen drohten.

Nicht seine Angelegenheit.

Seine Angelegenheit war der Mann im Überzieher, der am Zubringerbus stand. Benton ging zu ihm. Am Tor zum Metadynamics-Sektor wäre Benton beinahe auf jemanden getreten, der auf dem Beton lag. Er blieb stehen, um einen Blick auf den Mann zu werfen, und fand nur eine Leiche vor, eigentlich eher eine verwitterte Hülle. Die Leiche trug eine Metadynamics-Sicherheitsuniform mit den Rangabzeichen eines Offiziers. Benton konnte weder Blut noch andere Anzeichen von Gewalt erkennen. Er hätte einen medizinischen Bericht gebraucht, um seinen Verdacht zu bestätigen, aber Benton glaubte zu wissen, was den Mann getötet hatte. Er schaute den Mann im Überzieher an, der neben dem Zubringerbus stand und den Regen nicht zur Kenntnis zu nehmen schien, während er das Feuer beobachtete.

Warum etwas jagen, das ohnehin zu einem kommt, nicht wahr, Mr. Van Dieman? Haben Sie deshalb die Jagd auf den Wisteria-*Mörder abgeblasen? Wußten Sie, daß er Sie nicht töten würde, oder haben Sie es einfach darauf ankommen lassen?*

Der Mann im Überzieher sprach, ohne sich umzudrehen. Seine Stimme war leise und trug weiter, als dies eigentlich möglich war. Die Klarheit seiner Worte überstieg eigentlich die Leistungsfähigkeit von Bentons Ohren.

»Ah, Mr. Benton, nett von Ihnen, daß Sie so kurzfristig kommen konnten. Ich nehme an, Sie kamen ohne größere Schwierigkeiten durch die Polizeiabsperrung.«

»Ich habe sie umgangen.«

»Ja, genau. Die Polizei kann so lästig sein.« Van Dieman wartete, bis Benton näher kam und sich in üblicher Gesprächsentfernung befand, bevor er weiterredete. »Sie wissen, was hier passiert ist?«

Benton hatte auf dem Weg zum Flughafen den Polizeifunk und die Notruffrequenzen abgehört. Darüber hinaus hatte er erlebt, wie die Medien den Vorfall darstellten. »Ich weiß von der Rakete. In den ersten Nachrichten war von einem Terroranschlag die Rede.«

»Dieser Vorfall hat meine Pläne durchkreuzt«, sagte Van Dieman übellaunig.

Ein brennendes Flugzeug hatte sich auf drei Rollbahnen des Logan Airport verteilt, und der Flughafen war gesperrt. Die vier Mann Besatzung des Flugzeugs und zwei weitere Personen waren dabei ums Leben gekommen. Sechs Tote – sieben, wenn man den Sicherheitsoffizier von Metadynamics mitrechnete – und Van Dieman regte sich darüber auf, daß er seine Reise verschieben mußte. Typisch.

»Dies war kein Akt zufälliger Gewalt«, sagte Van Dieman. »Ich war das Ziel.«

»Haben Sie dafür Beweise?« Oder ist es nur Paranoia?

»Mein Start war außerplanmäßig – und doch haben mich zwei Attentäter an Bord erwartet. Niemand außerhalb meiner Firma kann von dieser Reise gewußt haben.« Van Diemans Stimme wurde hart. »Ich gehe von einem Leck innerhalb meiner Sicherheitstruppen aus.«

Das erklärte den Zustand des Sicherheitsoffiziers. »Es waren Attentäter an Bord?«

»Zwei untersetzte, krötenartige Männer. Sie haben versagt, aber ihre Rückendeckung hätte es beinahe besser gemacht. Die Rakete hat uns beim Abheben getroffen. Es war extrem schwierig, das Flugzeug zu stabilisieren, bis es wieder aufgesetzt hatte. Hätte ich nicht – sagen wir einfach, ich hatte sehr viel Glück. Aber jetzt befinde ich mich in einer äußerst unangenehmen Lage. Ich kann der Sicherheit meines Konzerns nicht vertrauen und habe keine Zeit, die Verräter aufzuspüren und unschädlich zu machen. Wenn ich mir also weitere unliebsame Überraschungen ersparen will, muß ich mich anderswo umschauen. Ich habe beschlossen, mich an Sie zu wenden, Mr. Benton. Die Opposition, die sich hier und heute manifestiert hat, beweist mir, wie gefährlich es wäre, ohne Begleitschutz zu reisen. Ich kann mich erinnern, daß Ihre Dienste auch Personenschutz beinhalten. Tatsächlich ist Ihre Bilanz in diesem Bereich ausgezeichnet, nicht wahr?«

»Das könnte man sagen, ja.«

»Ich werde, glaube ich, zwei Teams brauchen. Eins als Begleitschutz und das andere, um etwaige feindselige Schatten zu eliminieren.«

»Das wird teuer.«

»Nennen Sie Ihren Preis.«

Benton berechnete ihm das Dreifache seines üblichen Honorars. »Natürlich plus Spesen.«

Van Dieman zuckte nicht mit der Wimper, während er einen Berechtigungscode herunterrasselte. »Veranlassen Sie die Überweisung des Geldes, dann bestätige ich sie. Wie schnell können Sie die Teams zusammenstellen?«

»Ich veranlasse alles Nötige, sobald der Vertrag bestätigt wurde.«

»Gut.«

Benton las ihm die Einzelheiten des Vertrags vor. Van Dieman beanstandete nicht einmal die Klauseln, die Benton und seine Leute ganz unverhohlen bevorzugten. Der Mann war zweifellos besorgt. Und das gab wiederum Benton Anlaß zur Sorge.

»Ich werde meine Arbeit besser ausführen können, wenn ich weiß, vor wem ich Sie beschützen soll«, sagte er.

»Wenn ich den Ausgangspunkt der Bedrohung kennen würde, hätte ich Sie für eine andere Arbeit angeworben.« Van Dieman richtete den Blick wieder auf das brennende Wrack. »Sie werden persönlich alles für meine Reise vorbereiten. Ich würde es vorziehen, sie noch heute nacht fortzusetzen, aber offensichtlich hat Geheimhaltung oberste Priorität und es ist wichtiger, die Reise überhaupt zu beenden, als sie schnell zu beenden. Natürlich innerhalb gewisser Grenzen.«

»Die Polizei wird nicht wollen, daß Sie verschwinden.«

»Was die Polizei will, interessiert mich nicht. Treffen Sie alle Vorbereitungen.«

»Die Tatsache, daß wir uns vor einer Untersuchung drücken, wird die Spesen in die Höhe treiben.«

»Tun Sie es. Tun Sie, was Sie tun müssen, und vergessen Sie dabei nicht, daß ich eine Wiederholung des heutigen Zwischenfalls nicht gutheißen werde.«

Benton hatte gesehen, wie Van Dieman auf eine weniger als perfekte Sicherheit reagierte. »Ich muß noch etwas anderes wissen. Wohin reisen wir?«

»In die Antarktis, Mr. Benton. Bringen Sie mich nur dorthin, um den Rest kümmere ich mich dann schon.«

Kapitel 32

Benton erwies sich als tüchtig. Seine unmittelbare Lösung beinhaltete, daß sie sich vermittels Bestechung an Bord eines der wenigen Flugzeuge schlichen, die vom Flughafen starteten: ein Verrie, das zum Kennedy Airport flog. Die Polizei würde sich Van Diemans Abreise nicht widersetzen, weil sie nichts davon erführe. Einmal auf dem Kennedy Airport gelandet, würden sich ihre Transportmöglichkeiten verhundertfachen, ein strategischer Vorteil, von dem Benton sagte, er sei wichtig. Van Dieman stimmte dem Plan zu.

Sie gingen erst wenige Augenblicke vor dem planmäßigen Start des Verrie an Bord und setzten sich in die erste Reihe der Kabine. Auch diese Einzelheit war von Benton arrangiert worden: Auf diese Weise konnten sie das Flugzeug nach der Landung auf dem Kennedy Airport schneller verlassen. Van Dieman schnallte sich an. Das Flugzeug konnte nicht mit dem Komfort und den Annehmlichkeiten aufwarten, die er gewohnt war, aber der Flug würde nicht lange dauern. Er konnte es tolerieren, mit den weniger Bevorzugten zu reisen.

Kaum hatten sie abgehoben, als der Vorbote sich auf ihn stürzte und schmerzhaft seine Schlingen zuzog. Er schrie vor Schmerzen und Überraschung auf. Der Vorbote fing an zu heulen wie ein Kind, das man seiner Mutter entrissen hat, und das Geheul übertönte Van Diemans Fragen. Seine Gedanken waren ein einziges Chaos aus Verlustgefühl, Verwirrung und Angst. Van Diemans eigene Gedanken lösten sich in diesem Chaos auf und rissen sich von seinem Körper los. Er schwebte losgelöst von seiner sterblichen Hülle in der Kabine und sah, wie sein Körper krampfhaft zuckte.

Benton reagierte sehr schnell und versuchte Van Diemans um sich schlagende Gliedmaßen mit schierer physischer Kraft festzuhalten. Er rief nach der Flugbegleiterin, die zu ihnen eilte. Ihre Kraft war nichts im Vergleich zu der Bentons. Sie tat wenig, um Van Diemans krampfhafte Zuckungen zu unterbinden. Er selbst kämpfte darum, den Vorboten zu beruhigen. Das Wesen wehrte sich gegen ihn und weigerte sich, ihm zuzuhören. Van Diemans Körper kopierte das Sichwinden der schattenhaften Gestalt des Vorboten.

Die Schmerzen, die seine verkrampften Muskeln verursachten, sickerten in Van Diemans körperloses Bewußtsein. Er haßte Schmerzen und sah hilflos zu, wie sein Kopf immer wieder gegen die Rückenlehne schlug. Das war nicht richtig. Die Panik des Vorboten schien völlig sinnlos. Die Erniedrigungen, die er ihm damit auferlegte, waren unakzeptabel. Mehr noch, als er Schmerzen haßte, verabscheute er Verletzungen seiner Würde. Er benutzte seinen Haß, um geistig auf den Vorboten einzuschlagen, um ihn wieder unter Kontrolle zu bringen.

Mit der Hilfe des Kopiloten bekamen Benton und die Flugbegleiterin Van Diemans um sich schlagenden Körper langsam in den Griff. Mit zunehmender körperlicher Bewegungsunfähigkeit wurde es leichter für Van Dieman, dem Vorboten seinen Willen aufzuzwingen. Nachdem er sich einen ersten Zugang zu seinem Geist verschafft hatte, zwang er ihn zur Ruhe und unterwarf sich die rebellische Bestie. Danach war er wieder in der Lage, die bewußte Herrschaft über seinen Körper zu übernehmen.

»Sie können mich jetzt loslassen«, sagte er. »Es ist alles in Ordnung.«

»Sind Sie sicher, Sir«, fragte die Flugbegleiterin. »Ich finde, wir sollten…«

»Ich sagte, es sei alles in Ordnung! Lassen Sie mich in Ruhe!«

Von der Kraft überwältigt, die er in seine Worte gelegt hatte, gehorchte sie ihm. Van Dieman sackte auf seinem Sitz zusammen und funkelte den Kopiloten an, der ohne ein weiteres Wort ins Cockpit zurückkehrte.

Van Dieman spürte die Blicke der Passagiere auf sich ruhen. Er hatte sich zum Spektakel gemacht – oder vielmehr hatte der Vorbote das für ihn besorgt.

Dumme Kreatur, schalt er ihn stumm.

Unnatürlich, antwortete er. Er bibberte und befand sich immer noch am Rande der Panik. *Die Erde ist zu weit weg. Zurück. Muß sofort zurück.*

Der Flug dauert nicht lange. Wir werden bald wieder landen.

Zu weit weg.

Der Vorbote stöhnte und beklagte sich während des gesamten Fluges, aber unter Van Diemans unnachgiebiger Kontrolle kam es nicht zu einer Wiederholung des merkwürdigen hysterischen Anfalls, der die Kreatur erfaßt hatte. Der Vorbote bewegte sich ständig, zuckte hin und her und kam nur zur Ruhe, wenn er ihm gut zuredete. Doch die Ruhephasen wurden immer kürzer. Van Diemans Geduld war so gut wie erschöpft, als der Pilot schließlich verkündete, daß sie zur Landung auf dem Kennedy Airport ansetzten.

Jetzt dauert es nicht mehr lange, sagte er zu ihm, wie er mit einem Kind gesprochen hätte.

Zu lange. Zu lange.

Wir werden bald noch viel länger in der Luft sein.

Nein!

Doch. Diese Reisemethode ist nötig, um den Ort rechtzeitig zu erreichen.

Er spürte, wie der Vorbote den Wahrheitsgehalt seiner Feststellung prüfte. Er spürte seine Bestürzung.

Was sein muß, sagte er. Der Vorbote schlang sich eng um ihn, und sein Bewußtsein trübte sich bis zu einem Punkt, wo Van Dieman nicht mehr mit ihm kommunizieren konnte. Der Vorbote hatte sich schon öfter auf diese Weise zurückgezogen, so daß für Van Dieman kein Grund zur Beunruhigung bestand. Er wußte, daß der Vorbote wieder bei ihm war, als er dessen Freudenausbruch spürte, kaum daß die Reifen des Verrie die Erde berührt hatten.

Wie von Benton mit dem Piloten des Verrie vereinbart, setzte die Maschine am Rande des Landeplatzes seines Besitzers auf, so weit wie möglich entfernt von neugierigen Augen. Doch Van Diemans Episode mit dem Vorboten hatte für Komplikationen gesorgt: Ein Krankenwagen mit zwei Sanitätern wartete zusammen mit dem Bodenpersonal. Ihrer Vereinbarung entsprechend stieg Benton durch die Kopilotenluke auf der dem Terminal abgewandten Seite des Verrie aus, während der Pilot sich bei der Landung ein wenig verhaspelte und damit die Aufmerksamkeit ganz auf die Maschine lenkte. Durch ein Fenster sah Van Dieman ihn unbehelligt auf das Tor zu den Gepäckbändern eilen. Einmal im Flughafengebäude, würde er damit beginnen, weitere Arrangements zu treffen.

Van Dieman hatte mit den anderen Passagieren aussteigen sollen, da er in ihrer Mitte anonym gewesen wäre. Es gab keine Aufzeichnungen darüber, daß er Boston verlassen hatte. Es hätte auch keine Aufzeichnung von seinem Eintreffen in New York gegeben. Für die Behörden in Boston wäre Van Dieman einfach verschwunden. Tatsächlich wurde er von den Medien bereits als Opfer eines ›Bombenattentats auf ein NSC-Flugzeug‹ bezeichnet. Pressesprecher von Metadynamics und der Network Securities Corporation dementierten selbstverständlich, daß er sich an Bord des explodierten Flugzeugs befunden habe. Es war klug von Van Dieman gewesen, sie anzuweisen, seine Reise geheim zu halten. Ein Zwischenfall wie dieser auf dem Logan Airport hätte sonst zu einem massiven Kursverlust an der Börse oder sogar zu einem feindlichen Übernahmeversuch führen können – mit Sicherheit hätte es einen internen Machtkampf gegeben – und er war nicht bereit, auch nur ein wenig von dem aufzugeben, was er unter größten Mühen erreicht hatte. Geld und weltliche Macht würden auch in der neuen Welt eine Rolle spielen.

Bedauerlicherweise hatte der Plan jetzt einen Haken: die Leute an Bord des Verrie. Dank des Anfalls des Vorboten würden sie sich an ihn erinnern. Alles, was durch sein heimliches Verschwinden aus Boston gewonnen worden war, würde er wieder verlieren, wenn er nicht handelte. Er mußte diese Zeugen zum Schweigen bringen – schnell, wirkungsvoll und so, daß seine Rolle dabei unbemerkt bliebe. Einer der Passagiere hustete, was ihn auf eine Idee brachte.

Die Lunge fast jedes Menschen auf der Erde enthält untätige Bakterien – Pneumokokken. Für eine gesunde Person stellen sie keine Gefahr dar. Doch wenn man sie mit magischen Kräften aktivierte und energetisierte, mochte die Krankheit ausbrechen. Und wenn man ihren Verlauf vermittels derselben Kraft beschleunigte, konnte die Krankheit rasch und mit tödlichen Folgen zuschlagen, indem sie die Lunge verklebte und das Opfer ersticken ließ.

Eine Verschwendung von Futter, beschwerte sich der Vorbote.

Es wird andere geben. Einstweilen halte ich es für das Beste, wenn das, was hier geschehen wird, nicht wie eines deiner Festmahle aussieht, sagte er zu ihm. Es war ein Fehler gewesen, daß er die Beherrschung verloren und dem Vorboten gestattet hatte, sich die Essenz des Captains von der Sicherheit der NSC einzuverleiben.

Der Vorbote knurrte eine unzusammenhängende Beschwerde vor sich hin, lieh Van Dieman aber seine Kraft für dessen Plan. Nach kaum einer Minute starben die überraschten Passagiere und Besatzungsmitglieder, indem sie an ihrem eigenen Schleim erstickten. Doch um auch den vollen Nutzen aus seiner Tat zu ziehen, mußte er weit weg sein, bevor sie entdeckt wurde. Und um das zu bewerkstelligen, mußte er sich noch mit denjenigen befassen, die am Rande des Flugfelds warteten. Es war eine Kleinigkeit, es so aussehen zu lassen, als sei er der Pilot des Verrie. Natürlich brauchte er nicht dessen Äußeres zu kopieren, sondern nur die Uniform und die Dienstabzeichen – genug für das Bodenpersonal, um darauf zu reagieren. Er öffnete die Passagierluke und fuhr die Treppe aus. Die Sanitäter warteten am Boden. Sie brauchten keine Aufforderung, um an Bord zu gehen.

»Sie da!« rief Van Dieman dem geschäftigen Bodenpersonal zu. »Kommen Sie her! Die werden Ihre Hilfe brauchen.«

Die äußeren Anzeichen der Autorität hatten eine starke Wirkung auf sie. Es schadete auch nicht, daß Van Dieman ihrer fast zwanghaften Reaktion nachhalf. Das Bodenpersonal folgte den Sanitätern in das Verrie. Van Dieman ging nicht wieder mit zurück. Seine Hand auf dem Geländer reichte aus, um ihn mit dem Flugzeugrumpf zu verbinden, der die von ihm geformte Magie enthielt.

Er verfuhr mit den Neuankömmlingen so wie mit der Besatzung und den Passagieren.

Sollten die Behörden sich ruhig über das Seuchenflugzeug wundern, das auf ihrer Schwelle gelandet war. Die Quarantäne würde alle Nachforschungen lange genug verzögern – für Van Diemans Zwecke.

Benton traf die Vorbereitungen für den nächsten Abschnitt ihrer Reise, indem er die erforderliche Hilfe herbeorderte und die Vorsichtsmaßnahmen ergriff, die er für notwendig hielt. Vorsicht war in der Tat geraten, jetzt, da diese neue, unbekannte Opposition auf den Plan getreten war. Van Dieman beschloß, selbst ein paar Vorsichtsmaßnahmen zu treffen. Die öffentlichen Computer im Hauptterminal gestatteten ihm, die notwendigen Anrufe mit ausreichender Diskretion zu tätigen.

Als alles geregelt war, bemerkte er plötzlich, daß er hungrig war – wie so oft, nachdem er Magie gewirkt hatte. Der Vorbote hatte ebenfalls Hunger. Er konnte die nagende Intensität seines Verlangens spüren. Er hatte alles getan, was unmittelbar zu tun war, und ihm blieb noch Zeit, bis er sich wieder mit Benton treffen sollte.

»Wir finden schon etwas für dich«, sagte er zum Vorboten.

Sogar auf einem Flughafen, der so groß und geschäftig war wie der Kennedy Airport, gab es stille und dunkle Ecken.

*

In einem System, das so groß und geschäftig war wie Mitsutomos Hauptdatenbank, gab es viele Orte, an denen man Informationen verstecken konnte. Die Dekkerin in Pamelas Diensten kannte die meisten dunklen Ecken, jene Orte, wo ein Heimlichtuer Dinge ablegen konnte, die andere nicht sehen sollten. Sonst überließ Pamela die Schnüffelarbeit ihrer Deckerin, aber gelegentlich machte sie sich auch selbst auf die Suche. Sie blieb gern darüber auf dem laufenden, welche Informationen verborgen wurden, besonders dann, wenn sie ihre Stellung in der Organisation betrafen.

In letzter Zeit hatte sie unter anderem auch daran ein gesteigertes Interesse, welche Daten aus dem steten Fluß der Informationen, die von den Quellen des ehemaligen Charybdis-Projekts in die Datenspeicher von

Thaumatechnics übertragen wurden, von ihrem geschätzten Mr. Hagen abgezweigt oder gelöscht wurden. So zum Beispiel die letzte von Hagen gelöschte Datei: der abschließende SEE-Bericht über einen Vorfall.

Gewöhnlich schnappte das System alle Berichte auf, aus denen hervorging, daß die Sonderermittlungseinheit ihr Interesse an einem Fall aufrecht erhielt. Diesmal hatte eine Marke, die alle ungewöhnlichen Daten zu einem verwandten Thema in alten Charybdis-Dateien anforderte, zur Einholung eines Falls geführt, den die SEE weitergegeben hatte. Die alte Datei bezog sich auf eine gewisse Marianne Reddy, eine Angehörige Mitsutomos. Sörli hatte als Teil seines Programms zur Überwachung möglicher Agenten der Anderswelt ihre Beobachtung angeordnet. Nach einem Museumsbrand, dessen Ursache mehr als verdächtig und in dessen Verlauf Reddys Sohn ums Leben gekommen war, hatte man sie unter ständige Beobachtung gestellt. Daraus hatte sich nichts ergeben, aber ihre alte Wohnung war Schauplatz mehrerer Fälle von ›Heimsuchung‹ gewesen, die alle von Gower verifiziert worden waren. Über ein Jahr lang war nichts weiter geschehen. Der Fall war abgeschlossen und die Überwachung eingestellt worden, obwohl ganz offensichtlich jemand übersehen hatte, Sörlis Marke zu entfernen. Dieser neue Bericht, in dem es um einen Witzbold und einen Hochstapler ging, klang nach einer sonderbaren Art von Belästigung, aber er hatte nichts Andersweltliches an sich, wenn man einmal von dem Halloweenkostüm absah, das der Witzbold getragen hatte. Die SEE hatte den Fall – vernünftigerweise, wie es schien – abgeschlossen. Warum hatte Hagen sich dann aber die Mühe gemacht, die Datei zu löschen?

Eine Frage für eine andere Gelegenheit.

Heute wünschte sie Antworten von Hagen in Bezug auf sein neuerlich erwachtes Interesse am *Wisteria*-Mörder. Sie wahrte eine neutrale Miene, als er ihr Büro betrat und auf dem Stuhl Platz nahm. Er wußte von den Sensoren im Stuhl, zögerte aber nicht, sich zu setzen.

»Sollen wir gleich zur Sache kommen, Mr. Hagen?«

»Ich stehe zu Ihrer Verfügung, Ms. Martinez.«

»Gut. Fangen wir damit an, daß Sie mir sagen, wodurch Ihr neuerliches Interesse am *Wisteria*-Mörder motiviert ist.«

Die Sensoren registrierten nur leichte Überraschung. Er zuckte die Achseln. »Die eigentliche Kreatur ist von geringer Bedeutung. Sie wird jedoch offenbar von Interessen eingespannt, die den unseren zuwider laufen. Und das gibt uns Anlaß zur Besorgnis.«

»Uns? Warum die Angelegenheit nicht der Polizei überlassen? Haben Sie nicht ursprünglich erklärt, es sei eine Polizeiangelegenheit?«

»Das habe ich. Bedauerlicherweise übersteigt die Situation mittlerweile ihre Fähigkeiten, da sich der Maßstab dieser Angelegenheit beträchtlich erweitert hat. Die Kreatur – oder vermutlich nur ihr Studium – hat denjenigen, die sie kontrollieren, neue Wege eröffnet.«

Neue Wege? Van Dieman hatte letzte Nacht dieselbe Redewendung benutzt. »Wie meinen Sie das?«

»Sie haben noch nicht die neuen Analysen gelesen, die ich Ihnen heute morgen geschickt habe?«

Das hatte sie nicht, aber es lag nicht in ihrem Interesse, das zuzugeben. »Vielleicht will ich nur hören, daß Sie es offen aussprechen.«

»Das sähe Ihnen gar nicht ähnlich«, sagte er mit einem knappen verschmitzten Lächeln. »Wichtig ist, daß der spezielle Eindringling aus der Anderswelt, der als *Wisteria*-Mörder bezeichnet wird, sich mittlerweile untrennbar mit einem bestimmten Individuum verbunden hat. Dieses Individuum gehört einem Konkurrenzunternehmen an, einem Unternehmen mit Programmen, die auf die Weiterentwicklung der Magie in der Welt abzielen.«

»Namen, Mr. Hagen.«

»Anton Van Dieman. Metadynamics.«

Welche Verbindung gab es? Pamela wünschte, sie hätte Hagens Bericht gelesen. »Unterrichten Sie mich über die wesentlichen Punkte.«

»Wir können jetzt die jüngsten Aktivitäten des *Wisteria*-Mörders zur Anwesenheit Van Diemans in Beziehung setzen. Der Mörder tötet immer in der Stadt, in der Van Dieman sich gerade aufhält. Wir glauben, daß dies der Beweis ist, der uns noch für die endgültige Bestätigung dafür gefehlt hat, daß Van Dieman magisch aktiv ist. Sein Gefahrenpotential hat erheblich zugenommen.

Im Zeitraum von Van Diemans Verbindung mit der Kreatur haben mehrere Tochtergesellschaften von Metadynamics, darunter auch Van Diemans Konzern Network Securities Corporation, ein Interesse an okkulten Angelegenheiten erkennen lassen: Sie haben übersinnlich begabte Menschen angeworben, sie haben Grundstücke erworben, auf denen oder in deren Nähe wir von Übergriffen aus der Anderswelt wissen, sie haben Datenbanken zu unerklärlichen Phänomenen angelegt – und haben sogar Proben von unnatürlichen Wesen gesammelt. Sie haben keinen offensichtlichen Versuch unternommen, etwas Vergleichbares wie Ihr Thaumatechnics ins Leben zu rufen, aber es ist nur eine Frage der Zeit, bis sie es tun. Es könnte sich jedoch herausstellen, daß die wirtschaftliche Rivalität als Motiv keine Rolle spielt. Wir haben bestürzende Berichte erhalten, die sich alle mit Metadynamics' Aktivitäten an Stellen befassen, die eng mit Quetzal assoziiert sind.«

Gott, nahm die Heimsuchung durch dieses Gespenst denn niemals ein Ende? »Darunter auch die Standorte von Nakaguchis Resonatoren?«

»Jeder einzelne.«

Genau diese Antwort hatte sie nicht hören wollen. Gower war noch nicht vollständig hinter den Sinn dieser arkanen Vorrichtungen gekommen, aber er war sicher, daß sie einen verderblichen Einfluß auf die unmittelbare Umgebung und möglicherweise auf die Welt insgesamt haben würden. Die Resonatoren waren nach Gowers Worten ›mit dem Bösen im Bunde‹. Wenn Van Dieman und Metadynamics Anstrengungen unternahmen, diese Vorrichtungen zu aktivieren, waren sie vielleicht ebenfalls mit dem Bösen im Bunde. »Van Dieman ist der Berater der FSA in Bezug auf das Projekt Dark Glass, nicht wahr?«

Hagen nickte. »Sie können langsam ermessen, wie bedrohlich die Lage geworden ist.«

Ermessen? Nein. Man brauchte harte Fakten, um eine Lage ermessen zu können. Aber empfand sie Besorgnis und sogar Furcht? Ja. Man brauchte keine Fakten, um sich zu fürchten. »Wenn Sie und Ihre Organisation über diese Entwicklungen orientiert sind, warum haben Sie dann nicht früher gehandelt?«

»Wir dachten, die Situation sei unter Kontrolle. Wir haben uns verrechnet. Die Sache ist uns jetzt aus der Hand geglitten.«

Jetzt aus der Hand geglitten? »Sie *haben* etwas unternommen.«

»Aber nicht unter Benutzung von Mitsutomo-Ressourcen, das versichere ich Ihnen.«

Der Stuhl besagte, daß er mit neunzigprozentiger Wahrscheinlichkeit die Wahrheit sagte. Trotzdem, offiziell war er ein Mitglied der Keiretsu-Familie. Aktionen, die Schuld auf ihn luden, luden Schuld auf Keiretsu. Der Skandal im Zusammenhang mit Nakaguchis Tod war noch zu frisch. Sie wollte nicht mit einem weiteren Abtrünnigen konfrontiert werden.

»Ich werde keine illegalen Unternehmungen unterstützen«, sagte sie zu ihm.

»Haben sich die Zeiten geändert, Ms. Martinez? Nein, bitte nehmen Sie keinen Anstoß. Ich verstehe. Das Problem ist, daß Van Dieman das Land verläßt. Es wäre leichter, ihn hier aufzuhalten.«

»Dann war er also nicht in diesem Flugzeug auf dem Logan Airport.«

»Er war darin.« Wiederum die Wahrheit. »Andernfalls hätte keine Notwendigkeit bestanden, es abzuschießen.«

Hagen wußte zu viel, um sie nicht zu der offensichtlichen Schlußfolgerung zu verleiten. »Das Attentat auf das Flugzeug der NSC war Ihr Unternehmen?«

»Es wäre besser gewesen, hätte der Schütze das Flugzeug bis zur Bucht kommen lassen.«

Er stritt das Attentat nicht nur nicht ab, er berichtete ihr auch noch zusätzliche Einzelheiten. »Sie haben also versucht, ihn umzubringen, und es ist Ihnen nicht gelungen. Jetzt wollen Sie Keiretsu in die Sache verwikkeln. Sind Sie sicher, daß Sörli nicht zurückgekommen ist und Ihren Verein leitet? Wie viele unschuldige Leute haben Sie getötet? Wie viele mehr haben Sie in Gefahr gebracht?«

»Wie viele mehr wird *er* töten? Das ist die Frage, die gestellt werden muß, Ms. Martinez. Damit wir uns richtig verstehen: Er muß aufgehalten werden.«

Die Kreatur mußte ganz gewiß aufgehalten werden. Aber Van Dieman? »Wir haben nicht einmal eine klare Vorstellung davon, was für eine Art von Bedrohung er überhaupt darstellt.«

»Ein Grund mehr, ihn aufzuhalten.«

Eine paranoide Logik. Dennoch überraschte sie Hagens Feststellung nicht. Sie sah die Entschlossenheit in Hagen, ohne sie sich vom Monitor bestätigen lassen zu müssen. »Sie werden Ihre Pläne in die Tat umsetzen, ob ich Ihnen meine Hilfe anbiete oder nicht.«

»Ja.«

»Keiretsu darf nicht in den Mord an Geschäftskonkurrenten verwickelt werden.«

Hagen sah enttäuscht aus.

Van Dieman mochte eine ernsthafte Bedrohung sein – oder auch nicht. Die Mörderkreatur war mit Sicherheit gefährlich. Vor langer Zeit hatte sie gelernt, daß man das, was man nicht zu beherrschen vermochte, möglicherweise dennoch lenken konnte. Das schien die einzige Möglichkeit zu sein, die ihr noch offenstand, wenn sie die Taktik der Zwerge nicht übernehmen wollte.

»Ein Versuch, den *Wisteria*-Mörder zu eliminieren, wäre ein sinnvolles Unterfangen. Im Sinne der Allgemeinheit. Besonders, wenn er dokumentiert wäre. Es ist vorstellbar, daß die Kreatur noch ein weiteres Opfer gefordert hat, bevor man sie aufhalten konnte.«

»Ah, Ms. Martinez, ich muß gestehen, daß ich für einen Augenblick an Ihnen gezweifelt habe. Sie beschämen mich. Sie sind ein äußerst scharfsinniger Arbeitgeber.«

»Mr. Hagen, als scharfsinniger Arbeitgeber wähle ich Angestellte aus, die sowohl klug als auch vorsichtig sind und die Bedürfnisse Keiretsus verstehen. Sie sind immer noch ein Angestellter Keiretsus, oder? Haben wir uns verstanden?«

»Ich glaube, ja.«

»Das hoffe ich, Mr. Hagen.« Sie schaltete den Monitor für den Stuhl aus und drückte auf die Taste, die die Bürotür öffnete. »Ich glaube, es ist für uns beide an der Zeit, uns wieder an die Arbeit zu machen.«

Kapitel 33

Holger fühlte sich viel besser, als bei seinem Erwachen die Morgensonne durch das Fenster in sein Zimmer im Hauptquartier der Pend Foundation fiel. Ihm war nicht wohl dabei gewesen, in einem nicht abgeschirmten Raum zu schlafen, aber die Zwerge hatten Wort gehalten und er war in der Nacht nicht von Stimmen in seinem Kopf gestört worden. Er war überrascht, wie gut er sich jetzt fühlte, da diese Last von ihm genommen war.

Es sei denn, sie hatten gelogen und gar nichts getan und der Raum war in Wirklichkeit abgeschirmt. Aber das war Paranoia, nicht wahr? Es war schwer, sich von der Paranoia zu lösen, wenn man so lange in einer Welt gelebt hatte, die von ihr beherrscht wurde.

Jemand hatte unbemerkt den Raum betreten, während er geschlafen hatte. Dieser Jemand hatte seine versteckte Kleidung und Ausrüstung wiedergefunden und hierher gebracht. Er konnte sich nicht erinnern, ihnen von dem Versteck erzählt zu haben, aber wenn ja, war dies keine Überraschung für ihn. Er war ziemlich hinüber gewesen. Er untersuchte den Haufen. Alles war da, sogar seine Waffe. Die Tatsache, daß die Glock geladen war, ließ auf ein gewisses Maß an Vertrauen von Seiten seiner Gastgeber schließen.

Zu seiner Ausrüstung gehörte auch ein Shilson-Detektor, eine Vorrichtung, mit der er sich vergewissern konnte, ob der Raum tatsächlich nicht abgeschirmt war. Ihn zu benutzen, hieß, laut und deutlich zu verkünden, daß er dem Wort der Zwerge nicht glaubte. Beobachteten sie ihn, um festzustellen, ob er ihn benutzte? War das der Grund, warum man ihm seine Ausrüstung gebracht hatte? Wenn er das Gerät benutzte, würde er wissen, ob die Stimmen für immer verschwunden waren oder nur gerade Urlaub machten. Er würde wissen, ob die Zwerge ihm eine Wohltat erwiesen hatten. Aber was sagte es über ihn aus, wenn er ihre Vertrauenswürdigkeit mit einer derartig mißtrauischen Methode bewies?

Er mußte es wissen, was sie auch von ihm denken mochten. Er brauchte einen Bezugspunkt. Er mußte wissen, ob seine neuen Bekannten ihm Lügen oder Wahrheiten erzählten. Wenn es sie beleidigte, daß er ihrem Wort nicht unbesehen glaubte, konnte er sich entschuldigen und sein offensichtliches Mißtrauen auf allgemeine Vorsicht schieben. Er mußte an Bär und sein Vertrauen in die Zwerge denken. Bär glaubte ihnen. Mußte das für Holger nicht gut genug sein?

Er wünschte, es wäre so. Aber so war es noch nicht. Er hob das Gerät auf, begann mit einer Startdiagnose und ließ dann sämtliche Scannerprogramme durchlaufen, bis er sicher war, daß der Raum tatsächlich nicht abgeschirmt war. Die einzige identifizierte elektromagnetische Störung stand im Einklang mit einem Sicherheitssystem, das die Fenster überwachte. Nicht die Tür, wie ihm auffiel. Es gab nicht einmal einen Hinweis auf eine Videokamera.

Sie hatten nicht gelogen.

Und er hatte ihnen nicht geglaubt.

Er erschrak, als es laut an seine Tür klopfte. Da er sich schämte, mit dem Gerät in der Hand erwischt zu werden, warf er es auf den Haufen, bevor er zur Tür ging. Bär stand draußen, bekleidet mit einem Bard-Taliesin-T-Shirt mit abgerissenen Ärmeln, einer Trainingshose und Sportschuhen. Er sah aus wie ein ehemaliger Profiathlet, der unterwegs zu ein paar leichten Übungen war, aber Holger wußte es besser.

»Wie fühlen Sie sich?« fragte Bär.

»So gut wie schon seit Wochen nicht mehr«, erwiderte Holger aufrichtig.

»Gut. Haben Sie Lust auf ein wenig Training? Ich könnte einen Partner brauchen. Schon mal mit einem Schwert gearbeitet?«

»Ich habe ein wenig Kendo gemacht, aber ziemlich viel Escrima. Dabei werden Stöcke benutzt, aber die Prinzipien sind angeblich auch auf Schwerter anwendbar.«

»Escrima? Nie gehört.« Bär zuckte die Achseln. »Aber wenn Sie meinen, daß Sie damit zurechtkommen, können wir es ausprobieren. Stöcke, sagen Sie? Lange oder kurze?«

»Kurze. Manchmal auch zwei.«

»Zwei?« Bär nickte, als verstehe er. »Also hauptsächlich auf Treffer mit der Schneide angelegt.«

»Keine Schneide. Ich sagte Stöcke, wissen Sie noch?«

»Keine Schneide, richtig. Auch keine Spitze. Klingt undiszipliniert. Sogar Vegetius hat den Nutzen einer Spitze erkannt.«

»Glauben Sie nicht, daß ich das nicht tue.«

Bär hob eine Augenbraue und lächelte dann. »Das könnte interessant werden. Wenn Sie sich angezogen haben, der Fitnessraum befindet sich am Ende des Flurs.«

Holger brauchte nicht lange, um sich anzuziehen, weniger Zeit, als nötig war, um geeignete Kleidung im Schrank und in der Kommode zu finden. Es war nicht seine Kleidung, aber sie paßte ihm, eine ganze Garderobe bestehend aus Geschäfts- und Freizeitkleidung. Seine abschließende Wahl fiel auf ein Sweatshirt, das mit den Worten bedruckt war, ›Falls gefunden, an die CIA zurückgeben (in einen Briefkasten werfen)‹, die kreisförmig um das Logo der alten Spionageorganisation angeordnet waren.

Bär hatte die Tür zum Fitnessraum offen gelassen – und Holger folgte dem Geräusch klirrender Gewichte. Der Fitnessraum war nicht groß, aber für eine private Einrichtung respektabel. Die Hälfte davon war mit einer Auswahl verschiedenster Fitnessgeräte vollgestopft, während der Rest eine freie Fläche bildete, die von Geräteschränken gesäumt wurde. In einer Ecke glänzte eine neue Computerkonsole inmitten eines Kabelgewirrs. Eine Tür führte in einen kleinen Umkleideraum, und dahinter befand sich ein weiterer Raum, aus dem das Rauschen einer Dusche an Holgers Ohren drang. Bär setzte die Gewichte ab und führte Holger einmal herum. Sie beendeten den Rundgang vor ein paar Schränken, in denen hölzerne Nachbildungen von Waffen, wattierte Schutzkleidung und Plastikhelme ebenso aufbewahrt wurden wie konventionellere Fechtausrüstungen. Bär wählte Schutzkleidung für jeden von ihnen aus und half Holger in seine. Holger half Bär gerade dabei, dessen Schutzkleidung zu verschnüren, als Wilson aus dem Umkleideraum kam.

»Was haben Sie denn vor?« fragte der Zwerg.

Bär nahm sich ein hölzernes Breitschwert. »Wir werden einen kleinen Sparringskampf austragen. Ein Krieger muß in Form bleiben und darf seine Fähigkeiten nicht einrosten lassen. Man kann nie wissen, wann man in einen Kampf verwickelt wird.«

»Wenn Sie kämpfen wollen, benutzen Sie eine Kanone. Schwerter! Schwerter waren schon aus der Mode, als ich geboren wurde.« Wilson schüttelte den Kopf. »Sie verbringen zu viel Zeit mit antiquiertem Denken, Art.«

»Und Sie verbringen zu viel Zeit mit Maschinen«, konterte Bär. »Ich habe die Absicht, Mr. Kuns Naturell zu testen, und ich beabsichtige, das auf meine Art zu tun.«

»Schon gut, schon gut! Wer bin ich, daß ich mich archaischen Fixierungen in den Weg stellen würde? Aber bevor Sie Mr. Kun in eine zu große Erregung versetzen, wollen wir doch lieber ein paar Vorsichtsmaßnahmen ergreifen, ja?« Wilson trat zur Computerkonsole und kam mit einer Handvoll Sensorpolster zurück. Er hielt sie Holger hin. »Hier, legen Sie die an.«

Argwöhnisch, aber in dem Versuch, höflich zu bleiben, fragte Holger: »Was sind das für Dinger?«

»Das sind ganz gewöhnliche medizinische Sensoren, die Herzschlag, Transpiration und solche Sachen überwachen. Sie werden nicht einmal spüren, daß Sie sie tragen, aber sie werden uns darauf aufmerksam machen, wenn Sie den Schnellgang einlegen. Wir wollen keine Trainingsunfälle.«

»Wir kommen schon zurecht. Es ist nur ein harmloses Training«, sagte Bär. »Mr. Kun braucht Ihre Überwachung nicht.«

»Ich glaube schon, daß er sie braucht«, sagte Wilson, indem er Bär resolut anstarrte. Bär funkelte zurück.

»Ich trage die Sensoren«, sagte Holger.

»Dann trage ich sie auch«, sagte Bär, indem er sie Wilson abnahm. »Wo, zum Teufel, muß ich sie anbringen?«

Wilson half ihnen beim Anlegen der Sensoren und machte sich dann an der Konsole zu schaffen, bis er sich vergewissert hatte, daß die Sensoren einwandfrei funktionierten. »In Ordnung, wir sind so weit. Sie können sich jetzt gegenseitig grün und blau schlagen. Ich sehe Ihnen gern dabei zu.«

Sie legten den Rest ihrer Schutzkleidung an und wählten ihre Waffen. Zu Bärs Überraschung fand Holger mehrere Paare von Escrima-Stöcken unter den Holzwaffen. Als Holger verkündete, daß sie ein wenig zu schwer seien, sagte Bär: »Was haben Sie erwartet? Es sind schließlich nur Übungswaffen.«

Bär wählte ein Holzschwert für sich, das länger war als Holgers zwei Stöcke zusammen, und sie fingen an.

Sie umkreisten einander, nahmen verschiedene Grundstellungen ein und versuchten die Reaktionen des anderen einzuschätzen. Die ersten Waffenberührungen waren beinahe zaghaft, da Holz gegen Holz prallte. Das Tempo nahm zu. Bär überraschte Holger mehrmals. Die leichten Schläge und Knuffe spornten Holger nur an. Er gab sich mehr Mühe und wandte einige der Tricks an, die Mannheim ihm beigebracht hatte – und Bär traf seltener. Nach einigen erfolglosen Angriffen ging Bär dazu über, Holger wachsam zu umkreisen, um dann mit einem Hagel von Hieben anzugreifen, was gewöhnlich damit endete, daß Holger Bärs Verteidigung durchbrach und einen soliden Treffer landete. Bär knirschte lediglich mit den Zähnen, wenn das geschah, und bereitete einen neuen Angriff vor. Jedesmal legte Bär sich mehr ins Zeug, indem er seine Hiebe noch etwas schneller und härter auf Holger einprasseln ließ. Holger begegnete ihm entsprechend und paßte sich Bärs Tempo und Kraftaufwand an. Bär reagierte darauf, indem er noch härter und grimmiger kämpfte. Stöcke schlugen gegen Stöcke und trafen hin und wieder Schutzkleidung. Holger traf Bär wesentlich öfter, als er von Bär getroffen wurde. Bär warf sich gegen Holgers Verteidigungswall und drohte ihn zu überwinden. Holger wehrte sich und verlor sich im Kampfgeschehen. Er kämpfte. Sein Gegner wollte nicht aufgeben. Jedesmal, wenn Holger ihn niederschlug, stand er wieder auf. Holger prügelte auf ihn ein, Stock auf Stock, Stock auf Körper. Immer und immer wieder, bis der Mann zurücktaumelte. Noch einmal, bis er fiel. Wieder. Wieder.

Jemand hielt Holgers Arme fest und preßte sie an seinen Körper. Der Griff war stark. Er wehrte sich gegen den Griff, wollte sich daraus befreien, aber dann hörte er den Schrei.

»Das reicht, Holger Kun! Der Kampf ist vorbei! Er ist vorbei.«

Wilsons Stimme. Wilsons Griff. Holger hörte auf, sich zu wehren, und starrte auf den ächzenden Bär zu seinen Füßen. Holger begriff plötzlich, daß er in den Berserkerwahnsinn verfallen war, augenscheinlich das letzte und dauerhafteste Geschenk der Abteilung M. Die Escrima-Stöcke entglitten seinen gefühllosen Fingern. Er hatte keine Worte und ihm fiel keine Möglichkeit ein, sich bei dem Mann zu entschuldigen, den er verprügelt hatte. Seine Ohren waren von einem dröhnenden Rauschen erfüllt und er fing an zu zittern.

»Alles in Ordnung, Art?« fragte Wilson.

»Es ist mir schon schlechter gegangen.« Bär wälzte sich auf den Rücken und sah Holger an. »Was ist mit Ihnen?«

Holger wußte nicht, was er sagen sollte.

»Er ist wieder auf die Erde zurückgekehrt«, sagte Wilson. »Ihm ist nichts geschehen.«

Holger wurde plötzlich klar, daß das Dröhnen in seinen Ohren nicht ausschließlich von innen kam. Das Gebäude vibrierte ein wenig, da es vom Lärm eines Flugzeugmotors widerhallte.

»Ein Verrie landet«, sagte Holger.

»Planmäßig?« fragte Bär Wilson.

Der Zwerg schüttelte den Kopf. »Ich gehe mal nachsehen. Sie machen sich besser frisch, Art. Vielleicht brauchen wir Sie in präsentablem Zustand.«

»Ich wollte ohnehin aufhören«, erwiderte Bär ein wenig außer Atem.

Als sie sich nach dem Duschen ankleideten, sagte Bär: »Ich bin, glaube ich, froh, daß diese Stöcke keine Schwerter waren. So eine Abreibung habe ich nicht mehr bezogen, seit – na ja, egal. Für jemanden, der für den Umgang mit Schußwaffen ausgebildet wurde, kommen Sie mit diesen Schwertern wirklich gut zurecht.«

»Und Sie sind ziemlich gut mit Schußwaffen – für einen Mann, der an das Schwert gewöhnt ist.«

»Ich hatte Sie nicht für einen Schmeichler gehalten.«

»Das bin ich auch nicht. Sie sind wirklich ziemlich gut, wenn man berücksichtigt…«

»Sie dürfen aber keine Rücksicht nehmen.« Bärs Stimme klang wie ein Peitschenknall. »Auf dem Schlachtfeld ist kein Platz für unrealistische Einschätzungen. Ein Mann muß wissen, was er von sich erwarten kann und was nicht. Sein Befehlshaber muß es sogar noch besser wissen.«

Der Ausbruch brachte Holger aus dem Gleichgewicht. »Es tut mir leid. Ich wollte nicht…«

»Ich weiß. Ich bin nur – ach, schon gut. Vergessen wir es einfach, okay?«

»Ist schon vergessen.« Es kam ihm merkwürdig vor, daß er Bär verzieh. Holger war derjenige, welchem verziehen werden mußte.

»Sie sind ein guter Mann, mein Freund. Ich wollte, Wilson und seine Leute wären auch so entgegenkommend.«

»Ich dachte, die Zwerge wären Ihre Verbündeten.«

»Oh, das sind sie auch, das sind sie. Sie haben viel für die Einrichtung der Stiftung getan und mir sehr dabei geholfen, mich in diesem modernen Zeitalter zurechtzufinden – und ich will nicht abstreiten, daß ich ihnen dafür dankbar bin –, aber bei all ihrem guten Willen sind sie eben doch Zwerge und keine Menschen. Ich wäre glücklicher, wenn ich mehr Leute wie Sie um mich hätte. Ich brauche Menschen, denen ich vertrauen kann.«

»Ich werde versuchen, einer zu sein.«

»›*Versuchen*, einer zu sein‹, nicht ›*werde* einer sein‹.« Bär schlug Holger auf die Schulter. »Bei Gott, ich finde Ihre Aufrichtigkeit erfrischend. Haben Sie vielleicht Brüder, Mr. Kun? Ich könnte sie gebrauchen, besonders dann, wenn sie so kämpfen wie Sie.«

»Keine Brüder.«

»Schade. Hoffen wir, daß es erst ernst wird, wenn wir ein paar Rekruten mehr haben.«

Bär hatte auch früher schon angedeutet, daß Ärger bevorstand. Holger war bereit, ihm zu helfen. »Was für ein Unternehmen haben Sie in der Planung? Was ist das Ziel?«

»Ich glaube, Sie verstehen nicht richtig. Haben Ihnen Ihre Chefs von der Abteilung M nie von den Schläfern erzählt? Von der versprochenen Rückkehr in einer Zeit großer Gefahren?«

Er kannte die Legenden, aber als Bergungsspezialist war es nicht seine Aufgabe gewesen, die Legenden von der Wahrheit zu trennen. Er war nur dafür verantwortlich gewesen, die Zielperson nach Hause zu bringen, und den Rest hatte er Ärzten und Spezialisten überlassen. »Sie haben mir nie viel erzählt.«

»Haben sie erwähnt, daß die Zeit des Erwachens für die Schläfer gekommen ist?«

»Ja, das taten sie.« So viel hatten sie ihm erzählt.

»Und haben sie Ihnen auch gesagt, warum?«

»Nein. Ich glaube auch nicht, daß sie es wußten.«

»Ich bin nicht überrascht. Die Welt ist bemerkenswert komplex geworden und manchmal wird es schwierig, den Feind ohne Spiegel zu erkennen. Die Gefahr ist dort draußen. Eigentlich sind es mehrere Gefahren. Sie können sie sehen, wenn Sie die Augen öffnen und sich umschauen.«

»Sie meinen die Rückkehr der Magie?«

»Ich weiß, daß manche Leute Angst davor haben, aber es hat auch früher schon Magie gegeben und sie hat nichts zerstört – nur dann, wenn sie von den Idioten von Schlangenfreunden mißbraucht wurde. Verstehen Sie mich nicht falsch. Ich mag die Magie nicht besonders, aber ich halte sie auch nicht für die eigentliche Gefahr. Das *eigentliche* Problem ist, daß die Erde stirbt – daß gedankenlose Leute sie umbringen. Leute, die ihren

Platz in der Natur nicht verstehen, Leute, denen es an Idealen mangelt, und Leute, denen es schlicht und einfach egal ist. Die Träume sterben und die Erde stirbt mit ihnen. Ich frage Sie, mein Freund, was hat das Leben für einen Sinn, wenn man keine Träume hat?«

»Besser gar keine Träume als Albträume.«

»In diesem Punkt irren Sie sich. Albträume haben eine Bedeutung. Sie geben einem etwas, das man bekämpfen kann.«

»Wie kann man etwas bekämpfen, das man nicht versteht?«

»Die Leute tun das seit Jahrhunderten. Man muß einen Feind nicht verstehen, um ihn zu bekämpfen, obwohl es hilft. Man muß nur verstehen, daß er der Feind *ist*, und tun, was man für richtig hält. Wenn man auf dem richtigen Weg ist, wird man den Sieg davontragen. Letzten Endes. Was hätte sonst alles für einen Sinn? Ohne Träume gibt es nichts, nur das Überleben von einem Tag zum anderen wie bei einem Tier. Ich glaube aber, daß der Mensch mehr ist als ein Tier, und ich weiß, daß Sie, mein Freund, das auch glauben.«

Er hatte es einmal geglaubt. Wenn er Bär zuhörte, erinnerte er sich wieder an diesen Glauben. »Ich werde an Ihrer Seite kämpfen.«

»In jeder Schlacht, Mr. Kun?«

»In jeder Schlacht.«

»Ich werde die Schlachten austragen, die ausgetragen werden müssen, aber das ist nicht immer gleichbedeutend mit Waffengebrauch. Ein guter Krieger weiß, wann er mit Schwertern – oder Kanonen – und wann er mit Worten kämpfen muß. Diese Welt ist viel größer als die letzte, die ich kannte. Sie braucht andere Antworten. Ich glaube, ich kenne ein paar. Ich weiß, daß einige der Leute, mit denen ich zusammenarbeite, ganz *sicher* sind, einige Antworten zu kennen. Ich glaube, daß sie recht haben könnten. Ich *hoffe*, daß es so ist. Andernfalls sehe ich nur geringe Chancen, diese Welt zu heilen. Die Pend Foundation ist mein Weg, gegen das anzukämpfen, was ich als falsch erkenne. Die Stiftung öffnet Türen und bringt die Leute dazu zuzuhören. Wir haben bereits einigen Einfluß. Ich hoffe, es wird noch mehr. Nennen Sie es meinen Traum, meine Hoffnung, die Welt zu heilen. Es wäre mir sehr lieb, wenn Sie an diesem Traum teilhätten.«

»Werde ich jetzt ein Ritter?«

»Wissen Sie, ich bin immer noch nicht sicher, ob ich alles begreife, was an diesem Ritterkram hängt, aber ich habe einen runden Tisch im Planungsraum – und Sie sind mehr als willkommen, einen Platz an diesem Tisch einzunehmen.« Bär lächelte. »Aber jetzt müssen wir uns erst einmal um unsere außerplanmäßigen Besucher kümmern.«

Holger begleitete Bär, der keine Einwände erhob. Darüber war Holger froh. An Bärs Seite zu marschieren, schien der richtige Platz für ihn zu sein.

Kapitel 34

Das Haus mochte früher einmal ganz hübsch gewesen sein – vielleicht vor einem oder zwei Jahrhunderten. Unter kahlen Bäumen kauerte es auf einem Eckgrundstück, das von einem Blättermeer überflutet war. Der Weg zur Veranda war fast vollständig bedeckt, praktisch ein unmarkierter Pfad. Der schäbige Besitz sah ganz sicher nicht wie das Zuhause von jemandem aus, der einer bedeutenden Universität einen Lehrstuhl gestiftet hatte.

»Sind Sie sicher, daß wir hier richtig sind?« fragte John.

»Die Adresse stimmt«, erwiderte Dr. Spae. Sie führte ihn den Weg entlang und auf die Veranda, deren Bodendielen unter ihren Füßen hohl knarrten. Sie zeigte auf eine Reihe von Briefkästen, die auf einer Seite der Tür an der Wand hingen, und sagte: »Sehen Sie? J. Daniel Carter.«

»Woher wollen Sie wissen, daß es sich um den *richtigen* J. Daniel Carter handelt?«

»Gibt es einen Grund für Ihre Negativität?« konterte sie.

Abgesehen davon, nichts mit der Sache zu tun haben zu wollen? »…Nein.«

Es gab weder ein Sprechgerät noch einen Ziffernblock an der Tür, nicht einmal eine Klingel. Dr. Spae probierte die Tür aus und öffnete sie in einen Flur. Sie traten ein.

Das alte Haus war in Wohnungen unterteilt, deren Anordnung aus einem neben der Tür hängenden verblichenen Plan hervorging. Dem Briefkasten zu Folge hatte Carter Wohnung ›A‹, ehemals die vorderen Zimmer des Hauses. Sie gingen durch einen kurzen Flur und um die Ecke zur Wohnungstür. Das ›A‹, das irgendwann einmal auf das Holz genagelt worden war, gab es längst nicht mehr, und von seiner Anwesenheit kündeten nur noch eine etwas hellere Stelle auf dem dunklen Holz und drei kleine Löcher, die die Nägel hinterlassen hatten. Dr. Spae klopfte.

Nichts geschah.

»Vielleicht hätten wir zuerst anrufen und uns davon überzeugen sollen, daß er zu Hause ist«, sagte John.

»Kein Telefon«, erinnerte ihn Dr. Spae, während sie noch einmal klopfte.

Sie warteten wiederum eine Weile, ohne daß sich etwas regte.

»Haben Sie etwas gehört?« fragte Dr. Spae. John hatte nicht und sagte es auch. Sie runzelte nachdenklich die Stirn. »Ich bin sicher, ich habe jemanden in der Wohnung gehört.«

Sie klopfte ein drittes Mal. Fast sofort hörte John, wie auf der anderen Seite der Tür ein Mechanismus betätigt wurde, und dann drehte sich langsam der Türknopf. Eine halbe Umdrehung später glitt der Riegel aus seiner Vertiefung und die Tür öffnete sich, aber nur einen winzigen Spalt. Sie sahen einander an. Dr. Spae legte die Hand auf den Türknopf und öffnete die Tür weiter.

»Mr. Carter?« Dr. Spaes Stimme klang zaghaft, ganz anders als sonst.

Die Wohnung war ein Apartment, ein einziger Raum, kaum größer als der Flur, nicht beleuchtet und düster. Der untere Teil der Wände war mit dunklem Holz vertäfelt. Der hellere, unvertäfelte Teil war im Laufe der Zeit so nachgedunkelt, daß John nicht sagen konnte, ob die Wände früher einmal gemustert gewesen waren oder ob die undeutlichen Formen, die er sah, seiner Phantasie entsprangen. Der größte Teil des Platzes wurde von einem Bett eingenommen, groß und robust mit vier hohen Pfosten, auf dem eine glatt gestrichene, verblichene Tagesdecke lag. In einer Ecke, neben einem kleinen Tisch, auf dem sich Teller, Gläser und Tassen stapelten, summte ein Kühlschrank vor sich hin, auf dem eine kompakte Mikrowelle stand, die wiederum von einem Zweiplattenkocher gekrönt wurde – die Küche. In der gegenüberliegenden Ecke stand ein Schreibtisch, der von Papieren überquoll, die sich wie Laub um einen antiken Computer scharten, der wiederum so alt war, daß sein Plastikgehäuse vergilbt war. Die gegenüberliegende Wand wurde von einem Erkerfenster beherrscht. Die Stabjalousie war heruntergelassen, so daß von draußen kaum Licht durch die winzigen Schlitze zwischen den einander überlappenden Stäben fiel. In dem Erker stand mit der Lehne zur Tür ein Rattanstuhl der hohen, rundlehnigen Art, mit der alle Bars in Pacific Intrigue möbliert waren, die Art Stuhl, die von den schönen feindlichen Spioninnen bevorzugt wurde, um sich einen dramatischen Auftritt zu verschaffen, wenn sie sich aus ihrer Deckung erhoben. Wie die Stühle in den Filmen war auch dieser besetzt. Die Lücken im Geflecht des Stuhls waren gerade groß genug, um die Umrisse des Sitzenden erkennen zu können. Vermutlich handelte es sich um J. Daniel Carter. Sichtbar waren nur seine mit Altersflecken gesprenkelten Hände. Die Fingernägel waren lang und gefurcht, fast wie Krallen.

»Kommen Sie herein und schließen Sie die Tür«, sagte eine trockene, heisere Stimme. »Es zieht.«

John konnte nicht den geringsten Luftzug spüren.

Dr. Spae betrat den Raum und zog John mit sich. Sie schloß die Tür hinter ihnen und sperrte damit den größten Teil des Lichts aus. Einmal in der Wohnung, nahm John einen starken Geruch nach Schimmel und Moder wahr. Wie klug war es, die Einladung anzunehmen?

Zumindest stand das Bett zwischen ihnen und ihrem nur undeutlich wahrzunehmenden Gastgeber. Natürlich war nicht viel Platz, um irgendetwas zu unternehmen. John würde Dr. Spae dazu bringen müssen, sich zu bewegen, wenn er auch nur die Tür wieder öffnen wollte.

Dr. Spae sagte: »Mr. Carter, mein Name ist…«

»Elizabeth Spae«, beendete die dünne Stimme den Satz für sie. »Doktor der okkulten Philosophie durch Übung und Praxis, wenn auch ohne Abschluß, und Ihr Begleiter, der etwas anderes ist, als er zu sein scheint, trägt den Namen John Reddy. Betrachten Sie sich als vorgestellt. Ich hatte Sie eigentlich schon viel früher erwartet.«

»Woher wußten Sie, daß wir kommen würden?« Dr. Spae klang eher neugierig als überrascht. John war der Ansicht, sie könnte ruhig ein wenig beunruhigter sein.

»Ich sehe in letzter Zeit viel besser. Ich sehe Dinge, die mir früher verborgen geblieben sind. Unglücklicherweise sehe ich vieles, was ich gar nicht sehen will.« Er hüstelte leicht. »Sie waren in der Universität. In meinem Büro. Sie haben die Geheimkammer entdeckt. Ich war überrascht, daß es so lange gedauert hat, bis sie endlich dorthin gegangen sind.«

John gefiel die Haltung des Mannes nicht. »Ich nehme an, Sie wissen auch, warum wir zu Ihnen gekommen sind.«

Carter lachte, ein Lachen ganz knapp diesseits von einem Gackern. »Motive sind etwas sehr Unbestimmtes, nicht wahr? Selbst nach all diesen Jahren erhöhter Wahrnehmungsfähigkeit kann ich nicht in die Herzen oder in die Tiefen der Gedanken schauen. Ich wollte, ich könnte es – hätte es vor langer Zeit gekonnt. Aber diese Fähigkeit ist mir nicht gegeben. Was Motive betrifft, bin ich so blind wie der gewöhnlichste Normalsterbliche und der unbedarfteste Ungläubige. müßte ich raten, würde ich sagen, daß Sie gekommen sind, weil Sie etwas über *das Ding* wissen wollen.«

»›Das Ding‹?« John fand die vehemente Abneigung beunruhigend, die Carter in das Wort legte.

»Was wir in unserer Unwissenheit ausgegraben und fatalerweise hierher gebracht haben. Ich meine den Talisman des Wurms.«

»Talisman des Wurms«, wiederholte Spae nachdenklich. »Das müßte der *Telesmon* sein, den Quetzal sich aus Ihrer Geheimkammer geholt hat?«

»Sprechen Sie nicht den Namen der Gefiederten Schlange aus!« Die Leidenschaft in der verbrauchten Stimme überraschte John. Dr. Spae mußte es ebenso ergangen sein. Sie sah ein wenig benommen aus. Mehrere Minuten lang sagte niemand etwas, dann flüsterte der alte Mann: »Sein Herz war so kalt wie das Klima, aus dem wir den Talisman geborgen haben. Ich spürte die Ödnis, als die Schlange das Siegel um den Talisman brach. Aber Sie kennen seine Natur, denn Sie haben ihn bekämpft und Ihre Seele riskiert, um seinem Übel Einhalt zu gebieten. Ich verneige mich vor Ihnen, den unbekannten Helden. Sie sollen wissen, daß Ihre Taten nicht ganz unbemerkt geblieben sind, auch wenn die übrige Welt nicht weiß, wie tief sie in Ihrer Schuld steht.«

Johns Unbehagen wuchs. »Sie wissen, daß wir Quedie Gefiederte Schlange bekämpft haben? Woher?«

»Ich habe die Berührung der Schlange gespürt«, sagte Carter. »Ich sah das Aufflackern der Macht. Ich hörte, wie die Erde ihn ungeachtet seiner Schreie verschluckte.«

Der alte Bursche hörte sich an, als habe er bei diesem Kampf als Zuschauer in der ersten Reihe gesessen. Nicht nur das, er klang auch so, als habe er gewußt, daß es dazu käme. Wie war das möglich – es sei denn... ja, dieser seltsame Mann hatte einen Geruch nach Macht an sich. John zweifelte nicht länger daran, daß dieser Mann mehr war als ein simpler Geologe. Er war ein wenig besorgt, was Carters Rolle in dem ganzen Geschehen betraf, und als er sich wieder daran erinnerte, wie hilflos er sich in der Auseinandersetzung mit Quetzal gefühlt hatte, fragte er sich, wo der alte Mann da gewesen war. »Carter, wenn Sie wußten, daß der Bastard sich Ihr Spielzeug geschnappt hatte, warum haben Sie dann nichts unternommen? Wir hätten Hilfe brauchen können.«

»Ich kann viel spüren, aber nur wenig tun. Der Preis, den man zahlen muß, nehme ich an«, erwiderte Carter in einem Tonfall des Bedauerns. »In meiner Jugend war ich immer enttäuscht, weil ich nicht mit den manifesteren Aspekten der Kunst gesegnet zu sein schien. Die subtileren Gaben wußte ich nicht zu schätzen. Dank der Gnade des Heiligen bin ich so weise geworden, daß ich jetzt weiß, die Kraft und der Wille zu handeln sind nicht allen gegeben. Jene, die diese Fähigkeit besitzen, müssen sie einsetzen, andere müssen ihnen dabei ihrem Vermögen entsprechend helfen. Wir haben alle unseren Platz im großen Plan. Nachdem sich der Gefiederte einmal erhoben hatte, blieb nicht mehr viel Zeit. Nun ist sogar noch weniger Zeit, aber der Augenblick der Sternenwende ist gekommen und die Begegnung findet statt. Sie sind gekommen, um Verständnis zu finden. Es ist nur ein kleiner Lohn für Ihre heldenhaften Bemühungen, daß ich Ihnen erzähle, was ich weiß. Stellen Sie Ihre Fragen.«

Dr. Spae schoß augenblicklich ihre erste Frage ab. »Erzählen Sie uns von dem *Telesmon*. Woher stammt er?«

»Sein Ursprung ist unbekannt, Elizabeth.«

»Dann erzählen Sie mir, wann und wo Sie ihn gefunden haben«, schnauzte sie. Carters rätselhaft-mystische Art reizte sie ganz offensichtlich.

Carter schien völlig unbeeindruckt zu sein. »Ach, vor

langer Zeit. In der Kälte. In einem Sommer, der kälter war als jeder Winter, den New England je erlebt hat. Ich habe vorher und auch nachher in meinem Leben nie so gefroren. So vieles war mir dort fremd. Es gab Knochen in der Erde, die Knochen großer Tiere. Dinosaurier, sagte Galthier. Wie es möglich sei, daß ungeschlachte Reptilien in einem solchen Klima hatten überleben können, fragte ich. Wie sie sich an kalten antarktischen Tagen gewärmt haben konnten, von den langen Nächten des antarktischen Winters ganz zu schweigen. Taylors und Wegeners Theorien zur Kontinentalverschiebung wurden damals noch belächelt. Ich war noch jung und wußte es nicht besser. Mittlerweile wissen wir, daß das Land am Südpol nicht immer kalt war, und ich nehme an, Galthier hatte recht damit, daß es Dinosaurierknochen waren, obwohl keine Proben übrig geblieben sind, die über die Herkunft dieser alten Knochen Aufschluß geben könnten.«

»Was soll das mit den Knochen?« unterbrach John. Carters weitschweifige Erklärung war der Situation nicht gerade angemessen, wenn die Zeit so knapp war, wie er behauptet hatte. »Ich dachte, Sie wollten uns etwas über den *Telesmon* erzählen.«

»Das wollte ich ja, John. Nicht weit von der Fundstelle der Knochen haben wir gefunden, was wir später bereuen sollten.«

»Bevor Sie fortfahren«, warf Dr. Spae ein, »von welcher Gegend sprechen Sie eigentlich?«

»Von der Antarktis, Elizabeth«, erwiderte Carter. »Hatte ich das nicht bereits gesagt?«

»Nein, das hatten Sie nicht.«

»Ich hielt es für einen ziemlichen Coup. Brillianter junger Formationskundler kartographiert einen unbekannten Kontinent. Hätte ich gewußt, was dort auf mich wartete, hätte ich das Angebot der Universität abgelehnt.«

»Sie waren auf einer Universitätsexpedition? Davon steht nichts in Ihrer Biografie.« Zumindest nichts, was John bei seiner Suche in der Datenbank der Universität gefunden hätte.

»Sie werden überhaupt keine Hinweise auf diese Universitätsexpedition finden«, sagte Carter zuversichtlich. »Ich habe alle Aufzeichnungen im Jahre 1938 vernichtet. Alle bis auf eine, und die gibt es jetzt auch nicht mehr. Sie wurde zusammen mit dem Dieb begraben, der sie gestohlen hatte. Von unserer unglücklichen Forschungsreise würde überhaupt niemand wissen, gäbe es nicht H.P.'s Geschichte. Mit etwas mehr innerer Kraft hätte ich niemals so viel getrunken, aber es gab so viel zu vergessen. Ich nehme an, ich dachte, wenn ich die Geschichte erzählte, würde mich das irgendwie von all dem Schrecken befreien. Natürlich war das ein Irrtum. H.P. hörte mir sehr genau zu und ignorierte meine späteren Proteste, meine Ausführungen seien die Phantastereien eines Betrunkenen gewesen. Er sagte, er hätte jedes meiner Worte verstanden – und warum auch nicht? Schließlich war es die reine Wahrheit. Aber sogar *er* wußte, daß es sich um eine Wahrheit handelte, die nicht vollständig enthüllt werden durfte. Danach verfolgte ihn die Wahrheit ebenso wie mich. Seine Lösung, sich davon zu befreien, bestand darin, eine erfundene Geschichte daraus zu machen.«

Carter schweifte wieder vom Thema ab. »Wer ist H.P.?«

»H. Patrick, mein Bruder.«

John begriff plötzlich, daß er wie eine vom Licht geblendete Eule blinzelte. Eine erfundene Geschichte? H. Patrick wie in H. Patrick Carter? Antarktis? Universitätsexpedition? Das konnte nicht sein, oder? »Diese erfundene Geschichte – sie heißt nicht zufällig ›Berge des Wahnsinns‹, oder?«

»Sie kennen sie? Sagen Sie, John, hat diese Geschichte

sogar in Ihrem Gefilde Verbreitung gefunden?« fragte Carter.

John hatte keine Ahnung, ob die Geschichte die Anderswelt erreicht hatte. Er hatte sie auf der High School gelesen. Offenbar kannte Dr. Spae sie nicht.

»Was ist ›Berge des Wahnsinns‹?« fragte sie.

»Eine alte Horrorgeschichte«, antwortete John. Und Carter hatte ihnen gerade erzählt, daß die Ereignisse in jener Geschichte sich tatsächlich zugetragen hatten.

»Ja, eine ziemliche Horrorgeschichte«, sagte Carter. »H.P. war völlig klar, daß niemand die Wahrheit glauben würde, wenn er sie als solche verkaufte, also nannte er die Wahrheit Fiktion und erzählte sie der Welt. Ich nehme an, es erleichterte ihn. Ich weiß immer noch nicht, ob es ein Glück war, daß die Welt nie auf die Idee kam, sie könnte mehr sein als Fiktion.«

»Was hat das mit dem *Telesmon* zu tun?« fragte Dr. Spae.

»Ach, wie ich schon sagte: Als wir die Steine fanden, glaubte Galthier zuerst, wir hätten noch mehr Knochen gefunden. Er war sehr aufgeregt und gab alles mögliche von sich, was ihn später diskreditierte. Er hätte mich zuerst fragen sollen, bevor er seine Verlautbarungen kundtat. Für mich war ziemlich klar, daß die Steine aus einem ganz anderen Gesichtskreis stammten als die Knochen. Aus einem anderen Gesichtskreis und aus einer anderen Zeit. Während wir daran arbeiteten, wurde jedenfalls klar, daß die Steine keine versteinerten Knochen waren. Damit endete unser Interesse aber nicht, weil außerdem ziemlich klar war, daß die Steine *angeordnet* worden waren. Wir hatten etwas völlig Unerwartetes entdeckt. Wir hatten die Überreste eines Tempels gefunden, und zwar nach Art des großen Kreises in der Salisburyebene. In der Mitte dieses Tempels fanden wir den Talisman des Wurms unter einem Steinhügel. In jener Nacht begann das Unheil, und am nächsten

Morgen waren wir bereits auf dem Rückzug zur Küste. Die Hälfte unserer Gruppe war tot oder wahnsinnig geworden, als wir schließlich das Schiff erreichten, das uns von dem kalten weißen Land wegbrachte.

Die anderen Mitglieder der Gruppe wußten zwar nichts über die Quelle des Unheils, aber ich glaubte sie zu kennen: der Talisman. Ich brachte ihn zu Leuten, die in solchen Dingen besser bewandert waren als ich. Wir rätselten über seine Natur. Um ganz offen zu sein, wir wußten nicht, was wir in den Händen hielten. Oh, wir wußten schon, daß es sich um ein magisches Artefakt handelte – das hatte ich schon in dem Augenblick gewußt, als der letzte Stein vom Hügel abgetragen wurde –, aber wir sahen nicht die Macht, die sich darin verbarg.«

Während John Carters Bericht lauschte, fielen ihm Einzelheiten aus der Geschichte von Carters Bruder ein. In dieser Geschichte hatte das Ding, das die Wissenschaftler fanden, als eine Art Brennpunkt für irgendwelche bösartigen Energien fungiert, aber sie hatten die Gefahr nicht erkannt. Keiner der fiktionalen Protagonisten war in der Lage gewesen, die Macht des Talismans zu spüren, wenn man einmal von seltsamen Gefühlen der Unruhe und des Unbehagens absah. Andererseits gab Carter zu, etwas von der Aura des Dings wahrgenommen zu haben. Wenn Carter etwas gespürt hatte, hätte er auch begreifen müssen, daß dieses Ding eine Bedrohung war. John hatte den *Telesmon* nicht gesehen, hatte aber gewußt, daß Quetzal das Ding bei sich hatte, als sie ihn im Tunnel in die Enge getrieben hatten. Sogar dergestalt verhohlen hatte es noch Unheil ausgestrahlt.

»Wie ist es möglich, daß Sie nicht wußten, wie gefährlich das Ding ist?«

Carter seufzte, ein klagender Laut. »Damals waren die Energien dünner, John. Viel dünner, und ich war noch nicht so geübt darin, sie zu sehen. Wir hatten auch niemanden mit Ihren Fähigkeiten, Elizabeth. Wir wußten zwar, daß der Talisman mächtig war, aber sein Potential begriffen wir kaum. Dennoch, ältere und weisere Köpfe erkannten seine Orientierung zum Bösen und wir ergriffen Vorsichtsmaßnahmen. Hätten wir es besser gewußt, hätten wir vielleicht mehr getan. Aber wie die Dinge lagen, taten wir unser Bestes. Wir konnten die Rückkehr des Gefiederten und sein Interesse an dem Artefakt nicht voraussehen. Woher hätten wir es auch wissen sollen?«

»Sie sagen immer *wir*«, stellte Dr. Spae fest. »Wer war sonst noch beteiligt?«

Carter antwortete nicht sofort. Als er es schließlich tat, erklang seine heisere Stimme noch leiser als zuvor. »Haben Sie je vom Orden des St. Lazarus gehört, Elizabeth?«

Dr. Spae schüttelte den Kopf. »Wollen Sie damit sagen, daß Sie irgendeiner Geheimgesellschaft angehören, die sich dem Okkulten verschrieben hat?«

»Wenn Sie das gehört haben, Elizabeth, dann habe ich es vielleicht gesagt. Es gibt jene, die sich den irregeleiteten Idioten in den Weg stellen, die den Weg für den Wurm bereiten wollen. Sie halten insgeheim Wache, weil sie müssen. Diese geheime Wachsamkeit hat einen Preis. Zwar entgehen uns manchmal potentielle Mitglieder aufgrund des geheimen Charakters des Ordens, aber wir können nicht offen rekrutieren. Wir müssen vor jenen verborgen bleiben, die uns schaden wollen. Wir bleiben eine kleine und notwendigerweise erlesene Gruppe, aber wir, die wir die Feinde des Wurms sind, sind geeint – was wir auch sein müssen –, denn der Wurm ist stark, stark in seiner Macht und stark in seinem Haß auf das Leben. Die Fähigkeit des Wurms, schwache Persönlichkeiten mit falschen Versprechungen zu umgarnen, ist immens – und der Einfluß des Feindes ist groß. Sogar unter den Mitgliedern der Expedition war einer der Anhänger des Pfades, des größten und gefährlichsten aller Kulte, die dem Wurm dienen.«

»Meinen Sie den Glitzernden Pfad?« fragte Dr. Spae.

»Also kennen Sie den Kult, Elizabeth.«

»*Er* hat ihn erwähnt«, sagte sie. Ihre Stimme zitterte ein wenig. »Er hat mich nach Luciferius gefragt.«

Carter murmelte Zustimmung. »Ah, der große Prophet der Anhänger, der Biograph und Apologet des Wurms. Hinter Lügen und falschen Versprechungen von weltlicher Macht und Reichtum verbirgt er die Wahrheit – der Pfad des Wurms ist Tod, und seine Anhänger sind verdammt.«

»Also haben Sie den *Telesmon* vor diesen Anhängern verborgen.«

»Weil wir das Zeichen des Wurms erkannten, versteckten und schützten wir ihn, so gut wir konnten. Doch wir hatten nicht das Wissen der Vorfahren und erkannten nicht die tatsächliche Gefahr, sonst hätten wir versucht, ihn zu zerstören.«

»Sie haben die Sache ganz schön verpatzt«, sagte John.

»Allwissenheit ist eine Eigenschaft Gottes, nicht der Menschen.« Carters Stimme klang müde. »Jetzt ist klar, daß der Talisman des Wurms in der Tat ein *Telesmon* von großer Macht und vielleicht noch größerer Bedeutung ist. Er könnte sogar der Schlüssel sein, den die Anhänger des Glitzernden Pfades suchen.«

»Luciferius' Schlüssel zu den Sternen?« fragte Dr. Spae.

Carter stieß ein bitteres Kichern aus. »Der Schlüssel zur Verdammung der Menschheit.«

John war nicht sicher, ob er Carter diesen ganzen Kram über Kulte und Würmer abkaufte, aber die Gewißheit, mit der Carter all das vortrug, und die Tatsache, daß Spae alles zu glauben schien, schienen überzeugend. Bei seiner kurzen Beinahe-Begegnung mit dem *Telesmon* hatte er so viel Böses gespürt, daß er froh darüber war, sich dort zu befinden, wo niemand an ihn herankommen konnte. »Da trifft es sich gut, daß der *Telesmon* zusammen mit dem Burschen begraben wurde, der ihn gestohlen hat, was?«

»Wurde er nicht«, sagte Carter.

Dr. Spae sah so geschockt aus, wie John sich fühlte. Carters drei Worte zerstörten seinen Glauben, daß die Gefahr, die vom *Telesmon* ausging, längst gebannt war. John wurde ein wenig übel.

»Elizabeth, Sie kennen jemanden, der das bestätigen kann«, sagte Carter ruhig und bestimmt. »Erkundigen Sie sich bei dem Mann, der Geheimnisse sucht, nur um sie zu verbergen, der die Münze der Allgemeinheit nimmt, um die Öffentlichkeit vor uneingestandenen Gefahren zu schützen.«

»Was ist das für ein Rätsel?« fragte John. Wenn ihnen Ärger bevorstand, hatten sie keine Zeit, sich mit Rätseln herumzuschlagen. »Wenn Sie wissen, wer es ist, sagen Sie es einfach.«

»Rätsel können ebenso schützen wie verwirren«, sagte Carter. »Warum tun Sie so, als wüßten Sie es nicht? Schon gut. Belassen wir es dabei. Elizabeth versteht es. Das reicht.«

Dr. Spae fragte: »Wenn der *Telesmon* nicht begraben ist, was ist dann mit ihm geschehen?«

»Er befindet sich in unreinen Händen – und er bewegt sich«, sagte Carter. »Ein Magier bringt ihn nach Süden. Ich glaube, ich weiß, wohin er ihn bringt. Wohin sonst sollte er ihn bringen, wenn man den unheilvollen Aspekt der Sterne berücksichtigt?«

»Sie glauben also, dieser Magier bringt ihn in die Antarktis zurück«, sagte Dr. Spae.

»Zum Tempel, Elizabeth. Er will seine Macht ausnutzen, um die Tore zur Hölle zu öffnen.«

Bis zum Stichwort ›Hölle‹ hatte John Carter die Geschichte abgekauft. »Sie können das nicht wörtlich meinen.«

»Der Unterschied, der keinen Unterschied macht, ist keiner«, sagte Carter. »Dieser Magier muß aufgehalten werden.«

»Er kann nicht so schlimm wie Que…, wie der Gefiederte sein. Er wird nicht dessen Wissen haben.«

»Unterschätzen Sie ihn nicht, Elizabeth«, mahnte Carter. »Sie werden große Macht brauchen, wenn Sie sich ihm entgegenstellen wollen.«

»Wir haben Quetzal aufgehalten«, stellte John fest. Wie schlimm konnte ein Nachahmer werden?

Carter sog scharf den Atem ein, als John den Namen aussprach. »Eine beeindruckende Leistung, aber Sie hatten Glück. Der Magier, der den Talisman des Wurms besitzt, mag sich nicht mit dem Gefiederten messen können, aber er hat sich mit einem Ungeheuer der äußersten Dunkelheit eingelassen. Und er beherrscht den Talisman. Eine äußerst gefährliche Kombination. Sie werden Hilfe benötigen.«

Hilfe benötigen? »Was bringt Sie zu der Ansicht, wir würden ihm folgen?«

»Ruhig, John. Natürlich werden wir das.« John gaffte. Seine Reaktion blieb von Dr. Spae unbemerkt. Ihre Aufmerksamkeit war auf Carter gerichtet. »Fahren Sie fort, Mr. Carter. Sie sagen, wir werden Hilfe benötigen. Schwebt Ihnen vielleicht eine ganz spezielle Hilfe vor?«

»Ja, werden zum Beispiel *Sie* irgendwas tun?« Wenn Dr. Spae Hilfe wollte, waren zunächst einmal dieser Bursche und seine Freunde die ersten Kandidaten. Hatten sie die Büchse der Pandora nicht überhaupt erst geöffnet? »Was ist mit Ihrem St.-Lazarus-Orden? Werden Sie uns helfen oder nicht?«

»Ich bin froh, daß Sie dabei sind, John«, flüsterte Dr. Spae ihm zu.

Also hatte sie es gehört. Und verdammt noch mal, er

hatte tatsächlich *uns* gesagt, nicht wahr? Irgendwann hatte er sich in die Sache verwickeln lassen. Er war wütend auf sich selbst, weil er seinen Abstand verloren hatte. Nun, er konnte nicht zulassen, daß Dr. Spae diesem Wahnsinnigen allein gegenübertrat, nicht wahr? Sie beide waren nötig gewesen, um Quetzal zu begraben.

John richtete seinen Zorn gegen Carter. »Wenn dieser Magier so gefährlich ist, brauchen wir alle Hilfe, die wir kriegen können. Wir brauchen mehr Hilfe als Ihre dämlichen Rätsel. Was werden Sie *tun*, um uns zu helfen?«

Carter rührte sich nicht. »Wie Sie fürchte auch ich mich davor, gegen diesen Magier anzutreten, John. Unter den Mitgliedern des St.-Lazarus-Ordens gibt es weder arkane noch mundane Krieger, die dieser Aufgabe gewachsen wären. Sie und Elizabeth haben schon früher die Agenten des Wurms bekämpft, und Sie müssen es wieder tun.«

»Falsche Antwort«, antwortete John.

»Eine nur zu wahre Antwort«, konterte Carter. »Wir Mitglieder des Ordens dienen, wie wir können, gemäß unseren Gaben. Wir haben Ihnen Wissen angeboten in der Hoffnung, daß Sie beide als ausgewiesene Krieger das tun, was wir nicht können. Doch wir befürchten, daß Sie beide nicht stark genug sein könnten, und so sagen wir Ihnen dieses: Es gibt einen weiteren Talisman der Macht, der seinem Wesen nach gut ist. Er ist stark. Er ist in der Nähe. Und Sie beide sind bereits mit ihm in Berührung gekommen, ohne von ihm verbrannt worden zu sein. Es wäre möglich, daß einem von Ihnen die Gnade zuteil wird, den Talisman zu tragen. Die Sache ist gerecht und Sie haben sich beide mit Erfolg gegen die Korruption der Dunkelheit zur Wehr gesetzt. Schultern Sie Ihre Bürde. Stellen Sie sich dem Wurm. Tun Sie, was getan werden muß. Seien Sie die Helden, die die Welt braucht.«

John hatte schon immer davon geträumt, ein Held zu sein. Warum entsetzte es ihn also, die Chance zu bekommen, einer zu werden?

»Wo finden wir diesen Talisman?« fragte Dr. Spae. Sie hätte ebensogut nach der Wegbeschreibung zur nächsten Einkaufsgalerie fragen können, so besorgt klang sie in Bezug darauf, wozu sie sie beide verpflichtete.

»Wie ich schon sagte, Elizabeth, er ist ganz in der Nähe. Tatsächlich hält er sich in einem Gebäude in dieser Stadt auf. Ich betrachte seine Anwesenheit als Zeichen. Aber es steht mir nicht zu, Ihnen seine Benutzung zu übertragen. Gehen Sie zu dem Mann, der die Geheimnisse sucht, von dem ich zuvor gesprochen habe. Er kennt den Hüter dieses mächtigen Talismans nicht, aber er kennt den Weg, der zu ihm führt. Bitten Sie ihn um Hilfe. Mehr kann ich nicht sagen.«

Kapitel 35

Das Stimmengewirr überflutete den Bereitschaftsraum und übertönte den üblichen Arbeitslärm.

»Was ist mit dem Flugzeug mit der Kennedyseuche? Gibt es irgendwas über eine neue Beulenpest aus dem Bostoner Raum?«

»Die Anständige Ordnung war letzte Nacht aktiv. Untersuchen Sie auch die kultischen Aspekte der Bande?«

»Stimmt es, daß der Bürgermeister von Pawtucket von einem UFO entführt wurde?«

»Es heißt, die Holyoke-Heimsuchung hätte wieder zugeschlagen. Ist da irgendwas Wahres dran?«

»Stimmt es, daß Sie den *Wisteria*-Mörder geschnappt haben?«

»Ich habe eine Quelle, die behauptet, Sie hätten Anton Van Diemans mumifizierte Leiche im Schauhaus. Stimmt das?«

»Stimmt es, daß die Gegend um das Ölleck in Newport unter Quarantäne gestellt worden ist, weil es sich dabei in Wirklichkeit um eine außerdimensionale Giftmüllkippe handelt?«

»Stimmt es, daß…«

»Stimmt es…«

»Stimmt…«

Manny bekam noch ein abschließendes ›Kein Kommentar‹ heraus, bevor er die Tür schloß und den Lärm damit zum Verstummen brachte.

»Jesses, ich hasse es, wenn der Tag so anfängt«, sagte er zu jedermann im Bereitschaftsraum, der zuhörte. Die meisten hörten nicht zu. Jemand hatte durchsickern lassen, wo die Sonderermittlungseinheit ihr Hauptquartier aufgeschlagen hatte. Und jeder Detective, der zum Dienst kam, hatte dasselbe Spießrutenlaufen hinter sich. Manny gesellte sich zu Charley, der an der Kaffeemaschine stand. »Was hat die Piranhas aufgescheucht?«

Charley verstand Mannys Haltung, da er sich selbst erst vor ein paar Minuten einen Weg durch die Reportermenge gebahnt hatte. »Die Mondphase? Wer weiß?«

»Wahrscheinlich eher die Einschaltquoten. Ein ordentlicher und merkwürdiger Vorfall ist den einen oder anderen Punkt wert.« Manny goß sich eine Tasse Kaffee ein. »Einer von diesen hochgeschätzten Reportern hat etwas davon gebrüllt, daß die Anständige Ordnung gestern unterwegs gewesen ist.«

»Ja. Im 30. Distrikt. Vuong und Falerio arbeiten jetzt mit der Abteilung Bandenwesen zusammen.«

»Besser sie als wir.«

Charley mußte zustimmen. Verbrechen, die mit der Gang der Anständigen Ordnung zu tun hatten, wurden im Augenblick innerhalb der Abteilung hin und her geschoben. Die Gang war zwar für eine ganze Menge bandentypische Gewalttaten verantwortlich, paßte aber in vielerlei Hinsicht nicht ins übliche Schema – zum Beispiel dergestalt, daß sie im letzten Jahr praktisch aus dem Nichts aufgestiegen war. Die Soldaten der Gang begingen brutale Gewalttaten, hatten sich aber bisher jeglicher Verfolgung entzogen, als könnten sie sich in Luft auflösen. Diese Unfaßbarkeit in Verbindung mit dem Aussehen ihrer Mitglieder und deren angeblicher ›Fähigkeiten‹ hatte die SEE auf den Plan gerufen. Einige der anderen Burschen spekulierten, daß die Gang von… anderswo… kam – und Charley befürchtete, sie könnten recht haben. Schlimmer noch, die Gang wurde immer aktiver und erregte mittlerweile auch die Aufmerksamkeit der Medien. Er war genauso froh wie Manny, daß dieser jüngste Vorfall nicht auf ihrem Schoß gelandet war. Sie hatten genug zu tun.

Als er zu seinem Schreibtisch kam, blinkte das Icon auf seinem Terminal, das anzeigte, daß eine Nachricht der höchsten Dringlichkeitsstufe für ihn eingegangen war. Die Absenderangabe fehlte, und als er sich einloggte und die Nachricht abholte, verstand er auch, warum. Caspar, der freundliche Geist in der Maschine, hatte vorbeigeschaut.

>>22.10.29 * 07.23.18.79 * XXXXX.XXX
LOG#10.29.1 DRINGLICHKEIT 1
AN:GORDONC@NECPOLNET*0004.13.00*874334
VON:<UNBEKANNT>
BETR.: DIENST. MODUS NICHT NUMERIERT.
NACHRICHT:
STELLEN SIE SPAE DIE PEND FOUNDATION VOR.
PERS.AUFM.

Während Charley noch über die impliziten Verbindungen und Bedeutungen grübelte, bekam er einen Anruf von Dr. Spaes digitaler Sekretärin. Zufall? Charley hätte es gerne geglaubt, aber er war nur zu sicher, daß es eine Verbindung gab, die er nicht sehen konnte. Die Sekretärin wollte einen Termin für ein Treffen mit Dr. Spae vereinbaren und schlug Heddies Restaurant in der Innenstadt als Treffpunkt vor. Seine Neugier war geweckt, er stimmte zu.

Er traf etwas zu spät dort ein, da ihn der Versuch, den Papierkram zu einem Fall zu erledigen, zu lange aufgehalten hatte. Er war immer noch nicht damit fertig. Nach dieser Besprechung mußte er sofort wieder ins Büro zurück. Charley wollte Captain Hancock morgen früh nicht erklären müssen, warum der Bericht nicht auf seinem Schreibtisch lag.

Heddie's bereitete sich langsam auf den Nach-Feierabend-Ansturm vor: genug Leute, daß einigermaßen Betrieb herrschte, aber nicht so viele, daß er nicht mit Spae würde ungestört reden können. Er sah sie, während er auf den Oberkellner wartete. Sie saß zusammen mit einem Jungen am Tisch, der wie ein Bursche von der Straße aussah. Charley schenkte sich das Warten auf den Oberkellner und ging zu ihnen. Für alle Fälle schaltete er seine Tsurei Seeing Eyes ein, um eine Aufzeichnung von der Besprechung zu machen.

»Wer ist Ihr Freund?« fragte er, als er bei ihnen ankam.

Spae zögerte. »John Bennett. Er ist eine Art Schüler von mir. John, das ist Detective Gordon.«

Der Junge mochte ein Schüler von ihr sein, aber Charley war sicher, daß sie ihm nicht seinen richtigen Namen genannt hatte.

»John.« Charley nickte dem Jungen freundlich zu. Dies war Spaes Show und er war bereit, ihr einigen Freiraum zu lassen, aber er sorgte dennoch dafür, daß die Tsurei ein paar gute Bilder von dem Jungen schoß, falls er ihn später überprüfen mußte. Charley setzte sich auf einen der freien Stühle. »Worüber wollen Sie also mit mir reden, Doktor?«

Spae sah ihn überrascht an. »Worüber *ich* mit Ihnen reden will? Sie haben doch um diese Besprechung gebeten.«

Es stellte sich heraus, daß Spae den Termineintrag in ihrem Kalender vorgefunden und angenommen hatte, Charley habe ihn gemacht. Keine so schlechte Annahme, aber eben falsch. »Jemand hat sich eine Menge Mühe gemacht, um uns zusammenzubringen.«

»Ich hatte ohnehin vor, mich mit Ihnen in Verbindung zu setzen.«

»Ach? Warum?«

Wieder das Zögern. »Ich habe eine Spur im Fall des *Wisteria*-Mörders. Er wird als Vorbote bezeichnet.«

Er hatte sich bereits gedacht, die Besprechung könnte etwas mit diesem Fall zu tun haben, da dies der einzige war, an dem er mit Spae zusammengearbeitet hatte. Er hatte damit gerechnet, daß sie die Sache am Kennedy Airport zur Sprache bringen würde. Vielleicht wußte sie gar nichts davon. Es überraschte ihn nicht, daß sie immer noch an diesen Mordfällen arbeitete. Also hatte sie einen Namen gefunden, dem sie die Sache anhängen konnte. Das weckte Charleys Neugier. Nicht, daß er deswegen etwas würde unternehmen können. Was ihr Vorbote auch sein mochte, er war weitergezogen. Außerdem… »Sie reden mit dem falschen Mann. Der ganze Fall ist eine Etage höher gewandert und ist jetzt Sache der Bundesbehörden – und wissen Sie was? Es gibt überhaupt kein Problem mehr. Lesen Sie die Zeitungen, sehen Sie sich die Nachrichten an. Die ganze Sache war nur ein Jux.«

»Wir wissen beide, daß es dieses Wesen wirklich gibt und daß es aufgehalten werden muß.«

»Sie sind nicht die erste, die so etwas andeutet.« Man hatte ihm bereits angeboten, sich an einer Cowboyaktion gegen den *Wisteria*-Mörder zu beteiligen, und zwar von Seiten Mitsutomos. Das Angebot war sogar über Pamela Martinez' Leitung eingegangen, aber Charley hatte sich bedankt. Ein Grund war, daß er schon einmal Cowboyarbeit für Martinez geleistet hatte und diese Sache nicht ihre Handschrift trug. Den anderen Grund teilte er Spae nur zu gern mit. »Das, wovon Sie reden, überschreitet viel zu sehr die vom Gesetz gezogenen Grenzen. Ein Mann muß seine Grenzen kennen.«

Der Junge neben Spae grinste und meldete sich zum ersten Mal zu Wort. »Die Münze der Allgemeinheit muß weiterhin einrollen, wie?«

»Wovon reden Sie?« Der Junge grinste ihn nur an. Charley wandte sich an Spae. »Wovon spricht er?«

»Beachten Sie ihn gar nicht«, sagte sie.

»Mit Vergnügen«, erwiderte Charley. »Aber es gibt ein paar Dinge, die ich beachten muß. Wenn nichts anderes anliegt, muß ich wieder an die Arbeit.«

Charley war nicht wirklich überrascht, daß Spae noch nicht bereit war, ihn gehen zu lassen. Sie hatte mit etwas hinterm Berg gehalten. Seine ›Drohung‹ zu gehen, sollte sie nur aus der Reserve locken und dazu bringen, zur Sache zu kommen.

»Da ist noch etwas anderes«, sagte sie wie aufs Stichwort. Doch dann zögerte sie. Widerstreben? Oder suchte sie nur einen Anfang? Wie auch immer, nach ein paar Sekunden hatte sie ihn gefunden. »Letztes Jahr gab es einen Zwischenfall im alten Eisenbahntunnel von Providence. Einen Einsturz. Man hat mir gesagt, Sie wüßten etwas darüber.«

Die Quetzal-Affäre. Damals hatte er sich am Rande des Gesetzes bewegt. Wollte sie Druck auf ihn ausüben, um ihn zu bewegen, ihr bei dieser Jagd nach dem *Wisteria*-Mörder zu helfen? »Ich wüßte gern zuerst, woher Sie von dieser Sache wissen?«

»Ich…«, begann Spae und sah dann den Jungen an. »Wir zwei waren damals in dieser Gegend.«

Der Junge sah nicht glücklich darüber aus, einbezogen zu werden. »Was wollen Sie ihm denn noch alles erzählen, Doktor?«

»Er muß wissen, daß wir ein ehrliches Interesse an dieser Sache haben, John.« Zu Charley sagte sie: »Sie wissen doch von dem Vorfall?«

»Ich weiß etwas darüber.« Schließlich war er dort – nicht offiziell wohlgemerkt. Offenbar wußten sie nicht, daß er dort gewesen ist, hatten aber einen Tipp bekommen, daß er beteiligt war. Worauf wollten sie also hinaus?

Charley erinnerte sich an die beiden Leute von der Straße, die trotz seiner Warnung in den Tunnel gegangen waren. Eine Frau und ein hochgewachsener hagerer Bursche. Er musterte Spae und Bennett über den Tisch hinweg. Eine Frau und ein hochgewachsener hagerer Bursche. Man hatte ihre Leichen nicht im Tunnel gefunden und angenommen, sie seien bei dem Einsturz zusammen mit dem Ungeheuer begraben worden. Wenn Spae zerlumpte Straßenkleidung anstelle ihres Anzugs trug, sah sie vielleicht aus wie – »Wollen Sie damit sagen, daß Sie dort waren?«

»Ja«, sagte Spae. »Wir – in erster Linie John – waren für den Einsturz verantwortlich.«

Eine erstaunliche Behauptung. Charley sah sich den Burschen genauer an. Wenn das stimmte, was Spae sagte, war es nicht sehr schlau, ihn nicht zu beachten. Und wenn das stimmte, was Spae sagte, hatten Charley und eine Menge anderer Leute ihm – und ihr – viel zu verdanken. Aber der Tunnel war an beiden Enden bewacht und von vorne bis hinten durchsucht worden. Bei dieser Durchsuchung hatte man nur Leichen gefunden. »Sie können nicht dort gewesen sein.«

»Warum nicht? Weil *Sie* uns nicht gesehen haben?« fragte der Junge.

»Genau«, sagte Charley. Ihm wurde klar, daß er soeben zugegeben hatte, selbst dort gewesen zu sein.

»Sagen wir einfach, wir haben den Tunnel auf einem anderen Weg verlassen«, sagte Spae.

»Durch einen Nebentunnel?«

Spae seufzte. »Ich glaube wirklich, es wäre Ihnen lieber, Sie wüßten es nicht.«

Leute, die Einstürze verursachten und sich in Luft auflösten? Vielleicht hatte sie recht. Andererseits vielleicht auch nicht. Jedenfalls wußten sie ganz eindeutig über Quetzal und die damaligen Geschehnisse Bescheid. Für Charley waren in jener Nacht eine Menge Fragen unbeantwortet geblieben. Wenn er ihre Fragen beantwortete, beantworteten sie vielleicht ein paar von seinen. »Was wollen Sie wissen?«

»Ist etwas aus dem Tunnel gebracht worden?« fragte Spae. »Ein kleiner Gegenstand in der Art einer abstrakten Skulptur.«

»Vielleicht.« Charley erinnerte sich an das Ding, das er und Hagen gefunden hatten. Er erbebte innerlich, als er sich an die Art und Weise erinnerte, wie es im Licht ihrer Taschenlampen zu verschwinden schien. »Was soll diese Skulptur denn sein?«

»Sie – sie hat etwas mit dem zu tun, was Quetzal – kennen Sie den Namen? – zu tun versucht hat.«

»Ich habe den Namen schon gehört«, gab Charley zu. »Was hat diese Statue mit ihm zu tun?«

Spae spann ihm ein Garn über magische Talismane und Geheimbünde und irgendein Superritual, in das die Statue eingebunden war und das die ganze Welt zum Teufel gehen lassen würde. Hätte er nicht schon mit ihr zusammengearbeitet, hätte er die Jungen mit den weißen Jacken gerufen. Statt dessen hörte er sich alles an und manche Dinge ergaben plötzlich einen Sinn. Martinez hatte den *Wisteria*-Mörder mit Anton Van Dieman in Verbindung gebracht, ihre These aber nur mit einigen Indizien erhärten können. Charley hatte bisher über diese Tunnelgeschichte noch gar nicht nachgedacht. Van Dieman hatte der Pinkel geheißen, der bei den Bundesbullen gewesen war, als sie den Tunnel stürmten, und der die Statue an sich genommen hatte. Zwei Van Diemans? Unwahrscheinlich. In dieser Angelegenheit gab es zu viele Querverbindungen, um Platz für Zufälle zu lassen.

»Das ist eindeutig nicht meine Liga«, sagte er, als Spae fertig war.

»Erzählen Sie uns von dem *Telesmon*«, beharrte Spae. »Was glauben Sie, wo er *jetzt* ist?«

Merkwürdige Betonung auf dem Wort ›jetzt‹. »Dieses

Ding, was es auch sein mag, ist von den Bundesbullen mitgenommen worden. Ein Pinkel namens Anton Van Dieman schien sehr glücklich darüber zu sein, es zu besitzen. Wahrscheinlich steht es auf seinem Schreibtisch oder irgendwas.«

»Wer ist Van Dieman?« fragte der Junge.

»Ärger«, erwiderte Charley in dem Versuch, überzeugend zu klingen. »Er ist ein hohes Tier bei einem großen Konzern mit Verbindungen zum Bund. Verstehen Sie?«

»Also werden Sie uns nicht helfen?« sagte Spae.

»Als könnte ich irgendwas tun. Ich bin nur ein Cop, Doktor. Die Bundesbullen haben sich Ihre Statue gegriffen, so wie sie sich den *Wisteria*-Fall gegriffen haben.«

»Dann müssen wir uns anderswo Hilfe suchen«, sagte sie.

Sie übersah eine Verbindung. »Sollten Sie daran denken, es nicht weit von zu Hause zu versuchen, überlegen Sie es sich lieber noch mal«, sagte er. Ihr verwirrter Blick bestätigte ihm, daß sie nicht im Bilde war. »Hören Sie, ich kann nicht viel deutlicher werden, wissen Sie. Springen Sie nur nicht ins Wasser, ohne vorher genau hinzusehen. Es gibt ein paar große Jungen, die wahrscheinlich bis zum Hals in dieser Sache stecken. Leute, die Einfluß darauf nehmen können, wie Ihr Leben verläuft. Diese Leute spielen nur, um zu gewinnen, Doktor.«

Ihre Augen verengten sich zu Schlitzen, was darauf hinwies, daß sie langsam dahinterkam.

»Sagen wir einfach, wenn Ihnen etwas an Ihrem Job liegt, wollen Sie dem, was, zum Teufel, vorgeht, nicht in die Quere kommen. Aber vielleicht brauchen Sie noch etwas Lektüre, bevor Sie heute abend zu Bett gehen.« Er nahm eine Diskette aus seiner Jackentasche und legte sie auf den Tisch. Sie enthielt die *Wisteria*-Dateien –

natürlich mit gelöschten Quellenangaben, aber inklusive aller Spekulationen –, die er von Pamela Martinez bekommen hatte. Sollte Spae sehen, was sie mit Martinez' Ideen anfangen konnte.

»Das ist alles«, sagte der Junge, indem er die Diskette vom Tisch nahm. Charley erwog, ihn daran zu hindern, aber Spae machte keinen besorgten Eindruck auf ihn. Charley ließ ihn gewähren. Der Junge warf die Diskette in die Luft, fing sie auf und sah Spae an. »So viel dazu, daß er uns eine Hilfe ist. Das hier ist mit Sicherheit kein guter Talisman.«

Charley gefiel die Art nicht, wie der Junge ihn abzutun schien. »Hören Sie, mein Junge, ich weiß nichts über Talismane, ob gut oder schlecht. Vielleicht kann ich Ihnen nicht die Art Hilfe geben, die Sie gesucht haben, aber ich könnte Ihnen möglicherweise den richtigen Weg zeigen.« Wenigstens hoffte er, daß es der richtige Weg war. In dieser Sache gab es Leute und Verbindungen zwischen ihnen, die Charley noch nicht identifiziert hatte. Charley tappte nicht gern im Dunkeln. Er vertraute Caspar in dieser Angelegenheit, und Caspar hatte ihn noch nicht hintergangen. Um Spaes und des Jungens willen hoffte er, daß dies nicht das erste Mal war. »Jemand, den ich kenne, ist der Meinung, Sie sollten sich mit der Pend Foundation in Verbindung setzen.«

Spae schaute verwirrt drein. »Warum damit?«

»Das hat mein Freund nicht gesagt.«

»Hat Ihr Freund auch einen Namen?« fragte der Junge argwöhnisch.

»Ja«, sagte Charley, nannte ihn aber nicht.

»Ich verstehe Ihr Widerstreben, Ihre Quelle preiszugeben, Detective«, sagte Spae. »Aber Sie müssen auch unsere Lage begreifen. Woher sollen wir wissen, daß diese Quelle unseren Bestrebungen freundlich gesonnen ist?«

»Sie haben gemeinsame Interessen«, sagte er zu ihr. »Er hat die Akte über die *Wisteria* für mich eröffnet.«

»Dies ist nicht der rechte Zeitpunkt, um die Motive von Verbündeten zu hinterfragen«, sagte Spae. »Könnte Ihr Freund derjenige sein, der dieses Treffen arrangiert hat?«

Daran hatte Charley noch nicht gedacht. Caspar war ein Zauberer im Umgang mit Computern. »Vielleicht.«

»Dann sollten John und ich der Pend Foundation vielleicht doch einen Besuch abstatten. Ihr Hauptquartier befindet sich hier in Providence, nicht wahr?«

»South Main Street. Sie haben ein eigenes Gebäude in der Nähe der Wickenden Street.«

»Vielen Dank. Natürlich gibt es noch andere Dinge, die unserer Aufmerksamkeit bedürfen, und darum werden wir uns ebenfalls kümmern.« Spae und der Junge erhoben sich. Charley machte Anstalten, ebenfalls aufzustehen, doch Spae bedeutete ihm, sitzen zu bleiben. »Bleiben Sie zum Essen, Detective. Es geht auf meine Rechnung. Feiern Sie das Fest, wie es fällt. Betrachten Sie es als Dankeschön für geleistete Dienste.«

Er bekam nicht oft ein kostenloses Abendessen angeboten, insbesondere nicht für derart geringfügige ›Dienste‹. Aber er argwöhnte noch ein anderes Motiv. »Auf Anweisung des Doktors?«

»Betrachten Sie es als dringende Empfehlung.«

Er hatte sich geweigert, sich ihrem Kreuzzug anzuschließen, und jetzt wollte sie nicht, daß er ihr folgte und dadurch vielleicht ihr Vorhaben verdarb, was immer es auch sein mochte. Er verstand das. Wenn sie Metadynamics und die Bundesbehörden gegen sich aufbringen wollte, war leicht einzusehen, daß es in Charleys ureigenstem Interesse lag, sich aus allem herauszuhalten. »Was immer Sie sagen, Doktor.«

Sie wechselten noch ein paar höfliche, belanglose Bemerkungen, bevor die beiden zur Tür gingen. Charley begriff plötzlich, daß er noch etwas tun sollte. Spae und der Junge hatten die Tür erreicht.

»Hey, Dr. Spae!« rief er. »Viel Glück. Ihnen auch, mein Junge.«

Er nahm an, daß sie alles Glück brauchen würden, das sie kriegen konnten.

Kapitel 36

Die Pend Foundation mochte ihr eigenes Gebäude haben, aber dem Schild draußen nach zu urteilen, waren sie nicht die einzigen Insassen. Noch schienen sie nicht sonderlich sicherheitsbewußt. Obwohl die Geschäftszeit bereits vorbei war, als John und Dr. Spae dort ankamen, war der Haupteingang noch nicht abgeschlossen. Das Vestibül enthielt einen Kasten für Magnetkarten und war von einem schrillen Summen erfüllt, welches vermuten ließ, daß alle etwaigen Einrichtungen zur Überwachung der Lobby nicht funktionierten. John hielt nach Kameras Ausschau und sah keine. Dr. Spae öffnete die Innentür und marschierte in die kleine Lobby. Sie steuerte geradewegs die Aufzüge an, während John noch nachsah, in welche Etage sie mußten. »Die obersten drei«, sagte er zu ihr, als er die Kabine betrat. Die sich schließenden Türen rissen ihm beinahe das Rückenteil seiner Jacke ab. Das Gebäude hatte nur ein Dutzend Etagen, und die Fahrt dauerte nicht lange. Die Fahrstuhltür öffnete sich und sie starrten in die Mündungen von einem halben Dutzend automatischer Waffen in den Händen von Zwergen in schwarzen Kampfanzügen.

John kam zu dem Schluß, daß er sich hinsichtlich der Laxheit der Sicherheit der Stiftung vielleicht geirrt hatte.

Ein Zwerg des Begrüßungskomitees richtete keine Kanone auf sie. Er wirkte größer und schlanker als die übrigen und sein Bart war mit Grau durchwirkt. Als er sprach, klang er so, als sei er heiser.

»Merkwürdiger Zeitpunkt für einen Besuch.«

»Sörli?« sagte Dr. Spae, als glaube sie es eigentlich nicht.

»Ein nicht unüblicher Irrtum«, sagte der Zwerg. »Hagen ist mein Name, Dr. Spae.«

»Sie wissen, wie *ich* heiße?«

»Wir wissen eine ganze Menge über Sie, Doktor«, sagte eine andere Stimme. »Tatsächlich über Sie beide. Hallo, John.«

Der neue Sprecher trat in ihr Blickfeld: ein weiterer Zwerg. Dieser trug einen Anzug. Diesmal war John mit dem Wiedererkennen an der Reihe. »Wilson.«

Wilson bedachte John mit einem Lächeln, das eine Mikrosekunde dauerte. »Jetzt, da wir einander vorgestellt haben, sollten Sie uns vielleicht sagen, warum Sie hier sind, bevor jemand seinem Drang nachgibt, den Abzugsfinger zu krümmen.«

»Man hat uns gesagt, wir könnten hier etwas finden, das wir suchen«, sagte Dr. Spae.

»Etwas oder jemanden?« fragte Wilson.

»Ich verstehe Ihre Frage nicht«, sagte Dr. Spae.

John verstand dagegen sehr gut. Bei ihrem letzten Gespräch hatte Bär durchblicken lassen, er werde zu den Zwergen zurückkehren. Um zu sehen, ob seine Vermutung stimmte, sagte er: »Hören Sie, Wilson, wir sind nicht hergekommen, um unsere Zeit mit Ihnen zu vergeuden. Lassen Sie uns mit Bär reden.«

»Ich sagte doch, daß sie Bescheid wissen«, warf Hagen ein.

Wilson bedachte ihn mit einem wütenden Blick. »Wenn nicht, haben Sie es ihnen gerade verraten.«

Dr. Spae zog ihre eigenen Schlüsse. »Wenn Bär hier ist, muß das bedeuten –«

»Daß wir mit ihm reden sollten, bevor wir noch etwas sagen«, beendete John den Satz für sie.

Dr. Spae hielt den Mund und spielte mit. Jetzt bestanden sie beide darauf, mit niemandem außer Bär reden zu wollen. Den Zwergen gefiel das nicht im geringsten.

»Nehmen wir sie in Gewahrsam und betäuben sie, bevor sie Schaden anrichten können«, schlug Hagen vor. »Wir vergeuden nur Zeit.«

»Eine Ware, über die wir nur in unwesentlich größeren Mengen verfügen als über Information«, sagte Wilson. »Angesichts der Lage sollte selbst Ihnen klar sein, daß wir es hier eventuell mit einem Fall von Synchronizität zu tun haben. Insofern wäre es fahrlässig von uns, dies zu ignorieren.«

»Sie sind ein Sicherheitsrisiko«, beharrte Hagen.

Wilson bezog mit einer Handbewegung die bewaffneten Zwerge ein. »Kugeln sind immer noch schneller als Zauber.«

Mit der Aufforderung an John und Dr. Spae, ihm zu folgen, führte Wilson sie aus dem Empfangsbereich. John fragte sich, ob dieses Zugeständnis vielleicht eine List war, aber er ging mit. Dr. Spae ebenfalls. Welche andere Möglichkeit hatten sie? Hagen und die schwarzgekleideten Zwerge bildeten den Abschluß.

Wilson führte sie durch ein Büro und dann eine Innentreppe hinauf. Sie begegneten niemandem. Die Etage, auf der sie schließlich herauskamen, unterschied sich in ihrem Charakter ganz erheblich von der Lobby mit ihren Unmengen von Grün und Pflanzen. Die Wandschirme und die Reihen langer, schmaler Schreibtische mit Computerkonsolen erinnerten ihn an Videoausgaben militärischer Kommandozentralen. An einem Ende befand sich eine leicht erhöhte Plattform vor einem undurchsichtigen Fenster. Wilson ging sofort zu der Tür in dieser Wand und öffnete sie, indem er die Handfläche auf das Schloß legte. Der Raum dahinter war ein Kommandeursbüro, dem Mittelpodest, auf dem ein einzelner Stuhl stand, und der Reihe kleiner Stühle nach zu urteilen, die im Kreis rings um das Podest angeordnet waren. Einer der Wandschirme zeigte eine mit Anmerkungen versehene Karte Nordamerikas. Das Licht dieses Schirms durchdrang den Raum wie das durch Buntglasfenster fallende Licht in einer Kathedrale und hob die beiden Männer in der Raummitte hervor.

Bär, der fit und gesund aussah, saß auf dem Kommandeursstuhl und Dr. Spaes alter Partner Holger Kun stand neben ihm. Bär trug einen Anzug, der so aussah, daß das Schwert mit der dunklen Klinge auf seinen Knien mehr als nur ein wenig fehl am Platz wirkte. Kun trug schwarzen Drillich, dieselbe Ausrüstung wie die Zwerge, und eine H&K Viper über der Schulter. Beide Männer wandten sich den Neuankömmlingen bei ihrem Eintreten zu.

»Kun? Was, zum Teufel, machen *Sie* denn hier?« platzte es aus Dr. Spae heraus.

»Guten Abend, Doktor«, sagte er.

»Mr. Kun hat sich meinem Stab angeschlossen, Dr. Spae.« Bär nickte in Johns Richtung. »Wir scheinen die Partner getauscht zu haben.«

»Das ist keine dauerhafte Regelung«, sagte John.

»Tatsächlich? Nun, wie die Regelungen auch aussehen mögen, ihr zwei habt den Beginn eines äußerst wichtigen Unternehmens verzögert. Ich würde gern sagen, daß ich mich freue, euch beide wiederzusehen, aber ich bin nicht sicher, ob ich Grund dazu habe. Angesichts eurer Verbindungen muß ich mich fragen, ob ihr den Erfolg unseres Unternehmens verhindern wollt.«

»Wir wissen nichts über dein Unternehmen«, sagte John zu ihm.

Bär sah Dr. Spae an, die jetzt auf den Wandschirm starrte. »Stimmt das, Doktor?«

»Ich glaube, Sie wären überrascht«, erwiderte sie.

»Inwiefern?«

Dr. Spae zeigte auf den Wandschirm. »Wenn ich diese Karte korrekt interpretiere, sind wir wahrscheinlich hinter demselben Mann her.«

»Aber haben wir auch dieselben Ziele?« fragte Wilson. Seine Finger huschten über die Kontrollen in der Lehne eines der kleineren Stühle. Das Licht in dem Raum schaltete sich an, während der Wandschirm erlosch. »Ihre Verbindungen lassen etwas anderes vermuten.«

»Was meinen Sie damit?« fragte Dr. Spae gereizt.

»Betrachten Sie einmal den Elf«, sagte Hagen mit einer Geste in Johns Richtung. »Nachdem er jegliche Verbindung zu Bennett bestritten hat, geht er mit ihm, nicht einmal, sondern zweimal, und das zweite Mal, um sich in der Anderswelt ausbilden zu lassen. Kaum das Vorgehen von jemandem, der sich Bennetts Intrigen widersetzt.«

»Bennett hat nichts mit alledem zu tun«, protestierte John. »Ich bin hier, weil ich mich dazu bereit erklärt habe, Dr. Spae zu helfen.«

»Wollen Sie bestreiten, daß Sie seiner Aufforderung, sich ausbilden zu lassen, gefolgt sind?« fragte Wilson. Sein Tonfall war nur unwesentlich höflicher als Hagens.

John zuckte die Achseln. »Was hätte das für einen Sinn? Sie haben mich doch längst beurteilt und verdammt.«

»Jack, deine Entscheidung, dich mit Bennett einzulassen, war eine Wahl, die du für dich selbst getroffen hast«, sagte Bär. »Solche Entscheidungen haben Konsequenzen. Zumindest machen sie dich in den Augen mancher Leute weniger vertrauenswürdig.«

»In den Augen von Leuten wie dir?«

Bär sah ihn ernst an. »Unter anderem.«

»Ja? Ist das nicht ein Jammer. Offenbar verbringe ich dieser Tage meine Zeit zum größten Teil damit, den Leuten zu erklären, daß ich ich und nicht er bin, also kann es nicht schaden, es noch einmal zu tun. Ich bin *ich*, nicht *er*. Verstanden? Ich bin fertig mit Bennett. Beziehung beendet. Spiel gelaufen. Programm terminiert. Er hat nichts, was ich will.«

Bär sah ihn nachdenklich an. »Ehrlich?«

»Glaubst du, ich lüge? Soll ich mich einem Lügendetektortest unterziehen?«

»Der würde nichts nützen«, sagte Wilson. »Wir haben keine Kalibrierung für Elfen.«

»Dann mußt du wohl meinem Wort glauben.« John war es eigentlich ziemlich gleichgültig, ob sie es taten oder nicht.

»Wir müssen Ihnen gar nichts glauben«, sagte Hagen.

»Hagen«, sagte Bär – und sein Tonfall enthielt eine eindeutige Warnung. Er saß mit Caliburn auf den Knien da, während seine Finger über den Schwertknauf strichen. »Diese Sache betrifft nicht Sie und Ihresgleichen. Hier geht es nur um Jack und mich. Wenn er sagt, daß er Bennett den Rücken gekehrt hat, glaube ich ihm.«

Hatte John richtig gehört?

Hagen plusterte sich auf. »Aber er ist ein El…«

»Ich weiß, was er ist!« schrie Bär. Die Zwerge, sogar Hagen, schauten verdutzt drein. John war selbst ein wenig benommen. Er wußte, was Bär von Elfen hielt, und er hatte auch schon vor diesem lautstarken Eingeständnis gewußt, daß Bär über John Bescheid wußte. Noch mehr erstaunten ihn allerdings Bärs nächste Worte.

»Viel wichtiger ist: Ich weiß, *wer* er ist. Sein Wort reicht mir. Ich habe ihn als meinen *Comes* angenommen – und er hat sich als loyal erwiesen. Mein *Comes* war er und mein *Comes* bleibt er. Wollen Sie diese Einschätzung in Frage stellen?«

Niemand sagte etwas.

»Selbst gute Männer können eine Zeitlang getäuscht werden«, sagte Bär. »Jack sagt, er sei Ihretwegen hier,

Dr. Spae. Sie kenne ich weniger gut. Wie steht es mit Ihnen, Dr. Spae? Mr. Kun hat mir einiges über Sie erzählt. Er spricht in den höchsten Tönen von Ihnen, aber er hat mir auch erzählt, daß Sie für Lowenstein Ryder Priestly & Partner arbeiten. Stimmt das?«

»Was spielt es für eine Rolle, wer meinen Gehaltsscheck unterschreibt?«

Hagen schnaubte verächtlich. »Ihren Gehaltsscheck? Definieren Sie so Ihre Loyalitäten?«

Dr. Spae ignorierte ihn und wandte sich an Bär. »Wenn Kun Ihnen überhaupt irgendetwas über mich erzählt hat, müßten Sie es eigentlich besser wissen.«

»Loyalitäten sind wichtig«, sagte Kun ungerührt.

Dr. Spae starrte Kun an. Irgendetwas ging zwischen den beiden ehemaligen Agenten der Abteilung M vor. John konnte nur raten, um was es sich handelte. Spae nickte, als sei ihr soeben etwas klar geworden.

»Es geht um die Verbindung zwischen Metadynamics und dem Ungeheuer, nicht wahr?« Die Schärfe in Dr. Spaes Stimme verriet John, daß ihre Geduld sich dem Ende näherte.

»Welche Verbindung sollte das wohl sein, Doktor?« fragte Wilson mit gespielter Unschuld.

»Behandeln Sie mich nicht so herablassend, Sie dürrer bärtiger Steinhüpfer!« explodierte Dr. Spae. »Ich kenne die Gefahren in dieser Angelegenheit besser als Sie! Wenn Sie glauben, ich hätte einen Anteil daran, Van Dieman und seinem Schoßungeheuer zu helfen, sollten Sie erschossen werden, bevor Sie noch jemanden mit diesem Irrsinn anstecken. Außerdem glaube ich nicht, daß Sie es sich leisten können, uns von dem Unternehmen auszuschließen.«

»Und warum glauben Sie das, Doktor?« fragte Bär.

»Weil Sie Blindekuh spielen – und dafür ist nicht mehr genügend Zeit.«

»Wir sind absolut in der Lage, Van Dieman zu jagen

und mit ihm und seinem ›Schoßungeheuer‹ fertigzuwerden«, sagte Hagen.

»Jagen Sie ihn, so lange Sie wollen, kleiner Mann. Sie werden ihn nicht schnappen. Jedenfalls nicht mehr rechtzeitig. Er hat einen zu großen Vorsprung. Andererseits wissen *wir*, wohin er unterwegs ist.« Dr. Spae lächelte den Zwergen zu. »Ob es Ihnen gefällt oder nicht, Sie brauchen uns.«

»Ich würde meinen, wir könnten dasselbe sagen, Doktor«, sagte Wilson. »Sie sind nicht allein deswegen hergekommen, um mit Art zu reden, nicht wahr? Sie wollten noch etwas anderes. Ja, Ihre Augen antworten für Sie, wo Ihre Stimme schweigt.« Er wandte sich an Bär. »Sehen Sie, wohin sie schaut. Sie sind wegen Caliburn gekommen.«

»Wir waren auf der Suche nach einem Talisman«, sagte John. »Wir wußten nicht, daß es Caliburn ist.«

»Aber ich habe es mir gedacht«, fügte Dr. Spae hinzu.

John warf ihr einen Blick zu. Sie hatte ihm ihre Überlegungen vorenthalten. Hatte es in den Dateien, die Detective Gordon ihnen ausgehändigt hatte, einen Hinweis darauf gegeben, daß es sich bei dem gesuchten Talisman um Caliburn handelte? John wünschte, er hätte ihre Aussage, die Dateien enthielten nichts Wichtiges, ignoriert und sie sich selbst angesehen, nachdem sie damit fertig war. *Zu wenig Zeit*, hatte sie gesagt. *Wir können es uns nicht leisten, sie zu vergeuden.* Was stand noch in diesen Dateien, wovon er wissen sollte?

Bär nahm das Schwert in die Hand und sagte: »Also wollten Sie das hier, um sich mit Van Dieman zu befassen.«

Spae nickte. »Er hat einen *Telesmon* von großer Macht. Es bedarf eines anderen, um seiner Herr zu werden.«

»Sie müssen es wissen«, sagte Bär. »Sagen Sie, Doktor, sind Sie bereit, Van Dieman zu töten, um ihn aufzuhalten?«

»Ja«, antwortete Dr. Spae.

»Mit Ihrer Magie, wenn es sein muß?«

Dr. Spae zögerte, aber ihre Antwort lautete immer noch: »Ja.«

»Ich glaube Ihnen«, sagte Bär. »Dann halten Sie ihn also für außerordentlich gefährlich?«

»Das tue ich. Er hält sich für denjenigen, den Luciferius den Öffner des Weges genannt hat. Er könnte recht haben.«

»Also ist er tatsächlich ein Anhänger des Glitzernden Pfades«, sagte Hagen.

»Was spielt es für eine Rolle, welchem Kult er angehört? Wir wußten, daß er ein Schlangenfreund ist«, sagte Bär. »Unser Krieg ging immer gegen sie, welches falsche Gesicht sie auch aufgesetzt hatten. Werden Sie jetzt härter kämpfen, weil Sie den Namen seines Kults kennen?«

»Nein«, räumte Hagen ein. »Aber ich weiß gern, gegen wen ich antrete.«

»Es ist offensichtlich, daß Sie sich der Gefahr bewußt sind, Doktor«, sagte Wilson. »Und auch des Zeitdrucks. Lassen Sie uns also keine Zeit mehr verschwenden. Sagen Sie uns, was Sie wissen. Wohin ist er unterwegs?«

»Nur, wenn wir an der Jagd teilnehmen können«, sagte Dr. Spae.

»Alle Menschen – äh – Leute, die guten Willens sind, sind im Krieg gegen die Diener des Wurms willkommen«, sagte Bär.

»Ich erwarte eine eindeutige Zusicherung, daß Sie uns mitnehmen, wenn es gegen ihn geht«, sagte sie.

»Vertrauen Sie uns nicht?« fragte Wilson.

»Müssen Sie noch fragen?« konterte sie.

»Sie sind dabei«, sagte Bär.

»Ich will es von ihnen hören«, fügte Dr. Spae hinzu, wobei sie Hagen und Wilson ansah.

»Da Art für Sie bürgt, sind Sie dabei«, sagte Wilson.

»Werden Sie uns jetzt sagen, was Sie wissen, bevor es für uns alle zu spät ist?«

Dr. Spae erzählte ihnen, was sie und John von Carter erfahren hatten. Der Zielort Antarktis war ganz eindeutig eine Überraschung für Bär und die Zwerge. Wilson und Hagen nahmen vor ihren Konsolen Platz. Wandschirme erwachten zum Leben, über die in rascher Folge Karten und Pläne huschten, da sie ihre Möglichkeiten durchgingen. Es sei, so schlossen sie, gerade noch möglich, Van Dieman abzufangen, wenn er seine Reise zum Polarkontinent auch weiterhin verstohlen und langsam vorantrieb. Neue Pläne wurden entwikkelt. John hörte sich die Vorschläge genau an, welche Stellen sich entlang der Route für einen Überfall eigneten. Seiner Ansicht nach kam nur McMurdo Station in Frage, ein Ort, den Hagen als ›Flaschenhals‹ bezeichnete. Die antarktische Forschungsstation war der einzige Ort, an dem Van Dieman mit einiger Sicherheit auftauchen würde. Als die Diskussion spezieller wurde, blendete John sich aus, da ihn die logistischen Einzelheiten langweilten.

Bär wandte sich an John. »Was ist mit dir, Jack? Bist du bereit, in diese Schlacht zu ziehen?«

Teufel, nein! Wie die Erfahrung ihn gelehrt hatte, machten echte Schlachten längst nicht so viel Spaß wie virtuelle, aber es gab Dinge, vor denen man sich nicht drücken konnte. »Ich tue, was ich tun muß.«

»Guter Mann.«

John hatte vergessen, wie sehr er ein Lob von Bär genoß. Er fragte sich, ob diese neue Phase ihrer Beziehung so gut sein würde wie ihre Zeit bei den Dons. Nein, nicht so gut – besser. Er brauchte sich nur den materiellen Wohlstand der Pend Foundation anzusehen, um zu erkennen, daß sie besser würde, zumindest behaglicher, obwohl wahrscheinlich auch gefährlicher. Als er an die Gefahr dachte, wunderte er sich erneut über etwas, das ihm bereits bei seiner Ankunft aufgefallen war. »Wie kommt es, daß du nicht wie die anderen einsatzbereit bist?«

»Weil ich nicht mitkomme.«

Wie konnte das sein? »Warum nicht?«

»Van Dieman ist nicht der einzige Agent des Wurms. Wir führen einen Krieg. Ihn aufzuhalten, ist nur eine Schlacht von vielen.«

»Ich dachte, das hier wäre so etwas wie Armageddon.«

»Vielleicht ist es das, vielleicht auch nicht. Ich bin kein Prophet und kann es daher nicht sagen. Alles, was wir wissen, legt den Schluß nah, daß die Sache wichtig ist, aber andere Dinge erwecken auch diesen Anschein. Ein Mann kann nicht an zwei Orten zugleich sein und es gibt Angelegenheiten, die meine Anwesenheit hier erfordern. Glaub mir, ich würde lieber kämpfen, aber ich sehe nicht, wie unsere Mittel und Kräfte besser eingeteilt und eingesetzt werden könnten. Jetzt, da ich weiß, daß du und Dr. Spae dabei seid, ist mir wohler.«

»Aber was ist mit Caliburn? Wir brauchen es als Gegengewicht zu Van Diemans *Telesmon*.«

Bär sah das Schwert an und drehte die Klinge ein wenig, so daß Licht auf dem merkwürdig dunklen Stahl aufblitzte. »Es ist so etwas wie ein Mittel gegen feindliche Magie, aber es ist auch viel mehr als das. Manchmal glaube ich, daß sich der Gesundheitszustand des Landes in seinem Stahl spiegelt, aber solche Visionen sind flüchtig und nicht sehr klar. Wenn ich es jetzt ansehe, mache ich mir Sorgen und frage mich, ob es klug war, es zu suchen. Dieses Zeitalter eignet sich nicht für Schwerter.

Ich hoffe, daß die Mühe, der wir uns unterzogen haben, um es zurückzubekommen, nicht umsonst war. Weißt du, Jack, als ich bei dir aufgewacht bin, dachte ich, ich hätte es verloren, und ich wußte nicht, ob ich mich darüber freuen sollte oder nicht. Aber es stellte sich heraus, daß Wilson und seine Leute es für mich aufbewahrt hatten. Sie haben eine großartige Zeremonie veranstaltet, als sie es mir gaben, ganz besonders für Leute, die nach eigenem Eingeständnis eine ausgesprochene Abneigung gegen alle magischen Dinge haben.« Er betrachtete das Schwert. »Mancher Bürden kann man sich, wie es scheint, nie entledigen.«

»Es ist ganz gut so, daß du dich dieser Bürde nicht entledigt hast«, sagte John. »Wir brauchen es gegen Van Dieman. Wir brauchen *dich.*«

»Ich glaube, du hast recht damit, daß das Schwert gebraucht wird«, sagte Bär. »Aber was das andere betrifft, bin ich nicht so sicher. Oder vielmehr bin ich ziemlich sicher, daß du das nicht sonderlich gut beurteilen kannst. Das Schwert wird gebraucht, ja. Aber du weißt, daß ich nicht der einzige bin, der es je getragen und benutzt hat.«

John sah plötzlich, worauf Bär hinaus wollte. Er erinnerte sich an den Palast der Herrin vom See. Damals hatte er selbst Caliburn geschwungen. Er hatte nicht gewußt, wie man sich die Macht des Schwerts erschließen konnte, aber damals hatte er dieses Geheimnis auch nicht zu kennen brauchen. Er hatte eher das Schwert als den Talisman gebraucht. Jetzt war die Lage eine ganz andere und Bär stand diesmal nicht unter dem Bann eines Zaubers. Bär würde John sagen können, was dieser wissen mußte. Die Tatsache, daß Bär ihm das Schwert lieh, würde sein Vertrauen in John bestätigen.

Bär erhob sich und John wich zurück, um ihm Platz zu machen. Die anderen unterbrachen ihre Diskussion und richteten ihre Aufmerksamkeit auf sie. Das war John nur recht. Es machte ihm nichts aus, daß sie zusahen. Bär räusperte sich und sprach.

»Mr. Kun, würden Sie mir die Ehre erweisen, Caliburn in diese Schlacht zu führen?«

Was?

»Ich dachte, ich wäre dein *Comes*!« John war es selbst peinlich, wie gekränkt er klang.

Bär reichte Kun das Schwert, bevor er sich an John wandte und ganz ruhig sagte: »Caliburn zu benutzen, dafür ist deinesgleichen nicht bestimmt.«

*

Bärs Angebot überrumpelte Holger vollkommen. Er hielt Caliburn in der Hand, bevor ihm überhaupt klar wurde, daß er das Angebot angenommen hatte.

Caliburn, das Schwert König Arthurs.

In seiner Kindheit und Jugend hatte Holger die Waffe unter dem Namen Excalibur gekannt. Er wußte nicht mehr, wie oft er in den Träumen und Tagträumen dieser Zeit das Schwert aus dem Stein gezogen hatte, um die Feinde der Christenheit zu zerschmettern und den Unterdrückten Gerechtigkeit zu bringen. Doch dies war kein Traum. Holger hielt das berühmteste Schwert der Welt in der Hand. Eine entfernte Stimme drängte ihn, den Erwerb solch eines Gegenstands zu melden, doch er ignorierte sie.

Caliburn ist auch nicht für deinesgleichen bestimmt, Abteilung M.

Nicht für deinesgleichen, hatte Bär zu John Reddy gesagt, und der Junge nahm es nicht besonders gut auf. Holger war der Ansicht, Bär solle vielleicht noch etwas zu dem Jungen sagen, aber wenn noch eine Erklärung nötig war, lag es an Bär, sie abzugeben. Bär ließ seine kühne Behauptung im Raum stehen – und der Junge zweifelte sie mit nicht mehr als einem funkelnden Blick an, der von Holger zum Schwert und dann zu Bär wanderte, wo er blieb.

Bär schien das Unternehmen wichtiger zu sein als Reddys verletzte Gefühle. »Haben wir schon einen Zeitplan?« fragte er Wilson.

»Da der Zielort einige ganz besondere Anforderungen stellt, müssen wir uns mit einer kleinen Verzögerung abfinden, aber ich glaube, daß wir die erforderliche Ausrüstung in etwa einer Stunde bekommen werden. Diese Verzögerung dürfte keinerlei negative Auswirkungen auf unsere Aussichten haben, Van Dieman abzufangen.«

»Gut. Halten Sie Mr. Kun auf dem laufenden. Er hat jetzt das Kommando.«

Bei dieser Bekanntmachung verzog sich Hagens Miene ein wenig. Der Zwerg hatte etwas anderes erwartet. Nun, das galt auch für Holger, aber das Kommando über ein Unternehmen im Feld zu erhalten war bei weitem keine so große Überraschung wie die Tatsache, daß Bär ihm Caliburn anvertraut hatte. Dennoch, die Leitung dieses Unternehmens zu haben, rückte es für Holger in eine neue Perspektive, und plötzlich wurden ihm eine Menge Einzelheiten interessant, die er bisher nur am Rande wahrgenommen hatte. Während die anderen ihre eigenen letzten Vorbereitungen trafen, setzte er sich auf einen Konsolenstuhl und sah sich den Plan und den Zeitplan an. Er wollte sich vergewissern, daß er alle Einzelheiten verstanden hatte. Er überließ es Hagen, dafür zu sorgen, daß die anderen ihre Vorbereitungen beendeten.

Bei den Ausrüstungsgegenständen, die Wilson erwähnt hatte, handelte es sich um Kälteschutzanzüge und besondere Schmiermittel für ihre Waffen. Sie trafen pünktlich mit einem Verrie ein, das für seine Markierungen, die es als öffentlichen Bus auswiesen, viel zu schnittig aussah. Zehn Minuten später war das Team, das Bär und Wilson auf dem Dach des Pend Building zurückgelassen hatte, unterwegs zu dem Langstrecken-Transportflugzeug, das Mitsutomo gehörte und sie am T.F. Green Airport erwartete. In diesem Flugzeug würden sie den größten Teil des Weges zu ihrem Bestimmungsort zurücklegen. Das Umsteigen auf dem Flughafen verlief reibungslos. Holger konnte nur hoffen, daß der Rest des Unternehmens genauso reibungslos verliefe.

Den ersten Teil der Reise nutzte Holger, um sich den Lageplan von McMurdo Station anzusehen und einzuprägen. Die Station war früher einmal direkt und indirekt auf Finanzhilfe der Regierung angewiesen gewesen, aber da die öffentliche Unterstützung für derart weit entfernte und scheinbar banale Unternehmungen im Laufe der Jahre zurückgegangen war, hatten Konzerne nicht nur die Last der alltäglichen Aspekte der Basis als auch praktisch alle Forschungsprojekte übernommen. Die Unternehmungen der Station wurden jetzt von einem Konzern-Konsortium kontrolliert. Die US-Regierung hatte auch weiterhin ihre Hand im Spiel, da sie ihre militärischen Kräfte zur Versorgung der Basis einsetzte und als Transportmittel zur Verfügung stellte. Die Rechnung aber zahlte das Konsortium. Ein Mitglied dieses Konsortiums war Mitsutomo, und Hagens Verbindungen hatten dafür gesorgt, daß das Team die Erlaubnis für einen Besuch der Basis erhalten hatte.

Sie waren scheinbar ein Kontrollteam, das sich ein Bild über die Fortschritte machen sollte, die beim Neubau einiger Anlagen in der Station erreicht wurden. Vor fast einem Jahr war die Station von einem Feuer verwüstet worden, dessen Entstehungsgrund offiziell unbekannt war. Dr. Spaes Daten deuteten auf einen ganz bestimmten Entstehungsgrund hin – einen Entstehungsgrund, der die Vorbotenkreatur in die Sache verwikkelte, da zwei der aus den Trümmern der Station geborgenen Leichen alle Merkmale der Opfer dieser Kreatur aufwiesen. Was den Brand auch verursacht hatte, McMurdo war seit dem Beginn des letzten antarktischen Sommers geschlossen. Die Konzernsponsoren hatten mit dem Wiederaufbau der Station begonnen, aber die geplanten Forschungen fanden noch nicht statt. In der Station befanden sich lediglich Bautrupps, Transportteams und Wetterspezialisten, jedoch nur in einem geringfügigen Maßstab. Darüber war Holger froh. An einem Ort, der so beengt war wie eine Kaltwetterbasis, waren die Chancen dafür, daß es Opfer unter den Unbeteiligten gab, sehr hoch. Er sah sich die Freigaben an, die Hagen von den Konzernen erhalten hatte. Sie sahen aus, als reichten sie aus, einigermaßen plausible Anordnungen zu treffen, die die Unbeteiligten von allen Gefahren fernhalten würden.

Die Beteiligten waren ein Thema für sich.

Holger dachte über die Ressourcen nach, die seinem Einsatzteam zur Verfügung standen. Den Kern bildete ein zwölfköpfiger Kommandotrupp der Zwerge, der von Hagen angeführt wurde. Holger hatte sie bei einigen Manövern erlebt und wußte, daß keiner von den Zwergen unerfahren war. Wenn sie so gut waren wie die Zwerge, gegen die Holger in der Anderswelt gekämpft hatte, handelte es sich um gute Truppen.

Dr. Spae und John Reddy bildeten den magischen Arm des Unternehmens. Er hatte schon früher mit Spae zusammengearbeitet und eine gute Vorstellung von ihr. Sie war impulsiv, aber stur, und ihre Fähigkeiten hatten seit ihrem Aufenthalt in der Anderswelt schlagartig und drastisch zugenommen. Den Berichten zu Folge, die die Zwerge ihm vorgelegt hatten, war sie zu Dingen fähig, über die er gar nicht weiter nachdenken wollte. Tatsächlich versuchte er sogar, sich nicht besonders eingehend mit Spae zu befassen, weil derartige Überlegungen die Stimmen auf den Plan riefen und er ihrer Lügen über sie überdrüssig war.

Reddy war problematisch. Er war ein Elf – etwas, das zu akzeptieren Holger immer noch Mühe hatte – und die Zwerge mißtrauten ihm. Ein Mangel an Vertrauen konnte ein Einsatzteam von innen heraus vernichten, und Holger hoffte nur, daß die Zwerge diszipliniert genug waren, diese Klippe umschiffen zu können. Er wußte nicht, ob er dasselbe von Reddy erwarten konnte. Er erinnerte sich, daß der Junge in der Anderswelt mit der Mannschaft gespielt und sich gut gehalten hatte, aber seitdem hatte Reddy ganz eindeutig harte Zeiten erlebt. Dennoch, als alles verloren gewesen zu sein schien, hatte Reddy Bennetts Bann gebrochen und sie alle gerettet. Das rechnete Holger ihm hoch an – er hatte aber noch keine Gelegenheit gehabt, Reddy zu danken, geschweige denn die Schuld zu begleichen. Angesichts Reddys Reaktion darauf, daß Bär Caliburn Holger gegeben hatte, war dies auch nicht der rechte Zeitpunkt, es zu versuchen. Er hoffte, daß Reddy nicht dazu neigte, sich von Eifersucht und Enttäuschung leiten zu lassen.

Holger würde Bärs Entscheidung nicht nachträglich in Frage stellen.

Im logistischen Bereich sah es viel besser aus, als er hatte hoffen können. Sie verfügten über erstklassige Technik, die, wie Wilson ihn informiert hatte, aus zwergischer Herstellung stammte und dem normalen Stand der Technik meilenweit voraus war. Nach der Demonstration, die sie für ihn veranstaltet hatten, war er geneigt, ihnen zu glauben. Die Kälteschutzanzüge waren jedenfalls besser als alles, was er im Dienst des ECSS zu sehen bekommen hatte. Die Waffen, von Handwaffen angefangen bis hin zu den schweren Kalibern, die vier von den Zwergen trugen, waren allesamt von kampferprobter Zuverlässigkeit.

Er wäre glücklicher gewesen, wenn sie mehr Kontrolle über ihr Transportmittel zum Zielort gehabt hätten. Sich auf Piloten von Mitsutomo verlassen zu müssen, störte ihn ein wenig, aber bis jetzt hatten sie einen beruhigenden Interessemangel an ihren Passagieren und deren Angelegenheiten an den Tag gelegt. Und sie würden keine Rolle mehr spielen, sobald sie in McMurdo Station gelandet waren.

Zusätzliche Ressourcen, sowohl personeller als auch materieller Art, standen am Einsatzort nur in sehr begrenztem Rahmen zur Verfügung, und das Team würde sich bemühen, die Besatzung der Station von allen Gefahren fernzuhalten. Das bedeutete keine zusätzliche Hilfe, aber es bedeutete auch, daß es keine Zeugen und keine Verluste an Unbeteiligten gäbe. Der Tausch war in Ordnung, vor allem auch deshalb, weil ihr Auftrag lautete, Van Dieman in aller Stille aufzuhalten. Doch wenn dies nicht möglich war, mußte der Auftrag ausgeführt werden, egal wie. Sie mußten Van Dieman und sein Ungeheuer aufhalten, und zwar ungeachtet etwaiger Zeugen und Opfer.

Doch konnten sie den Auftrag ausführen? Sie hatten es mit einem Feind zu tun, dessen Ressourcen weitestgehend unbekannt waren. Holger fand das nicht sehr beruhigend.

Sie wußten, daß Van Dieman mit konventioneller Sicherheit reiste. Hagens Mitsutomo-Analytiker meldeten, daß Van Diemans Leibwache aus einer Kombination von Söldnern und Angestellten von Metadynamics bestand – letztere wahrscheinlich Männer, die Van Dieman als ihm persönlich treu ergeben betrachtete. Die Leibwache stand sehr wahrscheinlich unter dem Kommando eines freischaffenden Agenten namens Benton, nicht eingetragen, aber in mehreren inoffiziellen Datenbanken als Expedient mit einer guten Erfolgsquote geführt. Die etwas oberflächliche Akte, die die Zwerge erstellt hatten, deutete auf einen Mann mit großen körperlichen Fähigkeiten und noch viel größeren verdeckten Fähigkeiten hin. Er würde ein formidabler Gegner sein, gehörte aber zu der Sorte, für deren Ausschaltung Holger ausgebildet worden war. Abgesehen von Benton waren Zusammensetzung und Fähigkeiten der Leibwache unbekannt, doch während Van Diemans Aufenthalt in New York hatten einige andere Freischaffende, die früher schon mit Benton zu tun gehabt hatten, plötzliche Abstecher dorthin unternommen, und eine Handvoll von Metadynamics-Angestellten waren ungefähr zur gleichen Zeit zum Kennedy Airport gefahren und dann verschwunden. Holger sah sich ihre Daten an. Allesamt Sicherheitsspezialisten. Ein Teil der Truppen, die Benton versammelt hatte, bildeten ein Team zur Rükkendeckung. Die Zwerge, die Van Dieman unmittelbar verfolgten, waren bereits mit diesem Team aneinander geraten. Nachdem er die Berichte durchgelesen hatte, schätzte er, daß Van Dieman mindestens von drei und höchstens von acht Leibwächtern begleitet wurde.

Doch Menschen, wie gut sie auch ausgebildet und ausgerüstet sein mochten, waren nicht Holgers größte Sorge. Die war für jene Kreatur reserviert, die Dr. Spae einen Vorboten nannte. Unter taktischen Gesichtspunkten war das Ungeheuer völlig unbekannt, aber ohne Zweifel fähig zu töten. Der bloße Gedanke an seine Anwesenheit weckte das Verlangen in Holger, seine Teilnahme an dem Unternehmen noch einmal zu überdenken, doch er konnte jetzt nicht mehr zurück. Er konnte nur hoffen, daß Spae über die Mittel verfügte, das Ungeheuer auszuschalten.

Sie hatten noch einige Flugstunden vor sich – und damit reichlich Zeit zum Reden. Er würde die Zeit brauchen, um einige rauhe Stellen in seinem Team zu glätten. Das geliehene Schwert war das Zeichen von Bärs Vertrauen, seine Zuversicht, daß Holger alles im Griff hatte und tun konnte, was getan werden mußte.

Holger hatte nicht die Absicht, dieses Vertrauen zu enttäuschen.

Kapitel 37

In beständiger Fehldeutung seiner Rolle legte Juarez, der Anführer von Van Diemans Gruppe ihm am treusten ergebener Gefolgsleute, es darauf an, sich zwischen Van Dieman und Benton zu drängen. Van Dieman gelangte immer mehr zu der Überzeugung, daß der Mann eigentlich zu begriffsstutzig für seine Stellung war – eine Meinung, die Benton auf ihrer langen Reise um die Welt mehr als einmal zum Ausdruck gebracht hatte. Bevor Benton seine Ansicht erneut äußern konnte, befahl Van Dieman Juarez, Benton durchzulassen, so daß er seine Neuigkeiten weitergeben konnte.

»Fischer meldet einen neuerlichen Kontakt mit den Verfolgern«, berichtete Benton. »Sie haben sich Zugang zu den Transaktionsdateien von Suong Transport sowie den Spezifikationslisten zur *Briz Bane* verschafft. Das stellt eine ernsthaftere Sicherheitsverletzung dar als die Begegnung in San Diego.«

Fischer war der Anführer des Teams, das sie zurückgelassen hatten, um die Pläne etwaiger Verfolger zu sabotieren, und Suong Transports *Briz Bane* war das Schiff, von dem aus die Mitsubishi-Hawker Petrel gestartet war, in der sie unterwegs waren. Bei der Sicherheitsverletzung, auf die Benton anspielte, handelte es sich um einen Zusammenstoß zwischen Fischers Team und den Verfolgern, der sich unmittelbar nach Van Diemans Abreise aus San Diego ereignet hatte. In jener Phase hatte Benton befürchtet, die Verfolger erwarteten sie, wenn sie den nächsten Hafen erreichten, aber ihre falschen Spuren hatten sich als ausreichend erwiesen.

Jetzt befürchtete Benton zweifellos, daß die Verfolger ihre Spur wieder aufgenommen hatten, und zwar zu einem Zeitpunkt, da falsche Spuren und Fehlinformationen kaum noch Wirkung erzielen konnten, weil ihr Ziel eindeutig war. Das bedeutete aber auch, daß sie ihrem Ziel nah waren.

»Sie kommen zu spät«, sagte Van Dieman.

Der Vorbote löste sich aus den Tiefen, in denen er sich verbarg, als spüre er, daß sie sich dem Ende ihrer vorletzten Flugetappe näherten. Van Dieman schaute aus dem Fenster des Verrie. Die Eisschollen am Ufer waren verschwunden. Solides Eis lag unter ihnen. Das Weiß erstreckte sich in die Unendlichkeit, nur unterbrochen vom dunklen Fleck McMurdo Stations vor ihnen. Niemand konnte sie jetzt noch einholen. Die Anflugkontrolle der Station hatte ihnen bereits die Landegenehmigung erteilt.

»Ich empfehle den direkten Weiterflug zum Bestimmungsort, falls das möglich ist«, sagte Benton.

Er wußte, daß McMurdo nicht ihr endgültiger Bestimmungsort war, weil Van Dieman darauf bestanden hatte, ein geeigneteres Transportmittel als eine Petrel zu organisieren. Das Verrie war ein gutes Flugzeug und eignete sich hervorragend für den Flug von einem Schiff zur Küste, schien aber nicht so vollkommen an die harten antarktischen Bedingungen angepaßt wie die Omni Dynamics Snowhawks in Diensten von McMurdo Station. Das Snowhawk war eine speziell auf kalte Umgebungen zugeschnittene Variante der robusten Skyhawk, einem Militärverrie und Arbeitspferd, das in den meisten Armeen der Northern Alliance Defense Organization sowie zahlreichen anderen Verwendung fand. Eine Snowhawk konnte den Flug ins Landesinnere auch bei Wetterbedingungen bewältigen, die die Petrel am Boden festhielten. Und eine Snowhawk *würde* den Flug auch bewältigen, sobald sie eine requiriert hatten.

Und zwar, sobald der Vorbote ihm vermittelt hatte, wohin sie flogen. Er hatte Van Dieman das Wesen und die Bedeutung ihres Bestimmungsorts mitgeteilt, aber da er keinen Begriff von Landkarten hatte, konnte er ihm nur unbestimmte Eindrücke zeigen. Er versicherte jedoch, daß er es wissen würde, sobald sie wieder auf der Erde waren. Van Dieman glaubte ihm, da er seine Zuversicht und seinen Eifer spürte.

»Wir fahren fort wie geplant«, sagte Van Dieman zu Benton.

Hinter und über ihm veränderte sich das Motorengeräusch. Hydraulik seufzte und ächzte, als die Stummelflügel des Flugzeugs in ihren Verankerungen rotierten, da die Maschine zur Landung vom horizontalen Flugbetrieb auf vertikalen wechselte.

Der Vorbote berührte seinen Verstand. Van Dieman bot ihm die Nutzung seiner Augen an, so daß er einen Blick auf ihren Bestimmungsort werfen konnte. Der Vorbote akzeptierte und Van Dieman empfand so etwas wie Nostalgie, als ihr Blick über die Schäden und Verwüstungen glitt, die einen Großteil der Station in Mitleidenschaft gezogen hatten.

Noch etwas anderes rührte sich in der Gefühlswelt des Vorboten. Besorgnis.

Irgendetwas stimmte nicht.

Van Dieman ließ seine Sinne ausgreifen, um nach der Ursache des Unbehagens zu suchen, die er jetzt mit seinem Begleiter teilte. Alles schien so ruhig, friedlich und still zu sein, wie es auch sein sollte. *Wie es sein sollte?* Der Vorbote war anderer Ansicht – und er stimmte ihm zu. Sie hätten Bodenpersonal sehen müssen, das die Maschine erwartete, aber es war niemand zu sehen. McMurdo Station, eine Anlage, die im Sommer bei höchster Auslastung zweitausend Menschen beherbergen konnte, schien verlassen zu sein. Keine Menschen? Die Konzernsponsoren hatten zwar eine offizielle Stillegung angeordnet, aber das konnte nicht sein! Es gab Teams hier, die mit dem Wiederaufbau beschäftigt waren. Wo waren *die*? Er sah niemanden, spürte nichts – aber es war ein merkwürdiges Nichts, welches erahnen ließ, daß sich darunter etwas verbarg.

Und dann wußte er es. Das *Nichts* und das *Niemand* waren falsch. Das *Wie-es-sein-sollte* war eine Lüge. Sie landeten in den zuschnappenden Kiefern einer Falle!

*

Holger beobachtete die langsamer werdende Petrel mit Beklommenheit. Die elektronische Kommunikation mit dem Verrie war flüchtig gewesen und hatte sich auf ein Minimum beschränkt. Hagens Software gestattete ihm, sich in das Computernetz der Basis einzuloggen und diese Kommunikation zu kontrollieren, so daß sie dem landenden Flugzeug eine künstliche Darstellung des Fluglotsen der Station liefern konnten. Es hatte keinerlei Anzeichen dafür gegeben, daß dieser Vorgang Verdacht erregt hatte. Warum hing die Petrel also reglos in der Luft? Warum zögerte der Pilot noch?

»Er weiß, daß wir hier sind«, sagte John Reddy.

Woher?

Die Petrel drehte die Nase nach Osten. Sie weigerte sich zu landen.

»Flieht er?«

Spae antwortete ihm. »Er fliegt einfach weiter. Die ganze Arbeit war umsonst.«

Da das Verrie sich vom vorbereiteten Landeplatz entfernte, schienen die Bindungsenergien vergeudet, die sie ausgelegt hatten, um den Vorboten festzuhalten.

»Sie sagten, er müßte hier landen und in ein anderes Flugzeug umsteigen«, sagte Kun.

Sie zuckte die Achseln. »Vielleicht hat er nicht die

Absicht, so weit ins Inland zu fliegen, wie wir dachten. Wir müssen ihn jagen.«

Die Petrel gewann an Höhe und bereitete sich aller Wahrscheinlichkeit nach darauf vor, auf horizontalen Flugbetrieb umzuschalten.

»Ihn auf seinem Terrain zu bekämpfen, ist nicht ratsam.«

»Tja, hier werden wir ihn nicht erwischen«, stellte Spae unnötigerweise fest.

Sie hatte recht. Die Möglichkeit, den Vorboten einzufangen, existierte nicht mehr. Die Motoren der Petrel drehten sich. Sie gewann langsam an Fahrt.

»Corey, Nasham, Ernstfall«, ordnete Holger über Funk an.

Die beiden Zwerge sprengten das Dach ihres getarnten Grabens am Ostrand der Basis ab. Sie tauchten auf und klappten die Zielvorrichtung ihrer Raketenwerfer vom Typ Gendyne Hunter II auf, während sie in Feuerstellung gingen. Die Hunter-Raketen waren von demselben Modell, das die Zwerge bei ihrem Versuch benutzt hatten, Van Diemans Flugzeug in Boston abzuschießen. Eine hatte Van Dieman und sein Ungeheuer damals beinahe erwischt. Zwei mußten eigentlich mehr als ausreichend sein. Fast gleichzeitig zischten die Raketen aus den Werfern und zogen dabei faserige Kondensstreifen durch die kalte antarktische Luft.

*

John wußte, was ihren Feind auf sie aufmerksam gemacht hatte, weil er gespürt hatte, wie Van Dieman gegen seinen Illusionszauber drückte, der das im Hinterhalt lauernde Team verbarg. Diese nicht körperliche Berührung hatte sich irgendwie schleimig angefühlt, aber auch selbstsicher und fähig. John war sicher, daß der Magier seinen Zauber durchschaut hatte, und machte seine Begleiter darauf aufmerksam. Kuns Lösung war kompromißlos und direkt: zwei Boden-Luft-Raketen.

John beobachtete, wie die Kondensstreifen sich der fliehenden Petrel näherten. Die flaumigen weißen Linien sahen harmlos aus, aber ihre Spitze war todbringend. Diese Spitzen näherten sich einander immer mehr, da sie auf die dunkle Form der Petrel zuliefen.

Die Kondensstreifen kräuselten sich, als flögen die Raketen an ihrer Spitze durch cinen Sturm. Einer drehte ab und schraubte sich korkenzieherförmig den oberen Schichten der Atmosphäre entgegen, so daß die Rakete für die Petrel keine Gefahr mehr darstellte. Die andere beschrieb eine Linkskurve und flog zu ihrem Ausgangspunkt zurück.

John und seine Begleiter starrten ungläubig in den Himmel.

Die Rakete zischte über ihre Köpfe hinweg, verschwand hinter der Station und schlug einen Augenblick später in einer Explosion auf, die einen Geysir aus Eis, Fels und Schnee hochschleuderte, höher als das höchste Gebäude der Station.

»Das waren keine normalen Maßnahmen zur Raketenabwehr«, sagte Kun. »Wenn er das kann, wie haben sie es dann geschafft, sein Flugzeug in Boston abzuschießen?«

»Vielleicht haben sie ihn überrascht. Vielleicht hat er seine Zauber verbessert. Vielleicht ist er einfach nur mächtiger geworden«, sagte Dr. Spae. »Der Grund spielt keine Rolle. Wir haben ein ernstes Problem.«

»Können Sie ihn nicht mit einer der Snowhawks abschießen?« fragte John.

»Keine Bewaffnung«, erinnerte ihn Kun.

Die Antarktis war immer noch demilitarisiert. Alle schweren Waffen waren verboten. Die Luftabwehrraketen, die sie soeben benutzt hatten, gehörten auch zu den geächteten Waffen.

»Sieht so aus, als müßten wir ihm doch noch nachjagen«, erklärte Dr. Spae.

Nachdem John Van Diemans Berührung gespürt hatte, zog er die Idee vor, ihn aus der Entfernung vom Himmel zu holen. »Aber Sie sagten doch, je näher er seinem Ziel kommt, desto stärker wird der Vorbote. Es wäre besser, ihn jetzt gleich aufzuhalten. Wenn wir mit allen vier Werfern gleichzeitig feuern, kann er vielleicht nicht alle Raketen abwehren.«

»Da wäre ich mir nicht so sicher«, sagte Dr. Spae.

»Ich bin offen für alle Vorschläge«, sagte Kun. »Gibt es keinen Zauber, den Sie anwenden können?«

»Ich dachte, Sie wollten die Magie in einer passiven Rolle sehen, bis wir ihn in die Enge getrieben haben?« fragte John.

»Das ergibt keinen Sinn mehr«, sagte Kun. »Wenn er die Tarnillusion durchschaut hat, weiß er, daß wir mindestens einen Spezialisten bei uns haben.«

»Zugegeben.« Dr. Spae sah unglücklich aus. »Er wird darauf vorbereitet sein, jede gegen ihn gerichtete Magie zu kontern.«

John hatte eine Idee. »Was, wenn er mit etwas anderem beschäftigt wäre?«

»Mit den Raketen?« fragte Kun.

»Das könnte funktionieren«, sagte Dr. Spae nachdenklich.

Die Raketen waren nur ein Teil von Johns Idee. »Mehr als das. Was, wenn wir versuchen, nicht *ihm* zu schaden, sondern dem Verrie?«

»Er wird nach magischen Angriffen Ausschau halten. Wenn ein Angriff auf irgendetwas in seiner näheren Umgebung gerichtet ist, wird er ihn kontern. Offene feindselige Magie läßt sich beinahe so leicht parieren wie entdecken.«

John hatte diese Antwort vorausgesehen. »Aber was, wenn wir zu erreichen versuchen, nicht daß etwas geschieht, sondern daß etwas *nicht* geschieht?«

»Was schlagen Sie vor?« fragte Dr. Spae.

John erklärte es.

»Das ist vielleicht die beste Chance, die wir haben«, sagte sie.

»Also gut«, sagte Kun. »Wir versuchen es.«

Während John und Dr. Spae rasch Spaes Hilfsmittel durchsahen und nahmen, was sie finden konnten, um ihren Zauber rituell zu stärken, kümmerte Kun sich um die weltlichen Aspekte des Plans. Es blieb nicht mehr viel Zeit, bis das fliehende Verrie außer Sichtweite sein würde.

Glücklicherweise hatte Hagen die beiden mit Raketenwerfern bewaffneten Zwerge am Westrand der Basis zum Ostrand beordert. Als John und Dr. Spae ihre Bereitschaft anzeigten, waren sie noch nicht dort angekommen, aber doch weit genug vorgerückt, um ihre Raketen tatsächlich abschießen zu können. Kun gab den Feuerbefehl, und vier Raketen schossen in den Himmel.

Gleichzeitig drangen John und Dr. Spae in den Astralraum ein. Dr. Spae, die mit astraler Projektion mehr Erfahrung hatte, führte sie beide an. Sie bewegten sich mit Gedankenschnelle und überbrückten die Entfernung zum Verrie schneller als die raketengetriebenen Geschosse. Sie schlüpften durch die wogenden Energien, mit denen Van Dieman die herannahenden Raketen bombardierte und wichen der Dunkelheit aus, die sich um den Rumpf der Petrel gewickelt hatte. John war froh, daß sie nicht näher heran mußten, um ihre Magie zu wirken. Ungeachtet der damit für physikalische Existenzen verbundenen Gefahr näherten sie sich dem Steuerbordtriebwerk, denn weder der wirbelnde Rotor noch der Sog, den er erzeugte, konnten ihren unstofflichen Präsenzen etwas anhaben. Sie ließen sich auf dem großen zylindrischen Gehäuse nieder, das den stampfenden Motor beherbergte, der den Rotor antrieb.

John berührte den Motor und spürte die Hitze des Feuers darin. Er war gekommen, um sich mit eben jenem Feuer zu befassen. Er sprach zu ihm, redete es mit Namen an, die er in der Anderswelt gelernt hatte. Er erzählte dem Feuer von der schneidend kalten Luft ringsumher, vom Eis unter ihm und von der klirrenden Kälte. Er erzählte dem Feuer insbesondere von der alles durchdringenden großen Kälte.

*

Benton glaubte, sie seien erledigt, als er die hektische Meldung des Piloten hörte, zwei Luftabwehrraketen hätten Kurs auf sie genommen. Der Mann war ein Mietling und hatte keinerlei Kampferfahrung. Benton eilte durch den Mittelgang und war durch die Cockpittür verschwunden, bevor der Pilot ein Ausweichmanöver beginnen konnte. Ein Blick auf den Radarschirm verriet Benton, daß die Bemühungen des Mannes sinnlos waren. Die Raketen waren bereits zu nah.

Dann war die Gefahr vorbei – eine Rakete war auf dem Weg in die Umlaufbahn, die andere dorthin unterwegs, woher sie gekommen war. Unnatürlich. Benton richtete den Blick auf die nächste Quelle unnatürlicher Ereignisse. Van Dieman saß mit geschlossenen Augen auf seinem Sitz. Für einen unbedarften Betrachter mochte es so aussehen, als schlafe er, aber Benton war kein unbedarfter Beobachter. Van Diemans Körpertemperatur war erhöht und seine Pulsfrequenz ließ eher auf starke körperliche Aktivität denn auf Schlaf schließen. Ein dunkler, rauchiger Nebel umgab ihn, doch es roch nicht verbrannt. Merkwürdig. Genau so eine Sache, die zu beobachten und zu ihm zu bringen Van Dieman Benton vor langer Zeit beauftragt hatte.

Anders als einige seiner Lehrer glaubte Benton an das Prinzip von Ursache und Wirkung. Er hatte die Wirkung gesehen, die Umlenkung der im Anflug befindlichen Raketen, aber er konnte keine Verbindung zu einer Ursache erkennen. Er hatte lediglich einen Verdacht. Benton konnte es nicht beweisen, aber er war davon überzeugt, daß Van Dieman für ihre Rettung verantwortlich war. In der Welt, die Benton verstand, wäre für eine solche Leistung eine hochkomplizierte elektronische Anlage erforderlich gewesen. Wie Van Dieman es auch bewerkstelligt hatte, mit Elektronik jedenfalls nicht.

Dennoch, man mußte sich mit den Gegebenheiten abfinden und Benton fand sich nur zu gern mit der Rettung vor den beiden Raketen ab, die ihr Flugzeug in seine Bestandteile zerlegt hätten – auch wenn das ein Gefühl der Unsicherheit in Bezug auf das Wesen seines Arbeitgebers in ihm wachrief.

Er befahl dem Piloten, wieder geradeaus zu fliegen. Je schneller sie von McMurdo Station wegkamen, desto besser. Mit der Petrel landeinwärts zu fliegen, war keine gute Lösung, aber immer noch besser, als auf feindlich kontrolliertem Gelände zu landen. Benton hatte keine Ahnung, welche Grenzen Van Diemans Fähigkeiten gesetzt waren, aber er bezweifelte, daß sie grenzenlos waren, und wo es zwei Raketen gab, konnte es auch noch mehr geben. Der Luftraum in der unmittelbaren Umgebung von McMurdo Station schien äußerst ungesund für sie zu sein.

Als zunächst nichts weiter aufstieg, was ihren Flug gefährden konnte, atmete Benton zunächst einmal wieder etwas leichter. Er beobachtete mit Befriedigung, wie die Basis sich dem Rand des Kartenbildschirms näherte. Ein warnendes Summen bereitete seiner Hoffnung auf eine leichte Flucht ein jähes Ende, da vier sich rasch nähernde Punkte auf dem Radarschirm der Petrel auftauchten.

Vier Boden-Luft-Raketen.

Mit zweien war Van Dieman fertiggeworden. Konnte er auch mit vieren fertigwerden? Er konnte es nur hoffen, da der Petrel die Triebwerksleistung fehlte, um irgendetwas zu unternehmen.

»Vergessen Sie alle Ausweichmanöver«, sagte er zum Piloten. »Holen Sie alles an Geschwindigkeit raus.«

Es war keine große Hoffnung.

Er wußte, daß es gar keine Hoffnung mehr gab, als eines der Triebwerke stotterte.

Waren sie getroffen worden? Nein, er hatte keinen Aufprall gespürt. Der Radarschirm zeigte das unstete Flugverhalten der Raketen. Eine stürzte bereits ab.

Was war dann passiert?

Das Steuerbordtriebwerk stotterte erneut und fiel ganz aus. Die Petrel neigte sich zur Seite. Der Pilot kämpfte mit der Maschine, um den Verlust an Schub und Auftrieb auf dieser Seite auszugleichen. Hätten sie sich in vertikalem Flugbetrieb befunden, würden sie bereits ihrem Tod entgegenstürzen. Welchen Unterschied machte es? Sie waren jetzt eine leichte Beute für die Raketen.

Benton sah gerade noch rechtzeitig auf den Radarschirm, um zu bemerken, wie zwei der Raketen kollidierten. Die Petrel erbebte unter der Explosionswucht. Die letzte Rakete irrte vom Kurs ab. Sie waren in Sicherheit.

Das Backbordtriebwerk fing an zu stottern und fiel dann ebenso vollständig aus wie sein Zwilling auf der anderen Seite.

In Sicherheit?

Was sie auch erwischt hatte, es hatte sie gründlich erwischt. Sie stürzten ab. Der schwachsinnige Pilot kämpfte mit dem Ruder, während der Kopilot versuchte, die Triebwerke neu zu starten. Benton schob den Piloten aus dem Weg und betätigte den Notschalter für die Kipphydraulik. Die Petrel bebte und bockte, als die mächtigen Triebwerke in Vertikalflugstellung gedreht wurden. Benton wartete mit äußerster Anspannung auf die Vibration, die verkünden würde, daß die Gehäuse ihren Bogen vollendet hatten und die Sicherungen eingerastet waren.

Die Petrel fiel noch immer. Benton, der nicht angeschnallt war, wurde gegen den Rahmen der Cockpittür geschleudert. Die Maschine gierte und er wurde zu Boden geworfen. Die Petrel richtete sich wieder aus. Die Sicherungen mußten eingerastet sein, so daß die Rotoren Luft von unten bekamen. Sein Plan hatte funktioniert! Die Rotorblätter drehten sich im Fallwind und verzögerten den Absturz des Verrie. Die Landung würde hart werden, aber nicht verheerend.

Kapitel 38

Van Dieman war nicht überrascht, als seine Feinde noch mehr Raketen abschossen. Nachdem er sich der ersten beiden entledigt hatte, rechnete er eigentlich sogar damit, daß sie in der vergeblichen Hoffnung, die ersten beiden seien Blindgänger gewesen, sofort noch mehr Raketen abschössen. Die Verzögerung hatte ihm zu denken gegeben – bis er das erste Stottern der Triebwerke der Petrel hörte und ihm klar wurde, daß man ihn an der Nase herumgeführt hatte. Der zweite Raketenangriff war nur eine Ablenkung gewesen. Während er die Raketen neutralisierte, hatte der feindliche Magier einen raffinierten und zugleich verheerenden Angriff gestartet.

Sie waren bereits zu niedrig, als daß er sich noch der Macht des Vorboten hätte bedienen können, um ihren Absturz zu verhindern. Die Maschine schlug schwer auf. Eine zerklüftete Felsnadel durchschlug den Bauch des Verrie und zerschmetterte alles, was ihr in die Quere kam, darunter auch einen von Bentons Männern. Die Nase der Petrel neigte sich nach unten. Der Rumpf wehrte sich gegen die Felsnadel, die ihn aufgespießt hatte, verbog sich und brach mit einem metallischen Kreischen auseinander. Eisige antarktische Luft peitschte durch die Kabine, als sich das zerbrochene Verrie zur Seite neigte. Das Gehäuse des Backbordtriebwerks stemmte sich gegen den unnachgiebigen Boden. Die überlasteten Verstrebungen im Stummelflügel brachen und ließen tödliche Splitter durch das Wrack sausen.

Schmerzen fraßen sich in Van Diemans Rücken und

sein linkes Bein. Er schrie vor Schmerz und Empörung darüber auf, daß die Dunkelheit ihn verschlingen wollte. Er wehrte sich dagegen. In einem verschwommenen Nebel blitzender Sterne riß er den Splitter aus Flugzeugmetall heraus, der sich in sein Knie gebohrt hatte. Die Schnitte, die er sich dabei an der Hand zufügte, waren nichts im Vergleich zu den Bränden, die in ihm wüteten.

»Heile mich«, befahl er dem Vorboten.

Du bist verbraucht. Die Energie wird für wichtigere Dinge benötigt, erwiderte die Kreatur distanziert. Die schattenhafte, S-förmige Gestalt des Vorboten schwebte über ihm, aber seine Aufmerksamkeit war woanders, da es ihn nach ihrem nun scheinbar unerreichbaren Bestimmungsort zog.

Wichtigere Dinge? Wie konnte die Kreatur es wagen, auch nur anzudeuten, daß er seiner Mühe nicht wert war. »Du hast die Macht meine Wunden zu heilen. Also tu es.«

Keine Belohnungen für die Unnützen.

»Unnütz!« Die Unverschämtheit der Kreatur kannte keine Grenzen. Das Feuer von Van Diemans Wut übermannte die Schmerzen. Der Vorbote brauchte eine Lektion. Er konnte ihn niederringen und ihm seinen Platz zeigen – aber dies war nicht der rechte Zeitpunkt, sich auf einen Kampf um die Vorherrschaft mit einem Knecht einzulassen, der an seinen Ketten zerrte. In einem Punkt hatte der Vorbote recht: Die Energie wurde für wichtigere Dinge benötigt. Aber sobald sie sich ihrer Feinde entledigt hatten… »Ich könnte dich unter Anrufung deiner Bindung zwingen, aber ich bin großmütig. Ich weise lediglich darauf hin, daß dein Ziel – unser Ziel! – noch nicht erreicht ist. Du brauchst mich, denn du hast keine Hände, die den *Telesmon* an seinen angestammten Platz bringen können. Du brauchst mich noch.«

Noch, kam die widerstrebende Antwort.

Van Dieman wußte, daß der Vorbote begriffen hatte. »Nimm mir die Schmerzen. Der Weg bleibt versperrt, wenn du es nicht tust!«

Die Schmerzen verschwanden so schnell, als habe es sie nie gegeben. Etwas Hartes steckte in seinem Unterleib. Der Kopf des Vorboten tauchte zu der Stelle hinab und schmiegte sich an ihn. Eine gezackte Scherbe aus einem Keramikmaterial löste sich aus seinem Körper und passierte seine Kleidung, ohne auch nur ein Fädchen durchzutrennen. Der Vorbote ließ die Scherbe in Van Diemans Hand fallen. Er betrachtete sie staunend, während er sich den Schaden vorstellte, den sie in ihm angerichtet haben mußte. Die Schmerzen und der Schaden waren verschwunden, durch die Macht des Vorboten negiert.

Van Dieman lächelte, nicht vor Erleichterung, wie dies ein geringerer Mann getan hätte, sondern vor Vergnügen – dem Vergnügen, dem widerspenstigen Vorboten seinen Willen aufgezwungen zu haben und zu wissen, daß er ihn noch immer unter Kontrolle hatte. Natürlich spielte auch die Vorfreude darauf eine Rolle, dem Vorboten die Stärke seines Herrn zu zeigen.

Doch mit dem Ende seiner Schmerzen kehrte auch der Input seiner anderen Sinne zurück. Von draußen drang Schußlärm in das Wrack.

Die Disziplinierung des Vorboten würde noch warten müssen.

Er löste sich von seinem Sitz. Der Koffer mit dem *Telesmon* war in den Überresten des vorderen Spinds eingeklemmt. Der Koffer hatte seinen Zweck erfüllt und seinen wertvollen Inhalt geschützt, würde dazu aber nicht mehr in der Lage sein, so ramponiert wie er war. Van Dieman nahm den kostbaren Schatz heraus und drückte den *Telesmon* an sich. Auf seinem Weg über den unebenen Boden warf er einen Blick durch das klaffende Loch in der Seite der Petrel. Benton und die übrigen überlebenden Leibwächter Van Diemans hatten eine dünne Linie gebildet und hasteten über das Eis zurück in Richtung McMurdo Station. Der Feind nahm sie aus Stellungen am Rande der Gebäude unter Feuer und versuchte sie aufzuhalten.

Ein Stöhnen aus dem Cockpit erregte seine Aufmerksamkeit. Er drehte sich um und sah den Kopiloten in die Kabine wanken. Hinter ihm lag der Pilot tot da, aufgespießt auf dem Steuerruder.

»Santiago«, sagte Van Dieman. Er las den Namen auf der blutverschmierten Fluguniform des Mannes, während er dem Vorboten in Gedanken befahl, dem Mann frische Kräfte zu verleihen. Sein Diener meldete ihm, daß der Kopilot fit sei. »Sind Sie in der Lage zu fliegen?«

»Kein Flugzeug«, erwiderte er langsam, aber zusammenhängend.

»Das ist ein vorübergehender Zustand«, sagte Van Dieman zu ihm.

Der Vorbote strahlte grimmige Vorfreude aus.

*

Holger gefiel nicht, wie das Feuergefecht sich entwikkelte. Carey war tot, Hagen verwundet, kampfunfähig und längst nicht mehr im Freien, damit die Kälte nicht vollendete, was die Kugeln des Feindes begonnen hatten. Der Feind war jetzt lokal in der Überzahl – und bisher war es ihnen noch nicht gelungen, auch nur einen der sechs Angreifer auszuschalten, die das Wrack der Petrel verlassen hatten. Die Hälfte von Holgers Leuten war noch immer von der entgegengesetzten Seite der Station hierher unterwegs.

Die magischen Aktivposten boten ebenfalls keine Hilfe. Spae und Reddy waren mit dem Weben eines magischen Netzes beschäftigt, das sie über den Vorboten werfen konnten, falls dieser auftauchte, und standen daher für den Kampf gegen die weltlichen Feinde nicht zur Verfügung. Die Entfernung, auf die sich beide Seiten beharkten, bedeutete, daß ein Schwert dabei nicht von Nutzen war, auch kein magisches. In dieser Phase des Unternehmens zählten nur Muskeln – die Art Kampf, die er bevorzugte.

Nur, daß er es vorzog zu siegen.

Aus dem Augenwinkel sah er etwas aus dem Wrack der Petrel kommen. Als er blinzelte, konnte er mit Mühe zwei Gestalten ausmachen, die das Wrack verließen. Eine trug eine arktische Fluguniform, die andere einen zerfetzten Anzug. Einen Anzug? Das mußte der Spezialist sein, Van Dieman. Jeder normale Mensch wäre längst der Kälte zum Opfer gefallen.

Holger klappte den Bildverstärker seiner Viper hoch. Es war ein Schuß auf große Entfernung, also etwas, wofür die Viper nicht gedacht war. Doch er wußte, wie hoch er zielen mußte, um die Abweichung der 5mm-Kugel auszugleichen. Mit etwas Glück war dieses Unternehmen in Kürze beendet.

Doch wenn Glück eine Rolle spielte, dann war es nicht auf ihrer Seite.

Der Bildverstärker verschwamm. Holger drückte auf Reset, um wieder ein klares Bild zu bekommen, doch das vergrößerte Bild kam nicht wieder. Er sah nur Grau. Er klappte den Bildverstärker wieder herunter und schaute mit eigenen Augen hin.

Was er sah, trieb ihm einen kalten Schauder über den Rücken.

Eine Wand aus undurchsichtigem wallenden Nebel hatte sich aus dem Nichts gebildet und trieb ihm von der Petrel entgegen.

*

Dr. Spae fluchte und hob die Verbindung zwischen ihr und John auf. Er spürte die Veränderung im magischen Ambiente sofort. Die Furcht raubte ihm den letzten Rest seiner Konzentration. Zauber waren gewirkt worden. Van Dieman war bei dem Absturz nicht ums Leben gekommen. Er und der Vorbote waren aktiv.

Und John und Dr. Spae schienen noch nicht bereit für sie zu sein.

Johns Blick irrte in die Richtung des abgestürzten Verrie – in der Erwartung, ein unheiliges Monstrum zu sehen, das sich aus den Trümmern erhob. Aber er fand das Flugzeug gar nicht. Irgendein Bodennebel war heraufgezogen und verbarg es. Dann wurde ihm klar, daß er vielleicht doch etwas Monströses und, wenn auch nichts Unheiliges, so doch zumindest etwas Unnatürliches sah. Der Nebel stank nach arkanem Ursprung, in ihm knisterten magisch wogende Energien, die das innere Auge fast so gründlich blendeten wie die eigentlichen Nebelschwaden das äußere.

Van Diemans Werk.

Etwas Dunkles, Hungriges bewegte sich in den Tiefen der wogenden Undurchsichtigkeit. Das Ding, was John dort draußen spürte, schüchterte ihn ein, aber er wußte, daß sie seinetwegen gekommen waren. *Das* war es, was sie aufhalten sollten.

Wenn sie es nicht bald taten, schafften sie es vielleicht überhaupt nicht mehr.

Der Nebel wogte über die Eisebene in Richtung des Landeplatzes von McMurdo Station. Es hatte den Anschein, als wolle Van Dieman doch noch zu seinem Inlandflug mit einer Snowhawk kommen.

»Kommen Sie, Doktor. Wir müssen ihm bei den Verries zuvorkommen.«

Dr. Spae rührte sich nicht. Sie starrte nur auf die Wolke, die sich auf die Erde niedergelassen hatte. »Er ist so mächtig.«

John zog an ihrem Arm. »Wenn wir zum Landeplatz kommen, können wir die Falle vielleicht aktivieren.«

»Ich weiß nicht, ob sie stark genug ist.«

John wußte es auch nicht, aber... »Sie muß es einfach sein.«

Wenigstens würden sie zu ihrem persönlichen Armageddon nicht zu Fuß gehen müssen. Sie hatten den kleinen zweisitzigen GoMo bei sich, ein Geländefahrzeug, mit dem sie Doktor Spaes Ausrüstung hergebracht hatten. John verfrachtete Spae auf den Beifahrersitz, klemmte sich hinter das Steuer und ließ den Motor an, der zu unstetem Leben erwachte. Eisige Körner aus verharschtem Schnee spritzten beiseite, als er losfuhr.

Jetzt brauchten sie nur noch schneller zu sein als der Nebel, dem immer weiter tobenden Feuergefecht auszuweichen und die Zauber zu wirken, von denen sie befürchteten, daß sie zu schwach waren, um das zu leisten, was sie leisten sollten.

*

Benton bemerkte den Nebel erst, als er ihn überrollte. Der Temperatursturz, der mit dem Nebel einherging, war ein weiterer Beweis für seine unnatürliche Herkunft. Weitere Merkwürdigkeiten, für die Van Dieman verantwortlich war? Dann war der Bastard nicht tot, wie Benton dachte, als er die Petrel verlassen hatte.

Das bedeutete, daß er noch unter Vertrag stand.

Benton konnte das vordere Ende der Nebelbank nicht sehen, aber er hatte den Verdacht, daß das dichte Grau alles zwischen der Petrel und McMurdo einhüllte. Es war nicht schwer, Van Diemans Absicht zu erkennen.

Benton schauderte trotz seines Kälteschutzanzugs, als ihn etwas Unsichtbares im Nebel passierte.

Dies war nicht der rechte Augenblick, auf dem Hintern sitzen zu bleiben. »Alle setzen sich in Bewegung!«

befahl er über die Gefechtsfrequenz. »Sofort! Ziel ist der Landeplatz! Sie können uns in dieser Milchsuppe nicht sehen.«

Er wußte nicht, ob das stimmte. Der Feind verfügte vielleicht über Sichtverstärker, aber wahrscheinlich hatten sie nicht mit einer solchen Eventualität gerechnet. Er jedenfalls nicht. Ein Nebel wie dieser gehörte nicht zu den jahreszeitlich bedingten Wetterverhältnissen.

Anstatt sich von den schlechten Sichtverhältnissen lähmen zu lassen, war die beste Vorgehensweise die, sie auszunutzen und zu hoffen, daß der Feind gleichermaßen benachteiligt war. Wenn ja, war es sein Schaden. Derartige Verhältnisse kamen dem Angreifer zugute, da sie eine unbeobachtete Annäherung ermöglichten.

Benton hatte einen Vorteil, über den seine Männer nicht verfügten. Er brauchte keine Sehhilfe, um die flackernden Infrarotbilder vor dem Hintergrund des kalt glitzernden Eises wahrzunehmen, die Akteure in dieser Farce. Während er beobachtete, wie seine Leute sich in Bewegung setzten, wartete er auf eine Antwort. Es kam keine. Er folgte ihnen.

Die Fortbewegung war heikel, weil der Boden zerklüftet war, und seine Verstärkungen halfen ihm in dieser Situation nicht. Kalte Felsen und kaltes Eis vor kalten Felsen und kaltem Eis waren für ihn ebenso unsichtbar wie für die vom Nebel geblendeten Augen. Dennoch kam er besser voran als die anderen. Natürliche Überlegenheit, nahm er an.

Er hatte den immer weiter zurückfallenden Juarez und Van Diemans anderen überlebenden Lakai hinter sich gelassen, als er eine weitere Person ausmachte, die sich auf Kollisionskurs mit ihm befand. Die untersetzte Statur der Person ließ keinen Zweifel daran, daß es sich um einen Feind handelte. Er gab einen Feuerstoß aus seiner KAR-99 ab und mähte die Gestalt nieder.

Jemand erwiderte das Feuer, und er wußte sofort,

daß er nicht der einzige mit kybernetischen Verstärkungen war. Das Feuer lag zu dicht am Ziel, um lediglich eine Reaktion auf den Lärm seiner Schüsse sein zu können. Der Schuß des Feindes verfehlte Benton – knapp –, traf aber einen von seinen Männern, die sich hinter ihm befanden. Benton schaltete in den höchsten Gang und ließ das jammernde Opfer hinter sich zurück. Juarez' Rufen konnte er entnehmen, daß nicht er getroffen worden war. Nicht, daß es eine Rolle spielte, welchen von den beiden Lakaien es erwischt hatte – an diesem Punkt waren sie ohnehin nur noch überflüssiger Ballast, etwas, das Benton nicht sein wollte. Ungeachtet des hohen Sturzrisikos lief er in Richtung Landeplatz.

Kapitel 39

Van Dieman schleifte den unablässig wimmernden Santiago durch den schützenden Nebel. Das Gewinsel des Mannes zerrte an seinen Nerven und Van Dieman erwog ernsthaft, ihn zu töten, nur um ihm das Maul zu stopfen, aber das konnte er sich nicht leisten. Er brauchte immer noch einen fähigen Piloten. Als sie die nächste der Snowhawks erreichten, schleuderte Van Dieman Santiago gegen den Rumpf der Maschine.

»Öffnen Sie das Flugzeug«, befahl er.

Es dauerte einen Augenblick, bis Santiago erkannte, wohin er gebracht worden war, dann beeilte er sich, Van Diemans Befehl nachzukommen. Seine Eile schien erfreulich, vielleicht sogar notwendig. Van Dieman konnte eine andere Präsenz im Nebel spüren. Als er sich umdrehte, sah er, daß sich ihm einer von Bentons Leuten näherte.

Als Van Diemans Blick auf ihn fiel, legte der Mann sein verstohlenes Gehabe ab und näherte sich ihm ganz offen. Er wurde Chase genannt. Van Dieman erinnerte sich daran, weil er ihn von allen Schlägern Bentons am wenigsten leiden konnte. Chase hatte sich nie angemessen ehrerbietig verhalten.

»Wie ich sehe, haben Sie es auch geschafft«, sagte Chase. »Wir wollten eine der Snowhawks organisieren und dann zu Ihnen zurückkehren und Sie abholen.«

Van Dieman glaubte ihm nicht. Untergebene seines Schlages legten sich nur ins Zeug, wenn sie sich beobachtet glaubten.

»Die anderen sind noch nicht da«, sagte Van Dieman.

»Sie müssen die anderen Flugzeuge zerstören, bevor wir abfliegen können. Es darf keine Verfolgung geben.«

»Sicher«, sagte Chase mit seltenem Eifer. Er lief los, um Van Diemans Befehl auszuführen.

Der Nebel war kein Hindernis für die Augen dessen, der ihn erschaffen hatte. Van Dieman beobachtete Chase, wie dieser zur nächsten Skyhawk in der Reihe lief. Er wartete, bis er sah, wie Chase Anstalten machte, die Kabinenluke zu öffnen, dann drehte er sich um und bestieg sein Verrie. Er hatte nicht die Absicht, auf Chase oder einen der anderen zu warten. Sie waren unwichtig, wenn man davon absah, daß ihre Aktionen den Feind noch eine Weile beschäftigen würden. Er brauchte sie nicht mehr als Garanten dafür, daß er und der Vorbote den *Telesmon* dorthin bringen konnten, wo er erwartet wurde. Der einzige, den er und sein Begleiter jetzt noch brauchten, war Santiago.

»Bringen Sie uns nach oben«, sagte er zu dem Mann, als er sich zu ihm ins Cockpit gesellte.

»Aber der Nebel«, wandte Santiago ein. »In diesem Nebel kann ich nicht fliegen.«

»Welcher Nebel?«

Die Sicht war wieder unbeeinträchtigt. Van Dieman wollte keine Hindernisse zwischen sich und der Herrlichkeit, die ihn erwartete.

*

Als Holger einen der Feinde schießen sah, erwiderte er das Feuer. Er verfehlte den Mann und traf statt dessen einen von den anderen. In dem Nebel lag etwas, das Holgers Optik verzerrte – sein Schuß hätte eigentlich nicht fehlgehen dürfen.

Als der Mann, auf den er gezielt hatte, plötzlich wie ein raketengetriebener Hase loslief, vermutete er, daß es sich bei ihm um Benton handelte, den Anführer der

Feinde. Wer sonst sollte mit unvermuteten Fähigkeiten aufwarten, wenn nicht er? Das den Nebel durchdringende Sehvermögen zum einen und jetzt die erstaunliche Geschwindigkeit. Konnte er etwas getan haben, das Holger dazu veranlaßte, daneben zu schießen? Wie auch immer, Benton war zweifellos der Gefährlichste aus dem Haufen.

Vielleicht war Holger aus diesem Grund hier. Dies mochte durchaus der Teil des Kampfes sein, in dem alles von ihm abhing.

Benton lief mit Höchstgeschwindigkeit zum Landeplatz, aber er mußte ein Außengebäude umrunden, um dorthin zu gelangen. Holger hatte den kürzeren Weg – und den nahm er auch. Caliburn, das in der Rückenscheide steckte, schlug beim Laufen rhythmisch gegen ihn. Er wartete bereits, als Benton um die Ecke bog.

Der Söldner war kein Narr. Er wußte, daß Holger ihn hatte. Er bremste ab und ließ seine Waffe auf das Eis fallen. Mit erhobenen Händen kam er in ruhigem Schrittempo näher.

»Bleiben Sie stehen«, sagte Holger zu ihm.

Aber das tat er nicht. Holger war auch kein Narr. Sein Finger krümmte sich um den Abzug seiner Viper. Benton drehte sich seitlich weg. Die Kugeln durchlöcherten lediglich den Parka des Söldners.

Gott, war der Bursche schnell!

Zu schnell! Benton ging mitten in der Ausweichbewegung zum Angriff über. Sein Fuß schoß aufwärts und traf Holger am Arm. Seine Hand wurde augenblicklich taub und die Viper flog davon.

Beide ohne Waffen. Egal. Holger ging mit bloßen Händen auf den Söldner los. Die Schnelligkeit und Wildheit von Holgers Angriff mußten Benton überrumpelt haben, weil er zunächst nicht mehr tat, als sich zu verteidigen. Es war mehr Bentons Schnelligkeit als sein Geschick, was ihn vor Holgers niederprasselnden Schlägen rettete.

»Wer, zum Teufel, sind Sie?« keuchte Benton, während sie einander wachsam umkreisten.

Doch – wie Holger vermutet hatte – der Sinn dieser Frage bestand nicht darin, eine Antwort zu bekommen, sondern Holger abzulenken.

Benton griff an und schlug mit gefährlichem Geschick und Tempo zu. Abteilung M hatte Holger für den Kampf präpariert. Jemand hatte mit Benton dasselbe getan. Der Kampf würde nicht leicht werden. Sie verbissen sich darin. Schlag und Gegenschlag. Angriff und Gegenangriff. Holger versank in den intensiven Konzentrationszustand, den er brauchte, um mit einem bedrohlichen Gegner fertigzuwerden. Öffnungen wurden angeboten, wahrgenommen und gekontert, da die Kämpfer einander auf jenem Gebiet testeten, wo jedes Versagen tödlich war. Rhythmen ergaben sich, nur um sich wieder zu verändern, bevor sie ausgenutzt werden konnten. Schlag und Gegenschlag. Zeit war bedeutungslos. Angriff und Gegenangriff. Nur der Gegner zählte. Der Kampf. Die Suche nach einer Schwachstelle, ständiges Sondieren, bis – eine Schwachstelle. Holger änderte sofort seinen Bewegungsablauf und landete einen Tritt, doch Bentons Schnelligkeit rettete ihn erneut. Der Söldner riß einen Arm hoch, um Holgers Fuß abzulenken. Benton versuchte nach erfolgter Parade sofort den Fuß zu packen – erfolglos –, aber es gelang ihm, Holger aus dem Gleichgewicht zu bringen. Holger warf sich nach hinten, als er zu Boden ging, weg von seinem gefährlichen Gegner. Holger landete auf dem Rücken.

Für einen Augenblick ruhte der Kampf.

Der harte Stahl, der gegen Holgers Rücken drückte, riß ihn aus seiner Versunkenheit. Konnte er wirklich deswegen hier sein? Er trug Caliburn – und dieser Söldner war trotz seiner unheimlichen Kraft und Geschwindigkeit mit Sicherheit kein Problem, das des großen Schwerts würdig war. Was, wenn Benton ihn nur aufhielt, wenn er nur eine Ablenkung war, die ihn daran hindern sollte, Caliburn dorthin zu bringen, wo es gebraucht wurde?

Er konnte es sich nicht leisten, es darauf ankommen zu lassen. Er mußte diesen Kampf beenden. Sofort!

Caliburn mochte ein bedeutender magischer Talisman sein, aber es war auch ein Schwert und konnte die Arbeit eines Schwerts leisten. Im Aufspringen faßte Holger sich auf den Rücken und packte den Knauf. Sein Zug bewirkte, daß die Klappscheide sich öffnete. Holger zog Caliburn elegant über die Schulter und nahm die *chudan-no-kamae*-Haltung ein, indem er mit Caliburns Spitze auf die Kehle des Gegners zeigte.

Wenn ein Unbewaffneter einem Bewaffneten gegenübersteht, ist das Resultat unvermeidlich, es sei denn, der Unbewaffnete ist dem Bewaffneten in puncto Geschick und körperliche Fähigkeiten deutlich überlegen. Holger glaubte nicht, daß Benton so gut war. Was glaubte Benton?

Die Spannung wich aus dem Körper des Söldners. Er richtete sich aus seiner geduckten Kampfhaltung auf und hielt die Hände weit vom Körper entfernt, ein seltsames Lächeln auf den Lippen.

In diesem Augenblick traf Holgers Reserveteam ein – zwar nicht zu spät, aber auch nicht mehr rechtzeitig. Hinter Benton sah Holger eine Snowhawk abheben. Er überließ Benton den Zwergen und rannte zum Landeplatz.

*

Die wogende Nebelbank erwischte John und Dr. Spae, bevor sie auch nur den halben Weg zum Landeplatz zurückgelegt hatten. John verringerte die Geschwindigkeit des MoGo – nicht genug für ein wirklich sicheres Fahren, aber ein Zugeständnis an die drastisch eingeschränkte Sicht war erforderlich. Jedesmal, wenn John das Steuer herumriß, um einem Hindernis auszuweichen, schrie Dr. Spae auf und hielt sich am Haltegriff fest.

»Sie sind schlimmer als Kun«, rief sie ihm zu.

Er würde ihr nicht auf die Nase binden, daß er bisher nur in Simulationsspielen gefahren war.

Der Nebel verschwand von einem Augenblick zum anderen und John stellte fest, daß sie parallel zu den Hangars neben dem Landeplatz fuhren und sich von der Stelle entfernten, wo die Snowhawks standen. Irgendwie hatte er im Nebel die Orientierung verloren. Er riß den MoGo in eine enge Kurve und gab Gas, während er inbrünstig hoffte, daß sie nicht zu spät kamen.

Die Rotoren einer Snowhawk drehten sich und nahmen Geschwindigkeit auf.

Keine Zeit mehr. Da er wußte, daß er nicht gleichzeitig fahren und Spae dabei helfen konnte, das Fallgitter zu aktivieren, trat er auf die Bremse. Dr. Spae rezitierte bereits die ersten Worte des Zaubers, bevor sie richtig standen. John nahm ihre Hand und stellte damit die Verbindung her, über die er ihr seine Kraft zur Verfügung stellte.

Sie waren nicht schnell genug. Die Snowhawk hob in einem Wirbel aus weißen Kristallen ab. Der Kontakt zur Erde schien unterbrochen – und damit war auch die Gelegenheit dahin, den Vorboten zu fesseln.

Neuerliche Schüsse ertönten und verkündeten, daß der weltliche Kampf andauerte.

»Er ist entkommen«, sagte Dr. Spae mutlos.

»Immer mit der Ruhe, Doc. Eine Snowhawk ist ein Verrie wie alle anderen auch. Wir haben ihn einmal runtergeholt. Wir tun es einfach nochmal.«

John übernahm die Kontrolle über die Verbindung,

und ihre Astralprojektionen folgten der abfliegenden Snowhawk. Doch Van Dieman hatte ihren Trick durchschaut. Diesmal gelangte John nicht in die Nähe des Feuers im Herzen der Triebwerke. Van Dieman hatte ihren Angriff vorausgesehen und sein Schoßungeheuer dazu angestiftet, die Triebwerke mit einem Panzer aus Dunkelheit zu umgeben.

Teufel, sie waren wieder so klug wie vor dem Abschuß der ersten Raketen. Nur hatten sie diesmal keine Raketen mehr, die sie dem fliehenden Verrie hinterherschicken konnten.

Kun kam über den Landeplatz zu ihnen gelaufen und überwand dabei die Entfernung überraschend schnell.

»Sieht so aus, als müßten wir ihn doch noch jagen«, sagte er bei seinem Eintreffen.

John fuhr den MoGo, und Kun trabte neben ihnen her. Sie steuerten die nächste Snowhawk an. Als Kun die Kabinentür öffnete, bemerkte Dr. Spae: »Ich wußte gar nicht, daß Sie ein qualifizierter Pilot sind, Kun.«

»Das bin ich auch nicht.«

»Aber ich«, sagte eine Stimme aus dem Innern der Snowhawk. Hagen.

»Also haben Sie hier Schutz gesucht«, sagte Kun.

»Zum Glück«, antwortete Hagen. Er trug einen blutgetränkten Druckverband am Bein, schien aber einigermaßen beieinander zu sein, obwohl er etwas blaß wirkte. Seine Kanone war auf den hinteren Teil der Kabine der Snowhawk gerichtet. »Sehen Sie mal, wen ich hier beim Herumschleichen erwischt habe.«

Als sie an Bord gingen, sahen sie, daß Hagen einen von Van Diemans Leibwächtern in Schach hielt.

»Ich glaube, er hatte die Absicht, diese Maschine zu sabotieren«, sagte Hagen.

»Das hat Van Dieman von mir verlangt«, erklärte der Mann. »Tatsächlich schwebte mir ein ganz anderer Plan vor.«

»Darauf möchte ich wetten«, sagte Dr. Spae.

»Wie ich Ihrem zu kurz geratenen Freund bereits erklärt habe, ich habe genug gesehen, um zu wissen, daß man Van Dieman nicht helfen sollte. Ich glaube, daß Sie vollkommen recht haben. Er muß aufgehalten werden.«

»Und Sie wollen uns dabei helfen?« Dr. Spae klang nicht so, als glaubte sie ihm.

»Das will ich in der Tat«, erwiderte der Mann.

Hagen schnaubte verächtlich. »Und wer, zum Teufel, sind Sie, daß Sie das tun wollen?«

»Man nennt mich Chase. Nicht, daß Namen eine Rolle spielen sollten.« Chase sah sie alle der Reihe nach an. »Und ich glaube, daß Sie alle Hilfe brauchen – die Sie auch kriegen können. Ich glaube außerdem, daß wir nur unsere Zeit verschwenden, wenn wir hier herumsitzen und reden. Van Dieman entkommt.«

Das stimmte mit Sicherheit.

»Wir können ihm nicht trauen«, sagte Hagen und sprach damit Johns Gedanken laut aus.

»Da bin ich nicht so sicher«, wandte Kun ein. »Ich glaube, er will uns tatsächlich helfen. Und er hat recht – wir können es uns nicht leisten, noch mehr Zeit zu verschwenden. Bringen wir diese Mühle in die Luft. Wir können uns das alles unterwegs überlegen. Wenn wir beschließen, ihm nicht zu glauben, können wir ihn immer noch aus der Maschine werfen.«

»Das reicht mir«, erklärte Chase.

Hagen brummte vor sich hin, sagte aber: »Helfen Sie mir auf den Pilotensitz.«

*

Benton schämte sich ein wenig, unter der Aufsicht eines halben Dutzends von Wächtern zu stehen, die ihm alle nur bis zur Brust reichten. Doch sechs Kanonen bedeuteten ein größeres Risiko, als er einzugehen bereit war.

Er ließ sich von ihnen zu einer der Baubaracken führen, die überall in der Station verstreut standen. Die Barakken gehörten zu den wenigen Gebäuden, deren Dach intakt war. Czerkas und Juarez, einer von seinen Jungens und einer von Van Diemans Leuten, waren bereits darin interniert. Sie waren beide verwundet. Czerkas trug einen Druckverband um den linken Arm und Juarez' Kopf war halb unter einer blutgetränkten Bandage verborgen. Einer der Schrumpfwächter sprach mit der Mündung seiner Waffe die deutliche Einladung an Benton aus, sich den beiden anzuschließen. Zwei der Liliputaner machten sich daran, für die Gefangenen möglicherweise nützliche Gegenstände aus der in eine Gefängniszelle umgewandelten Baracke zu holen.

»Also hat es der Supermann auch nicht geschafft. Keine Belohnung für dich«, sagte Juarez mit einem höhnischen Grinsen.

Benton ignorierte ihn. »Czerkas, alles in Ordnung?«

»Ich werd's überleben.«

»Was ist mit Chase und Reg?«

Czerkas sah ihn nicht an. »Die Liliputaner haben Reg in dem Augenblick erwischt, als der Nebel sich lichtete. Chase habe ich nicht gesehen. Ich glaube, er hat es zu den Verries geschafft. Nachdem das erste gestartet war, habe ich von dort einen Schuß gehört.«

Benton hatte den Schuß auch gehört. Er war aus einer Viper abgegeben worden, einer Waffe der Gartenzwerge. Czerkas würde das ebenfalls wissen. Da das Feuer nicht erwidert und kein Verrie nach Norden geflogen worden war – ihr Plan, falls sie eines erbeutet hätten –, mußte Chase als bestenfalls vermißt betrachtet werden. Aber wahrscheinlich war er genauso tot wie Reg.

»Ihr habt den Öffner des Weges im Stich gelassen«, sagte Juarez. »Groß wird seine Strafe für eure Weigerung sein, alles zu geben.«

»Ja? Ich sehe nicht, wo *du* alles gegeben hättest«, warf Czerkas ein.

Juarez berührte seinen Verband. »Ich konnte nichts dafür.«

Benton zuckte die Achseln. »Tja, wenn die Strafe kommt, dann kommt sie eben. Ich kenne meine Grenzen. Wir haben unseren Job erledigt und es hat nicht funktioniert. Vielleicht beim nächsten Mal. Es gibt immer ein nächstes Mal.«

Eine zweite Snowhawk hob ab und schwirrte in östlicher Richtung über sie hinweg.

»Nur, wenn wir gewinnen«, sagte einer ihrer Schrumpfwächter.

»Wie du meinst, Shorty.«

Der Wächter reagierte nicht auf seinen Sarkasmus. Als seine Kollegen jeden nützlichen Gegenstand entfernt hatten, verließ der Wächter die Baracke und sperrte die Tür hinter sich zu. Benton lauschte auf das Schließen der Tür. Dem Geräusch nach zu urteilen, war das Schloß eine simple Sache, aber stark genug, einen normalen Mann festzuhalten.

»Ziemlich entschlossene kleine Wichser«, bemerkte Czerkas.

»Sie können das Rad der Zeit nicht anhalten«, sagte Juarez frömmelnd.

Der Bursche hatte den Charme eines drei Tage alten Fisches. »Vielleicht, vielleicht auch nicht«, sagte Benton, als er zur Tür ging. »Warum hältst du jetzt nicht einfach mal eine Weile das Maul?«

Benton lauschte, bis er sicher war, daß sich niemand vor der Baracke aufhielt, dann drückte er die Klinke nieder, bis der Haltebolzen des Schlosses brach. Wie gut, daß der Anführer der Giftzwerge abgeflogen war, ohne seine Leute über Bentons Fähigkeiten zu informieren.

»Czerkas und ich verschwinden jetzt, bevor der Sieger dieser kleinen Auseinandersetzung zurückkommt. Du kannst auch mitkommen, Juarez, wenn du aus eigener Kraft laufen kannst.«

»Ihr habt kein Vertrauen«, sagte Juarez, als sei es ein Todesurteil.

»Vielleicht nicht, aber ich habe Geld auf der Bank und die Absicht, es auszugeben.«

Er sah sich vor der Baracke um und hielt nach den Wächtern Ausschau. Sie schienen anderswo beschäftigt zu sein. Prima. Er lief zur nächsten Deckung, schnell, aber nur so schnell, daß Czerkas Schritt halten konnte. Es kam ihm wie ein Wunder vor, aber Juarez war doch nicht so ein großes Arschloch, weil er darauf verzichtete, die Giftzwerge herbeizupfeifen.

Kapitel 40

Von seinem Platz im Cockpit der Snowhawk hatte Van Dieman einen viel besseren Ausblick auf das Land, das sie überflogen, als aus der Kabine der Petrel. Die Großartigkeit des Transantarktischen Gebirges lag vor ihnen und durch die Lücken zwischen den einzelnen Gipfeln erhaschte er gelegentlich einen Blick auf die riesige Ostantarktische Gletscherlandschaft dahinter. Doch der Gletscher war nicht ihr Bestimmungsort. *Der* lag in den Bergen. Trotz der ständigen Klagen des Piloten über den Zustand der Triebwerke des Verries kamen sie gut voran.

»Wir fliegen in ein Unwetter«, sagte Santiago, indem er auf den Himmel über den Bergen zeigte.

Der Himmel war grau verhangen, das stimmte, aber Van Dieman wußte, daß es Magie und kein Unwetter war, in das sie flogen. Er spürte, wie der Vorbote sich wand, da er seine Angst vor dem Fliegen vergaß und seinen Geist als Reaktion auf das Land unter ihnen ausschwärmen ließ. Er konnte sein stummes Lied hören.

Nah. Die Furchtsamkeit, die der Vorbote auf den vorherigen Flugetappen hatte erkennen lassen, schien verschwunden. Er war jetzt voller Selbstsicherheit und tankte magische Macht. *Sehr nah. Bald.*

»Wir werden bald da sein«, sagte Van Dieman.

Das Lied des Vorboten gewann an Tempo.

Das erste der Trockenen Täler, das sie erreichten, war so etwas wie ein Schock nach den eisigen Ebenen, die gegen die Berge brandeten. Die Wände des Tals waren steil wie die vertikal aufragenden Wände der Wüstencanyons des amerikanischen Südwestens. Tatsächlich hätten sie eine alte Schwarz-Weiß-Fotografie dieses Ödlands betrachten können. Die kahlen Felswände bildeten gestreifte Bänder aus Licht und Dunkel, die in scharfem Kontrast zueinander standen. Splitter aus erodiertem Doletit und Sandstein umgaben Klippen in Gestalt rußig aussehender Geröllhalden, die in die Gletschermoränen am Boden der Täler übergingen. Nirgendwo gab es Vegetation oder auch nur eine Spur von Farbe.

Sie flogen durch ein langes Tal und über eine Erhebung hinweg in ein anderes. Seitenschluchten zweigten vom Haupttal ab. Sie erhaschten kaum mehr als einen Blick in die Seitentäler, wenn sie an den zerklüfteten Felsnadeln vorbeiflogen, die an den Eingängen Wache standen. Eine dieser Schluchten enthielt mehr als geologische Wunder. Eine von ihnen…

Da.

Van Dieman erspürte die Stelle, auf die sich die Aufmerksamkeit des Vorboten konzentrierte. Er wies Santiago an, die Maschine in diesen Seitencanyon zu fliegen. Als die Snowhawk sich auf die Seite legte, um zwischen den mächtigen Klippen hindurchzufliegen, die den Eingang flankierten, sah Van Dieman, daß der Vorbote sich bereits an die Arbeit gemacht hatte. Hier war sein Lied nicht mehr lautlos – die unheimliche Melodie war hörbar und erinnerte an einen einsamen, verlorenen Wind.

Erde wurde über den Boden der Schlucht gepeitscht, floß um die größeren Steine und Felsen der Gletschermoräne, die das alte, vom Wasser erodierte Fundament der Formation bedeckte. Je lauter das Lied des Vorboten erklang, desto heftiger wurden die magischen Winde. Steine und Kiesel wurden in die wirbelnde Staubwolke gesogen. Schneller. Kleine Felsen beteiligten sich an dem Tanz. In der Mitte des Schluchtbodens bildete sich eine Senke im Brennpunkt des Wirbelsturms. Das Lied des Vorboten kreischte immer lauter, immer zwingender, immer drängender. Die Felsen, die sich auf der Moräne erhoben, wurden in den Strudel gesogen, während die Senke sich im Boden vergrößerte und vertiefte. Neue Felsen tauchten auf, als erhöben sich Berge aus dem Meer.

Aber es waren keine gewöhnlichen Felsen, denn jeder war länglich und flach und insgesamt gab es sechzehn davon, vier Gruppen zu je vier, im Kleinen wie im Großen zu Rechtecken angeordnet. Immer mehr Erde aus dem Schluchtboden wurde in den Wirbelsturm des Vorboten gesogen, bis zu erkennen war, daß es sich bei diesen Felsen um Deckplatten auf monolithischen Säulen handelte. Die Spitzen anderer aufrecht stehender Felsen tauchten auf, die sich in gewundenen Bögen zwischen den Rechtecken erstreckten. Je deutlicher die neuen Felsen hervortraten, desto klarer war zu erkennen, daß sie einen Kreis bildeten. Ein Ende jedes Rechtecks war Teil des Kreises. Die Rechtecke aus bedeckten Säulen standen an den Quadrantpunkten und boten Zugang in das Innere des Kreises.

Van Dieman begriff das Privileg, daß ihm gestattet wurde, der Enthüllung des Tempels beizuwohnen. Es war eine Ehre, anwesend zu sein, wenn das Tor freigelegt wurde. Dies schien die geweissagte Zeit zu sein. Sie waren zur Zeit der Öffnung gekommen.

Der Strudel dehnte sich mit jäher Heftigkeit aus und schleuderte seine Last weit weg von dem freigelegten Tempel. Kein Fels, kein Stein, nicht einmal der kleinste Kiesel berührte die Snowhawk, die von der Macht des Vorboten geschützt wurde. Das Verrie setzte seine Annäherung unbeirrt fort. In der Mitte der einen halben Kilometer durchmessenden Senke konnte Van Dieman den schwarzen Altarstein im Herzen des Steinkreises sehen. Die verschlungenen Wirbel, die in die Oberfläche des Altars eingeritzt waren, glühten vor arkaner Macht.

»Welche Rolle habe ich?« fragte er den Vorboten.

Hände sind unnötig.

Die Verblümtheit seiner Antwort verwirrte Van Dieman.

Dann explodierten Schmerzen in seinem linken Knie und als er an sich herabschaute, sah er, daß seine Hose blutdurchtränkt war. In seinem Rücken flammten feurige Qualen auf – er hätte vor Schmerz beinahe das Bewußtsein verloren. Er verbrannte von innen. Da begriff er, daß der Vorbote seine Wunden nicht geheilt, sondern sie nur verborgen hatte. Er hatte ihm die Schmerzen genommen und ihm ermöglicht, zu laufen und zu handeln, aber mehr hatte er nicht getan. Jetzt hatte er diesen Schleier gelüftet und die Maske fallen lassen. Und in diesem Augenblick wußte Van Dieman, daß er den Vorboten mit seinem Zauber nicht gebunden hatte. Die heimtückische Kreatur hatte nur so getan, als sei sie ihm dienstbar. Ihm wurde klar, daß er getäuscht worden war. Er war systematisch irregeführt und ausgenutzt worden.

»Lügner!« schimpfte er den Vorboten.

Der antwortete nicht auf diese Anschuldigung.

»Lügner! Belohnst du so die Gläubigen?«

Den Tod hast du gefürchtet. Das Leben hast du gewollt. Die Belohnung hast du verlangt.

»Ja! Ja! Ich will leben!«

Und Leben sollst du bekommen.

Er spürte, wie sich die Aufmerksamkeit des Vorboten auf Santiago richtete. Er nahm den Piloten und sog ihm das Leben aus, aber kein Tröpfchen dieser Energie, die so quälend nah war, erreichte Van Dieman. Er begriff, daß der Vorbote Fragmente des Mannes zurückgelassen hatte, Scherben seines Wissens und Splitter seiner Fähigkeiten. Er spürte, wie der Vorbote in die leere

Hülle Santiagos glitt und das Wenige, was noch geblieben war, manipulierte, um den Kurs der Snowhawk festzulegen. Vor Schmerzen gelähmt, konnte Van Dieman nur zusehen, wie der Steinaltar näher kam und immer größer wurde, da das Verrie ihm entgegenstürzte. Der Vorbote hatte einen Weg gefunden, den *Telesmon* an der erforderlichen Stelle abzuliefern.

Die Snowhawk schlug auf, aber Van Dieman war sich der neuen Qualen, die seinem Körper zugefügt wurden, kaum noch bewußt, so sehr litt er bereits. Neue Schmerzen bahnten sich einen Weg durch sein Elend, als Keramikscherben vom Rumpf des Verrie und scharfkantige Splitter der Windschutzscheibe seinen Körper zerfetzten. Verbogenes Metall zermalmte seine Beine. Seine Wunden hätten ihn töten müssen, aber er lebte immer noch.

Und Leben sollst du bekommen, hatte der Vorbote verheißen. Er erkannte den Fluch in den Worten.

Rauch lag in der Luft und drang in Van Diemans Lungen. Im Cockpit war ein Feuer ausgebrochen. Öliges, Klebriges tropfte ihm auf die Schulter. Treibstoff oder Schmiermittel, die genaue Natur spielte keine Rolle. Was es auch war, es war jedenfalls leicht entzündlich und brennbar. Er rief den Vorboten und flehte ihn an, ihn zu retten. Während er sich die Faust an den Trümmern des Wracks blutig schlug, das sein Gefängnis war, schrie er der Kreatur Versprechungen zu. Er war bereit, alles für den Vorboten zu tun. Alles!

»Laß mich nur nicht verbrennen!«

Der Vorbote ignorierte sein Flehen.

Er sang zu den Sternen.

*

Holger war beeindruckt von Hagens Fähigkeiten als Pilot. Als sie die Berge erreichten, schaltete der Zwerg um der besseren Manövrierbarkeit willen auf vertikalen Flugbetrieb um und beließ es dabei, verringerte aber nicht die Schubleistung. Das Verrie gierte und bockte, wenn Hagen es hochriß, um einen Kamm zu überfliegen, oder in eine enge Kurve legte, um gerade noch einer Klippe auszuweichen. Es war ein wilder, nervenaufreibender Flug, aber sie kamen der Snowhawk, die sie verfolgten, immer näher.

Die Trockenen Täler, durch die sie flogen, wirkten seltsam, da der kahle Boden in diesem Kontinent aus Eis fehl am Platz schien. Es sah irgendwie falsch aus. Er wollte die Augen schließen und alles aus seinem Bewußtsein verbannen, aber er konnte nicht. Van Diemans Verrie war irgendwo vor ihnen und jedes Augenpaar wurde gebraucht, um es zu finden. Holger hatte eine Pflicht zu erfüllen.

Caliburn lag auf seinem Schoß – der einzige Weg, das Schwert zu tragen, da er die Rückenscheide hatte abnehmen müssen, um sich auf dem Sitz des Verrie festschnallen zu können. Die Klappscheide des Schwerts ließ den größten Teil der Klinge frei. Holger strich mit der Hand darüber und spürte die kühle Gelassenheit des dunklen Stahls. Das abgenutzte Leder des Knaufs fühlte sich unter den Fingern seiner Hand griffig an. Er flog in eine Schlacht, mit einem Schwert und einer Automatik bewaffnet.

Seltsam, aber irgendwie richtig.

Das Seltsame war für ihn zum Alltäglichen geworden. Es gab keinen Grund, warum ihm ein eisloses Tal in der Antarktis seltsam vorkommen sollte, oder? Es war, was es war, so wie er war, wer er war. Es blieb nichts weiter, als es zu akzeptieren.

»Was ist das?« Hagen zeigte auf etwas, das wie eine Rauchsäule aussah, die sich irgendwo vor ihnen erhob.

Holger blinzelte, um sie besser sehen zu können. Was auf den ersten Blick wie Rauch aussah, waren Erdbrocken und Steine, die sich im Griff eines monströsen Staubteufels wanden.

»Das Werk des Vorboten«, sagte Dr. Spae. »Wir müssen uns beeilen.«

»Nett von ihm, uns zu sagen, wo wir suchen müssen«, bemerkte Hagen.

»Fliegen Sie so tief wie möglich«, sagte Holger. »Wir wollen so nah wie möglich an sie herankommen, bevor sie uns sehen.«

»Das brauchen Sie mir nicht zweimal zu sagen.«

Hagen ließ die Snowhawk so tief absacken, daß Holger die Gefahr einer unbeabsichtigten Landung fürchtete. Das Verrie schoß auf einen Einschnitt in der Wand aus Klippen zu, eine Seitenschlucht, aus der sich die verräterische Säule zu erheben schien. Sie legten sich in eine enge Kurve und strebten dem Eingang des Seitentals entgegen.

Holger hatte kaum seinen ersten Blick in die Schlucht geworfen, als er ihr Jagdwild erblickte. Van Diemans Snowhawk flog geradewegs auf den mit Sedimenten überfrachteten Wirbelsturm zu.

»Wofür haben Sie das Schwert dabei?« fragte Chase.

Ein unpassender Zeitpunkt für diese Art von Fragen.

»*Du* solltest es wissen«, schnauzte John.

Seine Überraschung über die Bemerkung des Jungen war vergessen, als der Strudel förmlich explodierte und seine Last von der Mitte wegschleuderte. Eine Wand aus Erde und Gestein verschlang das Verrie vor ihnen und flog ihrem eigenen entgegen. Holger riß instinktiv die Hände vors Gesicht. Caliburns Spitze traf das Kabinendach und der Stahl der Waffe dröhnte wie ein Gong. Er hatte völlig vergessen, daß er das Schwert hielt. Ein Glück, daß er Hagen nicht den Arm abgetrennt hatte.

Die Begegnung mit dem fliegenden Geröll wirkte wie ein Aufprall gegen eine Wand. Die Snowhawk erbebte unter dem Steinhagel. Die Kabine war vom Geprassel der anprallenden Brocken erfüllt. Der Rumpf wurde eingebeult und wölbte sich nach innen, wo er von schwereren Steinen getroffen wurde. Die Windschutzscheibe des Verrie bekam blinde Stellen und überzog sich mit einem Netz aus Sprüngen. Gerade als die Gewalt des unnatürlichen Hagelsturms nachzulassen schien, zersplitterte die Scheibe. Kalter Wind fegte durch die Kabine und trieb Transparexscherben und Sand vor sich her. Die Nase der Snowhawk neigte sich nach unten – und sie fielen wie ein vom Blitz getroffener Vogel.

Und während der ganzen Zeit, in der sie herumgestoßen wurden, läutete Caliburn leise und beständig wie eine entfernte Trauerglocke.

Irgendwie bekam Hagen die Maschine einigermaßen unter Kontrolle und zog die Nase wieder hoch.

Holger stellte zu seiner Überraschung fest, daß ihm der Hagel unkonventioneller Splitter kaum einen Kratzer zugefügt hatte. »Sind alle okay?« fragte er.

»Nichts Ernstes«, meldete Spae.

»Falsch«, widersprach Hagen. »Hören Sie genau hin.«

Das stete Dröhnen der Triebwerke war von einem mahlenden Knirschen unterlegt.

»Landen Sie«, befahl Holger. »Auf dem Boden haben wir eine bessere Chance.«

»Glauben Sie, wir hätten eine Wahl?« Hagens Hände rangen mit den Kontrollen des bockenden Verrie. »Diese Mühle ist erledigt.«

*

John empfand so etwas wie Verärgerung über Chases Frage nach dem Schwert. »*Du* solltest es wissen«, schnauzte er, ohne zu überlegen.

Aber warum sollte Chase es wissen?

Es blieb keine Zeit, darüber nachzudenken. Etwas geriet dort draußen vor ihnen ins Wallen und die Energie im Strudel erreichte einen neuen gefährlichen Höchststand. Mit der Gewalt eines Wirbelsturms flog ihnen die Wolke aus Erde und Steinen entgegen.

Irgendwie schaffte es die Snowhawk, den Gesteinshagel zu überstehen, und Hagen gelang es, das Verrie sicher zu landen. Das ramponierte Flugzeug stand am Rand einer großen, schüsselförmigen Senke in der Mitte des Talbodens. Im Zentrum der Senke befand sich ein wahrhaft riesiger Steinkreis und im Zentrum des Kreises lag Van Diemans abgestürzte Snowhawk.

Wie es schien, hatte Van Dieman mit Flugzeugen kein Glück. Rauch – diesmal richtiger – stieg vom Wrack auf.

Kun verließ die Snowhawk als erster, aber er ging nicht weit. Er stand am Rand der Senke, das Schwert Caliburn in der einen und eine Viper Maschinenpistole in der anderen Hand, und starrte auf das, was unter ihm lag. Einer nach dem anderen gesellten sie sich zu ihm. Hagen, den sein verwundetes Bein behinderte, war der letzte. Die Luft war so kalt wie noch nie seit Johns Ankunft in der Antarktis, aber das war es nicht, was ihn erzittern ließ. Der Wind verursachte ein klagendes Geräusch – nur daß gar kein Wind wehte.

Eine monströse S-förmige Gestalt aus Schatten lag zusammengerollt neben dem Wrack von Van Diemans Verrie. Sie war groß, größer als jede Schlange, die John je in einem Naturvideo gesehen hatte. Und keine Schlange außerhalb eines Fantasy-Epos' hatte jemals Augen besessen, die so feurig glühten wie diese. Niemandem brauchte gesagt zu werden, daß diese Kreatur der Vorbote war.

»Das sieht nicht gut aus«, sagte Kun.

Was Kun sah, mochte nicht gut aussehen, aber was John sah, war noch viel schlimmer. Die große Schlangengestalt, die sich um das abgestürzte Verrie gewickelt hatte, wirkte aus arkaner Sicht noch viel abscheulicher als für das sterbliche Auge. Doch was ihm wirklich den Nerv raubte, waren die anderen Schlangen, kleinere und geisterhaftere, die aus dem sich verdunkelnden Himmel herabschossen und zwischen den Steinen des Kreises einen verdrehten, quälenden Tanz aufführten. John beobachtete mit wachsendem Entsetzen, wie einer der herumwirbelnden Geister sich von den Steinen löste und sich über den freien Platz schlängelte, um sich dem Vorboten anzuschließen und seine Essenz mit derjenigen der Schattenkreatur zu vereinen. Die große Schlange bebte und stöhnte orgiastisch. Das klagende Geheul wurde eine Idee lauter und der Himmel verdunkelte sich weiter. Noch eines der kleineren Wesen wand sich dem Vorboten entgegen.

»Wenigstens ist Van Dieman aus dem Rennen«, sagte Chase.

»Woher wissen Sie das?« fragte Hagen.

»Er ist im Wrack eingeklemmt«, erklärte Chase mit einem selbstsicheren Lächeln. Etwas an der Miene kam John sehr bekannt vor.

»Dann haben wir es nur mit dem Vorboten zu tun«, sagte Dr. Spae, die das Ungeheuer unentwegt anstarrte.

Chase nickte. »Reicht das nicht?«

Noch eine der kleinen Gestalten schlängelte sich zum Vorboten und wurde absorbiert. Die Farbe der Kreatur wurde immer dunkler, das Wesen selbst immer stofflicher.

»Der Vorbote wird stärker«, stellte John fest.

Niemand sagte etwas. Niemand bewegte sich. John wußte, daß sie handeln mußten. Sie mußten *irgendwas* tun! Er empfand einen merkwürdigen Widerwillen zu handeln.

»Tödlich«, sagte Dr. Spae, die ehrfürchtig klang. Ihr Blick war weiterhin unbeirrbar auf den Vorboten gerichtet.

Vielleicht war der Widerwille gar nicht so merkwürdig. Jeder Versuch, eine solche Kreatur anzugreifen, war reiner Selbstmord. Oder nicht?

»Wir müssen etwas unternehmen«, sagte Kun.

Sein unschlüssiger Tonfall ließ vermuten, daß er nicht wußte, was, aber seine Worte stachelten Hagen zum Handeln an. Der Zwerg legte seine Viper an die Schulter und gab einen Feuerstoß ab, dann noch einen. Er hatte nicht schlecht gezielt, aber die Kugeln fuhren durch den Vorboten, als sei er gar nicht da. Die Kugeln schleuderten hinter der Bestie Dreckklumpen hoch und prallten jaulend vom Wrack des Verrie ab.

Der Vorbote hob den Kopf, langsam, bedrohlich. Seine stumpfe, keilförmige Schnauze wandte sich Hagen zu. Kiefer öffneten sich klaffend. Mit einem Zischen, das John mehr spürte als hörte, atmete der Vorbote einen Strom aus giftigem grünen Dampf aus, der Hagen entgegenschoß wie ein Laserstrahl. Letzteres wäre besser für den Zwerg gewesen. Gnädiger. Der todbringende Dampf hüllte seine Brust ein, löste seinen Kälteschutzanzug auf und zersetzte Haut und Muskeln. Heulend und um sich schlagend fiel Hagen zu Boden. Seine Krämpfe ließen nach, bis es nur noch Zuckungen waren und er dann kurz darauf völlig still lag, eine rauchende Höhlung in der Brust. Der Gestank war entsetzlich.

John konnte den toten Zwerg nicht ansehen – aus Angst, sich übergeben zu müssen. Sein Blick schweifte unfreiwillig zum Vorboten. Er starrte zurück. Seine funkelnden Augen aus kaltem Feuer betrachteten John und er war sicher – vollkommen sicher –, daß sie nicht die geringste Chance hatten.

Kapitel 41

Kaum hatte er ihn erblickt, da befürchtete er bereits, daß dieser Vorbote mit anderen übernatürlichen Dingen verwandt sein könnte, denen er bereits begegnet war. Diese Furcht hielt ihn davon ab, mit seiner Viper auf ihn zu schießen. Hagen hatte jedoch geschossen und die Kugeln hatten nicht die geringste Wirkung erzielt – wie Holger geargwöhnt hatte. Das Ding, das sich neben der abgestürzten Snowhawk zusammengerollt hatte, war einer der *wirklichen* Albträume, immun gegen die Waffen gewöhnlicher Menschen.

Er mußte in ehrfürchtiger Scheu mitansehen, wie der Vorbote mit Hagen umsprang. Der Zwerg starb einen schmerzhaften, furchtbaren Tod. Einen sinnlosen Tod.

Holger begriff plötzlich, daß er von dem Steinkreis zurückwich, vor diesem Vorboten, den zu erschlagen er gekommen war, und er schämte sich. Er zwang sich, seine Stellung zu behaupten. Es war schwer. Er wollte sich umdrehen und davonlaufen. Er wußte nicht, wohin er laufen sollte, aber jeder andere Ort war besser als dieser. Alles war besser, als diesem Ungeheuer gegenüberzutreten. Er wollte Bär nicht im Stich lassen, aber was konnte er tun? Das Ding in dem Steinkreis besaß Macht, viel mehr Macht, als ein Mensch je zu überwinden hoffen konnte.

Er war hier nutzlos, so nutzlos wie an dem Tag, als er Mannheim im Stich gelassen hatte. Sein quälender Selbsthaß, der sich aus seinem Versagen ergab, rang mit seinem Bedürfnis, einfach wegzulaufen, und ließ ihn auf die Knie sinken. Ihm verschwamm die Sicht, als gefrierende Tränen seine Augenlider verklebten.

Nutzlos!

*

Van Dieman blieb noch ein Bruchteil der Verbindung, die bis vor kurzem zwischen ihm und dem Vorboten bestanden hatte. Durch sie spürte er die Magie, die die Kreatur gegen seine Verfolger wirkte. Vor dem Absturz, bevor der Vorbote ihn verraten hatte, hätte er seine Handlungsweise begrüßt. Er hätte es genossen zuzusehen, wie seine Verfolger hoffnungslos herumstanden, von Verzweiflung erfüllt, während der Vorbote seine Ziele verwirklichte. Er hätte in der Ironie des Schicksals geschwelgt, daß sie so weit gekommen waren, nur um dann von ihren eigenen Ängsten und Unsicherheiten aufgehalten zu werden.

Doch diese Gefühle existierten nicht mehr. Sie waren in den Flammen verbrannt, die seinen Körper verzehrten.

Geblieben waren ihm nur noch die Schmerzen.

*

John sah Kun auf die Knie sinken. Jetzt empfand er wirkliche Furcht. Kun sollte doch der große tapfere Krieger sein – und sogar er fürchtete sich davor, dem Vorboten entgegenzutreten. Wenn Kun es nicht konnte, was sollte John dann ausrichten? Was konnten er und die anderen gegen ein solches Ungeheuer ins Feld führen?

»Reiß dich zusammen, Jack.«

Es war Chase, der mit ihm redete und ihn schüttelte. Warum zitterte dieser Bursche nicht wie alle anderen? Und warum hatte er ihn Jack genannt? Das tat niemand hier. Chase hatte etwas Merkwürdiges an sich, das John den Vorboten einen Augenblick vergessen ließ. Er schaute in Chases Gesicht und sah, daß Chase… Bennett war.

»Ich habe vor einiger Zeit Chases Platz eingenommen«, sagte Bennett.

»Was, zum Teufel, machst du hier?«

»Der Wurm ist der Feind aller, die das Leben lieben, und dies ist auch mein Kampf. Hätte ich früher gewußt, daß ihr geplant hattet, dieses Ding zur Strecke zu bringen, hätte ich mich euch auch früher schon angeschlossen. So aber habe ich meine eigenen Pläne verfolgt, um diesen Wahnsinnigen und das Ungeheuer aufzuhalten, aber euer Hinterhalt in McMurdo hat mich zu einer Änderung dieses Plans gezwungen. Jetzt ist keine Zeit mehr für Raffinesse. Wir müssen handeln.«

»Wir können das Ungeheuer nicht besiegen«, erklärte ihm John, obwohl Bennett das mit Sicherheit wußte. Es war so offensichtlich.

Bennett musterte ihn finster. »Das will es dich glauben machen und dein Geist ist so schwach, daß du dich von ihm einlullen läßt. Du hast deine Willenskraft von menschlichen Denkmustern unterwandern lassen. Du bist ein Elf, Jack! Schau auf dein Blut! Du bist ein Prinz von Faery und kein Diener des Willens dieser heimtückischen Verderbtheit da unten!«

»Mit Heimtücke müßtest du dich ja bestens auskennen«, schrie John zurück. Alle Lügen, die Bennett ihm erzählt hatte, fielen ihm wieder ein und damit auch die eine wahrheitsgemäße Auskunft: daß er ein Elf war. »Und du kannst dir die Lügen sparen, daß ich ein Prinz bin. Mittlerweile weiß ich es besser.«

»Keine Lügen«, sagte Bennett ernsthaft. »Im Augenblick bist du derjenige, der sich hinter Lügen versteckt. Einige sind die Lügen des Wurms, die Lügen der Verzweiflung, aber die kannst du abschütteln, wenn du deine eigenen Lügen abschüttelst. Schon dein Gesicht ist eine Lüge. Sieh dich doch an!«

Ja, als wäre gerade ein Spiegel zur Hand.

»Akzeptiere dich, Jack, sonst bist du verloren. Sonst sind wir alle verloren. Ich kann den Vorboten nicht allein aufhalten.«

Niemand konnte den Vorboten allein aufhalten. Vielleicht konnte ihn überhaupt niemand aufhalten. Wenn es ein Elfenprinz wie Bennett nicht konnte, wozu war dann ein Elfenbastard wie John gut?

Ein Elf.

John.

Die verzweifelte Furcht, die er vor dem Vorboten empfunden hatte, ließ ein wenig nach, als John daran dachte, daß er ein Elf war, und diese Erkenntnis eröffnete ihm die Wahrheit. Die Verzweiflung, von der er geglaubt hatte, sie sei aus seiner Furcht vor der Macht des Vorboten erwachsen, war nicht real. Sie kam nicht aus ihm, sondern vom Vorboten. Sie war ein Zauber, eine Illusion, die eine entfernte Ähnlichkeit mit derjenigen hatte, die sein wahres Gesicht maskierte. Sie war eine Lüge. John hob die Wirkung seines Tarnzaubers auf und mit dieser Illusion verschwand auch die verstörende Unwahrheit des Vorboten.

Kaum stand er als der Elf, der er war, unter dem antarktischen Himmel, als er sich fühlte, als sei ihm eine Last von den Schultern genommen worden. Der Zauber des Vorboten – oder lag es an etwas anderem?

»Der Vorbote kann einen Elf mit seiner Verzweiflung nicht wirklich erreichen, nicht wahr?« fragte er.

»Nein, das kann er nicht«, erwiderte Bennett. »Seinesgleichen hat raffiniertere Fallen für unsere Rasse, obwohl sie direkte Gewalt als Reaktion auf uns bevorzugen. Sie sind mehr als fähig, schreckliche Gewalttaten zu verüben.«

John hatte gesehen, was der Vorbote Hagen angetan

hatte. Ein Elf zu sein, hätte ihn nicht vor diesem Schicksal bewahrt, wenn der Vorbote diesen Giftzauber gegen ihn gerichtet hätte.

»Wir müssen deine Begleiter vom Einfluß der Kreatur befreien. Nur gemeinsam haben wir eine Chance, sie zu besiegen.« Bennett reichte ihm die Hand. »Vertrau mir in dieser Sache, dann führe ich uns.«

Es war verdammt viel verlangt. John warf einen Blick auf das Ungeheuer, das jedesmal, wenn es einen seiner kleineren Vettern absorbierte, größer und mächtiger wurde. Es stand auch verdammt viel auf dem Spiel.

Er sah Dr. Spae an. Sie stand wie angewurzelt da und starrte das Ungeheuer in der Mitte des Kreises an. Kun kniete weinend auf dem Boden und ließ die Schultern hängen. Caliburn lag vor ihm. Sowohl Kun als auch Dr. Spae standen unter dem Bann des Vorboten. Sie waren keine Elfen und somit auch nicht immun. Sie brauchten seine Hilfe.

John nahm Bennetts Hand.

Nachdem Macht sich zu Macht gesellt hatte, erklärten sie zuerst Dr. Spae die Lügen des Vorboten.

*

Holger ließ Leute im Stich. Nicht nur Bär, der weit weg war, sondern die Leute gleich hier. Dr. Spae und John Reddy zum einen. Bennett, den Elfenprinz, zum anderen, obwohl Holger sich nicht mehr an dessen Ankunft erinnern konnte. Sie wußten, daß er nicht der jämmerliche Feigling war, als der er sich hier präsentierte, was zur Folge hatte, daß er sich seiner Tatenlosigkeit noch mehr schämte. Er war nutzlos!

Sie brauchten ihn. Er konnte beinahe ihre Stimmen hören, wie sie ihn anflehten, ihnen zu helfen. Aber was nützte er ihnen? Er hatte zu große Angst vor der Kreatur dort unten, war zu sicher, daß er keine Chance gegen sie hatte.

Die anderen brauchten ihn – das sagten sie ihm. Sie brauchten ihn sogar noch mehr, als Mannheim ihn gebraucht hatte. Holger hatte gar nichts tun können, um Mannheim zu retten. Das wußte er jetzt, glaubte es sogar. Mannheim war rettungslos verloren gewesen, aber diese Leute waren es nicht. Und er ließ sie im Stich.

Er hielt sich die Hände vor die Augen. Die Heizspiralen in seinen Handschuhen strahlten nicht viel Wärme durch die isolierenden Schichten nach außen, aber es reichte, um seine Tränen der Scham schmelzen zu lassen.

Dies war nicht der rechte Zeitpunkt für Tränen.

Die Vergangenheit bestand nur aus Erinnerungen, viele davon gut, manche nicht so gut. Aber darin konnte er nicht leben. Er lebte in der Gegenwart – und wenn er nichts für die Gegenwart tat, würde es keine Erinnerungen mehr geben, weder gute noch andere.

Dies war auch nicht der rechte Zeitpunkt für Erinnerungen.

Er schaute auf den Drachen auf Caliburns Knauf. Als er sich erhob, schaute er den Abhang herunter auf den Vorboten und erkannte das Antlitz des Drachen wieder. *Deswegen* war er hier. *Deswegen* war Caliburn hier. Er bückte sich und hob das Schwert auf. Er hob den Blick zum Himmel, berührte seine Stirn mit dem Schwertstahl und sagte: »*Morituri te salutamus.*«

Es wurde Zeit für ihn, das Schicksal in die Hände zu nehmen.

Er ging den Abhang hinunter.

*

Qual. Elend. Leiden. Pein. Schmerzen. Quälende, unerträgliche grausame Schmerzen.

Die Hölle.

Der Vorbote hatte ihm gegeben, was er sich gewünscht hatte: ewiges Leben.

Eine Ewigkeit der Qual.

Was für ein einfältiger Narr er doch gewesen war!

*

Hand in Hand mit Bennett und Dr. Spae sah John, wie Kun sich von den Knien erhob. Die vereinte Kraft der drei Magier reichte gerade eben aus, die Zauber der Verzweiflung zu neutralisieren, die der Vorbote ihnen und Kun immer noch entgegenschleuderte. Doch gerade eben war genug. Kun hob Caliburn auf und schritt entschlossen den Abhang herunter, dem Ungeheuer entgegen, das ihn im Steinkreis erwartete.

Die Größe des Vorboten hatte sich vervierfacht, er sah jetzt mehr wie ein Drache denn wie eine Schlange aus. Kun trat nur mit einem Schwert bewaffnet gegen das Ungeheuer an. John hielt das für Selbstmord. »Er wird sterben. Der Vorbote wird einfach ein Gift speien und ihn zersetzen.«

»Du vergißt, daß Caliburn vor magischen Angriffen schützt«, sagte Bennett.

»Caliburn hat Kun aber nicht vor der Verzweiflung geschützt«, stellte John fest.

»Die Verzweiflung ist mehr Teil der Natur des Vorboten als Zauber, und Caliburn stand schon immer im Einklang mit der Natur. Ich würde sagen, daß Caliburn diese Projektion nicht als Angriff gewertet hat.«

»Was ist mit der anderen Magie des Vorboten?« fragte Dr. Spae.

»Wie ich Jack bereits sagte, die Zeit für Raffinesse ist vorbei. Jegliche Magie, die der Vorbote gegen Holger Kun einsetzt, wird offen erscheinen. Caliburn wird diese Magie abwehren.«

»Warum greifen wir dann nicht gemeinsam mit Kun an?« wollte John wissen. »Dr. Spae könnte Energiestrahlen aus ihrem Stab abschießen. Und du wirst doch auch irgendwelche Kampfzauber kennen.«

»Das ist nicht unsere Aufgabe, Jack. Wir müssen weiterhin Holger Kun schützen, denn wenn er wieder unter den Einfluß der Kreatur gerät, ist er verloren. Wir müssen ihn mit all unserer Willenskraft unterstützen, denn je näher er dem Vorboten kommt, um so stärker wird dessen Einfluß. Wir dürfen nicht zulassen, daß Holger Kun diesem Einfluß unterliegt. Er ist das Schwert. Wir müssen der Schild sein.«

Über die rituelle Verbindung spürte John die Richtigkeit von Bennetts Worten. Trotzdem sehnte er sich nach einer aktiveren Rolle und wünschte sich, er hätte selbst ein Schwert und könne Kun auf diese Weise beistehen. Bei ihren Bemühungen, Kun dabei zu helfen, den Bann des Vorboten zu brechen, hatte John Kuns Essenz berührt und einen kurzen Blick in das Herz dieses Mannes werfen können. John begriff jetzt zumindest in Ansätzen, warum Bär Kun das Schwert gegeben hatte, und von seiner ungerechtfertigten Eifersucht war nichts mehr übrig. Jeder von ihnen hatte seine Rolle in dieser Schlacht und wenn John sich nicht auf seine Rolle konzentrierte, konnte Kun die seine vielleicht nicht ausfüllen. Er nahm all seine Willenskraft zusammen, um Kun vor der Aura der Hoffnungslosigkeit zu schützen, die der Vorbote ausstrahlte, und ihm die Chance zu geben, die er brauchte.

*

Holger betrat den Steinkreis durch eine der überdachten Formationen, die wie ein Tor aussah. Kaum war er hindurch, als ein Gestank nach Fäulnis und Verwesung auf ihn einstürzte – wie auf einem Schlachtfeld an einem heißen Sommernachmittag. Er würgte und ging zu Boden, übergab sich, bis sein Magen schmerzte und seine Kehle brannte.

Der Vorbote lachte ihn aus. Er spürte den Widerhall der Belustigung in seinen Gedanken.

Seht den Drachentöter.

Das zu sein, war er gekommen, aber solange er zusammengekrümmt auf dem Boden lag, leistete er keine sonderlich gute Arbeit.

Seht den gebrechlichen und untauglichen Menschen, das fehlerhafte Gefäß, in das kleingeistige Tyrannen ihre Hoffnungen gießen.

Holger gelang es, einen Teil der Galle herunterzuschlucken. Er richtete sich auf Hände und Knie auf und sah den Vorboten an. Beinahe hätte er sich wieder übergeben. Das Ding war gewachsen und blähte sich auf, während er es ansah. Es sah noch mehr wie ein Drache aus, da ihm schuppige Gliedmaßen und Krallenfüße gewachsen waren. Stinkend und verdreht hatte es nichts von der Majestät, die Videomacher ihren Drachen verliehen. Für solch ein widerwärtiges Ding war kein Platz auf dieser Erde.

»Zur Hölle mit dir«, sagte er zu ihm.

Er erhob sich und zwang sich, weiter auf den Vorboten zuzugehen. Als er näher kam, roch er in dem allgemeinen Miasma des Todes verbranntes Fleisch.

Der Vorbote ließ ihn nicht aus seinen feurigen Augen.

Kehr um und lebe. Bleib und stirb.

Beowulf der Drachentöter hatte eine Feuerbestattung bekommen. Aber zuerst hatte er den Drachen besiegt. Natürlich hatte der Drache ihm im Kampf eine tödliche Wunde zugefügt.

Es gab schlimmere Arten abzutreten.

Der Vorbote bäumte sich auf und strahlte Ablehnung und Empörung über seine Annäherung aus. Keine Kobra hatte jemals eine so abschreckende Drohgebärde an den Tag gelegt. Zur Untermauerung der

Drohung spie die Kreatur ihr Gift auf Holger. Der tödliche grüne Dampf zischte ihm entgegen. Doch er berührte ihn nicht. Caliburn läutete wie eine Glocke und widersetzte sich. Der Speichel des Vorboten löste sich auf.

Wie Bär es prophezeit hatte, schützte Caliburn ihn vor den magischen Waffen der Kreatur.

Er wollte dem Vorboten keine weitere Gelegenheit geben, irgendwelche Zauber auszuprobieren. Mit einem wortlosen Schlachtruf griff er an. Er schlug mit dem Schwert zu, indem er auf die Kehle des Vorboten zielte. Der Kopf der Kreatur peitschte zur Seite. Holger hieb erneut zu und diesmal parierte der Vorbote es mit einer Kralle. Caliburn kreischte, als seine Schneide über die undurchdringliche Härte der Klaue glitt.

Holger griff in einem Wirbel von Hieben an und schlug dabei so hart und fest zu, wie er konnte. Angesichts der Größe und der Natur der Kreatur würde ihre Ausdauer die seine bei weitem übersteigen. Wenn er sie bald verwunden und damit bremsen konnte, hatte er vielleicht eine Chance. Er sah eine Lücke in dem blitzenden Schutzwall aus Zähnen und Krallen und schlug zu.

Doch die Lücke war eine Täuschung. Der Vorbote fegte Caliburn mit den Krallen beiseite und griff seinerseits Holger an. Sein Kopf zuckte vorwärts wie der einer zustoßenden Schlange, und nur Holgers aus biotechnischen Implantaten geborene Schnelligkeit rettete ihn davor, in zwei Teile gebissen zu werden. Dennoch hinterließ einer der Zähne des Ungeheuers eine brennende Schramme an seinem linken Arm. Die Schmerzen erfüllten ihn mit neuer Energie, da sie die Berserkerkräfte freisetzten, das Geschenk der Abteilung. Er deckte den Vorboten mit einem Hagel von Hieben ein und wich gleichzeitig Krallen und Zähnen aus, ohne dabei in seinen Angriffsbemühungen nachzulassen. Seine Raserei drängte den Vorboten zurück.

Und doch konnte er ihn nicht töten. Die Herrschaft des Vorboten über seine Dichte vereitelte alle seine Bemühungen. Bei diesem Schlag mochte Caliburn gegen diamantharte Schuppen prallen, während es die Kreatur beim nächsten durchschnitt, als sei sie nur ein Rauchgebilde. Holger kämpfte weiter. Die Kreatur hatte *ihn* körperlich verwundet. Es mußte einen Weg geben, wie Holger *sie* verwunden konnte.

Er erwachte aus seinem Kampfesrausch, als seine vom Adrenalin gestärkten Muskeln ihren Treibstoff verbraucht hatten. Feurige Krallen zerkratzten ihm die Seite, zerfetzten seinen Kälteschutzanzug und hinterließen tiefe Wunden. Er spürte und hörte, wie einige seiner Rippen brachen. Er erlebte einen Augenblick unerträglicher Schmerzen, dann spürte er die Wunde nicht mehr. Aber er roch den Gestank des Todes, der ihr anhaftete. Seine Zeit war fast abgelaufen.

Der Vorbote traf ihn erneut, diesmal mit der Rückseite seiner Vorderpfote, und schlug ihn nieder. Er konnte kaum noch atmen. Er war mit Sicherheit nicht mehr in der Lage, ihm auszuweichen. Das Ungeheuer schlängelte sich näher, bis es vor ihm aufragte. Der Geruch seines stinkenden Atems übertraf den Gestank von zuvor bei weitem.

Als Kind hatte er davon geträumt, ein Ritter zu sein und Drachen zu bekämpfen. In seinen Träumen hatte der Ritter immer gewonnen.

Der Vorbote bäumte sich mit klaffendem Maul auf, um ihn zu verschlingen.

*

Van Diemans Welt war Leiden. Sein Körper stand in Flammen und würde ewig brennen. Die Belohnung der

Gläubigen – und auch seine Belohnung: Ewiges Leben. Ewige Qual.

Die Dunkelheit, die entsetzliche Dunkelheit, vor der er sich als Kind so gefürchtet hatte, blieb ihm versagt. Er war ein dummes Kind gewesen. Nun, da sie ihm versagt blieb, sehnte er sich nach solch einem süßen Nichts.

Er spürte die schwache Berührung des Vorboten. Seine entfernte Belustigung war Öl auf die Flammen seiner Qual. Er war so nett zu ihm gewesen – und diese Nettigkeit verdiente ihren Lohn. Er war es ihm schuldig.

Oh, und wie er es ihm schuldig war!

Obwohl seine Zunge schwarz verbrannt und gespalten war, sagte er: »Ich gebe dir ein Geschenk, Vorbote, aus freien Stücken und mit all meiner Willenskraft.« Und er benutzte die noch bestehende Verbindung, um dem Vorboten all die Qualen zu schicken, die er kannte. Er verlor dadurch nichts. Er hatte mehr als genug Schmerzen, um die ganze Welt damit auszufüllen.

*

Der Vorbote warf den Kopf in den Nacken und brüllte, nicht triumphierend, sondern vor Überraschung und Schmerz. Holger begriff nicht, warum – vielleicht hatten die Magier ihm irgendwie Schaden zugefügt –, aber er wußte, daß dies seine letzte Chance war. Er mußte aufstehen. Er mußte diese Gelegenheit nutzen.

Aber er war schwach, erschöpft.

Wo waren die übermenschlichen Kräfte, von denen die Zwerge behauptet hatten, er verfüge darüber?

Verbraucht. Weg.

Die Ärzte der Abteilung M hatten Mechanismen in ihn eingebaut, um seine Kraft zu vermehren, aber sie hatten ihm nicht verraten, wie er diese Vorteile nutzen konnte. Er wünschte, sie hätten es getan. Er brauchte diesen Vorteil jetzt, brauchte ihre Gaben nur noch einmal, bevor er endgültig verblutete.

Er konnte wieder Stimmen hören. Nicht die falschen Erinnerungen, die in seinen Kopf gestopft worden waren, sondern wahre Erinnerungen – an längst verstorbene Freunde, an seine Eltern und seinen Mentor Mannheim. Sie erinnerten ihn daran, daß ein Mensch mehr war als nur Fleisch und Knochen, sogar mehr als das, was die menschliche Technologie aus ihm machen konnte. Es waren die Stimmen von Dr. Spae und John Reddy, die ihn drängten, die Kraft zum Aufstehen zu finden. Bennetts Rufe kamen aus größerer Entfernung und erinnerten ihn an das Schwert.

An Caliburn, Bärs Zeichen des Vertrauens, das Holger in die Hand gegeben worden war, um es zu benutzen.

Um Ehre einzulegen.

Nicht um es preiszugeben.

Obwohl die Anstrengung seine Muskeln zu zerreißen schien, zwang er sich aufzustehen. Er sah nur noch verschwommen, konnte aber erkennen, daß der Vorbote sich vor ihm auf dem Boden wand. Der Anfall ließ bereits nach. Er erholte sich. Das konnte er nicht zulassen. Er hob Caliburn mit beiden Händen hoch über den Kopf und richtete die Spitze nach unten. Seine Arme zitterten, als der Kopf der großen Schlange sich ihm zuwandte und sie ihre glühenden Augen auf ihn richtete.

Heilung, bot ihm das Ungeheuer an. *Ich kann dir das Leben wiedergeben.*

Auf wackligen Beinen und mit zitternden Armen spürte er, wie das Blut aus der Wunde sprudelte, die der Vorbote ihm zugefügt hatte. Er konnte ihn heilen, das wußte er. Doch um welchen Preis? Die Ärzte der Abteilung hatten ihn auch geheilt und ihm neues Leben gegeben – der Preis war sehr hoch gewesen. Welchen

Preis würde da erst dieser Diener der äußersten Dunkelheit von ihm einfordern?

Wenn du das Schwert benutzt, tötest du damit deine Hoffnung auf Leben. An diesem Ort gibt es außer mir keine Hilfe für dich.

Das stimmte. Er würde niemals rechtzeitig einen Arzt erreichen.

Ich habe den Tod geschmeckt. Er ist Staub. Staub und Nichts. Du brauchst nicht zu sterben.

Er wollte nicht sterben.

Dann lebe. Lebe ewig.

Er wollte wirklich leben. Aber wie konnte er das ohne Ehre?

»*Retro me, Satanas*«, sagte er.

Und er stieß die Klinge herab, durch rauchigen Panzer und unstoffliches Fleisch in das Herz des Vorboten. Ein tiefer hallender Ton lag in der Luft, als Caliburn den Vorboten durchstieß und sich in den Boden darunter bohrte. Das Schwert kam erst zur Ruhe, als die Spitze im Felsen feststeckte.

Der Vorbote kreischte, schrill genug, um Glas zerspringen zu lassen, aber was zersprang, war das dunkle Glas seines Körpers, das zu einem Dutzend Scherben explodierte. Eine kleinere Gestalt blieb darunter, dunkel und eitrig, aber nicht größer als bei seiner ersten Begegnung mit ihr. Diese Gestalt zuckte einmal und lag dann still. Sie verblaßte langsam zu nichts und Holger sah, daß er einen gesprungenen Rauchkristall aufgespießt hatte, der aussah, als hätten ihn die Hände eines Wahnsinnigen zum Bildnis einer in sich verdrehten Schlange oder eines Wurms geformt.

Holger kehrte den Überresten der Bestie den Rücken und sah, wie Dr. Spae und die anderen den Abhang zu ihm heruntergelaufen kamen. Es war vorbei. Er wollte zu ihnen gehen, aber seine Beine gaben unter ihm nach und er fiel auf die Knie.

Gott, war er müde.

Er kippte nach vorn aufs Gesicht.

Er hatte getan, was er hatte tun müssen.

*

»Ist er tot?« fragte John. Das durfte nicht sein. Kun hatte den Vorboten besiegt. Es wäre nicht gerecht, wenn er stürbe.

»Noch nicht«, sagte Dr. Spae, die neben dem Sterbenden kniete. Sie weinte. »Aber er wird es bald sein. Ich glaube nicht, daß er den Transport zurück nach McMurdo überleben wird.«

»Sie setzen voraus, daß es so einen Transport geben wird«, sagte Bennett. »Das Flugzeug ist beschädigt.«

»Ich rufe McMurdo über Funk, und wenn ich das nicht schaffe, setzte ich das Funkfeuer«, sagte John und lief los, um seine Worte in die Tat umzusetzen. Als er zurückkehrte, saß Dr. Spae neben Kun auf dem Boden. Sie hatte ein arkanes Feuer entzündet, um ihn zu wärmen. Bennett hatte sich ein paar Schritte entfernt und betrachtete Caliburn und die Überreste des *Telesmon*, die der funkelnde Stahl des Schwerts aufgespießt hatte. John trat zu ihm. »Nasham und die Zwerge kommen mit zwei Snowhawks. Sie müßten in weniger als einer Stunde hier sein. Glaubst du, Kun hat noch so lange?«

»Er war heute ein Krieger. Ein Held«, sagte Bennett, wobei er auf das Schwert starrte. »Helden überleben ihre großen Siege nur selten.«

»Kannst du nicht irgendwas tun? Gibt es keinen Heilzauber? Irgendwas?«

Bennett schüttelte den Kopf. »Nichts, was ihm helfen würde.«

John wollte plötzlich an andere Dinge denken. »Wir müssen Bär das Schwert zurückbringen.«

»Davon würde ich abraten«, sagte Bennett. »Es nagelt

den Wurm an die Erde fest. Das schließt das Tor, das die Anhänger des Glitzernden Pfades öffnen wollten. Dem Übel von der Sorte des Vorboten ist der Weg zur Erde damit versperrt und die Konvergenz wird sauber voranschreiten. Wenn du dich natürlich noch einmal mit derartigen Ungeheuern messen willst, kannst du ja versuchen, etwas an dieser Anordnung zu ändern.«

»Ich glaube, er hat recht, John«, sagte Dr. Spae. »Caliburn hat die Bestie fixiert und den Weg versperrt.«

»Wir können nicht einfach verschwinden und alles so lassen«, protestierte John.

»Ich werde diesen Ort wieder begraben, bevor wir gehen«, sagte Bennett. »Du kannst zu Artus zurückkehren und ihm sagen, daß sein Mann getan hat, was nötig war, und ihn entscheiden lassen, ob er sein Schwert zurück will. Damit wird deine Arbeit für ihn erledigt sein. Du kannst mit mir in die Anderswelt zurückkehren.«

»Zurückkehren? Wozu? Shahotain und die anderen haben keinen Zweifel daran gelassen, daß ich nicht dorthin gehöre. Nicht mit Morgana als Mutter.«

Bennetts Augen verengten sich kurz zu Schlitzen. »Sie hätten nie von Morgana erfahren dürfen. Und sie hätten auch nichts erfahren, wenn du ihnen nicht geholfen hättest.«

»Versuch gar nicht erst, es mir in die Schuhe zu schieben! Ich weiß ja nicht mal, warum es ein Problem sein soll, Morgana zur Mutter zu haben. Ach, verdammt, ich weiß ja nicht mal, wer sie ist!«

»Willst du es wissen?« fragte Bennett leise. »Ich erzähle dir alles von ihr, wenn du mit mir in die Anderswelt zurückkehrst.«

John war nicht sicher, ob er es überhaupt wissen wollte. Morgana, wer sie auch sein mochte, war ebenso in die elfische Politik verstrickt wie Bennett. Er wußte genau, daß er in ein Chaos aus Täuschung und Verrat geriete, wenn er mehr über sie erfuhr, und damit wollte er nichts zu tun haben.

»Ich glaube nicht«, sagte John. »Mein Platz ist hier auf dieser Welt.« Er hatte einiges vor. Unter anderem wollte er noch einmal versuchen, Spillway Sue alles zu erklären. »Ich komme nicht mit zurück in die Anderswelt.«

»Mach dich nicht lächerlich. Du bist ein Elf.«

»Das weiß ich.«

»Dann weißt du auch, daß dein Platz nicht auf dieser Welt ist.«

»Nicht?« John mißtraute Bennetts Beharrlichkeit. Wenn Bennett ihn unbedingt in der Anderswelt haben wollte, war mit Sicherheit eine Intrige damit verbunden, und John hatte kein Interesse daran, Bennetts Intrigen zu fördern. Er hatte genug von Abenteuern und mehr als genug davon, Bennetts Schachfigur zu sein. Er hatte ein Heim, in das er zurückkehren konnte. »Ich glaube, mein Platz ist dort, wo ich ihn mir schaffe.«

Bennett sah ihn überrascht an. John hatte einen Treffer gelandet, obwohl ihm das im Augenblick nicht sonderlich wichtig vorkam.

»Du hast tatsächlich dazugelernt«, sagte Bennett. »Aber glaube ja nicht, ich hätte dein Versprechen vergessen.«

John wollte Bennett gerade sagen, wohin er sich sein Geschwätz von Versprechen stecken konnte, als Kun sprach.

»John?« Kuns Stimme war schwach, kaum hörbar. John trat sofort zu ihm und legte seine Hand in die tastende Hand des Sterbenden. »Sag Bär…«

»Ich werde ihm sagen, daß Sie ein Held sind.«

»Nein.«

»Aber das sind Sie«, protestierte John.

»Nur ein Mensch, der getan hat, was er tun mußte.«

Holger Kun sagte nichts mehr.

Sie blieben bei ihm und taten für ihn, was sie konnten. Es schien keine Zeit für Worte zu sein und sie redeten kaum miteinander, bis die Verries kamen, um sie abzuholen. Es verging mehr als eine Stunde, bis die Zwerge eintrafen, und da spielte es für Holger Kun keine Rolle mehr. Weder John noch Dr. Spae erzählten den Zwergen irgendetwas über den Steinhügel, den sie errichtet hatten – es ging die Zwerge nichts an. Sie stiegen an Bord der Snowhawk und überließen es Bennett zu tun, was er versprochen hatte. Dann flogen sie in eine Welt zurück, die vom Schatten des Vorboten und seiner gefräßigen Verwandten befreit war.

Epilog

Das Verrie landete, ohne dabei viel Staub aufzuwirbeln. Eine Frau stieg aus dem Cockpit, deren wohlgeformte Rundungen trotz ihres militärischen Kälteschutzanzugs gut zu erkennen waren, und kam lächelnd zu ihm. Sie war so schön wie ein Engel. Auf ihrer Uniform fehlte das Namensschild und Holger fragte danach.

»Nenn mich Nym«, sagte sie. »Ich bin gekommen, um dir den Schlaf zu bringen, der die Belohnung des Helden ist.«

Gut. Er wollte schlafen. Er war sehr müde.

Er nahm ihre dargebotene Hand und sie half ihm auf. Seine Schmerzen waren nur noch soviel wie eine alte Erinnerung, die auf dem kurzen Weg zum Flugzeug noch weiter verblaßte. Er ging an Bord und nickte der Pilotin und Kopilotin zu, als er sich setzte. Sie waren ebenfalls wunderschön. Er fragte sich, was sie wohl taten, wenn sie dienstfrei hatten.

Das Verrie hob ab. Unten auf dem Boden winkten Dr. Spae, John Reddy und sogar Bennett zum Abschied.